U0146317

满族口头遗产传统说部丛书

萨哈连船王

富育光 讲述

曹保明 整理

吉林人民出版社

图书在版编目（CIP）数据

萨哈连船王 / 富育光讲述；曹保明整理 . —— 长春：
吉林人民出版社，2019.5
（满族口头遗产传统说部丛书）
ISBN 978-7-206-16875-8

Ⅰ . ①萨… Ⅱ . ①富… ②曹… Ⅲ . ①满族—民间故
事—中国 Ⅳ . ① I277.3

中国版本图书馆 CIP 数据核字（2019）第 293314 号

出 品 人：常　宏
产品总监：赵　岩
统　　筹：陆　雨　李相梅
责任编辑：张　莲　张　娜
助理编辑：刘　涵
装帧设计：赵　谦

萨哈连船王
SAHALIAN CHUANWANG

讲　　述：富育光　　　　　整　　理：曹保明
出版发行 吉林人民出版社（长春市人民大街 7548 号　邮政编码：130022）
咨询电话：0431-85378007
印　　刷 吉林省优视印务有限公司
开　　本：720mm×1000mm　　　1/16
印　　张：26.75　　　　字　　数：440 千字
标准书号：ISBN 978-7-206-16875-8
版　　次：2019 年 5 月第 1 版　　印　　次：2019 年 5 月第 1 次印刷
定　　价：95.00 元

出 版 说 明

　　满族口头遗产传统说部是具有较高社会价值和文化价值的满族文化的百科全书。整理发掘满族说部的项目工作被文化部列为中国民族民间文化保护工作试点项目，并被国务院批准列入第一批国家级非物质文化遗产名录。

　　"满族口头遗产传统说部丛书"是千百年来满族各氏族对祖先英雄事迹和生存经验的传述，一代一代口耳相传，保留下来的珍贵的满族遗存资料。经过近三十年抢救整理，从二〇〇七年到二〇一七年的十年间，根据整理文本的先后，我社分四次陆续出版了五十部说部和三本研究专著。此套丛书无论从社会价值和文化价值来看，都是一套极具资料性、科研性和阅读性融为一体的满族文化的百科全书。

　　此次出版对以下两个方面做了调整：

　　一、在听取各方专家建议的基础上，对原丛书进行了筛选，选取最有价值、最有代表性的四十三部说部，删去原版本中与文本关系不紧密的彩插，对文本做了大幅的编辑校订，统一采用章回体表述方式，并按照内容分为讲述萨满史诗的"窝车库乌勒本"、讲述家族内英雄人物的"包衣乌勒本"、讲述英雄和历史人物的"巴图鲁乌勒本"、讲述说唱故事的"给孙乌春乌勒本"等，突出了说部的版本特色。

　　二、保留研究专著《满族说部乌勒本概论》，作为本丛书的引领，新增考古发掘的图片和口述整理的手稿彩色影印件。

　　特此说明。

吉林人民出版社

编 委 会

序

冯骥才

任何民族的文学都包括两大部分。一是个人用文字创作的、以书面传播的文学，一是民间集体口头创作的、口口相传的文学。后一部分文学是前一部分文学的源头，是根性的文学。中国作为东方文明的古国，口头文学的历史去之遥远。就像西方文学始于古希腊罗马的神话故事，我国文学史上第一部作品是《诗经》，即民间口头文学集，这表明口头文学是一个民族文学的源头。在漫长的历史中，这两部分文学一直同根并存，相互滋育，各自发展，共同构成一个民族文化与精神的极为重要的支撑。

中华民族有着巨大文学想象力和原创力。数千年间，各族人民以口头文学作为自己精神理想和生活情感最喜爱和最擅长的表达方式，创作出海量和样式纷繁的民间文学。口头文学包括史诗、神话、故事、传说、歌谣、谚语、谜语、笑话、俗语等。数千年来，像缤纷灿烂的花覆盖山河大地；如同一种神奇的文化的空气在我们的生活中无所不在；且代代相传，口口相传，直到今天。

我们的一代代先人就用这种文学方式来传承精神，表达爱憎，教育后代，传播知识，娱悦生活，抚慰心灵；农谚指导我们生产，故事教给我们做人，神话传说是节日的精神核心，史诗记录文字诞生前民族史的源头。它最鲜明和最直接地表现中华民族的精神向往、人间追求、道德准则和价值取向。中国人的气质、智慧、审美、灵气、想象力和创造力，充分彰显在这种口头的文学创造中。

这种无形地流动在民众口头间的口头文学，本来就是生生灭灭的。在社会转型期间，很容易被忽略，从而流失。

特别是在这个现代化、城市化飞速推进的信息时代，前一个历史阶段的文明必定要瓦解。口头文学是最脆弱、最易消亡。一个传说不管多么美丽，只要没人再说，转瞬即逝，而且消失得不知不觉和无影无踪，所以联合国教科文组织把口头传统和表现形式，包括作为非物质文化遗产媒介的语言列为非物质文化遗产之一。

在中国，有史诗留存的民族并不很多，此前发现的有藏族史诗《格萨尔王传》、蒙古族史诗《江格尔》、柯尔克孜族史诗《玛纳斯》、苗族史诗《亚鲁王》。作为满族民族历史和文化传统的重要载体——"说部"，是满族及其先民世代相传的极其宝贵的精神财富。它最初用"乌勒本"（满语 ulabun，为传或传记之意）指称，后受汉文化影响，改称为"说部"或"满族书""英雄传"。说部最初用满语讲述，至清末满语渐废，改用汉语并夹杂一些满语讲述。在漫长的历史进程中，满族各氏族都凝结和积累了精彩的"乌勒本"传本，如数家珍，口耳相传，代代承袭，保有民族的、地域的、传统的、原生的形态，从未形成完整的文本，是民间的口碑文学。"满族说部迥异于其他文类，不仅涵盖了口头传统，也吸纳了民俗学中多种民间文艺样式，包容性极强。"

我以为，对于无形地保留在人们记忆与口口相传中的口头文学，抢救比研究更重要。它是当下"非遗"工作的重中之重，要清醒地认识到文化和文明于人类的意义。当社会过于功利的时候，文化良知就要成为强音，专家学者要在抢救非物质文化遗产中勇于承担责任，走进民间帮助艺人传承与弘扬民间艺术，这也是知识分子的时代担当。

让人感到欣喜的是，经过吉林省的专家学者近三十年的抢救、发掘和整理，在保持满族传统说部的原创性、科学性、真实性，保持讲述人的讲述风格、特点，保持口述史的原汁原味的基础上，将巨量的无形的动态的口头存在，转化为确定的文本。作为"人类表达文化之根"的满族说部，受东北地域与多族群文化的影响，内容庞杂，传承至今已逾千万字。此次出版的《满族口头遗产传统说部丛书》为四十三部说部和一本概论。"说部"分为讲述萨满史诗的"窝车库乌勒本"、讲述家族内英雄人物的"包衣乌勒本"、讲述英雄和历史人物的"巴图鲁乌勒本"、讲述说唱故事的"给孙乌春乌勒本"四大部分。概论作为全套丛书的引领，从学术研究的角度对乌勒本产生的历史渊源、民族文化融合对其的影响、发展和抢救历程等多方面深入思考。

多年来"非遗"的抢救、保护、研究和弘扬，已取得卓越的成就。但未来的路途依然艰辛漫长，要做的事情无穷无尽。像口头文学这样的文化遗产的整理和出版，无法立即带来什么经济利益，反而需要巨大的投资和默默无闻的付出，能在这个物质时代坚守下来，格外困难。

文化传统和传统文化不是一个概念，我们的终极目的不是保护传统文化，而是传承文化传统。传统文化是固定的、已有既定形态的东西。我们所以要保护它，是因为这些文化里的精神在新时代应以传承，让我们的文化身份不会在国际资本背景下慢慢失落。

现在常把文化自觉与文化自信并提，这两个概念密切相关同时又有各自的内涵。文化自觉是真正认识到文化的重要性和自觉地承担；文化自信的关键是确实懂得中华文化所具有的高度和在人类文明中的价值。否则自信由何而来？

对传统文化的抢救与整理，不仅是为了传承，更为了弘扬。我们的民族渴望复兴，复兴的重要精神支撑在我们的传统和文化里，让我们担负起历史使命，让传统与文化为民族的伟大复兴发挥它无穷的力量。

冯骥才
二〇一九年五月

目录

满族传统说部
——《萨哈连船王》传承概述

富育光

古老的黑龙江孕育了《萨哈连船王》的故事。黑龙江是我国北方一条仅次于长江、黄河而居第三位的大河，满语称"萨哈连乌拉"。它有两个江源，南源是我国内蒙古自治区的额尔古纳河，北源是蒙古人民共和国和俄罗斯境内的石勒喀河，两源于恩和哈达山脚下汇合，始称黑龙江。额尔古纳河源头是发源肯特山的克鲁伦河与发源于库里尔山、骆驼脖子山的伊敏—海拉尔河为其源头。黑龙江全长四千三百七十千米，流域总面积一百八十四点三万平方千米，在我国境内的长度为三千四百七十四千米，流域面积八十八点七万平方千米。黑龙江原为我国北方内陆大江，现为与俄罗斯两国的国际界江。黑龙江的长度，年径流总量达两千七百亿立方米，仅次于长江、珠江，也居全国第三位。黑龙江像条巨龙，奔腾暴哮，穿梭在大小兴安岭的莽林翠谷间，一泻滚滚流向东海。数千年来，黑龙江哺育着世世代代北方阿尔泰语系诸渔猎民族。世居萨哈连乌拉两岸的满族及其先世女真人等诸民族，子子孙孙尽享黑龙江给予人类生存取之不尽、用之不竭的渔产之利，特别是滔滔江波，自古以来就给沿江生民的远行、水运带来了极其通畅的舟楫之利。笔者自幼生长在黑水之滨，朝夕聆听优美的《萨哈连乌春》古歌长大的："萨哈连乌拉衣朱棍，萨克达扎呼台罕，亚鲁莫内喝。德里给，莫德里，德克勒克，德克勒克，萨哈连扎呼台必喝。"若译成汉语是："黑龙江水道，是萨克达船王开辟。东海浩浩，是萨克达船王赐予。"在满族先民黑水女真人古老神话与长歌中，黑龙江被崇奉为"妈妈顺，玛发里颁金木克"，即奶奶的乳汁、祖先的生命水。在满族传统说部乌勒本中，有诸多讴歌萨哈连江神和最早凿创出江上精巧威呼王的神话，其中就有《萨哈连船王》。

说起满族说部《萨哈连船王》，在北方流传古久。尤其是跑江船的伙计们，无人不知，无人不晓。在瑷珲城早年讲唱《萨哈连船王》的人，是瑷珲城著名的掌管风船的王喜春家族。王喜春祖籍山东，传清末年间，六岁时随爹娘，千里迢迢，来到关外老瑷珲城，立即被淳风古朴、鱼米之乡所迷恋。于是，便在好客的满洲邻里帮忙下，在波光粼粼的瑷珲城南下坎儿，伐木安家，还从此经营起跑江船的营，到王喜春时已经是第三代黑龙江上擅使大风船的知名掌舵公。因为王喜春为人乐善好施，肯救济贫贱，所以黑龙江上下诸屯都由衷称赞他的为人，都喜欢坐他的船，听他讲述江上逸闻故事。王喜春走的地方多，听来的逸闻就格外动听。《萨哈连船王》就是王喜春传下来的，听人越多，也就自然融入满族乌勒本故事群里面了。

二十世纪五十年代，笔者在黑河专员公署职工干校任教时，在父辈的引荐下，曾多次拜访王喜春老人，请他讲述《萨哈连船王》的传承源流。据王喜春老人介绍，《萨哈连船王》故事是他的阿玛，早些年听瑷珲城当地老人们传讲下来的。情节生动感人，揭示了黑龙江上值得纪念、永载史册的一段船运史。故事的起根发蔓，由来于清康熙年间萨布素、瓦里祜两位将军，奉旨为抵御罗刹入犯，率八旗连营进抵黑龙江东岸，驻守额苏里。当年，最需用轻便快船，萨布素、瓦里祜沿江寻访达呼尔人，不仅征来藏在河岔子里应外合的"快马子"（小船），还结识几位达呼尔老摆渡，谙熟水道，多次捕鲸到黑龙江出海口，都是江上闻名的"老船家"。老摆渡们欢迎清军，还毅然报名，成了沿江两岸输运军需物资的水师绰哈（兵勇）。达呼尔人最喜烈酒，豪爽乐观，边舞边唱，一时兴起唱《萨哈连乌钦》，还讲述《萨哈连船王》故事。从此，《萨哈连乌春》和《萨哈连船王》就在黑龙江上流传下来。

据王喜春老舵公讲，他和黑龙江上许多船家，在平日里传唱《萨哈连船王》时，都相信萨哈连船王实有其人。他们能在波涛翻滚的黑龙江上平安使风放船，所有秘窍和经验全都是萨哈连船王传下来的。萨哈连船王祖籍白山，大金国移剌哈喇人氏。移剌哈喇部世居粟末水源，据讲女真完颜部显贵，属白号姓；而移剌哈喇部属黑号姓庶民。移剌哈喇的后裔，元、明时代则多取汉字"亦"字为姓，故用"亦"姓。自称其祖是海神海娃的后裔，世代善识水性，有神授习造独木舟小威呼，水面行走，无拘无束。进研采木凿舟之法，始有江船，广为各部传用，亦氏被尊为"船神爷爷"。后来，移剌哈喇的亦氏祖上，锯木煨板围巨船，船上松杆高擎皮蓬，借风力吹鼓，不论顺水或逆水，疾驶如箭，穿行如梭。俗言行船常遇八面风。雷鸣电闪，浊浪横空，洪涛势如暴哮的巨龙吞没帆船。在这万分危急时刻，舵主只要口颂"船神爷爷来也！"江涛顿时风平浪静，吉祥平安。传说船神爷爷是江海的祖先，与江蝶同乐，与日月同岁，早自商周肃慎以来，就生息在黑水之滨，素有鱼性，常恋水波，日久酷习漂浮之功，多见浮木流淌，萌生舟楫之想。为氏族发轫，学鸭弄水，习雁泛舟，终日游走江河，研识波性，巧磨舟板，首凿威虎木舟，继筑巨船，使松花江、黑龙江乃至江河湖海，从此畅行亦氏家族流传下来的水上蛟龙——亦家船。从此，方有黑龙江帆船，名噪于世。移剌哈喇的亦氏祖上，为后世留下极其珍贵的刻在薄木片上的《船经要诀》，歌曰："亦家船，海娃传，迫金元，声名显。荷包船，元宝船，古有名，八百年。其型两头尖，贵在肚儿圆。匡正平衡度，把舵方安然。广求天下料，松柏水中仙。"

黑龙江上行驶的所有大小风船船主、舵公师傅，都在自家船舱内供奉船神爷爷小神龛，十分敬畏，称颂是"木克尼亚玛"——水神爷爷，祈佑朝朝暮暮护卫船家。相传水神爷爷的后裔传人，元明时代传至亦吉龙，亦吉龙又传子亦吉海。后来亦吉海为大明永乐皇帝所赏视，封为内官。关于亦吉海的传说，在黑龙江船家中流传甚多，赋予神化和传奇化。元明之际，黑龙江为满族、达斡尔、鄂伦春、鄂温克、赫哲、锡伯人的渔猎之乡。户户供有神龛。神龛里是一尊受大明永乐皇帝封赐的亦姓神位。黑龙江风船，名噪于世。亦氏后裔亦吉海，其父亦吉龙原本给亦吉海起女真人名字，"吉海"本为女真语"财富"之意。大明朝书秘官，在登记名册时，听其音写成了亦失哈。

移剌哈喇亦家船的《船经》和《萨哈连船王》，在黑龙江满族等诸姓中深扎烙印，不仅成为王喜春等著名船家以"鲁班先师"虔诚供奉，而且在瑷珲满族民间亦早已成为佳话，广为流传，妇孺皆知。笔者的故乡——瑷珲县大五家子村，有位著名的满族说部乌勒本讲唱师傅杨青山老人，我们都敬称"杨玛发"。他就是继王喜春之后最出名的《萨哈连船王》讲述者，深得族众尊敬。一九五二年春节时，笔者在蓝旗沟村小学专听青山爷爷口述全部故事，做过详细笔录。一九五四年秋，笔者考入长春东北人民大学（现为吉林大学），离开了故乡，但满族传统乌勒本说部《萨大人传》《东海沉冤录》《飞啸三巧传奇》《雪妃娘娘和包鲁嘎罕》《萨哈连船王》等，却永远萦绕在笔者的脑际，一时一刻都没有疏淡和遗忘过。一九五八年至一九八三年期间，笔者在吉林省社会科学院从事中国北方民族民间文化挖掘、抢救、翻译、整理与研究工作，有幸率队多次赴长白、抚松、安图、珲春及长白山区与松花江源走访和踏查，接触众多基层民众和摘抄吉林地域历史文化资料和素材，极大地丰富了笔者所掌握《萨哈连船王》元明时期为造巨船，鏖战老白山，数百里流筏飞闯无数道阎王汀，百死一生名垂阿什哈达。虽然二〇一二年以来《萨大人传》等满族说部得到陆续整理，但是《萨哈连船王》的开掘与积累，尚嫌不足。笔者在思索中，还是保明先生给我莫大鼓励。他热情洋溢，思路敏捷，积极主张共同合作，将《萨哈连船王》奉献出来。有幸在保明的热心参与和重要情节的补充和丰富，《萨哈连船王》后部分开发长白山，伐木造筏，阿什哈达建楞场和船场，以及葫芦岛造船等，皆保明平日艰辛功力的可贺积累，大为本说部增色，使久已鲜为世人所知的《萨哈连船王》，沉睡数百年之后得以问世。但是，编写这部《萨哈连船王》的缘启，还是与回忆整理满族说部有关。

二〇〇八年《中国地域文化通览》全面启动。有一天，《中国地域文化通览·吉林卷》主编谷老突然提出一个非常重要的问题：吉林卷所要涉及的主要是吉林本土的文化，而吉林古称"船厂"，城市在，地名在，可是关于"船"和"造船"的文化究竟在哪里呢？谷老的一句话，提醒了我们，于是他派笔者带队重新进入吉林市（古称船厂）进行全方位的考察、调研，结果与我们开始掌握的情况差不多，只是在《明宣宗实录》《辽东志》等古籍中记载：明永乐十九年正月，刘清率军至此。第一摩崖也只刻有"甲辰，丁卯，葵丑"六字。《辽东志》卷九，外志："建州东濒松花江，风土稍类开原，江上有河，曰稳秃，深山多产松木。国朝征奴儿干，于此造船，乘流至海西，装载赏赍，浮江而下，直抵其地。"由于岁月久远，至于如何造船，采伐木头，运来，何人所为，技术和工具，手法及手艺诸多事项，均无详细记载，也无人说清。这时主编谷老指示我们能否通过非物质文化遗产这种深深流传在人们生活中和记忆里的文化，通过对非物质文化遗产的挖掘去填补史志的不足，将吉林——"船厂"名字的来历科学完整地再现出来呢？这不由得让人想起笔者和吉林省民间文艺家协会所做过的工作。

我国的造船业，从前多在广东、福建、江浙一带，而北方特别是北土、辽西、辽东一带所留下来的这方面历史记载少而又少。可是北方民族从远古以来，其实就是一个擅于与水打交道的民族，这方面留下来的资料却一直鲜为人知或不为人知，直到《萨哈连船王》的出现，才可以说开始填补这个文化领域的空白。作为造船业的文化事项，《萨哈连船王》也充分完善了中国北方历史和自然的文化存在，堪比南方，堪比东北周边，东北亚、俄罗斯和朝鲜半岛，充分证实我们的文化创造在历史的岁月中一点儿也不比他们差，其实我们一点儿也不保守，我们在久远的历史岁月中创造了属于我们自己的造船基地技术和手艺，产生了一系列自己的造船文化，《萨哈连船王》就是这个类别的最为生动的文本。《萨哈连船王》填补了诸多人类历史上还鲜为人知的自然空白和文化空白，发现了诸多历史上重要人物，多项都与吉林"船厂"和长白山文化、松花江文化有着至关重要的联系，如首次对外介绍了明代东北的另一造船厂"葫芦岛造船厂"，而郑和下西洋所用船舰正是按着朱棣的旨意，由同为内宫太监的亦失哈去指导技术，并由葫芦岛造船厂实施制造的。从某一点上说，郑和下西洋正是因为有了海西女真生活于白山黑水的船王亦失哈的手艺和部分材料，才最终完成了征服世界海洋的壮举。说部《萨哈连船王》谱写了新的重大的文化史，它将吉林"船厂"与"郑和下西洋"紧密地联系在一起，不但是一个典型的事例，更是展开了中华民族征服海外，对西方诸多国家、岛屿、地区实行开放，渴求与之交往的博大思想。在《萨哈连船王》中，故事生动地述说了郑和与亦失哈在葫芦岛的友谊。郑和比亦失哈小十多岁，无论在经验、历程和造船的学识上，以及饱经风雨的战乱生涯方面，郑和前期都不如亦失哈。而且，郑和亲眼看见了亦失哈是如何被朱棣所看重，并授予他内宫太监等重职的过程，这不能不使郑和在心中增加了自己的榜样力量。这样，正是由于亦失哈在精神和物质及技术上的无私资助，也才使得郑和最终完成了下西洋。关于吉林，长白山和松花江，包括吉林"船厂"对郑和下西洋所起到的作用，过去一直不为人知，这是一个重大的历史史实和文化发现。

如今《萨哈连船王》已交给社会了。它的定型和完成完全是历史使然；是珍贵的人类文化的最终归集。献出它，也最终完善了北方文化的薄弱环节，也算完成了谷老和我们最艰巨的使命，但这个愿望的完成前前后后却是经历了三十年的光阴，看来又是一个历史的使然。

第一章　开篇序歌

　　人类历史的长河中，有太多的事情值得人们去记住。记住了，人就一点点变得精神充实了。满朱衣朱勒革乌春——萨哈连德勒萨克达扎呼台罕（汉译：满族古歌——黑龙江上老船王，也就是满族说部）讲述了一个奇特的老船王的故事。故事是浓缩的人生，人生从故事开始。

　　开篇的古歌（满汉对译）

　　满语：安嘎衣乌春吉里刚啊，

　　　　　安巴衣莫德里德热莫木克德喝，

　　　　　安嘎衣乌春吉里刚啊，

　　　　　德恩衣阿林窝稽毛乌勒滚车莫霍拉哈。

　　汉译：开口高歌，多响亮啊，

　　　　　大海在欢腾；

　　　　　开口高歌，多响亮啊，

　　　　　高山密林在欢呼。

　　满语：额勒乌春，朱勒革乌春，

　　　　　额勒乌春，达妈妈衣乌春，

　　　　　敏安阿尼雅，图门阿尼雅，

　　　　　扎兰扎兰衣，乌拉莫阿拉给衣布赫。

　　汉译：这是一首古老的歌。

　　　　　这是远古妈妈的歌。

　　　　　千年，万年，

　　　　　世世代代传扬。

　　满语：乌拉必拉莫德力德，

　　　　　尼衣给多布里额德喝，

　　　　　伊尔根尼雅勒玛。

　　　　　追窝莫罗图门扎兰，巴达拉莫木克德喝。

汉译：江河大海啊，
　　　日夜流淌。
　　　平民百姓，
　　　子孙万代繁盛。

满语：木克乌米勒德色刻任箔活尼喝，
　　　安巴额勒德莫克安巴比利哈达海额车喝。

汉译：饮水思源，
　　　牢记大恩大德。

满语：萨哈连毕拉衣朱棍，
　　　萨克达扎呼台罕亚路莫内喝，
　　　德里给莫德里德克勒克德克勒克，
　　　萨克达扎呼台罕必易。

汉译：黑龙江水道，
　　　是萨克达老船王引路开辟；
　　　东海浩浩，
　　　是萨克达老船王赐予的。

满语：德勒其，德勒给莫德力，
　　　涩额都勒折德勒衣色离色刻任窝哈。
　　　妈妈衣莫德力，达玛发衣莫德力……

汉译：从此，东海，
　　　成为我们衣食之源，
　　　是奶奶的海，
　　　祖上的海……

雅鲁逊（引子）

各位尊敬的阿古，色夫，
各位德高望重的妈妈，玛发，
萨哈连乌拉，奔流不息有万年，
萨哈连乌拉，养育的儿孙，有万万代。
这是江河的土地，
这是鱼虾的土地，
凡在这里生息的儿孙，

哪有不会水的？
哪有不摆船的？
哪有不造船的？
哪有不修船的？
哪有不依船的？
哪有不靠船的？
船是人真正的朋友，
船是人心上的伙伴。
我们靠船走南闯北，
我们靠船去游逛东海。
萨哈连的人自称"尼玛哈尼雅满"……
是海龙王，东海女神的后裔，
像百年千年的古树，
枝繁叶茂，根须遍北疆……
精奇里乌拉是大姐，
牛曼乌拉是二姐，
乌苏里乌拉是三姐，
亨滚河乌拉是四姐，
赫勒里乌拉是五姐。
五姐妹呀五大部落，
个个是江海的苗裔。
在那最古最古的时候，
像野猪棕熊在江海中汹渡；
在那最古最古的时候，
像水鸟青蛙在浮水远游；
在那最古最古的时候，
像啄木车其克在原木上凿舟而行。
这就是闻名漠北塞外的威呼，
轻便自如，往来如梭。
萨哈连人丁日旺，
萨哈连智者云集。
连木造船，航行江海，
乘风破浪，惊涛难惧。

从此，萨哈连乌拉有了"扎呼台"——船，
从此，萨哈连乌拉有了造扎呼台的色夫。
人称船罕——扎呼台罕，
人称船神——扎呼台恩都力。
千古流芳，
代代诵唱。
易哈喇扎呼台罕，
易哈喇扎呼台恩都力。
从此，传讲起古老的故事，
船王"乌勒本"，
从此，传讲起古远的传说，
船王世代闻名。
浪涛中诵唱着，
远古，昨天和今天……

第二章　三块船肋板

　　各位阿哥，玛发，我朱伯西在这里向各位问安了。我们已好久没有会面，你们也没见到我朱伯西了。说来，我朱伯西去查一查一桩奇案，这是瑷珲韩葱革知事不久前遇到的一桩奇案，他派了一帮马队去往头道沟查询。我一听，怎能放掉这种搜集世事的机会呀，我一打听，此事甚奇巧，我便凑了上去，说来真是太奇妙了。

　　原来，那是北方的一个"五花山"秋天，正是人们收获的季节。在瑷珲头道沟的老林松坡的密林中，有一伙采松子的山东即墨来的客商，他们每年都到瑷珲山林中来采松子，那些白白净净的红松籽粒，又香又甜，甚是好吃呀。多少户人在舍中常吃这特殊气味儿的松子，可以健身、醒脑、通便，美妙无穷啊。如果采好了运到山东、河北、河南，一说起这是关东地面上的松子，所要的银票很多，真是供不应求啊。

　　闲话少说，书归正传。单说这伙做买卖的即墨人，他们来到瑷珲的头道沟，就在山中打开了小宿。

　　这小宿，是东北的方言土语，就是在山林里过夜的意思。打小宿，就是就地架柴火、做饭，住在山上，再半山半野地打松塔、扒松子，从一群群的松鼠口中抢松子粮。因为松子这东西，也是动物的口粮啊，特别是小松鼠，它们专靠这东西过冬。所以秋天，它们成帮结伙地来到松林里，先是上树嗑掉松塔，然后把松塔叼回自己的窝里或树洞里，藏起来，以便过冬。它们见人也在抢松塔，一只只急得"吱吱"叫，气得在林子里四处奔窜……

　　人呢，就在这种热闹的场景中，和松鼠一块儿，摘松塔、抢松塔、拾松子、背松子，一派忙碌的丰收景象。

　　单说这一日，这伙即墨人在一片松林中摘拾松塔，树上的人摘，地上的人拾。有一位老者，眼看同伙从树上扔下一个大松塔，在地上滚动着，他急忙奔过去捡。可是，他走得急，走着走着，只听他"哎呀——"大叫了一声，就见地上轰隆隆激起一片尘土，他把一个马粪包给踩烂了。

马粪包，是东北老林里的一种菌，成熟以后，里面形成细粉末，很干燥，人一踩碰，粉末飞出，烟雾四漫，如浓雾一般。大家听他叫喊，一惊，再一细看，那老者已经不知去向了，只有地上的马粪包烟雾在弥漫。

他上哪里去了呢？

众人都急忙跑过来，树上的人也赶紧溜了下来，大伙儿一齐呼喊，找人，可是怎么找也找不到。这就奇了，人上哪里去了呢？

这时，经过众人仔细寻找才发现，原来，就在升起马粪包烟尘的地方，乱草蒿丛之中，就见大地塌陷出来一个很大的洞，洞口新土翻动，洞很深，洞究竟深到什么程度，谁也不知晓。这是从来未发现过的，这是什么洞？狼洞？狐狸洞？熊洞？獾子洞？但人们仔细观瞧，又都不像。这洞看起来甚深、甚宽，好像是一座房基的基地，但又为何塌陷了下去呢？

当时大家为了救人，都不顾一切地找洞口，找那个被这个大坑陷进去的捡松塔的老者。他们喊哪，叫哇，可不管怎么呼、怎么唤，洞中只是一片黑土翻翻着，还有乱草乱树枝子，偶尔，从里面爬出几条小蛇，什么人声人迹也不见。

大家忙了半天，这时天渐渐黑了。

在附近过路的乡民告诉他们说，这个头道沟之地平时很少有人敢来，白天无事，晚上天一黑下来，就常见到几个、十几个、数十个大火球在松树林的上空飞腾，当地人都叫它鬼火，一两个人结伴从这里在夜间走过都甚感阴森可怖，胆战心惊的。但是，救人要紧哪！

于是，大伙儿点上火把，还是找人要紧哪。大家一边以手刨坑，挖洞救人，一边又从屯子里借来一匹快马，派人骑马到县衙里去报信，求县知事开恩，快派兵勇来帮助救人。

就这样，县衙知事老爷匆匆赶来了，屯子里又来了不少帮忙的、看热闹的大人和小孩，大伙儿七手八脚地帮着挖坑找掉进洞里的老人。经过一天一夜的挖找，好歹把快给憋死的老者给救了上来。

人抬上来后，大伙儿上去一摸，全身冰凉，只有一口气了。大伙儿又一顿呼叫，他才渐渐地醒来，可是一细问怎么回事，他自己也说不清楚洞里的情况。于是，众人都说，这是这帮山东家的即墨人，惹恼了阎王爷，这才受到这种惩治，这个鬼洞，说不定是地下阎王殿的入地洞口，有鬼怪把着呐。可是，县知事和多数人都不相信是阎王殿的洞口，便决定，还是要把此洞扒开来，只有扒开来，才能看个究竟，是鬼是怪，一看便知。它不露出三分相，光在这里猜测不行。这时，大家都看县知事，都看他，是需要他定夺的时候了。

这县知事叫韩葱革，他本是瑷珲清末武备堂毕业的优等人才，一直以来很相信科学，贬斥什么鬼怪之说。一听大家这么说，他也想求个真，看看这地洞到底是干什么的，非弄出个水落石出不可。于是，他便命人特意写了一个告示。大意是：

> 兹有瑷珲头道沟松林地，偶见一座未名洞窟，深不见底，有山东采松子之人不慎陷落洞中，已经安全获救。现公布此事，吾县或外埠有何人知晓此洞穴，原系为何而设。因年深日久，无可考稽，特告知广众。如有知情者，请速来相告一二，必有厚赏。此布。

瑷珲县知事　韩葱革　印
中华民国六年十月十一日

你想啊，这是一件轰动的事呀，这县太爷的告示一张贴，这件怪事、奇事便立刻传播开了。一时间，四面八方的人越来越多，大家一传俩，俩传仨，这个小小的瑷珲城顿时就成了一个闹市，街上巷内，人人奔走相告，家家户户，所有住舍，皆住满了前来打探、打听和看热闹的人，可把街市的大小饭店挣得白银满柜、满箱，光那运粮的大车，你看吧，那是从早到晚，从黑到晨，天天不断地运粮，各饭馆还是在吵吵"没有粮食啦"！各个旅店也在吵吵"没有住处啦"！这是县城百年不遇的一件大事。

各位阿哥，玛发，我朱伯西就是一个好找热闹的人，我能不去吗？你们这些日子见不着我，其实我正是去了头道沟拜访那处五帝阎罗的地道口去了，我当然也是想帮着咱们韩知事弄清这个天下奇案、奇谜。

俗话说得好："人间万事，只怕刨根问底。真人面前，恶鬼也露原形。"这一盘查，真就有了故事。果然不出所料，就在韩知事求真务实，努力审查和考究之下，在他带来的县衙兵勇九天九夜的开掘之下，这一天，终于把头道沟山地五里平方的洞窟四周，土和树枝子全都搬挪开，露出了洞穴的原形……

原来，哪像人们传讲的，这里是什么阎王洞啊，有阎罗王的宫殿哪。

这里不过是一片工地的遗址，是在百余年前设在这河岸边上的一块场地，看整个的场景和掘出的遗物，倒像是一个庞大的、喧闹的大作坊，可把众人惊呆了。

在远古的时代，瑷珲这头道沟一带，当年水量充足，头道沟河口入黑龙江中后汇合，江水很深，发黑，夜里嗷嗷响，是可引大船的最佳水道。这头道沟河岸的河床上，是一片平坦的地方，正好可以在此设船厂造大船。因为在人们刨开的土坑中，可以明显看出有木匠、铁匠用的工具和工匠住的房舍。

当年，这一带的人居住的都是那种地窨子屋，不仅屋中有火灶、火塘，还有烧后的炭砟子，还有上锈的盘锯条（一种弯锯）、"二人夺"（一种两个人使用破大木板子的老锯）、刀锯、饦锯、弯把子锯，应有尽有，看来，这里是使用木头的一个大木头场子。而且，还有铁斧头、铁锤什么的工具。更主要的是，在一个地方众人发现了一片硬硬的地，又干又硬，别也别不动，用木棒子一敲击，空空的，下边定是一个空洞，很硬、很实。这里是什么呢？

众人费了九牛二虎之力，终于把这个硬板撬开了。只见下边是面积好大的一片，可把大家乐坏了，大伙儿又拼命地用铁撬杠撬，十几个人从四面猛力地试图把那硬皮撬起，撬呀，抬呀，忽然，大家发现，这是一片很大又很厚的大木板。这大木板，足足有一巴掌厚，让人去想当初这木头该有多大吧。

当人们揭起这巨大的木板再来仔细端详，这么巨大的"家伙"，到底是干什么所用时，突然，有人提出，这是早年造大船的大船两舷的船肋板，所以才很长、很沉，别看在土中埋没了百余年，如今是照样这么沉、这么坚硬，一点儿没有腐烂。人们在船板上仔细看，连一小块的虫蛀腐蚀之处都没有。只是黑黑的、沉甸甸的、潮湿湿的，拿出后，照样可以使用。有人说，用这木板做上等的"料子"（棺材），世上难找，难弄到手哇。而且，就这样的船肋板，在这同一个地方一共揭出了三大块，同是一般的厚度、长度，同一形状，这足以证明这是制造同一条大船所用的船舷肋板。

尤其使人称奇的是，这三大块船舷肋板，都呈弧形，可见是经过煨干的。这种巨大之物一下子让人肃然起敬，这里是什么人的造船场呢？都造了哪些大船？造这些大船又驶往何方？

一切的一切，又都成了接下来人们的一个不解之谜。

第三章　船板记号

韩知事，这是做了一件好事，大好的功德之事，他终于揭开了瑷珲早年可能有大造船厂之举。从前，人们也觉得瑷珲应该有造船厂，但那只是在猜测，这里到底有没有造船之地，造船之举谁也没说实。这也进一步说明直到清康熙时代，瑷珲副都统衙门的水师营存在，在瑷珲的头道沟附近，这一点，由于有了这些大木板的出世，有了那巨大的工地的出现，而得到进一步证实。

瑷珲的头道沟一带，从前水量极其充沛，不像近世，水流渐渐枯涸了，江流渐渐靠远了，不可能停船、泊船了。

通过此番的开掘，其实等于一下子揭开了瑷珲这个地方早年的久远历史，也等于打开了一个久远年代的故事和传奇的大门。

原来，在早些年，黑龙江的瑷珲曾经是北方重要水道上的一个重大的水上驿站，是黑龙江口通往萨哈连的一个通水、走水的重要水上咽喉。

韩葱革，字文毅，自号仙翁。当年，他常常自驾一叶孤舟，沿江上下，自泊自划。他也常常备酒备菜，咏歌江上。相传，他的祖上就是黑龙江之上的"水上人家"。靠水吃水，靠江吃江，这也是北方之人的一种生活。他的祖上，其实也是旗人，韩姓为民国后改旗为汉姓的，以防被冲击和歧视之故。当年，满洲韩姓实为赫姓，赫姓实际上即贺舍里、何舍里氏。所以，他对发现头道沟之船舷肋板有这么大的劲头，也是他在心底对其祖人、先人有一种深深的钦敬和缅怀之情。

韩葱革知事，办事谨慎认真。在发现了船板之后，他仍在苦心询问瑷珲当地百姓，不断去打听相关的说法和来历。终于有一天，他听人说，就在东三道沟西坡的榆树林子里，有一个小马架子，里边住着一对老夫妻，都是此地人，据说是来自宁海浪河一带，是那种常年在江海上跑船的，也是赶水放船的水上人。

韩葱革知事又听说，这老头今年已有八十九岁了，是清道光年间生人，老伴也有七十八九岁了，老两口相依为命，是对"老绝户"。绝户，就是没儿没女。在北方之地，这种不要儿女或没有儿女的"老绝户"，一般都有一段奇特的经历，韩知事怎么能放过这样重要的线索呢。这一日，韩知事特意备上一坛老酒，又在街上拎了两只烤鸡，这才带领"档师"前往东三道沟，拜望"老绝户"。

在老人的马架子（窝棚）外，知事打眼一望，这处窝棚古旧原始，是那种半地上半地下的老式居处。一扇蓬门，一扇落地窗户，也是古旧苍凉。知事心下有了打算。

这时，随从撩开老人家的门帘，说："老人家，瑷珲知事，前来拜望……"

韩葱革疾步上前，双手一抱拳，对坐在小屋炕头上的二位老人一施礼，说："在下韩葱革，前来拜望二老。"

只见那老者弯着腰，眯起眼睛，借着从地窖子窝棚半块窗子射进来的阳光看了看，说："啊。来啦？"

韩葱革答曰："来啦，来啦。"

老头儿："那就坐吧。没地方，又埋汰。"

老太太往炕里凑了凑，挪块地方。老头子拍了拍炕沿儿，韩葱革坐下了，又让人抬上酒罐子。他靠近老人坐着，就把这些天如何挖坑、救人，又如何挖出一个大的造船厂的事，一五一十地说了一遍。又加了一句："老人家哪，想来这地方的来历，也只有你老人家能说清啦……"

老人一听，又问："头道沟？"

韩葱革："对呀。"

老人说："造船？"

韩葱革："对呀！"

谁知，老人却一下子沉默了。再也不愿开口了。

韩葱革有些后悔。自己不该太直接，可能一下子触及了老人从前岁月里心底深处的伤心之事，伤情之事，被我这一问一下子勾起来了？但是，韩知事知道，既然起了头，故事就不能再停下。于是，韩知事便更加细心，更加耐心地打听起来。先从老人的家事问起。

这一问，方才得知，原来老人并不是没儿没女，他们是一对有儿有女的老人家，而儿女都在这条江上死去了，大江是他们的伤心之江啊。从他们的话中，知事得知，老人说，撮弄船的人，早早晚晚都得搭进几代人啊。

韩知事一听，吃惊地睁大了眼睛。

老人说："更何况我老头子，我一辈子爱江、爱水，我在黑龙江、萨哈连上跑了一辈子了，我能不爱这水吗，我在这条大江上风光了一辈子，有多少伤心的泪吧。如今哪，我是真不愿意再提起来，不想再去述说它，怕就怕勾起往昔辛酸岁月的回忆。"

韩知事说："老人家，你得说。"

老人："我，不想说。"

韩知事："老人家，我今儿个来，就是想听啊！"

老人："知事，我说，也得到现场去看看。"

韩知事："那是，那是。本知县今儿个来，也正是想请你老人家出山，与我亲自到那头道沟的造船现场去，一块儿去看个究竟。"

老人，在韩知事的耐心说服之下，这才勉强答应跟他们一起去头道沟的沟塘里，亲眼去看一看那个地方，识别一下那几块大的船板子和一些工具什么的。

就在老人答应之后，韩葱革立刻让跟随来的县里的几个随从，去砍来几根细木杆，当即做了一个小抬轿。砍了两根木杆当小轿的抬杆，中间的锯口很短，在上面钉上了一个小靠椅，可以使老人猫腰靠背地坐上来。椅座固定在长杆子中间，抬起来，正好是一个小抬轿。老人如果坐上去，颤悠颤悠的，不仅舒服，而且稳当又牢靠。大伙儿问："老人家，这小轿咋样？"

老人瞅了瞅，点了点头。

于是，大伙儿七手八脚地就把老人抬上了小抬轿，问："大爷，舒服吗？可以吗？"

老太太还是不放心地走出窝棚，说："你们下手可要轻一点儿。他老了，骨头酥了……"

大伙儿说："我们一定加小心。"

韩葱革知事对老太太说："老人家，你放心，我们一定把他好生抬去，又一定好生送回。不会磕着他，碰着他。"

老太太也才无奈地点点头，回屋去了。

于是，韩葱革知事一行人，抬着老人家，一路出了三道沟，直奔瑷珲头道沟那片老船厂的旧地而去。

话不赘述，一行人来到头道沟老林子里，把老人从抬轿上小心地扶下来，又扶着他奔到现场。老人家在大伙儿的陪同下，仔细地翻看大木板。又围着木板转来转去。韩知事一看，老人看木板费劲，就命令手下的人："把木板给老人翻过来。"

几个仆人齐喊："喳——！"

立刻，那巨大的木板被捆翻了一个个子。

老人被人扶着，他颤颤巍巍地走上前去，用手摸着那木板。只见他一遍遍地仔细在查验，好像是在寻找什么。

他在寻找什么呢？真是太神了，这时，就见老人越看越来精神，眼睛睁得大大的，就连走路好像也有了精神头儿，特别是，老人越来越兴致勃勃。不大工夫，老人突然地叫起了韩知事。

老人说："韩大人，你快上前来。"

韩葱革说："来啦！来啦！"他急忙靠上来紧挨着老人。

老人说："韩大人，你仔细地瞧瞧。"

韩葱革说："哪里？"

老人说："这块木板上。"

韩葱革说："木板上？"

老人说："你呀，细看。"

韩葱革说："细看？"

老人说："对。你摸摸，这木板上好像高低不平，坑坑洼洼的，有凸凹的痕迹……"

韩葱革说："痕迹？"

老人说："对呀。我估摸着，这准是一个什么字。"

韩葱革说："字？"

老人说："嗯。"

这一下，韩葱革可来了精神头儿，他也顺着老人的手摸了下去。

老人又说："年头久啦。再说，我也是老眼昏花啦。我看不清啦。你们年轻，眼力尖的，快来好好地辨认一下这是什么字。"

老人这么一说，众人你看看我，我看看你，大伙儿又都不约而同地看知事韩葱革。韩大人其实早已惊在心中。他这时正跟着老人的手的走向，在一点点向老人指点的地方摸去。

这时，韩大人突然叫道："来人哪！"

几个仆人答："在。"

他说："快，去端一盆水来，给我冲木板查字。"

"是。"立刻，有几个仆人跑去找盆，端来一盆水，在韩大人的指点下，"哗"地一下，泼洒在木板那凸凹不平的地方。

人们又端来几盆水，不断地冲洗。真是皇天不负有心人，冲着冲着，只听韩葱革大叫一声："看啊，上面果然有字！"

大伙儿围上来："什么字？"

韩大人说："好像是个满文字。"

满文字，什么意思呢？一时大家看不出来，又都仔细摸着字的笔画和痕迹。

这时，老人大声说："你们看，是不是这么个字……"于是，老人用手在地上画出一个满文的"罕"字的样子来。大伙说："对对，就是这么个字。"

老人说："这是满文字。如果是这个字，那就是'罕'的意思。"

大伙儿说："对呀！正是这个字呀。"

老人说："如此说来，这就对了。有这个'罕'字的大船，那可是黑龙江的宝物啊。"

什么？它是黑龙江上的宝物？韩葱革知事知道了事情的重大，他又顺着老人的提示再上前去仔细地辨认，摸来摸去，因木板年深日久，刻纹又在湿土中长年腐蚀膨胀，记号确实有些不太清晰了。经他一再细细地辨认，更顺其字形、笔顺和走向，也只能唯有一个字最像了，那就是汉字的"罕"字，确实无疑。

韩葱革县知事请教老人说："老人家，你说得对，果然是满文'罕'字。那么，为什么这艘大船上要刻'罕'字？这有什么说道吗？又有什么讲究吗？"大家听着韩知事的话，再一看老人时，就见那老人已是满眼的泪花，他抬起泪眼来，久久地向北方那苍茫的大江望去……

第四章　远祖起端

老人泪花满面，人们一下子都愣了。

这时候，老人家激动万分。就见他再不像刚来时或在家时那样无动于衷了，而是激动万分，他仿佛要把心中的激动完全倾泻出来才行。

老人说："这就对了。完全对啦！我盼了多少年啦，终于盼到了，这就是萨哈连老船王的古船。阿弥陀佛，它终于出世了，真是佛爷保佑啊！"老人说着，突然"扑通"一声跪倒，对着萨哈连黑龙江方向"咣当"叩了一个头。

韩葱革县知事还是实在有些不解，他有些丈二和尚摸不着头脑。他让众人都先别光乐光跳，光蹦光喊，先静下来，请老爷爷好好给他们讲一讲，这究竟是怎么回事。

韩大人说："老爷爷呀，你给我们大伙儿讲一讲，这'罕'字船，和这个字，都有什么原委和来历吗？"

韩大人这么一说，大家一致赞同，马上一个个都老老实实地坐在了地上，等着听。满族人都有愿意听故事的习惯，也是一种本能，他们不论大人还是小孩，其实都愿意听各种传说和故事。此时，老人的周围，树墩上、石头上，人们都抢着坐满了，都要听老人"讲古"啦。

老人却说："各位呀，讲故事好办，先别急，你们还是先把这周围再清理一下，看一看大木板总共有几块，还留有什么物件。等都弄清楚了，我再给你们讲故事。"

按照老人的吩咐，众人又七手八脚地清理了大木板四周，果然在大木板下还发现有几块人的尸骨架子，还有人的腿骨和臂骨，几块残碎的肋条骨，但头颅骨没有发现。

老人家这才讲道："这木板，听说是早些年跑上游、通海的大木船上的船舷肋板，正是大板船，即扎呼台大木船，是早年黑龙江上最大的通海船的船上用板。大船，就靠这样大的厚木板十八块，小板无数块，钉制而成这种'扎呼台大船'，是船的骨肋、躯体。在这发现有人的尸骨，证明这大船一定是在此造的。可是，这里也不像造船的所在。我断定，早年有通过的大船因洪水等原因，沉没在此了，故有人的骨骸而遗留在了船体内，又因年久，骨骸朽烂，有些已经无法查找到啦！"

韩葱革知县大人，听老人讲完，他又再请老人坐上轿子，说道："走，咱们打道回府。回去我要沏上一壶好茶，再请老人家详细讲讲他所知道的更多传奇故事。"于是，大伙儿纷纷跟随，一同奔往瑷珲县县太爷的府衙。

说实在的，老人在瑷珲这里，只是行辕而已，有一间简单的土草房，做歇息之处。老人家自称，自己姓易，亦有写成"亦"的。

相传，最初是用"夷"字。其祖家最早是居住在东海窝集部锡霍特山麓，一向以捕鱼狩猎为生，因山麓中生长松、榆、槐、椴、柞、杨、柳及其他杂树，故常有穴居。在炎热的夏季，他们多居树上，有如树巢，故又有"林中之人"之称。辽金以来，他们就这样世居。古时并无姓氏之俗，完全野居，群婚。元以后，方有部落头人，有头领酋长，方有族外求婚之制。在大明初期，永乐大帝御驾北征，对东山野人赐姓，就是"夷"姓，于是从此世上才有"亦""易""伊""依"等诸姓，这些姓氏便是古"夷"姓字派生而来的。

老人说："说起来，我们'夷'姓哈喇，是关东州最早的造船部落，因是水上人家，依山傍水，有'木'，有'水'，必有行舟。这就是造船，水上通行的开端。"

相传，在很久以前，在那遥远的远古时代，在东海边，在锡霍特阿林之东麓，临海而居的古代，有这么一对老夫妇，他们老两口，靠着大海为生。他们吃海虾、海蟹、海鱼，搭个鱼圈，吃不了的鱼呀，虾呀什么的，就圈在里边养着。家里除了老两口外，就是一条狗，那是一条黄狗；一只猫，那是一只花猫，四口人过日子。

老人家年岁越来越大了，就是苦于无儿无女。可是，老人家心肠好，把这大海当成了自己的靠山，凡是海中漂来的乱草乱柴，他都给拣出来，堆在岸上，让大海永远都保持着碧蓝碧蓝的样子；凡是有漂来的尸体或小兽、小鸟的尸体，他们都给捞出来，埋在岸边的山岗上，成为无主之墓。山坡上有一片老人埋下的无主之墓。他们就这样守护着大海。

二老日日夜夜虔诚地祈求大海之神，帮助自己，能让自己有个孩子，哪怕是一个小小的孩子，不管是男是女，他们都爱，将来好养他们，给他们送终啊，也是为了接续他们在海边为海水的清澄、清蓝做些应干的事，有个帮手帮他们为大海做点好事。

单说，这事也就奇了。

也可能是他们的善良感动了天地，也许是他们的诚信惊动了大海，天地和大海大概是不想辜负这对老人对人类的赤诚。一天夜里，老太太正在睡着好觉，就觉得从门外传来一个小孩子的声音，那么好听，喊道："妈妈，妈妈，我来啦。开门呐！"

老太太梦中听得非常亲切又真切，便起身开了门。一看，门口站着一个穿着红兜肚的小胖孩，光着小脚丫迈进门来，双手直向老太太打着招呼。老太太越看越高兴，小孩双手向老太太身上一扑，一下子扑进了她的怀里。老太太乐得"呵呵"一笑，醒了过来。原来是南柯一梦。

老太太睁眼一看，窗外明亮的月光照进来，海边的小屋很明亮，老头睡在自己的身边，并没有什么小孩。原来，这只是一个新奇而迷人的美梦。

老太太叹了一口气，心想：哪有那么好的事，哪有啥小小子、小丫蛋啊，定是自己太想有儿女了！想着，她又睡了起来……

可是，真奇怪，自打那日做过梦之后，自己越来越觉得身体沉重，腹部大了起来、鼓了起来，连老头子也看出来啦。

老头子说："老伴呀，你是不是有喜啦？"

老太太笑着说："老头子，好像是我有喜啦。"

老头子乐得哈哈笑，自己的老伴真的有喜啦。

老天爷保佑，老伴是近七十的人啦，如果真能给自己生个一儿半女，这难道不是天意么？

老两口打心眼儿里乐呀，白天还到海边给大海跪下叩头。说起来，日子过得真快，不久，老太太就真的分娩了。老太太只能自己接生，何况，当地大海边只有海边上有这么个茅草小屋，四周山岩陡峭，没有人烟。

好在老太太很刚强，自己给自己接生。说渴，老太太就让老头给舀来一碗海水，老太太当时就喝了一口东海水。喝了东海水，肚子就不疼了，很快，老太太就生产了，生了一个小人。

老头老太太非常惊奇，这孩子，才只有大拇指大小，可全身长得分外强壮。这真是应了老头老太太的想法，哪怕有个大拇指大小的孩子也行啊。如今，真就来了一个拇指大的孩子。

这孩子，别看人小，声音洪亮，目光锐利，生下来就东看西看的，一刻也不识闲儿（不肯停下来，总好动），还跟老头老太太噢——噢——噢地说话唠嗑呢，还会笑，可把这头老太太给逗坏了。这小孩这么精神、懂事，老头老太太把一切烦闷全都忘了，一天就是个高兴，乐呵。总算有了自己的儿子，自己的骨肉，有了自己的未来，不再是孤孤单单的了。

家里的小猫小狗见多了一个孩子，也特别的欢实。老头出去赶海，老太太烧火做饭，小猫小狗就看着小孩。老头老太太就给孩子起名叫"小不点"。

家里的花猫和黄狗对小不点可尽心了，它们互相再怎么争风打架，可是在看护小不点上都是那么尽心，一点儿也不争闹吵架，不打扰叫唤，怕把睡觉的小不点吵醒了。小不点睡着睡着一醒来，有时小狗看着，让小猫出去找老太太，咪咪一叫，告诉老太太，好像在说："小不点醒了，要吃奶啦……"

有时，小不点醒了，小猫看着，小狗去找老太太，见面后，汪汪一叫，告诉主人："小不点醒了，要吃奶啦……"

对于看守孩子这一点上，黄狗、花猫配合默契，真让人十分放心。冬天，天冷了，有时老两口外出干活不在屋，小花猫就守在一旁，给小不点增加热量，黄狗在地上四外环顾，不让土耗子上炕，咬着或吓着孩子；夏天，蚊虫多了，小猫、小狗就轮流在孩子的左右，它们尽心尽力地轰赶那些飞来的蚊虫，不让蚊子、虫子靠近小不点，就是为了让小不点好好地睡觉，快些长大。而且，花猫和黄狗还学会了"打扇"，就是以嘴叼着一把草扇，给小不点扇风，真是奇怪透了，它们可能是看到老头老太太给孩子扇风驱蚊虫，去热汗，于是自己也学会了。其实，小猫、小狗聪明着呢，它们也是挺有意思的小生命。

第五章 畅游海宫

单说，岁月如梭，一晃过了三年。

这一年，小不点三岁了。

平常，老太太常给小不点洗洗身子。因为这小不点有一个习惯，就是喜欢海水，身上沾些海水，就不生病、不起疖子、疮啥的。所以，家里人也习惯了，就常用海水给小不点擦洗身子，让他高兴，乐呵。

这天，因老头子赶海，去网黄花鱼。鱼很多，一堆一堆的，可把老头子乐坏了，一网下去，打上来一船小黄花鱼。

每次赶海，小黄狗都跟着去，老头一去就是一天。老头每次赶海回来前，小狗总是先跑回来报信。这天，老头因赶海鱼多，回来得晚，小狗也回来得晚，这可把老太太给急坏了，好大一会儿，小狗才回来。它连连叫唤了三声："汪——汪——汪！"这是告诉老太太，今儿个鱼打得多的意思。要是一般多，它就叫两声，要是平常，就叫一声，而三声，那是大丰收。

老太太也乐啦。她给老头子好好地热了些酒菜，让老头子高兴。这样忙来忙去，一直忙到了下半夜，才给小不点用海水擦身子。可是，擦完身子，小不点一点儿也不愿离开盆中的海水，想在水里再玩一会儿，老太太想，孩子既然不愿意出来，就玩一会儿吧，也就没把他抱出来。

可是，老太太太累了，不知不觉就在炕边一躺睡着了。小猫、小狗也累了，也在老太太的身边睡着了。这时，老头醒了。

老头子一起身，看地当央放个水盆，心想：自己老伴太累啦，给孩子洗完身子连洗身子的水都没倒，便很心疼地下地，双手端起大木盆往外走去……

那时，屋子黑，也没有灯，人一走道儿，声音很大，老头根本没注意水盆里有没有小不点，他径直地走到门外，来到大海边，把水盆中的水"哗"地一下倒入了东海。

盆里的水迅速融入大海中，老头子拎着空盆转身就往屋走，他是睡觉去了。

再说，那个小不点，他在水中玩得很开心，正欢实，漂着，漂着，似睡非睡。等他醒过来，原来已经进入到波涛汹涌的大海之中，顺着翻滚的海浪，箭似的冲入茫茫的大海，转眼就远去了。

小不点被父亲倒入大海，一下子卷进了激流之中，一个大浪来了，一下子把他打入海中，他上下翻滚，忽然间，他被海浪送到一个金碧辉煌的海宫里面。只见里面，一片片的闪光点，有各种稀世奇珍异宝，他一下子就进到了海宫里。他不知不觉地随着各种身穿各式美丽衣裙的众鱼神进到了内宫。往里一看，宫中更是金光夺目，处处陈放着海中的各种各样的宝器，一片弦歌昂扬，歌舞升平，令人心旷神怡。

这时，只听身边的几个银棱神悄悄地说："可别乱吵吵，今儿个海神的三个女儿都来了，在宫中议事。要小心侍候，可别惹出乱子。"众鱼神个个频频点头。

他们一说，小不点心想：我倒要听听这海神之女都讲些什么。便随着众鱼神进入了内宫里面。

这时，就听龟神说："大家不要喧哗。到海神身边，都要恪守规矩，静听神女传讲机密大事……"

小不点一听，也屏住呼吸，随着众鱼神鱼贯而入往更里边走。只见三姊妹女神，正坐在海宫正中央的玉石椅上，聚议要事。

只听坐在最中央的大姐说："两个妹妹，你们可要当心，不要传扬出去。"

两姊妹说："是的，姐姐。"

大姐说："在大海的蓝宝岩石之中，有一个岩洞，里面藏着辽代传下来的宝船图。"

两姊妹说："啊？宝船图？"

大姐说："对呀。这可是建造大海船的唯一神秘图样，已相传数百年，是女真的先人创造的奇迹。但是，人间世人私心太重，互相厮拼争夺，为造大海船争夺这图纸，人死无数。大辽国道宗皇帝一气之下，就收来传世图录九函，秘密存放海中。咱们可要给保管好，不能传给坏人，造巨船夺海宝。自古来，人心不足蛇吞象，毁去我们大海宝藏，到头来我们都无处安身了呀！"大姐说得激昂慷慨。

只听小妹说道："姐姐，那么谁该是掌握这神秘图纸的人呢？"

大姐又说："你们妥善保管，不可懈怠。只有世上那些最善良、最聪明的人，懂得关爱山川大地，关爱大海，保护大海的人，才应该得到这造巨船的图样。"

小妹说："这个人在哪儿呢？"

又听二妹说道："大姐，你这要求太苛刻了，怎么样才能得到这个最神奇、最无敌的巨船图样呢？"

大姐说道："两个小妹，好好看好这个船样。其实，只有那能到绿色海沟中，顺着海洞潜入进去，又不怕生死，不畏惧苦难的大胆英雄，才有可能靠近图样，找到它，拿到这张世上最奇幻的巨船图样。胆小的人是永远与图样无缘的。"

这时，小不点听得一清二楚。

小不点想：自己一定是一个最勇敢、最大胆的人，自己一定也要做这样的一个人啊，自己一定要得到这巨船图样。

想到这里，他一下子笑出声来。

哪知，他这一乐，让三位女神听到了，当即她们身形一隐，不知去向。

这时，一阵大浪，把小不点打出海宫，他一下子像飞箭似的冲出百里远。好在途中遇到好心的龟爷爷。

龟爷爷问："小不点，你怎么跑到这里来了？这是海中世界呀，你应该回到你的父母身边去。"

小不点说："老爷爷，帮帮忙吧。"

龟爷爷说："什么忙？"

小不点说："老爷爷，我是被我爸爸一不小心倒木盆中的水，一下子也把我给倒进大海里来了。你能把我送回家吗？"

龟爷爷听了，叹了口气，说："可怜的小不点，来，我把你送回家吧。你的爸爸妈妈说不定急成啥样啦。"

小不点听了，拍手乐了。

他说："老爷爷，太好啦！我这就能回家去看爸爸妈妈啦！"

龟爷爷看小不点活泼可爱，就说道："小不点，你可长得太小了。"

小不点噘起嘴说："是啊，要不爸爸怎能看不到我，倒水时把我给倒了。"

龟爷爷哈哈地笑了起来。

龟爷爷又说："人要长得小，也就没有力气。你得长得又高又壮，才能帮助你父母走海、赶海，成为海上无所不能的人！"

小不点说："爷爷，怎样才能长得又高又壮呢？"

龟爷爷说："你回到家后，告诉你妈妈，你天天要吃海狗肾。"

小不点说："肾？"

龟爷爷说："对。肾，那是健身体的神药。人最重要的是两肾健全。肾乃先天之本。肾壮而后天壮。人的肾一壮，就能多吃多喝，身体不缺营养。营养一上来，自己的身体也就自然地壮实起来啦，你也就会像小树一样，一天变一个样，就会长成世界最强悍的人，也会成为一个世上最勇敢的人。"

小不点说："啊，原来这样。"

龟爷爷一再嘱咐小不点："记住没有，孩子？"

小不点说："记住了。"

龟爷爷说："那你回去后，一定照我说的去办。"

小不点点头答应。

龟爷爷让小不点爬到它的硬壳背上，让他用小手紧紧抠住龟爷爷背上的大节骨，双手抱好，任凭海浪打来也不要松手。老龟爷爷说："我会很快滑游，我就把你驮到大海边上。"

小不点问："老爷爷，你怎么知道我住在哪啊？大海这么大，这么辽阔，能找到我的家吗？"

龟爷爷哈哈大笑，说道："小不点，你这是小看我老爷爷了，老爷爷我在东海活了千千岁，哪儿有什么？哪儿新添了什么？一切我都知道，这都在我的千年记忆里。"

小不点说："啊呀，这太奇了。"

龟爷爷说："你家我知道，就是你们一家，是大海的清洁工。我们哪，都感激你的父母，你的父母为大海做了那么多好事，要不，我也不会来主动帮助你的。孩子，快快坐好！爷爷可要飞游啦。不要怕，闭上眼睛，一会儿你就到家了！"

小不点点点头，乐了。

小不点心想：我得好好地品品这海上行走的滋味儿。他刚刚闭上眼睛，就觉得水浪汹涌，浪涛声中像有万马奔腾。还没过足瘾呢，就听龟爷爷说："小不点，你到家了。"

小不点说："啊？这么快呀？"

龟爷爷说："我不是告诉你了吗，只要我驮你，咱们说到就到。"

小不点说："爷爷，我该咋样谢你呢？"

龟爷爷说："你不要谢我，你只要记住我的话就行。记住了吗？"

小不点说："记住啦。"

龟爷爷说："那你就快点上岸去吧。上岸后，慢点走，叫你爸妈给你开门吧！"

龟爷爷说完，小不点上了岸。回头向龟爷爷招手致谢，可是龟爷爷早已不知了去向，只听到巨大的海涛在喧啸。远处，几只海鸥在振翅高唱，好像在祝贺小不点又平安地回到了自己的家。那鸟儿发出的叫声"嘎嘎——""啊——啊——"真像是"家——家——"小不点一听，高兴得乐了起来，自己真的又回到家了。

第六章　长成壮汉

小不点抬头细看，一点儿也不差，真是自己的家。

岸边那间泥草房，黄土裹着的木烟囱、小院落、鸡窝等，正是自己的家呀。小屋、小院，都在亲切地、熟悉地进入他的眼帘，在静静地等待着他的归来。

可是，小不点长得太小啦！他像蚂蚁一样，一点点地从岸上向自己家的小屋移动，再走上自己家的门槛，站在门槛上轻轻地拍门。

小不点想妈妈了。他急切地喊："妈妈，小不点回来了！妈妈，小不点回来了！"

可是，这小不点的声音太小啦，屋里的妈妈哪能听得到啊！小不点急得坐在地上要哭了。但他没有哭，他拿起地上的一个小圪垯开始打门，"叭叭叭——叭叭叭——"小不点连敲不止。

这时，小猫、小狗先听到了动静。

小猫、小狗竖起耳朵去听，什么动静？好像谁在敲门。但它们谁也想不到是小不点回来了。

说实在的，自从小不点被老头一不小心倒进了大海，老头老太太像疯了一般，天天到海边去寻摸小不点："小不点——你在哪儿呀！"

"我的儿呀！你在哪儿呀——"

老头老太太天天在海岸边上奔走，寻找，嗓子早喊哑了，可是，他们一直没停止寻找。

老头老太太愁得水饭不进，已经瘦得没个人样了。他们每天什么活计也干不下去了，什么事情也做不了，天天无精打采，日夜犯愁不止。

特别是老太太，自己万分内疚，给孩子洗完了澡，咋就不想着把孩子抱出来，放在炕上呢？再说，你怎么就这么懒呢，孩子还在盆里你怎么自己先睡上觉了呢？

老头子更是不停地埋怨，自己咋就这么没用呢，自己的孩子就是再小，那也是一个孩子呀，怎么能在泼废水时也一块儿把孩子给泼了出去呢？

老头老太太在内心自责时，也时常地互相指责，互相埋怨不停。但是，一切都已经没用了，孩子已经被倒进大海了。

这天，老头老太太倒在炕上，唉声叹气，真是愁死了。忽然，小黄狗叫了起来："汪汪汪——"小花猫也叫了起来："喵喵喵——"

它们的意思是，听听，好像外面有动静。

小狗满地跑，小猫在炕上直撒欢儿，互相看看，又对着老头老太太汪汪，喵喵地大声叫，一下把老头老太太给惊醒了。

老头老太太想：这是怎么回事呢，难道是儿子回家了吗？想到这儿，老两口几乎是一同跳下了地，打开了门。

他们打开门一看，只见小不点站在门槛上，正冲他们俩笑呢，并说："额莫、阿玛！我回来啦。"

老头老太太简直不敢相信自己的眼睛，连连问："儿呀，是你吗？"

小不点一手拉着爸爸，一手拉着妈妈，说："是我，正是我呀！"

小狗小猫上去咬住了小不点的小花袄（那是老太太亲手给儿子做的小袄）一直把他给拽进了屋里。老太太抱起小不点，左看右看，果然不是做梦，这真是儿子。

老头子一把抢过小不点，上下观看，千真万确，这真是被自己"泼"出去的儿子小不点！老两口乐得，共同抱着儿子小不点痛哭流涕。这都是乐的。全家四五天没个声息了，从此，又有了笑声，家里又有了朝气，有了欣欣向荣的生活气息。

自从儿子小不点回到家，他总管阿玛和额莫要东西吃，要什么？要海狗肾。

小不点说："阿玛，我要海狗肾。"

老头子说："要那个干什么？"

小不点说："阿玛，龟爷爷说了，吃了它，就可以强身，我就可以变成一个顶天立地的壮汉。"

老夫妻听了儿子的一阵述说，分外高兴。

老头子说："孩儿呀，海狗肾有的是。阿玛就是一个捕捉海狗的能手。咱们家的仓房里至今还留着不老少晒干的海狗肾！但是……"

小不点说："怎样？"

老头子说："不吃这些干的。"

小不点说："那……"

老头子说："儿呀，阿玛天天出海，给你弄些鲜的海狗肾来。你看怎样？"

就这样，老头子天天出海，每次回来，都带回不老少鲜海狗肾，小不点也就天天能吃上新鲜的海狗肾。

说来也真是灵验，不出半年的工夫，小不点可就变了样子啦。小不点一点点变成一个大小伙子了，那是一个真正的珊延哈哈——壮汉子。

一天，壮汉把父母叫到身边，郑重地说道："额莫，阿玛，我已经长大了，我要干点事啦。"

老两口乐了，说："儿呀，你要干啥呢？"

壮汉说："我在大海中，听到了海神姊妹们讲述的话。"

老两口说："她们讲了什么？"

壮汉说："她们说，在大海中有一个蓝色的海宫，那里藏有天下最精美的神奇海船制图，谁有了这个世界上最奇妙的巨船图样，谁就是大海上无往不胜的船手、舵手。额莫、阿玛，儿子要做这样的人！"

老两口乐得："啊呀！真是我的好儿子。"

壮汉又说："可是，额莫，阿玛，我还不知那个蓝色海宫所在的地方。"

老头子说："这地方……"

老太太说："这地方……"

老头和老太太住在东海边上已有六七十年了，听儿子这么一说，一想，一下子想起一个事来。

老头子说："儿呀，你说是蓝色海宫？"

壮汉说："对呀！阿玛。"

老汉突然想起，他曾到过一个去处。他对儿子说："孩子，蓝色的海宫，就是那东海岸锡霍特阿林的蓝岩洞林中的洞窟。"

壮汉说："是蓝色的岩洞吗？"

老头子说："是。那是一个神奇的地方。那里地势非常险要，山峦重叠，有无数顶天立地的巨石如林塔，高耸入云。上面有古松，横卧云中，终年有神鹰和神雕飞翔。在那里，确实有不少幽深的古洞穴。相传，在辽朝时，有许多海盗深藏其中。他们都是一些擅用船渡海巡游的争战之人。难道，那里真是有古代战船图样仍深藏在洞岩之中？"

壮汉闻听，更加振奋，便说："阿玛，此话看来确有出处。孩儿想亲自去探访古洞。"

老头子说："儿呀，到达那里，非常的遥远哪。"

壮汉说："阿玛，纵有千难万险，儿也要找到古洞，找到巨船制造图样。我要从此做一个在大海上能擅使巨船之人。"

老头子说："好啊，好啊孩子。"

壮汉决心已下，父母也都支持。老太太忙着给儿子缝制新衣、皮帽、皮袄、皮裤，老头给儿子准备佩戴的弓箭和防身的武器。这时，老两口提议："儿呀，把小猫和小狗也都带上，它们能给你通风报信。"

壮汉说："只带小狗就行了。小猫留家，也好给你们做伴。"

于是，壮汉背着干粮、水囊，告别了父母，带着小狗随他去探洞。小狗肯定是他的一个好伙伴，能给他和家里随时通风报信。就这样，壮汉离家了，直奔东海岸锡霍特阿林北的那片石岩耸林而去。父母送出很远，一再地嘱咐要多加留意，千万别出什么意想不到的差错。

眼看到了一个岔路口，老头子说："儿呀，你现在已成了大人了，应该有个大名号，别再叫小名'小不点'啦。"

壮汉说："那叫什么呢？"

老头子说："我看，就叫海娃吧。"

壮汉："海娃？"

老头子说："对。孩子，你是从大海中来的，又不经意间到大海中去周游了一次，现在，你又去大海中寻宝。你一次次离不开大海，这苍茫的大海是你的恩人，也是你的出生地。叫海娃，就是让你永生永世不忘记大海的恩情。"

壮汉说："好。儿谨遵父命。"

老头子说："我和你额莫祝你一帆风顺，马到成功！千万注意安全，早去早回。"

壮汉说："额莫、阿玛，你们放心。儿全记下了。"

于是，壮汉和父母，在奔往东海的岔路口分别。他带着小狗，小狗在头前开路、引路，他和小狗就直奔前方的崇山林莽而去了。

走啊走啊，足足走了三天三夜，爬了十几座大山大岭，又经过了十几片古红松林，跨过了十几条大深涧。每天，他们发现群鹰在头上欢叫，小兔满山奔跑，香獐子、小狍子、大马鹿在出没，真是有意思极了。

特别是锡霍特阿林山中特有一群群色彩多样、色泽斑斓的有巴掌大、小扇子一般的东海彩蝶，上下飞舞，追逐跟随，这东海锡霍特阿林，真是美不胜收。

壮汉心中暗想：阿玛说得真对，这锡霍特阿林真是一处不同寻常的地方，真是山中处处藏有宝藏的地方，人杰地灵，准是一个人间非凡之地。自契丹、大金以来，多少世外高人都想方设法奔往锡霍特阿林，人们都想到这个独特的风光之地，别有洞天之地，拜访古迹，参观那奇特的自然景色，寻找人世间看不到的风光美景，可是，一代代的，许多人往往只是一时冲动，或看一看风光美景便一走了之，这可不行。

海娃绝不做那样的人。海娃心里想着，他要干的，是一番大事业。

海娃顾不得欣赏风光美景，他的心里唯有一个信念，就是一定要找到宝藏——筑造巨船的那张神秘图纸，他要让东海从此闪烁起新的光芒。

第七章　海娃探海得宝卷

海娃带着黄狗走进了锡霍特阿林。

这东海上的古地锡霍特阿林，上面到处都是大小沟谷和山洞，这是地震和火山爆发形成的古老地貌，十分苍凉、古远。

海娃领着黄狗，走遍了众多的高山大崖，又足足找了七天七夜，带去的干粮全部都吃光了，也没有找到蓝色宝宫洞崖的具体地址。青山密林，都找遍了，寻遍了，也没有这么个地方，这可就奇怪了。

他自言自语地和小狗说："黄啊黄，怎么就寻找不到那张神秘莫测的巨船宝图藏匿之处呢？记得我在海宫之中，确实听到三位海宫神女说的藏着巨船宝卷之话，没有错呀？"

黄狗对他"汪汪"地叫了两声，仿佛在说，你好好想想，是不是落掉了一些细节。

海娃说："不能啊。回到咱家的茅草屋里，阿玛也讲了，他也听到过这海船造图之事呀，这是怎么回事呢？为何一到了此地，就一无所获了呢？"

黄狗低下头来，"嗯嗯"哼着，仿佛说，别急，你再好好，想一想，肯定是有些地方不对。

海娃扬起头来，大声问苍天，可是苍天无语。

海娃大声询问天上那飞过的长长的雁阵，雁阵无声，一点点飞过去了。

海娃落下泪来，这可怎么办呢？他抱着黄狗，小狗亲昵地舔着海娃的脸和手，那是在安慰海娃，别急，会有办法的。

还是狗儿眼睛尖，就见狗儿耳朵一竖，大声地叫了起来："汪汪——汪汪——"

海娃顺着狗儿仰脖叫的方向望去。原来，他和小狗正蹲在山顶的大石岩崖之上，远处对面的下方，正是汹涌翻滚着碧蓝色波涛的大海，那大海，正起潮，翻着浪花，在海鸥的叫声中，海娃这会儿看到了在海浪中有一个大海龟，那大海龟正在向他和小狗频频地点头。它的前肢向上扬着，正在招呼海娃快点过去。

海娃兴奋得热泪一下子淌了出来。这大海龟不正是他掉在海中邂逅的老海龟爷爷吗？正是它驮着自己回到了家，见到了思念自己的父母。这位大恩人怎么在这里？真是太巧了。

想到这里，海娃不顾一切地纵身一跳，一下子从高高的石崖上跳入了大海。狗儿很伶俐，它三跳两跳，在后面不停地追赶，也迅速地来到了海滩……

这时，大海龟早已爬上了岸。

海娃是海的儿子，就是喜欢大海，就是不怕海浪。他跳入大海，大海总是会像母亲一样敞开自己的怀抱，接住他、抱住他、搂住他、亲吻他，从不会被海水呛着。

海娃游到海岸，抱住了大海龟。

海娃乐得说："海龟爷爷，你怎么来啦？快快帮我个忙吧。我在寻找三位女神说的巨船图样，可怎么也找不到一点儿线索。它究竟是藏在了哪个大山的洞崖之中？"

大海龟笑了，说："孩子，我正是为这事来的。"

海娃说："爷爷，你快说吧，我等急了。"

大海龟说："孩子，你是大海之子，此海图本来就应该归属于无畏的人，一心一意能为世人办大事的人。等你多年，如今你终于由那个小不点，变成一个顶天立地的男子汉啦。来吧！现在你跟我走一段路。"

海娃说："上哪里去呢？"

大海龟说："我送你一程之后，你们就自己去找吧。"

大海龟又让海娃和黄狗，一块儿爬上了它的龟背，然后向大海中游去。

这一段海程，白浪滔天，大浪惊天动地，浪涛声盖过了一切声音。他们互相说话，只看到他们的嘴唇在上下的张合，根本听不到说话声，互相也只能用手比画来表明自己要说的意思，传达心意心思。

这时，大海龟说："海娃，这段海路叫擂鼓滩，没有勇敢意识之人，是休想通过此段海程的。特别是那种胆小如鼠之人，根本就渡不过去擂鼓滩。过了这里之后，就是平时之路了，你们自己去吧！"

海娃说："老爷爷，我记住了。"

大海龟又说："但仍要记住，这一路上，还会有很多惊心动魄的景象。"

海娃问："那是什么呢？"

大海龟说："记住，不管遇到什么样凶恶的东西，不管碰上什么事情，你们千万要稳住神，心不要乱，神不要慌，意志要坚定，你们才能渡过这道关隘。"

海娃答道："是的，爷爷。"

大海龟又说："你见到洞窟中藏着的先民宝卷，那古老的巨船制作图绘，一定要保护好，万万不可丢失或损坏。"

就这样，海龟爷爷把海娃与黄狗送到一片海滩处，就止步了。大海龟向他们俩告别后，它又转头游进波涛中，转眼消失得无影无踪。这里只剩下海娃与狗儿，他们又重新向海岸之上的群山峻岭走去。此时，海娃已经牢牢地记住了大海龟的话，那宝卷就藏在波涛汹涌的海宫之中，大海宫必定是遥远的、庞大的，在那蓝色的花岗岩石的地方。

他们走了不一会儿的工夫，前边就出现了一座座顶天立地的陡峭山崖，白色的悬崖、黄色的悬崖、黑色的悬崖、灰色的悬崖、红色的悬崖，五颜六色的杂叠形，高大吓人的屹立在前边，可就是不见那蓝色的悬崖。那蓝色的高大入天的岩崖，到底在哪儿呢？

海娃一点儿也不嫌疲累，也很有耐性。他领着狗儿，挨着每一处山崖寻找。阳光照在那些高耸的悬崖上，每一座悬崖都如众星捧月一般，高大雄伟，震人心魄。

突然，海娃发现一个最高、最大的蓝色岩崖，海娃兴高采烈地大声叫了起来："海龟爷爷，我找到蓝色海宫啦！"

他这么一喊，话音还没落，忽然，面前窜出两只金钱豹，它们张开血盆大口，举起双爪，向海娃扑来。海娃他根本没害怕，而是迎了上去，想用双拳抵挡豹爪。他把双拳举了起来，双豹吼叫着从头上蹿过，瞬间消失得无影无踪。

海娃哪能怕这些，他见到那蓝岩，知道那儿就是藏宝之地，于是拼命地往前大步迈去。突然，五条巨蟒，张着大口，吐着红红的舌芯子，就要把海娃给缠住了。

海娃一看，心下一定神，他顺手掏出利箭，满弓一拉，利箭"嗖"的一声就射了出去，那箭正飞向巨蟒齐来的方向，一下子，五条巨蟒也无影无踪了。

海娃照旧往前走。

前边，就到了那黄色岩崖下的蓝色石窟的底部了。山洞里，那湛蓝的色泽展露出来，海娃一见，大步地冲了进去。可是，他一下子又愣住了！只见在洞里门口，一头千年老棕熊，能有三四个人那么高，稳稳当当地蹲坐在洞窟门里，棕熊的巨齿獠牙，正好就是这洞窟之门，人或动物，只要进了洞穴，就等于一步迈进了棕熊的口里。

一见海娃要往里进，那头老棕熊大声吼叫起来，那吼声震得山洞两侧山崖上的土、石头"轰隆隆"地滚落下来，有如山摇地动一般。石头一滚，风声骤起，大风掀起了一片迷雾……

海娃记起了海龟爷爷的嘱咐，遇事千万要冷静、沉稳，不要怕，无所畏惧，做一个视死如归的人，这才能获得巨船图样。也只有无畏之人，才配得上先民藏匿的巨船图样。这些嘱咐，他都牢牢记在了心中。

海娃紧紧抱着狗儿，大步流星直向着棕熊大口中钻去。霎时，海娃神勇般地钻进了棕熊张开的口中。可是，再仔细观瞧，哪里有什么棕熊，只不过是前人为了保护这古老的宝卷而特意制作成的高大而又如棕熊大口一样的巨型门洞，专门来吓唬那些意志不强的来者。

海娃在一片九彩云光中走进了石洞的里边，他在石洞上方的蓝石镶嵌成的一个大神龛上，看见了一个小石匣，他取下小石匣，打开一看，上面有一行字。上书：

营造巨舰宝卷

（九函）

钦命御造舟船正二品衔
耶律兴财绘
大辽国道宗清宁二年
冬月

他展开图目记录一看，只见上面写着：巨舰宝册九函共记有，

一、巨舰制造御旨
二、巨舰制造匠师名册

三、巨舰筑制秘法之一

甲，独行舟制法要诀（从筏至凿木为舟）

乙，两体舟制法要诀

丙，三体舟制法要诀

丁，多体舟制法要诀

四、巨舰筑造秘籍之二

甲，何谓巨舰

可乘百员者为巨舰，超巨舰，战利攻防用者曰巨舰

乙，巨舰杆舵篷数目定巨舰大小

丙，巨舰之食宿仓廪布局

五、巨舰弓箭土石墩外必携毒烟，以防敌攻梦

甲，何曰毒烟

乙，毒烟制诀

丙，毒烟防御与破解

丁，毒烟施用必有严规，不可害人，谋一己之利

六、巨舰之木料选取

七、巨舰之大煨烤燔秘诀

八、巨舰之四季保养

夏坞与冬坞的修筑与保护

九、奉御旨：制巨舰规约与恪守秘法律条

甲，违规惩处律条

乙，传徒规约，生死不渝，严不外泄。

正函九册，记载翔实。

海娃如获至宝，背起宝卷，领着狗儿，给神龛叩了头，就出了神洞，返回家舍。从此，他终日苦读宝卷，竟如痴人，闭门苦不开，乃成一代船师。应知，辽正是继承了女真之先世挹娄，靺鞨之江海行舟之秘法，盖有千年古经古训，非常人常常以为此人不习水性，无有舟船之利，岂不短见哉。女真自古依山傍水而居，又有江海之利，故往帆使船，腾比坐骥，尤其远远亲过坐骥也。

第八章 一个神奇故事

相传，海娃后传过数代，其历世已不再居住在东海滨锡霍特阿林这个地方，因染瘟疫，逃到乌苏里江北面的内地过活，选在三江平原的沃土库鲁钦这个地方，即现在的富锦、绥滨为家乡。因该部落后裔，均居海滨生活惯了，都会水，爱水，离不开水，又有造船宝卷的传世技艺，到库鲁钦这个地方，男人女人都仍操造舟、造船业。造巨船，多为家族内合用大船，技艺从不外泄，对外从不收徒、授徒，技法总是单传子女、兄弟，故而海娃后世之造巨船之秘法，一直控制在本族后裔之手，十分机密。该部对外多用"夷"字为姓，后来又渐用"亦""易""伊""依"等汉字为姓，女真人文字为"依克哈喇"，实际上，只是汉字不同，其音皆出于女真语，汉意为"新"的意思，即女真人的一支新兴氏族部落。

光阴流转到金代，中原王朝的宋代时候，"亦"姓古部落的人口日增，造船业亦甚有名气，为中原王朝所瞩目。流水行船，因为巨船，可直通东海，所以在海中航行，一切平安。

"亦"姓家族海上航行，有两条海道：

松花江库鲁钦→黑龙江→东海；东海→黑龙江→松花江库鲁钦；

又一条：

黑龙江瑷珲→东海；东海→黑龙江瑷珲。

两处海上行走，都使用"易""亦"字号的巨船和巨艇，巨船可两地往通，自由行驶。

该部主要居住在粟末水中流，即松花江中游，河水宽阔，可以行大船，顺流而下，又直通萨哈连及混同江入海。这条水路千余里，直通入东海。对面有大海岛，即著名的苦兀岛，再从这里溯海北上，可达北海、堪察加、楚克奇、白令海峡。这里水域广阔，渔产丰富，盛产多种鲸类、鲑鱼（即大马哈鱼）、带鱼、梭鱼、比目鱼、海马、海象、海狗、大海龟及各种叫不出名字的海杂鱼、大蟹、海虾等，真是要啥有啥呀！而且，各沿海的岛子上河流纵横，盛产各种江鱼、各种兽类、鸟类、爬虫类，简直是北国的世外桃源。

"易"姓，或称"亦"姓、"伊"姓，满洲女真人哈喇家族，从原始时期就掌握了造巨船的技艺，又加上本族祖上日积月累保留下的制造舟船的手艺，两者融会贯通，创造出关东地方亘古第一的造巨船技法。那是一种神奇的技法，从单舟，即单棵粗原木，凿刻独木舟，即"威呼"，又可连数筏而成"大筏排"，又可制刀船、双体船、立体船（双船头并进和高塔式拱船）、三体和多体船（可根据人多少，货物多少增加船的积量和吨位），又可建一种巨大的船，可容人员之多，至于三百、五百、八百、上千人的船只，那就更是手下的绝活、常活。这些船，都是气势宏大、伟岸，有两棵古树高大，两排房两间房舍长短。巨船之上，仅那些专门负责划水的"水勇"就有不下二百人（他们又称"水工"，一对对互相轮换划水，每轮五十或上百人之多），互相换班。

北宋太宗初年，曾因朝廷要采集鲸鱼皮与鲸鱼睛（那是中原极少有的珍物），由辽国之人"伊"姓曾承担这项使命，去往遥远的北海捕鲸，又圆满而归。蒙中原大宋王朝的赏赐，当时北疆之地正属契丹辽景宗耶律贤九年之际。当年，辽尚未入侵北京，两国关系尚属融洽之时，这一下子使松花江库鲁钦地方之"亦"姓或"易"姓，由此名声大振，辽王赐为"扎呼台罕"之名，即"船王"。从此，黑水船王之美名便流传万代。

满语或女真语汉语的"王"字，该音为"罕"（满文）字，即"罕"（汉）字，以示与众船之区别。从此，在茫茫的北方漠北，在那遥远的江河海洋之上，在那行驶的条条巨舰、巨船之上，只要见有满文"罕"字，就一目了然了，就知道是"亦"家巨船，闻名遐迩。

说来，还有一个故事。

海娃成为中华北方造船的始祖，代代相传，至海娃第十七世孙亦吉龙，他喜欢探险，天不怕，地不怕，对自己的行船技艺胸有成竹。他曾与邻近部落铁骊人打赌："我不仅能在三天三夜到达东海……"

铁骊人大惊："啊？不可能。"

他说："而且，我还要在数日后即取回海鲸的翅，给大家做鱼翅大宴，为你家祖太爷做寿席。"

铁骊人说："真能吗？"

他说："真能。"

因为铁骊素产名马，左右诸部都佩服得五体投地的，所以那时的铁骊人个个都趾高气扬，目不斜视，俨然鹤立鸡群，无有不求助于他者。忽然听到亦吉龙一个小人物敢夸下如此海口，十分蔑视，斥其口无遮拦，信口雌黄。

他们的头人大叫："亦吉龙，我要割下你的舌头，以示惩戒。"于是，命人拿出利刃，抓住亦吉龙，便要割舌头。

亦吉龙大声说道："谁说我在夸海口？我说话当真，说到做到。"

铁骊人问："你以何证为凭？"

亦吉龙道："我在月内十天十夜返回，定取回鲸翅。如不成，愿割舌割耳，随你们的便。"

铁骊人又问道："那，谁来保你？如果你半道逃跑，我们当受尔骗也。"

亦吉龙一听，哈哈大笑。

铁骊人发怒："你笑什么？"

亦吉龙说："我虽走，但有骨肉……"

铁骊人说："骨肉？"

亦吉龙说："我虽走，我以吾子亦吉海为质……"

铁骊人说："你子？"

亦吉龙说："对。"

原来在那时，亦吉龙的儿子亦吉海年方五岁，十分可爱、好玩。

亦吉龙说道："如果我违约，你们就去擒吉海，我与妻无悔也。"

众人平时也知晓亦吉龙是一个说话算数的爽快之人、认真之人，大家都愿从中作保，都一齐说："大人，我们都愿意为他作保人。"

于是，铁骊人说："亦吉龙，如果你按时取回鲸翅，并为我祖太爷办寿，我必奉祖上驯养之铁骊马百匹，奉送到你库鲁钦，以致敬意。"

此事，言说无据，立字为凭。当下，双方互相歃血为誓，画押为凭。

再说亦吉龙。立誓后，他便拜辞铁骊人与众友人，返回了家舍。

回去之后，自己便隐匿起来，不见任何人，不知其如何运作，不告知任何人，他对外说："十个昼夜到来时辰，请取鲸翅好了！"其他一概恕不赘言。

时光荏苒，一晃，就到了第九个昼夜。

当时，铁骊人和外族人也没听到亦吉龙的消息，也瞧不见人影。众人有些疑问，都满以为亦吉龙是年轻气盛，一时说了大话、过头话。人有错时，计较什么，也就过去算了，铁骊人还能那么认真啊？所以，不少人一点点地都把这事给淡忘了。

谁知，就在第十日清晨，人们听到松花江上铜锣在叮叮当当地猛敲，把全部落的人都给召唤到松花江的岸上来了。

古俗有约，本族有什么重大事项，或族人出发去远方，或有远方贵人、客人驾到，这种召集人的铜锣才敲响。铜锣之声，聚万人之令，无人敢不前来。于是，人们纷纷赶往岸滩。

这时，人们才发现，那松花江的岸上，停靠着一艘三桅三帆的巨船。迎面江风吹来，只见那高高的桅杆上端的风向旗在飘动，鸣铃在鸣响，庞大的船体，除有下层体船外，船上还有一层居室和存放粮食、水及杂物的房间，后有舵室。大船驶入江中，前船部分有大锚两挂，十分气派。

跑到江边岸上来看船、看热闹的人越来越多，人山人海。那时，虽然人人都知道老易家（亦家）能造船，能造大船，但是都很少亲眼看到。这会儿，可真是大开眼界，大饱眼福了。而且，巨船真的凭空出现，众人都觉得神了，奇了。这亦吉龙是何时弄出这么大的船呐。人们个个赞佩不已，也都崇拜至极。

这时，只见亦吉龙从船舱中取出一个大木槽盆，里面盛着鲸鱼的前翅和后翅，足有百斤之重。这种鲜鱼翅，呈银灰色，肥胖肉厚，是此国百年来传说中上乘佳肴，价值连城。近世以来，此物多为向中原王朝进贡之专献宝物。当时，亦吉龙命人将这珍奇之物，抬到了铁骊人的祖舍之堂厅去了。

这，到底是如何得到手的呢……

铁骊人与外族人一再详细打听，亦吉龙这才讲出自己的秘密。原来，就在亦氏部落的上游有一个甩湾处，是一片槐树密林，那里有一个地窖子造船。当年，亦吉龙与自己的祖父、父亲在里面秘密做工，不外传。

这地下船坞有六间房间。外面林中有沟堑，又称"船沟槽"，是垄火烤煨船料的地方。平时只见烟雾升腾，人们往往不知此处因何有烟。做工皆在午夜之后，故在这里煨船无人可知。

做好巨船，所有部件大小足足有千余件之多，然后一一组装而成大船，再将"船沟"放水，进入大江。

大船的船与船之间部件联结，就是鱼膘胶，比胶还黏，海水冲击不裂、坚固异常，不用钉铆，在海水江河中不易于渗水，使船体内永不潮湿，从而船体耐久、安全可靠。这种大船一下水，宛如海上的小旋风，轻畅自如，连海鸽、海鸥都追逐着、撵着巨船。

当时，铁骊人和外族人个个都对亦吉龙敬佩得不得了，大家屈指一算，从松花江的库鲁钦到萨哈连江口，再过混同江到达萨哈连入海口，进入东海，再进到海中捕鲸鱼，不算海上的阴晴风涛，又得返程，再赶回故乡，这足足需要在水上行走一往返两千来里地，而亦吉龙才六七个人，又开这么大的帆船，究竟是怎么划行的呢？这不成了神话了吗？往返十日，比海鸟都迅捷，再不可思议也不行，无法设想也不行，人家回来了，只好都一口称颂亦家是船神，亦家人是海上神人，是海神下界。

第九章　吉海血泪葬双亲

这次与铁骊人打赌赢了的奥秘，亦吉龙从不宣扬。因为，亦家有家规，家规所定，任何人都不许对外宣扬，张扬造船的任何过程、工序和手艺。

造船、选料、设计、用胶、黏合、桅杆制法、篷帆设计与缝制、大舵的镶嵌、船桨划眼之尺度、插杆手法、进杆分量、划眼组合等，有成百上千个机密秘窍，都有独特的神秘之法。除造船之外，引船人还要上通天文，下通地理，深知气候变化，能卜算天象、风象、水象，水又分"文水""武水""上水""下水""左水""右水""前水""后水"，简直就是一门天地古气候学。对于风向阴晴，撑船人必须是一个神算子才行。此人必须要神算与船只相互最优搭合，才有海上旋风之美誉，才得海上神人的赞叹。

自从亦吉龙以十日之工奔赴东海成功采来鲸鱼之翅之后，亦吉龙之名立刻传遍了北国，一直传入中原朝廷，也传入了元朝皇帝的耳中。后来，也传入大明朝开国皇帝朱元璋那里，又传到朱元璋的儿子，大明朝永乐皇帝朱棣耳中。朱棣可是一个有为的皇帝，立志开发辽东北疆，便将北国亦姓家族造船王、海上旋风之名记得牢牢的。从此，也才有了北国亦姓家族为国开疆拓土，九探东海，九访苦兀岛，留下扣人心弦的英雄神话，真正成为中华民族北国世世代代唯一的萨哈连老船王之名，从此名垂千古。

韩葱革县知事，请老人家讲大船板的故事，格外生动感人，引出了"亦"姓，即"易"姓、"伊"姓、"依"姓家族非凡的造船史，众人听了，都极兴奋，一再请求老人家接着讲下去，由此才引出老船王开发东海的故事。

各位听者，玛发，妈妈，我要介绍一下，领韩知事查看大木板的这位九十八岁的老人家，他也是亦姓的后裔，有着一段惊险经历。

这位外号"老寿星"的九十八岁的老人家，本是库鲁钦人氏，在二十多岁时，曾随同族兄弟开巨船去下江的混同江去给扎拉氏拉粮、运粮，回来时，在三江口遇到了大风暴。他是一个扯篷工，在暴风雨之中，他只听老舵手班达卡爷爷的猛吼："孩子们……"

他们齐答："在。"

班达卡爷爷说："听着，风再大、再猛，你们也要给我狠狠地扯住大篷帆。张开篷帆，不许腿软！"

他们齐答："喳。"

班达卡又说："我这里只要把好了舵，让江风猛吹三张大篷帆，就会把大篷帆推向咱们的库鲁钦。挺得住，咬紧牙，让风雨把全身衣服打湿。记住，再寒再冷，再疼再重，也不许给我撒手。谁撒手，我砍了谁！你们知道吗？一旦你们撒了手，大船就要被江风吹上了河岸。到那时，可就船翻人亡惹大祸了，咱们不但要葬在这三江口上，而且祖孙三代都得被人唾骂，是熊货！记住没有？"

大伙儿齐喊："记住了！爷爷。"

班达卡又喊："来呀，孩子们，给我扯住这兜住大风的篷帆！"

老舵手班达卡，疯了似的、狂了似的拼命叫喊，一下子把大家给镇住了。大伙儿也一下子明白了，原来自己的生命就掌握在自己手中。可是，就在这千钧一发之时，扯后篷帆的扯篷工，双手一软，没有拉住绳子，只听"轰——"的一声巨响，一阵狂风吹来，他没有站稳，在船舷上，一下子被掀翻进江涛中。

船上众船工和老舵手在呼喊声中，扯篷工早已被江水吞没，狂风呼叫，急流翻滚，转眼间就被江流打出数十丈远，不见了。这时，全靠他自己的水性好，没有被淹死，被冲到混同江精德其里一个地方，被赫哲兄弟救起。他全仗赫哲人的照护，结识了瑷珲城祁姓家族人，让他一起生活，以打鱼为生，后迁来他的故乡三道沟直到如今。

正是由于那次的厄运，自己的肋骨折了五根，右臂骨也折断了。后来虽然痊愈，但留下了终身残疾，再不能上船了。从此，他整日躺在炕上，由老伴照料。

班达卡老爷爷，曾派孙儿来接他回库鲁钦，他感激众乡亲，但却没有再回去，就在瑷珲的满洲亲人照看下生活就行了。老人说："我已是老人，就这样一辈子了……"如今，班达卡老爷爷早已过世。

老人家在韩知事的一再请求下，老人说："你们让我说什么？"

韩大人说："故事，就是船的故事、江和海的故事。"

老人无可奈何，也就答应了。他说："好吧。那我就天天给大家讲，讲我们亦姓家族船王的故事，讲'罕'的传奇，老船王乌勒本。"

各位阿哥、玛发，朱伯西我前书讲到，"易家船"的直系传人亦吉龙，他成为一个名副其实的闻名遐迩的辽东船王。他，当时正适元朝末年，朝廷腐败，天灾连连，辽东所有的江河，从春到秋，多数是涨水泛滥，只有几条河里，河水没有齐岸。百姓啼饥号寒，四处逃亡。社会动荡，就引起了各地的匪患猖獗，处处起胡子，到处建绺子，有枪便是草头王。

而且，最令人气愤和无可奈何的是，这些胡匪、绺子都是"江上"起的绺子，江河沟岔特别多，河水一涨，河心岛上就不知隐藏了多少江湖水贼。他们一个个的，都会武功，都特别有水性，都善于潜水，真像泥鳅，只能见真影，一个也抓不住。他们这些人，把你的钱财抢个精光，甚至小媳妇，年轻姑娘，头上突然被一块儿黑布一罩，还没等发现是谁，他们"咕咚"一声往水中一抱，带着"人"潜水而逃。被抢之人当时可能被水灌迷糊了，贼人更好抢人、拖人。抢回往匪窟里一领，才将抢来的女子唤醒："媳妇媳妇你醒醒！"

这么一喊一叫，"你醒了"，也就真的成了人家的"压寨夫人"。

她们有的大哭大叫，大吵大闹，可是只能换来一顿打，想找自己的来路，那是难上加难。

更令人无法容忍的是，官府都难以辨认他们属于哪一伙的水贼，他们都各来各走，都报号（匪贼都有报号，也叫外号或绰号，便于他们行动）什么"关东山海娃船王之后""真正老船王""库鲁钦大船王""北土老船爷""东海罕家船""海上老罕头"等，五花八门，无奇不有。

这些人、这些队伍，个个名声都如雷贯耳，让人眼花缭乱，分不清真伪，也不知哪家是海娃的真实后裔，都借着"老船王"的名誉，到处招摇过市，互相倾轧，互不服气，你看不上我，我看不上你，动不动就以保护祖上船王声誉之名，互相血拼起来。

这种血拼，往往打得天昏地暗，尸体满江。更加麻烦的是，这些从江水里冒出来的"船王"，一个个的都有造船的手艺，手艺都不错，家家都有一本造船祖传秘诀、秘法，这可能使易家船技艺很多都被泄露出去，于是一些人就开始编造，这也成为各绺子占江河、霸水道的主要凭证。

甚至，更有许多绺子，公开扬言，要杀死亦吉龙，造船王不姓亦。

尽管社会混乱，有不少冒名顶替的"船王"，可是亦吉龙家族则不受这些干扰和左右，他把自己的儿子哈哈济亦吉海叫到自己的跟前，决定把世事说清讲明。

老人把儿子叫到自己身边，严苛地说道："孩子，不论别人怎么吹嘘，你要老老实实照我说的去做。你要认真精心地做好每一件大大小小的工艺。因为在造船这种手艺上，任何一道工序，都不可马虎，所以一定求精求实，造出的船才不同寻常。不与世争，不自满，不自傲，刻苦钻研，熟能生巧，熟可增艺，艺无止境，艺无绝路。艺上添艺，勤可生艺，汗可养艺。高山仰止，艺巅生神。"

亦吉龙将亦吉海关于青山幽室，供其水米，不与外通。苦求山木之生性，山水之根性。苦考鱼胶之炼，苦磨百木之轻薄，苦得煨火之真谛，凝坐山峦水溪，察鸟之翔翼，观枝叶之动势，微摇而知风语，叶挑而晓风步，心卜天风走向，眼观叶动而识风。知天知风方可神通。舟船大小不为惧，善悟风者方称枝，善运风者堪称师。

五载幽室修炼，亦吉海深得造船技法。

这年，他年方二十，酷若鲁班先师降世。

就在大明洪武三年庚戌，亦吉龙伐木暴终。洪武癸丑，时继洪武六年，亦吉龙妻子亦寿终。

可怜的小吉龙，一心沉浸于父训之言，终日苦研造船技法，务求其精要，至此仍然一身，仍未娶妻室。他含泪将母埋于松水高崖的松林旁。家无余财，仅由慈母在世时，为儿挣来卖柴银共计八两，另有库鲁钦当地出的小米半口袋，还有母亲在病中为吉龙儿纳的黑布鞋三双，他将这些物件与银两装好，又去南山坡拜过亡父亦吉龙的衣冠冢，泣不成声。

亦吉龙在世之时，常领亦吉海来南山坡，为了让儿苦钻树性，便让其认知南山，这里生长着松、榆、槐，桦各种树，树龄均超百年，粗干高耸入云天，群鹰在树巅徘徊，林中为百鸟乐园。园林里因枝茂叶盛，引八方群雀乐集。亦吉龙常冥想，筑造巨船，贵在木料，木质愈坚硬，必得古树，其木年轮质密，树必坚如铁石，制舟不惧水腐虫蚀，永远不朽不烂。但亦吉龙又在深思，制舟木料当属为贵，然而制舟去江海，任其漂流远行，又贵在轻盈。人力可令其自如远行，舟楫务必轻快，轻则速，省人力。舟是庞大容物，应使舟船木质坚好而又轻便，两全其美，方为神舟。

自古以来，制船造舟皆为船质与船轻之利弊而困扰，百思而不得解，致使舟船过于笨重而拖累船工。造船宝卷亦专深破此难，故传亦吉龙时时无可安眠，苦思难解。故此，特将爱子吉海从其幽室领出，带到这南山群树之中。

起初，吉海未解父意。他很奇怪，父亲一向不准他随意出室贪玩，今日缘何带到南山坡一片树中闲逛。这时，亦吉龙才将心中之苦向儿子吉海述说，吉海这才恍然大悟。

其实，小吉海在幽室中静读宝卷时，亦也思索到舟船容载量与舟船畅行之间的抵牾，也曾绞尽脑汁在苦苦思忖之中。严父亦吉龙之思亦是吉海正在考虑之事，其实父与子是完全想到一块儿去了，能不万分高兴吗？

亦吉龙说："儿子，要解决这个难题，还得从源头找起。"

吉海说："源头？不是水吗？"

父亲说："不是。"

儿子说："那是什么？"

父亲说："是木。"

儿子说："啊，是树。"

父亲说："这就对了。"

他告诉儿子，做船先要挑木，挑木先要选树，先找最好的树木。先伐其一段，制成模具，放入水中，再设法制成小舟，考其挑选最古老、最粗大的树，松、槐、桦三种。父子俩边在林子里交流，边选树伐木。

或是由于亦吉龙过于兴奋，或因年岁大了，平日休息不佳，精神一时恍惚，在伐老槐木时本来是一棵顺山倒，自己突然头晕，站不住，被枝条扯住，还没等亦吉海扑过去拉住老父，亦吉龙已经与粗木一起轰然倒下，顿时老林子里血肉横飞，粗大的树干压在一个人的身上，何况都是重重砸下，十分惨，已根本分辨不出亦吉龙的面目了。

在从前，亦家的造船事从来都是自家知晓，秘不告人，亦吉龙与亦吉海两父子到南山坡放木就连亦吉海之母也不知啊。出此惊天大事，亦吉海也不能外泄，也不能找任何外姓人来求助。吉海一个人含泪费劲地抬树抬木，才小心地从树下收拾了父亲的遗体，已是血肉模糊。吉海满身满手都是慈父的骨血啊。

半夜时分，他才含泪回了家。

第十章　神奇的道长

咚咚咚，咚咚咚……

半夜时分，吉海拼命敲打家门。

母亲开门一看，儿子满手满身都是血，大吃一惊。儿子给娘跪倒，哭泣着说："母亲，我父遇难了！"这才把噩耗传告给亲人。

母亲抹了把眼泪，和儿子连夜回到南山，痛哭着收拾现场，吉海的母亲，此时已哭成了一个泪人，昏厥多次。她强忍悲痛为亡夫简单地缝制一下被大树刮烂的衣衫，就地埋入坟中。因是惨祸，人的头、身、脚都无法对好，只盖上白布，埋在了树林之中。

当年，有多少匪患在争夺"亦家船经"，冒名亦吉龙，若让世上知晓亦吉龙遇难，又将出现多少假的亦吉龙？吉海母子反复思索，觉得此事只能永远埋在肚里，不可外传。此事决不可让任何人知晓，有苦、有泪、有怨，只能母子俩自己偷偷地吞下去。

也正是因为这个突如其来的厄运，使吉海母亲不久也便早早地离去，去那深深的地下与丈夫长眠在一起了。

此时的吉海，他在库鲁钦一带已是无牵无挂，为躲各方恶徒，他便背起包囊，星夜叩别故乡和双亲坟墓，含泪而去。可是，上哪里去呢？

吉海内心，真不知该去何方何地为好。

反正，人在此时，听天由命吧。祈愿父母的在天之灵保佑自己，去为船业兴旺大业，去一个该去的地方吧。

正在这时，突然，他看见小树林中一下子蹿出一只小白兔，蹲着瞅着吉海，还鼓鼓嘴、眨着大眼睛、望了望吉海，然后，径直向一片树林中跑去了……

那小兔太惹吉海喜爱了，白白的绒毛，跑起来就像一个小白绒球在前面飞滚。这一下子引起了吉海的兴趣，干脆我就跟它去吧，看看它到底能把我领到什么地方去呢？

只见小白兔跑了跑，又停下来，瞅瞅吉海，返身向山坡跑去。吉海跟着上了山坡。这时才看清楚，前边山坡上有一座古寺。

他想起，父亲在世时，他与父亲曾路过这里，只是从未进古寺中看一看。没想到，这小白兔把吉海又给引到这里来了。

这座古寺，建有百年，平时香火不断。因在松花江江流的高崖之上，在崖上可远眺松波浩渺、泛舟往来。夜晚，暮鼓传来，别有无限情韵。吉海由小白兔领路，果真来到了古寺的石门前。

这时，从石门中走出一位道长。

只见他，白发长髯，手拿一把小白扇子，出来先抱起了小白兔。

然后他说："小白呀，你又到处乱跑，不怕有人捉了你吃肉？"说着，亲了一口小白兔。

小白兔那么听话，也让道长亲它。

吉海知道了，这只小白兔准是古寺中道长喂养的小白兔了。

道长放下小白兔，向走过来的吉海问好，说："小施主，你是我们古寺的贵客。我在这里等你多时了。"

亦吉海感到很惊奇，他为何在此等我。

吉海忙说："道长，你怎么知道我要来呢？"

道长笑着说："这只小白兔不是找你去了吗？是我让它去领你来的呀。"

吉海更惊奇地望着小白兔，表示怀疑的样子。

道长忙说道："这小白兔，可聪明了，它啥都懂。我说什么话，它都能听明白。确是我让它去接你的呀！"

吉海新奇地仔细瞅瞅小白兔，小白兔晃着两只长长的大耳朵，好像听懂了道长的话一样，仰着小脖，抬起头，三瓣嘴在微微动着，好像在跟吉海说："是呀是呀。吉海，你不是看我一身白色绒毛，怪好看的，所以你才一直追上来的。"

道长这时说："小施主，请到寺里一坐。小歇一会儿，我们在一起叙谈片刻。"

道长说完，用手一指寺门，然后，他在头前引路，吉海在后边跟随，小白兔蹦蹦跳跳地跟着他们，进了寺院。

这个小寺院，仅有五间房舍，四周有院，院中还栽有两棵大白杨，挺拔直立，格外醒目。寺院里很是清静。

道长领吉海进入了他的客厅。

二人坐下后，道长说道："小施主，你不一定认识我，我可认识你们家，你是库鲁钦正经八百的船王世家呀。知你家遭不幸，亦吉龙老师傅已经仙逝，想必你要投奔他方去吧？"

吉海说："说的正是，道长。"

道长说："你想好没有，去往何方？"

吉海一愣。因他根本没想到道长会问他这些话。

一是自己家的事，不会有谁知道，他怎么知道得一清二楚？二是自己心里的想法，他怎么又会了如指掌呢？

于是，吉海忙说道："大师，我是真没想好去往何方，到哪里为宜。不过，大师已知，我当下处境艰难，冒我父之名而争天下'船王'者如雨后春笋，甚至不惜械斗杀人，真伪难辨。先父在世时，一再嘱咐我，一心攻求造船之艺，别无他求，也勿与他人争斗。可找一僻静之处攻研舟艺，不弃祖先承袭几代造巨船之宿志，为北疆江河之利多有建树。吉海我谨遵亡父之训，故此离故乡而去，隐入穷乡僻壤，埋头苦攻宝卷，使江海舟船之术，发扬光大，为国出力。"

道长听了吉海的话，很是钦佩。

他点了点头，说道："好孩子，有志气。我素来敬佩亦吉龙大师，确是不图虚名，不慕私利的一个正人君子，一心为振扬北疆船业，苦心教子，鞠躬尽瘁，乃至丧身，敬业之诚世间罕见。我虑你年轻，社会阅历甚浅，恐遇歹徒夺走宝卷，并遭不测，故让小兔领你来寺。我这里，有好友，乃大元朝千户之身将领，现驻奇德力。你拿我的手谕，投奔于他。众匪不敢去要挟你、欺诈你。在他处，你就可以安心攻研舟艺了。"

吉海闻听，甚是从心中高兴感激，慌忙站起，要给道长叩头跪拜。

道长说："使不得，使不得。"

他拉起吉海说："孩子，不必如此。出家人多做积德之事，此乃分内之职，何况你家为了关东大地舟船之利，几代付出，尤应万众敬仰，应该助你一臂之力的。"

道长想了想，又说道："孩子，你先别走。"

吉海问："为何？"

道长说："你呀，先在我处小住月余。我见你乃一个只知识文苦读的文士，如今世道，群雄并起，杀人劫货，无所不为。你必须习得一些防身之术，亦可遇事应对，永葆常胜之姿，为祖上也为吉龙大师遗志可潜心研究，不至于有懊悔之虞矣。"

吉海担心习武时间太长，自己从小更无此技，便说："道长，我能行吗？"

道长说："能行。"

吉海说："只怕不能令道长满意。"

道长说："好孩子，有志者事竟成。你是一个有专心之人，凡事尔必能会，你会让我满意的。"

其实，道长早已考虑得很周到了。他教吉海一套使用七节鞭的武林功法。就这样，吉海就在寺庙里住了下来。

吉海日夜跟道长苦学武功。

他学了三十多日。吉海是一个很聪明的孩子，又深有悟性。道长赐给他一支铁链相连下垂铜锥的七节钢鞭，重九十九斤七两八钱。乍开始，吉海抡起来重若万斤，可是练了多日之后，越使越轻，飞舞旋腾，灵活自如，在那如鸡鸣的鞭鸣声中，仿佛自己在一个金光闪闪的金球之中立定，金光护卫自己，任何外力无法侵身，果然是一件防身利器。

吉海越练越由衷地感激道长了。

俗话说，吉人有天相啊。

吉海得到素不相识的这位道长之厚爱，不仅给他指引并举荐其投奔之人，而且又传给他武林之绝技，这也是天意和神佑之助啊。

吉海一切按道长之意，学会了七节鞭，道长方才允许他辞离小寺，命他速速去往奇德力，去投奔道长之友，祝他平安地去完成、继承父辈的精研舟船之艺技，保住其祖上的船王名声。

道长特意叮咛吉海："孩子，你务必见到我的朋友，他就是田甸大将军。"

吉海说："田大将军？"

道长说："正是。此人为人正直、热心。如果他不在，可能外出巡游，一定要等他回来。别人你千万别信任啊！"

道长真够热心的。说完，还进入内室，拿出一个小笼子，笼里养着五只小苏雀，非常精神，鸣叫得好听极了。

道长这时才说："孩子，我再送你一只苏雀，它叫雀儿。你千万别小瞧它，它是我的精灵鬼，能探信，能报信，能随时保护你，对主人是一片忠心。我们都有五六年的交情了。送你一只，做你的护身，它会像对待我一样地保护你，听你的话的。"

只见他把小笼子门一打开。道长对着小门说："雀儿，雀儿，小五，小五，出来吧，出来吧。你跟着这位小哥哥去吧……"

笼子里的五只雀儿，真听话，开始都静静地歪脖听。这时，就见其中的一只听到"雀儿，雀儿，小五，小五"的唤声，扑棱一下小翅膀，顺着小笼门就跳了出来，跳到道长的手心上，一动不动地瞅着道长，等道长发话。

道长说："吉海，记住，你千万别骂它、打它、虐待它。一天只要喂点小米或虫子就行，再给点清水。白天，让它晒晒太阳。你跟它交朋友，要用嘴对着它的小嘴亲一口，它就记住你的气息了，以后无论何时，它就永远不会忘记，就总跟着你。你让它干啥，它都忠诚地完成。平时不用装在小笼子里，它已经让我给驯好了，你就放飞在外边，它不会飞走，会一直在你身边，站到你的肩上、臂上、头上或者手上，或者站在一边，观察你的动作，就会总陪在你的身边。晚上睡觉，它自找栖息之草茎。它很警觉，藏得很严密，猫啊、雀鹰啊，休想发现它。可是，你要'雀儿，雀儿，小五，小五'这么一叫，它管保到你的眼前。你领去吧，会有用的。还有，你不要把它仅仅当成一只小雀儿，它是你的助手、你的用人、你的小探子、你的打戈什哈（随从）。"最后，他将吉海送出三里地之远，这才分手让吉海自己上路了。

奇德力位于松花江进入黑龙江的一个地方，俗称三江口，水势湍急。进入奇德力，下游直达黑龙江出海口，上游通达瑷珲。奇德力是东西南北的水路重要咽喉要地，所有船只必须经过之地。这里是赫哲水上人家的聚居地，民众多说与满洲语言相近的赫哲语，多穿鱼皮服，擅使舟船。其舟楫又有独特之长处，以小渔船为主，少有大船。

在元代后期，元帝势力日衰，北民蜂起反元，其中女真人最多，特别是辽东整个地方，大元势力一败涂地。大元元惠宗妥懽帖睦尔于至正二十八年驾崩，逃到北疆，史称北元。大明朝明太祖朱元璋于洪武元年，在京陵称帝。大元朝末年，大元朝元帝的亲属，成吉思汗的四杰之一木华黎裔孙叫纳哈出，受命率兵镇守元太平路，为万户之职。元至正十五年，朱元璋攻克太平路，将纳哈出俘获，因纳哈出乃名人之后，待之优厚，想通过纳哈出做好元帝归降之举。当时，朱元璋劝纳哈出归顺大明，纳哈出坚持不肯。最后，还是朱元璋以羁縻政策，将其放归元朝。

大元灭后，元顺帝逃至北蒙，纳哈手握重兵，霸占开原一带金山地方，元顺帝为笼络他，封他为大丞相太尉之衔。纳哈出又不投降明朝，妄想凭借自己的兵力，有朝一日东山再起，自立为王，重整天下，野心勃勃。因为，纳哈出深知要占据辽东地方，就要控制着落之地的水系，特别是松花江、嫩江、乌苏里江，以及其主要江流黑龙江即萨哈连乌拉，掐住这些水系，就掐住了关东的命脉。所以，纳哈出把自己的亲信和得力大将，分派关东各地，严控所有的大小江河水系，招揽天下筑造舟船的名师高手，打造舟船，以便到各地、各海区调运丰盈的海产品，使自己兵马、军需更加的充沛富裕，更有力地对大明新朝对峙下去。故此，纳哈出下了狠茬子，他要在松花江上的呼兰、俄肯河、三姓、库鲁钦，黑龙江即萨哈连上的瑷珲（艾虎）、乌云、绥滨、奇德力、伯力、吉发廷、敦敦河等重要隘口，皆设立驿所，驻扎兵勇，搜刮当地民财，伐木造船和修建船坞码头。这奇德力，正是三江口，西流萨哈连乌拉，南来之松花江都经过奇德力，向东流去，直经伯力、吉发廷，向亨滚河黑龙江海口奔去。这儿的所有海产、物产均由这一条水道运入辽东，再运往山海关以内。所有渔产、海物及各种名贵药材，全像黄金一般，肥了纳哈出。所以，纳哈出极为重视这一片山河水道的管控与据有，成为纳哈出主要的财源之道。

第十一章　小雀儿带路

再说，吉海按照道长的吩咐，拿着手谕去往奇德力。那是什么样一个地方呢？他一无所知。

奇德力，就在松花江的下游，沿江而行，就可以直接到达。吉海就是顺江而行的。

他生性喜欢水，水性好，像只鸭子。

他望着江水，澄清碧蓝，从心底喜爱，忽然又激起他的探索欲望，不如趁去往奇德力的机会，正好顺水漂流而下，测试一下松花江的水浮力，水流各个河湾处大致都有多少浮力，需用多少时辰，这对自己日后设计舟船非常有用。想到这里，吉海兴致大增，便脱下衣裳，将衣物一捆，装入他的狍皮筒中。这还是父亲生前送给他的，出门在外、泅渡等，都非常有用。

道长送给他的小苏雀，此时始终跟随他在飞，落在吉海的肩上，一刻也不离。

吉海亲了亲小苏雀，说："雀儿，雀儿，小五，小五，你飞吧。飞累了，可在漂着的狍皮筒子上边歇歇脚。"

小苏雀"喳喳"地叫着，好像在说："我知道了，主人你放心吧。"

吉海从小就喜欢水、离不开水。只要有河、湖、泡、沼，他都愿意在水中泡着，真是与水有一种不解之缘。吉海为此，他用的东西、物件，不论大小，都装在一个大皮筒子之中，筒口用双层木圈，互相的扭合咬死，水一点儿也渗漏不进去，非常实用。

吉海进了江中之后，他把大皮筒子装好，扣严，然后用一根长皮带，连在皮筒子上，另一头的皮条紧紧地缠绕在自己的腰间，任凭自己在水中漂游、潜游，随自己自如活动，一点儿也不碍他的游姿和游速。

人顺流而下，也不费劲儿。大约游了两个多时辰，吉海已经到达奇德力这个地方了。

这时，天色尚不晚。

小雀儿又"喳喳喳"地叫着。正如道长讲的，这小雀儿早由道长驯服得非常乖，它知道奇德力这个地方，它曾经来过这里，真可以当吉海的向导。

小苏雀，飞得很高。大声地叫着。

它的翅膀一扇一扇，向一个方向边飞边叫，意思是告诉吉海："到地方了，到地方了！快快跟我去，我把你送到那里。"

吉海虽然不懂鸟语，可是，这个小五很善于表现自己。它一个动作一展翅，一个动作一展翅，告诉得很清晰、明确。一个叫声，小眼珠不停地转动，都是在向人表达一种话语，都让人去明白，它是什么意图，什么想法，它会让人马上领悟，然后就自然地跟它走了。无言胜似有言，让人心领神会。

这小雀儿可活泼了。不大一会儿，它把吉海引到河边一个泥草房的住处，不飞了。

这时，小苏雀大声叫了几声。声音很响，很有趣儿。叫着叫着，只听泥草房的房门"吱嘎"一响，一个老太太走了出来。这全是小苏雀把人家老太婆给叫出来的。

老太婆开开小木板门，走出来后，四处打量，她是在寻找小鸟。后来终于看到了，她高兴地看到那只小苏雀，正拍打着小翅膀，"喳喳，喳喳"地叫个不停，真是它把老人叫出来的。

看老太婆出来了，小苏雀一下子飞到老太婆的头上，还在"喳喳"地叫着。

老太婆高兴地大声笑着说："呦，呦，小五子，怎么是你呀？你领谁来家啦？"

看来，老太婆很熟悉小五子。

这时，小雀儿五子在老太婆头顶上"喳喳"地叫着，又扑棱一下小翅膀，突然飞到站在门前的吉海的肩上，然后又"喳喳"地叫唤起来。

这一下，老太婆完全明白了。她非常客气地向吉海点头笑着说："贵客，贵客呀！一定是道长的好友了。快，快快请进。老当家的，听到没有，库鲁钦来贵客啦……"

老太婆这么一喊，就见从屋里又走出一位老者，出来忙向吉海施礼，帮助拿吉海手中的大皮筒子，把吉海让进了屋里。

老太婆端来一个长嘴大铁壶，给吉海沏了一碗黄花茶。

在北方的民间，早些年，每到秋天，家家都采这种黄花，然后在秋风中吹，在日光下晒，很快干成一朵一朵的，保持着原样、原味儿，除可以炒菜外，又可以沏茶喝，是一种珍贵的民间香茶。而且可以存放。相传，此茶可以开脾健胃，开心去火，家家珍藏，以待贵客。

老太婆又端来一个小小瓷盘，里面放一把小米子。她说道："五呀，你也辛苦了。来，吃米吧……"

这时，老头子仔细打量起吉海来。

半天，老人试探着说："这位壮士，看你打扮，一定也是库鲁钦一带的人啦。你是不是船王亦家的人啊？"

吉海一听，一震，立刻愣了一下。

父母在世时，一再叮嘱他，千万不要露自己是亦家船王的人，恐惹杀身之祸。何况，道长一再嘱咐，只有见到田甸大将军，才能交出道长写的手谕，其他一概不能说。

吉海也是很有心计的人。如今，在世上冒充"船王"的人甚多，土匪猖獗，都争夺"亦"家，或"伊""易""依"家的人，只要姓亦，就被府衙捉押，逼问造巨船的"宝卷"，人人警觉，处处戒备，吉海也不能不防啊。

他听老头这么问他，便支吾着说："我，我不是亦家的人……"

老头说："你不是？"

吉海答："不是。"

老头说："那你这次来……"

吉海说："我是来，来给朋友顺道送书函的人，送完我就走。其他，我一概不清楚，不知道。"

吉海这么一说，反倒引起老头、老太太的更大疑心。二老又忍不住上下打量起他来。

吉海还是年轻，他方才的话其实反倒说多了。老头、老太太不能不想啊！是啊，有小雀儿五子带路，道长爱小雀儿，不是有贵客和大事，道长是不会轻易派来这通晓人间事务，通晓人间语言的苏雀子带路，从那么远的地方来到奇德力。这个年轻人绝不是什么一般过路之人，说不定就是亦家船王的后代，看来是来了"买卖"。要真是他，正抓住一个亦家人，千八百两黄金都不换。

老头、老太太两人互相看了一下，递了一个眼神，注意点，盯住点，可不能让他溜走啦。到晚上，星星出来，木板门一关，咱们再看他究竟是什么人……

各位阿哥色夫们，吉海这次真是出行不利，真是不遂心。他其实不知道，此时他已经陷入贼窝之中。这老头、老太婆表面上在这松花江与萨哈连乌拉交汇的三江口要冲之地居住，表面上在河岸边上垒哈拉，立桩打坯，盖上三间土房，苫上茅草的"扎呼台仓"（船站），其实，他们是"干别的"的。

盖这房子的银子钱全是住在金山的蒙古大元朝大丞相、太尉纳哈出出的，他派来自己的义子，田甸大将军招募人马，在辽东各地要冲建立起来的。可是田甸为人忠厚、诚实，对招募来的各方人员未加翔实盘查，混进不少当年各地流窜的散匪歹徒，他们都是原有土寇，来卧底，都各有暗语，有自己的腕子嗑（行话、隐语，也称曼儿，这是北方江湖上的一种语言），见面只要互相一碰上，一对暗语行话，就知是一伙的，可以两肋插刀，不计生死，滴答点血，掉几块肉，从屁股蛋子上割，从大腿里子上割，从腿肚子上割，都是小菜一碟，仗义得很。

其中有一个大师爷，外号"三江霸海混天王"。

三江，指黑龙江（萨哈连）、松花江和乌苏里江；霸海，指黑龙江萨哈连出海口的广阔东海，都是他的地盘，都由他的人当家管辖。混天王，是指"天上""地上""江上""海上"都由他说了算，已经是"混合"掌握大权，无可比拟。实际上说白了，就是"辽东王""辽东皇上""辽东天子"，与当时的中原王朝元朝对峙，分庭抗礼。

元朝末年，大明朝朱元璋统一各路反军，声势日威，后来坐了皇帝宝座，闻知辽东竟有如此强大割据匪徒，绝不能容忍，便派马云、叶旺众将在辽东清剿匪患。另一股元朝势力纳哈出也不希望三江霸海混天王势力太大，直接威胁他在辽东地位，不利于他梦想代替元帝称王，建立新朝，所以他不愿与马云、叶旺合兵，各干各的，互不相扰，两股兵马都很强大。没过半年，便将乌合之众的三江霸海混天王剿灭，他逃之夭夭，隐匿下来，乔装改扮，不再公开露面，企图等风声小点之后，再重新出来。

马云和叶旺打败了混江龙之后，班师辽南盖州一带驻扎兵马。纳哈出也将兵马收回驻扎金山（开原），随之派田甸大将军分赴松花江、乌苏里江，黑龙江（萨哈连），重新建立"扎呼台仓"，即江边哨房、驿站、店舍、车店，作坊等一应"点"，作为联络据点，专门组织联络江上引船的后勤补给，技术支援和兵力驱寇等职任，极为重要。

这江边的老头、老太太，不仅是混江龙的人，而且他们又是混江龙拜把子的大哥大嫂，外号叫花脸猫和笑脸狐。老头就是花脸猫，老婆子就是笑脸狐。两人都已六十多岁，做绺子（土匪）这一行，已经有四十多年了，是元代北疆颇有点名气的"水中泥鳅"。他们水性好，能在水下蹲着不动，可以藏个一两个时辰。

俗话说：小鸡尿尿，自有道儿。

这话一点儿不假。

这两口子能在水下活动，那是一种秘诀，不外露。

据说，他们有根羊肠子吸管，平日缝在腰上，入水后，就是靠它来通气。究竟是怎么通的？老头、老太婆俩人打死他们也不向外透露半句。

但是，在"道"上，这老两口真有办法，能窃取奇德力扎呼台仓的一切情报和消息，把田甸大将军唬得至今也没有发现，一直以为是他的人。

乍建这个扎呼台仓，就是田甸一个人管着。因为他一时半会招募不到可靠人选，有些人他其实也看不上，在这间小屋里，漏风潮湿，吃住不便，打着鱼，就饱一顿，打不着鱼，就饿一顿，可田甸大将军还是坚持不走，照样看守这个扎呼台仓。可是这天，突然发生了一件奇怪的事。

第十二章　误入黑店

这一天，田甸正在院子里摘渔网上的鱼。

那都是江中最有特色的鱼——细鳞鱼。这种鱼，身条细长，鱼鳞又小又碎，在阳光下，鱼儿身上闪着点点光泽，像沾满了小宝石块。

突然，一个老太太慌慌张张地走进来。

一见田甸，老太太就大声哭喊："我的大将军啊，我的大将军啊，快救命吧！我的老头子，他要打死我。他把我一直从开原那儿撵到奇德力，我可活不成了……"说完，抱着田甸大将军就号啕大哭。

这时，田甸还没弄明白怎么回事，突然，又闯进来一个老头，手里拿着大棒子，举过头要追打老太太。

于是，田甸举手拦住，说道："你这是干什么？为何要打人？"

没等老太婆说话，那老头倒大声喊道："田大帅，是她把我儿子劝到你这里来投军，至今未归。见不到人影，不知是死是活。田大将军，你说该怎么办？我不打她上哪儿找儿子去？"

老太婆说："田大帅，去年你到开原招兵，我儿子要来，你记得不？"

田甸说："记得。"

老太婆说："当时他要当兵，我看你是很正义的人，必定是爱兵的人，我就鼓动我儿子到你名下投军。如今，不知我儿在何处？他如今怎么样了？我老头子也想儿子了，就朝我发火，要揍我。这，这还有王法了吗？"

田甸大将军才明白，原来这老夫妻俩是为了找投军的儿子。真有这么回事，开原真是自己领兵招兵的驻扎之地，在金山附近，可也没在这么遥远的奇德力呀。再说，我虽然带了一些兵马来到了奇德力，兵那么多，招是招了，但谁是谁，哪个地方的，爹娘是谁，也记不住啊，哪个人叫什么，姓什么，就更记不全了。

于是田将军就劝住了二位老人。

他说："别争了！别吵了。你们哪，就先在我这茅草房里住下，观察两天，找找儿子，认认儿子，再做处理吧。"

老头、老婆子说："好吧。"

就这样，这俩老人就在田甸的劝说下，留了下来。

田甸因有这两个老人在这儿居住，自己反而不方便起来，于是他干脆离开这里，回到自己的营中去住宿。可是，查了很长时间，也没有问出这一对老夫妻儿子的下落。

这老夫妻俩倒很是勤快，把小房扎呼台仓当成了自己的家，不席外，处处精心细致。平时，凡是田大将军安排的一些事，他们都认真去做，渐渐得到了田大将军的信任，也是田甸很好的帮手。而且老两口一再表示："大将军哪，你也别见外，也可能儿子在开原当兵呢，根本没在这边……"

田甸说："那你们？"

二老说："我们不想回去了。"

田甸说："想留在这儿？"

二老说："对。我们愿留在奇德力，帮助大将军办些事务，也是我们小民的福气！"

田甸说："这怎么好意思呢……"

说实在的，田甸见他们二人说什么也不想回去，而他这里确实事又多，又要去往萨哈连等地巡察扎呼台仓，这里也需要人，一时又没有可心的人来照看，于是也想挑个适合的人。

于是田甸说："二老如真的不想走，那就留下吧。"

二老人说："哎，这就对了！"

田甸说："只是辛苦你们了。"

二位说："什么辛苦？这叫享福……"

田甸一乐说："好好好，留下，留下。"

这样一来，这两个老人就自然而然地留下了，那茅草房就成了他们的家，他们二人也成为扎呼台仓正式招募的丁春（兵勇），老夫妻俩成了纳哈出雇用的扎呼台仓的色夫达（站长，达爷）了。

可是，人心难测呀。

田甸田大将军始终把他们老两口当成自己人，心腹之人，根本未查清他们的来历，他们其实是欺骗田甸，当上了这个扎呼台仓的色夫达。

这次，吉海来到奇德力找田甸大将军，正巧没见到田甸，只见到陌生的老夫妻。这可怎么办呢？

吉海这次到奇德力，满以为这里是道长的朋友之处，一定是自家人，一定非常可靠，不会有啥事，于是就打心眼儿里相信、敬重，见面的又是两位老者，非常的慈祥好客，也就丝毫没有防范。

方才，老两口暗中互相递眼神儿，交流暗号，吉海没有察觉。

下晚，老两口还是照样热情，给吉海特意到江心打来一条金翅大鲤鱼，给炖的鱼肉，老头还亲自陪着又到东屯烧锅特意买了一罐老白干酒。吉海不能喝酒，可老头、老太太一劲劝："小伙子，喝点酒睡觉舒坦。"

吉海实在推辞不过，就喝了起来，也喝了不少，又吃了一碗饭，就觉得自己头有点发晕，吉海不知怎么就一下子昏睡过去了。

这时，天刚刚黑下来，他睡着睡着，就觉得有什么东西在狠狠地掐他，他一觉得疼，酒醒了过来，才觉得自己睡在屋里。再细看，老头老太太都没有睡在火炕上，不知在什么地方，只有小雀儿在自己身边。小雀儿在他的身上跳来跳去，小嘴在叽叽喳喳地叫，还用小嘴掐他、叮他、啄他。小雀儿扇着小翅膀向他叫着，这才使吉海完全醒了过来。

原来，这是小苏雀把他啄醒的。

这时，小苏雀上下翻飞，飞到门口就回来，那意思是让他往外走，它好像很慌张似的满屋飞，翅膀扇个不停，从门口飞完，又往窗棂处飞，又飞回炕前，到他跟前，飞着飞着，又叫个不停……

吉海明白了，小雀儿不让他再睡了。

而且，小雀儿是在告诉他，快快离开这里，到外边去，这屋子里有危险。

吉海忙说："五子！五子！你是不是叫我快走？"

小苏雀又"喳喳"地叫了起来。

吉海又问："你是说，这里有事吗？"

小苏雀又"喳喳"地叫着，好像还点点头。

而且，小雀儿把小翅膀扇得更快、更频了，上下飞动，叫个不停。突然，它飞过来，一下子叼住了吉海的衣衫，往窗口那儿飞去，又飞回来，叼了一下他的衣衫，又往窗口飞去。

吉海立即清醒，翻身坐起。

本来，他并未脱去衣衫，只不过是因为酒醉头晕，就合衣躺在这里。现在，他忙拿起身边的皮筒子就出来了。可是，往哪儿走呢？

还是小苏雀引路，他们趁夜色，来到房后一片柳树林之中。这里的树木，棵棵都很粗壮，有不少是粗壮的老柳，证明这些江柳都是有百年之久的大树。

吉海和小雀儿刚刚进入柳林，这时，突然就听柳林外传出有人的说话声。吉海仔细一听，正是老头和老太太俩人在唠嗑。

只听那老头说话："笑脸狐，混江老大就要来了，他要亲审这个小子。大王说，这个小子可不是一般人，可能就是亦吉龙的儿子。他正要出走，抓住他，就掌握了造大船的手艺，咱们也就立大功啦！"

老头又说："你进去看看，他让酒灌的可能还在死睡。别叫醒他，大王马上就到。"

老太婆急急忙忙地往屋里跑去，看来是去查个究竟，可是不一会儿，她慌慌张张地从屋里跑出来说："不好啦，老头子，那小子不见了，这可怎么是好！"

老头子一愣："什么？人不见了？"

老头子也慌慌张张地往屋里跑，看来是想查个究竟。

吉海是个很聪明的人。他之前把二老看成是正人君子，没往坏处想，也没有防备，被他们给灌了几杯。现在一听这些话，心中大怒，原来都是披着人皮的狼。阿玛在世时就说过，对强盗坏人，绝不能手软，手软就要受欺，一定要下狠心。

这时，吉海已经下了决心。

他想：我要趁着那个混江龙尚没带着众匪徒赶到之前，先动手。不然，大队人马来了，自己孤身一人，也不好对付，我要趁此时就先下手，迅速抓住这一对老夫妻，把他们审问清楚，他们与田甸大将军究竟是什么关系，田甸是好人还是坏人，为什么会和这样的人联手？那么，那个道长是好人还是坏人，是值得信赖的人，还是在哄骗我，为什么小雀儿把我领到了这里？这些到底是怎么回事？

想到这里，他明白了，眼下，必须先撬开这两个老人的嘴，再作下一步的安排。事不宜迟，这时，他心里非常感激道长教他的一手，那就是七节鞭功法，如今看来要派上用场了。

吉海立即将皮筒子挂在树上，从腰间抽出七节鞭，那带有钢锥铁头的鞭头，一抖闪闪发亮，大步冲进了泥草房。

第十三章　公开了隐秘的身份

吉海手提七节钢鞭正要进屋，迎面突然走出一个人来。

这人，正是那个老头，正慌慌张张地从泥草屋里出来。他来到老太婆身边，大声骂老太婆："你怎么不看住这小子，活活地让他跑啦？"

还没等老头子把话说完，黑暗中，吉海把七节鞭一甩，七节鞭绕了过去，一下子抽倒了老头。

这一下子，正好把老头打翻在地。

要知道，这是铁鞭啊，当即将老头的腰部打得不能动了，疼得他"哎哟哎哟"直叫唤。

老太婆一看不好，刚想要拔腿跑，吉海起身又是一鞭，立即把老太婆也重重地打倒在地。吉海其实还留了情，没有使劲打，老太太已经两腿麻木地瘫在了地上，不能动了。

吉海大声说："你们两个人听着，我好心地对待你们，可没想到你们对我下黑手，找土匪要陷害我。快说，你们是何种用心？田甸大将军现在在哪里？你们是什么关系？我来了，你为何要通报混江龙？你们和土匪混江龙又是什么关系？告诉你们，你们要如实说来，不然，我这铁鞭可不饶人，不说出一切原委来，我这铁鞭就了却了你们俩的老命！"

吉海说着，特意将七节鞭猛力地抽向一堆土坯，只听"哗啦"一声，那堆土坯立刻粉碎而倒下，一片碎土满地。

"我们说！我们说……"

吉海的这一鞭，吓得老太婆、老头子两人直哆嗦，一想还是保命要紧，便一五一十地将他们怎么从开原骗到奇德力，又怎么成了混江龙的眼线、拜把子兄弟，又怎么蒙骗了田甸大将军，田大将军现在因江船质量和技艺拙劣，被纳哈出关入了死牢。他俩是在这儿正等着亦吉龙的儿子入圈套，然后骗他到混江龙帐下，逼出造船宝卷，再做处理。

这老两口倒是没敢隐瞒，一五一十，竹筒倒豆子，把心里的打算全都告诉了吉海。他们又说："壮士，你别怨我们，我们实话已经全都对你说了，你要咋办就咋办吧。"

吉海知道一切之后，觉得这个小泥屋子已与自己无关了，必须从这里早早地脱身，不能让混江龙一伙人给抓住。

于是，他立刻到树林子里取回挂在树上的皮筒子，回到窗口前说道："我不杀你们，你们是好好做人，还是作恶，我日后再按你们的行为处置。这样吧，好自为之，后会有期。"

说完，他走到江边，又往江心走去，一点点地迅即潜入水中不见了。

吉海仍按原样，躺入江中，皮筒子捆在腰间，小苏雀照样飞到他的皮筒子上来歇脚。他在水中休息，顺便也在思考一下，下一步该怎么办好？

他想：我现在应该到岸上去，找个地方歇一会儿，只有找到田甸大将军，救出大将军，一切事情才能有序进行啊。那么，田甸大将军他现在在哪呢？吉海在水中很是焦急。谁知这时，又一奇特的景象出现了。

真没想到，就在他一筹莫展时，他下水时皮筒子挂在他的腰间，小苏雀是站在他的皮筒子上的。这时，一直在他的大皮筒子上歇脚的小苏雀，方才还静静地蹲在那里，他以为它是睡着了呢，哪知，它这时突然飞了起来，扇动着小翅膀，向着吉海上下翻飞……

那时，吉海是仰面漂浮在水面上，顺流缓缓流下，吉海胸前心口处都露在水面上，小雀儿飞到吉海的前胸脯，在吉海胸脯心口窝的凹处张开了小嘴，吐出一个小东西，吐完，又"喳喳"地叫了起来。

吉海忙用手在心口窝处摸了一下，得了一粒木块，他用鼻子一闻，这个芳香的小木块有浓浓的锯末气味儿。原来是小苏雀不知什么时候飞出去，叼回这一粒木块。这说明，这附近有木工工地。从这粒小木块上的气味来分析，应该是松木，味儿大，芳香，锯下的时间不久，应该是那里正在锯木材，下木料。

在江边锯大木头？吉海立刻想到，这准是有人为造大船在锯木料。这说明，江岸上不仅有一个规模不小的木工工地，而且不是造小船，肯定是在造大船。

吉海知道了这个信息，立即兴奋起来。他不想再躺在江中歇息，得设法上岸去找找去看看，谁在锯木？谁在造船？为什么造船？船主是什么人？一系列问题，使吉海立即游上岸，来到了江边。

这时，小雀儿又在他的头上"喳喳"地叫着，领着吉海往岸上的林中走去。

不大一会儿，他看清楚了，这个工地真挺壮观，四周有群白杨树围着，白杨树中间最里侧堆着一层层锯的各种大小、长短、厚薄不等的完整木料，接着，有三排高架子锯木场。

架子上，有大原木，一人在上，一人在下，正在锯木板。再接着，是九个木工工匠，正在火堆上煨船舷肋板，接着就是河岸。

河岸上搭着长板，直通岸上的工地和江岸，江上有两艘大船，帆放下来，看来正是岸上这些木工早晚上下工乘用的船只，说明他们并不住在这里，营舍应在附近。

吉海对这些工序了如指掌。不知他们是一些什么人。看这个规模，这样大大方方，他断定可能就与田甸大将军所属的纳哈出造船有关，土匪是不敢如此明目张胆的。

他想到这儿，心中有数了。

于是，他大大方方地走进河岸上一排搭成的住人或干活的木板棚房，只见里面有工人，有一排木工干活用的长案子，那些工人正在专心忙碌着，谁也没有注意吉海的到来。

吉海这里走走，那里看看，等他走到煨船体的工序地方，站住了。他见几个老工匠正在往一起用胶粘贴各块联接的木板。这是造船最主要的工序，船板之间都是这样黏合在一起，不怕水侵蚀。

可是，吉海仔细看后，就走过去说道："这位师傅，这是为谁造的船啊？真够大的了，真有气派呀……"

那几个工人正在干活，这时才注意到有人来。

他们抬头看了一眼吉海说："走！走！走！别在造船重地闲逛。我们总管大人没在跟前，不然小心抓了你，可要坐牢的。"

吉海说："我不怕。"

那人说："什么？什么？你不怕。"

吉海说："我怕什么？我和田甸大将军是朋友。"

那人说："什么？你和田甸是朋友？"

吉海说："对呀。我是来看望他的。"

这几个人一听是田甸的人，忙说："田甸大将军，可千万别提他，他原是我们的将军，犯事啦，迟延造船工期，大丞相、太尉震怒，可要问斩呐。"

吉海忙问："他犯了什么罪？"

这些工人说："造船，走得太慢。天快凉了，进大海往返得两三个月。

往返一趟回来，误了大丞相的大事。军法无情。田甸大将军还是大丞相的义子，这都不能够被饶恕，可真是大罪了。"

吉海又问："那么你们现在造的船，比以前改进了吗？比田甸大将军管辖时的造船技艺，有了哪些新的起色呢？"

那些工人们都说："有啥改进啊，照样按田大将军从前说的做，别人还没有田甸大将军的那样本事呢。大丞相有令，让我们日夜苦干，一个月后就要交出船来，一个半月后就要出海。为此，我们三个多月都没回家了，夜里还得挑灯干哪！唉！"

那些人，唉声叹气的。

吉海说："你们的头人在哪？"

那些人问："你找头人干啥？"

吉海说："我有能耐，我能让你们的大船长上翅膀，无风也能飞向出海口。"

那些人说："真能？"

吉海说："这是真的。"

他这一说，全屋的工人们一个个的都惊愕了，以为来了一个疯子，正在说诳语。

一个管事的兵勇，走过来说："我说，你快点走吧！别在这儿说风凉话，以免误了我们的工期。惹下罪来，你吃不了可得兜着走。"

吉海说："不行，我要见你们的总管。"

吉海坚决不离开，说一定要见一见总管和总头领，并说有要事相告。

那些人急了，说："要事？什么要事？你先说说。"

吉海说："中国古代汉族有个鲁班，我就是女真人的鲁班！"

那些人哈哈大笑："你就是鲁班？你是？"

吉海又说："你们哪，千万不要小瞧我。"

那些人说："小瞧你，又怎么样？"

吉海急了，说道："告诉你们吧，我叫亦吉海，亦吉龙就是我的父亲！"

"啊？你就是亦吉海？"

"啊？亦吉龙的儿子来啦……"

这话，就像一声炸雷，一下子把大家全都给镇住了。整个工地都开锅了，老亦家船王来了，老亦家来人了。人们在工地上呼喊着，奔走相告，一时间，整个工地都欢腾起来。

第十四章　救出大将军

亦家来人啦……

东海古船王的后人来啦……

人们在奇德力江岸上呼喊的时候，众兵勇还有干活的工匠，早有人慌忙禀报去了。他们跑向正在小屋中独自斟饮的总管大人图贴木尔。

"什么？亦家人？老船王的儿子？"

听到这个消息，开始总管图贴木尔死活也不信。因这一带早就听说亦家已经失踪多年，也常常有一些人，无理取闹，冒充老亦家的后人、亲戚，四处招摇撞骗。这事时有发生。于是，图贴木尔说："来人，把这个小子给我轰出去！"

手下出去轰，不一会儿，又进来了。

禀报说："大人哪，看来果真如此。"

图贴木尔说："何以见得？"

"他说，他从库鲁钦而来……"

"又讲，认识田甸大将军。"

人人都这么说，大家都一个口气。

大伙儿又说："总管大人，请你还是先去看看吧。这人，看来是有一些来头。"

图贴木尔想了想，命令手下的人说："那好，你们去，将此人给我带进来，我要亲自审问一番。"于是，那些水勤兵勇出去，不一会儿就把吉海带到图贴木尔总管这儿来了。

图贴木尔先是打量一番吉海。只见他真有一些不凡气质，又问了他的家世和关于船业的一些行话术语，果然对答如流，这一下，也就使图贴木尔不能再怀疑了。他真能造大船、巨船、快船，这不是好事吗？

图贴木尔说："那么，你这次来……"

吉海说："大人，我有一个条件。"

图贴木尔说:"说说。"

吉海说:"让我下手,可以,但是,必须先放出田甸大将军,我才能做你们要的那种大船。否则,我就马上走了。"吉海说完,转身就要往外走。

这一下子,图贴木尔可急了。他觉得,眼前这个年轻人可能有些来历,看他的样子,不像是吹牛或者在冒充。于是,图贴木尔上前拉住了他。

图贴木尔说:"别走,别走。只是此事我得禀报太尉大人。我们军人,来回喜欢骑马,一来一去最快也得三天。你得等一等。我们好酒好茶款待你。"

吉海说:"也行。不过,一定要把田甸大将军放出来,我这里还有给他的信。这可以证明我不是来欺骗你们的。"

图贴木尔一想,也没什么,放就放出来吧,都在我的管辖之下,他跑也跑不出我的手心。

于是,图贴木尔下命:"来人哪!"

两个兵勇道:"在。"

图贴木尔说:"快把田甸放出来,让他与这位来者见面。"

立刻,两个兵勇走出去,到土地牢里将田甸给领了出来,并带进图贴木尔的房子,让其与吉海见面。

田甸大将军走进来,望了一眼吉海,说:"年轻人,是你想见我?还有信捎来?"

吉海点点头,拿出道长的信,交给了田甸,并说:"大将军,请你过目。"

田甸接过道长亲笔写给他的信看了一遍,上面的意思主要是推荐吉海这个人,并告诉田甸,吉海才是真正的亦氏家族的传人。如今亦吉龙的全部造船宝卷文本全在其子吉海手中,要好生对待吉海,好好地款待吉海,让吉海为国出力……

"啊呀,太好啦!"田甸大将军看完信后,非常兴奋,高兴得直拍手。

田甸说:"这回就一切平安了。父罕如果知道你到我们这里来,父罕纳哈出也会优待你,封你官爵的!"

吉海说:"大将军,我不图什么官爵,只是为了江海行舟,为民有利,就是我亦姓之族人的光荣了。"

图贴木尔也极为愉悦。他放出了田甸,并让他与吉海在一起,多谈叙一些制船之技。于是，田甸特意让人去弄来酒菜，他要摆设盛宴，款待吉海的到来。两人你一杯，我一盏，饮了一个通宵。吉海心中高兴无比，见到了田大将军，解救了他，自己的手艺，也可以派用上了，到这时，他心中的一块石头才落了地。

第三、四日，金山纳哈出连连来函。

函中明谕："田甸吾儿，父一时仓促，押你入土牢，实为欠虑呀。望儿见谅。今亦姓族人投奔本太守，我特赐吉海四品匠师之衔，愿尔等同心协力，早筑征帆。今冬冰雪来之前，务使远帆携东海活物特产早早返航。特谕。"

纳哈出书于逍遥宫

大元北元二年

吉海详细询问田甸大将军这些年变故。

吉海说："大将军，你为何事被关押？"

田甸说："唉，罕王嫌我们造的巨船，行走太笨，显得不利索。我们正在为船速无法解决而发愁。他总是在想，能不能船大了，船也照样也能快呢？因此，罕王一急，一怒，就把我给关押起来了。"

吉海说："啊，原来是这样。"

田甸说："这次你来了，道长举荐你，我盼你来，也都是为了这个棘手大事。"

吉海明白了。心下也就坦然了。

说实在的，他的家族几世以来，不就是在解决各种船的造法、行走、载物、往返之技艺吗？往昔的各种船，同一条船，看上去大小相同，造船的人不同，船行走的速度就不一样，这就有如人十个手指头，可伸出来不一样长。在造船和使船上，同样的人力、同样的舵公，船速也会有差别。在这个道理上，古人有句老话叫作：船看主人"脸"。

什么主人有什么"脸色"的船。"脸色"好，船走得就快；"脸色"不好，船走得就慢，鞭打老牛就是不走道。这是什么原因呢？

这个深奥的道理，也使亦吉海想到，自己的父亲在世时常讲的话："孩子，咱们亦家船就快，任何人家造出的船就是比不上，这就是神技，神技也是心技，绝对不可外传啊。"什么是神技，什么是心技，什么是船的"脸色"，父亲曾经给他讲了一个故事。

父亲说，从前，有一个老木匠，手艺好。

老人家干木匠活，一个人拉锯不行，又没有徒弟，于是他就做了一个木头"徒弟"，天天和他一块儿拉锯，人人看了都觉新奇。

有一个年轻木匠见了，很是好奇，他决心学得此艺，于是就投奔老木匠，当起了徒弟。

那时，师傅已老了，每天喝水、吃饭、吐痰、撒尿，都得人去服侍。开始，徒弟对老人还挺好，师傅也就把手中的绝活一点点地都教给了他。可是渐渐地，这徒弟骄傲起来，有点看不上师傅了，嫌他吃得多，拉得多，干不动活，于是就抛弃了师傅，自己也开了一个木匠作坊。没人给他打下手，他也像师傅一样，做了个木头"徒弟"，让它带着拉锯，打下手。

可是奇怪，他做的木头"徒弟"本来做的和师傅的一模一样，可就是不会动，不干活。

没办法，他只好又去问师傅。这木头"徒弟"明明和师傅做得一模一样，为啥就不动呢？

师傅说："你量它的体型了吗？"

徒弟说："量了。"

师傅说："你量它的头了吗？"

徒弟说："量了。"

师傅说："你量它的腿了吗？"

徒弟说："量了。"

师傅说："你量它的胳膊了吗？"

徒弟说："量了。"

师傅说："你量它的胸了吗？"

徒弟说："量了。"

师傅最后说："你量它的心了吗？"

徒弟一下子愣了。"心"怎么量呢？也没法子去量它的心。

于是徒弟说："没，没量心。"

师傅说："这就对了。因为你没'良心'（量心）所以它不会动。"

这是中国民间一个很有名的《良心》（量心）的故事，父亲亦吉龙给儿子吉海讲这个故事，恰恰是巧妙地回答了他为什么亦家造的船快，又好使，什么是船的"脸色"，船有各种"脸"，有笑脸、哭脸、丧脸、愁脸。这些"脸"，其实是船家也就是造船人自己的心情，自己的心意，自己的心灵。心，乃造船制船之要术啊。父亲的话，使他牢牢地记住了亦家人造船使船的根本，加上其家藏有造船宝卷，所以世上谁家的手艺能比呢。

在田甸大将军的一再请求下，吉海答应给他们重新设计制造一艘亦家船。

田甸说："时间可一定要快呀。"

吉海说："何时交工？"

田甸说："越快越好。季节有限啊！"

吉海说："明白了。"

吉海说："你们这里有船料，只要我要什么料就有什么料，一切齐备，马上动手。不过……"

田甸说："还有什么要求，你说？"

吉海说："人，我来挑，行吗？"

田甸想了一想，说："因这是你领着人去干活，当然人要你来挑的，这算什么要求，应该如此。"

吉海说："由我选人，挑料。而你来定论如何？"

田甸说："不不不。还是你定论。"

吉海说："大将军，必须由你来定论才行。这定论，是指你看行了，最后定夺才行。"

田甸说："好好好。那咱们一齐定夺。"

说干就干，当下田甸和吉海一拍即合，造大船、新船的工程就这样在奇德力开始了。

第十五章　营造大船

次日，营造大船工程开启。

按照吉海的要求，首先是挑人、选人。

田甸领着吉海来到河岸的大平场上，田甸让一百多名兵勇、木匠、木工都拉成一排站好，让吉海过目。

吉海从头至尾在"人排"前走过，"你，你，你，他"一个个地把他看中的人选出。他选人很奇怪。不是你身体好就要你，不是你老了，就不要你，而是按照他心中的条件，从这一百多人中，老老少少的都有，挑出了三十名，这是初选，算第一批，带到屋中。

吉海给每个人发一个大木头，分给他们各种锯、磨石、小刀、小锤等工具。吉海又从自己的大皮筒子里取出几块小木板，全磨得是既薄又平滑，这些小木块如玉石一样，擦人脸都觉得非常光滑，一点儿纹印疤痕都没有。

吉海发话："我现在看你们谁能在一天一夜，给我制出一块三寸长，二寸宽的这样光滑的木块来，我就选这样的色夫！"

田甸大将军说："听清楚了吧？"

大家齐回答："听清楚了。"

田甸大将军说："听明白了吧？"

大家齐回答："听明白了。"

田甸大将军又说："我告诉你们，谁能办到，我授他为匠师，赏银两；做不到，则按大丞相、太尉的律条，罚棍一百，入狱囚押百天，所有恩赏会全部撤销。"

大家齐回答："是。"

田甸大将军这个话一出，可把众兵勇给吓坏了，这一百军棍谁能受得了啊！个个吓得瘫在地上。

但是，军令如山，谁敢违抗啊。

田甸大将军和吉海大师一走，众兵工们看看已经没有侥幸和逃避之路了，他们一个个从地上爬起来，擦了一把头上的冷汗，决心开干。他们知道，他们谁都休想逃过这一关，只有精心去做，才能免去皮肉之苦。

在吉海、田甸的严苛要求之下，经过一天一夜，吉海收下木工二十名。其余的人，吉海为之说情，求田甸大将军手下留情。

可是田甸大将军说："军无戏言，如果说改就改，说变就变，不按律行事，今后我还如何领兵征战？不行！"

于是，田甸大将军对那些不合格者，严惩。

不说田大将军如何按律去惩办那些干活不合格的木工之事，可此事也狠狠地教训了众木工，特别是对那些平日不苦练功、干活偷懒、不求上进、不习技艺之兵勇和工匠们，都受到了多年没有过的严惩和教训。

单说吉海率领他们，按自己的要求到料场上去搬运大木头。这些人按吉海画出的图分做船体、船帮、船棒、舱底、舱帮等各种部位。每天，料场上抬木号子时时不断。吉海其实和父亲也学了不少的抬木号子，搬运各种木料时，因场地上都是巨大的原木，要由人以掐勾掐住，唱着号子抬往各个指定地点。为了加快选木、抬木、放木的速度，吉海干脆自己就当上了"号子头"。

当他看准了哪根原木，他便操木杠子，唱道：

吉海说：嘿哟的操杠。

大伙儿说：嘿嘿哟……

吉海说：哈腰挂上。

大伙儿说：嘿嘿哟……

吉海说：往前的走吧。

大伙儿说：嘿嘿哟……

吉海说：左股的步大点。

大伙儿说：嘿嘿哟……

吉海说：右股的跟上。

大伙儿说：嘿嘿哟……

吉海说：嘿哟地放下。

大伙儿说：嘿嘿哟……

…… ……

这种古老的抬木号子，整日在料场上唱着，在料场上空飘荡着，热闹整齐，这一下子加快了选木选料的进度和进程。

造船，船体的各部位很有讲究。船体大件四十九，中体九十七，要求规制，沉重实成，锯凿平滑等，这一切极为苛刻。完成后，又分别磨制各小部件有七百多件……

田甸大将军大吃一惊。

他万万没有想到，原来，一艘巨船，全然不是像他们想象的那样，只有船帮、船底就完事，而是大中求大成船，大变小，小再聚大，这才而成船，十分精密细微。原来亦家船所以神秘，有种种神力之谜，是内数千件精密磨制之木所成，有了这些细件，再胶合拼接而成的。

吉海造船，有自己独特的程序。乍开始，田甸没看到，吉海总是到外边的林子里、木场上去找"大料"，那"大料"，都是一些庞大的材料。他以为，大船、巨船都应先去找大木头、大材料，钉在一起不就是大船吗。

有一天，他还对吉海说："吉大师，看来造大船巨船，得选大材料，大木才行。"

吉海笑笑，又摇了摇头。

田甸一愣，说："难道不是这个道理？"

吉海点点头，说："田将军，阿玛说过，我们亦家造船的人，都是绣花楼的巧匠才行。"

田甸更加吃惊："绣花？"

吉海说："对。"

田甸说："绣花不是女人的活吗？"

吉海笑了，说："田将军，阿玛在世时告诉我，没有绣花功夫，就做不了我们亦家船哪。"

田甸想了想，点了点头，突然大悟，连连说："我懂啦。就是说，看上去这造船有如沉重的力气活，又搬、又扛、又抬的，但手艺上，要如女人绣花一样，要细、要精。"

吉海点点头，表示赞同。

吉海先做"嘎拉船"。

什么叫作"嘎拉船"？

嘎拉，本是女真语，就是手掌，即先做模型船。这种模型船与正式的船处处相同。这表示做大船要先试做，试做之后，再动手做正式的大船，民间也称"放大样"。所以，"嘎拉船"，也称"打样"。这句话，其实很古老、久远，是指人要按照一定的规矩去办事。

吉海说："大船用大木。我们只有先做'嘎拉船'，一切先摸索试试，精心设计，精心切磋，将一切难事皆在'嘎拉船'上解决，才能造出大船。'嘎拉船'一切顺利，省事、省料、省工时，就赢来了速度和质量，才能见到适用的巨船。"

田甸大将军，很敬佩他，庆幸自己结识了亦家的唯一传人——亦吉海，真乃三生有幸，决心拜吉海为师……

这天，田甸让人去江里抓回一些江鱼，有鲤子、鲇鱼、草根、青鱼，他又找了伙房间一位"高手"，专门以江中的各类鱼，做成一桌鱼餐，有红烧江鲤、茄子炖鲇鱼、干焖草根、生拌青鱼片。这几样，虽是北方江边民间常吃常做的菜，可一旦组合在一块儿，那味道也极其特别，香味四溢。田甸还让人去场地旁的屯子一家老豆腐坊抬来了五板子大豆腐、干豆腐，又做了豆腐宴。当菜都摆好，田甸大将军说："亦大师，请受我一拜……"说着，田甸便要施礼。

吉海忙道："田将军，使不得！使不得呀。"

他上去扶住了田甸。

吉海说："你拜我，不是折杀了我吗？我如今是来投奔你的。今后，还望大将军多加指教。"

田甸说："你投奔我做什么？你不是为了给咱们北方造船吗？我收你，正是要向你来学这个古艺。也不单是向你学，更是向你的父亲、向你们亦家几辈人为北土一心谋划造船，造大船的那种付出而学，这是敬佩之情。我们不拜你，拜谁？你不收我，那才是错了。生活上，我照料你，技艺上，你收留我，这无可厚非呀。来来来，快快受我一拜——亦大师！"

吉海说："这……如何是好？"

田甸说："你就顺理成章。收下我这个弟子吧……"

田甸说到这里，又大喊一声："来人！"

他的部下人喊："在。"

他说："去，快把咱们十二马队的所有人都召唤来。咱们要设拜师堂，供奉亦家先师海娃及亦吉龙……"

当下，田甸手下的人马悉数而来。大家摆好拜师位置，让吉海端坐在亦家先师影像之下的太师高椅上，受田甸大将军九叩大礼。

吉海实在推辞不过，只好就座。

田甸的下属官兵、随员等，为这次田大将军拜师和吉海收"弟子"感到高兴，都格外感激吉海大师收田将军，他们也觉着脸上有光，也都跟着拜叩大礼。

拜师后，田甸大将军将自己窖藏的美酒取了出来。这酒，乃是女真族以窖藏法——冰藏之法埋藏在地下，四周的冰雪，常年筑成壁垒，不通风，只流有水道。暑时加冰块，就是在夏天也可藏五月而不腐，葆其鲜嫩如生。刚一打开，罐酒如膏，抠一块儿放在大碗中加冰，称为"唤醒"，渐渐的块状消失，成为一碗清澈的美酒，独特无比。

这时，田甸又命人取来海狗、海象、海龟，他亲手为吉海做一种"海席"（方才那鱼是"江宴"）。喝着田甸亲自酿的女真糯米奴勒酒，芳香醇甜，别有一番风味。众人与吉海大师醉饮至次晨天明方散。

说来真有意思，众人都不醒，唯有它，喝了奴勒酒的小苏雀先醒来。

原来，大家快开席时，吉海说，能找到田甸大将军，多亏一位"功臣"雀儿小五子，他建议让它也来喝上一口，田甸表示赞同。于是，下人为小苏雀小五子放上两个碟，一个里边装上小米子，一个里边倒上田甸亲手酿的"奴勒"，吉海说："小五子，你也上桌吧。"就见小雀儿"喳喳"地叫了两声，扑扑扑地飞来，在那儿吃上了、喝上了。它吃几粒米，又喝一口"奴勒"，吃几粒米，又喝一口"奴勒"，最后别人都睡去了，唯有它却最精神。第二天一早，是它一个个把众人都啄醒的。

早上，它一看大伙儿还在呼呼酣睡，就满屋上下飞，"喳喳，喳喳"地大声叫，一直把众人都唤醒，它却又落在屋棚柱上，小头扭来扭去，看着大家还睡觉不，如果谁还睡，它就上去啄他，"叮"他，用小嘴"掐"他的脸蛋儿，还"喳喳喳"地叫唤，直到把贪睡的人唤醒，它又飞到梁上，落在上面看，歪着头看，大伙儿都叫它"五监工"。

第十六章　初见纳哈出

小苏雀小五，是出名的"五监工"。

当人们开始干活的时候，哪个总在干活时说闲话，哪个总上茅厕，哪个总在偷着打瞌睡，哪个磨船板不使劲，它都会"观察"。一有发现，它就飞过来。

飞过来，它就突然用小嘴狠狠地啄你一下，让你冷丁痛痒，可它还扇动着小翅膀向你叫，意思是："你还偷懒吗？你再偷懒，我还啄……"

木工们都怕监工的小苏雀小五，又都挺佩服它，惊叹它的机灵和可爱。所以，谁也不敢偷懒。

田甸大将军有文化，识文断字，汉字写得也好，由他帮助吉海整理出不少"船经"。那时，吉海说的是女真语，田甸大将军就给他翻译过来，又用汉字记下来，以便流传，能让更多人知晓。

经吉海口述田甸记录翻译的有《船经》三诵：

船家，船家

船家，船家。

船家江河湖海天下人的家，

走南闯北全仗它。

吃喝拉撒不离船，

生老病死亲如家。

造船最先想周到，

一应设施不可差。

屋舍灶房加茅厕，

货仓设计必宽大。

防雨防冻有专室，

舵公后位且详察。

颂 规 谜

有个怪物水中缘，
两头尖尖肚要圆。
平衡方求安稳命，
纹顺才获行帆远。
沉材轻磨若仙纸，
重木柔抚呈玉面。
不求虚美求实速，
最忌纵横堵雄关。
长鲸鱼膘征船乳，
煨火燔烧烤孤圈。
巧智严循先师训，
江海浩渺展真颜。

借　风

万船生气源自然，
巧借东风奋争先。
东南西北八方拜，
舵力全赖有推旋。
纵晓船技三千三，
不解风语难撑帆。
古船命系风云关，
熟通天象方坦然。

　　上述三诵，往昔北土行船人和北方造船人，作为座右铭要经常诵记诵背，熟烂于心，因这三诵，各有所宗，是行船造船必知的要领。

　　《船家，船家》，告诫造船时要有一个总体的考虑，各方面都要想周到，这样造出的大船才可称为"水上人家"，也才可以行旅方便，是千百年经验的总结。《颂规谜》尤为重要，船家人性格豪爽幽默，这《颂规谜》

表面上是以民间猜谜的形式写出的"诵歌",实则此乃造巨船的秘诀,合着"诵歌"渗透着漠北人千百年来造船的经验综合,让人加以重视和注意,并值得仔细切磋。

《借风》深言古船之动力。

《借风》所讲述的是船除了人力之外,就是要依靠自然风力,所以自古以来,古船又称为"风船",又有俗语"无帆不成船",好舵公"擅使八面风"。舵公、舵公,全凭"借风",不会"借风",敢称"舵公"?一个舵手不通天象,不晓天文,是无法吃船上这碗饭的。船上这碗饭,又称"水上"这碗饭,又称"端龙王爷的饭碗子",就是和水、和天打交道。所以自古船家世代唱出"古船命系风云关,熟通天象永坦然"的歌;又说"风是神仙腿,知风满天飞。纵然帆篷水,舟驰激流追。"这些都是讲船家既要擅用风力又要熟知船性,尤应百倍地精通天象、水象、浪象、风象、云象、雾象、雨象、雷象等。这才有驰风跨海之能,这样才能将船用活、用精、用妙、用神。这也就是船王必备之能。

这一天,田甸对吉海说:"吉海大师,我要走一趟。"

吉海说:"你去哪里?"

田甸说:"我去见父罕。"

田甸大将军决定将吉海造船、用船之妙法告知父罕纳哈出,他要专程赴金山一趟。

这一日,田甸来到了金山。

纳哈出听了田甸的禀报,十分高兴。他命田甸告知吉海速进丞相府,带各类船模来见。

田甸大将军又连夜返回奇德力,将纳哈出太尉、大丞相之谕传告吉海,吉海欣然同意,便利用二十余日制作了各类船模共十二艘,大型巨船五艘(带单篷、双篷、三篷、双体、三体);大型战船五艘(除备奇特备篷外,又有内舱两种船型);抢攻峡谷、岩岛屿用战船——刀船两种(大刀船、小刀船)。

上述十二类船模型,都设有独特船体内舱设置。早在我国的明代初期,所造之巨船,包括战船,在世界造船史上,都是罕见的。中国当年航海史上是世界第一位的,而北土亦氏家族造巨船之经验,名震宇内,属世界一流的。

巨船模型图表明,那种巨船,称为九帆船,巨大雄伟,可容千员而乘之;而单帆巨船,一帆高耸,雄壮震人,可容百员乘之。

吉海领人只用了二十几天，便精制好船模，麻雀虽小，五脏俱全。

而且，从古至今，巨船之动力，均在船肋，设计时必达至这样一些要点：最大宝船，长是四十四丈四尺、宽十八丈、九桅十二帆，全为木质结构。远洋航行，俗称"福船型"。船的尾上翘，具有良好的远航性能和稳定性能。

在中国北土，传统的江海行船摇橹工艺，按木质和船舶的吃水量来选择，用纯正桐油、壳灰苧麻、竹丝粉，按一定比例混合，反复锤打，边泡边敲打，使胶麻浸入木纹木理而成船。这样，不仅能抗撞击、抗腐蚀，而且有阻燃性能（船上也要预防火灾）。所以，只要是造船场，就会日日夜夜传出"叮咚"的锤打声，就是使胶麻浸入船体内，永不开裂。

巨船后部的上翘部分，可有三层楼高。

这个部位，主要是居住区。通往此处的平台有梯子架设，可使人上下方便自如，最上部的顶端可以成为游览区。

人在江河海洋上行船多时多月，甚至长年不得上陆地，踏不着"地气"，人心中就发慌。这个游览区，可使人在船上观其陆地山川之景，可称为以眼而接"地气"，减少人内心的恐慌情绪，是行船之人久之所总结出的一种经验所在。

巨船，要配有许多辅助船。

辅助船又分为条子帆船、刀子船（四桨）、兜子船（双桨）等。

条子帆船，是指有一帆在上，整个形状如一长条，上有一帆板，可左右移动，随时控制风向、动作和变化迅速，并设有木棚，可供人比较长久地在水上作业，解决一些棘手的难题。

刀子船，顾名思义就是形如一柄长刀，以四格舱或五格舱不等为长度，要由四个人去使用，两人或四人操桨划动。自如、随意，是种中小型的水上组合。可及时处理一般的水上事故，救人或打捞等用途很广。

兜子船，又称"双桨船"，是那种只能乘坐两人的小型船只。之所以称为"兜子船"是指其船形酷似"兜子"，中间宽，肚子大，两头尖而翘起。船肚深，人可藏匿其中，不怕水深和遇"陷"。

"陷"，又称"漩"或"穴"，是指水中的险滩。

一般的船，只要遇到"陷"，就会被陷住，水打旋，船不出旋涡，就会有危险。可这种兜子船，它不仅具备了专门能在旋涡中行驶的功能，是巨船的辅助船中比较适用的一种。而且，由于人少，方便行动；也因为如果遇险、遇难，也只是少量人员而已，不伤主体。所以在水上，这种兜子船必在巨船上有所备，往往一艘大船、巨船上要必备有兜子船几十条，甚至上百条，它们叠摞在一起，单等转移和有难时救人或逃生时使用。

船模型送到金山纳哈出手里，不久，便有了回音。

这大约在明洪武二十一年戊辰年夏，大元大丞相、太尉谕令，命其义子田甸和船王亦吉海赴金山大帐，大丞相设盛宴慰劳。快马传令，次日便传到黑龙江萨哈连上的奇德力大营和驿站。田甸受命后，当即同吉海连夜赴金山大营去见父罕。

纳哈出十分尊重辽东船王，放五十响礼炮出城迎接。

纳哈出今日特意穿上大元朝顺帝奖赐的武将盔胄铜板服，走起路来铿锵有力。这套圣服，纳哈出平时只供奉在香案上，今日第一次穿戴起来，十分的气派、威严。他手拉着吉海大师，红毡铺地，一直通向大营辕门。两旁武士均叩拜迎接，田甸大将军在后边相随，在大堂丞相正堂分主客落座。

正堂正中，是纳哈出亲自在郭尔罗斯大草原捕捉的一只翼展九度的大青雕，经纳哈出主师巴里巴奔制成雄雕标本，雕的双目完全由黄琉璃镶成，锃亮闪光照人，在炯炯有神地俯看着来正堂的每一个人，令人有些不寒而栗。

纳哈出让吉海坐好后，侍官奉上茗茶。

纳哈出说："吉海大师，本太尉已看过你献上来的几艘巨船模型，惟妙惟肖，逼真感人，本太尉百倍喜爱，全大营所有的将军、谋士、文臣，没有一个不赞不绝口的，一致说大开眼界了。想不到我寨外辽东漠北之地竟藏居着鲁班师一样的高人。"

吉海说："大人过奖。"

纳哈出说："此语正适于你。本太尉早年在安徽太平长江一带也曾目睹并乘坐过长江大船，不过最大者也只有四帆。客乘者十几人而已。早年古人曰，魏蜀是草船借箭之大型巨舰战役之地，亦不过百人，船体虽庞大行进甚缓，若使巨舰行速，则需多人划船，兵力就少，不利于水战。今观吉海大师之巨船，别有一番景观，此乃达到登峰造极的境界。当今，本太尉欲北进萨哈连，直抵出海口，驶入大海一览风光，品尝东海百味，采掠东海野民之风光风韵，尤其想取东海之鲸睛，东海之龟甲，东海之狗肾，东海之珠宝。切望大师能将所献之模型，制成真船，不但观其美，更能求其用。若有暇时，本太尉渴求东海一游，岂不快哉！大师，可承担此任？"

吉海起身，点头施礼。

吉海笑而答曰："大丞相、太尉，本人不才，大丞相如此抬爱敬慕，吉海我受宠若惊，感激不尽。制船之技乃祖先传袭之功。记得先父在世时，尤倍加珍爱精研。吉海秉父志，不贪世间一切声色名禄，只恋锛、刨、锯、尺，一心为承袭祖德，营造盖世巨船为终生之志，矢志不渝也。大丞相、太尉如此器重我吉海，吾必当竭力效劳，在所不惜。"

纳哈出说："真是多谢大师。"

吉海说："不知大丞相，您欲在何时乘巨船北上呢？"

纳哈出说："这……"

第十七章　巨船漏水

本来，纳哈出想说，你船何时造好我便何时北上。

吉海也早已看出对方的疑虑。

吉海想了想，于是说："大丞相、太尉大人，时序已近立夏时分，日夜劳顿，在所不惜。不知大丞相，您欲在何时乘巨船北上？吉海以便算取材、选制作，从眼下算来，日夜劳作也得一百五十昼夜可以完竣。约时在七月三秋之后。时间甚紧。那时，辽东萨哈连寒露已结冰，萨哈连至出海口早已不可行船。"

纳哈出说："大师，还有何妙法吗？"

吉海说："大丞相，吉海略有一念，不知当讲不当讲？"

纳哈出说："大师快快讲来。"

吉海说："如此说来，咱们不如先精制壳船，不需多少时日即可竣工。先乘船试行。且吉海为保大丞相安危，也需试行验船，正好利用这段时间，不断精益求精。今冬造船，造数艘船。明年开春开江，大丞相即可北上，岂不快哉？"

纳哈出听了吉海言，甚喜，频频点头。

在座的田甸大将军也放下心来，不住点头。

田甸心想：吉海的这个办法真是妙不可言。要是答应今年造完，时间真是太急、太紧了！父罕又让我去督监造船，今年哪能完成？岂不又要挨父罕的责骂了。所以此时，田甸忙说："父罕，方才吉海大师之言甚妥。父罕，您就下谕旨，这样定吧。"

纳哈出也是为了拉拢吉海，不想得罪他强权欺压逼迫他去做，不如顺他的心，就在明年开春出海北上。再说，造船也不是马虎的事，必求质量，并达到万无一失才行。俗话说，心急吃不了热豆腐。于是就点头准允，并说："此主意极好。今年先试制一船，先试航。今冬，就动手造船，明年北上，直抵出海口，去探水，去观东海之奥妙！"

当晚，纳哈出也设了"奇宴"来款待吉海。

纳哈出设的宴为千只"鹌鹑宴"，饮的是鹿茸酒，隆重招待吉海大师。

吉海是精于事业之人，当夜并未留住金山大营，吃饭饮酒时也一再催促田甸大将军，军务在身，要速速回去动手。所以当夜，他们便乘坐九马大轿返回奇德力，并于次日傍晚，回到了奇德力。

下了轿，吉海便一心思索这第一艘巨船怎么造，如何动工，于是急忙往自己的小屋子（工棚）里奔去，让木匠、手艺工准备动手。

谁知这时，田甸大将军却喊住了他。

田甸说："吉海大师，如今你已经是船王，是造船大师了，还这么一刻不知闲。刚回来，已经走了好几百里路，走，回家睡个觉，歇歇身子吧！"

吉海却说："大将军，这可不行啊，我还有许多事情要办哪。古语有句话：老马识途。这行船不摆弄船，也跟老马识途是一样的，不是做出船就万事大吉了，要勤了解船行走的水道，水清还是水混，泥沙多还是石头块子多，河道是宽窄曲直，岛礁多不多，都得心中有数，这是在造船时、划船时都要考虑的，否则，不定什么时候便会出事故。船在水上行，出事就是大事，何况造船，出事直接关系船的寿命和使用价值。马虎、偷懒、应付、对付都不行。此番大丞相、太尉要用船去萨哈连出海口，这可远啦。从萨哈连中游到出海口，就有一千七八十里，一旦遇上枯水、涨水，船都难行，再加上浪涛冲击、摧折，再坚硬的木船也会被水浪揉碎、解体。别看水表面看去挺柔软，但俗语不是说水滴石穿吗？水是最厉害无比的利剑钢矛。造船就是制造战胜利剑和长矛的盾牌，小觑不得啊！"

田甸说："大师呀！你真是使人佩服啊。"

吉海大师就这样一丝不苟地日夜忙碌，经过三个月，终于造出一艘两格两帆，外加四小帆的巨船，船长三百尺度，船宽五十尺，船有两幢房子那么高，左右船肋各备有八个地舱长浆，共十六浆的巨船。

大船完工后，吉海就搬上了巨船，住在船上。他上船，何止是住啊，那是严查。

每天，他一个船舱一个船舱地走，一块船板一块船板地摸，一个船室一个船室地看、察验，仔细检查船体结合处的铆钉、缝缭、结合点、联缝度，查看各处关键部位。

　　船的各个部位都是油漆油染而成，最怕火灾，他是处处详察火灾的隐患和火患隐蔽处。所说火患隐蔽处，是指那种看上去一点儿事没有，可一旦出现火情又后悔不及之处，比如油漆和麻刀结合缝，有时表面看去已严实，如内里有空隙，哪怕是微小的缝，一旦过火，便会立刻通风通气，使火势不可阻挡。对这些隐患，他都一一补好，确保大船已不存任何隐患。

　　当确认没有隐患，他满意之后，于是邀请田甸大将军与他一起，率船夫数人，登船顺流而下，看新船能走出多少里还能平安无事。田甸大将军一切满意，还带上船两只新射猎而获的狍子和两只大天鹅，作为行程的下酒菜。一切都准备好，就要祭江起船。

　　祭江很是隆重，杀牲取血，盛入盆内，萨满跳祭江舞，诵念祭江圣文，所有船工都要跟到江边眼看萨满将牲血洒入滔滔江水之中，然后开始饮上船酒启航。

　　启航时刻选定在寅时。那时，太阳刚刚升起，日头冒红，扬帆启航。吉海亲自掌大舵，田甸大将军率五十名桨手在下舱轮流划桨。下舱之处的轮手划房直通吉海的舵房子，又有榆木长管子与猪肠子直通下舱，舵房之人可以随时发令指挥。

　　这时，岸上启航的鼓号一响，吉海随时发出"启桨""慢启桨""快启桨""左舷停，右舷行""右舷划，左舷快"的各种指示命令，声音非常清楚，每个桨手船勇完全按他的口令准确地摇动长桨，使船顺利行驶。

　　其实每个人在船上各处都能看到河面和江岸，但每一个动作却不是每一个人能支配的，要求一切要平稳，要求步调要完全一致，绝不可自以为是，这也是在此之前田甸按吉海的指教领着众桨手练了数十天，桨手们个个意气风发，精神抖擞，全船上下齐心合力。

　　从奇德力出发，船是顺流而下。

　　当时，大江正是涨水期，水流湍急，船行甚速，两岸的柳丛草蒿似乎快速向后移动。但吉海为了验证一下船的载重能力和速度，他便通过榆木长筒向船上管理桅帆的十个掌帆手频频传达口令。这些掌帆手（又叫掌帆人），每人手扯一根长绳，舵公可将"风帆"——扯起——抛锚——半帆——落帆——小帆撒——中帆张——辅帆起等各种口号，传给他们，以便船能在江河之上顺利航行。这主要是控制风力和风速。

　　船在江河上行驶，桅杆顶上还有一个"风鱼儿"，是随风自转的，它是专门测定风向和记录风速的。"风鱼儿"上还有一个小铜铃，在风中叮当作响，非常悦耳。这些，都能保持船行进得非常顺利。船行进江心，颇有唐时大诗人李太白"千里江陵一日还""轻舟已过万重山"的感觉。在这北土之江河两岸，也是遍布群山绿树，翠鸟转瞬掠过，几只长脖鹭鸶振翅追赶快船，欢叫着在船上空飞，在洁白的浪花上舞，好像专门要与船比一比，谁更快。

这艘带有使命的巨船于次日卯时到达伊尔库鲁屯，离出发地奇德力已经走出三百余里。谁知就在这时，出事了。

当时，一名正在内舱巡检船体的兵勇急急忙忙地跑上田甸大将军的划桨舱，大声地叫喊："大将军，不好啦！"

田甸说："不要慌，快说！"

兵勇说："舱内有水！不知来自何处……"

田甸听后，心里一惊。

田甸说："走，快领我去看一下。"

他跟随那兵勇急忙走出底舱，前去检查。果然，每个下舱的内格中都有水。田甸不知何故，又急忙跑到舵室告知吉海大师。

吉海听后，他命身边的一个徒弟："你过来！"他把舵把交给他。此人也是从田甸大将军手下的兵丁中遴选出来的一个执舵手，让他执舵行船，于是吉海这才抽身与田甸前去查验巡看。

吉海和田甸大将军等人忙着下舱查看，果然水越来越多，这说明船的接缝间渗水严重。看来，船不能前行了。于是，吉海与田甸大将军商定，能否就地靠岸，检查船体，查看渗水状况。

田甸说："好。也只能这样办啦。"

于是，吉海下令靠岸。

可那时，由于长途跋涉，众人下船就都在林莽中搭起帐篷休歇，吉海在船上查看渗水状况。在船上的一些兵勇已经个个精疲力竭，在船上轮换划桨。田甸见他们已没劲儿了，就拼命地大吼："划，划，划——谁也不许偷懒。谁偷懒，我可就要挥鞭子抽他了，打那些偷懒的人，这是他自找的！"

可是，谁能想到啊，结果大船坏了，瘫在了这里不能动，所有船上的人，心都碎了。大家个个灰心丧气。这可怎么办呢，船已经坏了，困在这四面无人的荒山野岭、河滩乱石之中，这可如何是好，何时能去探海，何时能回到自己的家啊！是不是就得天天没头没尾，没早没晚地在这里遭罪呀。

更有一些人心里想：你这个糊涂的田甸大将军，你怎么就这么轻信吉海这个人，他说能造巨船就能造？他有什么能耐？就是自己吹牛呗。这回可好，让吉海这个人把我们都给骗了，骗到这么一个鬼地方。现在船又坏了，可让我们咋回去吧……

大家七嘴八舌，说啥的都有。也有人虽然不说什么，但从眼神儿，从行动上可以看出，有些消极怠工，这可真是前程莫测呀。

第十八章　试船遇险

船坏了，如何能返回奇德力？

别说前行了，就是往回走，也不可能了。这个事故，是吉海所没有预料到的。现在，吉海先让自己冷静下来，他不能显出更多的慌乱，更要稳定人心才行。

这时，吉海一个人满头大汗地在船内走来走去，一个板缝一个板缝，一个内舱一个内舱地查找原因。船板舱里有很多空隙，又窄又狭小，十分憋气闷热，人要检查，就得钻进去，但人进去不到一个时辰，就会憋得喘不过气来，眼发花，头直发昏，两眼长时间盯看会累得直冒金星，人会一阵阵昏迷。

但是，这也得查呀！

终于，吉海查出了症结。他久久地盯着那些进水的船板之间，看水在一点点上涨，去判断水是在哪儿入船的呢？终于，他发现，原来是船体各木板结构之间一点点渗水造成的。

但是，如何使木板之间得黏合得更好呢？他想起小时，父亲使用过的土办法，于是他特意将两块木板用鱼鳔胶黏合在一起，分别放于松花江水槽和萨哈连水槽中（指江水走水和冲出的水道），说："等待结果吧……"

松花江水槽与萨哈连水槽其实两个水槽都是相同的深度、相同的面积。但放入木板后，通过人工划船振动槽中的水流，产生了一个流速，极大地增加了水槽的冲击力。吉海这时又求助田甸大将军帮忙，找来几位体壮的兵勇，专门乘舟在大水木槽中，摇动震荡水流，使水始终保持震荡。

经过三十多个日夜的检验审识，吉海命人取出放在水中的胶黏合的木板。这些木板皆是造船质料板。再把木板放入一个箱中，从上面倒水，检查各自的渗水情况。结果他发现，各板确有不同。有的木板下面未见渗水，或少见有渗下的水珠和潮湿，有的木板下面渗水严重，水滴连连掉下。

田甸大将军问吉海："吉海大师，你让我们费这么大力气，弄这些木板子，是有何用意啊？再说，咱们船出事，与这些木板子又有何关系？"

而吉海，却兴奋得直掉眼泪。

吉海大声说："谢谢田甸大将军！谢谢众位官兵兄弟哥儿们，你们吃苦啦，帮助我们亦家造船。过去，我们也不太注意这些事。因为我们几辈造船，多是航行在松花江和一般江流之中，如今大丞相要求我们要进入江流很宽大，变化甚繁的流道，又与大海相通。不仅会有大海冲击影响，而且大船还要进入大海深处，这使我知道了造船不能单单注意船的结构、形状、风向、水流等的作用与关系，更要时时考虑和注意船只行走航运时河流的水质特征。这水质特征，可是个关键，它能直接威胁船只寿命和使用。如此看来，这次大船出事，也是一件好事啊！咱们又上了一堂造船课呀！这是船王爷在教咱们一道重要的造船技艺啊！"

田甸大将军也很佩服吉海。是啊，亏得找到了"病根"，不然，一旦大船走江出海，再遇上如此之难，那事可就大了。于是，田甸连连说："吉海大师你说得对呀！这真是如古语所说的，染微恙而防大患啊。"

吉海兴奋得饭都不想吃，觉都不想睡。他将从父亲手中承袭下来的巨船结合处的胶料秘方，又经过他重新调配，用岩灰粉、鲸鱼膘胶、优质长棉絮、苎麻、细羊毛绒、柳絮胶、松香胶等做原料，又经过搅、揉、锤、压、捻、粘、塞、钳、挤等工艺，进行重新调制。

吉海命人将江上的巨船拖上岸去，之后又命人将船体结板处重新开缝检验，不少船件，都重新用原木来制成，再用新调成的胶使用新法捻成的阿渗捻条（一种专门用来粘接船板与船板之间缝隙的胶条，长短、大小不一，可根据板与板、缝与缝之间的空隙来选用）槌入木板连接处的缝隙之中。

并板驾船，技艺极严。主要就是板与板、缝与缝之间要层层相压，使胶凝固在一起，真正使双板再整合连在一体，成为一块儿大木板为止。

吉海就这样，经过四十天风雨兼程地在这荒凉的河岸修造巨船，终于使这艘大船又成为一艘新的巨船，就要重新下水了。

修造好的大船，重新被拖入萨哈连江心。

吉海派人请来了当地的萨满，他们穿戴完毕，系上腰铃，"咚咚"地敲响皮鼓，甩动腰铃"哗哗"地跳起新船启航的开船舞。这是一种古老的民间祭祀活动，一有船只下水、走水，都要举行这样的仪式。

在一片欢呼声中，鼓锣咚响的隆重仪式声中，吉海掌舵开船，又向萨哈连的深处，向东方的大海扬帆驶去。

船上众人，个个都很愉快喜悦。因之前大船渗水无法前行，其实各个官兵勇士心上都受到打击。现在，船又修好了，大家又重新振奋了精神。想到吉海大师真不平凡，那么热忱，那么赤诚，那么专心致志地查看各个部位，终于查出渗水之处，又找出解决的办法，他虽然是天下无敌的船王，但是，当一个船王也真是不易，船王的名字真不是那么容易获得的。

人们打心眼儿里佩服船王吉海大师。

可是那时，吉海已经四十多天没有好好睡觉、好好吃饭了。他身体消瘦，一天竟然吃不上二两米水，可是却精力旺盛无比，人们怎么也看不到他的疲倦、松懈和昏睡的样子，目光还是那么炯炯有神。吉海往远方望去，仿佛能看穿云雾中河道上任何一点点变幻，使大船避礁和冲出险滩飞驰而下。

船终于于数日后从莽阿禅阿林崖下冲过，一泻千里进入到浩渺的萨哈连出海口，进入了鞑靼海……

对岸，可在那层层的雾气中遥见一片片的远山，那里正是苦兀的地方，居住着女真人另一个部落乞列迷人。田甸大将军望着大海上的海鸥，它们上下翻飞着，好像是在欢快地迎接着来自远方萨哈连的客人。

突然，有人喊："吉海大师，你怎么啦？"

只见吉海站在舵轮前，身子晃了晃，一下子就要晕倒的样子。众助手们急忙跑上来，帮他把稳大舵。田甸大将军也赶上来了。

田甸一见吉海的样子，知道这准是劳累过度所致。

田甸便命那些桨手们，轻轻划桨，赶快靠岸。

这艘大船在田甸一声令下之后，船便慢慢地停靠在海中的坦布离岛的岸边。这时，天色渐渐地晚了下来。

海上，迷雾甚大，灰蒙蒙一片，什么也看不清。

田甸大将军向吉海说道："大师，咱们就暂且在这坦布离小岛上歇息吧。"

吉海因修船劳累，又航行数日，身体不支，早已是昏昏欲睡，昏沉难动。听到田甸大将军对他问话，便说道："大将军，就依你的话，在这小住。我很快就会恢复过来的，那时，咱们再往深海里走，看看咱们船的实际载重量，如何？"

田甸说："就这样办吧。"

于是，田甸率众兵勇在坦布离岛上猎来海鸟和一只马鹿，网来一大槽盆鲑鱼、带鱼、小青鱼和几个海蟹子等海产，当即便在岛上燃起篝火，烤肉和海鱼为晚餐。大家又将船上带来的白水代酒，在月下海岛饱餐一顿。

次日，吉海身体转好。于是，吉海就催促田甸大将军："将军，我有一念头，不知可否当讲？"

田甸说："大师请讲。"

吉海说："我想，我们不可在此逗留，最好进深海去兜一大圈儿，咱们检验一下大海浪中船的质量。"

田甸说："可你，身体还没好利索。"

吉海说："一见大海，我的病就会彻底好了。大将军，你还是赶快下命令吧。"

田甸尊重吉海的建议，他立刻下令，把船开进大海。

这一日早饭之后，人们便从坦布离小岛上船，开动了巨船，向茫茫的北方深海中航行而去。

这时候，一下子变天了。

突然间，狂风大作，浪涛足足掀起有十多丈高，涛声就像万马在奔腾，像天崩地裂一般，大船就像一叶小舟，在大海中任凭漂荡。

这大风足足刮了三天三夜，这大浪拼命拍打着这艘大船，吉海双手紧握舵把，在大海中足足绕了二百余海里，大船在惊涛骇浪中经受住了颠簸和冲击，坚固不损。

这一日，狂风渐渐地退了。天上的乌云，也渐渐地退去，露出了大海之上的湛蓝湛蓝的晴空。整个船上的人们，个个都欢呼跳跃。是啊，大丞相、太尉命造巨船，造后又进海一试，现在完全合格了，大丞相的夙愿实现了，探道的差事也完美地完成了，早早返回奇德力驿站，也该速速去往金山，禀呈大丞相、太尉，这是一场大胜仗呀，是个大喜的事呀。

这天，吉海决定返航。

大船返航，又进入萨哈连出海口，又航行了数日，在之前经过的莽阿禅阿林崖下，大伙儿高兴地呼喊："莽阿禅阿林，我们回来了。"

莽阿禅阿林是元代以来所设立的水路重要道隘站口，两侧山势陡峭，水流甚速，唯有一个天然的大壑口处，所有行船走船的人都要紧靠这个平坦壑口停靠船舶才行。这时，吉海已经远望到前边隐约中显出莽阿禅阿林高崖下一处大壑口，忙搬大舵。他是想让船停靠在壑口处，又传令舱下众桨手，按他的号令划动。可是这时，他就觉得这船怎么这么不听使唤，船又沉重滞留，调令一下，桨手们虽然齐心协力，可还是不行，他心中不免一惊："难道船又有了大的故障？船又有毛病了？"

就在这时，船舱下的巡检工又慌忙地跑上来喊田甸大将军："船下底舱，已有三个大舱进水！水渗甚多，有沉船危险！"

吉海也听到了喊声，便大声说道："此处高崖停船甚难，浪太大，流速急，船不易马上停靠！"

田甸问："这可如何是好？"

吉海说："大将军，你带上众兵勇赶快跳水上岸逃生……"

田甸大将军说："大师，那你怎么办？"

吉海说："不用管我。我必须设法把大船停在崖下，不能任船顺水而下，不然，船便会被海浪冲碎，完全冲入大海中去了。我还得趁机查找一下船上出事的原因。"

田甸大将军知道，眼下事态紧迫，不能再犹豫了，就迅速命令所有船上的兵勇一律从舱下奔到船上来，然后跳水游到右岸山崖之下，等待汇聚命令。

田甸大将军回头看一眼吉海，说："大师，那你……"

吉海说道："不要管我，快快带领人出去！"

于是，田甸大将军也随着众兵勇跳入了江中。船一直冲向下游，绕过眼前的江湾就不见了。

田将军和众兵勇都在喊："吉海大师——"

"船王大人——"

"你多盯着水浪啊——"

可是，浪大水急，人们的喊话声转眼被浪花带走了。

田甸大将军心中很是焦虑。上岸后，他安排好众兵丁，大家在崖下搭帐歇息，他率巴雅喇从右岸沿江下行，在林中徒步穿行，跨涧过沟，到下游去寻找吉海大师。

田甸心急如焚，担心吉海大师的安危。

他们往下游一直走出百十余里，也没见到大船和吉海大师。而前面，已经是快进入烟波浩渺的出海口了，只见那里，一片白茫茫，望去根本没有船的踪影。大师和船到哪里去了呢？

田甸大将军想：凭吉海大师的技能，绝不会让船顺水而冲出这么远，必定是他将船引入某个沟壑沟岔里，唯有这种办法，才能保护船体。但是，水流冲船，大师怎么能将船停靠岸边呢？

田甸大将军真的判断对了。

原来，当时吉海凭借着他驾驶巨船的本事，拼命与船搏斗，用舵猛力摆动，将已经渗满水的船缓缓冲入右侧的一个小河岔子里，因河岔水浅河窄，巨船冲入河滩草丛中，把岸地硬是豁出一道长沟，船才停在那里。

第十九章　寻找大师

田甸发令："不行！咱们得往回找……"

按照田甸的分析，兵勇们立刻沿着岸边的河滩向来时的方向寻找。

找啊找啊，突然，有个兵勇喊道："快看！那边的柳丛里好像有一桅杆。"于是，田甸大将军立刻率领众人泅水到了对岸，终于寻找到了大船，可是却不见吉海。

"吉海大师——"

"吉海大师你在哪里——"

上船后，大家接二连三地呼喊，可就是不见吉海的回应，众人便在船上的各个舱位中继续寻找。

这时，田甸听到底舱有"哗哗"的水声，他急忙赶了过去，才发现正是吉海，原来他潜在已经灌满水的底舱里在忙着什么，又像在水中寻找什么……

"吉海，你在寻找什么？"

"吉海大师，你这是在找什么？"

众人也都甚感奇怪地围了上来。

吉海见众人来了，忙向田甸大将军说道："大将军，你带众兵回奇德力去吧。"

田甸说："那你？"

吉海说："我要在这里寻找原因。"

田甸大将军坚决不肯，他怎么能把吉海大师一个人扔在这里呢？田甸说："不行。有难同当，我们帮助大师一起找原因。"

吉海说："听我说可以吗？"

田甸说："说吧大师。"

吉海说："找船渗水之因，不是一时半会就能弄清楚的。我给你们做艘小船，你们坐船回去；或者，这一带的部落都有马匹，招募马夫和收买一些马匹，骑马回奇德力去吧。"

田甸说："这，这里就你一个人！"

吉海说："不要这么多人，何必都耽误在这里？船是我造的，罪也让我一个人去遭。"

田甸细想一下，也有道理。于是他便决定留下一部分兵丁，大多数兵丁由一个小头领带领，收买一些当地部落人的马匹返回奇德力大营。吉海同意了。说做就做。

当即，田甸派一个叫盖特的小头领，说："盖特，你到附近部落去买一些马匹，然后带领人马，先回到奇德力的大营。"

盖特答："是。"

田甸又说："但你们要随时听这边的召唤，一旦发去传呼，随时返回，以便接应修好的大船回大营去。"

盖特接命，领一些兵丁走了。

这边，田甸领几个技艺好的工匠和得力的兵丁陪着吉海在河盆子的大船上忙碌。吉海真是万分感激田甸大将军，他不但派兵勇留下，而且他自己也不离开，亲自与吉海在这荒野之地风餐露宿，真有一个大将军的风度啊。

老话说得好，功夫不负有心人哪。吉海终于找到了这艘大船出毛病的症结。这天，只见他端出一个小瓷盆，盆中装有水。

他举起来对田甸说："大将军，你看！"

田甸等人上前一看，说："也没有什么。"

吉海说："细细看来！这一下子，我可抓到这些'贼'啦。"

田甸说："'贼'？"

吉海说："对，是'贼'！是'强盗'！"

田甸和众人再次走上来，仔细一看，只见那瓷盆里的水发浑，也没有什么呀，便都奇怪地问道："什么'强盗'？什么'贼'？他们在哪里呢？"

吉海走过来，他手拿一根小草棍，往水里一插，然后指着盆底说道："你们都过来，过来细看。"

大家都把头伸向瓷盘上，一齐看去。

吉海说："别说你们，就是我长这么大也是头一次见识它们。你们看，它们很细，很长，有点黑灰色，丝线状，都在盆底爬呢！"

大家仔细一看，这才发现了它们。

吉海说："在萨哈连出海口和海里，这些'强盗''贼'，特别的厉害，它们是一种专门侵蚀船体的黑线虫……"

大家惊叫："黑线虫？"

吉海说道："是呀。过去，我听先父讲过，海中有这种线虫，细长，非常贪婪能吃，见到木底大船，就像一根根小钉子一样，用嘴牢牢地叮住船底，吃船缝里的捻线、棉麻。它们边吃还边拉，拉出来的全是细粉末。这样，不管是多大的船，多厚的船板木，也能穿透，船就这样开始渗水，甚至长时期以后，船就莫名其妙地解体啦……"

"啊呀！"大家听吉海一说，又都惊叫起来。

吉海说："别看这些小虫细又小，可让它咬上一口，它便一下子叮进去从此再不出来。它们专门在船木中吃、住，繁衍后代，一直到死。小线虫一多，就像千万根针，把船扎成千千万万个小细眼，多得简直就像筛子眼，船怎么还能在水上浮动呢？不沉船才怪呢。咱们这次出事，它们是罪魁祸首啊。"

大伙儿齐说："啊，原来是这样。"

吉海说："咱们，这是吃一堑长一智。这次出海，我是真正学到了不少祖传或者还没有传下来的许许多多知识啊，从造船到行船，修船和补船，都是宝贵的走水经验。"

田甸大将军听了吉海的一番话，很是高兴。又问道："那，你说该怎么办？"

吉海说："这就办好了。我有办法了。"

吉海让大家到帐篷中去好好休息，不要乱走，山中的野熊、豹子很多，小心伤着。

大伙儿问："那你呢？"

吉海说："你们不要管我……"

说完，他却背着一个筐进山了。

他进山干什么？吉海懂得山野中的哪些中草药可以治虫驱虫，他是专门去寻找这种东西去了。

这天晚上，吉海回来了。

只见他背回了一筐野草，这是干什么呢？

"这草，有何用？"田甸大将军有些不解地问吉海。吉海笑笑，说："大将军，这'草'可有用啊。"

吉海说："这种草，叫鸟头叶、鸟头根，这是大麻茎、大麻根和须；

这是短命草，这是断魂藤，都是有毒的草药，你们可谁也不许动！"

"啊！"一听有毒，大家赶紧往后退。

吉海说："这个短命草，别看它棵小，乍看上去，小圆叶，像浮萍，可它有剧毒！野兽、蟒蛇都认识它，从不敢到它身边去，一旦一不小心吞进一个小圆叶，刚开始没有什么反应，可是，不过半袋烟的工夫，你就发困，想睡，接着嘴里吐出长长的白沫子，淌出了哈喇子，就伸腿瞪眼回老家啦。"

大伙儿又问："那这草药和黑线虫有什么关系吗？"

吉海说道："正是可以对症下药。我要做黑线虫爱吃的药，浸在我家祖传的'固船膏'之中，与岩灰粉、鲸鱼膘胶、苎麻、棉絮、羊绒、柳胶、松胶相融，浸入其中。这回，我的造船捻子个个有剧毒。这些线虫就会躲开，再也不去叮船、咬船了。"

大伙儿听了，这才连连点头称赞，船王还真是有自己独特的技艺和手法呀，这对保护船体有许多道不尽的好处。这一下子，也让众人都跟着长了见识，开了眼界。

吉海当夜不让任何人靠近草药筐，他自己去动那些草药，他和这些草药"住"在一起。

他搬来一个菜墩子（就是林子里伐木人抛下的树墩，圆圆的，又大又厚），他把这玩意儿平放在地上，然后把这些"草"码齐，有的用刀切，有的用石头撸，有的用木片压，然后，他把这些草药都放进一个木槽子里，再用一个石头碾子去压。

这一压，一挤，青绿的"药汁"从木槽的小槽口淌了下来，他就用桶去接这种青绿的草汁，然后用这种草药汁浸泡他的固船膏。这种固船膏的制作，是他祖上传袭下来的手艺，要边制边晒。

他一连忙了两天。在外边晾干之后，又拿进来，他又去山中采来一些草药，熬成汤汁，让每一个人都先喝三大碗。

大伙儿听了，一愣："什么？让我们喝？"

田甸也说："这不是'毒汤'吗？"

吉海说："这回我做的，不是毒汤了，这是解毒、防毒的'如意汤'。"

大家说："如意汤？"

吉海说："对。这是为防止我们干活时中毒的。"

接着，他先喝了一碗，大伙儿一见，也才跟着喝了起来。然后，大家这才开始补修大船。

补船是这样的一些步骤：凡船体接触水的部分，吉海都要触摸一遍，寻找缝隙，只见这些部位，往往都已被线虫所掏空，露出深深的隙缝。他手拿一根"捻杈"（一种有如筷子长短，一头尖硬带钩的器具）将浸了药的捻子补进去。

补捻，非常讲究手劲儿和手法。每当发现板缝时，要将药捻从船缝的底部或从缝的右侧（如果是左手就从左侧）依次推贴在船缝上，再用"捻杈"将捻子一点点地掩进木缝之中。这是一个细致的活计，来不得半点的马虎。那种"捻杈"的头上有一处平钩，掩进捻后，还要使钩头向缝里压一压，以使捻子完全进入缝隙，与船体融合成一体，方才完毕。

这种千篇一律的活计虽然寂寞，但由于有苏雀小五的陪伴，吉海反而充满了乐趣。小五在工友们头上飞来飞去，如果发现谁偷懒，不好好干活，它就在这人头上飞来飞去，并"喳喳喳"地叫唤，那是在"告状"，让吉海去处置他。自从吉海到北方寻找田甸大将军，这只小鸟就一直没有离开他的左右，因为大家都知道吉海有一只神奇的小鸟，所以也都司空见惯了。

经过了十几个日夜的忙碌，大船的补捻工作全部完工。这时，田甸大将军早已派人飞马去往奇德力，让人们回来。那时，驿站传递信息非常快捷，三日后，消息便传到了奇德力，那个领众兵勇回去的盖特立刻召集人马，这样回去的人又从奇德力大营返回这里，船又按时开动，顺利返回奇德力。

人和船安全返回奇德力，又成功地探索了大海的航道，这使得田甸大将军万分的高兴，他回到大营，便立刻派人飞马去金山禀告大丞相、太尉纳哈出。飞马去往金山，三日后，快马带来了太尉的手谕，让田甸大将军陪同吉海大师速去金山受贺。

田甸大将军说："谢父王，儿臣即刻速去。"

第二天，田甸大将军尊父谕，整装备马，陪同吉海大师赴金山，去拜见大丞相、太尉纳哈出。

那一年，吉海被大元朝的大丞相、太尉纳哈出授"江海圣师"之匾，官授"百艺大夫"，正三品，并重赏白银万两，绢皂百匹。纳哈出又见吉海子身一人，无有妻室，便动了心思。

纳哈出说："吉海大师，你也该有妻室了。"

吉海说："大丞相，此事还是先不做打算。"

纳哈出说："不，不行。这怎么行呢？那么，本人已经有了一个打算……"

吉海说:"臣听您的安排。"

纳哈出便将自己身边的美丽侍女二人,年均为二八之龄,窈窕淑女,送给吉海为妻。

吉海一见,立刻跪拜纳哈出。但是,他不收。

吉海说道:"我吉海敬谢大丞相的恩德。可是,吉海无能……"

纳哈出一听,吃了一惊,问:"到底怎么回事?"

吉海说:"大人,我想我这一生已无有享受伉俪之荣啦。"

开始,纳哈出十分奇怪,他以为自己所赠之女吉海大师没有看上眼,便想领他去后室,在那些美女之中任他去选。可是,吉海却一再推辞,在万般无奈之下,纳哈出喝退了身前身后的用人,只留下了他和吉海,还有田甸。

纳哈出说:"大师呀,你还有什么话不可以对我说的呢?"

经纳哈出的一再追问,吉海这才说了实话。

原来,吉海早就听父亲讲过,一个去山里采那种毒草药来修船补船的人,是逃不过毒素的侵蚀的。而他此次所采之毒药可谓毒性最强,已属百毒相汇,毒气入身。吉海对纳哈出说:"此毒对于我,就是不毙命亦永夺生育之功。此药无论男人女人,均无可逃之……"

"啊!原来如此。"纳哈出听吉海这么一说,他大吃一惊,便忙问身边的田甸大将军,田甸听后,据实而报说:"父王,确是如此。"接下来,他便把吉海此次出海、试船、检验船的载重能力,两次出险,经过吉海精心研考,最终使船体质量俱佳,最后伤害了吉海大师的经过,一五一十地说了一遍,又加了一句,"父罕,吉海大师的身子骨,确实为造船、修船所累……"

纳哈出听了,连连点头,沉思不语。

这时,他又派人请来了身边几位著名的蒙药大师,一打听,一细叙,果然都与吉海所说的一模一样。为此,纳哈出万分感谢吉海。他说,吉海之为人、之品、之德,堪称天下第一也。

确实如此,吉海一生未娶妻室。

本来,常年走海驶船之人,由于是和冰水、雪水打交道,人的脾、肾已冰坏,人约在五十岁前后,便已是苍老不堪,而吉海则更是如此。

他不但腿脚在江河冷水中常年浸泡,骨节和肌肉已经萎缩,而且加之这次他只身进入山中,采摘林中野药,又制船捻嵌入船板缝之中,已使毒气汇聚全身，从此以后，他全身骨骼开始萎缩，前胸塌陷，后背隆起，个儿矮小低弯，常常不为人所注意。但只要看他一眼，那种睿智精明的气度便扑面而来。他说话声音洪亮，成为纳哈出最敬仰、最信赖、最可依靠的谋臣，终日不离左右，纳哈出待他如恩师一般。

第二十章　船　　经

　　各位阿哥、玛发、妈妈、色夫，现在已是大明洪武十九年丙寅秋八月，田甸大将军率军兵屯垦莽古塔城，护理着身板已十分虚弱的吉海大师，将残破的大船勉强划到莽古塔这个地方。

　　此地地势平坦，不像下游那里峭壁陡崖，停船十分不易，采集军粮夫饷都十分艰难。莽古塔这个地方有一片小水湾，水还浅，来这里捕鱼捉虾都相当方便。

　　说来，亦吉海承袭其父老船王的衣钵，年龄尚小，他是独生子，当时亦吉龙承袭祖上家传造巨船宝卷，因其事早已传出，亦吉龙成为众矢之的。又因元末明初，大元腐败，民不聊生，土匪猖獗，亦吉龙就日日夜夜为家传宝卷而担忧。他与妻子到处躲藏、逃难。其妻五年中两次流产，只留下了吉海小儿。好在吉海从小聪明伶俐，甚有悟性。亦吉龙精心培育，吉海也没有辜负父母的一片真情，还将祖上衣钵传承下来。亦吉海受命传承祖业。全仕道长帮助吉海将父亲亦吉龙安葬于松花江边的七道沟石砬子山上。吉海年已十五岁，因到处奔波，江风吹洗，风尘仆仆，亦吉海的长相有如苍老的老朽，其实年岁不大。

　　田甸大将军约为三十岁。田大将军常说："我真高兴，吉海大师与本将军一样，都是萨哈连的猛虎啊。"虎在北方，是动物和人都敬佩的生命，田大将军和吉海大师是北方平原和江河上的两只猛虎，特别是这船王吉海大师，他的故事其实已扎根在那黑土之下，留在北土之人的心底了。

　　吉海自从来到了田甸大将军和纳哈出的身边，他的身体比以前有所恢复，其下身常年寒水浸泡，夜夜泄精，身子甚衰。吉海深知下肢如残废已不可逆转，腿软、乏力，腰脊酸痛，夜间盗汗。他也尝试过多种偏方，如将鸭蛋拌进不老草（山里的一种草芙蓉），然后在火盆上烤，连吃十个。但种种偏方终不奏效，但吉海对其船业却丝毫没有放松。

　　每天，吉海对自己要做的事没有片刻停歇。自从回来后，他专门让田甸大将军给他搭了一个桦树小茅屋，里面挂满了狍子皮，这样可以挡风保暖。小屋子里搭了个大火塘，火塘里日夜燃烧着的大木头桦子，火苗日夜不断，烟大，烟直接从桦皮屋顶棚的隙缝间飘散出来，那是一个一个的小洞，人称桦皮屋"天洞"，一边飘烟，一边可以在晚上看到天上的星星、月亮。

小屋很有意思。人一躺在屋内的热土炕上，就看到天了。那小屋里的一个个"天洞"，正好可以历数天上的星星和那些闪过，划过天际的流星。如果正好是下弦月，还有月光从"天洞"射入，照亮了黑暗的小桦皮屋。

这间小桦皮屋的地址，也是吉海选的，他喜欢到一个肃静的地方。

小小的桦皮屋，便于他精心琢磨造船之事，船体各个部位的联接细节，尽量修饰得更合理，最宜于增加水上浮力，受不到丝毫的阻力和障碍。他不希望有人来干扰和打乱他的思路。

这段时间，他将从其父亦吉龙时代，到他到了奇德力与田大将军一起造船，又两次试水，走江走海所遇的种种风险和感受，做一个全面的反思，归纳校正，重新修改充实，完成一部新的《船经》。

夜，渐渐地深了，吉海在自己北土的小桦皮屋内，安静地写他的《船经》。《船经要诀》是刻写在薄木片上的一种文字，这是北方民族独创的一种书写手艺。吉海要先筛选出一块儿一块儿的长条小木片，然后用狍皮绳串好，这便供他刻写《船经》之用了。他先在一片一片的薄木片上写好，又把写好的木片穿好，钉在一起，呈帘形的《船经》就做成了。

每写好一串，他就把它放进自己制作的经匣之内。这是他亦氏家族的规矩，每修订一次《船经》《船经要诀》，修订人均要刻木成帘，装入匣内。吉海说，这样的木匣要义他家已藏有七匣，成为亦氏造筑船舶的珍贵函笺。后世传于世上的《萨哈连船经》，便是这个底本。从我国古代的元代末年，传于明代，又传入了清代。清末为黑龙江省瑷珲镇汉军王姓获得。王氏家族也是几代黑龙江萨哈连帆船世家，谙熟黑龙江的风浪、港湾、岛礁、浅滩，亦称又一承袭"船王"之家。当然，这是后话。

《亦氏船经》传于世上，仅留下文字与图绘。

此图内容，系讲述人朱伯西于一九五二年、一九五三年两次去黑龙江省瑷珲王氏家族的调查手抄记录。我们称之为中国北方最原始的古船筑造记录，可以称为"古舟要诀"。

船　经

亦家船，海娃传。
迨金元，声名显。
荷包船，元宝船。
古有名，八百年。
其形两首尖，
贵在肚儿圆。
匡正平衡度，
把舵方安然。
广求天下料，
逍遥水中仙。
神母赐神球，
性癖水中游。
精诚百千代，
浪剑涛矛柔。
采撷天下料，
务在材中求。
　　四肋材
　　三肋材
　　二肋材
　　一肋材

　　造巨船，关键在于匡正船体用材。这里的材料，要求大树从小长大不被虫叮鼠嗑，年轮圆正，木质平密，放的都是顺山倒。顺山倒，是指山场子上伐木，要选那些站立在大山的正坡之上，树要挺拔，外形好看。当大树轰然倒下之时，它不压、砸别的树木，它不摔烂、不摔劈在石碴子和岩石上。在伐木人的一声高喊——顺山倒——之后，它才躺倒。顺山倒之木，往往生性平衡，骨肋相宜，特别是船的"底肋骨"（指整个船型的最底下的那条木）选料必须讲究。

　　造船，树之顺位，木性顺直，用料更待取其顺水流势，磨料光洁，钉楔不外露。船最核心结构便为"底肋骨"。如果船由"四肋"拼成，一、

二、三肋可以选一般木，而"四肋"之下的"底肋骨"则无论如何不可粗心。底肋骨所选之木被称为百年材，无剥蚀虫蛀，然后搭配好两侧的四肋材。注意的是，各材仍用坚实木材，少用椴、桦，多用松、槐。

松、槐本性直，是亦家祖先对树木的认知。少选椴、桦，也是北土之民对自然观察的结果。在这里，人们常说，要找造船树，先找"搬叼木"，这"搬叼木"，是一种鸟，它的爪很锐利，能在树上攀登，它的嘴又尖又直，能把木头给叼开，它的舌头上带个钩，专门捕食树里的蛤虫。蛤虫是北方一些大树上的虫子，它长得胖胖的，有黄油油的，也有绿莹莹。而这种虫子，专门吃"树心"，它只要在树上，就一直往里爬，直到把大树给吃空，而这种虫子最怕的却是"搬叼木"。

传说有一年，天上的神母分封禽鸟，命"搬叼木"每天吃三个树里的蛤虫。"搬叼木"说："我才不干呢，我吃不饱。"神母说："那你一天吃三个蛤虫你嫌少，那就三天吃九个吧。"

"搬叼木"听说让它三天吃九个蛤虫，它歪着脖颈、眨巴着眼睛算了一会儿，觉得不算少，就高高兴兴地飞走了。它自以为三天吃九个比一天吃三个要多，所以它每天都用它那尖嘴在树上，"哪哪——"地不停地敲，啄着木头找蛤虫吃。虽然填不饱肚子，却很是知足。它庆幸自己跟神仙多讨了个封赐。于是，这种鸟的叫声，啄树的习惯就留下来了。而伐木人和那些选造船木料的人，也会从"搬叼木"的行动中去分辨那些木头好。哪片林子里"搬叼木"少，于是就到哪儿去选船肋材和"底肋骨"。而"搬叼木"又叫"搬木鸟"和"选木鸟"，选木的人常常这么说：

> 搬木鸟，搬木鸟。
> 你在前边飞，
> 我在后边找。
> 一听你把大树敲，
> 我们就往别处跑。

这也是亦家选树用木造船的第一道本领。亦家船，百经匡正，锲而不舍，屡校不厌，故称"萨哈连船王"，闻名于世。

一艘船，如果绘成"船体俯视图"就会发现，那船恰似一个长长的"灯笼"，冲前（也称冲上）的水流，恰恰是人提着的"灯竿"，而整个船极似一个浑圆、精美的大灯笼，底肋骨，恰恰是灯笼底（下方）悬挂灯穗的地方，而左四肋材，右四肋材，正好是灯笼的花纹，十分精致美观。

这也正符合"成船"的"要旨"。

要旨载：船体合成后，呈椭圆形，与水流一致，不阻流水，与水中鱼相似。凡船行不畅，首先要严查船体之构造，然后再查结合部与渗漏诸事。防渗漏要有好船体，更要有防漏防渗之法。双向合一乃成巨船，缺一不可也。

而船帆，又是船主体组成部分，有其帆，船才能在江海之中航行自如，穿风迎浪。而帆，则为主掌船之行速与航向。船行之一是靠人力划行；之二便是靠帆来借助风力的推行。随着造船技艺的发展，帆之形状、大小、数目均不断地变化和发展，帆乃古船的动力之源。

第二十一章　风云突变

　　明，洪武十九年丙寅。这一天，正是阴历九月霜降。那时，秋风四起，大山"五花"已落，正是万事俱备，只欠吉海大师将那新造好的专为驶向萨哈连江上的巨船，乘风破浪，引吭高歌，让大丞相、太尉大人欢欣。吉海大师在紧锣密鼓地筹备明春顺游北上，观览海上奇景。可是忽然间，就见从南天飞下来数万只乌鸦，都是山老鸹鸟。

　　山老鸹，满语称"阿林嘎哈"。它们是黑色、灰色，现在加上山老鸹一多，一下子天都变黑了。它们不但上下翻飞，而且嘎嘎怪叫，生妞呵——生妞呵——它们的叫声很奇怪。发出的声音正是怪呀怪——怪呀怪——这一下，人们心里可发毛了。

　　晴天朗日突来乌鸦，成群结队，铺天盖地，这是一种不祥之兆啊，人间世上必有灾异发生。

　　这是怎么了？

　　要有什么样的人间危难、末日来临？

　　就在众将士和吉海都在仰天惊奇时，吉海大师突然欣喜万状，只见他心爱的小苏雀小五子，离开他一段时间的小五子，欢快地飞回来了，一下子落在吉海大师的衣袖之上……

　　小苏雀小头仰着，向他扇翅问安。

　　鸟儿对人扇动翅膀，是对人表示友好，也是向长时间不见和想念的人表示一种心情的动作。吉海心领神会，也用上下抬头配合小雀儿翅膀的震动，表示回应。

　　这时，吉海发现，这小雀儿五子的嘴里好像叼个什么？叼个什么呢？而且，小苏雀小五还向他频频地点头，并不停地扇动翅膀。这时吉海一下子明白了，那小雀儿的不停扇翅动作，是在说："吉海呀吉海，你快快伸出手来，我都叼累了。"

　　吉海忙伸出手，接小苏雀小五嘴里的物件。接住之后，吉海将物件放到眼前仔细再瞧，他发现自己的右手心上，放着一枚纤细的小铁针，只见那铁针，磨得又细又光亮，吉海却不知这是什么物件，正在纳闷。

田甸大将军一见就认识，并拿在他的手中，对吉海说道："吉海大师，这是箭头。"

吉海说："箭头？"

田甸说："对。这不是一般的箭头，这是追魂箭的箭头。"

吉海说："啊？追魂箭？"

田甸大将军又说道："萨哈连女真各部都有这种利器。这种针尖如若蘸上毒药，如果被刺上可以迅即毙命。"

吉海不解地自言自语道："小苏雀把这个东西叼来，它要表达什么呢？"

这时再看小苏雀，它飞上飞下，在吉海大师的袖头上蹦上蹦下，显出了非常焦急的神态，向着吉海，"喳喳喳喳"地叫个不停。

于是，吉海明白了小五的心思。

吉海大师对田甸大将军说："雀儿五子，飞回来传报信息，一定是下江什么地方有了战争，双方之间还在日夜搏斗。雀儿五子一开始造船它跟着我们，后来我放出多日，让它去下江探探路径，有事赶快回来禀报，这不，它是来禀报的，但是飞回来也传来了一个令人不安的消息。"

田甸说："你分析的对路，可它的用意又在哪里呢？"

吉海说："我看，雀儿五子是不让咱们在这儿长待，要速速转移，早早离开这个地方，这个地方可能是一个是非之地。"

田甸大将军一愣："是非之地……"

正在这时，人们突然听到一阵马蹄声由远而近传来。那马跑得是相当神速。只见飞马是四蹄蹬开，扬鬃跃尾，战马嘶鸣。

就听骑在马上的传令兵大声在马上呼喊："八百里谕令到——大将军田甸接谕令——"

田甸一听，忙跑步迎上去。

这时，那快马传令兵已到近前。只见他甩鞭下马，战马满身是汗，汗水直滴，传令兵忙从背上摘下斜挂着的包袱，双手交给大将军。田甸大将军急忙打开包袱，取出一块黄绫子布，布上有大丞相、太尉纳哈出亲手书就的谕令。全文如下：

大将军吾儿田：火速回金山迎敌，马云、青旺十万明军围我城垣危甚。明日寅时务到，违者斩。

大丞相太尉纳哈出手谕

田甸大将军详看过罕王谕令，还没等细想事态的严重之时，忽然，又是一阵马蹄声响从远处传来，只见十几匹征马驮着田甸大将军的巡逻兵勇回来了。这本是田甸大将军安派出去日日巡查边情，了解四周各方军情动向的人马。为首的将勇飞速从马上跳下来，跪倒禀告将军："将军，不好了！下江三百里，敦敦河上诺霍苏苏和包鲁卡霍通两部落在血拼，死亡惨重。附近江上掠贼三江霸海混天王吴信、蒙面无常齐略、水上飞南佐泰、海底蛟孟武、北海真人孙习邈都聚到下江一带，不少人成为诺霍苏苏和包鲁卡霍通的军师或参军。正由于这些匪徒们的入伙，使西部的势力更加的强大起来，他们各据一方，互相对峙，萨哈连下游入海口已经难以通行。每天，当大小船只一过，必须要受盘查和勒索。这次争战，便是因水道而起的争杀。大将军，请速拿主意。此地已不安定。这些游匪随时都可能攻击到此地……"那个兵勇头目说完，已经上气不接下气。

这伙巡查下游的兵勇回来，所据军情概况，果然与小雀儿五子方才来急报之事，完全吻合，小雀儿五子捎回的信多么准确。

田甸大将军面对东西两个方面传来的信息一时拿不定主意，两边都在催促他必须立即做出决断。而且，重返金山助父罕纳哈出已是责无旁贷的头等大事，军令如山，绝不可迟延；至于下江之地的两处争杀，可就无法去顾及了。他们双方怎么打、怎么杀，就先随他们的便吧。可是，唯有现在站在他身边的吉海大师可怎么安排呢？

是啊，对于吉海，现在天下的各方势力，众匪江盗，胡子土寇，都在四处寻找他的踪迹，争取他、拉拢他，都在企图从吉海的手上夺到造船宝卷文本，这可是无价之宝。《船经》是他家族多少代人以生命保存下来的珍品，吉海大师是众望所归的人才，必须带走吉海，一同回金山，才能保住吉海大师的安全和那无比珍贵的造船宝卷。

"发令集合！"

想到这里，田甸心下已有了定心砣。于是，他马上下令击鼓聚人，命全师人马迅速集合。于是，田甸下达以下命令："立即拆毁所有兵营房舍，能毁则毁，能焚则焚，立即平复，如一片原野，不给外人留下任何痕迹。凡能携带之物，一律背走、扛走、运走，正好这里有散放的马匹二百余匹。从兴安古道穿越阿林西行，一路不许声张，要快速而谨慎，飞马疾行，明日寅时前务必要赶到开元金山，以猛虎下山之势杀入大明朝马云、叶旺的兵营，解救金山之围，使父罕安然无恙。"

他讲完此话，又加了一句："速速行动，迟误者斩首！"

下方齐吼一声："是——"

人马立即行动，整个奇德力，火光闪闪，但却悄无声息，只有那点燃的房架子在火焰中滋滋烧落架的声响。

这时，田甸转过身来，对一直站在自己身边的吉海说道："吉海大师，你也已全部知晓。一切北行之事，皆要暂时搁置。"

吉海说："搁置？"

田甸说："搁置。日后再议吧。眼下，我已受父罕谕令要迅速发兵急返金山救援，分秒不可耽延，我下令，你不是也听到了吗？我们就要离开此地，唯有大师你，我是系念在心。我想，你还是随我西返金山。有我保护，保证大师一路平安，顺祥无事，今生也会顺利吉祥。"

吉海听了田甸的话，说道："将军，我是生来的造船匠，岂能离开江海？"

田甸一愣，说"那你……"

吉海说道："大将军，我早有固定安排。"

田甸又是一愣说："固定安排？"

吉海说："我欲去下江探萨哈连的江湾江道、岛屿与水势流向。像马儿走路，要熟知路的坎坷陡坡一样才行啊。

田甸大将军忙说："大师啊，此一时，彼一时，眼下正逢下江争杀来往，土匪甚嚣，暂避锋芒为好。大师之事，容我安排，日后去做，保命为要啊！"

吉海却说："将军，我不怕下江争杀。"

田甸一惊，说："不怕？"

吉海点点头说："将军啊，我是一个女真人，我们同属一家，他们不会杀我。或我可助他们停止争杀，引舟三江口呢！"

田甸又是一惊。

吉海又说道："大将军，关于那些众匪，还不是因名利所惑，也皆是一些有情有义之人。而我要万分小心，不露是亦家之人的底细，他们也奈何不了我的。将军，你有谕令在身，军令不可违。我不能为一己之安，拖将军后腿。我不在你身边拖累造成负担，你就不用总考虑我的安危生死，你便可以率兵马，拼搏于杀场，百万军中如入无人之地。马云、叶旺纵然有盖世武功、三头六臂，你也会旗开得胜，马到成功的！而我吉海，绝不给你当累赘、当包袱。我吉海甚感恩大丞相、太尉对我不薄。我只盼你早早杀回金山，援救大丞相、太尉使他安然无恙，这才是我所最牵挂的大事啊！"

吉海大师的一席话，令田甸大将军感激不尽。吉海句句讲得在理，还争辩何用？

想到这里，田甸给吉海大师深深地鞠了一躬，说道："我衷心祝大师万事如意，一帆风顺。待我回金山制服马云和叶旺，保住金山无事，再返回来找大师。咱们去江海探险，踏浪之途的夙愿一定实现。"

这时，小雀儿五子飞了过来。

它一下子飞到田甸大将军的甲胄衣袖上，扇着翅膀，昂着小头，小嘴"喳喳"地叫着，好像在对田甸大将军说："大将军，你们一路顺风，一路顺风！打胜仗，打胜仗！"

小雀儿的叫声，大家都好像听懂了，都会心地笑了。

吉海大师说："将军，众位弟兄，你们放心吧，我有小雀儿五子陪伴着，可别小瞧它，它可是神通广大，"喳喳"一叫，能招来小雀儿千百只，可抵百万雄兵啊。"

大家都点点头。

吉海又郑重地说道："田甸大将军，众位兄弟，临行前我还有一件事相求。"

田甸大将军说："相求？你快说？"

吉海说："大将军，众位兄弟，趁大军还没有开拔之前，能否帮我进林中，将咱们未组装在一起，但已选好和制作好的巨船木料，全部在井中埋藏起来，不让匪徒发现。这可是我们多少日日夜夜的心血呀！"

"对，对对！"

"就要这么办！"

听吉海这么一说，田甸大将军立刻召集众将勇、兵丁，大家一齐动手，不一会儿，将所有制船木料完全埋藏起来，不使众匪和其他歹人发现。

这时，金锣皮鼓之声响起，海螺小号一吹，田甸大将军飞身上了红鬃烈马，众将士兵也都跨上征马。黄旗招展，个个向吉海抱拳作揖，大家依依惜别。

吉海大师跪在地上，送征师回金山。

小雀儿五子，飞翔在田甸大将军耳边，飞呀飞呀，上上下下，左左右右，前前后后，一直把大队人马相送了五里之遥，它一直"叽叽喳喳"地叫了数声，意思是"将军，一路平安——！"这才又飞回到吉海身边，依然扇动着两只小翅膀，落在了吉海的手臂上。

第二十二章　寻找清静之处

　　风，把江岸与山林的树木吹得嗡嗡作响，将军引带征马远去的影像也渐渐消失了，征尘开始升上了云天，现在也一点点地尘土落地，四野渐渐地沉静下来。

　　战马人群西行的兴安密林山林道口，本来可以望见远去的人影，而此刻，道口上已经是空空荡荡，军马远嘶声，也悄然而逝……

　　吉海这才回过头来。

　　这里，已是烟消云散，一片静寂。他弯下腰，开始收拾自己的狍皮行囊，决定要尽快地离开这里，免得又落入敌人的陷阱，不好脱身。可是，自己究竟该到哪里去呢。

　　吉海便对小雀儿五子说："雀儿啊五子，你说，现在咱们该到什么处所才最安全啊，你快找一个清闲之地。我不想见到杂人，只想静静地坐着，绘制船图。"

　　小雀儿五子突然在他面前飞着"画"起船型的图来，又"叽叽喳喳"地叫着，仿佛在问吉海："是这样的图吗？"

　　吉海乐了，答道："聪明的小五子，你猜对了。我就是想坐下来，整天画这个图。"

　　小五子一听，又点了一下头，"喳喳"地叫了两声，飞上了天。

　　不大一会儿，雀儿小五回来，它竟然带来了一只兴安岭的"若罗拖"。（这种鸟是兴安岭的啄木鸟，它是老林中的天然卫士，专门保护树木不生虫害）它长着一个长长的尖嘴，硬而有力，任何坚硬的木质它都能几下就给凿出深洞，枯木、大树、倒木中无论藏多么深的蛀虫，都逃不出它的硬嘴，必被它吃掉，然后，它又会飞到另一棵树上去寻找害虫。因为它常住林中，深知林中哪里是最安宁的处所，不会有野兽和歹人经过。

　　小雀儿五子飞进深山老林子里把"若罗拖"给请来，就是想请它带路，到它的地盘去借住，躲避战乱，让吉海安安静静地去干自己的事。

"若罗拖"长缨，是一种美丽的啄木鸟。它体型不大，披着七彩羽毛，长喙、细腿、善飞、耐寒、喜白雪，其实它是与小雀儿五子一样性情的一种小鸟，互相投缘。在北土之地人人都知道，它们是漠北寒域之地的守护鸟。它们与白雪严寒最亲，往往在冬日里，在腊月天，当其他兽类、鸟类都躲藏起来时，唯有它们照样飞舞歌唱，在林子中穿梭，带来一片生机。所以漠北之人都说它们是域北萨哈连的天使和象征。它们去的地方也最深幽宁静，人迹罕至，更是在密林中、在洞谷中，最安静、最安全。一旦有任何猛兽、猛禽、猎人、生人进来，它们早就鸣叫起来，报警，互相还真抱团儿，成百上千地相聚。别看它们体型小，可都是一个个像小锥子一般，扇呼着小翅膀，"喳喳"地叫着，飞上飞下，将入侵者团团包围，一个劲儿地猛啄。头、屁股、眼睛什么地方都啄，任何来犯者也抵挡不了它们的集体自卫和进攻，最终只能是逃之夭夭，狼狈地退出这片属于它们的自由天地。

这时候，"若罗拖"突然朝前边的林子飞去，小雀儿五子也"喳喳"地叫着、跟着"若罗拖"朝前边飞去，嘴里叫着，在招呼吉海跟它一块儿走。

飞呀飞呀，走哇走哇，大约过了有两袋烟的工夫，终于他们来到了一个地方，两只鸟儿停下不飞了。这是一个绝妙的安身之地，在通布扬小河下游右岸黑石碴子下，他们发现了一个古洞。

这个洞很深、很长，斜坡向上，人要屈身而进。里边有一个天然的小石屋，上面有一个石床，还铺有厚厚的席草，可能是山中老熊育子之洞。现在熊崽大了，熊母子离开了这里。洞里有些嚼碎的骨头，证明这是老熊吃过的遗留物。

小雀儿五子，"喳喳"地叫着，好像说："到家啦！到家啦！"它又向着"若罗拖"啄木鸟致谢，啄木鸟也"喳喳"地叫着，好像在说："别客气，有事吱声。"然后与吉海和小雀五子告别，飞出山洞。

吉海的心中，装着的都是船上的事，他现在完全投入到一项重要的木材的选择和加工研制上。

各位阿哥、玛发、妈妈、色夫，后世之人皆知萨哈连巨船上有块"亦家板"，是船上最关键的结构，关系着巨船的质量，使巨船在风浪中锤磨、摔打，从不会散架，坚如磐石，完好无损。其实这种"亦家板"，就是在洪武十九年吉海在这种情况下，研制出来的。

所谓"亦家板"，就是在吉海独自创立和特材制作下而成的，这是北方船只的重要特征和式样。

当人们上了船，往往才知道，船上有一个又一个的隔板，而这，就是"亦家板"，在此之前的船上，没有这种隔板。

其实不可小瞧船中这些隔板，它是起着大作用的物件。首先是由它支撑着船体。支撑就是防护和保护作用。一旦船体被外界撞击，船的内板就有巨大的抵御力，保证船体无损。其次就是自身的防护作用。一旦船体被外界撞击，水灌入船舱，各个船中隔板，便是各个防水自卫区，将灌入之水，存在一个板区之内，等待救生；排水，使整个船体安然无恙。

因此，船中无论大小，其隔板亦是与船肋材具有同样功能和作用，已是巨船整体中不可分割的组成部分。再者，船中的隔板，已使巨船紧固，增加了抗击外部风力、海浪和突发意外的能力，真是一种在生存实践中的重要创造和发现。历代船的寿命与长短，也都与船体和船隔板耐久坚固有关。下边是隔板，与船肋板相互支撑的坚固关系，就成了船的完整统一。

肋板，是船两侧的组成板，由一肋板、二肋板、三肋板、四肋板组成，两边各四肋，称为八肋，底骨称为"底骨板"。而整个船舱中的隔板是从上至下，贯通至底的一种联接，这一下子将各肋板之间的缝隙和整个船体组合在一起了。

吉海大师研制并确定：巨船的底骨板与肋板材皆用长白山千年的老松木。这种老松，年轮质密，硬而如坚石沉重，而用之耐久。但隔板选用的材料，必须使用"王八骨头"和水冬瓜木料。此木贵在坚实如铁，然生长甚慢，凡成材者皆在百龄之上，难寻难找，多为小而又有些不成材的样子。采伐"王八骨头"要攀岩越崖，要得知此木生长之地。

据说有一个专在北方驿站上跑驿的兵勇，这一年，眼看到了年三十了，可上方来了一份急驿，要快马送往下一个驿站。这个驿夫的媳妇一看快过年了，谁不得图个团圆，于是一顺手就把这驿包塞进灶坑里烧了。事也凑巧，过了年，消息便传到京城，私毁驿书，要犯死罪，于是这驿夫被人押着，要去往京城处斩。临离家，驿夫的老爹突然想起一件事，对儿子说："儿子，咱家有一块儿木头，你带上……"

儿子说："木头？我带它何用？"

老爹说："这可不是一般的木头。"

儿子说:"你说的就是'火烧木'吗?"

老爹说:"正是。"

儿子这下想起来了。原来,他家几辈人都是跑驿送信的。离他家不远的一个山岗上有一个火堆,谁路过那里,都点起柴火烤烤火。可是,那火堆上有一块儿木头,年年都是那么粗,怎么烧也是那么长,老爹和儿子都很奇怪,这是什么木呢? 后来就给它起了个名,叫"火烧木"。

老爹说:"儿呀,咱也没啥可带的。我看,你就把这根'火烧木'带上,做礼物献给皇上,兴许就能免了死罪。"

老爹再三说,儿子没法儿,只好带上这块木头上了路了。你还别说,这块奇怪的木头救了这位驿夫的命啦! 到了京城,要斩他。他说:"慢着,我带来一块儿奇怪的木头,有心献给皇上。"当时的监斩官一听,也不敢怠慢,就把"火烧木"送进宫去。这时,皇帝就点着了这木头,烧完一磕打,真的还和原来一模一样,心想,这是啥木头,把送礼的人叫来问一问吧。驿夫就把发现这种奇木的事一五一十地说了一遍,又加了一句:"皇上,我们那里奇木很多,但这木更怪,它比王八骨头还硬,就叫它'王八骨头'吧。"

皇帝听了一乐,真就把他放了。故事终究是故事,传说也终究是传说,但这"王八骨头"的奇木之功却在民间流传下来。据说,巨船的隔板,必须要用"王八骨头"。

镶船的隔板,叫镶板。上这种板,先得在船的帮木上刻槽,让木板一块一块地楔入船肋之中,这时再去胶固,合为一体。

而这种手法所刻凿出的船槽,称为"亦家槽",那木板,就叫"亦家板"了。从此,"亦家板""亦家槽"造巨船技艺,便传留后世。解决了巨船的防水,倍加严密,形成整体,滴水难渗。"亦家板"成为各派船家之楷模,楔槽镶板的手法也一直沿袭至后世。

第二十三章　天下大乱

　　吉海大师在安静的小洞窟中埋头精研和绘制船图之时，洞外崖下的通布杨小河也正在欢快地流淌着。这条小河，走向弯弯曲曲，穿林过涧，流入遥远的萨哈连乌拉，滚滚江涛下泻三百里，进入一个血雨腥风的地方。那里，河岸上人马喧哗，刀枪棍棒相击，发出一阵阵震耳欲聋的厮杀与喊叫，一片片的人，倒在刀光剑影之中，一场恶战正酣。

　　各位阿哥、玛发、妈妈有所不知，或者老辈人讲过，各位记不清，或者遗忘了，朱伯西我向众位细说一番吧。

　　在元末明初的那几年，在萨哈连乌拉，曾经出现各个部落混战的局面，互相械斗就像家常便饭，总是争斗得天昏地暗，这种争斗是历史上的灾祸。究其因，元朝蒙古人打败了金朝女真人，建立了蒙古国，把女真人以武力强行拆散，又怕女真人起来反抗，便把女真的头领、氏族、噶珊达杀掉或者活埋，女人则掠走分给各王做妻室，男人用牛皮鞭绳联上胳膊，一串串地押进蒙古草原，永世为奴，做他们的控马奴，不许再称女真人，成了蒙古之奴隶。也有不少女真人被捆绑走，投入了蒙古军队，驻扎到长江以南，特别是中国大西南云贵川各地去充军，改变了女真族籍，变为蒙、汉或其他民族的族众。女真人在元代受尽了凌辱和欺压，心底总有一股子复仇的怒火。

　　当年，有许许多多的女真人，为躲避蒙元的盘剥统治，他们从松花江流域、乌苏里江流域，逃入萨哈连以北广袤漠北之地，进入这片人迹罕至的大兴安岭莽林之中，到达北海鄂霍次克海边谋生。在萨哈连以北，一年当中只有两个多月是暖天，其他月份全处在风雪霜寒中，女真人在苦度时光。一年耕不了地，缺粮，只能靠捕猎为生，然而为躲避蒙元的欺辱，只能如此生存。日积月累，萨哈连以北直到萨哈连出海口，有了不少女真部落，也包括其他族众，如达斡尔、鄂伦春、鄂温克等族人。

　　蒙元末年，大明朝兴起，朱元璋称帝，北方社会发生了翻天覆地的变化，这是一种巨大的改变，女真人也重新起来，反抗元朝统治，欢迎明军进入辽东，进入萨哈连。但明朝尚未能对漠北实行有效管辖，明军鞭长莫及，乘时局巨变，反元势力兴起，与此同时，社会上陈渣泛起，不少江湖绺子也便乘机兴风作浪。萨哈连的鏖战就是在这种气氛下兴起来的。

这些鏖战的各方，鱼龙混杂，良莠不齐，有好有坏。有些歹徒妄图浑水摸鱼，坐收渔人之利，也有歹徒乘机笼络族众，抢占地盘自立山头，划分势力范围，图谋不轨，认为远在江北龙江天高皇帝远，各据一方，暗藏祸心。可以说，当时大明王朝的势力远未控制这个地方，元末的纳哈出，已是强弩之末，自身难保，此时在这片土地上，萌生出一股股占山为王的势力来。明初蒙元末年，一伙伙的人，都学朱元璋聚伙竖旗，举旗吃饭，在白山黑水萨哈连外，出现了大大小小上千个"呼勒哈"（盗贼、匪帮），为首的头领叫"当家的""掌舵的""会首"等，汉、满、蒙各族之中都有。当"呼勒哈"的，都要有自己的报号，有自己的旗，自己的号，自己的联络黑话，自己的独特手势、礼节、见面礼节、道上礼节、进出礼节，不一而足，谁也不能违背，否则就被认为是不看重这个绺子。一伙儿的，都要有自己的"来路"，也叫"根脉"，称为自己的祖师爷。

由于这些匪帮诸多，他们的祖师爷也五花八门，有的信奉八仙，有的信奉十八罗汉，对其信奉都编排出奇特的来历。

据说从前有一个老太太，她有十八个儿子。儿子们都大了，额莫说："你们出去自立吧，要有什么可干的，回来告诉额莫一声，省得额莫惦记。"说完，孩子们就走了。

可是三年之后，儿子们又都回来了。他们对额莫说："额莫，现在天下大乱，什么职业都被人占满了，没什么可干的了。"

额莫又问："那么，什么职业都不缺了吗？"

儿子们又说："额莫，现在天下只剩一个职业了，那就是杀富济贫。"

说完，儿子们又都走了，从此世上就多了一个职业"杀富济贫"。以"杀富济贫""替天行道"，为旗号组成了绺子，日益人多势众，就把自己称为"十八罗汉"。互相见面双手一抱拳说："达摩老祖威武！"

这时，对方也要双手一抱拳，回曰："达摩老祖威武！"

然后，二人同时说："威武！威武！"

这样，就表明双方已是一伙儿的，一个道上的，一个祖师爷的意思了。

回称"达摩老祖威武"，就是对"达摩"的崇拜。传说达摩老祖出山之前，曾在河南少林寺面壁十年，将自己的"影像"印进了石壁之上，因为人们敬仰他的毅力和意志，所以崇拜他，这在漠北之地，也成为当地土著之民的尊崇对象。还有的匪绺，报号叫"老太太"。据说有一个"呼勒哈"，在家不听额莫的话，成天到外边去打打抢抢，并扬言要出去闯荡世界，寻找西天老祖，于是他告别阿玛、额莫，自己就上路了。

他走啊走啊，见着人就打听："西天老祖在哪里？"

他出门在外已经二十年啦。有一天，他来到一个地方，见了一个白胡子老头，他又上前打听："老人哪，请你告诉我，西天老祖在哪里？"

白胡子老人瞅瞅他说："阿哥呀，你走错了！"

他一愣："怎么错了？"

老人说："方向错了。不在西边，在东边。"

他大吃一惊："在东边？"

老人说："对。你往回走吧……"

他又问："西天老祖什么样？"

老人说："他穿着一件厚厚的大皮袄，头上顶个大帽子的就是……"

于是，这个"呼勒哈"告别了这个白胡子老人，转过头，又往回走了。

又走了二十年，一路上也没发现什么西天老祖，走着走着，就来到了自己的部落，也看到自己的家啦。他想念自己的额莫，就上去叫门："额莫！额莫，是我回来了……"

许久，茅屋里传出一个苍老的回声："你是谁呀？"

"呼勒哈"说："我是你的阿卡其。"

额莫慢慢地走到门前给他开门。门一开，"呼勒哈"惊呆了，只见自己的额莫披着一个厚厚的老皮袄。而且，头上顶着一个大锅盖！

因那时，外边正在下大雨，家里没有雨伞，于是额莫就把锅盖顶在了头上……

"呼勒哈"从惊愕中清醒了，终于明白了白胡子老人的话，额莫不正是那个"穿着厚厚的大皮袄，顶着大帽子"的西天老祖吗？于是"呼勒哈"扑通一声就给自己的额莫跪下了。原来，天下根本没有什么西天老祖，额莫就是西天老祖。从此，他再也不外出，就守着老娘，直到老娘过世，他再走出家门到山林里拉起绺子，当起了"呼勒哈"，并且报号"老太太"。

什么样的绺子都有，遍布漠北，星罗棋布。

三江霸海混天王吴信也是一个奇特的绺子。他这个"呼勒哈"，表面很讲忠义、讲仗义、讲信义，所以很能笼络各类穷苦人，被人欺负者、走投无路的前来投靠者、被人处处奴役者、都来投奔他，认为他才是世间的救星，视他为长兄、恩公，所以一聚在一起，就为他卖命，称他为头领，甘心为他肝脑涂地、两肋插刀、视死如归，为兄弟而死，在所不辞。当年，在萨哈连黑龙江上，三江霸是一个著名的老绺子大柜。

传说这大柜吴信，曾是一个河北人，从元代时祖上跑船，他也代代在江上走水跑船，专门贩运油、盐、米、茶，从关内运到辽东、黑水一带来销售。因为人都爱交结天下仁人义士，加上吴信也挺有人缘，所以各路朋友甚多，他也就成了这一带的"名人"啦。

元朝至正年间，吴信因为货物没有送到，人情没打点上去，得罪了当时的元朝知府都都鲁大人。于是，这个都都鲁大人对吴信怀恨在心，并派人堵他，又派人缉拿吴信，将他的货栈全部抄剿，一下子把吴信的买卖和财路给毁了，吴信只身逃跑，无家可归，一怒之下，他便揭竿而起，当了江狼水贼。吴信由于有当年的威望和势力的基础，他很有号召力，在北疆迅速发展起来，后来竟然发展到七千余众。吴信的口号就是"打倒蒙元，女真兄弟站起来……"吴信虽不是女真人，可他这个口号一出，一下子叫响了。为啥？皆因女真人几十年间被欺压，受尽了蒙古贵族盘剥奴役之苦，一下子高兴了，呼啦一下子都站到了吴信一边。甚至当年，有人还唱出了这样的歌谣：

要想做个人，
就得跟吴信。
要想吃饱饭，
就跟吴信干。

第二十四章　水匪世界

整个漠北、寒江，遍地起了烽烟。

而那时，吴信"起"的正是时机。"起"，又叫"起局"。局，乃"局面"，是指一个地盘、一个地域，也就是一片一片的范围。"起"，就要有口号、树威信。前文已述，口号就是要团结女真，面对蒙元，这一下符合了北土民心，威信那其实是打出来的。

那时，当地人都称吴信为"吴阿浑"（吴阿哥、吴大哥）或"吴玛发"（吴老爷子），其实他当年也就五十岁。他们互相之间，就是讲究"拳头"，说话靠的是拳头。双方见面，只要把手一攒一举，就是一伙儿的，对完"脉子"（黑话、行话），就成了一伙儿的，上天可摘月，下地可屠龙，万死不辞，要心肝肺都情愿给你拿去。

仅从行绺、匪、胡子、响马一类的称呼和行业行为上来看，北土与中原有着重要的思想联系，中原称土匪为"马贼"，齐鲁一带称土匪为"响马"，西北一带称土匪为"贼寇"，湘鄂一带称土匪为"帮会"，这些称谓都有思想和文化上的一致性。在中国民间，几千年封建制度决定了为官者世代居官，科考中举者终归少数而已，于是就有了官僚与民众、统治与被统治的分野，朝廷与民众的离心离德是造成中国民间秘密组织不断形成的根本原因。帮绺的最初结社起源于人们寻求从封建束缚中解脱出来，这个代表人物就是墨子。墨子时代是以孔子的"节用而爱人，使民以时"的儒家思想开始被人鄙视的时期，对他的"犯上作乱"则必"纠之以猛"也表现了统治阶级与劳动人民的尖锐对立，这时墨子思想应运而生了。墨子提出"兼爱"思想，他宣扬"非命"观点，在否定命运主宰的前提下，也不排除鬼神的监督作用，实现其"天志""尚同""明鬼"的理想，信仰他的人，生活上必须"实现俭朴生活"，皆可使"赴火蹈刃"，这时他的"三表法"产生了。

"三表法"的核心是"兼相爱则交相利"，也就是说，人与人之间要互助，用互助的精神扩而大之，就没有达不到的理想境界，并很快被人接受，当时就有"服役者百八十人，皆可使赴火蹈刃，死不还踵"。(《淮南子·泰族训》)形成了"儒墨"组织，又有"墨家显学"之说。墨家显学的思想逐渐演变成"儒墨"——"儒侠"。可见"儒墨"和"儒侠"成了同义词。"墨"就这样演成了"侠"。

"侠"字，从字形上看，是四人结合在一起，表示众人团结一心。韩非子解释"侠"的意义，说："弃官宠交谓之有侠。"是说侠客不为官吏，而喜欢广去交游，所以《淮南子·人间训》称为"游侠"。侠的含义，旧时称扶弱抑强，"侠以武犯禁"(《韩非子·五蠹》)，由墨子思想演变而产生的"侠"的形态，到了汉及三国时代就演变成"游侠"。司马迁在《史记》中说："今游侠虽行不轨于正义，然言其信，其行必果，己诺必诚，不爱其躯，赴士之险困，既以存亡死生矣，而不矜其能，羞伐其德，盖亦有足多者焉。"

这种文化历时久远、日熏月染地传播到民间，就简单地凝结成"义气"二字，只有甘为朋友付出，才能笼络人心，而这些人的"呼勒哈"，那更是一呼百应之人。就是靠的这股子义气劲儿！

吴信的势力最大，他的势力范围发展到黑龙江、松花江、乌苏里江，甚至到了东海边，整个北疆都知道吴大当家的，他起了一个最响亮的诨号(也叫绰号、报号)：三江霸海混天王。

三江，就是指松花江、乌苏里江、黑龙江。海，那就是指大海(东海及一直延续到海的各个岛屿之地)足见他的胃口之大。霸，就是霸王。也就是说，这北边的三江两岸，大海上的一切，都得听他的。混，就是由他说了算，他要当天王、地王、海王、江王，是一切之地的大王。这个名可就叫绝了，再也没有比他再大的了。

吴信心里有数，因为他所要管辖的地盘都与"水"(江海)有关系，关系最密切，所以他千方百计地到处追寻亦吉龙，是想收买他，编入自己的旗下，为他服务，那多气派，也在江海之上成了真正有实力的人物了。可是他心里不知道，亦吉龙看不上他们这些胡子头，早已告知家里人，对这类派别的人要敬而远之。如今到了亦吉海这一代，吴信还是不甘心，还是在想方设法地寻找他。

蒙面无常齐略，他本是蒙古兵马副元帅，元惠帝妥懽帖睦尔叔伯弟弟身边的管账总参军，武功高强。他最突出的特点就是在争战时喜欢在脸上罩一个"脸谱"，那是一副铜制的面具，对方看不到他的模样，但他却可以从面具的眼洞中观察外面的一切。那铜面罩又可以防弓箭袭击，又可以迷惑敌人，转移视线。往往在对方打量他，或在惊恐迟疑地分析是不是他时，他却早已飞马冲来，一矛便将对手杀死。

齐略是蒙古人，本名布脱卡布尔，齐略是他身边一个官嘎查所用之名。齐略因喜欢蒙古兵马大元帅的小妾，那是一个蒙古美女，俩人正欢悦时，被大元帅发现了。

大元帅说："啊？是你？"

齐略吓得，急忙跪倒。

大元帅拔剑追赶，誓死要杀死他……

齐略被逼无奈，从此通元，率兵而起，与蒙古兵马大元帅比武，以让元惠帝将兵权交给他。

他认为，大元帅的武功逊于自己，只因为他是皇帝的弟弟才当上大元帅的，那叫有名无实。但惠帝终究是偏袒自己的弟弟，所以齐略一怒，便反叛元朝。但又因自己是蒙古人，便用了汉人齐略之名来反元起兵。

齐略的势力虽不大，但他的行为震动了燕京，主要活动是在西部草原一带。他的人马数和兵勇量虽然不多，但因元惠帝被朱元璋反元大军的攻击，不得不狼狈逃窜，在这种背景之下，他也无暇顾及齐略一伙儿的行动。所以这个齐略仍是天天奔驰在草原上抢夺美女，过着花天酒地生活，也就成了草原一霸。

元至正十三年，纳哈出亲率雄兵追赶齐略，终于擒拿到布脱卡布尔齐略，并对他凌迟处死。跟他一起作乱的陪员、随从，一律削首，而齐略的那些兵卒却被纳哈出收留下来。

水上飞南佐泰，主要活动是在松花江下游进入黑龙江一带，不入东海。他的手下全是早年使船的船户、船主、船工人家，也叫"网户"或大小"网户达"。元代水上运输的活计和各种走水使船之人，不满朝廷的盘剥，荷税甚重，使这些船户无法生计，许多人家卖儿卖女，水上经济更是萧条。船运走水之事，常常是挣不到什么钱，他们便揭竿而起了。

水上飞南佐泰是汉族，五代在江上为船老大，使小帆船。那种小帆船是一张帆，三个船工，擅看风向，素有"水上飞"的绰号，其父就有此绰号。这个绰号是因在江上会看风雨，船行无阻，船速如飞，故得此名。元末便揭竿而起反元，自立门户，竖起大旗，成了一方的绺子。别看在当年他的名声不大，但南佐泰讲义气，不害人，又肯助人，也没什么黑规则、黑话，又不与其他匪人结伙，很有自己的特点。南佐泰率众抢过呼兰，绥滨等县衙、粮栈和兵用布帛，杀死县丞巴尔泰（蒙古人），因受到大元朝张榜通缉而闻名一时。元至正十二年夏，纳哈出率兵突袭，活捉了南佐泰并斩首示众，其他的追随者如鸟兽散，不知去向。

北土众匪五花八门，还有海底蛟孟武，说来这伙匪人很有意思。这个孟武是元朝给皇上奏折中提到的名字，看出这个海匪多么重要了。孟武本是东海野人，是东海野人部落的一个头领，名字全是东海某部落的土语，类似"木布鲁"之音。元朝的汉人书记官便按其音给写成"孟武"两个字。

孟武匪绺活动的时期主要是在大元朝惠帝时代的元至正时期，那时，他的人马在萨哈连黑龙江出海口一带聚伙掠劫，颇有影响。他们有自己的掠劫手法，行话叫"领票"。票，就指那些有钱有财的被掠劫的对象，他们专门盯住元朝的那些王公贵胄们。这些人，他们非常图希东海的新鲜美味的海产和医治阳痿的海狗肾、海狮鞭等珍贵药物药材，又喜欢收藏大海龟玳瑁等，取回精制成各种美观的装饰品……

这些人获取东海的海鲜、海货是一种需求，而北海的水贼海匪获取这些人身上的财物也是一种需求，那些王公贵胄们一个个穿戴不凡，除了绫罗绸缎外，他（她）们的手上、脖子上佩戴的都是贵重的金银、珠宝饰品，还有从巴林和从帕米尔高原的和田以骆驼运来的红、青、绿、白、蓝、黑等颜色的玉石所打制而成的珠子和项链，悬挂在身上，使他（她）们每一个人都珠光宝气，那一个个的，都是流动的"小金库"，价值连城。这些东西，孟武他们一生都没有见过。所以这些人前来，就等于"送宝""送货"上门。

而且，这些人都有一个习惯，他（她）们喜欢旅行和游玩，更喜欢离开草原去往那奇特的东海，看一看那里奇特的风光，大开眼界，以充实他（她）们无聊的生活。于是，这些人便一个个地走进了孟武等人设下的圈套，也就是这些山贼水狼所张开的抓捕他们的网。

第二十五章　领　　票

　　每年的夏秋季节，是孟武他们"领票"的最好季节。这时节，江风凉爽，海浪轻柔，也是海产、物产最为丰富的时候，许多蒙古贵族头人、族人都喜欢在这样的季节里来北海游乐，而孟武他们，也开始"放票"了。

　　"放票"，是他们的行话，既放出一些勾引所谓"财神爷"（一些有钱、有物的人家）的人，他们或装扮成各种各样的人，做出各式各样的事，让来者上当、受骗，然后将他们钱财全都弄到手，还得自愿地把钱、物交出来，有时弄得对方云山雾罩，自己还没明白是怎么回事，就已经坠入了人家设的圈套。这称为"放票"。"放票"又叫"放鹰"。在江海一带，女真人是搏鹰的好手，又会驯鹰，可驾鹰出去"赶场子"（狩猎），孟武周边便有一些这样的人。但这里所说的"放鹰"是指人出去"狩猎"，而"狩"来的"猎物"不是狐、兔、狼、狍、鹿等，而是那些有财有物的蒙古贵族。一到了蒙古人到北海来游玩的季节，孟武他们就兴奋起来了。他们从事"领票"是有步骤的。他选去"领票"的要求也挺"严"，他要在暗中定谁去，然后再以"抽签"的方式"派"，这样就会万无一失。

　　定谁去干这事，先由孟武等几个"呼勒哈"商议，要挑那种有心计、会干"事"的，有时还派"合合济"（小女孩）去，要分前来的这批蒙古人是一些什么人。这一天，被孟武派出去的一个打探的人员回来说："'呼勒哈'，有'财神'来啦……"

　　孟武问："多大财？"

　　卧底（外出装作在港口做买卖的）说："一伙大约有二三十人，一个个珠光宝气！"

　　孟武乐得在地上走了走说："他们住在什么地方？"

　　卧底说："他们住在港口旁的一个木屋子里，整天吃呀喝呀！看来出手不凡。"

　　孟武说："他们说些什么？"

卧底说:"好像还想到有趣的地方去周游一下。"

于是,孟武点点头,有了主意。他立刻把从前的一个老花招儿拿了出来,他让一个会潜水的小头目扎一个小木排。那木排很旧、很老,好像自己在海上漂,不是人为的,在它的上面放上两只海狗,让其停在蒙古人住得不远的海边上,等着蒙古人上钩。

果然,这些蒙古人眼馋了。

这天早上,一个蒙古人从小屋子里出来,走到海边去欣赏大海的风情,突然就发现了那两只小海狗趴在木板上发呆。他想:这准是两只走丢了的小海狗,自己何不把它们抓来。于是就悄悄地下水游了过去,一下子就抱到了一只。

蒙古人乐坏了,这么容易就得到了北海的海产海物,简直财宝从天而降,他乐坏了,走回了驻地。这消息一下子传开,更多的蒙古人开始尝试着如何得到小海狗的行动,他们有的独自,有的仨一伙俩一串地到海上去找便宜,头几天果然都有些收获,有的能在旧木排或漂木上捡到海狗、捉到海狮,甚至有的还在海上捡到了玳瑁(一种珍贵的龟壳)。其实,这都是孟武他们的拿手好戏。你想想,他为什么给自己起名报号"海底蛟",那是指他们的水性极好,特别是潜水功夫。当那些木板、木排子,有时是空空的小船在海上漂动时,其实是他的弟兄们潜在水下,用一根羊肠子或鸡肠子当气管,一头含在嘴里,一头别在漂在水上的物件上,可以在水下待上几个小时,甚至一天!

外人只见那木头在水上漂浮移动,其实是"海底蛟"的人在下边推动,把蒙古人一点点引逗下水。一点点的,蒙古人有了一个名词,叫到北海去捡"海货"。可这里的"海货"是随便可以捡到的吗?

这一天,孟武看这些蒙古人已经完全丧失了警惕,一个个急于要到海上去发财。一早,他便在蒙古人游玩的驻地放入几只小船,那使船的都是自己的人马,海上也漂来了许多摆满各种"物件"的木排和木板,蒙古人发现了,一个个急得不行,蹦着跳着要过去,可是过不去,于是只好租船,孟武的弟兄们只用便宜的价格,说如果得到这些"物"平分为理由,将他们骗上了船。

这些蒙古人,兴高采烈地上了"贼船",却全然不知已上了当,而是喊着:"快!快追上去……我再给你加钱。"

弟兄们一个个装作老实的样子回答着:"是,是!好吧!别忙!马上就得到了……"

就是在这样不断地安慰下，眼看着攥上了木排、木船，可是它们又漂走了。于是这些人一点点地远离了海岸。

当他们光顾想着得到船上的宝物和奇物时，已来到了茫茫的大海之上，就听有人打了一个呼哨，突然间，他们乘坐的木船下飞出一些渔网，只听有人说："来吧——鱼儿——"那网一下子把他们都给罩住了。接着，那些潜在水底的"海底蛟"水匪，一个个乐颠颠地爬上船来，等蒙古人反应过来时，却为时已晚。

那些乘坐小船已经追上木排和木板的蒙古人，刚刚捧起海狗、海狮、玳瑁什么的，一下子就被抓住了。于是，孟武的弟兄们假装问："你们是从哪里来的？怎么随便拿别人的东西？"

蒙古人说："这是海上漂的。"

"是啊，是啊，是一些没人要的东西！"

"它们在海上自己漂来……"

孟武的弟兄们便哈哈大笑，说："你们是不是在做梦啊？我们捕来的东西，怎么会是没人要的东西呢？你们咋知道没人要？"

"前几日，我们也在海上发现过这些没人认领的货物……"蒙古人自言自语地说，"于是，我们都已带回去啦！"

孟武的人便说："正好，我们正在寻找那些丢了的海产，原来是你们给弄走的！"

于是，几个蒙古人就埋怨那个说这话的人，说都是他弄去的。于是，他们起内讧，打起架来。孟武的弟兄们便说："别吵吵啦！别打啦。现在，你们说咋办吧？"

这些蒙古人傻眼了。于是你瞅瞅我，我瞅瞅你，在这茫茫的大海上，真是叫天天不应，叫地地不灵，于是只好说："大爷，那你们说怎么办吧？我们错啦。"

于是，孟武的人便说："办法只有两个，一个是文办，一个是武办。"

蒙古人便问："文办怎样？武办怎样？"

孟武的人便告诉他们，文办，就是把他们身上的东西，包括衣物，都要交出来。他们说，那可不行。还是武办吧。孟武的人就说，武办，就是把他们都打死，往水底一沉，永世也见不着天地了……

这些人一听，都大叫，说："那还是文办吧！千万别武办。"

于是，孟武的人没有打他们，把他们浑身上下的东西、衣物扒光为止，弄得不少蒙古王公贵人全身精光，狼狈不堪。

孟武的人扒光这些人的衣服后，立即潜海而去无影无踪，这一帮人叫天天不应，叫地地不灵，痛哭流涕，身披海叶、海草，经过几夜的煎熬而归。

孟武等人占据东海沿海，还使用绑票手法弄得来东海的人一刻也不得安宁。凡有从黑龙江萨哈连江口去的人，都得由他们而定，往往是先"上项"（上钱）。不带足银子，不交够银子，那就休想进入东海。来人往往先通过一个叫"花舌子"（专门送信、报信的人）来和孟武他们联系，什么季节，什么时辰要来多少人、什么样的人，孟武再回信，交完"定钱"，就可以动身了。

这种"定钱"往往是人数的五分之一，由"花舌子"把信带过去，来的人先交上"定钱"，他们一般也放行，不能把自己的财路断绝了。交完钱后，"花舌子"带去"海底蛟"的"通牌"，那是一片在皮子上画着一条出水蛟龙的东西，这就是"海底蛟"的"通牌"路条，有了这个，在"海底蛟"的地盘上活动，他们就不难为你了。但一旦出了这里，又碰上了别的绺子，也很麻烦，逼得来这一带人整日的提心吊胆。在陆地上这叫"买路钱"；在海上，这叫"卖海银子"，数量完全由他们定，真是要人的命啊。

北海野人，水性甚好。他们像海中鱼鹰，有情况，一声口哨，海上顿时露出数百人头，各使短弓，弹射石蛋。

只要头人说："打！"

石蛋如雨，击中人的头部，被击者立即晕倒，不省人事。等船上的人明白过来想去反击，北海野人又是一声口哨，沉入海中，无影无踪。就是你想动他们，但一看那突现的数百人头，亦无法对付。

这一带，那时流传着这样的说法：

去北海，海匪多，

处处都是海匪窝；

北海没有匪，

那才不叫北海窝。

元朝至正十八年，纳哈出曾派通晓北海野人语的身边谋士、参军巴里将军，带着中原的绸缎、陶器和各种香精、美容饰品，专程去往北海，寻找孟武。

巴里也是野人女真。他来到北海，到了孟武的地盘，一施礼说："要见你们的大当家的。"

孟武手下的人问："你是谁？"

巴里说："我是我。"

孟武手下的人说："压着腕！"

巴里说："闭着火……"

孟武手下的人一看，这个人还懂些北海水上的规矩，于是便引他去见了孟武。

因为，巴里那次和孟武谈了一宿，又带去了纳哈出给他的信和礼物，总算得到了孟武的让步，答应金山每年可以来东海一次，如过多人来东海捕捉海产，仍受东海海民的袭扰。所以，孟武这几年没有危及纳哈出的人马。此时，明朝的兵马势力还未能及至东海地域。东海野人孟武等尚不知，如今的天下，已是大元朝即将退出历史舞台，大明朝坐殿南京的朱洪武皇帝就要君临东海。

第二十六章　北海真人

　　北海之大，无奇不有。在这些人物里，还有一个北海真人，叫孙习邈，和中原医药神医孙思邈一字之差，可此人更有特点。

　　这个孙习邈，他真是一位东海采药人。可是，一个采药人怎么就成了匪类呢，说起来，还真有一个故事。

　　前书朱伯西我在讲述船王亦吉海曾结识一位道长，正是这位道长的引见，亦吉海才去了奇德力，结识了田甸大将军的。那位道长，叫济民，自幼喜爱丹术，是辽西千山三清道观的一位修身养性之人。济民常听来自东海一带的人讲，东海之地多有高山古林，海天一色，海滨与山谷上生长着万年灵芝，皆是长生不老之良药，他便动了远游采药之心，便与恩师三清长老说了自己的想法。

　　三清长老说："济民啊，为救济万民，想亲自前往漠北去采集百草，此心甚佳，为师安有不喜欢之理。只是……"

　　济民道长见长老欲说又止，便说："长老，尽管直说无妨。"

　　长老说："只是只凭道听途说，为师怕你徒劳而返。那东海远隔千里万里之遥，关山难渡，何能去得的？你要仔细琢磨方得成行。"

　　三清长老看来是同意了，只是让自己认真考虑，付诸实现。

　　于是济民道长便说："请师父放心，弟子一定深思而行，定要弄个水落石出。"

　　三清长老点头默许。

　　济民道长是一个想到便要马上去实施的人，当下他便决定动身北上。这天他背着行囊，告别了长老，由辽东辽阳以南的千山庙寺出发，一路往北而去。

　　他边走边化缘，边化缘边打听，专找去往东海最便捷之地。出家人是真正的民间之人，每每化缘，他都与村人、山人一起坐下，边讨缘，边打听路径，寻问人间万千事项，不停地学习，把长途之中的清苦奔波变成了自己的事业，真是一个了不起的人哪。

事也凑巧。那是一个大雨滂沱的夜晚，济民道长赶到了北方松花江上中游的一个叫宏克利的地方，这里女真老户甚多。济民道长因长途跋涉，加上熬夜，淋了大雨，便一下子病倒在河水之滨。

在大雨和黑暗之中，发着高烧的济民呼唤着："哪一位好心之人，给我一碗水喝吧。"

这时，在大雨中，只见有一盏灯笼由远而近，原来是一个老船工，夜里由船上到村子里会友，路过这里，用灯笼一照，见是一位道长躺在泥泞的地上，便上前将他扶起。这位老船工是位好心人哪，一摸济民道长浑身发烫，便急忙把他背到了自己的船上，把他安放在舱里，又给他熬了热热的姜汤，还给他杀了一只小母鸡补补身子。济民道长这才全身发汗，顿觉轻松，头也不沉了，眼睛也睁开了。

他对眼前的这个善良船工感激不尽。

济民道长说："恩公，萍水相逢，你救了贫道，我该怎样感激你呢？"

老船工说："道长你身子骨没事就好啊！这是小事一桩，何足言谢。请问道长，你长途跋涉，这是想到哪里去呀？"

济民道士说："唉，贫道来自辽西千山庙宇，想去东海采集药材，为百姓安危尽贫道的一点儿心意，想不到……"

老船工一听，说道："哎呀，原来是到东海去采药啊！"

济民答曰："正是。"

老船工说："可你知那东海有多远吗？"

济民道长说："贫道不知。"

老船工叹道："告诉你吧，大师，那东海你怎么去呀？靠什么办法去东海呀？大师，你可知那东海远隔千山万水，骑马都不行，没有路啊！"

济民一愣："那怎么办呢？"

老船工道："去东海，只能坐船去。小船、平板船，都经不住风浪。进入东海，要有大船、巨船才行。"

"啊？"济民大吃一惊，"原来这样！"

谁知，老船工却说道："好啊！我这是又接待了一位顾客……"

济民道长眼睛一亮，问道："你也去东海？"

老船工点点头，道："我家就是专造大船的。你先别急，在我家住些日子，我会带你去往那个遥远的地方。"

老船工真是一个热心肠。第二天，他还介绍另一位要远去东海之人，这个人也是要去东海采药，原来，这人早已在老船工家住了有些时日了。

老船工把这个采药人领来与济民道长相见，济民道长非常高兴，现在他有伴了，遇上一位同去北海采药的同伴。一打听，更使他万分惊喜，原来这位采药人姓孙，名字习邈，自称是张天师之徒，自尊称为真人。

济民道长恭敬地打听起来。

济民道长说："敢问师长，先生是在何道观里学道？尊师何派？何人？"

那位孙习邈听后，侃侃而谈："道长，不瞒你说，咱们同是学道之人，同是天师之弟子，可我，却并非像你……"

济民道长说："此话怎讲？"

习邈说："而我无师。"

济民说："无师自通道？"

习邈说："正是。我不是由哪位道长尊门而出之弟子，我是在梦中得张天师之训。"

济民觉得奇怪，说道："梦中？"

习邈说："在梦中，天师收我为徒了。"

济民说："梦中如何收？"

习邈说："全是心诚则灵，从此步入三清。"

济民说："快快细细说来。"

习邈说："我在梦中，深得药王祖爷的点授。从此，我便将自己的名字改为孙习邈了。意思就是我是药王爷孙思邈的弟子，向祖师爷学道、学医、济世救人，从此，我也变成了另一位道长，成了孙真人。天聪神授，谙熟千种山野草药、土药和万物之体，构成孙真人本草千金方，便进完达山、张广才岭、倭肯山、兴安岭诸山川采药，已历时二十余年。后得悉东海乃天然药园，汇山川江海之大千世界百药之宝库，便一心企盼前去东海采药。然关山难渡，后打听到松花江亦家亦吉龙大师，他乃为祖世家传世代代筑造巨船之能人，特寄宿在此，待有朝一日，去东海踏浪，采海中神药，也好早早回来。济世救民，也不妄来此一生也。"

济民道长听他这番高论，连连摇头，心想：道家怎么没有师传，梦中求道，那岂不是痴人说梦吗？心中多少有些存疑。不过，济民道长听他讲有造巨船世家亦吉龙大师，感到十分必要，心想，本道亦应拜见亦吉龙大师。

于是，济民道长便问孙习邈："敢问，这亦吉龙大师在何处？我要去拜见他。"

孙习邈听后，大惊说："你要找亦吉龙大师？"

济民道长说："是啊。"

孙习邈说："那么，你知道谁救了你？"

济民道长说："一个老船工。"

孙习邈说："你真是睡在恩师怀里还不知谁是恩人啊！实话跟你讲吧，救你的船工，他并非是一般的船人，他就是当今辽东大名鼎鼎，如雷贯耳的亦吉龙大师，是世代船王之后！"

"啊？原来如此。"

济民道长听后，这才恍然大悟。

济民道长慌忙爬起，向正在地当央笑着望着他们俩唠嗑的那个船工，倒头便拜。

济民道长说道："亦家船王，大师傅在上，受贫道一拜。"

老船王说："哎呀，出家人，使不得。"

济民道长说："本道真是有眼无珠，不识泰山，感谢大师救命之恩，更感激大师收留于我。我还真是有福缘。这可能是天师引路，让我找到大师傅，如此看来，我去往东海采药之志终可如愿以偿了！"

赤吉龙笑着，双手把济民道长拉起来，说："大师，何必如此多礼。咱们能千里相聚一起，都是前世之缘哪！我家代代造船，能有贵客愿意乘坐我亦家船，甚至等着我家船来坐，这是我亦家之人莫大的殊荣啊！我乐呀，高兴啊！"

二位道人听了，连连点头。

亦吉龙又说："那么，接下来的日子，就请两位师傅不必客套，就与我在一起，咱们天天打野味，自上灶，同饮酒，共做饭。我为众人造大船，就更有使不完的劲儿了。"

二位道人又连连答道："多谢船师的好心收留。"

就这样，在北土老船王的家中，又来了济民和习邈两位道士，老船王的生活也就多了许多的奇趣。

这两位道兄，性情各有不同。习邈好显示自己，而济民却从不多言，处事非常谦恭自恃，《道德经》经文只是每日自己熟背而已，从不显示。习邈总表白自己是有深厚道学的道长，总在亦吉龙面前给他讲《道德经》。亦吉龙从不反驳，而是耐心地听着。每当亦吉龙干木匠活儿，习邈便在一旁开讲，亦吉龙边干活边点头应和，从不去打断他的讲述和阐述，也听得分外细心。

济民道长却另有一番风格。

济民道长心肠甚细、甚好，自己在野外散步时，常常发现一些受伤的小鸟。自然界中常有此事发生，那些小鸟、小动物，由于风吹雨打，树枝常常会刮伤了它们的翅膀、小腿等地方，小鸟也可能让山狸子咬伤，受伤就飞不起来了，他都捡回来，给包扎伤口，并捉来虫子、采来谷穗，去喂养这些小生命。一来二去，许多小鸟都成了济民的朋友，伤好了也不肯离开他。他的身前身后，时不时地飞着各种小鸟，"叽叽喳喳"地叫着，好像一片云雾围绕着他。

第二十七章　一只小白兔

一日，济民去江边网鱼。

四野风儿吹刮，花草散发着浓浓的田野的气息，远江在白云的遮盖下，滔滔地向远方流去了，大地一片空旷。

突然，他听到了野地里传来一片喧闹声，就见林中百鸟惊飞，他急忙地奔了过去。到了林子边上，就见一只老雕正展翅腾空发出"嗡嗡"的翅膀震动声，可能是这只老雕听到了人跑来的脚步声，这才忙从草丛中飞起。

济民一看，只见老雕的爪上抓着两只小兔崽儿，那小兔子疼得"吱吱"直叫。

济民心疼小兔，便大声吼叫，吓唬老雕。老雕见人来了，又撵它，心下一慌，两个爪上挂着的小兔崽儿就掉了下来。济民急忙奔上前去，用道衫接住了两个小东西。可是，终因老雕的巨爪十分锐利，那两只小兔崽已经被老雕的尖爪给扎死了。任凭济民怎么抚摸、召唤，小兔已闭上双眼死去了。济民非常惋惜，把两个小家伙埋在了草丛的土里。

这时，他发现草丛中有个野兔窝。

他往里一望，一对眼睛泪汪汪地望着他。

原来，这是一窝小兔，窝里还有两只白绒绒毛团似的小兔崽儿，被老雕吓得正浑身发抖，打战，母兔早已不知去向。看来这个窝里有四只小兔，方才让老雕抓去两只，已经死掉，还藏着两只躲过了厄运。

济民心想：不能让这两个小哥们再遭厄运，就是老雕不来叼它们，这一带狐狸、狼、獾都不少，如果大兔在，它会拼命保护自己的小兔，就比如恶雕来吧，那老兔子会使用兔子蹬鹰的办法来治它呀！兔子蹬鹰是个绝招。往往是当天上的老鹰、雕，一见兔子在地上，它们便从空中俯冲下来追赶兔子，这时兔子也发现了天上的宿敌，于是专门朝车辙处或树丛一带跑。跑车辙印儿，是因为当鹰一头冲下来时，兔子猛地一转身，老雕控制不住自己的速度，往往一头撞在车辙土棱子上而撞死；兔子往树丛里跑，当鹰俯冲下来时，它拉住一根树条子，猛一撒开，那树条子会一下子把老鹰抽得头昏毛飞，有时会把鹰、雕活活抽死。"兔子蹬鹰"，是指有时鹰追兔时兔急了，用后腿冲老鹰的胸膛蹬去，鹰的肚皮就会被兔子蹬开……

可是眼下，小兔没了妈妈，它们太危险了。济民心想：我把它们抱回去养着吧。于是济民就把这两只白绒绒的小毛团捧了回来。到了家，他自己打了一个小木箱，做了它们的窝，天天精心伺候，没过一个月，两只小兔长大了。

这两个小家伙，很有意思。

它们的窝旁边有一棵杏树，那杏刚刚青时，有时刮风树上掉下几个青杏，济民道长捡起，不让它们吃，是怕酸着它们，可它们非到济民道长的布兜里去翻，把青杏放进了嘴里。可是，那青杏太酸了，直酸得它们"吱吱"叫唤。

济民就说："不听话吧？咋样？"

两只小兔不但不听，还一劲儿往济民身上拱，好像在说："就怪你，就怪你。"把济民逗得哈哈大笑。

这两只野兔对济民非常有感情，仿佛它们的心里早已知道是谁把它们从鹰爪中救了出来，又把它们养大的，都跟济民大师非常的亲，天天围着济民大师转前转后，有时还会一下子跳到济民大师的怀里撒娇呢。

有这么一天，发生了一件事。

这天，济民一大早就离开院子，他帮助亦吉龙大师去江边选找木料。二人用一个"二人夺"（一种山里锯木头的大锯，一边一个把）把一大块木头锯成板，因那天亦大师的下手进城买工具去了，只好由他帮着拉木头。拉完了，他又和亦大师一块儿把木料背回来。两人回到家，已经是傍晚了。

这时，天边的太阳正在西下。

院子里，静悄悄的。

亦吉龙大师忙着去做饭，却没有见到孙习邈到哪里去了。平时，如果济民大师和亦大师出去干活，一般的情况下，晚饭应该是孙习邈来做。济民就喊："习邈道兄！习邈道兄！"但是不见人影。也不见小兔子的影。

济民回来后，就惦记着淘气的两个小宝贝，因为平常，只要济民一进院里，两只小兔早已在院门口迎候，它们俩前腿往前一举，向济民大师拜拜，小嘴一动一动的，好像在说："恩人，您辛苦啦。"

这时，济民就会乐得向它们招手。

而它们，就会一齐奔过来，不断往上蹿，想方设法蹿到济民的怀里，不下怀，非得让济民把它们抱回窝去。

可是，此番不同，他不见两个小东西来迎他。

济民放下木料，就在院子里找了起来，找了半天，也没有见到两只小虎。太怪了，它们到哪里去了呢？

于是，济民叫着："白，白，白……"

可是，没有回声。

他又到处叫，最后才在仓房的最底下的木板缝里，找出了一只小兔。

那小东西，一下子跳进了济民的怀里，亲济民的脸。济民一抱，就觉得小兔浑身在抖动不停，紧贴着济民，双爪在拨动不止。济民觉得，一定是出什么事啦。

于是，济民便说："白，白啊，怎么就你一个啦？那个小白呢？"

只见小兔像听懂了他的话似的，仰着小头，红红的眼睛里竟然淌下了泪，全身发抖，三瓣小嘴在不停地嘟囔着什么，小爪在不住地蹬蹬着……

济民知道：那只小兔遇害了。

济民站起来，抱着这只小兔走了出去，围着房子去找。

找啊找啊，他还没走多远，就发现房后有一堆篝火，火还没有灭，旁边一个大木墩子上，正坐着孙习邈，他正在吃着烧好的兔肉，毫不在意的样子。这一下，可把济民气坏了，肺都气炸啦！

济民一步跨上去，大声地说道："孙习邈，我与你无冤无仇，你为啥害死我的小兔？你怎么这么狠心？小兔这个小生命，它跟咱们这么多天，你能咽得下去吗？"

孙习邈毫不在意地说："啊，我以为啥大不了的事呢！过两天，我打两只还给你。"

"你，你你！"济民大师气得全身发抖。

他恨得咬牙切齿。真想扒开这个孙习邈的胸膛，扒开他的腮帮子，把小兔给救出来。当时，孙习邈却一副若无其事的傲慢样和残害生命的无所谓表情，济民大师是真想狠狠地惩治他，为那惨死的小兔报仇。可是又一想，自己现在是寄居在亦吉龙大师的家里，怕与这个孙习邈吵起来、打起来，让收留自己的亦吉龙大师下不来台。所以，他把自己的情绪一压再压，只好把心中的愤怒先装进肚子里，待机再发。这个仇，也得报，这种恶人，也得惩治。这样，他也算进一步认识了这个孙习邈，他根本就不是什么道人。简直是一个恶棍，是一个无情无义的骗子。而且，哪有什么三清道法是凭梦境得来，这不是吹牛胡说吗？老子的《道德经》实实在在地摆在那里，哪能在什么梦中？

老子的"道可道，非常道"，是指人间之道既看上去实实在在地存在，并非无有，那是一种特别的思想，从这一点上说，又非指地上的道，而指人心灵的轨迹。

一个道人，竟然完全不能理解先师之训，简直是一个破坏道规的小人、恶者，这样的人，怎能与之为伍。

从此，济民身边就只剩下这一只小兔了。济民更怕这只小兔子再出什么意外，便天天精心呵护，同自己一起吃饭、一起睡觉，去哪儿带到哪儿，这也等于教给了小兔不少的能耐。特别是济民大师和小兔子一起走进了自然当中。

很多时候，白天吉龙大师忙于备料造船，也顾不上济民、孙习邈，于是济民就领上小兔走了。为了试试小兔的本领和能耐，当济民和小兔来到林子里时，济民有时顺手捡起一块石头，突然一下子就抛进那茫茫的深草棵子里。然后说："白，白呀！去找找那块石头。"

于是，小兔子一蹦一跳地就走了。

不一会儿，它在那片深草丛里把那块石头叼了回来……

还有的时候，它找错了。

这种时候，往往是济民将石块抛进一大片石头滩之中，小兔到那里一找，都一样的石头，它怎么也认不出来了。济民就找来一块石头，当着小白的面往下一砸，被砸的那块石头上就留下了一个记号。他是让动物记住外界对物件留下的记号。

小白真是聪明，它一下子就记住了济民给它指出的认识事物的办法。接下来济民把一块石头抛进了草丛或江、河滩边的石头岸上，小白都能准确地寻到那块石头。

小白的嗅觉特别灵敏。每天，济民都给小白留点好吃的，什么山土豆、山胡萝卜、野菠菜等，但济民都不亲自拿给它，而是藏在他亲手制作的一个"气死猫"里。"气死猫"是一种用柳条编的筐，上边带盖，高高地挂在屋里的房梁上。可小白兔，它不是猫，怎么能上去呢？

可别小看了这只小兔子。它每次从外面进来，都是一眼就看到这个柳条筐，三瓣嘴一动一动地去嗅着。接着，就见它向后退，然后一个冲刺就腾空了，一下子咬到了筐上的钩，那筐掉下来的一瞬间，它也和筐一块儿落在地上。

　　济民夸它说，"好哇，跳高能手。"

第二十八章　道长奔庙

小兔，太聪明了，就是不会说人话。

它如果会说话，该多么有意思啊。

可是，这只小兔子的眼睛一眨、三瓣嘴一嘟囔、嘴上几绺长须一抖动、前脚一抬起来，都是它的语言。

只要你仔细观察，就可以发现，这只小兔是一个多情的小生命，又是一个最善于表白情感的小机灵鬼。

这些日子，亦吉龙大师看出济民道长因失去一只小兔的痛苦，便安慰他说道："济民道长，你也别太在意了，这个孙习邈师傅，心是太狠了！朝夕相处的小兔，也能下得去手？也能咽得下去？你认识他就行了，以后可要小心点。"

济民点点头，把憋在心里许多天的话一股脑全都告诉给了吉龙大师。济民说道："亦吉龙大师，孙习邈这个人不可靠。你可要当心点，他是啥事都能干出来的。

亦吉龙也点点头。

济民又说："师傅，我为了咏经方便，也不想在这儿过多地打扰你了，等你大船造出来，我再跟你一同去东海！"

亦吉龙问："那你想去何处？"

济民说："师傅，我发现江岸的高山坡上，有一座小古庙，虽然有些残破，但闲着怪可惜的。我去修理一下，作为我的道观，不是挺好吗？"

亦吉龙说："你自己生活，行吗？"

济民说："师傅你放心，再说，咱们离着也不远，我又给当地修复了一座庙宇，也算做些积德之事。在生活上，我自己独立惯了，现在有小兔陪着，你就放心吧。"

亦吉龙一听，很是赞成。于是一拍大腿，高兴地说："济民道长，你心肠真好！说来，河边山坡上那座破破烂烂的小庙宇，据传，年头不少了，都说是金代时候留下来的古庙。是当地的女真渔民们为祈求渔业丰收、江船来往平安，众人合资、出力，修了这个庙。原来这个庙里有个道长在里边住着，大元朝兵马战乱，百姓逃亡，就很少有人去拜庙送香火。尽管如此，现在来往的船家、猎户，凡路过小庙，都要虔诚地来叩头，有时有人也送去一些馒头和供果。大师，你如有心修缮此庙宇，我也出一分力，我拿木料帮你吧。"

"谢谢，谢谢吉龙大师！"

济民听了对方的话，真是喜出望外，连连表示感谢。

于是，济民便开始了修缮山林庙宇的工程。由于有亦吉龙的帮忙，加之松花江上各种木材甚多，木料源源不断地送来加工，修缮的速度也越来越快，不出半个月，那座古庙就焕然一新了。

济民还在原来龙王、江神、江母神像之外，又专修出一洞，供奉张天师之位。张天师也是道教的祖师之一，深受道士之众的尊崇，在这古庙里为他塑像，也表示对古庙的道教之崇拜。

所有的供牌和神像，全由吉龙包下来。别看亦吉龙是造船能手，他的其他木工手艺活计也是超众的，所以这座古庙的神仙造像木活全由他来承担，这也是当地众人所企盼的。木匠的手艺在当地，又分硬木匠和软木匠。所说的"硬"，是指打制船、大车、房架子等大件活计；所说的"软"，是指做木柜，首饰盒子，祖匣，包括寺庙的人物和神像，而如又软又硬两种手法俱可而为之的，在当地，也只有亦吉龙了。平时家庭和部落如有各种软活（又称细活），往往也请亦吉龙去，只要他一出场，就被认为这户人家有面子、有威望，这才能请到亦吉龙大师啊。

在库鲁钦一带，这里的寺院、寺庙的神仙画廊所绘的往往还有一些历史人物和神话故事中的人物，这也是亦吉龙的一绝。他不但懂木活，还懂美术、绘画、调色、兑色和上色，庙中的神像和庙中壁廊中的神仙每尊的尊容，全由亦吉龙去完成，这些涂绘从一开始对人物和背景的构思就开始了。就这样，一座崭新的古庙就这样出现在库鲁钦的山坡上了。

古庙修好之后，济民道长便携带着他的经卷、行囊，以及他救护的各种小兽、小鸟，搬进了古寺，当然他心爱的小兔子也随他住进了古寺之中。

古寺仍然保护着原貌。这座古寺，原来就没有寺名，民间传说叫"古寺"，于是世世代代就没给起寺名，沿袭如旧，只是增加了张天师的神牌。

亦吉龙心里明白，济民大师执意不再住在他的小院之中，主要是因为孙习邈这个人，看不惯他这个人，一看到他就想起自己的小兔，尤其是令人想起孙习邈烧烤着小兔，并在那里大嚼大咽的样子，令他肝肠寸断啊！所以离开这里，便远远离开了痛心之地。

孙习邈这个人，他每日在亦吉龙大师家里吃，在亦家睡，什么活也不插手，什么也不管，好像是应该应分似的。别人不说，他好像也不觉，每天厚着脸皮活着，有时还催问亦吉龙，说："我说大师，你啥时候能造完船哪？"

亦吉龙说："道长莫急，我正在努力。"

孙习邈说："莫急什么？我急着要去东海呀！"

亦吉龙说："是的，我要快。"

孙习邈说："能不能再快点？"

亦吉龙只好说："好好。快点。"

亦吉龙从不生气，每每只是好言相对，从不与他顶撞。别人实在看不下去，暗中责骂孙习邈："什么东西！不是个物……"

可是这个孙习邈，每日照旧吃喝玩乐，就连近日，济民道长离开此院，一个大活人不见了，他连问都不问，关心都不关心，似乎成天心里想的只有他自己，对别人万事都不关心。孙习邈可应了民间那句古老的谚语：人不为己，天诛地灭。他就是一个自私自利之人。

我朱伯西说书、讲故事、讲古，讲到这里，人们不禁要问，这个孙真人孙习邈为何紧盯住亦吉龙不走，一定要与亦家父子朝夕相处呢？

善良的亦吉龙大师其实没多想，他一天忙于选料、造船，对生活中的许多事没有多想，他以为像孙习邈这样一个云游的道士，不过是一个过往的过客，自己又有地方可以让他住，也不用现盖房子，吃又能吃多少，人生在世，能帮就帮一帮，谁来到这个世上也是不易呀，何必斤斤计较呢，所以从来没有防范过这个孙习邈。

可是，自从济民道长失去小兔，他认识了孙习邈，济民道长曾告诫过亦吉龙大师："你可要小心，小心那个孙习邈，千万提防他别偷去了你的技艺。"这话，真是让济民道长说着了。

第二十九章 "孙真人"惹祸

孙习邈之人，很会说话："亦大师，你喝口茶，这是我孙某人亲自上山采来的苦山丁子茶，解渴又消疲……"

有时，这孙习邈对亦吉龙大师关怀备至，这也使得亦吉龙心中常常想，人真是无处可看，他这个人也还挺有人情味儿呢。

孙习邈长期就住在亦吉龙家里，他每天以照顾大师为由，与亦吉龙形影不离，表面上看去他挺关爱亦吉龙的生活，而其实，他看中了亦吉龙世代传承下来的那部珍贵的造船宝卷，想方设法偷出去。

孙习邈早就打听到这亦吉龙不是一般人，他就是世上传讲的北国船王之后人啊，家中藏有造船宝卷，从唐宋元辽金以来，已经传袭数百年了，这可是最有用的东西，于是他下决心要将这宝卷弄到手。

有一天，孙习邈来到街头。街上叫买叫卖的人很多。他在一家酒肆里喝得醉醺醺的就走上了街头。他听到街南头传来"切糕——切糕——热乎的切糕——"的叫卖声，便循声走了过去。

到那儿一看，原来是一个女人在卖切糕。

只见那女子，长得不胖不瘦，不高不矮，红红的脸蛋，高高的胸脯，孙习邈可就来了欲望了。他东倒西歪地走到人家跟前，搭讪着说："女施主，这切糕好吃吗？"

女子见一道人，很是尊重。便答道："长老大人，这乃是我亲手蒸撒的新鲜切糕，又好吃，又热乎。道长师傅，你要几斤？"

孙习邈说："你，你看我能吃多少？"

那女子倒也实在，看了看对方，便笑着说道："你大概能吃上三五斤吧。"

孙习邈说："那就来三五斤吧。"

女子说："好的，你稍候。"

那女子说着，就举刀要去切切糕。可是她一想，不对，他到底要三斤还是五斤？他又没说，干脆就切四斤吧。于是就给他切了四斤。

谁知，孙习邈却说："几斤？"

女子说："四斤。"

孙习邈说："我要三五斤！"

女子愣了，说："三五斤无法下刀。"

孙习邈说："可我没说要四斤哪！这是你自作主张给我下的刀。你怎么随意给人家指定斤数呢？我与你又不是有亲有故，如果是有亲有故，我就……"

女子问："你就怎样？"

这时，孙习邈对那女子的美貌，特别是说话时的笑脸上那一对迷人的酒窝越看越爱，说着便靠了上去，边说边动手脚，在女子的屁股蛋上摸了一把。

女子一愣，向切糕坨子后边躲去，可是那女子娇滴滴的声音和美丽的姿色，早已使这孙习邈忘乎所以，他越看越喜欢，竟然围着切糕坨子追赶起这个女子来。那女子一看不好，红着脸边躲边叫喊："啊呀，快来人哪，这个道人来欺负我啦！"

这一下，街上可就炸了营了。

孙习邈本是个外地人，又是道士模样的人，叫人一看，就是从远方来的陌生者，再说，这孙习邈也真是糊涂，他怎么敢这样？

那时，在库鲁钦一带有个旧俗，这一带，这些年因是松花江的水路交通必经之地，舟船最多，很长一段时间的繁华和热闹，曾经招来不少的土匪、贼络、响马、胡子、强盗，他们一个个的都在找亦吉龙，企图抢夺亦家的传世宝卷，而这些贼匪由于到处强抢，手头都很宽绰，聚到这里，能闲着吗，所以每个人都在暗中挂一两个、三四个地方上的女人，称为和自己"搭伙的"（也叫"靠人的"），也就是露水夫妻。靠人的是指双方而言。靠，是指望，也就是依靠，但那是一种临时的依靠关系，所以才称"露水夫妻"。露水，夜里结成，天一亮，太阳一出，露水就干了，用以形容短暂、临时性。男靠女，是临时解决生理问题，玩一玩而已；女靠男，是图钱财，也图在这乱世之道出门在外有个照应，不至于被人欺负和打扰，这已成为这一带人之常情，也是一种司空见惯的生活方式。所以，在当地凡是做小买卖的，特别是女人，特别是那有一些姿色的女人，都是一些有"靠"的人，她们的背后，早已有了"主"。她们一个个出门在外做事，表现得都很仗义，就因为她们明白，在自己的背后已经是有人在护着的。而这次孙习邈用手去掐人家屁股的少妇可不是一般人。你想啊，这么漂亮的女人，又在街上大喊大叫地卖东西，背后能没有"靠"吗？

这卖切糕的女人可不是一般人的"靠"。

她"靠"的是谁？原来，这个卖切糕的女人"靠"的是三江霸海混天王，她是霸海混天王的第十二房"露水夫妻"！

这一下，孙习邈可惹下大祸啦。

当时，孙习邈围着切糕坨子追人家，还不停地上手去摸人家脸蛋儿、胸脯和屁股，女人吓得不停地奔跑，脸红红的，汗津津的，一股股脸上的香粉气更使得孙习邈停不下脚步来，那女人边躲边喊："救命啊！快来人啊！"

当年，这三江霸海混天王手下有百余名武林高手，个个能飞檐走壁，就为了追随和寻找亦吉龙来到了这一带，天天在街上转悠，他们潜藏在民间，表面上都是一些脚夫、鞋匠、铁匠、木匠、粉匠、油匠、烧窑的、挑担的、拉车的，各种干零活的人，暗中只要看到混天王有什么指令，那就会立刻动手，指哪打哪。

三江霸海混天王吴信在库鲁钦有他的据点。

他的大院子，靠近库鲁钦大十字街口，院里的大门上有个小风车，上边有个小风轮，整天被风刮得"哗啦啦，哗啦啦"响。别人看来，那只是一个小风车，别人家也有，主要是这一带都下江走船，要有个小风车好观看风向，定气候，这是当地很正常的一个风情。可是这三江霸海混天王家的小风车却有所不同，那不是一般的摆设，那是一个"幌子"，也就是暗号。它的颜色一变，就是在指令手下的人马，是聚是散，别人不知道，只有吴信和他手下的弟兄们深知。

平时，那小风车的颜色是白色，这说明平平安安，顺顺当当，没有事情，可一旦那小风车变成红色，可就不行了，那说明大当家的在召集人，出事啦，有情况啦，人们便会蜂拥而至，立即赶到。

这一天，正有一个在街上假装卖笤帚的人，正在卖切糕的女人旁边摆摊，卖着卖着，正赶上孙习邈来买切糕，调戏女人。

当时，卖笤帚的人起身就走了，去哪？进了大院。

这人来到本家大院，就直奔了混天王的正堂。吴信正在那儿吃酒，卖笤帚的就报："大哥，不好了！"说时已上气不接下气。

吴信说："别急，有事快快道来！"

那人就把他见到的和街上发生的事，一五一十地说了一遍。又加了一句："大哥，此人还口吐狂言，说什么主人不主人，今天他就要当那女人的主人！"

吴信一听，大叫："什么人如此大胆，还敢在我吴爷头上动土？"

那人说："听说叫孙习邈，是个真人。"

吴信说："什么真人，假人，给我换风轮！集合人！"

他一声令下，早有人奔出屋子，在风轮杆下顺下风车，摘下了白色风车，换上一只鲜红的小风车，又升了上去。

这红风车一转动，街上的人都看见了。

"啊？风车变红了。"

"准是出事啦！走哇！"

"这是大当家的在召集咱们哪。"

立即，街上的各路人马，齐忽拉地都往吴信的大院涌来，在大院门前集合。

三江霸海混天王吴信气坏了。他站在门口一块上马石上，说道："弟兄们，众位哥们，有个自称'孙真人'的丑类、败类，灌多了老黄汤，竟敢临街当众碰我的'露水妻子'，他这是没把咱们哥们放在眼里呀，我不是个孬种，我可是个响当当的男子汉，哥们，你们看这事该怎么办吧……"

这些匪们一听，大当家的吐口啦，心中明白。

于是一个个地说："大哥呀，这还有啥说的，打死他！"

"不能让他欺负咱们！"

"咱们得压住这小子的威风，不然今后咱们还怎么在这个地面上生活走动！"

"对对！"

大伙儿七嘴八舌，可主意都一致。

于是有个小头目看了一眼吴信，征得了他的同意，大声下令说："那大家还等啥呀，走！都给我出发，好好去教训一下这个好色之徒！走啊弟兄们！"

"走啊！上街！"

立时，一帮汉子们叫喊着，涌出吴信家大门口，奔往库鲁钦街头而去。

第三十章　土牢见闻

吴信已经向手下人发了指令，打过招呼，这帮弟兄个个心知肚明。

> 库鲁钦，库鲁钦，
> 万事假的都变真。
> 如今真的假不了，
> 混混天王要较真！

这些人风涌地奔到街上时，孙习邈还没有醒酒，正在强搂着那卖切糕的女人又亲又啃，正要去解女人的衣裤裙带，这时，混天王的弟兄们赶到了。

带队而来的一个小头目一见，指着孙习邈说："弟兄们，给我把他捆起来！"人们立刻蜂拥而上。

这些人冲上来，有的揪头发，有的扯脖领子，不容分说，还没等孙习邈弄明白这是哪来的这么多人，早被这些人像打死狗一样捆起来，连踢带踹地把他拖出集市，拖到集市外边的一个河边。这里很背静，四外没有行人，众徒对他也不说原因，就是一顿暴揍，打得孙习邈浑身上下没有一处好的地方，血流满面，长鬓被这些人给捋掉一大团儿，疼得他抱着头，在地上打滚儿。

孙习邈大喊大叫："饶命啊！饶命啊！"

这伙人说："不能饶你！"

孙习邈说："你们住手，要啥给啥！"

这伙人一听，也就停下手。

因为这些人，每个人都想在这种人身上弄到点油水。一听他这么说，就说："小子，你知道不？我们要想打死你，就好比踢死的一只小鸡，那么容易！"

孙习邈说："是！"

这些人又说："你说你有好东西，你有啥东西？你有啥我们要啥……"

孙习邈说："好好好。"

这些人说："你有啥？"

孙习邈说："你们要啥？"

这些人一愣："要啥？就是钱财呗。"

孙习邈眼珠子一转，说："诸位弟兄们，你们要钱财，我一个出家人是没有，可是你们要找的那个人，我却知道。"

这帮人一听，又问："你说什么人吧？"

孙习邈得意扬扬地说："是不是亦吉龙？"

"亦吉龙？"

孙习邈说："对呀！"

他又威胁那些人，说："你们如果打死我，你们就会后悔莫及。你们要找的人，我就跟他在一起，我掐着亦吉龙呢。如果你们打死了我，就什么也别想得到。那真是竹篮子打水——一场空啊！"

这些人一听，都愣住了。

这可是一个天大的喜讯。他竟然知道漠北船王亦吉龙的下落，这真是踏破铁鞋无觅处，得来全不费工夫哇。

于是，众徒如获至宝，停止了对他的打骂。他们又把孙习邈从河滩草地上拖出来，拖到大院门外头，派人进去向混天王禀报。

来人进到屋里见了吴信，便说道："大哥，有一重大消息……"

吴信说："什么消息，快快道来。"

来人说："这个叫孙习邈的人一口一声地说，他知道亦吉龙的下落。"

吴信道："果真如此？"

来人说："此人不仅口口声声声地称他知道，而且他说亦吉龙就控制在他的手中……"

吴信一听，立刻下令："快把此人给我关好，我要亲自审问他！"

"是！大王。"

进去报告的人，不一会儿就出来了。放话："传大王的命令，快把这个人带进院子的土牢里。先把他押在那儿，等待大王亲自审讯。"

三江霸海混天王的院子靠着集上的一座小山，山坡下全是一座一座的土牢，里边关着他们抓来的各种各样的人物，有男，有女，有老，有少，但都是有来头的，也叫作"票"。票，就是钱票，往往是大户人家的少年，大买卖人家的掌柜，还有有钱有势人家的公子、大小姐等人物，这些人都是钱，所以叫"票"。每一个人，都是一张票，都有价码，等待着家人来赎他（她）们。而且，一个一个的都已由"花舌子"通知了各自的家人，什么时间来赎，带钱来，一手交钱，一手交人，双方就算完事。

这里的土牢，折磨"票"的酷刑五花八门，如什么"闻香""打瓜皮"等，往往要让"花舌子"把"票"的家人领来，看着"票"受酷刑，以此相威胁来勒索巨额赎金，对于舍命不舍财，索要赎金无望的，就要把"票"往死里整，用最残酷的刑法，比如"打瓜皮"。

"打瓜皮"是把人的脸、耳朵、鼻子、嘴唇，一刀一刀地割去，这主要是对那些长期被关在土牢里，多次让"花舌子"给送信，票家也不来赎，于是，大柜往往下令说："'打瓜皮'吧。"

在吴信的土牢里，那天孙习邈被押进来时，正赶上一个女人被"打瓜皮"。吴信霸海混天王也是让他见识一下，看一看如果不说实话、不办实事会是什么样的结果。只见孙习邈被带往土牢时，特意让他经过关押这个女人的土牢。押他的人说："'孙真人'，你先不要走，看一场戏！"

孙习邈说："戏？"

那人说："对。是好戏。"

孙习邈停下了。他往里一望，只见一个女人坐在土牢边的土墙下，身上光光的，什么也没有穿，头发长长的，好像还有些姿色。只见一个匪徒手握一把片刀，说："像你这种瓜……（他们往往把他们抓到手的票，称为摘到手的瓜）吃又不好吃，送又没人要，只好'打瓜皮'看看……"

土匪们哈哈笑着，说："看看，这瓜如何？"

这时，孙习邈吓得"啊呀"大叫一声，瘫坐在地上。

第三十一章　真相败露

孙习邈坐在地上时，已吓得说不出话来。

这时三江霸海混天王吴信走了出来。他来到了孙习邈跟前，问："真人，看戏呢？"

孙习邈连连说："看了！大人。看过了！大人。"

吴信说："看了就好。"

然后吴信一挥手说："把他给我带到上屋去，我要亲自审问他。"

立刻走来几个人，将孙习邈带到上屋。

到了那个审问人犯的大厅，孙习邈看见吴信坐在一把吊着虎皮的大椅子上，他现在知道该如何保命了。

孙习邈那是一个有奶便是娘的人。吴信见他已吓得浑身发抖，便说："大师，听说你和亦吉龙有来往，知道他的去处？"

孙习邈说："大王，他一家的来路，我早已掌控，你老人家说怎么办吧。"

吴信说："你说的全是实话？"

孙习邈说："如有一句虚言，你对我上'木驴子''闻香''打瓜皮'……"

吴信说："那好，我就要你这句话。"

孙习邈说："大王，你看这样好不好？我可以先杀死亦吉龙的儿子后，然后再把他家的宝卷偷出来，给你。"

吴信还不像孙习邈那样凶狠歹毒，他听了孙习邈的话，又想了想说："不，不要那样。"

孙习邈说："不要下那样的毒手？如果不这样，那他跑了怎么办？"

吴信说："我要让你先不动手，别让人家发现你的动作。你还要好生待这个亦吉龙，保护好他……"

"啊？"孙习邈说，"还要保护好他？"

吴信说："对。你不但不能伤害他，你还要与他搞好关系，暗中防止他跑掉，让他总在我们的监视之下。以后，我们再乘机使他回心转意，让他与我们合作。这样，他不仅会献出自己的宝卷，更可以使用这个有造船技术的人。用他来造船才是我们的正意，不然光看图纸，我们如瞪眼瞎一样，不会做也不会动，更造不出好船来。"

孙习邈说道："大王真是高见！"

吴信说："真正的'宝卷'，是亦吉龙这个人，他才是大宝藏、大宝卷。只要拥有了亦吉龙，就有了漠北的造船业。"

"高！高！实在是高见！"孙习邈连连道。

这三江霸海混天王吴信还真挺有远见。他是想放长线，钓大鱼。所以，亦吉龙仍未有危险，孙习邈也保住了性命。

孙习邈从吴信处回到亦吉龙的住处，一切像往日一样，每当亦吉龙下料、看图、拼船时，他与往常一样，依旧在一旁滔滔不绝地讲他的《道德经》。而亦吉龙呢，也还是如往昔一样，认真地听他的讲道，不打扰他，也不制止他。可是亦吉龙大师根本不知道，他已经成了孙习邈这个虚假真人、纸老虎口中的一块肥肉，不知他何时下口。

再说亦吉龙。他每天在认真地教儿子如何看木、下料，对山林山川的地势、水源、走势、树种，都分析得头头是道，有时孙习邈也说干点活，有意跟着到山场子去观看。特别是亦吉龙在选定船木，亦吉龙就指挥儿子和几个手下人如何下料，然后烤板、拼船、塞捻、上色、涂漆等，那些活计，简直看得孙习邈眼花缭乱，这使孙习邈一下子悟出了一个道理。

他想：这亦吉龙真是个了不起的人物啊！我何必看着他、保着他，最后非得把他交给吴信呢？这亦吉龙是自己的一块到口的肥肉，不能让吴信他们分了去。

想到这里，他有了一个歹毒的主意。

这天，夜里下起了瓢泼大雨，第二天白天仍在下，也不能干活，亦吉龙只好叼着烟袋，在窝棚里抽闷烟，这时，孙习邈来了。

孙习邈说："大师呀，我亲手炒了一个菜，又弄了两壶老酒，你陪我喝一杯吧。"

亦吉龙说："我不胜酒力，不去了吧。"

孙习邈说："正好下雨，你干不了活，也好听我讲上一讲《道德经》。"

三说两说，亦吉龙无法推辞，就只好与孙习邈来到了他的窝棚。

为了等去往北方的大船，这些日子里，亦吉龙帮助孙习邈盖了一处山窝棚，离亦家的房子不远，在山后的一个山坡上，是一个不错的山窝棚。在这里，能看到山林，还有远处漂流而去的江水。

进了孙习邈的窝棚，果真已经炒好了两个菜，酒也烫上了，于是二人在土炕上对面坐下了。见亦吉龙坐下了，孙习邈给亦吉龙倒上一杯热酒，二人喝了两杯后，脸色就红了。

孙习邈一看时机已到，就又给亦吉龙斟满了一杯，端给大师说："大师呀，我有一句话，不知当说不当说。"

亦吉龙说："你我相处这么长时间，还有什么不可说的呢？但说无妨。"

孙习邈点了点头，于是说道："亦大师，我告诉你一件事。你听说过三江霸海混天王这个人吗？"

三江霸海混天王，在漠北一带谁不知，谁不晓啊。亦吉龙当然知道这个人。于是说："这个三江霸，就是扒了他的皮，我也认识他的瓢！"

看时机已到，孙习邈说："可是大师，他现在是盯上了你。"

亦吉龙一愣："盯上了我？"

孙习邈说："对。"

亦吉龙说："你怎么知道？"

孙习邈说："我有一个还俗的道兄，在他的手下当差。他给我偷偷送信，让你还是躲躲为好哇。"

亦吉龙说："他盯我什么呢？"

孙习邈说："还不是想控制你，为他们卖命。"

孙习邈又说："而且，他要派人来杀你们一家。我看师傅，不如趁着现在他们没有找上你，咱们赶快离开这里吧！"

亦吉龙心下先是一惊，但也是有些拿不定主意。因为有人专门打他的主意这件事，已不单单是今天开始的，所以他沿着这条江岸搬来躲去，已逃亡了很长时间了，祖上也是如此，就是为了躲避世上的种种歹人的追杀。这个三江霸海混天王真是一块绊脚石。自从这个吴信在库鲁钦一带"起"来后，搅得这一带的百姓不得安宁，每天那是鸡飞狗跳，有他在这个地方，对于亦吉龙的造船事业也真是一个威胁，他也曾经动过离开此地的念头，只是那时还没有听说吴信知道他的消息。现在听孙习邈这么一说，他也有些心动。

于是亦吉龙说："说说容易，可上哪里去呢？"

孙习邈说："先离开这里，再找一个安静之地，躲藏起来吧！"

一开始，亦吉龙很是感激孙习邈。

是啊，这混天王要抓他，杀他和家人，多亏孙习邈的内线送信、报信，人家也是自己的救命恩人哪，于是他就说："好吧，我回去准备一下。"

古语说，搬家穷，搬家穷，就是富日子，也是越搬越穷啊。再说，亦吉龙要搬，得考虑好去处，许多木料、场地的设置、架杆等，都得同时连动，不是说走就能走上的。

可是，这孙习邈却总是等不了的样子。他天天见了亦吉龙的面，都催促着说："大师，怎么样了，何时动身？"

"大师，干脆，咱们先走，场地后迁。"

"大师，明晚动身吧。这几天天晴……"

他催来催去，亦吉龙心中不免生疑，这个孙习邈说的话准吗？亦吉龙又想起济民道长离开自己时说的话，要多加留心这个孙真人，于是便产生了摸一摸他的心思。

这一天，亦吉龙也炒了两个菜，把孙习邈叫到自己的家里，一是感谢他的好意，二是想打听一下，想让他的那个道兄给透一下底，混天王这些人想怎么下手。可是，孙习邈总是推三阻四，不是说自己的道兄出去云游了，就是说三江霸海混天王吴信外出，不在库鲁钦，这让亦吉龙起了疑心，因他的人这几天已看到混天王在库鲁钦啊，怎么会不在呢？

他又巧妙地询问孙习邈那个混天王多高，穿什么衣裳，这些事，孙习邈回答得又很准确，这让亦吉龙心下二意思思的。但当问起他的道兄是怎么知道的底细时，"孙真人"的回答总是吞吞吐吐的，或者含糊其词，这使亦吉龙觉得孙习邈这个人根本不可靠，得一定多多地留心他呀！

这天，亦吉龙决定想试探他一下子。

一早上，亦吉龙就套上了牛车，把一些工具和狍子皮被褥都装在了车上，赶上就出了院子。果然，孙习邈追了上来，说："师傅，往这边走，咱们不能走大路。快！跟我走。"

亦吉龙故意问："上哪儿？"

"不是搬家吗？"孙习邈说，"你终于想通了，快跟我走吧。"

亦吉龙说："不忙。"

孙习邈说："那你这是……"

亦吉龙说："上山，选木料。"

上山选木料，往往要住在山上，所以像搬家一样，对于亦吉龙这么一试，他心下真正犯了疑，这个孙习邈究竟要干什么？

于是，亦吉龙决心去找济民道长给出出主意。

第三十二章　狠下毒手

　　自从济民道长来到那座新庙宇，库鲁钦地面上的这座从前的古庙香火就更加旺盛起来了，一早一晚，晨钟暮鼓叮叮咚咚敲响，香烟在老林中轻轻飘荡，一派深山古寺的气息。

　　夜，渐渐地深了。

　　每当夜晚来临，古寺里就充满一股神秘的气氛。济民道长点上了庙堂里的油灯，又在自己的卧室床榻上铺好了狍皮，点上火盆，于是喊道："白，白呀……"

　　兔子小白便会蹦蹦跳跳地从墙根下小窝里蹦出来，来到主人的脚下。

　　济民道长说："去，把大门关好。"

　　于是，小白便蹦蹦跳跳地走了。它跳到外面的庙门前，那身子一顶，涂着红漆的大木门便轻轻、慢慢地关合上了。当两扇门对齐后，小白一下子跳上大门的门插关上，那上面有一个门鼻，上面系着一个绳扣，这仿佛是为它准备的，它一口叼起绳索，向门的一侧一拉，"哗啦"一声，庙门便锁上了。

　　这时，古庙四处寂静无声，夜雾，轻轻地在四野升起，飘进了庙院，古庙仿佛被时光的记忆之水弥漫，而一点点地消失在久远的岁月之中了。

　　在济民道长的卧室里，道长讲道的时光也开始了。济民道长讲道听者对象是小白、小狗、小雀，还有一些蚂蚁、虫子……

　　这些小生命，都是各自在自己的位置上坐定，有时人能看到它们，多数时间谁也看不到它们在哪里，可是唯有济民，他知道这些生命的存在。于是，他的"课"开始了。

　　他的"课"都是一些故事。

　　有个庄稼人，从集上买了一头大叫驴，在牵驴回家的路上，被山上的一只老虎看中了，老虎悄悄地在后边跟着，跟着这个庄稼人进了屯子，想在晚上趁着月黑风高吃了这头驴。庄稼汉邻村有个贼，白天看人家牵着这头驴回来，他也动了心，到了晚上，他也偷偷地来了，他爬到驴棚的顶上，打算在夜深人静的时候把驴牵走。

晚上到了，天突然刮起一阵风，风冷飕飕的，风里还带着雨点。

老虎见天要下雨，急忙跳进驴圈里，想赶快把驴吃掉，自个儿在大雨来到之前，也就回到住处，两不误。

贼也怕遇上雨，驴一牵走，地上有脚印，会被人发现。他打算在雨来之前把驴牵走，踪迹皆无。

这时，庄稼人担心起来！

天要下雨了，如果驴棚漏雨，定会把驴浇着，于是他担心地对媳妇说："我说你呀，听着没有？"

媳妇说："听着呢。"

丈夫说："天要下雨了。唉，咱们是天不怕，地不怕，就怕漏啊。"

老虎一听，人家主人在说话，天不怕，地不怕，就怕漏。漏是什么呢？人们不怕我，而是怕漏，这漏一定是厉害的东西。老虎吓得心在扑通扑通地跳，转身就往外跑。

偷驴的贼人听庄稼人说天不怕，地不怕，就怕漏，心里暗叫不好，莫不是我在棚子上待着已经露了马脚，要是叫人给捉住，那还能得好？贼人心虚得很，就想跑，可是一着急，一下子从棚子上掉了下来。他掉下来也真是正好，一下子落在了老虎的背上了。

老虎见驴棚上冷丁漏下一个东西，约莫是"漏"，那"漏"已经骑在了它的身上了，吓得它跳出墙外，"呼呼"地跑上了。

跑啊跑啊，整整奔跑了一夜。

天蒙蒙亮时，贼人一看，吓坏了，自己怎么骑在了老虎的身上……

济民道长把一个个的故事娓娓道来，小白和雀儿它们都在静静地听，时而，它们就会叫起来、跳起来，或者模仿故事中人物和动物做出各种动作，表示它们是听懂故事了。

漫漫的古寺长夜，是济民道长讲故事之夜，他把人间和自然中的许多奇事、怪事都重复一遍，生动而鲜活，他用一种形象，把动物的心灵都唤醒了，它们开始懂得了人世间的善恶和一些处事待人的道理。

这时，寺门外传来敲门声。小白从故事的情节中回到现实，它对济民道长点点头，又用嘴拉扯道长的衣角，似乎要让他去开门。有人来了，济民也知道，这是一个重要的人来了，于是他赶紧穿鞋，打开了大门，来者正是亦吉龙大师，他赶紧将大师领进内室。

好久不见，大师有些消瘦，又好像心事重重的样子，济民道长说："大师深夜悄悄来访，是有什么事情吧？"

亦吉龙摇摇头，又点点头："没有多大事，可又总觉着是件事，想请你帮着拿个主意。"于是，他就把孙习邈这些日子一个劲儿地催促他搬家的事一五一十地说了一遍。又加了一句："可他说话前后矛盾，举动有时很急切，不知他有何目的。"

亦吉龙讲述着这件事的原委，济民道长一听，就知道这些事必是孙习邈一手酿成的，于是点点头说："大师，你今后千万小心，要留意他的做法。"

亦吉龙夜里专访古寺诚见济民道长，悄悄而去，又悄悄而归，济民道长的话正对他的心思，回来后，他就开始对孙习邈有了戒心，离他渐远了，说话也少了，干活时他再来讲经说道，亦吉龙也自然而然地以自己活太忙，没有时间倾听为由而推辞了。亦大师是一个一心想着造船的人，他也太单纯实在了，这种心理活动表现在自己的行动上，一下子暴露了自己对孙习邈怀疑的态度，孙习邈感觉到亦吉龙对他产生了不信任，便一狠心下了毒手。

善良的亦吉龙，哪里抵挡得住啊。

这孙习邈本也是位云游四方的道人，他每日出入亦家，也上山采药、晒药、制药，也是一个识药之人。这一日，他上山采来了一种白附子。这种药本是一种毒草药，在春夏采来，毒性很强，有很强的杀伤力。唐和渤海时期，当地土人将其采来，作为贡品送至长安，可以捣碎，涂在箭镞上，射在对方身上，便可见血封喉，是渤海贡往唐朝的主要贡品，用于战争。但在秋末初冬采来，则此药药性大变，它成了一味使人腹泻的慢性草药，人如食服，便可在几日之内腹泻不止，全身无力，最后由于胃肠功能衰竭而亡。这孙习邈便在这个上面打定了主意。那一日，孙习邈专程又到亦吉龙休息的棚子里去看望他，又带去了自己在集上给亦吉龙买的时令山果，见亦吉龙对他带搭不理，便偷偷地将带来的白附子叶沫撒进了亦吉龙的茶杯子里，于是假意关怀嘱咐一定要尝一尝自己带去的山果，这也是他对大师的一片心意，干活别累着等，然后告别而归。

亦吉龙对他早有反感，孙习邈一走，他便将其带来的山果扔到了院子里，气得喝下茶便去干活了。

其实这时，他完全忽视了孙习邈的歹毒手段，孙习邈不但在他的山茶中下了白附子，又顺手在他的狍子汤里下了乌头等毒药。就这样，亦吉龙上山伐木，干活时总觉浑身无力，又一连多日的腹泻，终于被大树压倒而亡，抛下了小儿子吉海，把吉海一个人留在了世上。好在吉海从小与济民道长感情深，父亲亦吉龙在世时曾多次讲过"遇事去找道长"，于是在父亲身亡之后，吉海便被小白所引，去到了济民道长之处，也全仗济民道长的监护，他早已看透了孙习邈的为人，便将父亲的宝卷全部藏到济民道长的古寺，孙习邈什么也没有得到。三江霸海混天王吴信有一天发现"孙真人"不见了，四处寻找他，并以为是这孙习邈一人独吞了亦家的宝卷，一怒之下发人追杀孙习邈，孙习邈怕极了，他连夜逃往另一伙匪徒绺地，从此浪迹天涯，无处藏身，命运悲惨得很。这正可谓古语所言：害人如害己呀。

第三十三章　漠北激战

我朱伯西前书讲过小雀儿五子。

这小苏雀五子，本是济民道长在古寺中饲养的一只小苏雀。那一年，一场大雨，一声巨雷，从古寺屋檐上震落下一只小苏雀，掉在地上摔折了腿，济民道长小心地将小雀儿捧回室内，用草叶把小雀儿的腿裹缠上，又每日喂它南瓜子、小米子、山中的山泉清水，后来小苏雀的腿才一点点接上了！

济民道长是著名的接骨医生呀。

这之后，小苏雀共孵了五个蛋，生出五只小苏雀，其中一只小苏雀济民道长叫它五子。后来，正是这五子，陪同吉海一齐奔往库鲁钦以北的地方，去寻找田甸大将军的。这一段，前书已经讲述过了。

各位阿哥、济济齐，咱们前书已经讲过，这一日，小雀儿五子飞回吉海大师身边，嘴里叼着一根亮晶晶的铁针，田甸大将军当即认了出来，这是北方诸部落争战时所使用的武器——锈针，又是毒箭针头，如刺入人畜皮肤都即刻毙命。

原来那时，北方诸部落之间争斗愈演愈烈。这些部落占据着萨哈连的各重要支流，占据咽喉要地，一夫当关，万夫莫开。他们就长住在萨哈连，守着这江、这水，使别人无法畅通而过。

元代以来，由于朝廷鞭长莫及，无力控管域北，女真一些望族部落便乘虚而起，成为一方之主，当地没有其他势力可与之抗衡，因此女真人便成了此地之王。他们依据所占据的地势、域界、人口、村落、兵力、畜牧、财产等，形成了自己的领地，自行排出座次，强弱分明，强欺弱，大压小。如谁敢与之不服，必以武相搏，必制服或置于死地，以达到对方服软为止。所以，北方的诸部落之间，都专有能人，拉拢汉人等武林高手、帮伙，包括绺子、马贼、匪帮、草寇等来入伙，壮大自己的势力和威望，扩展其声势和影响，使自己在众部落中威震一方，令其他部落折服，听命于己，所以几十年来，漠北一带，这种争斗不息。

目前，正有几个已逐渐崛起的大部落在激烈争斗，已经斗得天昏地暗，血流成河。

在这场争斗中最凶猛的是诺霍苏苏部。

诺霍苏苏，即诺霍苏苏扈伦。这个部落，主要是占据在萨哈连下游的敦敦河流域，多为女真诸姓，金代时期从内地逃到这一些地方为躲避蒙古人的欺压、盘剥、勒索而来的古族部落，他们保持了东部古族部落民族的古风古俗。

敦敦河是一条季节性变化很大的古河流。平时，这条河水量充沛，春水期和秋水期，水量更是大得惊人，河鱼产量丰厚，种类多样，鱼肥而鲜美。敦敦河两岸密林遮天，风景宜人，土质也好，使这里成为宜农、宜渔、宜猎的天然宝地，是人人眼馋的一块富庶之乡，四外的部族都眼盯盯地看着这里。

敦敦，女真语，蝴蝶之意。

在敦敦河流域，沿河道两岸，从春到夏，从夏到秋，各种百花，争奇斗艳，鲜嫩的草叶，晶莹的露珠，挂在草叶上、鲜花上，这使得这里时时处处彩蝶翩翩，白、红、黄、紫、绿、黑、花、粉、条，各式各样的蝴蝶，漫山遍野，非常美丽。

敦敦河流域历来又是王公贵胄们行猎、赏玩、避暑、休闲的理想之地，每年有大批的王公贵胄来此流域。正因如此，风清野旷的敦敦河两岸自辽金元以来，就相当具有名气。

在敦敦河流域一带，实际上并不单单只有诺霍苏苏部，从元初至今，这一带还有女真人姓氏的诺霍哈喇等多部，已经传有数十代之多，现在的诺霍苏苏扈伦的总头领名叫多罗罕，七十多岁高龄，有二十几个夫人和三十多个儿女，是一位颇有威望的部落罕王。由于他治理敦敦河水患有功，倍受族众人爱戴，他的儿子们，一个个也都非常勇敢、善战。成为一方水土的重要部族。

敦敦河这个地方，人们外出行走，除有原木刻雕而成的百条独木舟（威呼）之外，主要擅于养马，一色是那种漠北草甸上的小个马，别看它们个头不高，也就一个人高，可很有力气。它们长鬃白蹄，长尾拖地，善奔跑，一跑身子腾起来，那鬃尾散开，箭一般地奔向远方。这种小马又极善于搏斗，能打仗。小马最厉害的是它的牙齿，它咬野兽、咬毒蛇、咬攻击它的猎人或外部落一切敢于靠近它的陌生人，无论是人还是动物都非常怕它，都防范它。

这种马又是知名的战马、驿马。

从元代起，诺霍苏苏的马便被定为战马、驿马。这些马从春天时，便被分养在部落的各个草场上，经过一春一夏的喂养，到了秋天，朝廷派出官员前来拢马。拢马，又称收马和刮马。刮马官骑在马上，手里拿一个铃铛，不停地摇晃，称为刮马。

秋季，当秋风起了，草原上的野草和野花黄了、谢了，刮马官也该按季节到了。

于是那刮马的铃声日夜在草甸上飞荡，"铃铃铃"地响个不停。铃声一响，各家喂养的马要如数放出。刮马官引着一匹头马在前面奔跑，如有不如数放出马匹的部落和人家，被朝廷发现，一律问斩。

被刮马官刮出的马匹，要集中到敦敦河沿岸上的几个"火印场"(专门给马的屁股上打火印的)，那里有几个"烙匠"，他们手持烧红的大铁印子，在每一匹马的屁股上烫上烙印，这称为"大印子马"。

大印子马，又称"打印子马"，就使马有了统一的编号，然后由朝廷的刮马官将这些大印子马，一批批按律分往驿站、马所、部队、马队或朝廷的御马处，派上不同的用场。从元代以来，敦敦河流域的大印子马是朝廷征用驿马的主要来源地之一，每年大约有十万至百万匹之多，这也使这一带马业名声大振，也成为诺霍苏苏部落为之荣耀之事。

诺霍苏苏这个地方，因为地处萨哈连下游，与内地的联系较近，萨哈连下游各野人部落，都非常看中和羡慕他们这块地，这里既靠近中原，又紧挨漠北，出能出，进能进，是一处军家必争之地，所以漠北的许多部落总想方设法侵掠它、袭扰它，打它的主意。因此，诺霍苏苏常常受到下游诸多部落野人、女真的欺侮，故此争战不断，格斗不休。

诺霍苏苏哈喇的多罗罕老王爷，是一位很有威望又很刚强的一个人，他对外来诸族的欺压，从不服输服软，这是一个硬汉子。每每有各族部落来此袭扰，他都带领自己部族的儿女拼命前往争杀，守卫属于自己的故土。而现在，他就正为了保家守土率众与外部落的人马在鏖战，互相厮杀得难解难分。

诺霍苏苏虚伦多罗罕，一直冲杀在前。

这日，双方争战已达到白热化。

入侵敦敦河流域的另一伙野人部落，来势凶猛，眼看就要攻进诺霍苏苏的大本营。这一下，可恨坏了多罗罕。

在双方争斗时，各方的头人一定要身先士卒，冲锋在前，多罗罕王也不例外。他一见另一伙野人部落包鲁卡霍通的罕王已经冲了上来，他上去就抱住了对方，与之对峙起来，可是，包鲁卡霍通的人一刀砍掉了多罗罕的左臂，痛得他差点昏死过去了。他的一个儿子班塔，一下扶起了父亲，父王忍痛大喊："孩子们，给我冲上去——"

诺霍部的人大喊："冲啊——"

老罕王喊道："咱们的家园岂能容忍包鲁卡霍通的强盗们霸占，死也要死在家园的土地上，绝不让强盗得到半点便宜！"

孩儿们听老罕王这么一说，都呼喊着冲向从远方杀来的强盗队形中。

可是，来者也不好惹呀。

原来，这些来自包鲁卡霍通的野人部，一个个熟练地使用着长棍、骨矛、石球、土弹弓、大火车、掷弹车、飞鸭勺、飞弹勺等武器，这些武器非常凶狠，杀伤力强，这些人借助自己的武器好，他们蜂拥冲击，像巨大的潮水一样，势不可挡。

更厉害的是，这个野人部落的野人们个个都有熟练的水性，他们一个个的能够长时间地在水中潜游不出水面，你看不见他们，又抓不住他们，他们占了优势，就拼命猛攻。多罗罕明白，一旦士气被敌人压下去，就再也上不来了；而包鲁卡霍通部落的人也懂得，一旦自己的士气被诺霍苏苏部落的人打下去，也就会就此丧失了取胜的能力，所以他们就一伙伙、一片片地隐匿在河水中，叫对方找不见他们的踪影，实在是难以对付。

这时，包鲁卡霍通的入侵者乘自己人多、气盛，就大量地冲杀上来，企图压住诺霍苏苏部的人马，于是他们边冲边进行抢掠，把诺霍苏苏部来不及转移的财物，牛、马、羊、猪、鸡、鸭、鹅，反正是见什么就抢掠什么，得到手就几个人一同用皮条系上，往回拉、拖、拽，给人以他们部落已经胜利的印象……

包鲁卡霍通部落之所以这么凶猛、自大，主要是他们有一个强大的帮手，那就是"音达浑超哈"（狗罕）。狗能成为战争中的能兵强将，这在历史上还鲜为人知，可是在这遥远的漠北，在这片古老的土地上，狗成了人们相互争战的重要帮手，那真可以称为"狗罕"大战哪，这也让人认识了北疆的风土人情。

第三十四章　奇兵突现

人类的战争，其实就是生命的决斗。

生命，当然不单单是人，还包括其他种种，如马、牛、狗等，都是人类战争中的"工具"，也是生命与生命之间生与死的较量。

汪，汪汪汪——汪，汪汪汪——

一只狗在狂吠，不算什么，可当成百上千只的烈狗在狂吠，一起冲向一个目标时，人们简直难以想象那种攻击力和杀伤力是如何。

这次部落之间大战，居住在萨哈连靠北的包鲁卡霍通部就带来了千百只凶猛的烈狗，这些家伙们，当包鲁卡霍通部与诺霍苏苏部的人马双方直面对峙时，头人指使它们先趴卧在山坡和密林间的草丛里，不许有一丁点儿动静，单等双方激战，大约都已精疲力竭时，突然，那指挥这支队伍的头人将手中的"狗罕"放出去。那是一只头狗，它的头上绑着一绺红缨，只要红缨晃动在哪，所有的狗就会朝一个方向杀去，只是一瞬间，就解决战斗，那些战狗不怕死呀。这时，只见那头人用手摸了摸"狗罕"头上的红缨，轻声说道："狗罕——突——"

只听"嗷——"的一声怪叫，那"狗罕"就射了出去。它一出现，你再看，群狗就像一股潮水，扑向敌人的阵地。

那些家伙们都认识自己人和对方，因服装不同，它们冲进双方的队伍中，眼睛已红，对着诺霍苏苏的人马就是咬、撕、扯、啃、掏、抓，专门对对方的脚、腿、脸、眼、鼻子、耳朵、嘴、头猛烈地攻击。立刻，诺霍苏苏部落之人再也无法抵抗了……

在这万分紧急的时刻，眼看诺霍苏苏部落大片的房舍和园田被毁、被焚、被抢，女人、老人、小孩被一条条猛狗扑倒、咬碎，大家的心都碎了。

这时，七十多岁的多罗罕老爷爷已被层层狗军团团围住。可是，那些狗只是围住多罗罕，而不是冲上去咬他。这可能是包鲁卡霍通的首领已下了命令，先不要杀了多罗老罕王，只命他们去抢掠诺霍苏苏的财物。所以，人们眼看着自己部落的人、财、物，已被对方的牛车、马垛子驮着运走，也没有办法。

多罗罕已经气昏几次！他"啊——哪——"地大叫，可是无能为力。他此时已满身是血、是泥，他拼命地挣扎、咆哮，自己的众儿子不少已经躺在了荒地上，再也爬不起来了。因为有许多烈狗正在张着大口，围着他们，谁敢动一动，狗军就会冲上去，猛地一口撕下他身上的肉，然后喝他的血，嚼他的肉，到处血肉横飞，血水四溅啊……

这些狗军"围而不攻"，若是他们不动，任凭包鲁卡霍通的人来肆意抢掠，烈狗们便张着大口，前爪一伸，双眼狠狠地盯着诺霍苏苏的人。

突然，诺霍苏苏的多罗罕老王，再一次口吐鲜血。

他是被气得，加上受伤，心身俱毁，终于昏倒在地了。

可是，狗们紧紧地围着多罗罕，谁也上不去，靠不了前。

众儿子们趴在地上哭，悲痛至极，不能前去援救自己的老阿玛罕，因为一群一群的烈狗，一层一层地围着，盯着他们，他们叫天天不应，叫地地不灵，任何人不敢动一下身子。

正在包鲁卡霍通部疯狂地杀戮、抢掠诺霍苏苏部，占领敦敦河流域并为取得胜利而洋洋得意。突然，就听草甸上响起"唰唰"地跑步声。

人们一看，只见从敦敦河谷的椴树密林中冲出了一队人来，这些人有几百人，一个个全都蒙着面，脸上罩着的都是绘着各种妖魔鬼怪的"皮玛虎"（一种皮制面具），头上都披着长长的乌鬓、黄鬓、白鬓、红鬓，身披兽皮豹花服，脚蹬老虎爪的兽脚鞋，手拿闪着刺眼亮光的匕首、长矛、弓箭，他们一齐向这边跑来。

威威威——

哇哇哇——

他们这些人，口中发出一种奇怪的声音，听去又像在喃喃地诵念着一种咒文，又像是一种奇怪的歌，也听不清他们唱的、说的是什么，声调非常的奇特骇人。他们手中的一对闪亮匕首又上下翻动、摩擦，使匕首发出刺耳的、怪异的"吱吱嘎嘎"声，让人的听觉顿时错乱，脑浆子像是要淌出来。顿时，空中、地面，好像刮起一股子妖风，他们蹦蹦跳跳，左扭右摆地杀了出来。

包鲁卡霍通部的强盗和头人，头一回见到这种阵式，这是什么战术呢？他们更是头一遭听到这种声响，简直是一种要命的声音，更从来未见过这些怪魔。于是，一下子让这些披着"皮玛虎"和口中发出喃喃咏唱神歌的人给彻底震住了。

他们还在迟疑和思考时，就见这伙妖怪扮相的众人已经以迅雷不及掩耳之势席卷过来，一阵猛杀、猛刺、猛砸、猛捶，顿时把包鲁卡霍通队伍的阵线打得七零八落。

包鲁卡霍通的防军一乱，那些本来挺威武的烈狗也怪。开始，它们还死死地围在那里，一动不动，可是当它们听到从那些"妖怪"的手上传来"吱吱嘎嘎"磨匕首的声音时，开始一只只支起耳朵细听，听着听着，它们好像被这种声音刺激疯了，一只只倒下去，在地上打滚。它们实在受不了这种声音，拼命挠抓自己的耳朵，好像有蛇、虫子、曲蟮、蜈蚣什么的一下子钻进了它们的耳朵里。

人军一乱，狗军更乱，"妖怪们"冲进包围圈，对准那一只只瘫痪的疯狗乱砍乱刺，几个活着的包鲁卡霍通部首领就召唤狗军返回。于是，只有不多的狗在地上打着滚，勉勉强强地跳起来，跟上主人跑了，大多数烈狗都被"妖怪们"杀死在地上。

包鲁卡霍通部的人这一乱，狗军一撤，被他们抢掠的财产，牛、羊、马、驴、鸡、鸭、猪、鹅等又扔了一地。本来这些也不属于他们的。他们为了尽快逃命，哪还顾得上这些，这正应了兵败如山倒这句话。一些伤兵、伤狗在地上呻吟，企求救助，带他们撤回去，可是那些人一个个光顾逃亡，谁还顾得上谁呢？更有不少的狠心主子，不但不救助自己的伤兵、伤狗，而且还一刀一个，结果了他们的性命，可能也是怕留下活口，日后麻烦多。

整个战地，转瞬间便改变了形势，换成包鲁卡霍通的人遍地哭喊、呼救、呻吟的时候了。而这个巨大的转变，恰恰是来自这"妖怪"队伍的出现，这批"天兵天将"从天而降的结果。他们，到底是哪里的妖怪或者哪个天庭的天军呢？

说起来，简直让人难以置信，这伙脸罩"皮玛虎"的怪人队伍不是别人，原来他们正是当地赫赫有名的三江霸海混天王吴信的奇兵，这是他们化装成鬼怪，从天而降，又以突如其来的方式出现，一下子给包鲁卡霍通人以致命的打击，而这其中，就有吴信本人。

吴信这个人，其实也是一个挺有智谋的人。

想来那时，他是指望让孙习邈去暗中监视亦吉龙，以便在适当的时机，收编亦吉龙，成为自己的力量，也好重整旗鼓，在漠北大干一场。

可是他左等右等，却不见孙习邈的动静。他也曾亲自去找孙习邈，问："'孙真人'，亦吉龙那里怎么样？"

孙习邈说："大王你放心，他在我的监控之下。"

吴信说："你看好他，保护好他，你也有功。"

孙习邈信誓旦旦地发誓，打包票，看管住亦吉龙，保证万无一失。于是，吴信也就信了他，于是天天傻等傻盼。可是，数日之后，这个孙习邈突然消失了，不见了。于是，他觉得不好，是不是自己上当了，受骗了。

于是，吴信派出色克（探子）们前去打探情况，终于摸清，孙习邈这小子逃跑了，老船王亦吉龙被他害死了，船王的宝卷，也不见了。

吴信可真是气疯了，气坏了。

他万万没有想到，自己一个常年在黑道上奔波的，从来没在大江大河上翻过船的大当家的，一个堂堂的三江霸，竟然让一个天天自吹自擂的流氓"真人"给骗了。还让这个孙习邈的脏手摸了自己的"露水夫妻"——切糕女不说，更被他的花言巧语唬得一愣一愣的，太丢人了，太丢脸了，真是有眼无珠啊。

这个孙习邈干尽了坏事，后来他还以保住亦吉龙为由，让三江霸给他一个名分，硬逼着三江霸在当地也给他找了一个"露水夫妻"，没办法，这三江霸曾经让那切糕女陪了孙习邈好长时间。糊涂啊，傻透顶啦。

吴信在心底大骂自己无能、无为。但是有什么办法呢？已经让这个孙习邈给骗了。他恨透了这个孙习邈，恨得咬牙切齿，心想：你小子，胆敢在我的头上动土，我如果抓住你，定要扒你的皮，我要一层一层的去揭，然后一层一层的上磨去磨，把你小子磨成面，冲水喝下去。于是，他就想设计抓住孙习邈。

吴信思前想后，这个孙习邈也是个诡计多端的人，我不能小瞧他，我决不可以凭自己的武力去捉住他，必要以一种神不知鬼不觉的方式突然冲到孙习邈的面前捉住他不可。于是他派出色克四处打听孙习邈的去处和落脚之地。吴信知道，他在这一带已经不敢逗留，他一定是逃到萨哈连下游什么地方去了。吴信判断孙习邈到了下游敦敦河一带，凭他的三寸不烂之舌可能去蒙骗那里的女真人。于是吴信便率部赶到了敦敦河流域的诺霍苏苏的土地上，谁知却碰上了这场前所未有的血腥厮杀。

第三十五章　留在诺霍苏苏

一场天昏地暗的厮杀，正好让三江霸赶上了。

在从前，其实人都有一种本能，只要碰上弱小或者路遇不平，谁都想拔刀相助。况且这三江霸是来到了人家诺霍苏苏人的地盘上，不看僧面也得看佛面，他必须出手相助啊。

他的出手相助，也是一绝呀。

其实，他使用巧计"皮玛虎"装作神鬼出现这是他的拿手好戏，因为只有鬼神妖魔下界才能惩治妖孽，只有以奇军才能制服那南侵的包鲁卡霍通的野人部，对付那些凶狗，三江霸早有绝招。早年，这三江霸也养过许多烈狗，他熟知狗的弱点。这些家伙们别看挺凶，可是它们怕声音，特别是奇怪的动静，而那种以铁磨铁的声音是它们最最受不了的。他曾经在铁匠那里听说过这样的事情，多烈的狗、猫、野猪、野熊、老虎、狐狸，都怕铁磨铁的"闹耳"之声。这种声音，能要了它们的命。

传说铁匠最大的能耐是以铁器对铁器的摩擦，多烈的狗，一听这动静，就立刻会失去了威力，这也许就是天宫上的"震海天军"所使用的古琴发出的震天波，它一响，狗耳的耳膜就裂了，于是大脑就浑了，失去了它们进攻别人的能力，只好乖乖地退去或死去。这一招，就被三江霸用上了。

诺霍苏苏部在敦敦河流域的起死回生，全靠三江霸吴信的及时到来，伸出援手救助。正是他及时的上阵，才击退和制服了南侵的包鲁卡霍通野人部，帮助了诺霍苏苏哈喇王多罗罕免遭灭顶之灾，这让老王多罗罕万分的感谢。

多罗罕说："大王爷，请到我府上……"

多罗罕老王对三江霸海混天王千恩万谢，并把吴信让进了自己的茅草房的上座。

老王手举美酒，端至三江霸吴信的面前，万分感激救命之恩。多罗罕老王说："大王呀，我们整个诺霍苏苏部落的人，往日只是听闻您的大名。开始一听您的诨号——三江霸海混天王，怪吓人的，原来，你们也拯救众生啊！这一次，本部落算领略到了。"

吴信说："您过奖了。"

老罕王："不，我说的都是实嗑。"

吴信说："老罕王，实不相瞒，我本人过去也只是个摆船的力工，是苦力。"

老罕王更加惊奇说："您？"

吴信说："对。我当过脚夫，给人背货，挣点钱来苦苦谋生。可惜这大元朝苛税太重、太多、太烦琐，咱们挣点银子，还不够他们克扣的，无法谋生下去。咱们老百姓挣一文银子，还不够十几个官爷分的，他们逼着要，咱们活不下去，我才聚集众弟兄，揭竿而起呀！大家帮大家，你帮我，我也帮你，同心协力，为了有饭吃。我三江霸海混天王名字叫得响赫一些，就是为了吓唬吓唬人，为了多聚集人马，人多势重，官府也就不敢剿我们，靠不了前。我们，从来也不伤害老百姓，那些黎民平头人家，苦着呢！"

老罕王说："想不到，您的心思真了不起！"

吴信说："人生一世，要有点良心。"

老罕王说："大王说得对着呢！"

吴信说："因为我是到这边来看看，遇上了不平的事总不能见死不救吧。所以，你也不要谢我，我这次来……"

说到这里，吴信停了下来。

多罗罕觉得吴信还有什么话要说，于是连忙说："恩人，您有话但说无妨！"

吴信说："老罕王，不瞒您说，我这次来，也是为了找一个人。"

老罕王问："一个人？"

吴信说："对。"

老罕王说："什么人？"

吴信说："孙习邈。"

老罕王说："孙——习——邈——"

吴信说："对。这个人是个道人，因为他害了我们的造船大师，所以我才来到此地。而且，一定要寻到这个人不可。"

老罕王听了，点点头说："啊，原来如此。但是，这个人，不在我们这里，我也不认识这个人。不过您先别忙，我帮您想法子去寻找这个家伙！"

吴信说："多谢老罕王。"

老罕王又说："不过大王，您眼下在我们部落，就请您的部落各位恩公在此一乐，大家开怀畅饮。我想，您要找的那个孙习邈，可能就去往下江了。"

吴信一愣："下江？"

老罕王说："对呀。因下江一带有大大小小不少的部落，他到哪儿都能安身哪。"

吴信听了，点点头。

吴信觉得多罗罕老罕王说得也在理，孙习邈这小子很可能沿江而下，奔往那里。那么眼下，也只能先在诺霍苏苏部落吃饱了饭，喝足了水，睡好了觉，然后再带领弟兄们北去，得想方设法，使用种种计谋把那个孙习邈找到，再得到造船的亦家后人亦吉海。

多罗罕老王是一个很好客的老首领。他对混天王吴信能仗义出手救他们这个恩德，总是放在心上。吃饭时也是念念不忘。

酒至三巡，老罕王说："吴大王，您不如就先在我们部落诺霍苏苏多住些日子，我们这地方很美。您且先安住下来。您一住下来，就会爱这里的山水和这里的人。我们从心里讲，也真就怕那些下江的野人们，他们一天就知道行抢，不讲道理，男女混居，不知辈分，男女同室，不知羞耻，没有文字，以土语相约，立大木刻祖像为部族之神。凡族中有事，必在大木前歌舞求祈，凡族中有违规之人，必在大木前惩处，部落首领握有生杀与处置之大权，处置任何人均视为人权神授，其言贵若神谕天铭，族人唯有听之践之，不敢违背，认为违背必遭天谴，天谴之人永被日月所报复，全族上下一心，唯首领大玛发之言是听。吞生鱼，吮活血，而不知污秽，不知礼仪，不懂俗规，不信世理，夏季仅以皮叶蔽下肢私处，冬则扒剥熊、豹、狐为皮服披盖满身。杀人不眨眼，性喜生食，生性好斗，悍勇而不惧死，故在萨哈连上江诸部之人皆惧之，有闻野人来抢掠，皆仓皇逃遁，恐遭其害。大王啊，你们就先住在我这里吧。我这诺霍苏苏已经经营多年，好歹也有一些积蓄，我们养活你们一行弟兄是没有顾忧的。大王您每日也可以传授我们一些防御之术，让我们诺霍苏苏永世不再受包鲁卡霍通等部落的欺扰，这也是您大王的功德。我们盼都盼不来你们，如今您从天而降，正是我在世缘分，想来你我也许前世有缘，肯定是如此，我和我的族人真是求之不得呀！您看大王，您意下如何？"

吴信听后，连连点头称诺。

吴信觉得，老罕王的一席话，句句出于诚心。老人是在真诚地挽留自己，又考虑自己如果贸然奔到下江，那里定会出现一些意想不到的危险。如今自己既然已经到了下江的敦敦河流域，这里与下江黑龙江出海口又近了一段水路，就是坐船，也近了一些。他估计孙习邈一定到下江去了，还真不如就如老罕王所说的那样，就先在多罗罕诺霍苏苏部落暂且住下，等待时机，打听孙习邈的下落，再行前往也不迟。这样可以免遭意想不到的麻烦。这期间再帮助诺霍苏苏多罗罕老王训练兵马，这样也可以不辜负老王对自己的期待。

于是，吴信说："好吧。那就多谢老罕王。"

多罗罕说："你为何谢我，我要谢您哪！"

就这样，吴信就打定了主意，决定先在诺霍苏苏住下，观察动静，再考虑下一步的行动。

于是，老罕王特给吴信的兵勇搭建了一批暖和宽敞的窝棚，都是一些沿着山坡的朝阳地搭盖的桦皮筒子房，通风，又敞亮，全是大炕。每晚烧上大木头杵子，十分温暖、舒适，吴信的兵勇们在这里，也算得到很好的休整和将养。

诺霍苏苏，真是个天然养人的理想之地。

每天，吴信的人马就在河边的一个草坪上做各种练习，那是一个天然的练兵场。他们除了自己演练，更多的时候是教多罗罕的众儿子和部落的壮勇们习武，主要是练拳、练棍、练脚、练箭，学会各种装饰术，如制"皮玛虎"、打麻绳、勒绑面罩、绘制各种色彩的面具，真是五花八门。这足见吴信的人马知得多，见得广啊！

吴信这时也才发现，诺霍苏苏虽然有这条奔流的敦敦河，河水从这里奔往萨哈连，有很方便的水利条件，可是该部落并没有像样的船只。

有水，没有船只，当地人都怎么活呢？

经过观察吴信发现，这一带的人全靠在江水上漂流着的木筏子来渡河、渡人、运送物件、驮运牲口和各种家禽，一切全靠这种木筏子。如果说还有船的话，只有那种用山中的大粗的原木，从中间开凿，开刻而成的独木舟。

独木舟，女真人称"威呼"。

威呼，女真语，小船之意。那是名副其实的小船。

这种小威呼只能坐一两个人，前头一个，后头一个，最多时，也就只是能坐上三四个人。有时风一起，浪在威呼的一侧一打，小舟便立刻翻滚起来，人便落水而亡。威呼没法用人力控制，一到水上，只能靠其自然漂流，风平浪静，顺流而下时，才可以从事水上捞捕。稍一起风浪，或朔水而上，都是十分危险的。而千百年来，敦敦河一带的部落就是这样生存的。

于是，吴信便随口问多罗罕："老罕王，你们这里没有大船吗？"

多罗罕说："我们这里不需要用大船。"

吴信说："不用？"

多罗罕说："我们诺霍苏苏一带河水充沛，密林丛生，山中各种獐狍野鹿甚多，打猎非常方便，如果一个部落就安在诺霍苏苏，生活上几十年，上百年不动地方，不去走动，也便可以丰衣足食的生活。所以，族众根本不需要什么大船和大舟，故此人们的心中都没有船的印象……"

吴信："啊，原来是这样。"

多罗罕又说："就比如出远门吧，我们最远要进山远行，也只是骑马、骑马鹿，我们驯养马鹿。诺霍苏苏各户都有鹿车。"

吴信想起，这一带确实有许多鹿车。那是一种高大的马鹿。冬季，它们拉雪车、雪橇，也叫鹿橇。可在厚厚的雪原和冰河上奔跑。夏季的鹿车是带轮子的木车，也是马鹿驾驭，可以载重和驮人，十分便捷。这一带的女真部族人，也有用狗来拖拉，只是数量上少一些，但家家都有犬，又分猎犬和家犬。犬和他们的关系倒是分外的紧密，所有的狩猎活动，都离不开犬。一听吴信对猎犬很感兴趣，多罗罕还给他讲了一个关于猎犬的事。

多罗罕说，在他们诺霍苏苏部族中，几乎家家有关于狗的传说，有一家，父子俩是出名的猎手，养着几条猎狗，但其中一条出名的猎狗叫多拉，它聪明透顶。有一天傍晚，阿玛对儿子说："快睡觉，南岗上来了一群狍子，明早咱们好去打。"他和儿子说话时，多拉还在地上趴着。可第二天早上起来，他和儿子装好了枪药，备好了刀，却发现多拉不见了，老人气得大骂："这个不懂事的家伙，跑哪里去啦？如果上山晚了，这群狍子会走过去的，它回来我要狠狠地教训它。"

正说着话，就见门开了，多拉回来了，它拖着一条咬死的大狍子，它的眼睛上、嘴上、鼻子上都堵着黄乎乎的沙土，那是和狍子搏斗时弄的。

原来，昨晚上父子俩唠嗑，它听懂了。于是第二天黎明，多拉起了个大早，它独自上山狩猎去了。

像这样猎狗的奇特故事，在部族中还有很多。

冬天，诺霍苏苏的人也有少量的狗橇，但没有下江野人部落使用的狗橇那么多和那么普遍、盛行。至于船，在他们的生活中是远离的一种工具。远离，是因为没有，不会做，也就疏远了。疏远使人对船也渐渐淡忘了。在诺霍苏苏居住的敦敦河两岸，船的缺少已成为世代生活的习惯了，这个习惯还要持续多久呢？

第三十六章　奇特的木排子

那时，船在生活中多么的重要啊。

在诺霍苏苏，在敦敦河两岸，人们如果过河去办事或者互相往来，都只能乘坐河上的一个小木排。这种小木排，运人、运货、运车、运牛马牲口，一切都要靠这种小木排来完成。说起来，这种小木排很有名气，它是自元代以来北方江河流域一带女真人重要的交通工具，也是最便捷的交通工具。

河两岸的村落和人家之间，互通往来是生活中必不可少的事，小木排就成了流动的"桥"，这种流动的桥是谁发明的呢？

据诺霍苏苏老罕王多罗罕向三江霸海混天王吴信等人热心介绍，制造这种小木排的主意和方法，完全靠当年一位去东海的船工师傅而实现的。

吴信问："他是谁？"

多罗罕说："他叫亦吉龙。"

吴信说："亦吉龙？"

多罗罕说："正是这个人。"

吴信说："啊，是他？"

多罗罕问："您知道？"

吴信又连忙摇了摇头。

多罗罕说："当年，这个叫亦吉龙的人，有一次他路过诺霍苏苏，见到这里江水宽宽，百姓往来十分不便，只靠泅渡和小威呼，常常出事故。那时，人们串亲戚、打猎、采药，都得过河往来，出行十分不便。有时送个信，甚至把信绑在箭头上，射过河来。而且就这样，也常常有人因水大、风大、浪高被水淹死，这类事故经常发生。河边上哭被淹死的亲人的哭叫声经常不绝。两岸的动物，被逼得都会了水！"

吴信说："啊？动物也都会水？"

多罗罕说:"是啊。两岸的牛、马、猪、狗、鸡、鸭、鹅,都会游水和洇渡,甚至有些人为了过河,不得不抓着牛、马、狗的尾巴过河。人抓动物尾巴过河,什么样的姿势都有……"

吴信感到好奇:"都何姿势?"

多罗罕说:"不怕您笑话,那时过河,有人直立,有人偏躺,有人面朝上,主要是看牲口过河的姿态。还有,有时婴儿过河,还让牛、马、狗拉一个木盆,把小孩装在木盆里,捆绑上,用牲口拉过去……"

吴信点点头,深深地相信了老罕王的话。

多罗罕又说:"敦敦河是一条富有人情味的河呀,可它又是一条令人愁闷和心惊的河!于是,过路的亦吉龙师傅就停了下来。这才有了这种过河的小木排。他是咱们漠北的活鲁班哪!"

吴信说:"啊?活鲁班?"

于是多罗罕详细地讲述了亦吉龙筑造小木排的来龙与去脉。

原来那时,亦吉龙去往东海,曾经路过诺霍苏苏的敦敦河流域,他看人们生活太苦了,过河太不方便了,他心中很受感触。他想:应该帮助诺霍苏苏办一桩好事。亦吉龙是在大元朝至元六年再次从东海回来,到敦敦河的诺霍苏苏部落寄宿,便与多罗罕表了心意,当时这个多罗罕还只是一位新继任罕位的小罕爷。记得亦吉龙在一天夜里,特意弄了一壶酒,到了小罕王多罗罕的屋子,坐下来吃酒,又特意地问:"罕王啊,你们这儿人过河这么难,没有别的办法吗?"

小罕王说:"唉,世世代代了,就这样。"

亦吉龙说:"就不能造一个东西,可以把人、畜、物件都驮过去。"

小罕说:"想是想,可谁会呀。"

亦吉龙说:"罕王啊,我会。让我试试吧。"

小罕多罗罕乐坏了,说:"师傅啊,您真会吗?那还等什么?您动手吧。您只要能造出这个东西来,您要什么,我就给您什么。"

亦吉龙说:"好吧。"

于是,亦吉龙就动手了。

多罗罕十分高兴,这是一件大好事啊。亦吉龙帮助诺霍苏苏部进山先采木头,采一些大椴树的树皮。造木排筏子得专门用椴树皮里层的薄薄的"软皮"。这种椴树皮非常有韧性,纤维甚长,光滑、洁白、又有很强的抗拉力。取回后,将椴树皮在江水中泡软,然后用八股到九股揉在一起,揉成椴树粗绳。

揉椴树绳，那是一种古老的手法。先把椴树纤维一条条抽出，然后梳成辫，开始在老绳车子上摇晃，一点点上劲儿。先编一条条细的椴树绳，再把细绳拧在一起开揉。开揉，就是细编，一揉一压，使细绳绞在一起，成为宽、大而粗的椴树皮绳了。这种椴绳可以使用一年以上，再换用新的椴树皮粗绳。

在当年，漠北一带没有铁丝的情况下，北方族众部落便以椴树皮绳来做牵引用的绳索，不仅方便耐用，而且就地取材，不必花银子去买。

有了这种揽江贯通两岸的大椴树皮粗绳，便可以将敦敦河两岸的距离联结到一起了。先在两岸的岸头，埋上一个粗粗的大木桩子，这椴木绳的两端，牢牢地锁进木桩子里，锁牢靠了，然后再在这条联结两岸的椴木绳上拴上"排扣"（一种活套环）可以自由拉动，能滑动至两岸，却又使木排子不脱离敦敦河而流漂向下游，这样就保证了木排不被大水浪冲走。然后，亦吉龙又领人进山选"排木"啦。

"排木"，是清一色的松树，要一般的高，一般的粗细，以十多根或二十根横着串联在一起。各根树木之间凿出"连眼"，以桦木打成楔子插进去，然后轮锤猛打，下水后一浸泡，木眼一涨，木头便牢牢地连在一起了。木排上还要上两道椴木锁，也是以椴木绳拴在上面，再以桦木楔子钉下去，以固定绕绳，不使木排散花。

当木排扎好后，还要在木排上凿一个套孔，拴上从架在河面上通过的椴树绳上，以那个活套连接，就像拴牲口一样拴住了木排。

木排上，专有几个划排手，负责往来停靠，帮助人上排和下排，专门以支杆（一种掌握木排起动、离岸和靠岸）的用具和负责手撸连绳控制木排向对岸划动，这样，一下子方便了两岸族众的往来，人们管这叫"活桥"。

当年，诺霍苏苏的人都高兴地称小木排为"亦色夫阿达"，这是满语，汉语就是"亦师傅筏"之意，由诺霍苏苏传到附近许多的噶珊部落，接着各地就出现了许多"亦色夫阿达"，亦吉龙的名字也就这样流传下来了。北方的族众都知道有位会造木排、木筏子的能工巧匠，就是亦吉龙大工匠，他是水上的神，为各地做好事，从不要酬报。

这种固定在一定范围上的木排、木筏其实是北方船的祖先，它使人在实际生活中懂了过水应该有这种东西，它开启了人们的心灵。当然，这使得亦吉龙的名字也留在北方的历史里。

于是，三江霸海混天王吴信就这样在诺霍苏苏部落里暂住了下来。

那么，被他参与打败的包鲁卡霍通部又怎样了呢？

上面我朱伯西说过，在漠北萨哈连一带最著名的大部落，其实就是那个发兵攻打诺霍苏苏部落。被击败了的包鲁卡霍通部噶珊扈伦艾曼罕，他得了一场大病。是啊，这么强大的部落，这么凶狠的狗队，眼看就要到手的一场胜利，却突然由胜转败，一败涂地，他没脸见人哪，愧对先祖啊。所以他病了。

包鲁卡霍通部居住在萨哈连乌拉的西支流，也就是黑松林河三角洲地带，正是二百余里长的黑松林乌拉流进萨哈连母亲河的肥沃沼泽之地。沼泽，其实是大地和森林的宝地，说明这种地方要水有水，要树有树，要草有草，要土有土，是土地和山林集中的一个地方。

这儿，土质肥沃，黑油油的一望无际，上面长着绿油油的青草和各种植物，这使得这种地方栖息着各种鸟类，简直有千余种之多。河岸三角洲上，有熊、豹、狼、獾、狐、狸、貂等各种兽类。由于鱼多，大中小动物多，这里便生活着一种巨大的凶雕、鹰隼，在那一片片高崇的石岩上，到处是它们的巢穴。这又是一种珍贵的猛禽，许多部落的男人往往能捕到它，驯化狩猎或养在身边，以展示本部族的威武，也有的制成标本，让这巨雕站立在部族罕王的后背，给族人带来威望和英气。真是一种了不起的大鸟。

从这儿北上五百余里，便是萨哈连出海口了。

这儿，可以直通美丽而富饶的苦兀岛，一个与苦兀岛隔海相望的地方，是一个多么吸引人的地方啊。所以，包鲁卡霍通是八千余里长的萨哈连从南源额尔古纳河，北源石勒喀河肯特山东麓，沿途接纳精奇里江、松花江、乌苏里江至此为最后一站，再向前，便是古老的鞑靼海峡了。

大自然在这里神奇无比，山、川、江、河、海、平原、草甸、森林应有尽有。春季，百草吐芽、万物复苏、鸟语花香、鲜活无比，冬季，北方的酷寒使得这里落下厚厚的大雪，万顷荒野，白茫茫一片，这儿成了人类最为苦寒和洁白的地方。空气从春至冬，时时清新、潮湿，人吸一口，犹如喝上一口冰水，透心儿凉爽，人的心灵立刻被清亮的大自然所唤醒，从此再也不会昏昏沉沉。

这一带，自古就居住着乞列迷、埃埃克、赫哲（又称黑斤）等古老的民族部落，包鲁卡霍通便是北海野人部的聚居地，世代生存之地，他们通用乞列迷等族的方言土语。这一带的许多民族，都互相使用各个部族的语言，足以看出他们相互融合的历史的久远。各自之间，长久亲密相处，甚至通婚，早已有一种血缘和族源关系把他们维系在一起，也系念在一起。但是，又有分歧，那是由于种种自然和生活的走向所引发的意想不到的冲突，把各自的生活打乱了。于是，种种故事、传说、记忆便一次次产生，消亡，又产生，又消亡，这样便形成了北土民族古老的生活史和传奇史。

第三十七章　吉海再陷虎口

包鲁卡霍通噶珊扈伦艾曼罕，还在病中。

正如前书我朱伯西所讲，野人文化未开，荒蛮凶残，与中原文化联系甚少，使用工具都非常粗陋原始，族人并不懂造船之说，使用最多的船是独木舟，威呼一类的水上运输工具。

部落之间，以大欺小，以强凌弱，唯知抢劫。他们常常突然出山，抢掠其他部落的各种财物。这种你争我夺，你抢我掠，便成为萨哈连江上一大忧患。

就比如这次突然发兵侵扰诺霍苏苏这件事吧，其实包鲁卡霍通的老首领总穆昆达头领柏星阿老玛发——这位近六十的老头领开始并不知晓。

柏星阿老罕王手下有三个大管家，都是柏星阿老玛发的儿子，三个儿子分别叫其木尼、其木奇、其木卡。其中，其木尼执掌大权，甚至权已是超过柏星阿。其木尼很有胆识，妻妾最多，子女也已超过他的两个弟弟，自称是"萨哈连的一只老神鹿，拥有萨哈连的全部母鹿"。占有欲非常强烈，只要听说别的部落超过自己，哪点比自己强，他就受不了，特别是听说别的部落有的东西，本部没有，他甚至连一口水都喝不下去，必得将别人的东西得到手才行，他是总想一切都超过别人而后快。正因为如此，其木尼大噶珊达，大驯狗军、鹰军、蛇军。攻击任何部落，往往都使对方望而退逃，根本不是他的对手，只有对其俯首称臣。其木尼的这个傲视群雄独霸一方的脾气和性格恰恰让孙习邋摸透了，他一想，自己的机遇终于来了。

原来，孙习邋自从骗过了三江霸海混天王，他又害死了亦吉龙大师，一想，赶快跑吧，可是，上哪里去呢？而且，三江霸海混天王正在千方百计地搜寻他，找他，拼命想抓住他，自己如果还在当地，肯定是逃不过、躲不过的。应该到远处藏身。在万分紧急时刻，他猛然想到，不如到萨哈连下江的野人部中走一走，凭自己一张能言善辩的巧嘴，说通包鲁卡霍通的野人头领，收留自己，这是不成问题的，然后再煽风点火，激起野人部兴兵讨伐三江霸海混天王，抓住吴信杀死他，不但为自己报了仇，也铲除了自己的一个对手，就可以稳坐北方，到那时再捉拿亦吉海，他便可以得到造船宝卷，奇货可居，日后到中原王朝便可以待价而沽。于是，孙习邈便北上，到了包鲁卡霍通，得到了部落中头人的信任。

他施计接触的首先是其木尼和其木奇两兄弟。

有一天，他偷偷在部落外的树林子里守望，等待其木尼、其木奇出来狩猎。果然，这天两兄弟出来了，是到林子里打狍子，走着走着，就见河边有一个人，正在用旋网捕捞小鱼。原来，这正是孙习邈走时特意带着库鲁钦一带打鱼人的一个网具，北边的人很少见过这种旋网，这也是新鲜物。这时，他撒网，这二位在一旁看，孙习邈佯装不知，一网一网又一网，两兄弟看傻了，就问："这位师傅，你在哪儿得的这么好的家伙？"

孙习邈说："我会做呀！"

于是他就把如何使用丝线做成渔网的事一五一十地说了一遍。又加了一句："有了它，这鱼可就多打了一倍、十几倍甚至上百倍。"

两兄弟十分眼热，就与他攀谈起来。当得知孙习邈只身一人，四处云游时，便问："师傅你如果不嫌弃，能否先在我部落住下来，也可以教教我们这种制网的手法。"

孙习邈说："我还要北上云游。不过，看你们很有诚意，那我就留下来吧！"

两兄弟分外高兴，便把孙习邈领回了部落，并封他为包鲁卡霍通部的军师。这头一步计划达到了。当他住了下来，又得到了二位头人信任后，他便天天挑拨唆使他们说，何不发动突然袭击，以便得到更多的财富，那诺霍苏苏部不但富有，又是不堪一击。什么事情也架不住一而再再而三，孙习邈天天吹风、鼓动，说诺霍苏苏不但是块宝地，而且有诸多中原购来的绸缎、丝帛、织物，都是价值连城的珍品，并且，那诺霍苏苏的多罗罕很傲慢，常常在酒醉之中嘲笑、讥讽野人部。

二位头人问："都嘲笑我们什么？"

孙习邈说："说你们什么也不懂，什么也不会，连一点儿常识都不懂，是一群荒蛮野人，文化不开之地和无识之徒！"

二位头人大叫："啊？他敢骂咱们？"

孙习邈说："他不但骂，他还计划有朝一日北上，先下手收拾你们，以扩大他的地盘。"

这一下，彻底激怒了其木尼，于是，他们便背着老罕王，发兵南下，讨伐诺霍苏苏去了。

其实，这孙习邈力主其木尼发兵征讨诺霍苏苏，是想借其木尼发兵，也好去寻找一下亦吉海的下落。因他在逃离库鲁钦的时候，由于走得匆忙，并没带走亦吉海，如果这次能把亦吉海得到，重新掐在自己的手里，日后就有更大的本事了。孙习邈这是一箭双雕，他想这样一来，不但可以得到或摸清亦吉海的去处，也可以借刀杀人，一箭双雕，除掉自己的阻力，该有多好啊。

所以当双方激战时他一直在后边压阵。

他在后边监阵，并领着狗军、狗队，让其木尼率野人部的先头部队只管拼命往前冲杀，关键时刻再施放狗军上阵。

可谁知，这野人部的先头人马一冲入诺霍苏苏的部落地便大肆开抢，他放出狗军之后，这些人的抢掠依然不肯停止，特别让他没有想到的是，眼瞅着就灭了诺霍苏苏时，三江霸海混天王吴信的"皮玛虎"神兵上阵了。

这一下子，可冲乱了包鲁卡霍通兵勇的队形，队伍一下子溃败下来。在全体逃亡中，亏得他孙习邈披着一张兽皮，藏在队伍中没有露面，才未被认出。而孙习邈在三江霸海混天王的队伍中也没见到亦吉海的影子，还是自己先逃命吧，便告诉其木尼此时已不可恋战，速速退兵，不与吴信的"皮玛虎"人马参战交手。

当时其木尼很恼火："军师，现在怎么能撤退呢？到手的东西，又丢了！"

孙习邈说："可这'皮玛虎'神兵，来势不小哇！"

其木尼无奈，只好速速地带人退下阵来，孙习邈也便跟着出来了。

那时，孙习邈一想，自己的目的还是没有达到，没有寻找到重要的人物亦吉海呀，于是就对那准备往北撤的其木尼说："大王，不能往北撤。"

其木尼问："那往何方？"

孙习邈说："你想想，我们这次出征，本来是背着老王的行动，如果以战败而归的结局回去，岂不让老王瞧不起你们？"

其木尼说："可如今，我们真败了。"

孙习邈说："不能先言败。"

其木尼说："那怎么办呢？"

孙习邈说："所以，我们不能往北，要往南。"

其木尼不解地问："往南又去往哪里？"

于是，孙习邈就告诉他们，往南不足百里的地方，有个叫伊尔库部的部落，也叫"黑马儿"部，那里的人马少，比诺霍苏苏更富有。这次我们反正已经出兵了，总不能空着手回去吧，就是顺手牵羊也得带回一些财物去呀。其木尼想想，孙习邈军师的话也有道理，他带来的兵马还有战斗力，何不赌一下呢，便听从了他的话，在孙习邈的带领下，向南进发。

这正是孙习邈的又一个独特的打算，他是想如果亦吉海不在三江霸海混天王的手里，他很可能还留在库鲁钦一带，趁此机会，再趸摸一把他的下落。

事情还真叫这个孙习邈给分析对了。

原来，亦吉海自从父母死后，他便隐姓埋名地躲了起来，他藏身于这里的一片密林的山洞中，有时到山下的小窝棚里去选木头，寻找什么样的木材可以作为理想的船料，然后再写宝卷，也以此来纪念自己的父亲。

这一带，正是伊尔库"黑马儿"部，这里一片片的地窖子，排列在萨哈连江岸边的一片松林地带，正是亦吉海常常下山来在此选树伐树的地方。这里的女真人和诺霍苏苏一样，家家生活得安实富庶，有马匹，有渔网，狩猎、捕鱼都干，部落不太大，都是一个姓氏——赫玛哈喇。所谓"黑马儿"三字，这是外界人对女真语只从音意上讹传而导致的名称。而当时，亦吉海正从山洞里出来，选完了树，在一个山窝棚里来记载木材种类，可是他万万没有想到，却遭遇了不测。

那天，他正在窝棚里睡觉，不想孙习邈带领兵勇冲了进来。

原来，当孙习邈带人在"黑马儿"部抢掠财物、马匹时，也是在到处打听亦吉海，可是当地人也不知他就是老船王的后人亦吉海，只说有一个人，整天上山看木材、选木头，不知干什么。孙习邈一听，觉得这很像自己要追逐的人，于是立刻带人围上了这座小窝棚。进去一看，不是别人，正是亦吉海。于是他哈哈大笑起来。说："亦师傅，咱们有缘哪。"

亦吉海一下子醒来，说："孙习邈，你要干什么？"

孙习邈说："不干什么，带你去一个地方。"

亦吉海说："我不去。你不要为难我。"

可是，孙习邈哪管这一套，他下令说："把他给我捆起来，带走！"

于是，这些人一起上手，把亦吉海四肢捆绑上，蒙上脸，放入一辆狗车中。他又在整个石洞中翻找造船宝卷，可是，怎么也没有找到。他逼问亦吉海宝卷藏在了哪里，吉海就是不答。没有办法，又不能在此拖延太久，他于是又将伊尔库洗劫一空，这才又坐上流筏，胜利返回了包鲁卡霍通。

这次出击，先胜后败，后来又败中取胜，顺便袭击了伊尔库，得了财物，又得了一个重要的人物——亦吉海，可是对于其木尼来说，他是背着老父偷偷而行的一种举措，就是胜利了，可是还是伤亡了许多弟兄和兵马，他心下一直有压力，也怕老罕王和其木卡的追究，所以一回来，就病了。

他是心病，那么，谁来解他的心病？落入孙习邈手中的亦吉海的命运，又是如何呢？

第三十八章　小雀儿飞翔

孙习邈得到亦吉海，如获至宝。

我朱伯西讲什么，从不愿虚张声势，我是把这个古老的故事和人物的命运一节一节地说给你们听，让你们好记，我也好说。

孙习邈这个人得到了亦吉海，他终于松了一口气，这是他这些年来颠沛流离寻找自己的归宿，这也终于算有了收获。这亦吉海可不是一般的人物，于是他命人把亦吉海关押到自己的木雕老屋中。他住外间，让亦吉海睡里头，他还让其木尼调来两个拿匕首的小超哈（兵将），负责看守亦吉海的一天行动。

这亦吉海自从来到包鲁卡霍通部落，他的双脚就被缠着四股皮带，紧紧地被捆绑着，这是怕他逃脱。看来，他现在是插翅也难逃啊。

当时，亦吉海被擒，一直待在他身边的小苏雀五儿一下子飞走了，从此不知了去向，亦吉海真盼着五儿去找人送信，快来救他。

每天，这孙习邈都要审问亦吉海。

他审的主要内容都是："快说，你的造船宝卷放在了哪里？"

"快说，这造船的主要手法有哪些？你说我记，也是可以的……"

但是，无论孙习邈怎么审，怎么问，亦吉海都是闭着眼睛躺在那里，给他来个徐庶进曹营——一言不发，连看他一眼都不看。不管孙习邈怎么骂、怎么讽刺、怎么污辱，他都不理，这种一言不发地对付他的方法，可把孙习邈气坏了。他大声地叫道："来人哪——"

"来啦！"立刻有几个打手来了。

孙习邈说："给我教训一下这个'哑巴'，我就不信翘不开他的嘴。"

于是，那几个人将亦吉海浑身的衣裳扒光，用烧着的大木棍、棒子，往他身上搓，把他身上烫得全都是红肿的疤痕。

孙习邈大叫："说不说？啊？"

可是，亦吉海还是不吱声，不理睬他。

亦吉海自从孙习邈这样待他以来，他饭也不吃，水也不喝了，一副决意要死的样子，至于他的船经宝卷放在何处，他更是只字不吐。

这一下，孙习邈反而急了。

其实他折磨亦吉海，目的是拿到宝卷，得到造船的神方秘诀，可现在好像宝卷不在亦吉海的身边，又不知藏在何处，他又一言不发，一旦亦吉海死了，不是鸡飞蛋打，竹篮子打水一场空吗？自己白忙活一回不说，连任何一点儿有用的东西也没得到，这不是一个天大的傻瓜吗？

但是眼下，孙习邈又实在找不到能让亦吉海回心转意的办法，想来想去，也只好先死了这份心。不过，他又一想：既然你亦吉海与我绝情，不说实话，不交出宝卷，我留你又有何用，不如先结果了你，也死了我这份心。我干脆让你就死在野人手中得了。

这天，孙习邈便把其木尼二位头领请来，向他们如实地揭开了亦吉海的身世和他身藏宝卷和造船秘方之事。他说："二位大王，你们可知道此人是谁吗？"

其木尼说："师傅，他是谁？"

于是，孙习邈便把亦吉海的身世、来历、手艺、能耐，一五一十地说了一遍，又加了一句："可是此人，现在顽固不化，不肯说出他的秘密，我们便不能留下活口。不然他一旦逃出去，或落在别人的手中，我们就会变得一败涂地。"

其木尼说："处死？"

孙习邈说："对。不能让其安生，不能让他得好死。"

其木尼这哥儿俩，从来不认识什么"船王"，也不重视什么巨船。他们从生下来只知道有"威呼"、独木舟和木排、木筏子，有了这些，走江走水也就够了，造什么船呢？再说，平时就是渡江、渡河，抱上一根原木渡水，或者两手搂抱着狗脖子洇渡而去，或者拽着马、牛的尾巴渡过去，或者干脆憋上一口气，然后一个猛子扎下去，在水中潜游一会儿，也就到了对岸，造什么船呢？

再说，一年四季也不用总使船，冬季过江，江上封冻，打个滑呲溜也就过去了，造什么船呢？

所以造船，对他们来说简直是可有可无，特别是造什么大船、巨船，更是新鲜事一桩，他们并不关心，也不在意，对亦吉海这个人也并不注意和重视，对孙习邈说杀掉亦吉海没有什么异议。

其木尼说："那就把他杀掉吧！"

又重复道："干脆，杀了得了。养着他费水又费饭。"

野人部落杀人，办法有三种：第一种称为刮刑。即刀削头，用大片刀，让人跪在那里，然后从人的脖子后头下刀，一刀下去，人头落地。

第二种叫"入圈"（juàn），是把人投入到狗、狼、熊之类的动物圈中，让动物咬死、啃死。

第三种称为"投宝"。所谓的投宝，是指把人押上高高的山崖，然后一推，让人坠崖而死。

二位头领问孙习邈："军师，你想让这个人怎么死？"

孙习邈说："那就用圈刑吧。"

其木尼说："喂狼？"

孙习邈说："对。让狼饱食一顿吧。"

其木尼说："好吧。正好咱们的狼已经饿得不行，正等着进食呢。"

孙习邈说："就按你说的办吧。"

这时，其木尼就要召唤超哈们，把亦吉海抬进后山的狼圈。可是就在这时，包鲁卡霍通老首领，总穆昆达柏星阿老玛发走了进来。

老人进来后，大声地说道："其木尼，你这个'蛮头'（这是女真人骂人话，是一句最狠的话，意思是，你真是一个野蛮而不开窍的死脑瓜骨子）你干什么傻事啦？"

其木尼愣了："傻事？"

老罕说："对呀！你是不是要对一个人下手？"

其木尼说："是啊！那和咱们有什么关系！"

老罕说："你真是个混蛋呀！方才，来了一只小鸟车其克，它向我告状，告你的状。是它把我引到这里来的……"众超哈正要将亦吉海押出雕木房屋。

其木尼一见父亲发怒了，这才慌慌张张跪在地上。

见老罕王柏星阿来了，亦吉海这时才坐了起来。只见一只小雀儿像支利箭一样直飞向孙习邈，小嘴像钢针，猛地扎向孙习邈，并上下翻飞，"喳喳喳——喳喳喳——"地不停叫着，好像在说："就是你这个坏家伙！就是你这个坏蛋！真可恶！真可恶，今儿个，我非扎死你不可，啄死你不可……"

开始，孙习邈没有提防，他正睁着眼看着柏星阿老王罕突然进屋，也感到惊奇时，没注意这小雀儿像箭似的飞来，小嘴猛地啄向他的眼睛。立刻，孙习邈的脸上出现点点血污，只听孙习邈"哎呀——哎呀——"连声怪叫，已经满脸是血，疼得他满地打滚。可是，这小雀儿还是不依不饶，继续用小嘴猛地啄击孙习邈，专门奔他的眼睛啄，啄着啄着，只听孙习邈"哎呀我的娘哟——"地叫了一声，孙习邈的一个眼珠子"吧嗒"一声掉了下来，可小雀儿把孙习邈的血肉模糊的眼珠子叼起来，一下子扣到孙习邈的满身是血的衣衫之上，然后大声"喳喳"地叫着，飞回到亦吉海的袖头上站住。

小雀儿这时扇着小翅膀，向亦吉海亲昵地靠近，点头、好像在安慰主人亦吉海说："别怕，别急。我来了，我来了就好了……"

大伙儿对这个小雀儿的举动都惊呆了。

老王罕柏星阿一直在看着这只神奇的小苏雀。他说道："太神奇了！太神奇了！方才，我正在我的卧室里与你们的额莫在聊天，突然，不知从哪儿飞来一只小苏雀，红头，正是咱们北方泼勒伸车其克，我们大家都正觉得奇怪呢，就见这只小苏雀满屋飞，'喳喳'地叫个不停。我就问小苏雀'你有什么事吗？'它又'喳喳'地对我叫个不停。我又问，'是找我吗？'它竟然冲我连连点头。我说，'你找我一定有什么重要之事，紧急之事。'它竟然冲我叫得那么悲伤，落到我的袖头上，仰着小头，扇着小翅膀，'喳喳'地叫，又悲伤，又痛苦，好像向我述说一段冤情。于是我就说，'小雀儿，你说，是不是谁欺侮你啦？我去找他算账，给你出气。'谁知，这小苏雀听了，频频向我点头，扇着小翅膀，又飞了起来，在屋里边边飞边叫，一会儿飞到门口，一会儿又飞回来，好像在叫我。我知道，这是在叫我跟他走。我就说，'雀啊雀啊，走吧，我跟你走。'于是，这小雀儿就在前边引路，我跟着，这才来到这里，这才进了你其木尼的地方。原来，这是你在做坏事！"

其木尼说："父亲，我，我我……"

他想说什么，一直说不出口。

老罕说："小雀儿现在啄瞎了你军师的眼睛，我乍见到你这个什么军师，就觉得他是一个奸诈之人！我曾经告诫你们兄弟，不要轻易就相信一些来历不明白的人。这个什么孙习邈、'孙真人'、道人，他是干什么的你们知道吗？现在看来他一定是个歹徒！不是好东西！连小鸟都来向我告状来啦，小雀儿、小动物都恨的人，绝不是什么好东西！来人哪！"

几个兵勇喝道："来啦。"

老罕王说："快！把这个什么孙习邈的家伙给我捆绑起来！"

几个兵勇又喝道："是。"

老罕王说："把他押送到我的屋里去，我要好好地审问一下这个家伙，他到底从哪里来，是个什么东西！咱们包鲁卡霍通部落是一个正义的家园，绝不容忍匪盗贼寇混入咱们的领地害我无辜的兄弟和族人！孩子们，其木尼，快快动手，把这位被关押的客人扶起来！"

"是的阿玛！"其木尼立刻动手，去掉亦吉海身上束着的"脚套子"，并且客气起来。

其木尼对亦吉海说："您请坐吧！"然后搬来一把皮椅，上面铺着厚厚的狍皮，让亦吉海安安稳稳地坐了下来。

老罕王和其木尼瞅着亦吉海，又都自言自语地说："一个连小鸟儿都能帮助又喜欢救助的人，他一定是一位世上最正直的人、最好的人啊，咱们绝不能慢待了人家。"

老罕王说："孩子们呀，这种世道，乱得天昏地暗，咱们要擦亮眼睛啊，像这位朋友一样，他这样受屈、受坏人的陷害，那他一定是咱们野人部包鲁卡霍通最尊贵的客人！"兄弟们一起点头称是，于是，吉海也简单地述说了自己的身世。大家立刻扶起亦吉海，押着孙习邈一同往老罕王的住地走去。

第三十九章　鳇鱼宴

天，晴朗湛蓝，风吹来也清凉了。

包鲁卡霍通一片欢乐、吉祥，人们都在奔走相告，老罕王要设宴，招待部落的每一位族人，因为他们请到了一位尊贵的人物——一代船王亦吉海，所以野人部老穆昆罕柏星阿老头领决定为尊贵的大师亦吉海压惊。

对于两个儿子背着他率兵偷偷去征讨诺霍苏苏，老王很是气愤，他斥责两个儿子不懂世理，险些酿成大祸。但应庆幸的是，带来了造船大师亦吉海，这也是自己命中有缘哪，真该好好地庆贺一番。

老罕王教训自己的儿子说："你们记住我的话了吗？"

两兄弟齐声答道："记住了，阿玛！"

老罕王说："那好，你们去准备吧，看看用什么最好的东西来招待咱们最尊贵的客人呢？"

两个儿子想了想说："父王，我们看应该以江中最鲜的鳇鱼来款待客人。"

老罕王说："鳇鱼……对对。就用这个！你们快去捕来吧！"

"是的。"于是，两兄弟答应着就出发了。

鳇鱼，满语称依寒尼玛哈，又叫牛鱼，当地人称依寒尼玛哈，是一种又大又鲜的北土江中的鱼类。捕这种鱼非常讲究经验和手法，要会在江上发现，然后跟踪，再以"牵"和"哄"的办法将其带入固定地方才能捕获。三兄弟分工，来到了江上。

老大极善于在江上寻鳇，他领来了父王的旨命，先带人在江岸上的草丛里埋伏起来，等待发现大鳇鱼。大鳇鱼这种大鱼，往往趁夜深人静时才悄悄浮到水面上换气，发出的声音就像一个老人在叹息。为了准确捕到它，其木尼已安排人在沿江岸的草丛里放置了许多的耳目，专门等待大鳇鱼的到来。

这天夜里，月朗星稀，没有一丝风，天很是闷热，这样的夜晚，鳇鱼一般喜欢从水底露出头来换气。大约午夜时分，一位在岸边草丛里的兵勇突然间听到江水里"哗啦"一响，好像有人站在水里抬起头来，接着发出一声粗粗的叹息……"唉！"

传令兵立刻拉丝绳，通知每一个观察的人注意，有大鳇鱼来了。这种丝绳是以椴树皮拧成的绳索，平时可用来连接木筏子的索绳，而此时放在沿江的草丛中，安挂在每一个守江的人身边，一有什么动静，只要一拉动绳子，下一个人就会惊醒，于是整个江岸就形成了一种警觉。

果然，随着江中传来"唉……"的一声叹息后，不一会儿，不远处又"哗啦"一声，又传来一声叹息。于是，岸边草丛里的人就在暗中数着，一只、两只、三只……

有几只，就有几声叹息。

这时，负责观察的老大要从不同的叹息中去分析，哪是公、哪是母、哪是大、哪是小、哪是肥、哪是瘦，甚至什么颜色、多大分量，他们都能从鳇鱼的出水动静和一声叹息中分辨出来，然后立刻作出判断，并传告下一道工序"牵"，即乘着小木筏子跟踪这条大鱼。

"哄"，就是一种逗鱼法，要像哄小孩一样去逗引，以防它在人的视线中消失。大鳇鱼喜欢吃鸭肉、鹅肉，为了吸引它们，捕鱼人就站在小木筏子上，以一根木棍拴着一只肥鸭，把它们引到江面宽阔又浅的水域，以便捕获。

捕捉鳇鱼要"戴笼头"，也就是，趁着鳇鱼浮在水面的时候，用绳索套在鱼肋后将其头紧紧套住，一条大鳇鱼有几百斤甚至上千斤重，在水中力气很大，必得等待它挣扎得没有力气了才可捕捉。笼头是用黄菠萝树皮编成的绳索制成的，老罕王的三儿子其木卡是给大鳇鱼"戴笼头"的能手。

给鳇鱼"戴笼头"要快、要准，要会使"腕功"。当鱼一露头，要立刻判断鱼会升起水面多高，鱼头可能偏往何处，然后按鱼头移动的速度和方位将笼头抛出，要一下套中。

如果不是一下子套中，它会沉入水底，再也不肯出来了。

套中后要进行牵引，由木筏手或威呼水手配合，牵引的人要随着鳇鱼的挣扎将绳索放放收收、松松紧紧，一点一点地往岸边拉。就这样来来回回，反反复复，大约有二十多袋烟的工夫，鳇鱼已浑身没了气力，于是它也便只好让人乖乖地拉上了岸。

当将捕获的大鳇鱼拖上岸后，野人部总穆昆达柏星阿带着族众到岸边来看，三个儿子正在分工，将大鳇鱼的各个部位分解开。鱼鼻、鱼唇、鱼眼睛、鱼子都是珍贵的营养品，这是一只大鳇鱼，又胖又嫩，肉质十分鲜嫩，光那鼻就得了一盆，唇也是一大盆，真叫人惊奇。

回到艾曼，老罕王可高兴了，儿子们真的捕到了这么好的依寒尼玛哈，他要亲自动手，给亦吉海大师做上几道拿手的好菜，但是，几个妻妾都说："大王啊，您别动手啦，还有我们呢？"

老罕王想了想说："好哇。今儿个，就由你们几个动手，一定亲自下厨。这也是咱们野人部的规矩。凡是有贵客到来，主人要携妻子们一齐下灶动手，做出上好的宴席来！"

妻妾们一齐答道："您放心吧。"

于是，在总穆昆达老罕王的指点下，几个妻妾一齐行动做起鳇鱼宴来。

鳇鱼宴，满语称"乌津宴"，这可是亦吉海头一次吃，过去虽吃过鳇鱼，但野人部的这种鱼的做法他却是头一次吃到，每一味都是格外的鲜嫩。

第一道是生拌鳇鱼肝，又嫩又香。

第二道是清蒸鳇鱼鼻，又软又嫩。

第三道是煎烹鳇鱼唇，又香又脆。

第四道是獾油哈什蚂拌鳇鱼肚，妙香无比。

第五道是鳇鱼血肠，鲜嫩奇妙。

第六道是野芥米沫辣烤鳇鱼膘，辣香焦脆。

第七道是葡萄汁烧烤鳇鱼肉，肉块白嫩，软香无比，都成切大块，吞一口可口极了。其味奇妙，世间少有。

第八道是鳇鱼肉丝，块、条、丁、沫、血等鱼身上的各个部位，分别拌田野、老林、河边、草甸、湿地一带采来的各种各样的野菜和花卉。这道菜不但用八大份、八大碗、八大碟、八大盆分别端上，而且每一份都是不同花卉和野菜所烩、所拌，都是这野人女真部落领域里的花卉的花头、花叶、花茎、花根、花果汁和各种芳香的野菜，没有元朝内地的任何一种花椒大料，使用野芹菜、野芥末、野蘑菇、野花椒、野山椒（即野辣椒）、野芝麻、野香精，拌在鱼肉里，使这道鱼宴格外与众不同，屋里的空气中都飘荡着喷香喷香的鱼肉气息。

第四十章　苏雀的故事

这时，老罕王喊："上料水……"

亦吉海心想：他们怎么不上酒啊。

只见老罕王的三个儿子答道："来啦！"于是"料水"上来了。亦吉海一看，什么料水，清一色的是山葡萄汁、酸浆汁、黑果汁、山梨汁，就是不见酒。

野人女真的饭食是葱米饭、苞谷烤饼，这是野人部从内地各处用山野菜、猎物和鱼类换取而来的。野人部会种番薯，所以番薯食品很多种。他们虽然也会种谷物，但主要的食品还是兽肉类的食物。这里，家家都有"牙里哈什"，即"肉库"，里边是专门装各种肉的地方，晾晒仓房和干肉条、干肉，多为狍子肉、鹿肉、野猪肉，也有鲑鱼肉干，这些都成为孩子们平日最喜欢吃嚼的副食品。

亦吉海吃得十分高兴，心情也愉快起来。

多少天来，他无心吃饭，无心睡觉，这一次他真正地放松吃饱了，心中十分敞亮。他也在心底感到野人部上下人人都那么直爽，不藏心眼儿，对任何奸诈狡猾之人，深恶痛绝，而对他们喜爱的人，却特别的尊重和崇爱。

这时，柏星阿老玛发、老罕王走到亦吉海跟前，询问道："亦大师，我问你一件事。"

亦吉海说："大王你但说无妨。"

柏星阿说："我深感奇怪，你的小雀儿波勒仲，它叫什么名字？跟你多少年了？真是太可爱了。"

亦吉海说："小雀儿叫五子，是我阿玛的老朋友，是一位尊敬的道长送给我的。它是我的向导、卫兵和小师傅呢！"

大伙儿说："是吗？那你能不能给我们讲一讲这小苏雀来历的故事呢？"

亦吉海说："它呀，浑身是故事，它的每一个动作，每一个叫声，都是一个故事，都有一种来历。"于是亦吉海给柏星阿和他的儿子们讲了这么一段小苏雀来历的故事。

有两个人，一个叫肖五，一个叫王杠。肖五和王杠是屯邻，俩人处的比亲兄弟还亲，肖五小，称王杠为哥哥。

有一年，中原地区大旱，庄稼颗粒不收，两家穷得实在过不下去了，哥儿俩一合计，干脆上东北的长白山、兴安岭去挖棒槌（人参）去吧。

王杠和肖五离开中原，漂洋过海，一路往北，登上了北岸，风餐露宿地又走了两个多月，这才来到了张广才岭。

一晃进山半年过去了，一棵人参也没找到。一天，王杠对肖五说："兄弟，咱们俩这些天一起走，那是四只眼睛变成了两只眼睛；这回，咱们分开走，那就是两只眼睛变成了四只眼睛了，备不住谁有福就能碰着一棵。"肖五听了正合心意，赞同地说："对，不管咱俩谁得着，咱们都对半分。"

哥儿俩合计好碰头的地点，王杠往东走，没用一天工夫，他就发现了一棵六品叶的大参。他想就地挖出来，又怕误了碰头时辰，于是赶紧在棒槌附近做好记号，就往回跑。不料，他穿了两片大林子就麻达山了。

肖五往西走，也碰到一棵六品叶。他想挖，也怕误了和哥哥碰头的时间。他和王杠一样，也是先在棒槌四周做好记号，急忙往回跑，没过两道岭，也麻达山了。这山里，林子、山谷、沟沟岔岔都差不多，人如果一分帮儿，最容易麻达山了。

就这样，肖五找王杠，王杠找肖五，两个人在林子里转圈找，转圈喊，越找越远，一直找了多少天也没找到。

这天王杠正走着，忽然胳膊一动，他变成了一只黄嘟噜的小鸟，一边飞一边叫着："嘟噜嘟噜五，嘟噜嘟噜五！"肖五呢，这天他的胳膊也生出一双翅膀，变成了一只小鸟，一边飞一边喊："王杠哥——王杠哥——"俩人找了多少年，一直找到今天还没见面。我的这只苏雀小五子，就是王杠变的那只鸟啊，它"嘟噜嘟噜五，嘟噜嘟噜五"地叫，那是在找它的弟弟呢。

柏星阿和他的儿子们都听得入了神、入了迷，说："吉海大师，你能否让它再喊一遍可以吗？"

亦吉海说："这个容易，你们听！"

只见亦吉海把袖头上的小五子举至自己的嘴边，然后在它的耳边说了点什么，然后一撒手，小雀儿一下子飞了起来，它边飞边叫着"嘟噜嘟噜五——嘟噜嘟噜五——"

大伙儿说："呀！真是这样。"

亦吉海说："它还会分辨你们的东西。来，试试吧。你们先坐在那里别动。我让它去熟悉你们一下……"

这时，亦吉海又把站在自己袖头上的小苏雀举到自己的脸边，仿佛在它的耳边说了一些什么，然后一扬袖头，小苏雀又飞了起来。它先落在老罕王柏星阿的胸口，歪着小头看了一会儿老罕王，又飞到了老罕王的大儿子其木尼那里，也是落在他的胸口处，也是歪着小头，仿佛在打量着他。就这样，小雀儿又分别落在了老二老三的身上，然后又飞回到亦吉海的袖筒子上。

这时，只见亦吉海从兜里掏出一个黑色的小皮罩，很小很小，又很精致，往小苏雀的头上一套，小鸟便什么也看不见了。

对于这种鸟罩，当地野人女真也看见过，但那是一种比这大得多的一种罩，是专门用来罩在鹰的眼睛上，这种小的鸟罩，还真没有见过。

这时，只听亦吉海说："现在，请大王和你的儿子们每人拿出一样东西，但要注意，一是要是你们自己身上的东西，二是这件东西不要太大，不然小雀儿叨不动。我要让它在完全看不见的情景下，把你们的东西还给你们。"

几个人一齐惊讶地问："能办到吗？"

亦吉海说："只有试试看吧。"

于是，他们四个人动手了。

大儿子其木尼从自己的帽穗上解下了一粒红色的坠珠，这是野人女真服饰上的珠子，很小，又很精致，十分鲜艳。

二儿子其木奇见哥哥这个办法挺好，不仅东西小，而且珠子这东西都一样，不好分辨，于是他也学哥哥，从帽穗上解下了一粒绿色的翠珠。

三儿子其木卡也效仿二位哥哥，也把一粒粉黄色的珠子解了下来。

轮到了老罕王柏星阿，他沉下来想了想，没有摘珠子，而是把自己烟袋烟荷包上的一枚坠珠给解了下来，那是一枚绿黑如墨一样的大江中的北珠，是他们族人几代人传下来的至宝啊！

四个人都把自己的东西放在一个盘子里，为了"鱼目混珠"，亦吉海又让他们家人取来一碗豆子，有黄豆、绿豆、芸豆、小豆、花豆，放进盘中，与玉珠混在一起，他拿起来摇了摇，这四粒珠子此时已完全混在了豆粒里。

亦吉海说:"你们看好!"

这时,亦吉海轻轻摘下了小雀儿头上的罩子,只见小雀儿不断地扭着头,一会儿上,一会儿下,一会儿左,一会儿右,好像在锻炼自己被罩了半天的脖子一样,逗得大伙儿哈哈笑。

亦吉海说:"小雀儿五子,该到你使用本领的时候啦。现在,请你把各位大人的物件,一件一件的分给人家吧,人家都在等着呢,你可千万别丢丑呀!"

小苏雀五子"唧唧唧,喳喳喳"地叫了几声,好像在说:"主人哪,你放心吧,我什么时候丢过这个丑呢,你就看着好了。"这时,大伙儿都屏住了呼气,眼盯盯地看着,只见小苏雀一下子"突突突"地飞向了放在屋当间一张木桌子上的盘子前。

此时,小苏雀落在这儿,它站在盘子边上,用嘴在那些豆粒中翻找,一下子叼住了那枚墨绿的玉珠,"突突突"地飞起来,又一下子落在老罕王柏星阿的手掌上,把那枚珠子交给了他。

小苏雀又飞回盘子前,又是一顿翻找,分别将红、绿、黄的三枚珠子叼出,送给了老罕王的三个儿子!大家惊叹起来,一起喝彩。

老罕王柏星阿忍不住问亦吉海:"大师呀,它是怎么能分拣得这么准确无误呢?"

亦吉海说:"大王,这个一点儿也不难。你想想,就在没给它戴罩子前,它飞到你们每个人身前,已把你们的气味牢记心间,当你们拿出自己身上的东西时,那上面就会带有你们自己的气味,凭着它对气味的识别就能知道是谁的东西,这不难,这是它的本领。"亦吉海解释得头头是道,由不得众人不信。

柏星阿和众儿子一听,都佩服地用手去召唤小雀儿五子,小五子"喳喳喳"地叫着,向他们点头示意,可就是不过去,总在亦吉海肩上、头上、袖头处飞来飞去,不离开亦吉海半步,还时时警惕地观察四方,很是活泼机灵。

亦吉海说:"我也要谢谢各位首领,我的五子它自己找食吃,从来不用我管,请你们不要总看着它,它会生气的。时辰长了,它就会躲起来,你们再也找不到它。可它就在你们身边,一旦有事,它马上飞过来。"亦吉海的话,引得大家个个赞不绝口。

第四十一章　恩都力木克

　　亦吉海与野人有缘。其实人世间的一切事情皆有因由，是由于孙习邈要加害于亦吉海，才使他机缘巧合地来到了野人部。我朱伯西所言之事，既有偶然，也有必然，这可能就是人间的一种缘分。

　　在这地处漠北的包鲁卡霍通地方，由于其地处边陲，离中原遥远，很少与元朝内地相联系，生活中不仅厨灶简陋，平时连调味品都没有，而且更使亦吉海惊奇的是，他们不会酿酒、做酱，不知道什么叫豆腐。这里的人对内地曾送去的罐中酒水，他们称作"恩都力木克"（神水），视为琼浆玉液。

　　在鱼宴上，柏星阿给亦吉海上的种种"料水"都是一些天然的饮料，好是好，但总不比中原的美酒啊。亦吉海曾经问柏星阿，你们这里没有酒吗？老罕王柏星阿说："大师呀，那是神仙喝的，我们怎么能有呢？"

　　亦吉海说："我们可以做的。"

　　柏星阿说："尊贵的客人啊，你会不会酿造恩都力木克？我五十多岁时，有中原人曾带来，我尝过一次，太香了，你能造吗？"

　　亦吉海说："我能。"

　　柏星阿说："那你就教教我们吧。"

　　亦吉海说："老头领，我可以教你们，很好做的，不是什么难事。"

　　柏星阿说："啊？不难？"

　　亦吉海说："老头领，你等着，我马上动手。"

　　亦吉海的名声，在野人部越来越响，越来越豁亮。当其木尼与柏星阿审问孙习邈时，才知道了孙习邈之所以挑唆他们发兵攻打诺霍苏苏，目的就是要找到亦吉海。于是他们也知道了，这亦吉海可不是一般人物，很多部落、族群、土匪、强盗都在四处寻找、争抢亦吉海，他是北疆赫赫有名的造巨船的世家后人，家里藏有价值连城的造船宝卷，亦吉海本人就是神匠，掌握造船的神功神技，是世上最宝贵的大师傅。于是，柏星阿老头领和儿子们都对亦吉海刮目相看。

柏星阿老穆昆达罕王说："亦吉海大师，我们野人部落今后就是你的家了，在我们这里，谁也不敢再欺负你，你能造大船，我们野人从来都是使用小威呼和木筏阿达，圣人这回到我们野人部来了，包鲁卡霍通一定会兴旺起来的！"

亦吉海说："我也觉得，咱们野人部会兴旺起来。"

柏星阿又说道："亦大色夫（师傅），你说，那个孙习邈军师，我们怎么处死好？是喂狼还是喂药，一切你说了算，我们听大师傅你的吩咐！"

亦吉海问："他现在在哪里？"

其木尼说："大师，这孙习邈我们现在还把他押在水牢里。咱们把他'穿火靴'或者上'木驴子''打瓜皮'，也都不解恨哪！这种罪大恶极的人，弄死他得了。"

亦吉海其实是一个宽宏大度的人，听了其木尼的话，亦吉海一再说："众位头领，高抬贵手吧。"

其木尼说："什么？高抬贵手？"

其木奇说："什么？你还想放了他？"

亦吉海说："众位首领，人这一辈子，谁都有犯错之时。我看，咱们再给他一个机会，就放他一马吧。"

老罕王柏星阿说："一切听亦师傅的。亦大师真是一个心胸宽广之人，咱们要好生地学学呀。"

于是，按着老首领柏星阿的旨意，又遵循亦吉海的话，将孙习邈从水牢里放出来。如今，孙习邈已瞎了一只眼睛，又深感自己的行为太伤人，也惭愧得再没有脸面做人，更是感激亦吉海不念旧恶，救出自己，便千恩万谢地表示："大师，能给我一个赎罪的机会吗？我愿为你和包鲁卡霍通部落的人做些事情，还请吩咐！"

亦吉海说道："孙习邈，你是从中原来的人，对于酿酒之事应该懂得？"

孙习邈说："不瞒大师，当年我在中原，道观旁的村子里就有烧锅作坊，这酿酒程序，在下还是牢记在心。"

亦吉海说："造酒全靠水，我看，你若想赎罪，洗去自己以往的邪念，你就领上一些人打井。这造酒，全靠水源。水好，酒才能好。你领人打井，你出主意，劳力活由其木尼派人，你看如何？"

"谢大师给我一个重新做人的机会。"孙习邈感激不尽地说，"我一定领人打出酿酒的水井来。"

对于亦吉海的安排，老首领非常满意，当下对三个儿子说："亦吉海大师要传授咱们包鲁卡霍通野人部酿酒技术，一切安排，听他指挥，你们哥几个配合亦大师。"

三个儿子答道："请阿玛放心，我等执行。"

就这样，亦吉海接受了包鲁卡霍通老首领的委托，亲自去教野人部的族众去学造酒、酿酒，这在野人部落，可真是一个天大的喜事。老首领的三个儿子也很盼着能造出酒，他们过去只是听说，现在要亲自去做，这是多么高兴的事呢。

按照亦吉海的指教，要先建烧锅房，烧锅房选址，是亦吉海亲自察看地形，就建在离江不远处的一个山坡下，派人上山伐木，夹上木障子，里面以木头搭建了一排"曲子房"，上面按亦吉海的指点，开出三层的"亮子"(窗子)，那些"亮子"有外格，可以用挂钩挂起，以便保温和散热。旁边的一头是覆锅，用来蒸曲子。

这边，他派孙习邈领着十二个小伙子挖地、打井。孙习邈这回干得很认真。他先使人在亦吉海看好的一个地方，也就是烧锅大院的北侧一处打井，先竖起高高的井架，让几个小伙子日夜挖土，再将土以柳筐吊出，碰到地底下的石层，就以钻子凿石，直奔地下水线。

野人部落的农作物，当年主要是苞米、大高粱，亦吉海就指定用这种作物作为酿酒的主料。为了使酒更有山野的气息，他又派其木奇率五十名女子，一起进山捡拾橡子果，一起渗在苞米、高粱之中，这会使酒更具有北土的气息。

亦吉海根据自己的回忆，他让人以大木头板子镶入土层下五米，做曲池，主要是为了发酵，还让一些女人动手以柳条子编出几百个大小不一的酒篓子，有装二十斤的，有装五十斤的，有装一百斤的，最大的是一种以大木板子拼成的"酒箱"(中原地区称为"酒海"，有一间小木屋那么大，一个一个摆在作坊的院子里。据亦吉海说，这种叫"酒海"的木头"屋子"，一个里边可装六百到一千斤酒，这叫女真族众看得目瞪口呆。做好之后，他又让一些妇女上山采来椴树皮、黄菠萝树皮，撕下皮下黏黏的树脂，掺上鹿血，倒入大木盆中搅拌，然后一层层糊在"酒海"的木板接缝上。整个"酒作坊"大院子里，整日飘出人们的笑声。

对于这些大木头"屋子"(酒海)，就连老首领柏星阿也是头一回听说。他看族众们一群群、一帮帮地跑到"烧锅房"去看，他也熬不住了，来看热闹了。他叼着烟袋，不停地在院子里走来走去，跟在亦吉海的屁股后边看热闹，看什么都新鲜。看亦吉海累得满头大汗的样子，他不停地指挥儿子们："给亦大师倒茶！给亦大师点烟！"

人人都感到奇怪的是，亦吉海在艾曼中的族人家庭中挑选了十二个小小子，一律七八岁，每个人胸前不但都戴了一件小兜兜，而且亦吉海天天教他们在院子里唱一首歌，一首"奇怪"的歌：

阿兰巴利巴利，

啪——

阿兰巴利巴利，

啪——

每个小孩手提一个细绳，细绳的下边系在一个方格长形的木框子上，孩子们每唱一句，拉一下提绳，那"啪"的一声响，就是那木格子翻过来的声音。

老罕王柏星阿好奇地问："大师呀，这些孩子是要干什么的呀？这和酿酒有什么关系呀？"

亦吉海笑了，说："老首领，到时候你就知道他们对酿酒该多么有用啦！"

老罕王摇摇头，自言自语地说："造酒还这么神秘！神奇！真是不得了啊。难怪酒喝起来有一种奇妙的感觉，原来这造酒的事情却是这么的神妙。"

这一天，领人挖井的孙习邈急急忙忙地来见亦吉海，说："亦大师，你快去看看吧，井挖到三丈深之时，底下的沙土变黄，已有水波冲起，看来，泉眼已找见。"亦吉海赶快与孙习邈来到了打井的工地，只见地泉之水已汩汩上升，一眼清清的新井已经打成……亦吉海让人用木瓢舀上来，他喝了一口，真是清凉甘甜，于是叫道："好水，好水，真是好水。看来此井是打在了正泉眼上！孙师傅，你是劳苦功高。"

孙习邈说："大师，你过奖啦，这都是你的指点和野人女真部落的弟兄们干得好。"

亦吉海说："也请你歇息几天吧。"

"不要了……"孙习邈说，"大师，我想告辞了。我的前半生，做了许多见不得人的恶事、坏事，现在，终于做成一件好事。我要离开这里，继续走南闯北，思过思愧，努力做人。我告辞啦！"

亦吉海和柏星阿一看他执意要走，便送他一些吃的、用的东西，送他到部落路口，眼见孙习邈渐渐地走远，消失在茫茫的山岭间。

在亦吉海的指点和带领下，包鲁卡霍通野人女真部落的人终于盼到了出酒的这一天。在此之前，亦吉海已经让人把粮食上蒸锅蒸好，又让人在院子里"翻曲子""扬曲子"，然后，就开始了"踩曲子"，这时，柏星阿老首领和其木尼首领们也才见证了亦吉海选出那十二个小男孩的真正"手艺"。原来，那是亦吉海让他们用脚跟去踩酒格模子里的料。此时，那些小孩都在亦吉海的指点下，脱去衣裤，光着屁股，胸前戴着一个小红兜肚，站成三排，一排四个，那里是一个大槽子，里面是潮湿的蒸料，他们脚边是一个一尺半长、半尺宽的木坯子，他们每人站在自己的坯模子里，然后亦吉海喊："阿兰巴利巴利——"

这些小孩便一同踩着脚下的模子，小脚跟挨排走下去，转眼踩完。这时，亦吉海又一扬手，小孩立刻跳出自己的坯子，随手一提细绳，那坯模子"啪"的一声翻了过去，挨着上一个坯印落下，接着再开始新的踩踏。所以人们在远处一听，便形成了"阿兰巴利巴利——啪——阿兰巴利巴利——啪——"的声音。

亦吉海又告诉柏星阿老首领，之所以选用这些小男孩，是因为小男孩们的小脚跟大小一致，又有力量，正好可以踩透格子里的料，出酒时蒸料必须要踩实踩全，不然料中的养分就走了、丢了！这是古训。经亦吉海一说，柏星阿才恍然大悟，造酒还有这么多说道。

烧锅出酒那天，柏星阿乐坏了。

多少年来，多少辈来，包鲁卡霍通地带根本不知道酒是如何造出来的，要想尝上一口，那真是难上加难啊。现在，自己能造了，一大桶、一大篓、一大"木柜"（酒海）地摆在那里，能不乐吗？

为庆祝出酒，部落特举办盛宴。

第四十二章　野人兄弟宴

这天，江面上突然来了五只小木筏。

探子急忙来报："报告罕王，江上不知是什么人，冲了过来！"

柏星阿说："立即严密监视。"

原来，这伙来人不是别人，正是上江诺霍苏苏部多罗罕的大队人马，他们是在老首领总穆昆达的带领下来拜会野人女真包鲁卡霍通的。他们这次来，还带来了三江霸海混天王吴信，还带来了从内陆高价买来或以货易货换取而来的绸缎、布帛、美酒，代表女真人的情谊，特来拜望包鲁卡霍通的兄弟们来了。

探兵立刻通报了老首领柏星阿。

老首领柏星阿一听，乐坏了，他吩咐人马说："快！都到江边上去给我迎接贵客。"

这时，大江岸上已是锣鼓喧天，人们载歌载舞，包鲁卡霍通部的所有族众在总穆昆达罕王柏星阿老玛发，还有他的三个儿子其木尼、其木奇、其木卡领着众野人部的人一同站到江边来欢迎远来的贵客，而他们大家一起护拥着一个人一起来到了江岸，大家一看，这个人正是亦吉海！

这是多少年以来萨哈连头一次上下江的包鲁卡霍通和诺霍苏苏族众的友好相聚。因为早年，他们都是互不往来，互相敌视，互相猜疑。特别是包鲁卡霍通的其木尼等首领。

这个其木尼，总是对别的部落心怀忌疑，总想掠抢别的部落的财产、物件，所以他才偷偷带领两个弟弟去偷袭诺霍苏苏，他的人马骚扰诺霍苏苏，烧杀抢掠，征战溃败又逃窜，自己没有去道歉，现在，诺霍苏苏却来看望自己的部落，他真正地感到没有脸去见人家。

本来，包鲁卡霍通的老首领柏星阿，当他得知儿子们背着他去偷袭人家诺霍苏苏时，他气坏了，他一来是准备严惩自己的不孝儿子，二来

193

也是打算选定个时间前往诺霍苏苏，一定亲自登门拜访，向老罕王多罗罕赔礼。没想到，自己还没有动身，人家倒是先来了，这使得柏星阿心里非常内疚不安。

于是，老首领柏星阿决意要施大礼来迎接。

从前，在北土之上的部族间的大礼，也如中原一样，是那种顶礼膜拜的跪拜。当柏阿星听说来人带着无比的虔诚来拜他并送礼时，他也率领众族人和儿孙，来到江岸。他当着众人的面，跪在江岸上，自己的儿子其木尼、其木奇、其木卡，一见父王跪下了，他们也都乖乖地跪下了。

只见老首领柏星阿从怀中抽出一柄羊角小匕首，在自己的额间刺了一下，血立刻流了出来——这是野人部与尊贵的友人见面时最真诚的表示。

"啊？老首领刺眉血迎见啦！"

"啊呀！这仪式最尊贵啦！"

这时，那些在木筏子上的诺霍苏苏总头领多罗罕老玛发现到眼前的此种情景，惊呆了，他连连地对他的族人们说着。

而且此时，多罗罕没等木筏靠岸，他"扑通"一声跳入江中，水已上了他的膝间，但他蹚着江水一步一步地向岸边走。上了岸后，他一直奔老首领柏星阿跑了过去，并紧紧地拥在了一起。

老首领多罗罕说："啊呀兄弟！你怎么这样？"

老首领柏星阿说："啊呀兄弟！我必须这样。"

二位老人紧紧地抱在一起，双头紧扣，不肯分开……

就在多罗罕与柏星阿紧紧相拥时，多罗罕也从怀中掏出一个鹿角小匕首，在自己的额上刺了一下，血也立刻流了出来，这样，两个部落的总首领的血就融在一起了！他们拥在一起，众族人也都拥抱在一起，互相表示自己的心意，倾吐衷肠，那种亲密之情让谁见了都无比感动，这是北土之人的心底之情。

还是三江霸海混天王吴信给打开的局面。

这时，三江霸海混天王吴信一见双方难舍难分，这个炙热的场面还在不断地延续下去，说不定会延续到什么时候。于是他上前对二位老头领说："二位老首领，我有话要说！"

多罗罕、柏星阿说："当说无妨。"

三江霸海混天王吴信于是说："包鲁卡霍通和诺霍苏苏两部的争杀，都是由于歹人的挑唆，我们前日通过色克探子的侦察，知道是孙习邀挑唆包鲁卡霍通发兵来攻打诺霍苏苏，意在搜查亦吉海大师。他们在诺霍苏苏没有找到亦吉海大师，又冲到"黑马儿"部，押走了亦大师傅，我们怕孙习邈继续挑动包鲁卡霍通杀害亦吉海大师，图谋不轨，便赶来包鲁卡霍通。我们本打算不来，但一想事关重大，虽然拖了一些时日，但如今还是毅然赶来。我们是想告诉你们，这亦吉海大师是萨哈连乌拉有功之人，他多才多艺，人品至上，是我们各部的大师，要保护他、爱护他，一定要这样做啊，不能伤害他！害群之马就是孙习邈这个歹人，恶贼、小人、祸手，咱们各族部落都是亲如手足，亲兄弟一般，我们同饮一江水，同是血肉血源亲兄弟，咱们亲又亲哪。"

大家都说："是啊！是啊！"

这时，柏星阿老首领站起身，又把站在一旁的亦吉海大师手拉手地领到江岸，共同来到诺霍苏苏老罕王多罗罕的跟前，说："诺霍苏苏的女真兄弟，我们野人部乞列迷人保护了亦吉海大师，分毫无损，我们已经是最亲的兄弟啦！而且，亦大师帮我们学得了诸多门手艺，我们的部落真是离不开这位大师了！"

多罗罕说："这就好！这就好！"

柏星阿说："现在，就请诺霍苏苏尊贵的客人们，你们赶快进我们的屯寨，和我们两个部合力，咱们共赴一次兄弟宴吧！从此以后，咱们两部落再也不争吵，再也不分心，再也不殴斗，再也不猜疑，我们和好，互相帮助，我们野人部尤其期盼上江各女真兄弟们的帮助啊！过去，都知道我们少有内地文明，与你们和好了，我们也就会发迹起来的！"

柏星阿老玛发很开明，几句心里话，深深地感动了诺霍苏苏多罗罕和女真的头人族众。俗话说，话不讲不透，灯不点不明，只要互相把心亮出来了，就成了血肉亲兄弟。特别是那种独特的将眉心血印叠在一起的古老仪式，不是轻易举行的，那是女真人千百年来所传承下来的一种久远而神圣的仪式，血与血叠印在一起，就表明了心与心叠印在一起，那是心心相印，那是骨血汇融，从此双方不再争斗。

当即，诺霍苏苏人马开进包鲁卡霍通族地。

包鲁卡霍通顿时欢乐起来。人们在这里举办了隆重的"兄弟宴"——这种宴也同"眉血仪式"是一个道理，往往在十分重大的场合才能举行，族人都要前来参加、庆贺。

这时，诺霍苏苏的多罗罕派人抬上从他们那儿带来的"恩都力木克"，这是野人梦寐以求的神浆玉液，说道："老首领，请尝尝我们带来的美液吧……"

柏星阿说："什么呀？"

多罗罕说："美酒呀！"

谁知柏星阿却说："我也要让你们来尝尝我们的琼浆玉液！"

多罗罕一愣，说："你们的琼浆？从何而得？"

柏星阿于是就一五一十地将吉海在这些日子里如何率人酿造出了北土美酒的事说了一遍。又加了一句："只要你尝尝，就不会放下酒碗了！太好啦！太好了啦！"于是，他立刻让人抬上他们的酒篓子、酒罐子，这也让诺霍苏苏的族众大开了眼界。这使诺霍苏苏的族众对亦吉海大师更加刮目相看啦。

于是，多罗罕捧着包鲁卡霍通的酒篓子，饮了半下子美酒，而柏星阿老首领也捧着诺霍苏苏的多罗罕带来的酒罐子，足足饮了半下子老酒。

席间，除了各种山野，老林中的山珍、野味，还有江河中的各种鲜鱼，当然更主要的是有酒。有酒，这一下子引起了人们的兴致。

北土的女真人，有酒必跳舞、唱歌。他们的乐器叫鹿筋弦琴，是将一段硬木掏空，上面蒙上动物皮张，狍皮、鹿皮、羊皮、马皮、蛇皮、鼠皮、牛皮、猪皮的都有，然后上面勒以鹿筋。那鹿筋已经干透，很有韧性，呈金黄色，在一头上固定好，另一头可以用木轴上劲，人以手或木片一拨动，便会发出美妙的响动，这是北土野人女真十分喜爱的一种传统乐器，每逢人们兴致浓烈，便会弹拨起鹿筋琴，然后唱歌。

他们唱的歌叫"布鲁翁"（喜歌之意），这是北土乞列迷人的生活歌谣。布鲁翁又分独唱、合唱、领唱、接唱许多种类，要根据喜庆不同的内容和起因而定各种形式，像这种宏大的"兄弟宴"场面，布鲁翁就采用了合唱，边唱边跳，边吃边喝，十分热烈。

这时，与多罗罕并排坐在一起的柏星阿已到了兴致浓浓的时候，他端起酒罐，美美地又喝了一大口，说道："孩子们，都跳起来，唱起来吧，我们最亲的兄弟们与我们在一起呢！"

老人这一发话，其木尼、其木奇、其木卡，一个个都下场跳了起来。接着，野人部的老老少少、男男女女，也都下场跳了起来，歌声一下子飞扬起来。

柏星阿的三个儿子都是出名的歌手，他们三个人分别唱：

领：莽莽的大森林，
　　何时这样欢乐过？

合：咳咳咳哟——

领：滔滔的大江之水
　　何时这么奔淌过？

合：咳咳咳哟——

领：都因为来了兄弟，
　　我们日夜想会的人。

合：咳咳咳哟——

领：都因为来了朋友，
　　野人心中真正的朋友。

合：咳咳咳哟——

领：过去的岁月，
　　我们糊涂过呀！

合：糊涂过呀——

领：如今我们醒来，
　　真正的醒来啦！

合：醒来，醒来啦——

领：春天啊，你来啦，
　　来到了包鲁卡！

合：来到了包鲁卡——

领：我们的歌儿唱不完哪，
　　唱也唱不完哪！

合：唱也唱不完哪——

领：春天哪，你来到了我们的家乡，
　　我们岁岁生活的家乡！

合：我们的家乡——

领：我们显得永远年轻，
　　格外的活泼健壮！

合：活泼健壮——

领：永远的包鲁卡通！
　　永远的诺霍苏苏！

合：咳咳咳哟——

领：亲人般的包鲁卡通，
　　　亲人般的诺霍苏苏；
合：包鲁卡通，诺霍苏苏——
领：江水溶溶，
　　　山岗接连，
　　　这是我们的家呀。
合：咳咳咳哟——
　　　这是我们的家呀——

　　歌震撼着每一个人的心，舞跳得地动山摇。这是一种民间集体舞，当人跳得高兴时，已经忘却了什么规矩，剩下的只有欢乐。只见那些跳热了的人，一个个脱下了衣裳跳，再热了，就接着脱，最后，一个个只穿着一件白皮板子的裤衩子，光着膀子，甩动着长鬈跳个不停……

　　诺霍苏苏的人，也被感染了。

　　本来，他们不仅属于北土的女真，有真正的血脉和血缘，而且双方都熟悉那古老的布鲁翁，那是北土之人心底的喜歌，欢喜之时不唱布鲁翁，简直无法释放心底的欢乐。于是，诺霍苏苏的族人们在包鲁卡霍通人热情的熏染下，一个个都走下场子跳了起来，他们跳的是女真人的莽式玛克辛。

　　这是一种踏地踢踏舞，一开始与包鲁卡霍通的地方舞不太合拍，可是跳着跳着，太奇怪了，只见双方的舞一下子合拍了，只有语言和歌词不一样而已，可是人人的心都是那么的火热。

第四十三章　柏星阿乘大船

那一年，这一带江水猛涨，人们出行甚难。

老首领柏星阿是一个极有智慧的人，面对滔滔洪水，他突然悟出，自己的部族要有大船才行，为何不造一艘巨船进江入海呢？这一日，他来到了亦吉海的住所。

自从包鲁卡霍通部族将亦吉龙拜为大师，人们专为他修筑了一处住所，宽敞的院落，背靠山林，面朝大江，是一个开阔的地带。每日专有部族的人为亦吉海起居劳作，并照料他的生活。亦吉海呢，他每日除了精心地指点包鲁卡霍通的人去学习酿酒、种菜之类的事，就是专心地修编亦氏家族的《船经》，他的住所里，人只要走进去，便会看到他制作的各种船的模型，这里简直就是一座船博物馆。

这一天夜里，老首领柏星阿做了一个梦。梦中，他乘坐着一艘大船，航行在茫茫的大海上，大海是那么辽阔无边，风平浪静，成群的海鸥在飞翔。大海中，各种各样的鱼游来游去，族人们将大网向海中抛去，大家齐力一拉，满满的一网银鱼便拖上了船，那大鱼，又肥又胖，在船上、岸上，堆成了山。

老首领哈哈一乐，醒了。

这一天，柏星阿老首领走进了亦吉海的院子。

听说老首领来了，亦吉海急忙迎了出来。他说："老首领，你今日来此造访，一定是有什么事吧。来，先到屋里喝喝茶。"

老首领柏星阿说："大师呀，你算说对了，我昨晚做了一个梦，我梦见，我可风光啦，我乘坐着一艘大船，直奔北海，在大海上畅游，可风光了，这可是包鲁卡霍通部族人的荣幸，也是我柏星阿一辈子的梦想。我，我是真想有这么一艘船，一艘大船。可是我不好意思再提出让你造一艘大船的事啊！"

亦吉海笑了，然后把他领进了自己的屋里。

199

亦吉海泡好茶后，站起来，他推开一扇门，只见是亦吉海写《船经》的里间。他说道："老首领，请你进来看。"

老首领柏星阿随着他走进去一看，惊讶得"哎呀"叫了一声，只见屋中沿着四周的木板上摆着的全是船模，各式各样，千奇百怪，有"楼船"，有方型大平船，有帆船，一个帆、三个帆、多个帆不等，那帆尖上都有一条鱼，鱼身上拴两个红铃铛，用手一触，那铃铛还发出悦耳的响声。柏星阿甚至感到了风帆展动中成群海鸥、海鸟跟着船飞的情景。这些船模琳琅满目，精美至极，老首领爱不释手，一件件观看，哪件都是宝贝！

亦吉海说："老首领，你喜欢哪艘？这些船模，每一件放大后都是现在形状的几十倍，上百倍，你如果看着哪个样式好，想要哪样的，你就但说无妨。"

"啊呀！"老首领说，"这，这可怎么说呢，因我样样都喜欢。我看，还是请大师帮我选一下吧。看看哪一种适合我们包鲁卡人乘坐，出海远行的。"

亦吉海点点头，领着柏星阿向靠窗的一块，木板前走去。只见那里放着一艘大船模型，那是一艘双帆六桨双层大帆船，威武壮观，让人喜爱。亦吉海拿起它，递给柏星阿说："老首领，我看，就把它送给你和你的族人，以了却你和族人多年的愿望。"

老首领柏星阿双手接过模型，连连地说："大师呀，其实我早就看中了这艘巨船，我不好意思讲啊。现在，你亲口答应了，我该怎样向你表示谢意呢？"

亦吉海说："不，老首领，不用客气，这是我亦吉海应该做的。你们是我的救命恩人哪。想起家父在世时，也常常是谆谆教导我，逢恩不报，不为人德，况且我亦家就是世代造船的人家，这本是应该应分的呀！"就这样，亦吉海答应为柏星阿的包鲁卡部族造一艘大船供其出海。

柏星阿从亦吉海处带回大帆船模型回到家立刻传人叫来了其木尼、其木奇、其木卡三个儿子，当场分派了他们任务。老罕王对儿子们说："我已与亦大师说好，亦大师帮咱们了却部族人多少辈的凤愿，造大船，你等要全力配合，亦大师要啥给啥，不可耽误工时。老罕王说，"现在，你们随我前去大师处，详细听他的指令！"

于是，父子四人又一同来到亦吉海住处。亦吉海吩咐他们，要先去伐木、选材、运料、下料，这一步很关键，然后大量的是木工活，都是力气活和技术活。老罕王一口答应。当即下令，让大儿子其木尼和二儿子其木奇领人跟着亦大师去选木、伐木，三儿子其木卡负责后勤。

那时已是秋季，雨季已过。亦吉海带人上山，选那些红松、樟子松、落叶松来伐，然后等待落雪，再从山上将木拖下，开春动手干木活。包鲁卡造船厂坐落在江岸的开阔处，秋风一起，树叶飘落，大雪便纷纷扬扬地落下来了。

其木尼和其木奇在亦吉海的指挥下，以牛、马、骡、驴拖着爬犁进入伐场，把那些上秋和初冬已经伐倒的大树，一根根打杈、去枝，只剩下一根根的圆条（也称原条），然后绑在爬犁上，拖下山来，卸在冰冻的江岸造船厂上……

冬季，木头又干又脆，便于割切成板材，其木奇又领着二十多个包鲁卡霍通的年轻人，专门下料，破木头。按照亦吉海的指点，破好的板材，一律要烘干、压平，有些部位还要搋弯。亦吉海指挥其木卡他们沿着江岸山坡挖了两个又宽又深的"烘坑"，"烘坑"陷入土中三米深，再下边是两层，一层放板材，一层是炭火，点燃熏烤船木。人们热火朝天地干了一冬天。

渐渐的，春天又回到了北土的包鲁卡霍通。这时，造船工地上木活开始多起来了。主要是要将那些烤好的板材下料、凿卯、拼缝，全靠技术才行。因此，亦吉海处处都要指点，教给人们怎么做，一个人忙得脚打后脑勺，晚上累得都上不去炕了。

这天，他又忙了一天。半夜，才从造船工地上回来，他刚进院子，就见一个人跪在院子里。

亦吉海急忙走上去问："谁？谁跪在那里？"

只听那人说："是我。师傅！"

亦吉海一看，原来是孙习邈。

亦吉海说："孙道人，你为何称我为师傅？我也不是你师傅……"

孙习邈说："师傅，我虽然没有学过造船，也没跟你学习过造船，但是这些年来，我看你造船、选木、下料、拼板也许多次，别的不说，就一般的木匠活，我还是会的。在这包鲁卡族众造船的关键时刻，我可以帮你忙一忙的。"说着，孙习邈解开带来的一个袋子，里面是二十多个他亲手做的吊线的"墨斗子"。

墨斗吊线，这是传统木匠活的重要工序和工具。这些日子来，真的是各道工序都用"墨斗子"，忙得亦吉海做不过来，而这里的女真族众都不会，眼下，这孙习邈一下子背来这么多"墨斗子"，这让亦吉海一下子高兴起来，有人帮他了。于是他对孙习邈说："请到屋里说话吧。"

进去后，亦吉海给孙习邈泡上一壶野黄花茶，这才与他攀谈起来，也才知道了孙习邈离开这里之后的一些经历和他今后的打算。

原来，自从孙习邈离开这里，发誓奔走四方，重新做人，可是走了许多地方，都不尽如人意，还时时处处受人欺负，采药也采不好，学道也没人理。最后他下了决心，还是回到包鲁卡霍通投到柏星阿和亦吉海的手下，安心当一个木匠，好好度过自己的后半生吧。说到这里，他又重新给亦吉海跪下，说道："还请大师答应我，收留我，也不使我枉活一生。"

亦吉海说："你起来！"

孙习邈说："大师如不答应，我就不起来！"

亦吉海实在无奈，又想想，也该给他一个重新做人的机会，在自己身边，好好调教他，也许就能成为一个有用之人。

于是亦吉海就说："好吧，你起来吧，我收你当造船木匠。"

"多谢大师！"孙习邈跪地深深一拜。

就这样，孙习邈就留在了包鲁卡霍通部落，每天跟着亦吉海，帮着料理一些木匠活，和族众们一起在造船的工地上忙了起来。

这一天，亦吉海正在忙着拼船板、对木缝，突然听到他肩上的小苏雀"唧唧唧"地叫个不停，他再一看，一只小白兔从他的脚边钻了出来，他感到奇怪，小兔怎么来了？还是上次它来过一次，难道是济民道长来了吗？想到这里他抬眼一看，啊呀，济民道长真的来啦！

济民道长见了亦吉海也非常高兴，二人立刻回到亦吉海的住处倾诉思念之情。原来，济民道长把道观交给了一个小住持，他带着小白四方云游，一直往北，打算去往北海采药，这日正好来在了包鲁卡霍通，也是想见一见亦吉海。于是，亦吉海便把孙习邈如何痛改前非，如今正在他的手下干木匠活的事告诉了济民道长。济民道长听后说："你心地善良，本是好意。但如他这样的人，日后也依然要多加提防。"

济民道长在这里住了一些日子，然后就领着小白，又往北去了，云游采药去了。

两年之后的春天，一艘双帆两层的大木船终于造成，在岸边下水，投入到了萨哈连江心。柏星阿率领三个儿子，由亦吉海陪同并掌舵，他们一行人终于将帆船开到了萨哈连出海口……

亦吉海说："老首领！这回不是梦吧？"

柏星阿老玛发活了六十多岁，他这是第一次乘船北上进入茫茫大海，终于是圆了他和族人多少代的梦啊。

第四十四章 田甸中计

不说亦吉海大师与黑格林河口包鲁卡霍通野人部落族人的关系分外密切，吉海传布由内地学来的各种知识、技艺，使野人部首领和族众个个欢欣雀跃，于是，亦吉海在野人部落安心地住了下来。

再说田甸大将军这边的事情。

那次，田甸大将军受命率兵驰援金山，前去对抗明军，解救自己的义父——六朝大丞相、太尉纳哈出的被围困之灾。

田甸大将军走得十分焦急，他晓行夜宿，马不停蹄，一直催促自己的万余军旅、车辆、辎重、兵队，迅速前行推进，中途都不休歇，连去茅房大小解都命令兵勇们边行走边行之。不少兵勇两三天之后，可能都是糊糊涂涂，光知迈步，后边跟着前边的迈步只是一个劲儿奔跑，闭目不知走到何地。这是真正的边睡边行。

不少人遇到河谷，人已进到水中才突然间醒来，已全身是水。

他们大喊："水！水！"

可是兵勇头直喊："快！跟上……"

于是这些兵便再也不问，立刻拖着湿漉漉的裤腿子照样紧赶前头的队伍。

因为田甸大将军历来是治军严谨，这一点随他的义父大丞相、太尉纳哈出，他的兵个个都惧怕他，所以他颇有声誉，这让他的义父纳哈出非常满意。所有大事、要事，义父都喜欢派他出马，他的队伍堪称是纳哈出的护命保镖。

但是说来，此番田甸奉义父之命前来解围，虽然确是从金山发来的纳哈出的手谕，田甸大将军也完全的信以为真，不但口气甚像义父之语，而且字迹也甚像出自义父纳哈出之手，容不得田甸怀疑，就是放是谁也不会往别处去想的，但是人间世事那是变幻莫测的呀！比如这次，其实就是一个让田甸万万没有想到的一次变故，说起来真有意思。

现在，我朱伯西在这里不能不告诉各位听者，田甸大将军此番解救金山之难，完全是中了暗计。这是大明朝暗中策划使出的一个计策，是朝廷设下的迷魂阵，他们想借纳哈出之手，来一个策反田甸大将军，使其倒戈归顺明朝朱洪武。这样，就砍断嚣张一时、气焰甚旺、张扬外露、无人敢惹的纳哈出的左膀右臂，削弱反明势力纳哈出。这一招，一出手就很高明，狠毒，是在借刀杀人，并待机歼灭实力雄厚的纳哈出，从而使明朝统一辽东，铲除蒙兀的最后的残余势力。

而田甸完全是被蒙在了鼓里。

田甸，他是一心一意"执行"父命，拼命骑快马领精兵往金山赶路，心中只是想着快快救出义父。这招棋真狠，这招棋谁出的？不用说大家也应该猜到，这招狠棋，其实正是出自金陵朱元璋身边的大谋臣、大军师刘光刘伯温。

刘伯温这个人可非一般人士所比，自从他辅佐朱元璋称帝以来，凡明初诸大典制，如乐礼、刑法、历史、科举等方面，皆由他与李善长、宋濂等来裁定，并被朱元璋特封为诚意伯。

记得一日，刘伯温特向朱洪武皇帝来献计。

刘伯温禀奏皇帝说："臣今甚忧辽东。"

朱洪武说："你说说看。"

刘伯温说："那元将纳哈出如今仍然依仗自己兵威将广，天高皇帝远，他霸占着辽阔的白山黑水，那可是一块得天独厚的地方啊！"

洪武帝点点头，说："说下去。"

刘伯温说："那里不但自然丰饶，又有雄悍的女真臣民和其他野人部，而且财产，资源丰厚于中原，如果不及早设法图之，纳哈出的势力日益强盛，待其养成偏安猛虎，再思图制服，恐甚难矣哉。"

洪武帝说："那你的意思……"

刘伯温说："依臣之见，陛下，咱们干脆趁其羽毛尚未丰满，及早破之，不可迟疑。陛下宽仁，使其放归故里，然纳哈出不思改恶从善，变本加厉，与我大明争地抗衡。他如今气势强硬，傲视群雄，身边又有个田甸是他最为可靠的心腹，处处都听他的调遣。依臣之见，必须离间田甸与纳哈出的关系，让田甸知道事情的真相，不能再盲目地跟随纳哈出。这样，纳哈出便会孤立无援，我们再窥机发兵进攻，逼纳哈出真正降明。这样辽东便可以统一，明朝北疆也便会安矣也。"

刘伯温的话，一下子说到了朱元璋的心里。

平时，对于刘伯温的话、行为、各种主意，朱元璋从来都是言听计从，十分重视。现在经刘伯温这么一提起，他忽悠一下子觉得，还是他刘伯温哪，这么一说，还真的提醒了我。过去因长期争战，朝中事多，竟把纳哈出这档子事给忘到脑后头去了！是啊，这么大的事，咋就给忘了呢。

想当初，朱元璋擒拿住纳哈出，他是多了一个心眼儿，为了笼络纳哈出，并没让他为难，还将自己身边的秦淮美女秀秀带其幼子小田甸，一同赏赐给了纳哈出，田甸当即认纳哈出为义父。当时那纳哈出刚刚丧妻，不但得到朱元璋的照顾，又得到江南美女，他对朱元璋洪武皇帝那宽仁大度的胸怀，真是万分感激，身为一个败将，大明朝不杀头、不囚禁，还给了保持原官职位和原有的兵权，又赏赐江南绝色美女，并得到了一个聪明的义子，这使得纳哈出无限的感激。特别是后来又允许他返回辽东，不计前嫌，真叫人难以置信。而现在，一晃十来年之久，纳哈出已被养得野心勃勃，仍与大明为敌，这成为攻伐辽东的唯一障碍和强敌对手。刘伯温计谏，真是非常及时，于是他下旨召见御前大臣朱谦武。

这朱谦武，原为纳哈出手下的御马令，专门饲养纳哈出百匹坐骥。纳哈出原在太平路即安徽当涂为万户之职，他选用本家族木华黎后裔的年轻后生哈尔蛮帖木儿为自己的御马令。哈尔蛮贴木儿很会办事，此人善于应酬和交际，与当涂地方明朝官处得很是投缘，脚踏两只船，两面讨好。当朱元璋率兵攻打当涂，十万大军团团围住了纳哈出，困得他粮草皆空，全军饥饿难忍之时，哈尔蛮帖木儿仍与明军暗中交往，并把不少明军粮草偷运过来，正是由于哈尔蛮帖木儿在暗中给主帅纳哈出万斤粮草食用，纳哈出也才站住脚跟。而这边，哈尔蛮帖木儿又在暗中秘密勾结朱元璋的明军，他偷偷地把明军引入纳哈出的军帐中，纳哈出才被朱元璋活捉，但此事纳哈出一点儿也不知晓。对于双方的事情，哈尔蛮帖木儿一再从中斡旋，朱元璋优待纳哈出，并免死留下，这件事使得哈尔蛮帖木儿有功于大明，朱元璋甚是高兴，便收留下哈尔蛮帖木儿在自己的身边，做通事、翻译官，并赐名朱谦武，成了内臣。

这朱谦武自从到了朱元璋皇帝的身边，他做了许多事，都是大事、要事。如明朝与元顺帝互相联络友好，往来、走动等工作，都是他而为之，这使他成了明朝在元朝敌军中的隐秘内线，他不但为双方互传信息，又频频做明朝招降纳哈出的使臣、信使等差役，而且，这也使得纳哈出对他很友好。但是出于谨慎，朱谦武跟纳哈出的联系，主要是与纳哈出的爱妾，朱元璋赏赐的秦淮江南出名美女秀秀来联系的。

秀秀也不是一般的美艳之女，虽然她被朱元璋赐予了纳哈出，但无论是血缘还是生活习惯她都忘不了江南金陵的风土人情。那动听的江南昆曲，那亮美的江南花灯，那飘荡的江淮彩船，哪一样也未曾离开过她的闺心。因之，她与哈尔蛮帕木儿的联系最为密切，哈尔蛮帕木儿也常常寄一些金陵的时鲜果实给她，但这也耐不住她的思乡念土之情啊！

秀秀与丈夫之情，早已深深刻印在她的心底，想想当年，每至正月十五，她都要与丈夫去街巷观灯，一首《鹧鸪天》唱道：

> 月满蓬壶灿烂灯，与郎携手至端门。
> 贪看鹤阵笙歌舞，不觉鸳鸯失却群。
> 天将晓，感皇恩，传宣赐酒饮杯巡。
> 归家恐被翁姑责，窃取金杯作照凭。

意思是说，她和丈夫虔诚地观灯、赏灯，不幸与丈夫走散，拿一只金杯回家去，证明自己是在灯会上喝了皇上御赐的美酒琼浆这才晚归的，请求公婆不要责怪。

青春的日子，多么美好而难忘啊，一到年节，金陵习俗"走三桥"。那是在元宵夜，长年待在家中的青年妇女，上街观花灯后，兴致来潮，便三五成群地又回到旷野行走，但必须要走过三座桥梁，这才算讨了"吉利"回来。过桥，就意味着"渡水"，古人认为水可以去除灾难，于是她们邀朋结伴，兴致勃勃地夜游阡陌。这正是：

> 都城灯市由来盛，大家小家同节令；
> 诸姨新妇及小姑，相约梳妆走百病。
> 俗言此夜鬼六空，百病尽扫尘土中；
> 不然今年且多病，臂枯眼暗兼头风……

谁不出去结朋交友、走动游玩，谁就不得康健、愉快。于是就：

> 细娘吩咐后庭鸡，
> 不到天明莫浪啼。
> 走遍三桥灯已落，

却嫌罗袜污春泥。

儿时的记忆，使得秀秀对自己逝去的年华格外留意。走完三桥，还要去人家的院子菜园中偷青菜。江南偷青菜的含义很丰富，意在闺女偷青菜将来能嫁个如意郎君，小媳妇偷青菜可怀孕生子或获得财运，小姑娘偷得青菜会更加聪明。秀秀记得儿时唱的一首歌谣是：

> 天青青，月明明，
> 玉兔引路去偷青。
> 偷了青葱人聪明，
> 摘了生菜招财灵。

而且偷青菜，专门要偷芥菜。这是为了：

> 篱头雨歇湿游尘，
> 弱柳绯桃鲜媚人。
> 最爱疏中冬芥好，
> 年年生子及青春。

儿时江南水乡的民俗，已深深印入秀秀的心底。不仅"元宵演剧到春残，乘兴何妨日日看。共道经年辛苦甚，三时工作一时欢"。而且"椅凳安排个个勤，胭脂水粉和均匀。前堂姐妹后堂嫂，相约今宵看戏文"。

刚刚成为纳哈出妻子那几年，年年还能从金陵收到在民俗节令时人送来的时鲜水果、绸缎、绢缎、彩缎，可惜这两年，随着纳哈出在金山的势力越来越大，兵力越来越强，渐渐地就把秀秀给忘了。他又在当地纳了几个美女为妾，生活极度淫乱，使秦淮美女秀秀一气之下，偷偷避过了金山卫兵们的监护，逃出了纳哈出的魔掌，这也为他日后的境遇埋下了深深的祸根。如这次事件，便是事出有因。

第四十五章　张开口袋

对于秀秀出逃，纳哈出心里有些后怕。

当有一天他听说秀秀出逃之事，便立刻招来御林军，并下令："给我追——一定要找到她。"

御林军四处追查，也未知下落。

这时，纳哈出反倒自己细心了。

是啊，此事必须保守秘密，不能让义子田甸知道此事。因为，消息一旦传出，这对纳哈出完全不利。他一是怕田甸知道此事，与自己反目；二是怕更多人知道此事也会动摇了军心。所以，田甸大将军在北土，领兵争战驻守，还不知道自己的母亲秀秀已被气走，离开了纳哈出的事。

那么，田甸亲生母亲秀秀究竟到哪里去了呢？

其实，这朱谦武也是今年年初方才得知一个准确消息，秦淮美女秀秀在纳哈出处出走后，已被窝稽部女真大寨女首领赫思痕妈妈派兵接走，现在在女真窝稽部。

朱元璋招来朱谦武，向他下旨。

朱元璋说："谦武臣，将军谋师刘伯温给我出了一个主意，现在是时候了。"

朱谦武说："皇上，您是说策反田甸？"

朱元璋说："正是如此。你立刻精心办理，务必要向田甸田大将军说明真相……"

朱谦武说："臣明白。"

朱元璋说："要让田甸认知自己义父的面目，让他与纳哈出决裂，站到自己的母亲秀秀一边来，将来也好救出自己可怜的母亲，投靠咱们大明王朝，成为大明王朝在北土守边的一员猛将，为国立功。"

朱谦武："是，是。臣立刻去办。"

说起来，这田甸从小在朱谦武——即哈尔蛮帖木儿身边长大，朱谦武有一定的把握，田甸一定会听朱谦武的忠告的。朱谦武还遵照朱元璋的旨意，专门去叩拜军师，聆听了刘伯温的一番嘱告。刘伯温还专门就纳哈出接任之后辽东一带的形势和今后有可能出现的各种势态进行了分析，又对他进行了巧妙的安排和部署。

刘伯温说："辽东地方，地大物博，你就此事，专程北上。你从山东登州渡海，先去往金山，面见叶旺和马云。"

朱谦武说："叶旺、马云？"

刘伯温说："正是。你与他俩再进一步设计见到田甸大将军的事情。注意，先不要顾及纳哈出，不要惊动纳哈出，要专门单独对付田甸。田甸也是一员猛将，必须要把他先争取过来。这等于砍断了纳哈出的左膀右臂，使纳哈出孤立无援，我再命徐达大元帅派冯胜、蓝玉、付友德等大将东进辽东金山，攻讨纳哈出，一举拿下他。想来这样一动，他纳哈出再有三头六臂，也只能是我大明王朝的阶下囚了！再不允许他为非作歹，与我大明为敌对峙。平定了纳哈出之后，辽东土地、河流密聚，宜可大兴舟楫之利。"

朱谦武说："你是说造船？"

刘伯温说："正是如此。这样一来，速命田甸、叶旺、马云，在北土的辽河、松花江、嫩江、黑龙江上建造舟船。只要有了舟船，这就犹如人有了血脉，遍行全身、遍通经络，所有生存在本域之民便会真正地生活富裕起来，从此北土之地，不是一潭死水，而是一潭活水，会人丁兴旺，生活昌盛起来。这样，咱们再通过黑龙江进入东海，一路设众多城寨、驿站、屯落、兵卡、通台、边台等处所，远涉海中岛民，得到中原之恩惠，虽鞭长也可惠及也！"

朱谦武说："大人说得极是。"

刘伯温又说："如此辽东之治，可多与燕王商议。燕王分封于燕，东联山海关，与辽东接壤，燕王胸怀大志，其勇谋远比众将，未来令吾辈万分放心矣。"

这些话把朱谦武说得心服口服。

刘伯温在大明朝初期，他胸有大局，对辽东的政治设想和安排颇有见地和远见。他的设想，正如后来由燕王朱棣称帝后而一一实现，可见这刘伯温真是一个神机妙算的军师，令后世钦佩和敬畏。

朱谦武受京师皇帝和军师密命之后，不敢迟延，便迅速收拾行囊，骑马北上。他从山东登州府出发，渡大海到达旅顺口。两日后，便见到了辽东都指挥史平章叶旺、马云两位将军。

叶旺、马云一见朱谦武，连忙说："大人，快请！"将朱谦武引进内帐，立跪下拜。

"二位平章请起！"叩拜之后，朱谦武当即便将朱元璋皇帝旨意和军师刘伯温的高见智谋，详详细细，一字一句地传谕给叶旺、马云二人。

朱谦武说："二位可听清了？"

叶旺、马云说："听清听透。"

朱谦武说："可记下了？"

叶旺、马云说："已牢牢记下。"

朱谦武说："这就好，这就好。但请二位办事一定万无一失。"

叶旺、马云一齐说："请大人放心！"

叶旺、马云两位将军，都是从前跟随朱元璋红巾军起义时的将领，是徐达的弟子，非常英勇而善战。他们自从进入辽东，屡立战功。纳哈出对他俩，也是心存妒忌、仇恨和惧怕。如今他俩获得了朱谦武传来的旨意，便不敢怠慢，立即行动起来。次日，他们便调动兵马，护送朱谦武秘密往金山地带移动靠近。

夜，漆黑一片，辽东北土，狂风四起，一行人速速而行，身影轻便而神秘。

朱谦武他本是蒙古人，这次夜里他是乔装进入金山的。白天，他装作一个收皮子的蒙古客商，边走边喊："收牛羊皮了——"也没人注意他。这样，他在一个月黑风高的夜晚，安全进入了金山。

因为朱谦武是蒙古人打扮，他又精通蒙古元军的语言、礼数、节数、民俗，加上他对北土军情十分谙熟，所以行动起来很是方便。

在金山内宫，他收买了门官，这样进出就很是方便了。于是他将金山大营丞相营中的总都事司（相当于总管之职）达鲁花传了出来。

这达鲁花，当年也是当涂与他一起同为御马令的同伴，后侍奉秀秀，像宫中内监，隐藏得很深，一直得到纳哈出的信任，因此成为大丞相、太尉纳哈出的内庭档式（也叫档师或书记官）。

"啊？是你……"

这天夜里，一见朱谦武到来，达鲁花大吃一惊。

"你，你怎么深夜来此？是否有大事？"这达鲁花是一个很敏感的人。他见朱谦武打扮成一个收皮张的人，就知道朱谦武一出现，特别是这种打扮出现，定有大事、要事。他刚要再说什么，就被朱谦武拉到一个暗处。

朱谦武说:"达鲁花,我有大事呀!"

达鲁花瞅瞅四处,确信无人偷听,于是说:"还请你快快讲来。"

于是,朱谦武便把朱元璋的旨意和刘伯温的主意,一五一十地说了一遍。又加了一句:"达鲁花,你要马上行动,不可怠慢。"

达鲁花点点头说:"这个容易,你放心。"

于是,达鲁花立刻就动手了。因平时,他侍候秀秀,在她身边常常能见到纳哈出的亲笔手迹。他又是一个书记官,对于模仿纳哈出的笔体字迹,那是手到擒来的事。当下,他按照朱谦武之意,传上行文,以纳哈出手书字样,以纳哈出的口气,写给在北疆的田甸大将军一封加急信,命金山大营中的传令官不可搁押一刻,迅速飞马传书于田甸大将军。果然,田甸大将军按时收到了这份手谕,于是他立即率兵驰返金山,这也才有了前书田甸大将军与亦吉海大师相别,连日兼程奔往金山赶路,拼命而行,不休息,一路边吃边睡,士卒个个累得精疲力竭,不敢有半点松懈的行军队伍之战事……

田甸是一位治军十分严苛的将军,况且此次前去营救的又是自己的义父,他真是丝毫也不敢怠慢。途中,有一位老兵勇,实在是走不动了。他真的停下来,不走了。

田甸走上来询问:"怎么回事?"

传令兵来报:"一位老兵勇,不肯前行。"

田甸立刻打马上前,一看,那老兵勇已累得张口喘,嘴里不停地说道:"杀了我吧,打死我吧!我真的不想再走了。"

说此话的人,真是一位老兵。

此人跟随他多年,他真是累得不行了。那么,这老兵说这话,一是他真的走不动了。二是,他觉得他跟随田甸大将军多年,谅他也不会对他怎么样,便躺在地上不动弹,一副毫不在意的样子。

田甸走上前来,看了看,说:"你真的走不动了?"

老兵勇说:"走不动了。"

田甸说:"你不想走了?"

老兵说:"是。"

田甸突然说:"来人!"

"在!"立刻,有田甸的几个兵勇冲了上来。田甸说:"他不想走了,就让他在这儿就地待着吧……"

那老兵勇还挺高兴，以为是田甸答应他让他留下来歇着呢。可田甸却下令："把他的首级取下来！"

立刻，上来两个兵勇，只一刀便砍下这老兵勇的头颅，交于田甸手上。田甸双手捧着老兵勇的头，含着泪说："老朋友，没办法。军令如山，我定的军规，你先给破了！没办法，我也只好拿你是问了。"

然后，他又命兵丁们给这老兵勇好好地埋了起来，接着下令队伍继续出发。这一下，大伙儿谁也不喊困了，也没人敢再停下来。因为这些都与田甸一向主张说到做到，违者轻则鞭责，重则格杀不赦有关。所以，田甸大将军的队伍最擅于打仗，有战斗力，在辽东甚有声誉，无人可比。可是此次他不知道，朱谦武已向他张开了一个大口袋……

第四十六章　心底自责

这天，田甸大将军的兵马，浩浩荡荡前行，前头部队很快进入了金山地界。

前边，是一片黑松林子。

那儿，雾气沉沉，可是还能透过松林子望见一些村寨的袅袅炊烟。

不大一会儿，就见前面的探马飞奔而来。

那探马到了田甸大将军的跟前，一个翻滚从马上跳下来，立刻蹲身跪地来报："禀大将军，金山大寨，尚距八里之遥了。"

田甸说："啊？还有八里了？"

探马说："正是。"

田甸大将军点了点头，心里很是高兴。他在马上振了振精神，一路的奔波疲劳困乏，也就顿时消失了。是啊，这眼看就要见到义父了，马上到达目的地了。可是，他突然感觉到有点奇怪。

他往前面瞧瞧，又往左右看看，四处这么一打量，心中便生了疑问。怎么这么宁静？没有一点儿动静，没有狗叫，也没有传来前方战马的嘶鸣，没有明军包围争杀的喊叫声，没有双方的厮打和锣鼓、战鼓的敲击声，这哪是什么争战哪？他心中甚觉奇怪，不知这是何原因。难道战争已经结束了？

正在他瞧着、想着，突然间听到前方传来一阵马蹄声，是又一个探马奔来。

那探马慌慌张张地奔来，又是一个翻滚从马背上跳下来，跪倒禀道："大将军，前方的黑松林中，有兵马！"

田甸问道："什么人？"

探马说："是丞相、太尉迎接大将军的人在那里等候呢。"

田甸说："啊？丞相在等我？"

探马说："是的。有使者传令，让您去面见大丞相的传令章京，面授机宜，按令而动。"

田甸大将军听探子来报，说先要面见大丞相派来的传令章京，这必有要事相告啊。于是他立即命自己的护军头领们主掌自己的队伍和人马等军事事宜，在此静候他的命令，没有他的命令，不许擅自行动。

然后，田甸大将军只带自己的护军数人，打马向前方的黑松林子飞奔而去。他是想能尽早地见到义父纳哈出派来的传令章京是何许人。

等他的马队来到了黑松林前，突然，就见从黑松林中冲出许多隐藏在里边早已埋伏着的人马，一下子包剿了过来，他正在发愣，还不知怎么回事之时，一张大黑网一下子飞在了他的头上，只听"嗖"的一声响，那大网迅速收紧，一下子将田甸罩在了大黑网之中。

田甸大叫："留神！"

可是，他的话音刚落，他已与自己带来的这些人马一起被罩在了一块儿，活活被大网擒住。

来人叫道："不许喊！"

又有人说："不许叫！"

当即，他们一个个地被蒙上了双眼，嘴也堵上了臭布，不能说话，无法喘息，被人拖着，悄悄地押进了黑松林中的一个大帐之中。

大帐之中，又是何人？

我朱伯西不说，诸位可能已经猜测到了，大帐的正中坐着的正是大明辽东都指挥使司平章叶旺、马云两位将军，还有他非常熟悉的哈尔蛮帖木儿大伯父（朱谦武）。

只见哈尔蛮帖木儿身穿明服，那是朝廷显眼的服饰，于是田甸知道他仍在金陵，正是朱元璋大明天子身边称臣的打扮，又见到了大丞相、太尉身边的总都司，自己母亲身边的侍臣达鲁花，田甸甚觉蹊跷。他有些奇怪，怎么这些人到了一起？发生了什么事？

但他预感到出事了。不然为什么他在黑松林里被捆？为什么又连拖带拉地把他押来？于是，暴跳如雷的他气得大喊道："你们想干什么？"

可是，他刚喊出"你们"二字，就听坐在他正面的哈尔蛮帖木儿大伯厉声说道："田甸，不可放肆！"

田甸说："你们到底要干什么？"

哈尔蛮帖木儿说："我是受你母之命，专来救你出火坑的。"

田甸一愣："我母亲？"

哈尔蛮帖木儿说:"对。"

田甸说:"他不是与我父在一起吗?"

哈尔蛮帖木儿说:"她早已不在那儿了。"

田甸说:"那母亲她……"

哈尔蛮帖木儿趁机说道:"你知道你母亲秀秀夫人现在何处吗?"

田甸说:"她在何处?"

哈尔蛮帖木儿:"做人子者,要有孝道。你母被辱、被污、被折磨,而你却认贼作父,不知救母,还有何颜面做人,天天苟且于人世……"

田甸说:"啊! 母亲——! 母亲——!"

田甸低声哭泣起来。

哈尔蛮帖木儿这几句慷慨陈词,一下子击碎了田甸大将军的心。此时他全身都在发抖,于是软了下来,一下子瘫坐在了大帐的地上。

这些话、这件事,刺痛了田甸大将军的心。还是在不久之前,他曾听到自己的长辈,在义父纳哈出身边的侍臣,也就是自己母亲的心腹达鲁花偷偷地告诉他,说自己的义父纳哈出又新娶了三四位女真人新送来的秀女,母亲气得曾与义父争吵,但义父不但不疼爱母亲,还当着她的面与其他几个秀女行爱寻欢,母亲曾几次寻死……作为她的儿子,不能解母之忧,自己连乌鸦都不如啊!

想想乌鸦也有反哺之意呀! 老乌鸦一直照料小乌鸦,而当老乌鸦老了,小乌鸦却不肯离母乌鸦,一直要照料。自己连鸟都不如! 母亲怀着自己来到异乡之地,受尽了欺凌之苦,自己怎么这么糊涂呢?

后来,义父纳哈出竟然一气之下将母亲赶出去,母亲不知去向,纳哈出就是派人寻找,也不知下落,田甸哪田甸,一只乌鸦尚有"五德"——反哺,长生、多智、警示、无二过。而你呢,说不上反哺吧,可连孝道也没尽上,让母亲这般受苦,你还是什么亲生骨肉、母亲的孩子,乌鸦堪称"孝鸟",你却不是一个孝子。乌鸦长生,是指其德专守不变,一夫一妻,忠于爱情,相守骨肉。长久,正是老子所言"天地所以能长且久者,以其不自生,故能长生"。《庄子·在宥》记,"无劳女形,无摇女精,乃可以长生。"这是先秦古人之阐述;多智者,应制以工具,使生命能护道,以保亲情和生命的平安和延续;警示,这是乌鸦心性机警,是一种主动的先知先觉之能力和本能,如女真古本《女真定水》,英雄完达的双眼变成了两只喜鹊告诉完达的遭遇,并指引女真找到了宝珠,它的叫声也是守卫地域的神圣职能;无二过,这是它吃过一次亏,上了一次当，就不可再犯同样的错误了。田甸哪田甸，纳哈出是你的什么义父啊，义父，只要有"父"字，就该尽父责，要爱妻爱子，可这个"义父"，母亲被逼走后，他不寻不找，还怕让你知道，纳哈出至今还佯装无事，还让手下之人守口如瓶，怕你知道事情真相，以便起兵反他，可你是母亲秀秀的骨肉，能不惦记自己的母亲吗。田甸，你是个鸟兽不如之子啊！

田甸只因在北疆驻防，天天事务甚忙，总无法脱身回金山看看，懊悔呀懊悔。

田甸对明朝的众多将领，他都很敬重，因他从小生长在朱元璋的身边，只因随母亲同依附于纳哈出，这才离开江南金陵，来在北疆北土，也因随母生活，也就不得不跟随纳哈出在北土日夜奔忙操劳，而这一步，如今竟酿成这样一杯苦酒。

哈尔蛮帖木儿、达鲁花、叶旺和马云，见田甸如此伤心痛苦地在地上站起蹲下，蹲下站起，也很伤心。于是，大家都走过来安慰他，并把他这位浑身戎装的大将军拉到了大帐的几案前，请他落座，并命人献茶。

达鲁花说："田甸啊，我这里有话要说。"

田甸低着头说："请讲吧。"

达鲁花说："现在，有话要一句句地告诉你，不能再遮遮掩掩了。纳哈出这个人，是个无情无义的豺狼，你不能再这样为他去拼命了。古语曰：识时务者为俊杰。你也该认祖归宗了，到了报效洪武皇帝的时候啦！"

哈尔蛮帖木儿也趁机说："田甸，你是一个聪明人，现在这里，已经埋伏下大明朝叶旺、马云将军的数十万人马，你的兵马，已经完全进入了他们的手心之中，你难道还想为纳哈出去卖命吗？"

田甸说："那我……"

哈尔蛮帖木儿又深情地回忆道："田甸哪，我是你大伯，我从小看着你长大的，我不希望你背弃你生母，为一个不忠于大元顺帝，不义于朱洪武的无义之人卖命。纳哈出被俘后，皇帝并未杀他，又允许他回到辽东，可他呢，不但野心勃勃，还想自立为王，这纯粹是痴心妄想。现在只有你一人在辅佐他！田甸，你是一个聪明懂理之人，你们能够打败明朝并自己另起炉灶吗？你可能已知道点信儿了，徐达老元帅现在正坐镇燕京，手下有冯胜、蓝玉、傅友德等众位大将军，个个都是叱咤风云的虎将,单等军令一下,个个如虎添翼杀到金山,金山迅即便会被踏成平地,纳哈出还能以卵击石吗?你有回天之力吗?好孩子,你应该知道现在哪边是光明之路,哪边是死路一条了!"

田甸听着这些道理,睁大眼睛望着对方。

第四十七章　田甸北归

眼下，田甸已经陷入明朝的思想攻势与军事包围之中。

而且，那已是一种层层的包围。自己只有区区万余人马，这点人马被明军数十万大军团团围住，如何攻得出去，走得了？对他讲这些掏心窝子话的人，哈尔蛮帖木儿、达鲁花等人，都是田甸敬重的长辈，这些人都是从小看着他长大的人。古语道：不听老人言，吃亏在眼前哪。再说，他们的话，都是为了自己好！

而此时，田甸又特别想到了母亲。

母亲秀秀，可怜的女人，被义父欺压，受辱而走，不知去向，这都是纳哈出所为，明朝和朱元璋皇帝待我母子不薄，我何必还要帮那狼心狗肺、不忠不义、言而无信、假面无德的纳哈出呢！

想到这里，于是田甸便说道："叶旺、马云大将军，还有两位伯父，我田甸决定投顺洪武皇帝，愿做大明朝的臣民。不必多说，我愿听众伯父们的吩咐，让我田甸戴罪立功，万死不辞！"

说着，田甸"扑通"一声，跪下磕头。

"起来！将军请起……"

这时，见田甸如此通情达理，叶旺、马云、朱谦武等人一起上前将田甸拉了起来。

此时，只听朱谦武大声说道："田甸大将军，跪地接旨！"

田甸立刻重又跪地。

朱谦武说："田甸，听宣！"

田甸说："在下听宣。"

朱谦武展开一纸轴，慢慢摊开，拿在手中，大声宣道：

奉天承运，皇帝诏曰：当今元首已逝应昌，纳哈出苟延残喘，孤掌难鸣，明祚昌兴之际耳。既纳哈出居心叵测，窃据金山，希图负隅顽抗，朝不保夕，田甸生于明胄，泾渭分明，朕心悦焉。特封辽东平东将军，协理叶、马两将军，广结女真众部，根绝元祸，大兴江河舟楫之利，疏通入海驿站，海外野民喜尔速归，这乃是吾大明之祖业焉。钦此。

明洪武十九年初秋

朱谦武宣读圣旨毕，叶旺、马云齐来向田甸祝贺致喜："祝贺田大将军！""今后，我们要在一处供职，喜贺！喜贺！"

田甸也说："同贺！同贺！"

接下来，那圣旨交由田甸自身收藏，二位将军叶旺、马云又在朱谦武、达鲁花指点下，就地设办盛宴，款待田甸和由他带来的上下兵勇，黑松林内一片欢腾。

其实，田甸的这些兵勇，也不愿意不明不白的乱动干戈、生灵涂炭，谁的命是大风刮来的，当田甸向众兵勇说明原委，大家个个赞成，同意由叶旺、马云将田甸的部队、人马，统一重新整编。叶旺并拨来自己的亲信部将百员，充实田甸部所。于是两队人马，重新绘绣大明军日月九耀战旗，猎猎飘在黑松林中。

田甸原有将士兵卒，现在都个个欢欣鼓舞，他们是打心眼儿里愿意归顺依附于大明王朝。这时，叶旺、马云二位将军又将银饷、金银等，大部分都分赏给田甸部队的兵勇、将领。大家格外和气。人在于人气、和气。这样一来，田甸也成为大明朝辽东都指挥使司的下臣的一个平东支队。

这时，朱谦武站起来了。

朱谦武说："诸位，我得马上返回金陵，不能久留。我要面奏洪武大帝，将此喜讯报之！"

叶旺、马云、田甸也都站起，拜送朱谦武。

临走，朱谦武一再嘱咐达鲁花，一切事情不可暴露，要像以前一样，不要让纳哈出看出来，静等明军进攻为止。

达鲁花说："大人请放心，我会不露声色，静等巨变，等待迎接明军入金山。"

朱谦武说："这我就放心啦。"于是匆匆地走了。

达鲁花在朱谦武走后，也告别众人，领计返回金山去了。

他们都走后，叶旺、马云、田甸便商量下一步怎么进行。

田甸说："我该如何进行？"

叶旺说："你先在此，按兵不动。"

马云说："不妥。"

叶旺说："为何？"

马云说："你想，田大将军是接纳哈出的'父'令而来的，他不动岂不露了马脚？"

叶旺说："也对。如此看来，不如田将军照样速返回萨哈连下游，如果纳哈出真的下令调田将军去金山，便说部队正准备日夜兼程赶往金山……"

田甸说："那我要等多长时间？"

叶旺说："不是等，你要在北疆开展大业！"

田甸说："大业？"

叶旺说："对。"

田甸说："你是说造船？"

叶旺说："对。就是造船。"

叶旺兴致勃勃地交代，说："田将军，回到萨哈连下游，你先要寻找亦吉海大师，看看他如今居住何处，想方设法找到他，然后带领亦吉海，继续开发北疆入海通道，要实现大军师刘伯温所说的大兴舟楫之利之策，贵在构筑可通江、通河、通海之巨船、大船。咱北疆环宇广袤，地域开阔，要征服漠北之众多野人部，使之渐渐的划入大明治理之版图，必须深入漠北。而那里，山高路远、江海相隔，人不易去焉。唯有造筑大型舟船，否则难以成行。为了大明基业，如果没有舟船，我们就等于失去了互相通畅的纽带。"

田甸点点头说："如此说来，正合吾意。"

叶旺和马云两位将军，又一再嘱咐田甸说："现在，你已是大明王朝征东的一员将领。现在，唯有辽东和辽东以东广袤沃土尚未完全绘入我大明之版图，军师刘伯温日夜悬念，系念在心，故提出兴舟楫之利之策，意在速求北方一统之势。你就速回北疆，其余之事，由我们来安排。"

田甸说："二位将军，现在我心仍有一事。"

叶旺、马云说："将军请讲。"

田甸说："就是我母亲秀秀之事。在下十分惦记她老人家的安危。还请二位将军多多费心，派人四处寻找，以便妥善安置她的生活起居，我在北疆也就放心了。"

叶旺、马云说:"我们已将此事放在了心上。请将军放心。"

田甸点头致谢,施拜。

田甸此番降明归明,并被受命重返北疆,率精兵千名重上征程,其实他的精兵多数仍为田甸的原有人马,他们不仅个个谙熟北疆北土生活,而且他们多为女真人和北疆野人诸部的士兵,勇敢顽强,不怕北土北疆的酷寒和吃住粗陋,个个都能吃苦耐劳。而叶旺、马云的兵卒则多为江南兵丁,受不了这北土北疆的多变气候,吃、住、行都不甚习惯。叶旺、马云两人本意要重新改编田甸的队伍,后来经过反复思考、商议,士卒也互有挑剔,最终还是由田甸自己挑选了精悍的士卒千名,组成"大明朝平东巡检步骑军",其余未入选的士卒皆归入叶旺、马云的明兵之中。

一切整顿完毕,田甸大将军率"步骑军"北上,与叶旺、马云等辞别、拜别。

叶旺、马云送走田甸,又秘密派人前去与达鲁花联系。果然如叶旺、马云的分析,金山那里纳哈出还没有发觉。

这里,叶旺和马云让达鲁花抓紧绘制纳哈出行辕的驻扎图谱,哪里是攻路,哪里是守路,哪里可以成围,哪里可以放行,一一绘好,快些送回,以免耽误安兵布阵。

不久,此图绘好,交到鲁达花手中,又由叶旺、马云等人通过朝中之人转给燕京的徐达兵马大元帅,并于洪武二十年夏,冯胜为主帅,兰天、傅德友为副帅的明大军二十万,终于逼进了金山,纳哈出仓皇抵抗,但终因孤立无援,被砍去一臂,狼狈降明。可是,明廷还是没有杀他,还封他为海西侯——还是把他当一个亲人看待,这也是大明安慰身边近地之臣的一种策略,洪武二十一年卒于江南。这是后话。

那时,北土流传着一个故事:

说有一队大雁,秋天了,它们从北方飞往南方,它们一会儿排成"一"字,一会儿排成"人"字,在天上变幻无穷,夜里要宿在芦苇荡里,要派出一只雁,去放哨,称为"雁哨"。

这只头雁,就是领头的老雁,它是一只高傲自私、不听别人劝说的首领,不听别人的劝说不说,它甚至不听雁哨的劝说。

夜里,它们的一队雁阵降下云头,在一个芦苇荡里安歇,雁哨在伙伴们都睡下后,兢兢业业地守望着。

这时,漆黑寂静的芦苇荡里突然出现了一点儿灯火,渐渐地向雁阵睡觉的位置靠近,雁哨发现了,赶紧"嘎嘎"地叫着,发出了信号。于是,头雁立刻叫醒众雁，可是一看，湖面上安安静静的，什么动静和火亮也没有。头雁恶狠狠地问雁哨："你看见了什么？"

雁哨说："灯火……"

头雁说："可灯火在哪里？哪里？"说完，狠狠地去啄雁哨。并说："你如再乱发信号，我们一定啄死你！"

于是，头雁领着众雁又睡觉去了。

哨雁委屈地擦了把眼泪，又小心翼翼地警戒起来。突然，它又发现了芦苇荡里出现了灯火，还慢慢地向雁阵靠近，于是它又及时地发布了信号。可是头雁醒来后，一看，又是什么光亮和动静也没有了。头雁气得，又领着众雁狠狠地啄雁哨，把小雁哨的毛都啄掉了，这才解恨地领着众雁睡觉去了。

其实，这是老练的猎人惯用的手法。他们就是通过这种行为，一次次地麻痹雁阵和哨兵，一会儿从水底出来，点亮火把，当雁阵一出来，他们赶快隐去。而这种方法，恰恰使那高傲、不懂情理的头雁中计啦。

这时，当雁群又渐渐地睡去时，猎人们终于驾着小船，点亮火把，开始向雁阵划去。而此时，疲惫的小雁哨也看见了水面上的灯火，但它有点害怕了，它生怕自己看花了眼，想等自己真正看清楚时再发信号，不然自己如果再被头雁啄上一次，肯定连命都没了……

等啊等啊，这一回，它已真正看清了，水面上的灯火、船只，那是一群持枪持炮的猎手在向雁阵逼近。这时，它不顾一切"嘎嘎——"地大叫起来。雁阵们终于听到这紧急呼号，赶紧起飞，可是，一切都晚了，只听猎手手中的猎枪"咚咚——咚咚——"地连发，一只只同伴"咕咚——咕咚——"地跌落水中。

当头雁领着所剩不多的雁们仓皇起飞时，一回头，只听"咚咚——"一声枪响，那只忠于职守的雁哨中弹，从空中一头扎落在水面，沉下去了。

头雁和同伴们都落泪了……

在之后的多少岁月中，北土北疆都在讲着这个故事，其实人们所指的就是那专横、蛮不讲理、不讲情义的纳哈出，而小雁哨，不正是一心一意的田甸吗？

第四十八章　北土新风

洪武十九年秋，田甸大将军率精兵返回萨哈连下游的"野马儿"站。"野马儿"，古已有名，那儿的草甸、老林子里、水岸边，常常有成群的野马在奔跑、撒欢儿。当然，也有野人在此放牧的马匹，他们常年也不喂它们，但只要用时，便去甸子上牵回一匹，也就用了。所谓"野"，是指旷野、荒野，无人管、无人认领，那是一群天然的野马群落。

秋风吹黄了"野马儿"站。草叶一掉，俗称"草开堂"。开堂，就是东北原野亮堂了，天高地阔了。茫茫北土，天高云淡，一望无垠。

田甸记得，那次他与造船大师亦吉海分手，亦吉海大师曾说过："你若回来，就到敦敦河克黑格林河一带来找我。我就在那一带山林河畔攻研我的舟船技艺，不会远走的。"

田甸当时说："记住啦。"

他知道，亦吉海大师为人忠厚诚恳，又肯于助人。他是一个闲不住的人，他肯定时时处处去帮助人，很得萨哈连乌拉沿岸的众多野人部落的人们欢迎，都会把他当成自己部落的一员看待，会深受尊敬和爱戴。所以他一直往北，到"野马儿"站和敦敦河口一带来寻找亦吉海大师。

田甸的明兵队步骑军，一路旌旗招展，浩浩荡荡，野人部的人早已打探得知，这是田甸的队伍，大家都互相传颂，齐说："大明朝皇帝派人来啦！明朝大军到了！给咱们送福来啦！"

还有的说："纳哈出这元朝害人精终于让朱洪武皇帝给收降了！"

大伙儿一致认为："世道变了，女真人翻身了！天下太平啦……"

北疆一带，人心思定，大家可乐了。

灵雀苏雀小五，这些日子最欢实，它整天叽叽喳喳，张着小嘴，叫个不停……

亦吉海大师也笑了。他自言自语地叨咕："小苏雀叫，必有喜事到。"

果不然这一天，田甸大将军，亦吉海日夜思念的亲人田甸回到了亦吉海身边。

亦吉海说："大将军，可把你盼回来了。"

田甸说："我也想你呀。"

亦吉海说："快，到屋唠！这回不走了吧？"

亦吉海让田甸就住到自己新搭盖的一座白桦树屋中。小屋散发着白桦树的浓香，一股原野、大自然的气味儿，很叫人开心、舒心。这处亦吉海的居处，还是包鲁卡霍通总首领柏星阿亲自带领着众人帮助伐木，选出这块又靠山又近江边的一块平地，筑土坯给他精心搭建而成的。这处临山又靠江的两节"勒夫色"（房舍）内用白桦，外罩黑熊皮，是一座真正的冬暖夏凉的熊皮小楼，很有特点。远远望去，就像一只巨大的老棕熊，威武地蹲在那里，守护着古老的萨哈连……

　　　　萨哈连，萨哈连，山狍野鹿多无边；

　　　　如果山中没有兽，那才不是萨哈连；

　　　　如果水中没有鱼，那才不是萨哈连；

　　　　如果风中没花香，那才不是萨哈连；

　　　　如果这儿没英雄，那才不是萨哈连。

这是萨哈连一带一种古老的民歌、儿歌；大人也唱，小孩游玩时也唱。人人都会，记在心里。

北方野人部的房舍，皆由木、皮所搭成。内由木质，外罩熊、鹿、狼、獐皮来筑屋，遮挡风雨、风雪。而且在每一座木屋的房门上，都要悬挂所用皮革皮张的某种兽类的头骨为"门徽"。那是一种奇特的"门徽"，也叫萨哈连"味道"。

那儿的各家各户，都有一种原野的味道。

如熊皮木屋，就用熊的头颅做屋的门徽；鹿皮屋，就选用鹿的头颅；獐皮屋，就选用獐的头颅，形象好看极了。这样，就象征着这种动物它的灵魂没走，还在守护着它的家园，带来一种安详和幸福。也有里边是木屋，外面用北疆大鹏雕的羽毛架房盖顶。

野人部落的村寨，若从山上往远处望去，像有众兽都偎卧在江滨或茫茫的丛林之中，很有一番原始与自然的野性气息和风韵。

田甸大将军的到来，给这里的野人部落带来了许多新鲜的消息和信息，他还向野人部落老首领柏星阿赏赐了大明朝分拨给北方诸部的布帛、绸缎、陶瓷、碗碟、盆勺及食盐、茶块，以及数十袋粮谷、豆种和野人部没见过的各种工艺品、玩具、器物等，真是五花八门、应有尽有，这使得野人部的族众一个个乐得欢呼雀跃。

田甸大将军说道："柏星阿老王爷和众位尊敬的首领、野人兄弟姊妹，我如今已正式成了大明朝皇帝下旨钦派在北疆萨哈连乌拉的领军平章……"

大伙儿问："平章是什么官呀？"

田甸说："平章就是带有一定兵力的元帅。我率领的兵勇，都是一些步骑两用兵勇，他们叫大明朝抚远征平东巡检步骑军，不再是大元朝金山驻守太尉麾下的守边军了。"

大伙儿说："已经改了？"

田甸说："已经彻底改换完毕！"

他说着，特意从怀中捧出朱谦武从金陵南京带来的朱元璋大明天子的圣旨，高高地举起，让众人观赏。

大伙问："这是何物呀？"

田甸说："这是圣旨。"

有人说："纸（旨）？这也不是'纸'呀！"

田甸说："是旨令，就是谕令，不是纸。"

大伙儿"呀"了一声，一齐笑了。

田甸又说："大家都来看一看吧，朝廷发布圣旨，都是用这个……"

野人部族的人们都围上来观看、观赏。只见这是一大条黄绫子，上有用朱砂写成的大幅字迹——圣旨。那是一个大卷子，一展开，很长，很有气派。众野人兄弟们有生以来还是头一次看到朝廷的这个圣旨。

野人们问田甸："金陵是不是在萨哈连乌拉的河源一带？"

田甸大将军大声地笑了，说："不是。"

野人们问："那在哪儿呢？"

田甸说："众位王爷，兄弟姊妹，我田甸从小就是在金陵降生，那儿是金陵附近的淮河又叫秦淮河边。中国有许多大河，淮河、长江、黄河、松花江、黑龙江，都是一些大江大河。金陵不在萨哈连乌拉的肯特山河源，它可遥远了，在咱们北疆的大南方，真正是远隔千山万水！去那里，很远……"

大伙儿又问："怎么个远法？"

田甸说："要去往金陵，要走完金都的辽东，要坐大海船渡过茫茫的大海，再从山东登陆，再骑马，天天的飞跑，还得个三四十天！"

大伙儿又"啊"了一声："三四十天！"

田甸说："是啊！还要路过长江，这才能到达金陵皇城，那是洪武皇帝坐殿的金陵皇城！那里又是冬夏常绿的地方，根本见不着白雪，不知道雪是什么样子……见不着白雪呀！"

众野人一听，都哈哈笑了。

他们一个个都站起来，吐舌惊呼，互相白眼，不可思议。怎么，世上还有不认识白雪的地方？那该是一个什么样的地方呢？如果没有白雪，那人该怎么活下去呢？

野人们互相争吵、喊嚷，闭着眼睛去想，可是怎么也想不明白那该是一个什么样的地方，也猜不透那里的人都是些什么样的人。

他们认为，金陵既然那样，那肯定赶不上萨哈连乌拉这里生活这么舒适、这么得意扬扬。大伙儿笑啦，得意地乐了，都为自己能生活在白雪皑皑的北土而乐翻了天，他们认为他们是世上最幸福的人。

听闻田甸大将军回来了，过去十分惧怕他们的三江霸海混天王吴信等人，都在四处打听，田甸怎么样，还在追杀他们吗？还在恨他们吗？那些知情的野人女真便把田甸的经历一五一十地讲给了三江霸海混天王吴信，还给他看田甸带给他们的各种奇异的江南珍宝、农具、农作物、绸缎和艺术品，直把三江霸馋得抓耳挠腮，这田甸是什么样的官呢？他怎么有这么大的能耐呢？应该亲自去见识一下才有数。于是这一天，三江霸海混天王吴信领着他的人马偷偷地藏在田甸大军兵营外的林子里，想看看这一切到底是怎么回事。

当时，田甸的步骑军正在演练，那种走法、操练法，十分新奇，他们一会儿骑马，一会儿又跳下马来，手持刀、枪、棍、戟，互相地对斗，很是整齐。看得三江霸海混天王吴信直吐舌头，一些兵不知不觉地走了出来，一点点地靠前了。

这时，田甸的一些兵勇见了他们，也友好地打招呼说："你们看什么？"

三江霸的人说："看你们在演练。"

田甸的兵勇们说："来，别偷看，往前上，前边有地方。干脆，你们坐下来看！"

他们还给三江霸的一些兵勇搬来一些木头墩子，说道："坐下来！都坐下来吧。"

这一下，把吴信的人弄得都不好意思起来。但是，谁也架不住好心好劝，于是恭敬不如从命，别敬酒不吃吃罚酒，人家既然好心，热心邀请，还装啥呀，赶快往前坐吧。于是吴信的这些兵勇一个个往前抢座位，甚至互相之间吵嚷起来，有的甚至动手，动武撕巴起来。还是吴信发火了，叫道："都给我停下！真丢脸！"

于是，这些人才住手。

但是吴信，自个儿先挑了一个好位置，是最前边的位置，看得也最是清楚。

这时，田甸发现了吴信，并大步向他走来。

第四十九章　心心相印

一见田甸走来，吴信不好意思，起身要走。

只听田甸大将军喊道："兄弟，请留步。"

这一声"兄弟"，一下子让吴信愣住了，他简直不敢相信自己的耳朵。

这些日子以来，吴信一直都听说是当今新朝大明皇上御旨钦定的步骑军，可不是以往那些只知道勒索女真人，强抢豪夺，杀人不眨眼的大元朝那些戍边守边军了。于是，他们决定自己亲自来看个究竟的。

果真，这些人变了，还称他为"兄弟"呢。

吴信，只好站住了。他转过身来，大着胆子对田甸问道："田大将军，我有一句话，不知当说不当说？"

田甸大将军说："你说，我听着呢。"

吴信说："过去，我们久慕你的大名，按大伙儿近日传的，也是方才你领着你的步骑军操练讲的那些话，你说你是大明天子派来的征东军？"

田甸说："正是。"

吴信说："我们这些人，在早是无依无靠，怕戍边军的搜刮和欺压，活不下去了，才自己合伙成了闯荡江湖的拜把子兄弟，成了吃江湖饭的人，又都甘心为苦难的北土兄弟两肋插刀的仗义侠士。别人说我们是土匪、强盗、贼人、土寇，我们自己心里有数，我们不是什么土匪，我们就是为了保住自己的性命这才互相的救济凑在一起生活，这是没法子的事。既然大将军你是大明皇上驾下的'征东巡检步骑军'，为国平定北疆，为统一漠北的一支救命军，我们兄弟也入伙中不中？成不成？我就问你一句，你收不收？收了我们兄弟，那就是看得起我们，不收，那你还是打心眼儿里就看不起我们，还把我们当成过去那伙海霸、土匪、贼寇什么的。我说的这些，不单是代表我自个儿，你也看出来了，其实我的这些兄弟们也都是盼着能加入一个像样的队伍啊！"

吴信这么一说，忽然，就听旁边响起了"哗哗"的鼓掌声。

原来，听吴信这么一讲，众野人弟兄们都特别的高兴，都非常赞成吴信的主意和提议，也有的人干脆就喊着表态，要加入田甸大将军的"征东巡检步骑军"中去："我要去加入！""我也是这么想的！""那得看人家要不要咱们！""看人家那份心思，备不住能成……"

大伙儿可乐了，说什么的都有。

现场气氛顿时热烈起来，大家的眼神不断地打量、猜想，田甸大将军是否会同意。

这时，田甸心中是非常的高兴，又理解。可是田甸的心中，还是没数。

是啊，吴信这个人，过去田甸是知道的，可自己如今走了这么多日子，他现在是什么样的一个人呢？他如今的为人如何？他都干了哪些事，自己一点儿都不清楚啊！可是，他又不好打消吴信和这些兄弟们的热情劲，只是这吴信现在又非得让他表态，要他的口供。于是田甸说："这……"

他正犹豫间，亦吉海大师看出来了。

这时，坐在田甸旁边的亦吉海大师，一看田甸焦急又无奈的样子，便说话了。

亦吉海大师说道："田将军，我有一话当说否？"

田甸说："快请亦大师说说！"

亦吉海说："田大将军，吴信他们自从你走后，帮助野人部办了许多好事。他与我在一起，帮助造船、酿酒、烧炭、捕鱼、狩猎，成了咱们野人部再也离不开的亲人啦！他们如果加入了你们'征东巡检步骑军'，必将会为国立功！他们要建设北疆，是好苗子！"

田甸说："啊？是这样？"

亦吉海说："绝对会如此。"

亦吉海这一番话，那真是句句千金，说的也是时候。这也是田甸最信任，也最爱听的话。其实，他是想说出这心里话。可是，这话不能由他说，要有人去说，有人去讲，而这个人，又不能是一般人。现在看来，亦吉海讲出此话，那是最恰当不过的了。真是打铁、酿酒看时辰哪。

于是，田甸立即表了态。他说："方才，吉海大师说话了，我田甸没说的了。吴信兄弟，你们的队伍就进入我的征东步骑军吧，跟我们一齐努力干吧！"

"好啊！好啦！"

吴信等人都乐得哈哈大笑起来，在地上跳了起来，大家齐声呼喊："谢谢田大将军！谢谢田大将军！"

就这样，他的步骑军又扩大了。吴信这些人，一个个水性极好，如今又会了骑马、步法和操法，他们都成了文武双全的兵勇，这也使得田甸的征东步骑军的名望一下子扩大了，战斗能力也加强了。这是一股新的力量。

田甸回到吉海所在的野人部，在吉海大师的建议下，野人部和沿江附近的一些部落，都先后纷纷来归顺，这真是心向大明啊，他们愿做大明朝的臣民了。

在遥远的北疆北土，在这荒寒的漠北，元代以来，九百余里直达那出海口的萨哈连两岸，首次有了部落和村寨的名字。一个个大小部落噶珊屯子，田甸都让身边的笔帖式书记官们给绘了图，上了档册，上了编码，成了真正的吾土北民，也把整个北土从江河、大海、陆地、山林一带的地名、江名、河名，统统地校对了一遍。这一下，北土的自然、地理、部落、首领，包括那些大首领下的中首领、小首领姓什名谁，祖上传承走向，族人血脉来历，都一一书写清晰，这是一部真正的北土书记文本。

从洪武二十一年底到洪武二十四年，田甸、吴信等人，先后乘坐吉海亲手所造的双帆大木船，多次长驱直入，进入到里吉卡、都云坎、别当沏、黑格里、巴兰、卢坦、特林、茫阿山、泾泾、庙街、昂嘎珊，直到萨哈连出海口……

所有新地名、新王寨、部落，都进入了明代村寨的大面积版图。这是中国北方地域史的首创。

这时候，田甸、吉海、吴信他们开始造大筏船了。

他们先后筑大筏九张，沿着大海航行，向对面的大长岛（又称靴子岛）、苦兀岛等处奔走，又在各岛居民和野人部落人口兴旺之地命名南北屯寨五处，皆绘入和编入填记在明代时期的地域表档文书上，每到一处，田甸都要牢牢记住他的使命。

田甸自从在金山的黑松林间会见了明朝辽东都指挥使叶旺、马云两位平章大人之后，因他亲耳聆听了他们和自己的伯父朱谦武的话语，他就深深记下了他们的嘱咐，务要广聚女真旧部之众。他们数十年饱受蒙元之害，虐其不如牛马农奴，他们渴盼东方欲晓，今后一定要善待女真，亲和女真，并告诉他："尔必在辽东站定脚跟、建立基业，必须要团结女真，这才能为大明大展宏图，勿负洪武皇帝对你的期待和慈慈圣恩。"

所以，田甸归来，精力百倍。他的劲头，也感染了吉海大师和吴信等人。

有一天，亦吉海大师忍不住说："田大将军，我发现了一个秘密。"

田甸说："什么秘密？"

吉海说："你的秘密。"

田甸说："我？"

吉海说："对呀。"

田甸说："快说说。"

吉海说："我发现田大将军，你自打从金山回来，此番再来萨哈连，你简直就变了一个人！"

田甸说："哦？变了吗？"

吉海大师兴奋地说："变了。简直变了另一个人。你自从在金山回来后，不仅处处信心百倍，时时敢于主事，而且你办起事来，头清目明多了。"

田甸说："你是不是在夸我？"

吉海说："当然是在夸你。但我说的可都是实话，没有一句虚情假意。再说，这话不光我说，野人部的人也都这么说呢。"

田甸说："如今投靠大明，这是奔了一个光明的出头之日。往昔追随纳哈出，那是瞎人骑瞎马，好比临渊骑马。"

吉海说："怎么讲？"

田甸说："那不等于一下子连人带马都掉进深渊之内，怎么死的，都搞不清楚啊。"

吉海说："你比喻的是对的。"

田甸说："何况，我有了你的鼎力相助，前去之途任何艰难险阻，何惧哉？我能不高兴，能不乐吗？"

吉海说："是啊，这就叫人逢喜事精神爽啊。我也乐呀，不光你，我的精神、劲头，也高了起来。你说呢田大将军？"

田甸一想，一听，对呀，自从他回来之后，亦吉海大师也是日日欢悦鼓舞，精神倍增了。因为田甸器重他、尊敬他、重用他，他能不愉快吗？人一愉快，就会更加的亲近人，而那个人，就是田甸大将军。田将军亲近他、敬佩他。如今蒙元已无，大明将兴，亦家船业定有蒸蒸日上之时，现在这个迹象已经开启。所以，他能不信心百倍，能不处处听田甸大将军的旨意吗？而且，田甸的各种安排、主张、打算、办法，处处都得女真之民意。这一下子，北疆族众，如今已个个显出人心齐，泰山移的新景象。

　　亦吉海、田甸二人，能不心心相印吗？

第五十章　朱棣与北疆

各位阿哥、阿玛、奶奶、色夫，我朱伯西在这里，还要专门讲一讲大明王朝那些事情。古语曰：天下兴，贵人出。

这些贵人，都是谁？

有几个重要人物，我是不能不讲讲的，那就是决定咱们辽东、黑水未来大发展、大变样、大改观，襄助了亦家船王功高北疆北土的关键人物，这怎能不讲呢！

如今的世道，已进入到大明洪武二十九年壬申之春了。其中，最声名显赫，又叱咤风云的人物，就是燕王朱棣。

朱棣是朱元璋与马皇后所生的第四个儿子，年轻就极为聪明睿智，他做事让人意想不到，往往出奇制胜。

有一年，在北平的大街小巷，人们突然发现了一个奇怪的"疯子"。他一边走，一边喊着：

> 往前看，往前瞅，
> 前边来个人咬狗；
> 拿起狗来打石头，
> 倒让石头咬个口……

他边说边走，后边跟着一群小孩，他的话，把小孩逗得哈哈笑。于是，他又说："瞎话，瞎话，讲起没把儿，三根马尾，织了个马褂，小伙穿八冬，老头穿八夏，老太太捡起来连了连，又呱嗒呱嗒，扔在了锅台后。种了八亩打瓜，大的像磨盘，小的像面盆，小偷来了偷走了……月科小孩给抓住了，用三根马尾给捆上了，装在鸡蛋壳里了，孵出鸡崽儿来了，下了带把的蛋，一下子结在树上了……"

他说得越奇怪，看他热闹的人也就越多，奇怪的是，他在家里就是一个好好的人，一到了外边，一上了大街，他不仅成了一个奇怪的疯子，而且，他冲进人家要饭吃。

大夏天，他露宿在京城的街头。

那时，天热得要命，别人扇风还喊热，可他，身上盖一条大棉被，还一个劲儿地喊："冷——冷死我啦！"而且，他还从家里带来一个大火炉子，专门在太阳底下烤火。人们都说这是一个疯子。

而这人，就是朱棣。他小时，别人说他总想篡权，要当皇帝，可他一装疯，一卖傻，别人就说："他是个缺心眼儿的疯子，当什么皇帝，篡什么权，那都是真正想篡权的人编出来的瞎话，不信，你们出去看一看，他都疯成什么样子啦！"人们来到大街上，果然见他坐在地上编一个鸡笼子，可是，他是从屁股底下起的头，等在头上封口时，他自己已经出不去了。于是许多看热闹的人都说："这么一个愚蠢之辈，还担心他干什么，他是什么大事也干不成的人……"

可是，心里有数的只有他的父亲——朱元璋。

俗话说，三岁看到老，这话一点儿也不假。朱棣从小就得到朱元璋和马皇后的喜爱。在他小时，大将徐达就甚是喜欢他，总偷偷地教授他武艺。徐达教他时，从来不说时间、地点，总是在他的身上某个部位上拍打一下。比如在他的后脑勺子上拍三下，那是让他在后半夜三更时分，到后院的"井"台房去练。而井与景有关。眼睛是观看事物的。因为这些细微的动作、比喻、隐意，他都能一一破解。所以后来他长大了，徐达就把自己的女儿许配给了他。这是徐达早已在朱棣小时就认定了他将来能成为一个重要的人物啊。

徐达大元帅长期戍北，驻扎在北平，他一再与刘伯温举荐朱棣，他说："朱棣智勇多谋，将来可担大任。"

刘伯温也就记住了徐达的话。

记得早在朱棣十岁时，也就是洪武三年夏天，便被朱元璋分封为燕王，掌管了原来大元朝大都燕地北平重地。这燕地可非同一般，这里统辖西北，坐镇辽东沃土，地域广袤无边，有众多民族生活在这里，是中国疆域大半个江山。当时朱元璋想，这个地方靠谁来治理呢？

那时，刘伯温和徐达都看出了皇帝的心思。

刘伯温对朱元璋说："吾皇，掌管燕京，只有朱棣。"

朱元璋说："说说你的判断。"

刘伯温说："有一天，两个孩子抬一张四个腿的桌子，怎么也进不去屋门，于是其中一个孩子回去取锯，说要锯掉两条前腿，就能抬进去了。这时朱棣正好路过，他夺过了锯，对那两个孩子说，先把桌腿拐进门去，然后一转，不就都抬进去了吗？"

朱元璋一听，哈哈大笑，点了点头。要知道，那年朱棣才只有四岁。

徐达也向朱元璋举荐朱棣当燕王。朱元璋问："你有何理由？"

徐达说："此孩从小软硬兼施，智愚共呈，而时时变化无穷，这乃为道。道为金，是金总会发光，我有一种'感应'……"

朱元璋又笑了。也是点点头。

终于，朱元璋听了刘伯温和徐达的百般举荐，授予四子朱棣燕京王之名号。在徐达岳父的关怀和辅佐之下，朱棣于二十岁时，就驻扎到北平，镇守北平。这就是历史所说的洪武庚申十三年"燕王朱棣始藩北平"。

朱棣成为燕王，从此更加亲近北平，熟悉北平，也更加熟知了中华北方故土的辽阔和富甲天下。

徐达为使自己的爱婿朱棣更好地站稳北平，通过他曾经率领过的明朝众位爱将之威名，通过自己的爱徒叶旺、马云等人，千方百计地招募辽东的女真人，并重金聘任女真谋士前来供事，通译（翻译）、联络官等，一切都为朱棣的助手和参谋，就是为他爱婿熟知北土北疆搭桥铺路。而田甸大将军就是通过叶旺、马云结识、联络上，并被重用的辽东参政要员。

而此时，朱棣在辽东的势力日益强大，叶旺、马云后来也逝世。于是田甸便成为辽东的重要大将军和燕王朱棣的力量了。

朱元璋洪武皇帝的晚年，为了使朱氏天下能得以安稳，排斥异己，洪武二十五年，专赐李善长死。洪武二十六年，杀掉了凉国公蓝玉大将。洪武二十七年赐颍国公傅友德死。洪武二十八年，赐宋国公冯胜死……所有掌权大将全都处死了。此时，燕王朱棣正是兵强马壮之时。特别是自洪武二十五年，燕王扫北，率兵在伊都山使元太尉萧尔布哈等降于燕王，听朱棣调用，朱棣从此更加兵威军盛，远远超过了其他兄弟的势力。军师刘伯温早已看清了朱元璋的心计，很早便隐退，但仍然是遭人暗算而被毒死。徐达大将军早已逝去。

朱棣面对种种世事的变迁和转换，他稳稳进取，很有心计。从此他在北平的燕王府邸中便细化远谋未来的前程和江山社稷，重用了很多谋士，决心要继承父亲朱元璋的洪武之业，做事甚有大志，秘密地布置了许多积蓄实力的大事、要事。

　　朱棣在这时，一方面关注金陵，一方面注意周边的事态。自从兄长太子标死后，在父王朱元璋的身边谋士多方说合之下，将皇位开始倾向皇太孙朱允炆，他的心中便倍加警觉了。因为他很早就关注北疆，这里才是他为未来基业保存实力和靠山之地，所以他要尽力去驾驭和控制辽东广阔之沃土、资源、人力，让这些都能为自己所用，这才能在日后与江南朝廷抗争，也才能够立于不败之地。为此，朱棣竭尽全力设法笼络北疆各地人才和各个部落的首领，并视为自己的骨干。

　　朱棣交友，甚广甚远，远至北土的鞑靼海峡的众多野人部落中的各个酋长，如东海窝集部、白山部的女真众部穆昆达爷、罕王、首领等。在朱棣的身边，又培养起一大批北疆的能人、高人，他们擅于联络、通信、交际、走动，纵然关山远隔，千山万水，舟车难行，向无坦路，一旦朱棣想联系谁，想与北疆诸地穆昆达、头领见面，便会立刻互通信息。用什么办法呢？都是靠家犬将信息给迅速送出，这真是一种奇能。

　　那时，北疆各部落豢养着众多条烈犬，专门有猎犬色夫来培训这些烈犬的送信能力，只要它们一出发，即使没有道路、山峦重叠、江湖横流、风霜雷雨、狂风暴雨，这些狗军依然畅行无阻。出发前，主人要先饱饱地喂它们一顿，然后抚着它的头说："色夫，出发，行走……"

　　那烈犬往往会"汪汪"叫两声，回复主人。

　　然后，它们一掉头便钻进茫茫老林，再也没有影子，你们也完全不必担心。

　　狗军可以从容地爬山越涧，泅渡江河，如遇风雷雨雪知道躲避。哪怕是千里迢迢，也能把重要的信件送到北疆，或从北疆送到朱棣之手。

　　这一招，田甸大将军也掌握了。

　　狗军传书，是在狗的肚子系有暖袋（信袋），袋内装有书函。暖袋是用皮囊制成，上面涂一层胶油，可防潮湿和雨水。这种皮囊又可防火。这些狗军是女真人中专门会驯狗的人从小狗中挑选出来进行训练的，因而这狗长大后便就这样，朱棣与北土各部落首领一直保持着密切联系。

第五十一章　喜鹊传喜讯

　　古代北土女真狗军传书，是在气候严寒、山水阻隔、尚无驿道的环境下创造的一种独特的办法。朱棣与北方女真联络常常采取的这种方法，一直密传，不为人知，使自己与北方民族关系越来越密切，来往越来越频繁。

　　再有一种传书方法，便是靠喜鹊。喜鹊是一种奇特的鸟。在我国古代的诸多古籍篇章《淮南子》《左传》《史记》之中，均有记载。民间称它为报喜鸟。汉代董仲舒在《春秋繁露·同类相动》中引《尚书传》说："周将兴时，有大赤鸟衔谷之神而集王屋之上，武王喜，诸大夫皆喜。"喜鹊有独立的特性，识途认路，喜欢故地，纵然飞出多么遥远的地方，它都能顺利地飞回自己出发的原地去。人们利用喜鹊的这一习性，便捕捉喜鹊，将其带走，将信带在它身上，然后放归，喜鹊便自己飞回原地去，将信送到。方法是将信装在一个小管里，然后绑在它的脖子或腿上，防止让树枝、草棵刮掉，于是一封密信便可万无一失的送达，这种鸟多为"信鸟"。

　　女真人还掌握另外一些传递信息的方式，如果是在河流地带，上下游两地互相约定了好时辰，在这个固定的时辰里，上游的人将书信装在一个木制的空管之中，封闭严实后，放入河中，让其顺水流下。而下游的人，在约定好的时辰里，在河边等候，要仔细观察水中是否有浮游物，什么形状，什么颜色，于是及时打捞上来，便可以得到上游传下来的密投书函了。这便是流水传书。

　　不过这种办法，不如狗传书和鸟传书便利可靠，常常因涨水、下雨、刮风起意外，也会因为河道宽窄不等，人无法靠近寻觅；还有，上游漂下来的信函，也可能被某处的岩石、树丛、草根给挡住，不能顺利而下。所传书信丢失则误了大事。故此，古代北疆北土之人，多是采用狗、鸟来传书送信。

田甸驻扎在金山时，与山海关一带的明朝都指挥使和北土各部落之间的互相急事联系或通信，除一般的飞马传书外，大多数的方式，都还是采用狗书和鸟书两种。

在田甸的驻地驯养着数十条等待传书送信使用的烈狗，他自己住舍后院的大树下，有专门的喜鹊林、喜鹊窝、喜鹊杆，以肉、杂粮专门喂养，这也是田甸专备传书的鸟军鹊队，这些都由田甸指定专人保护、挑选、驯养、使用，别人不可动之。

朱棣到燕京，建燕王府，便专设与辽东、西安、山西、内蒙古等地取得联系的联络平章，专门负责相互联络以掌握各地的动向。他一直重视对北土的掌控，因而特别关注在山海关外金山的纳哈出的动向。

说到这里，我朱伯西要补充说一件前面没讲到的事。当初，朱棣知道纳哈出僵虫不死，势力在不断扩大，就是因为他的触角像八爪鱼一样，直接伸出到各个部落之中。那时，纳哈出与鞑靼海峡两岸众多野人部、与东海窝集部、与白山部，均有亲密联系，真是牵一发能动八方，朱棣很钦佩他的能耐。

朱棣虽然有徐达之女为妻室，但他还是特意又与纳哈出结亲。在北方，民间广传朱棣还有爱妾莎拉（蒙语月亮），这是一位聪明美貌、歌舞齐才的美女，年方二十。月亮莎拉本是三姐妹，她是小妹，本是从小娇爱长大。据说从小纳哈出试探她们将来的命运，以"福袋"（一种抓福用具，往往是狍皮、羊皮小口袋，里面写上字条，如草场、山川、月亮、太阳、星星等内容，供儿童在生日那天抓摸，以测孩子将来的前程，称为"抓福"），可连试五年，小妹莎拉抓的都是月亮，而大姐、二姐抓的却是草场、牛羊。所以父亲纳哈出断言，莎拉将以出众的美貌和情怀占据人心。

果然她后来被朱棣看中。

说起来，纳哈出还是朱棣的岳父呢，正因为有朱棣的庇护，纳哈出才得以顺利投降大明，并由朱元璋赐封为平西侯，声誉依然显贵。纳哈出受降后，有几十里远的辎重、牛马、财物、车辆、帐篷，统归为燕王所有。战争的胜利使得燕王成了最大的受益者、占有者。

如今，辽东只有田甸在管理、经营，他也是直接受命于北平燕王，专门为燕王朱棣操劳安抚征东诸事，以图日后为朝为国之大业。

有一天，田甸刚刚吃过早饭，就见手下的传令兵抱着一只信鹊走了进来。

传令兵说:"大王,有信鹊飞来。"

田甸说甸:"速速取信。"

传令兵说:"是。"

就见传令兵从归来的喜鹊身上取下一个小木管,立刻呈交给田甸。

田甸小心翼翼地打开木管一看,里边卷着一个很薄的小白绢布。上书如下传谕:

平章田:速带亲随,晋见燕王。

有面谕授尔。朱谦武。

田甸看后一愣。

因田甸收到这封重要的机密喜鹊传书,竟然是大明金陵朱元璋身边的内臣,自己生母的侍卫朱谦武亲自传来的密函件,告诉自己,速去北平,抵达燕京燕王府。而且还是燕王朱棣召见自己。

这燕王朱棣可不是一般的人物,手握兵马大权,坐镇黄河以北的要地北平,甚有威望。看来是朱谦武大伯在朱棣面前极力地举荐自己,自己必须不负朱谦武之厚望,向燕王翔实禀告漠北现状,当面领受燕王谕旨,这可是至关重要的一次面晤啊。

而且,来函中提到"速带亲随"字样,这"亲随"是谁呢,不可能是一般人物,那能是谁呢?他思来想去,田甸突然一拍大腿,说:"啊呀!有了。这个亲随不是别人,应该就是亦吉海呀。"

亦吉海大师是北疆一带世世代代的造船宗师之家,号称漠北船王,正是已逝军师刘伯温生前所极力倡行"大兴舟楫之利"的提出者和实际践行之人,燕王朱棣知道也定会非常兴奋。当下,田甸便去见吉海大师。

那时,亦吉海仍然天天研修他的《船经》,他每日沉醉于他那些堆积如山的船的模型中,一个一个不断地细观、思索、再改动、再思索,达到他完全满意才行。这时,田甸来访。

田甸手握木管绢书走了进来。说:"大师,喜鹊捎书,有喜来到。"

亦吉海说:"哦?有喜?喜从何来?"

田甸说:"喜从南来。"

亦吉海还是不明白:"南方?"

田甸便将木管绢书展给他看,并说:"看来,燕王朱棣是要大兴舟楫之利之大业,这样便可以振兴舟楫之技,难道,这不是喜吗?"

亦吉海一听,也兴奋起来,连连地说:"是喜是喜!咱们可下盼到这一天啦……"

二人兴奋得拥在了一起。

偏偏这时，吴信走了进来，他在一旁闻听了此事，也乐得直蹦高高。谁知乐后，他也提出一个要求。

吴信在一旁说："田大将军，我有事所求。"

田甸说："那你就讲出来吧？"

吴信说："但恐怕你不允。"

田甸说："你不说出来，我怎知何事？快说出来吧。"

于是吴信大着胆子说道："田大将军，也带我一块儿去北平吧……"

田甸一愣说："带你？为何？"

吴信说："我从小到大，还没去过北平呢，更没见过燕王爷，让我也一起去吧！"

田甸想了想说："吴大哥，你还真不能去。"

吴信说："我如何去不得？"

田甸说："你想想，现在咱们'征东巡检步骑军'刚刚组建，正是兵强马壮之时，又加入了许多北疆野人部的年轻人，眼下更需要有人来精心管理。这个重任就交由你。"

吴信说："交由我？"

田甸说："对，交由你。我明日便在步骑军队伍上正式宣布，由你来做管带。吴大哥你素有领兵之才能，还在元朝兵中当过马队的班头，后来因不满元朝的暴政和官吏的腐败，才自己插杆子挑旗地干了起来，你虽然报号三江霸海混天王，很有声势、很有气派，好在不祸害黎民百姓。现在，你心向大明朝，投入我的'征东巡检步骑军'，你可就闲不住了。你得帮我治军并建军和传授步骑马术、水术等各路绝技，这里用得着你。你要趁我南去燕王府的机会，在家好好地带领弟兄们，开练成套的马术、刀术，个个都锤炼成下山的猛虎、下海的蛟龙。我回来后，必然会带来燕王的谕旨，我们可就闲不着了。我想，我们可要征东出海了！吴大哥，这一切，田甸我可就要拜托给你了。"

田甸这一席话，讲得头头是道，又在理。

他的这种诚恳、真心、亲情之举，说得吴信心服口服。吴信很是感动，又很感谢田甸大将军从来没有成见，不是看不起自己，不带自己前去北平，而是非常的尊重自己、看重自己。人往往就是这样，受到尊敬和信任，就直言述说，只有真心实意地帮助别人，别人才会尊重自己。

田甸大将军就是这样认真治军，不负他们的期望的人，所以深得人心。

当下，吴信说道："田将军你放心，我不去了，要好好在家开练咱们的步骑军！"

第五十二章　准备见燕王

第二日，日朗天晴。整个包鲁卡地带一片欢腾，人们要送田甸大将军和亦吉海大师二人南行了。

一大早，田甸就集合人马。

田甸将全体步骑军二千余人，都齐聚在河畔的柳林阔地上，兵勇们个个精神抖擞，气宇轩昂，等待他训话。

田甸走上柳林里的一处高台，对大家说："诸位步骑军的弟兄们，我受朝廷之命，要与吉海大师同去北平。此行往返需要三个月之久，关山阻隔，路程遥远！"

大伙儿一齐惊叹："这么久啊！"

田甸接着又说："我不在北疆的期间，咱们整个步骑军事项，统由吴信管辖。我已得金陵之命，授吴信为'征东巡检步骑军'副平章、副指挥使，有生杀、处置、安排、指挥之各项大权。这是军令，望全体周知！"

大伙儿一齐答道："周知！周知！"

田甸又指定了两个人来协助吴信，接着说道："那好。三个臭皮匠，顶个诸葛亮，他们三人，遇事商量，就不会或少出差错和偏颇。再有一事我必须讲在前头，谁也不可违背我的命令，大家记住，军法可不饶人！一是不要抢夺野人部的任何民财，哪怕是一片烟叶。二是不可挑逗奸淫民女，违者必纠，重者要囚禁，等我归来，要视案情或埋或杀，决不留情。三是决不可肆意饮酒、斗殴，欺压野人部的老人、小孩，谁都有爹娘、孩子，要视他们为我们自己的亲人、长辈和骨肉。以上三条，吴信和两位助手一定要给我看严了。做好事的人要记下来，按功行赏！我的话说完了！众兄弟们，你们对我说的话同意不？要同意，就大声说，同意！要不同意，也大声说，不同意。只要现在喊出来，我不怪罪你们，但日后违反军规，我可决不轻饶。"

于是田甸对全场说："大家同意吗？"

只听下边的众将士们，一齐"哗哗"地鼓起掌来。

大家一致大声地说："将军，你的话讲得好，我们同意！完全同意！"

田甸最后说："弟兄们都同意，咱们就这么执行了。"

其实田甸讲这话、下这令，早有准备。

还是在前几日的夜间，田甸就悄悄地让吉海帮忙，在他往日从叶旺、马云两位将军处接过的十几份印有蓝格的白丝绢上写任命令。绢的下方，早已盖有带朱砂红泥的大方印章，这印章是大明兵马大元帅徐达之印，很威严庄重，由不得人不信啊。

如今，徐达大将军早已逝去，但那时，在大明朝徐达的权力和声威，仍然为大明各部将勇所信奉和折服，仍然有效和震慑作用。田甸给吴信授命担任步骑军副指挥使，就是在这个白绫布上添上去的，真可以假乱真。田甸将此印信当着众将士面，正式授给了吴信。记得当田甸说："吴信，请接任绢！"吴信激动不已，这是一个感动人的场面。

这个场面，其实也在感动别人，之前那些追随他的众位兄弟，个个也都非常感动。过去他们也总是担心田甸瞧不起自己，不知何时，用完了给甩出去，拉完磨——杀驴！谁想到，田甸大将军真是肝胆相照，有一个大将军的宽仁胸襟。没说的，个个都要以死相报，把"征东巡检步骑军"当成自己的家，要大干一番事业，绝不耍小心眼，私藏二心。

田甸真是一个难得的人才。他办事认真、仔细，又懂理、合法，于是他这么一办，使步骑军新老兵勇不但人入了伙，而且心往一处想，劲儿往一处使，大家都紧紧地抱成一团，心中所图的是每个人自身的前程，可是整个军心一齐，所图的不就成了为国、为族的大前程了吗。任何事情，军法军规，事事说明讲清，丑话也讲在前头，这样便会以理服人，以规制队，人心一统，万事便成啊。

从北疆去往北平有万里路程，怎么走啊。

此时，已进入了明洪武二十五年壬申年阳历的九月时节，天寒地冻，在寒冷的漠北，大雪已经下了几次了，包鲁卡霍通已经是初冬了。

萨哈连乌拉，一片银白。

大雪厚厚的覆盖在北土茫茫的原野上。夜里，江面有些地方被冻裂了缝子，江水透气了。早上，当东升的太阳还没有升起，江面上便生出了白茫茫、灰蒙蒙的雾气。那冷气飘荡起来，随风而走，渐渐地落在江岸畔的树上、草上。于是，那树、那草，都挂上了白白的、厚厚的、毛嘟嘟的厚霜。这就是江挂，也叫树挂。

北土江岸树挂是一道奇异景致。在古汉唐渤海时期，有杨泰师的五言律诗《奉和纪朝臣公咏雪诗一首》曰：

> 昨夜龙云上，今朝鹤雾深。
> 怪看树发花，不听鸟惊春。
> 回影疑神女，高歌似郢人。
> 幽兰难可继，更欲效而颦。

这里，把北土最早的"树挂"景致描写得惟妙惟肖，这是漠北的独特所在。太阳一出，"发花"的树花，就渐渐飘落，大地只剩下了寒冷、苍茫……

萨哈连的风，也带着湿漉漉的江气，使得这里的雪更白，冰更晶莹了。冬季，这一带的人们出行，全靠爬犁。田甸、亦吉海也不例外。

这时节，萨哈连已经开始了淌冰排、冻冰排的季节，江上的流冰在白天有时流动，可夜里被又牢牢地冻上，厚厚一层，高低不平，很快就要"封江"，江面变成冰道了，只能用木爬犁去走行。为出发，吉海给田甸做了一个大雪橇，雪橇是那种"暖雪橇"。所说的"暖"，是指上边盖出一个小棚子，有仓子、有木炕（床），用鱼骨做的小窗眼，精致极了。这些都是亦吉海大师的拿手好戏。

爬犁上的小棚窝眼可以通风，又可以观看一下外面的景致。窗上挂有一个皮帘，顺风时挂后边，逆风时挂前边，又好看，又挡风，简直就是一间流动的温暖小房。

为了使雪橇能顺利前去，包鲁卡霍通的穆昆达罕王柏星阿将自己养的十条强壮的白毛犬送给了田甸。

田甸感激地说："老首领，这可是你的爱犬。"

柏星阿说："田将军，你去办的可是天大的要事，我应该而为呀！"

而且，老首领柏星阿还将自己的驯犬人音达浑奴才送给了田甸。他对音达浑说："你可好生驾犬，不可出任何意外！"

音达浑说："是，是。罕王你放心。"

柏星阿说："出一点儿意外，我可拿你是问！"

音达浑说："安安全全，奴才保证做到。"

柏星阿是完全信任他的。

在漠北的女真野人部一带，人必须要懂得犬语（要会破译狗的声音），这样的人叫"狗师傅"（狗色夫）。如这个音达浑，他最熟悉白毛犬的犬语，都听他的话。因这些白毛犬都是音达浑从小养大的，只有他来赶着雪橇，才能在大雪天里跑得飞快，高山、深谷、河套、冰裂子、冰骨子，都能穿行如梭，也从不会被冰挡住，被大雪埋住而不能动。

驯这种雪橇犬要从母狗怀崽儿便开始。要让母狗和凶狠的狼交配，这叫"换盆"，也叫"串盆"。换盆、串盆都是驯狗行的行话隐语。意在使狗增加野性，使生下来的雪橇犬有适应严酷环境的生存能力。

小狗出生后要领它们去野外，见到冰壳、雪坑、地洞、树桩子，都要让它们一一识别，然后训练它们在面对这些地方，如何使劲儿，以便能通过。雪橇犬一生要起好几次名字，分阶段起。起一次，要让它忘一次，然后只有它的主人提起来旧名，它会答应，别人百唤而无用。为让它们记住事，既要打又要哄，驯养一条好雪橇犬十分不易。白毛犬，顾名思义，它们浑身白毛，远处望去，毛色与茫茫雪原融在一起，不细看根本发现不了。主人要出发前要给爱犬带干粮，它们只有主人喂它，它才肯吃。

驯好的白毛犬，十分聪明、谨慎，陌生人给再好的肉食、骨头等，它们闻都不闻，远远地躲开，怕被人毒死，很警惕。在漠北一带，一个部落，一个头人家，甚至百姓人家，如果没有几条像样的雪橇犬，在冬季就是寸步难行啊。

另外，包鲁卡霍通老首领柏星阿还给田甸和亦吉海大师准备了几匹"走马"。这是在漠北一带十分出名的小个"鞑子马"。它们看上去没有什么特色，个头不高，但鬃长、尾长，样子很是威武。它们的前鬃毛披在脖子两侧，有狂风或大雪刮来，它们一侧头，就能以鬃毛硬硬的毛丝抵挡住狂暴的风雪，不迷眼，不花眼；每当遇有狼、熊、虎、豹要来袭击时，它们会以此动作来迷惑对方，然后一尥蹶子踢向对方，就能将其踢出很远。

"走马"的特点是"走"，这种马从不奔驰，但"会走"，走起来步伐快，速度均匀，人骑上去不颠簸，有耐力，看似没有奔马跑得快，而走长途，走远道，准比其他马先到达目的地。老首领给田将军和亦大师带五匹"鞑子马"，拴在雪橇后，他熟悉去往北平的路途。等到了瑷珲后，雪橇就用不上，要改换"走马"，走旱路就得改乘骑马向北平进发。然后，雪橇再由驯犬奴才音达浑将其赶回野人部包鲁卡霍通。

第五十三章　亲归王府

呦儿——呦儿——

奴才音达浑两声口哨，白毛犬一齐使劲儿，大雪橇"吱嘎"一声，启动了。

老首领柏星阿、吴信等人都站在部落路口相送，眼瞅着雪爬犁上了萨哈连冰冻雪封的江道，直奔瑷珲而去。

老首领说："田将军，亦大师，你们早去早回呀。"

吴信也招手说："一路顺风！"

大家站在北土寒冷的厚雪上，眼见着田甸和亦吉海乘雪橇远去了，不一会儿，他们便消失在茫茫的雪原深处。

从漠北包鲁卡霍通去往北平的路途，其实驯犬奴才很熟悉。他顺着冰冻雪封的萨哈连乌拉往上游疾驰。晓行夜宿。沿萨哈连，冬季为了让漠北的人出行方便，建了许多雪驿，就像如今的大车店一样，也叫"冰院子"，专门接待南来北行的爬犁、雪橇。狗和马这些都拴在院子里，人进屋睡火炕，以保不冻着。吃完了热乎饭，第二天天一放亮就上路。一天也就能走个六七十里地，快的可走上百八十里路。十二天之后，田甸他们就到达了瑷珲老站。

到达了瑷珲老站之后，田甸和亦吉海二人上了岸，他们翻身上马，改骑由柏星阿给他们带来的马，直奔呼兰河南下。狗爬犁就被包鲁卡霍通老首领派来的奴才音达浑赶回去了。在那里，他们又奔西辽河，越山海关，越大陵河，越滦河、蓟河、潮白河，又由此进入通州老城，再穿过通州，这才直奔燕京。田甸和吉海二人足足走了四十多天，这才到达燕京。

从漠北进入北平，北平的街巷上富贾人家也都已经穿戴上冬装了，看来这燕京也是挺冷啊。

田甸和亦吉海直接打听燕王府在哪儿，在人们一次次地指点下，他们来到一处王府。只见这儿是一处青砖高大的楼舍，门前还有两尊大石狮子把门，这燕王府非常气派。

田甸首先向府门官员呈上绢文，报上名姓，然后等候。

不一会儿，一位参政模样的人走了出来，很是热忱，说："客人，请随我来……"

田甸、吉海二人赶紧跟了进去。

那位官人先给他俩领进府去，安排在了燕王府中一个庭堂中住下，让他们放下衣物，然后由这参政陪同，说："走，去用膳。"

二人答："谢谢。"

参政引着他俩，穿过后花园右侧的一条碎石小路，来到了膳阁，就要进餐。这时，几个婢女走来，首先给他们献上茗茶。一会儿，已见桌上摆上了丰盛的菜肴。

参政说道："田平章都指挥使，请你们二位慢慢用膳吧。你们一路劳顿，一定累了吧？用膳后，就先回庭堂中住所好好安歇。燕王今日去西山狩猎去了。之后，他还要访问周围的一些猎户，可能晚上还住在民间。明日燕王回府，我禀奏燕王，燕王会召宣你们的。很过意不去！还请田大将军和亦大师多多包涵，小等半天吧。"

田甸说："不必客气，你劳累了。"

那位参政自报姓名。原来，他姓程，名忠沛，是燕王府二品参政，兼理护一职，为人诚恳、老实、热情，很有大户人家的礼度风貌，叫人非常敬佩。

在这里，燕王府的参政人员，专门接待南来北往，拜见燕王的各种要员，这大府要给人一种非常亲和之感才妥，这位程参政就是这样一个人。燕府所见的所有用人、管家，个个都那么主动、热情，一点儿也不傲慢，燕王府里不仅没有让人感到惧怕或盛气凌人的感觉，而且，每办完一件事，在交代清楚是等、是吃、是喝、是办，走后还要加上一句"您还有什么吩咐？"

还有什么吩咐？这是人家的礼节、学问、品行、风度。足见这燕王府上上下下的风气分外融洽，好客。那么这里，必定是一位喜欢与万民接触，从没有王爷架子的那种好心肠的王爷。

田、亦二人感受颇深，处处被燕王府的大家风度所感化，真是大开眼界。也难怪吴信说自己没来过北平，也要来见识一下，感受一下。夜晚，二人休息得十分舒适。

次日清晨，燕王骑马回到府第。

只听燕王府内外，一片喧嚣，热烈异常。随燕王此次同去西山狩猎、走访民户的部将、兵勇、杂勤人手足足有百余位，一个个都骑着高头大马，身着甲胄，自挎水壶、箭囊，佩戴着刀、剑，威风凛凛，飒爽英姿。

有的驭手骑在马上驭着猎狗。那些猎狗伸出红红的舌头瞅着行人，看来正是打猎而归。街头，还有许多小孩在观看，因有些猎手肩上、马上驭着一只只狍子、野鹿，胳膊上挂着一串串色彩斑斓的野鸡，猎获之丰真让人眼花缭乱。别说孩子，就连一些大人、一些走街串巷的小贩、小手艺人，也都停下步子，忍不住来观看。

燕王进府，府中人一个个忙碌起来。大家闪路、让路，让燕王宽宽绰绰直奔正厅。

不大一会儿，程忠沛参政便来到了田甸、亦吉海的小庭堂，稍稍寒暄几句："怎么样？夜里睡得好吗？"然后话题一转，说道，"都指挥使，请你们快做好准备。燕王是一个雷厉风行的人。他正在盥洗。他已闻知你们在等他，很是高兴！不一会儿，他就会到燕王殿中召宣你们去见他。"

"多谢你！"田甸和亦吉海说。

这时，田甸和亦吉海忙从席子间坐起，下地穿衣，整装。并问道："参政，我们就随你先去燕王殿听宣吧！"

参政笑了。说："不必。"

"为何非等大人召宣呢？"亦吉海问。

参政说："燕王是一位好客的人，你们是他请来的远方客人，不用你们去，燕王必会亲自请你们的。如果你们先到燕王殿门口等着，我这参政可要受燕王的严厉申斥。燕王是很讲究礼节的人，他非常尊重北疆的苦寒戍边众将士和来客。燕王虽是万马营中大将军，威武盖世，但很平易近人，年轻、好动，凡事好多问问，听什么新鲜事都打听，好刨根问底。你们和他说话也不必紧张，一件一件事地回答，慢点不要紧。他喜欢口齿伶俐，头脑清楚的人。"

田甸、亦吉海连连点头称诺。

正在程忠沛还在向田甸、亦吉海交代、介绍时，突然听有脚步声。就见燕王朱棣已大步流星地走来，只一步便迈入田甸居住的厅堂之中，并大声说道："我请来的客人在哪里？不知在我府上休息可好？千里迢迢，好远的路，你们是我燕王请来的最为遥远的可贵、可敬的客人啊！"

　　田甸与亦吉海，见燕王已到了自己的身边，忙要跪地下拜，燕王却一把将他们拉住了，忙说道："走，到我的正殿去。到那里，我要你们给我好好地讲一讲萨哈连乌拉，讲讲什么野人部，再讲讲你们的'征东巡检步骑军'。太新鲜了，本王太想知道那里的一切了。走！快请！忠沛，你在前头引路，我们手拉着手跟着……"

　　就这样，程忠沛头前带路而行，燕王一手拉着田甸大将军，一手拉着亦吉海大师，大家大步疾行，很快到了燕王府正院中堂那魁伟的燕王殿。

　　此时，燕王殿正门早已打开。

　　只听"当当""咚咚"钟鼓在齐鸣，殿中的卫士们早已列于正殿左右，彬彬有礼，俯首迎接往这里走来的燕王和田甸、吉海。

　　他们进殿后，走入两层大门，进入正殿正堂。

　　只见红毡铺地，满殿中传出扑鼻的飘荡香烟的气味，可以驱散殿中的潮气，使空气清新。还有五个鹦鹉笼子，悬挂在殿中，江南盆花百盆，郁郁葱葱。这燕王殿里让人感到一片春意盎然，暖融融的气氛。

　　燕王登上宝座，坐好后，程忠沛参政忙拉着田甸和亦吉海到燕王殿前的"跪毡"（一种专门供来人朝跪的位毡）前，暗示他们，这回可以下拜，叩头行礼了。

　　田甸和亦吉海忙叩头，施礼。

　　田甸首先在燕王前禀道："田甸叩见燕王。此次，我带来了故乡白山黑水的老山参、枸杞子、核桃仁、鹿茸角和鹿鞭，都是北疆土产，是给王爷、王妃享用的。若还需用，我们随时随地都可以送来孝敬王爷。"

　　燕王命人接下土产，又请两人起来，到指定的位置上坐下，然后让他们禀报自己的名号、职位、特长等情况。这一听，听得燕王睁大了眼睛，乐坏了，高兴极了，大声地说道："原来北土萨哈连有这么多奇事！"

　　这样，燕王又笑着站了起来，走下台阶，又拉着田甸和吉海两人的手，又通过正殿，进了偏殿的牡丹厅去赏花。这里，其实是燕王的迎宾殿，建筑更是宏伟、大方、美观，满室一色是盛开的红牡丹，花蕊姿态万种，有的还吊悬在窗上、墙上、棚上，到处都是牡丹花，可见燕王是很喜欢牡丹花卉的。眼前的一切，令人赏心悦目，心情畅然。

　　这时，他们来到幽静的内室，外面有牡丹包围，此处无人，燕王与田甸、亦吉海坐好，程忠沛要退下。燕王说："忠沛，你不要退下。你就作本王的书记官，把北方两位使者的金玉良言，给我一字不落地记下来，这就是燕王府的将来重要的宝册。记好后，你要一一整理，装订成卷，就叫《黑水篇》《白山篇》或《漠北萨哈连篇》，然后，给我收藏好，我要长久思索，一一细看。"

忠沛低头说道："王爷，忠沛马上取笔墨去，一定遵王爷旨意办好，王爷放心。"说完，程忠沛急忙退下。

第五十四章　天东长白大宝幢

程忠沛取纸墨的工夫，田甸细细地打量厅堂。

只见这间燕王的内室虽古色古香，但大气震人，一股股威武英气飘荡其间。

正堂上，就见一幅燕王全身甲胄的立像绘图，很大很显眼，是与本人同等大小，很是逼真，绘图两侧，是以重墨楷书书写的一副对联：

叱咤风云，固我北疆。

这八个大字，极为雄遒有力，震撼人心。

工夫不大，程忠沛参政来了，他捧来了文房四宝，摆在牡丹堂一侧的几案之上，静候记录。他要把燕王和田甸、亦吉海的谈心，句句不落下地记下、写下，这可是一项重任。燕王历来喜欢办事有头有尾，笔笔有踪。记下就是历史，这是燕王多次指教给他的话。现在，来自遥远的白山黑水的两位贵客的话，简直就是重于泰山，丝毫不可怠慢啊。

燕王朱棣怕田甸和亦吉海心情紧张，他特意将座位重新安排了一下，他让田甸、吉海坐在正面太师椅子上，田甸忙说："王爷，使不得，使不得呀！"

朱棣说："别争让了。就这样。这样我听话方便。"

朱棣于是坐在了下首。田甸总感不妥，忙又站起来谦让。可是燕王执意不变。

他说："请坐下，请坐下。这次，是我请你们来的。我是想做个弟子，请教两位师尊。本主就是想知道北疆漠北的一切情况，今后我也去一趟北疆。现在，是师父授业，我这弟子来听训。咱们按规行事，不必谦让。本王说做就做。我不喜欢谬本恣意而动，还是听本王安排吧。"

这时，就见朱棣变得很严肃。

没办法，田甸、亦吉海两人只得尊燕王意，坐在了正面，面对燕王了。立刻，侍士们献上时鲜果品和茗茶。燕王拿起两个大石榴，给田甸和亦吉海一人分一个。

朱棣说："两位贵客，你们边吃边说。这样吧，你们先讲讲你们这些年都在做什么？在什么地方？有什么奇事或是最让本王高兴的事？北疆到底是什么样子？苦在什么地方？乐在什么地方？冷到什么程度？北疆各地、各山岗、各沟岔、河谷里的人都怎么生活的？有渡口吗？怎么渡运过江河海口？怎么生儿养女？怎么样过节？怎么样过年？怎么请神、上坟、祭祖、选礼？如今那里的人都生活得怎么样？最难的事是什么？最希望大明朝给办的事又是什么？总之，你们就尽力给我讲讲，我就是听，我不打断你们。累了，你们就歇歇气儿，然后再说。没想好就停停，想想再说也不迟。本王这些日子就上你们的学堂，为你们的弟子。不要怕啰唆，本王最爱听，讲啥都爱听。你们就开说吧！说啥，从哪说都行，随你们的便……"

看来，这燕王真是啥都想听啊。

开始，田甸与亦吉海有些做作，好像自己不会说话，不习惯说话似的，不知道应该从何处说起。可是这一阵，他们的紧张心情一下子放下了，他们见朱棣是一个非常平和而又平易近人的人，并没有半点王爷的架子，倒像一个总想听人讲故事的小孩，那么赤诚、那么真情。在田甸和亦吉海说话的时候，没有见到朱棣半点困倦疲惫的表情，总是那么好奇、高兴，时时有些疑问，便刨根问底地打听，兴趣百倍。

听着听着朱棣时而还说："你们能给我讲讲当地古老的故事吗？神话也行……"田甸、亦吉海互相望望，于是，亦吉海就给燕王讲了一个蛤蜊的故事。

那是很早以前了，在漠北的大海边上，有一个不大的村落，村落里住着一家老两口。有一天，刚下过一场大雨，老太太拎着筐到海边去捡海蛎子。只见有一个蛤蜊，有一间房子那么大，嘴一张一合，一合一张，像两扇门似的一步一挪地往海里走。大蛤蜊进一步，海浪就把它推回去一步，一进一退，大蛤蜊还是在原地挪不动窝，折腾了好一会儿，它力气用尽，"吧嗒"一声合上了嘴，躺在沙滩上不动了。

老太太见大蛤蜊下不去海了，抬头看看蓝天上的毒日头，像火苗子似的，烤得沙滩都能烫熟人的肚子。她心想：大蛤蜊不晒死也得渴死。她放下筐跑回家，告诉了老头。老头招呼了部落里一群年轻力壮的小伙子，跑到海边，大伙儿就推的推，拽的拽，不大一会儿，便把大蛤蜊给弄到海里去了……

大蛤蜊回到海水里，转过身来，嘴朝着岸上一张一合，一合一张，好像在说什么；又转身打了三个旋儿，就慢慢地朝深水里游去了。

谁知，自从这老太太从海边回来，她的身子就开始发福了。到一年之后，老太太一胎生了三个胖姑娘。老两口乐得不得了，抱抱这个，亲亲那个，草房里挂了三个悠车子，一个孩子一个，悠一下老大，悠一下老二，悠一下老三，这三个悠车，就像三只小船，在海水里一前一后地摇荡。转眼之间，三个姑娘一齐出了摇篮，又一齐长成大人了。

也许是在北土，人们对孩子太珍爱了吧，从孩子学走路开始，老两口就舍不得让孩子迈出门槛。三个人只能闷在家里，听着一涨一落的海潮声发呆，有时坐在窗台上，远远地望着海浪涌过来又退回去。海有多深呢？海水是什么味道呢？浪花咬不咬人呢？要是能去那里玩一玩该有多好啊！

平日里，姐妹三人跟老两口要什么爹娘都答应，可就是一提出要去海上这件事，不管怎么求，老两口就是不吐口。

有一天，三个人见老爹出门去了，就把娘团团围住，一齐央求说："娘，天这么热，就让我们去海边沾沾水吧。我们不往里头走，只在水边上玩一会儿，准就回来。"

母亲看看三个女儿渴望的模样，心也就软了，就说："你们可快着点儿，玩一会儿就快点回来！"三个人爽快地答应着，像三只出笼子的小鸟，向海边飞去了。只听"扑通，扑通"，她们一齐扎进水里，就再也不想上岸了。

燕王朱棣说："后来呢？"

吉海说："后来呀，这里的人就与大海有了深厚的感情，人们离不开大海，大海也离不开人！大森林也是一样的。"朱棣说："大森林有故事吗？讲讲吧。讲讲长白山吧。"

于是吉海说："说起长白山，那奇怪的事就更多了！"于是，吉海就给朱棣讲了一个椴树精的故事。

吉海说，在长白山里，有一个看山的老头，冬天，山里人干完活了，就都下山去了。这年冬夜里，就老头一个人过年，也没啥吃的，他就压了一盆苞米碴子，准备熬点粥喝。刚刚点上火，只听门"吱"一响，从外面走进一个人来，是一个紫脸老汉，进门说："老哥哥，咱们一块儿过年吧！"说着，就一把一把地抓苞米碴子往嘴里吃。看山的老头想这大雪纷飞的深山老林，哪来的人啊！

于是，看山老头就答应一声，说是去灶坑添添柴，到了外屋，他操起一柄开山斧就进了屋，他趁着那人不备，上去一斧子砍下去，只听"嗷"一声，一股烟不见了！老人的斧子也被那家伙带走了。第二天早上，看山的老头顺着脚印一找，找到了后山，只见地上一段老椴木圪达，他的斧头还在上面呢！他上去一拔斧头，只听"哗啦"一声，只见从椴木圪达里淌出了黄澄澄的苞米馇子！原来呀，这是老椴树成精了，吃了人间的苞米馇子！

朱棣一听，哈哈大笑起来。问吉海和田甸："东北、长白山真有那么神奇吗？真有这类妖怪吗？"

于是吉海说："大王，这些事，当地人都这么说。而且……"

朱棣说："说下去，别怕。"

吉海说："大王啊，别说故事，就'椴树沟'这个地名，如今还在乌拉部以东的老林子里，不由得让人不信。"

吉海又说："大王啊，其实这都是一些妖怪故事。妖怪故事有真有假，但总是有那么一些影子。这也说明人们在生活中经得多、见得广。就比如什么兔子成精、石磨说话、人参变人、大树喊山。在东北、在长白山里，那是处处皆有。北土是一个神奇的地方啊！"

朱棣呀，简直听入迷了。

这么说吧，朱棣与忠沛，将田甸、吉海二位让在牡丹堂中，一连互相谈了整整五日五夜。从早到晚，从晚到黎明，他们就住在这燕王府中。燕王朱棣这期间谢绝了任何来造访人士，就是与田甸、吉海攀谈，吃住在一起。五天的时光，燕王朱棣对田甸、吉海完全了解、熟悉了，成了知己，有了更多的共同语言和共同的向往。

特别是当田甸、亦吉海一讲起大海、江河、舟船之事，以及古今、中外、风土、神话、来历、典故、甚至一些俚语、歇后语，如木排上的舵为何叫"棹"（zhào），朱棣都一一刨根问底，为啥木排和筏子上的划板叫"猫牙"，吉海说："王爷，那木板不是猫牙，是指木板上贴上去一排铁皮，把铁皮搋成猫牙状，是让它能'啃'住筏帮……"

朱棣说："为何不叫狗牙？"

亦吉海说："猫牙有'齿'，可以固定住木板。"

"啊！懂啦……"朱棣乐了。

这些天，朱棣感到收获太大了。在这些天的交流之中，燕王朱棣也成了一个地地道道的北疆人，萨哈连乌拉之人啦！他又问了当地许多民族、族源、族名、语言、文字，特别是这里的人和俄罗斯、日本、新罗一带的关系。说到这里，田甸和亦吉海说："这些人，我们不能不防啊，他们时时越我边土，住下便不走。"

朱棣说："对此要多加小心，寸土不让。"

在田甸、亦吉海的几天讲说渲染之下，朱棣对北疆的大江、大河、大海更加向往，对那里的景象、风物，十分崇拜。他认为，那一带的北土北疆，简直就是他心中的一个圣地。

五日之后，燕王朱棣设盛宴款待田甸和亦吉海，并专由金陵派人传驿驮运来了长江鲈鱼百尾，制成了鲈鱼宴，专请来秦淮河上五位弹弦之人，讲唱江南水乡的评弹，让田甸、亦吉海聆听一下江南音韵。这个调，田甸小时听过，可生长在长白山里的海西女真亦吉海那是有生以来第一次听到评弹、看到江南的秀女。

在燕王府第七日。燕王朱棣说："学生听课五日，弟子今日也向两位师尊说说我学习和听讲心得，请田甸、吉海大师赐教。"

田甸、亦吉海忙起身谢拜。

此时甚特殊。燕王朱棣命燕王府各部参政、理事、臣僚们都聚到燕王殿来，听听燕王的治国之道。因每每燕王讲后，燕王府各部都要去践行，故命燕王府的上下人等都要前来认真聆听。

燕王朱棣，年轻有为。他自幼受马皇后调教，沉默寡言，重炼内秀，不仅武功上乘，而且喜博览群书，素有立国大志。现在燕王三十多岁，正是风华正茂之年龄，几日聆听了田甸和亦吉海从北国寒域带来的众多可贵的信息，使朱棣多日以来，彻夜难眠。多少年来，自从他受皇上之命驻镇北平，为燕王，就希图整治辽东沃土，往昔只有纳哈出传来些信息，两耳闭塞如盲聋。这次田甸、吉海入燕，何等及时之雨，更加倍助长了他开拓北域、掌控北疆之遐想。他从心底非常感谢田甸、吉海几天来的热心介绍，使他茅塞顿开，大开视野和眼界。他根据田、亦二人所讲漠北的地域之势，沉思许久，突然问道："二位，你们说说，北土开发，要处在哪？"

田甸说："在山。"

亦吉海说："在水。"

朱棣点点头，又沉思着在厅内走动起来。在他的心中，他突然悟出一个道理：山，要有大林木；水，便是江、河、湖、海，而要进入江、河、湖、海，必得靠船，要造船，就得有木。木在山上，木下山得靠水。这不正是一个自然的循环吗？于是，他又问二位："北土山林，哪里最密，哪里最沃？"

田甸、亦吉海想了想，几乎异口同声地说道："只有大荒山长白山……"

朱棣眼前一亮，自言自语地说道："长白山，茫茫大荒，本王翻阅《山海经·大荒北经》内中云：'东北海之外……大荒之中有山，名曰不咸，有肃慎氏之国，乃女真之故乡。'本王自幼敬崇金末大诗人元遗山，每读其《遗山集》，精神沛然，内有诗歌诵长白山，此乃史上最早讴歌长白山之佳作：

> 天东长白大宝幢，天河发源导三江。
> 有木蔽映山朝阳，云谁巢者雏凤凰。
> 云间吐气日五色，百鸟不敢言文章。"

朱棣默念着这首歌咏长白山的古诗，向前走着，他已忘记他脚前有一个大鱼缸，只听"咣当"一声，他的马靴踢在了鱼缸之上，只听"哗"的一声，缸裂水淌，只见鱼顺着水流了出来，朱棣一愣，之后，他突然抓起几案上的几支毛笔，一下子投进水流中，只见淌下的水将毛笔一块儿顺水带下……

突然，朱棣说了一句："水在高处，带木而走。"

田甸和亦吉海望着燕王正不解其意时，朱棣却自己哈哈大笑起来，他似乎忘记了他们二位在身边。

第五十五章　心系长白山

就在田甸、亦吉海描绘北土风土人情、典故传说、自然资源、民族信仰、乡间俚语、部落风俗、婚丧嫁娶、外藩内伍、江湖行话等内容之时，其实朱棣的脑子里出现了一座苍茫的大山——长白山。

他想：我蒙父王之恩宠，为藩北平称燕王。而燕地，位在北方，安抚广袤之万里寒疆，责无旁贷。史称萨哈连黑龙江、北海鄂霍次克海、苦兀岛、东滨鲸海，有野人诸部繁衍之所，魏晋以来有白山部，乃女真故乡之地，肃慎国为女真之先世，自元朝以来，深受其害，大明立国，北疆之兴，因赖依女真奋起。

民风有言，凡事由近及远，大统之业，宜由黑水白山之白山做起，此金代兴盛之要旨也。金始祖"耀武于青巅白山，顺者抚之，不从者讨伐之"，从此方有大金之国。本王自幼在诸种古籍中初读长白，特别是《遗山集》中那首咏长白之作，何等美妙，何等气贯长虹，内里透出对长白山引领中华之精华。每每吟念，令本王神往，真想飞进长白山，欣赏其飞流瀑布如何导向三江的。长白山真是漠北母亲之源，一流图们江入鲸海；一流鸭绿江入黄海；一流松花江直泻千里入萨哈连乌拉黑龙江，注入东海鞑靼海峡。鞑靼海峡，那里有本王好几位野人部好友，对面海峡就是历史上的苦兀岛，我大明朝的东海大岛，住着我们的许多兄弟部族……

田甸都指挥使，我为何召你万里来北平燕王府？我深思熟虑数载，治理北疆，平抚北疆。抓蛇要抓七寸，掌握偌大万里之北疆，龙头龙身如此庞大，抓何处为妙？本王认为就是要紧扼住长白山，控其源，便可以自如地统御松花江、萨哈连黑龙江之水系，提纲挈领，就可以控北疆全境。我记得军师刘伯温伯父有一句名言："辽东河流纵横，宜兴舟楫之利。"亦甚领伯父之策，在辽东要大兴舟楫之利。有舟楫，便可以纵游江河，各寨各乡便可统入域围之内，不仅鸡犬相闻，而且能相互携手同进，相互取长补短，声声相应，共筑安泰之日……

这些话，是燕王边想边对田甸、亦吉海吐出的肺腑之言。田甸听后，甚是惊喜。

田甸忙说："燕王，臣田甸遵燕王旨，特带亦吉海大师这个造船世家之后此来北平，就是想让燕王认识亦吉海的！"

燕王朱棣说："田甸，我早已知晓亦吉海世辈对北疆的莫大贡献。本王今日所言，就是一心希望你们要依靠长白山宝地……"

田甸、亦吉海说："长白山？"

燕王朱棣说："对。"

田甸、亦吉海互相对望一下说："此山生木。"

燕王朱棣说："此山之木，都是百年、千年之古松，如开伐下来，从长白山的江流之地，选出一个可造筏船之场……"

田甸、亦吉海说："造船厂？"

燕王朱棣说："正是。如果你等能如愿选到这样一个地方，筑造大帆船，可直通东海，把北疆之黎民通过你们的帆船，定为水上之家，这是一个温馨的纽带，联结到一起，国家富强，边土巩固，其乐融融矣。"

接着，燕王朱棣又向亦吉海说道："亦吉海大师，本王有幸认识你们亦氏家族，真是伟大而传奇的家族啊！本王甚是敬佩。本王还要奏于金陵的父皇知晓，必下旨褒奖你们为国树立的功勋。"

田甸说："燕王，亦吉海大师已经能够筑造三帆、四帆的大帆船了。"

燕王朱棣说："三帆、四帆的巨船还不够大，本王希望能够研造七帆、八帆、九帆的巨大帆船……"

亦吉海说："啊？九帆？"

燕王朱棣点点头，雄心勃勃地说："对。到那时，我们能够顺利航行世界各地，要通好外邻，不能一进入大海，在茫茫无际的大海中，被海浪掀翻而葬于鱼腹。要有信心、有勇气、有能力，造出大明朝的畅游世界的大海船。我们要通往世界！咱们在船上居住就如同住在陆地上，要有专为人安适居住的五层楼阁。亦吉海大师，凡事你要想得远些。要比天还高远，比大地还辽阔，要有大气概，顶天立地才是我们大明朝的臣子！"

田甸、亦吉海感动地连连点头说："谢燕王下旨。"

燕王朱棣说："你们回到漠北，要立刻去造访长白山部。"

田甸、奕吉海说："长白山部？"

第
五
十
五
章

心
系
长
白
山

燕王朱棣说:"对。在那里,本王有好友,就是长白山部赫思痕妈妈部的人。"

"赫思痕妈妈?"

"对。言说他们那里,不仅红松如海,一望无际,而且棵棵都是五七抱粗。这种参天古松,仰望天空,不见云端,正是造船之栋梁。进入这种红松老林,犹如进入了松叶遮风的宝帐,雨雪完全在树叶之上,根本落不到地上来!那儿的林子里,全是大大的松塔,松鼠成千上万,与人友好,见人就拜,好像在欢迎人们进入它们的世界。你们二位记住,本王一切拜托了!咱们择日再相见。知悉你们已造出大海船,本王若有福分,一定坐在大海船上,去东海拜谒东海龙王,本王也想进海宫、水晶宫去周游一番。去看看大山,游游海底。啊,长白山,啊,东海女神……"

朱棣说到这里,已是满眼泪花……

看得出,虽然那时燕王还不是当朝天子,可他的心中,已经装下了中华版图,特别是北疆,特别是萨哈连,特别是长白山。

燕王朱棣,具有帝王之气、之魄,他对北土的山川、大地、森林、江海满怀激情,特别是对兴舟楫之利、大展船业宏图之分析,令田甸和吉海无比激动,心潮澎湃,备受鼓舞啊。

临别,燕王朱棣特赐田甸"征东巡检步骑军"黄金五万两,白银三万两,布帛五百锭,战袍五万身,铁丝千尺,粮谷五百石……

这时,亦吉海突然说道:"大王,我等去长白山伐木,需要纯铁板斧,还望大王选送一批!"

当下,燕王朱棣又命北平的各铁匠烘炉,特打制了纯钢板斧三千柄,一并带上。于是,朱棣特命程忠沛参政预备了大车二十辆,马匹一百二十匹,送田甸、亦吉海百余里。过了北平到了通州老城,忠沛参政才与田甸、吉海等人依依惜别,并看着这条长长的车队离城远去。

又是晓行夜宿数十天返回北土,一路辛劳略去不表。

田甸、亦吉海此番去燕京,收获甚大。

他们的心,一下子有底了。还等什么,该到动手干大事的时候啦!而且这时,他们也觉得自己像变了一个人似的,目光更远了,志向也更大了,心胸更开阔了。

这天夜里,田甸来到了亦吉海大师的处所,对他说:"大师呀!我有点睡不着了。燕王说的长白山、大森林,那红松究竟长什么样子?咱们得亲往观之。你说呢？"

亦吉海也说："田将军，我也是这么想啊，燕王已将他的思想讲得如此清晰，咱们就得到长白山去，实地看一看，在哪儿伐树？在哪儿选地？在哪儿定船厂？这才是我大明之使命。"

于是第二天，田甸向吴信等众位"征东巡检步骑军"首领们传递了北平之行和燕王爷一番殷切希望和寄托。告诉大家，休整五日，然后就要开拔了，奔往长白山。

接着，他又来到了柏星阿老首领的居地。

田甸说："老首领啊，感谢你收留我和亦吉海大师。可现在，我等在大明燕王那里领到了更重大的使命，就要离开这里了，特来向你和包鲁卡霍通的众族人告别，我们要开拔啦。"

于是，他把事情的经过一五一十地讲了一遍。又加了一句："老人家呀，说不定到用人的时候，我会让你派一些年轻小伙子，进长白山伐大木呢。"

柏星阿说："田将军，只要你用人，立刻来信。"

柏星阿老首领，特召来了他的三个儿子，对他们说："你们备上最丰盛的酒宴，我要敬送咱们的最好兄弟田大将军和亦吉海大师，人家有更大的重任，要离开咱们包鲁卡霍通了。可你们听着，一旦田大将军和亦吉海大师要人、用人，咱们包鲁卡霍通野人女真要第一个报名，绝不能视而不见，那不是咱们野人女真的性格，也不是本罕王的为人之道！"

三个儿子齐说："阿玛你放心，田将军、亦大师，他们都是咱们的恩人哪！知恩不报，不为人者。走，我们还要备上二百大车、雪橇，送你们到萨哈连上游的瑷珲呢。"

当下，整个部落忙乎起来。这边杀猪宰羊准备酒菜，那边筹备大车、爬犁装各种物资、设备、工具、衣物。整个野人部落灯火辉煌，人们呼喊着、叫喊着，人嘶马叫，一片沸腾。

第六日早上，队伍出发了。柏星阿老首领带着他的三个儿子及所有部众站在部落的道口，前来相送。这时，上马酒已经备好了。

老首领——包鲁卡霍通野人部的总穆昆达一声令下，几十位族人萨满跳起了驱邪祈福的迎神舞，皮鼓"咚咚"地击响，萨满身上的腰铃一齐"哗啦啦——哗啦啦——"地作响，在寒风冷雪中，柏星阿端起了酒碗。他说道："北土的山林神，萨哈连水神，到处奔跑的动物神灵，处处生长的植物神，计算时光的四季神啊，你们保佑吧，保佑我们包鲁卡霍通野人部族最真诚、友好，给我们野人部以最大帮助的兄弟，田大将军、亦吉海大师、吴信副都指挥使，还有那雄气勃勃的征东步骑军的弟兄们，以吉祥、吉利、幸福、安康吧……来吧，让我敬你们一碗野人女真自酿的美酒吧……"

他把手中的酒，依上、下顺序，一一洒向空中和地面，然后，他又斟满一碗，举给了田甸、亦吉海、吴信等人，他的身后，是三个儿子，各举着一碗酒。

田甸、亦吉海、吴信等人接过酒碗，一饮而尽。田甸大喊一声："开拔——"

立刻，这支庞大的队伍移动了，马蹄踏雪声，爬犁碾雪声，白毛狗的跳叫声，萨满皮鼓、腰铃的击打和晃动声，加上北风吹刮的呼啸声一起响起。特别是人的脚步声，混合在一起，砸向寒冷、广袤的萨哈连，天地间一片肃穆，只有这支队伍在行进，最后消失在地平线上。

第五十六章　拜见乌拉王

明洪武二十三年庚午春。

北土萨哈连流域、混同江流域、松花江流域一带，雪特别大。那年的雪，从入秋就下，到了春天，依然不见停下。大雪从灰蒙蒙的天上飘落下来，又被北风、西北风卷起，重新抛向天空。于是，天地间一片混沌。

那年也冷得出奇。大树在夜里"咔咔"地响，跟"打桦子"（是指山里人劈木桦子烧炕用）的声音一样，冬季的奇寒，将大树冻裂时发出的巨响，让人惊心动魄。野猪、狍子、鹿，没有吃的，就扒开厚雪找草根吃，有不少被冻死了，到雪化时人们才发现。这样的时候，谁也不出门了，都躲在屋里坐在火炕上"猫冬"。可是就是在这样的季节里，田甸他们的"征东巡检步骑军"依然顶风冒雪地往长白山行进。

"不许停下！快走！快走……"

田甸、吴信等几位首领，每人手拿一根树棍子，对那些困倦得不想走的兵勇们，用棍子抽打和提醒。因为，人一停下来，就会倒在雪地上睡去，然后就再也起不来了，四肢冻僵，不过血，人就不知不觉地死了。所以，对于首领们打他们、骂他们，他们都明白，那是为他们好，甚至兵勇们希望首领们不时地抽打他们几下子。

从这一年的正月开始，田甸的步骑军就日夜兼程地向长白山进发。一路一直朝东南，过敦敦河的哈察尔站（那时，明朝在北土设下许多卫站，相当于"驿"，专门接待往来信使，安顿朝廷官员起居食宿，也包括处理驿务），又过了"野马儿"站（伊尔库鲁屯）、吉发廷、伊力站、木克德赫屯（莽西苦）、宝斯克（考郎古城）、吉鲁林（乞勒伊城）、富锦；桦川；汤原（因木纳城）、把温；依兰；斡朵里、呼兰、扶余、乌拉……

渐渐的冬去春来了。这时节，人们已来到了长白山。冬雪在渐渐地融化。路途变得泥泞起来了。一早一晚，可以行军。夜里气温下降，路结上了冰碴，人马踩在上面，反倒可以行走；早晨，当太阳还没有出来之前，人踩在残雪上，也可以踩住，不打滑。可是太阳一出来，四外老林子里就会升腾起浓浓的雾气，接着脚下的雪、冰都变得松软，人马一踩上去。雪、冰立刻化了，人踩的是一个泥窝，简直寸步难行。这可怎么办呢？

按田甸的推算，这里距长白山主峰一带少说也得有五百余里，人马从冬季出发，经过一冬天的长途跋涉，棉衣、皮袄都烂了，一到早晨或晌午，人浑身感到湿乎乎的潮热，许多人敞开怀，为了走得稳儿乎每人手里拄了一根棍子，喘着粗气，往前艰难跋涉，一天走不了十里二十里地。

田甸一看，这支步骑军简直有点"溃不成军"了，他就和吴信等人商量，先让队伍停下来，就地搭建窝棚，搭炕、做饭，休整一下，等人歇过乏来，恢复了体力再走。

这一带，全是老林子，往里一看，连点缝儿都没有，不见天日。到了春天，这里静得可怕，没有一点儿动静，好像动物们都在睡觉，好像生命经过一冬天与暴风雪的搏斗都累了，都需要好好休息，现在还没醒来。他们的左手边就是松花江。让这支部队沿着江走，这是亦吉海的主意，也是田甸的打算。这一是森林中根本没有路，沿着江走，可以不走错方位，可以一直抵达松花江源头，那也就到长白山了。二是从漠北萨哈连出发是冬季，开始是在冰封雪落的江道上走，爬犁、雪橇、大车都能走得平坦、顺当，这也是北方人的生活经验和常识。可是眼下，江开始要化了，说不定什么时候开江，再走人就危险了。于是人必须得离开江面，进到岸边的老林、草甸子里去走，有许多地方看不见路，是兵勇手持镰刀、开山板斧一下一下地砍开树丛找路。

这天夜里，田甸将亦吉海、吴信等人召进自己的窝棚里，说道："真是没有想到，长白山这荒无人烟的老林子，咱们怎么走哇？我找你们来是想听听，你们有什么法子呢？"

这时吴信说："我看，咱们可以走水道。"

田甸说："水道？可现在江冻着呢？"

吴信说："我不信它不化。江一开，咱们可以乘木排子、筏子、小船上行……"

亦吉海说："这倒是个办法。也只有这个办法可以进到老林子里去探探树木，都什么树种，多粗、多大！"

田甸说："开江？松花江何日开？记得在下游，萨哈连一般都是在三月下旬左右，但这上游，可就不好估算了！"

吴信说："我估摸着也快了。这儿林子大，冰融得快，上游落差大，水一冲，日子会提前。"

亦吉海抬头看了看天，说："可看这个天气，今年可是文开江啊，时辰要长……"

田甸、吴信都点点头说："对了。今年是文开江。"

原来在长白山区，还有自古的说法，叫文开江和武开江。文开江，指春脖子（春季的时日）长，这样的月份，冰慢慢地融化；而武开江又叫春脖子短，江在突然间便开了。这两种开江法的不同，也让人总结出年头的收成和气候的不同。文开江，说明这一年将会风调雨顺，庄稼雨水充足，可以大丰收，是个富裕年；而武开江，是说明这个春天会突然到来，江突然开，许多鱼、龟都会被冰排撞死、挤死、压死，冰排往往还会在一瞬间挤上江岸，有的像箭一般地射向岸上，把牛、马、狗、鸡、鸭撞死，这叫"杀生"。所以一到武开江的年份，老百姓都说："老天该杀生了！"这也统指这一年的年份不好，不吉祥。

于是田甸大将军说："今年文开江也倒好，说明咱们进长白山来得及时。老天也以文开江应对咱们，这是福兆。江开得慢点，正好人马可以暂且休整一下。再上山砍些树木，扎些木筏子，等江一开，咱们好逆流而上，直奔长白山腹地！"

亦吉海、吴信等人，都对田甸的安排表示赞同，于是进行分工。吴信领人进山，伐些树木运回，由亦吉海大师领人筑造木筏子，以备开江后，人马乘坐，走水道进山。

田甸又说："二位，你们就辛苦了。你们领人从明天起就动手，估计在开江前的十多天里，我们就可以造出木筏子，走水路。我要去一趟乌拉部，见一下乌拉王，向他借一些粮食，以备我等进山和路上所用。"

于是，按部就班，开始行动。

只一夜之间，江岸上和林子里就泥泞得无法下脚。田甸要去乌拉部见乌拉王得返回去四十多里才能到达乌拉城。前些日子队伍经过乌拉已远远看见乌拉城，现在要返回真是难上加难啊。林子里相比江岸要好走一些，但由于雪大，多年落叶存积的腐质土厚，人脚踩上去便会一下子沉下去，人会像在沙漠上行走，反而费力，加之春雪发黏，不便人走。田甸灵机一动对亦吉海说："吉海大师，你给我做一副滑子吧，我在冰上滑过去……"

亦吉海想了想说："你要说去乌拉，我就想你该怎么走。好！这个主意不错。"

滑子在北土，又叫跑冰鞋、溜冰鞋、跑冰凌或滑茬（擦）子，是一种独特的冰雪用具。在唐渤海时期，北方丝绸之路的商贾之队在春季走冰，也以此作行走工具，由于其覆冰面积大，减轻了人的重量，不但在隆冬可使人在冰上滑行，而且在早春，江在没开化之前也可穿此"滑茬"在上面滑行，冰属竖茬，这时却不易陷下去。

当下，亦吉海就为田甸做了一副滑子，让他穿上了。田甸告别众人，返回乌拉古城去拜见乌拉王。

这日，田甸在松花江的冰面上滑动，渐渐地就见到了远处的乌拉城，这就是进入长白山的重要江寨道口乌拉部驻地，这有两位乌拉兵勇见到田甸，询问来历，田甸简单地自我说明，并道："我有要事，要见乌拉罕王……"

兵勇就将田甸带进了乌拉部寨。

乌拉部寨是以土木构筑的，沿江而立，宏大壮观。乌拉王正坐在一把铺有虎皮的大椅子上审看文书。兵勇上报："大王，有一个在江上穿乌拉滑子的人在走动，被我们带来，他说有要事见您！"

乌拉王一听，乐了，说："还有穿着咱乌拉滑子的人？那一定是咱乌拉人！快请进。"

原来，这乌拉王是个很好客的人。他知道冬天穿乌拉滑子的人，一定是与北土、与乌拉有缘，所以他觉得应该善待来者。于是兵勇赶快将田甸带进来，并退出乌拉王的厅舍。

乌拉王上下打量了一下田甸，说道："看你会做、会穿、会滑我们乌拉滑子这个本领，你是乌拉人吧？"

田甸说："大王，说来有缘……"

于是他就把从小和母亲、义父曾经在乌拉待过、生活过的事情说了一遍，又将此次特奉燕王朱棣之命，前来选木造船报之乌拉罕王。又加了一句："不想，这春季雪化路泥泞，被困于此！"

乌拉王一听，说："啊呀！你就是田大将军！你又是燕王派来的，我得拜见你呀……"

说着，乌拉王就要下拜。他是一个很懂礼节的人。如此说来，这田甸应是钦差大臣！乌拉王本人早已听说过田甸的英名，武威之事。

田甸立刻上前扶住乌拉王说："大王不必客气！"于是二人平身而坐。这时乌拉王十分喜悦地说道："有贵客到！本王要好好地款待于你！"说到这里他拍了两下手，立刻有下人上来，乌拉王吩咐道："备酒备菜，我要好好地款待田大将军！"

第五十七章　落脚沙济乌拉

顷刻，丰盛的酒菜便已上齐。

田甸一看，大吃一惊，只见那菜宴可谓丰盛至极，有燕窝鸡丝汤、海参烩、猪筋、鲜蜇萝卜丝羹、鲍鱼烩珍珠菜、蘑菇炖鸡轱辘锤、鱼肚煨火腿、鳇鱼皮鸡汁羹、蒸鹿尾、兔脯、野鸡片汤、糟蒸时鱼……热气腾腾，香气四溢。

田甸饿得咽了一口吐沫！

多月劳顿，他已忘记了世上还有这么好的菜食。这时，乌拉王又举筷大喊："田大将军，请！快请。本寨已是边寨之地，没有什么，就请将军赏脸吧！"

田甸刚要动筷，忽然又想起，亦吉海、吴信和弟兄们依然在寒雪泥泞之中劳顿，如果也一块儿来尝尝这等丰盛的宴席，那该多么美妙呢！于是随口打了个"唉"声，这才迟迟举筷。

谁知，乌拉王是一个很热忱又细心的人，他见田甸叹了一口气，便把刚刚举起的筷子又放下了。乌拉王说："将军啊，你不要怪我多心，怎么，难道我招待不周？你怎么唉声叹气的？"

这一问，正中田甸下怀。

田甸便顺势说："不瞒大王说，我还有几位兄弟，正在劳顿、挨饿。我这是一时间想起他们来了……"

乌拉王问："你领来的还有谁呀？"

田甸说："三江霸吴信、造船大师亦吉海……"

乌拉王一听，立刻打断了田甸大将的话，说："你说的是不是那位世代在北土造船、筑船的大师亦吉龙之后？"

田甸说："正是！难道你认识他？"

乌拉王一拍大腿，说道："老船师来过乌拉。那年，他到松花江上游走访，还是我父派人带的路！你怎么不早说？"然后他一拍手，上来两个兵勇。乌拉王吩咐道："快，去把亦大师请来，咱们一块儿喝酒。这都是咱们乌拉部的贵人哪！"然后，乌拉王又举起筷子对田甸说，"大将军，这回你放心了吧？来，咱们一边吃，一边等。到了我这里，就是你的家。有啥难事，你不让我办，那不是瞧不起我乌拉王吗？来！吃吃！喝喝……"

说着，他举起一碗本地烧酒，与田甸轻轻地碰了一下，一仰脖一饮而尽。这时，亦吉海和吴信也被请来了。

乌拉王听说田甸这一次是受燕王之命进长白山选木造船，他分外感慨。时下，燕王能将发展北土"舟楫之利"的国策定在长白山，这也是他的荣幸啊！自己怎能等闲视之。他当下就决定，所有步骑军开拔进长白山的粮草，由乌拉部补送，也请田甸、亦吉海大师和吴信副指挥使等人，不要客气，乌拉就是你们的家，你们进到我这地方，就有话直说，有事必办。"

田甸十分感激，连连致谢。这时，乌拉王又对亦吉海说："大师，我有一事相求。"

亦吉海说："请说无妨。"

乌拉王说："我这一带，江宽水阔，日后如果能有闲暇之日，还请大师指教，为我等筑造一艘像样的大船，本王也想坐一坐呀。"

亦吉海瞅瞅田甸，田甸点点头，亦吉海说道："此事稍放后一些，眼下我等进山选木，建立船厂，造船之事不日可待，一定帮你圆梦。"

乌拉王万分喜悦，当下命人筹备征东步骑军进山粮草的问题。这时，乌拉王又对田甸提议说："田大将军，我给你们派一位向导吧，让他领你们上去。"

田甸说："这可要多谢乌拉罕王。但不知所派何人？"

乌拉王一边对手下人说："去，把普兰老爹请来！"一边又回身，从身边的一个大柜子里拎出一件兽皮大袄来。只见这件衣裳，用三张花兽皮所制，色彩搭配、组合完全恰到好处，那野兽的脸、爪子，也完好地组合在衣袄的肩、袖头之处。这是什么野兽呢？

田甸正在犹豫，只听乌拉王说，这是件长白山猞猁皮袄。他告诉田甸，这长白山猞猁可不是一般之兽，它的长相似猫非猫，似豹非豹，比虎、豹更伶俐、敏捷，不易被猎人所捕获。而他的这件猞猁皮袄，便是普兰老爹送给他的。说起来，也就介绍起了普兰老爹。这普兰老爹是长白山里出名的猎手，家住在风门西段的贵子沟，原隶属长白部，后流落于乌拉部，世代以狩猎、渔猎为生，极熟悉长白山的各片窝稽、山沟、水道，又精通山里的蛙虫、草药，是个老山里通……

正说着，只听门口传来一阵哈哈的笑声，田甸等人看去，只见门口已走进一位老汉，后边跟着一男一女两个少年。那男孩也就有十七八岁的样子，头戴一顶长白山花豹皮帽，身背箭袋，足穿一双狍皮乌拉，瞪着一双大眼睛，十分精神，英气焕发；老汉另一侧，则是一位花季少女，年岁在十五六左右，穿着一件梅花鹿皮的小坎肩，里罩绿色方格小袄，一条大辫子从肩上搭过胸前，辫梢上还系着一朵时下盛开的映山红，浓眉大眼，一笑，脸蛋上还印出两个深深的酒窝儿。

一见有生人，老汉止住笑，说道："乌拉王爷，您找我们爷孙前来，想必是有吩咐。啊呀，这是有要客来啦！"

于是连忙向王爷和田甸等客人施礼。

乌拉王说："普兰老爹，你算说对了。这不但是要客，这又是贵客。这几位是燕王派来的都指挥使田大人、副都指挥使吴大人！这位便是咱们长白山部落日思夜想的贵人——亦吉海造船大师。此次，要有重任进山！"

"啊呀！快！皮库、云芝，快来见过大人！"普兰老汉说着，立刻带领孙子皮库、孙女云芝兄妹拜见客人。乌拉王赐座，他坐下，皮库、云芝站在爷爷身边。

乌拉王说："普兰老爹，田大将军、都指挥使此次进山，任重道远，我思来想去，也只好舍你去。这些年来，多亏你们爷孙三人对我乌拉的奉献，山里之物，真是吃啥有啥。不过眼下，你的重任是护送田大人进山。保护好他们，领好他们，本王也就放心了……"

普兰老爹说："乌拉王看重我们，此任我们一定做好。"

这时，站在一旁的孙子皮库说："爷爷，我也去！"

另一旁的孙女云芝也说："爷爷，我也去！"

普兰老爹瞅瞅乌拉王，笑了。他说："当然。当然爷爷得带着你们。你们是我的左膀右臂，还能照顾我呀。您说呢乌拉王爷？"

乌拉王一听，连连说："那是那是。不过这是你们爷孙的事，我看，就一块儿跟着吧。"

接着，乌拉王又问田甸："田将军，你看还有何吩咐？"

田甸说："多谢罕王细致完满的安排。我等再次表示谢忱！"于是，他与亦吉海、吴信等人，起身向乌拉王告辞。

院子里，乌拉王已派出五十支垛子，每支垛子驮四麻袋粮谷、豆米，由三伙"驮头"（牵垛子的把头）率领，从这儿出发，将粮食运到田甸部队驻扎地，装筏进山。为了表示谢意，田甸也派人从驻地取回一些绸缎、陶瓷器皿，送给乌拉王，以表示对乌拉王奉送粮草，又派出向导的谢忱之情。普兰老爹带领孙子皮库，孙女云芝先返回贵子沟，筹备一下，于三日后赶往田甸步骑军驻地。一切安排好，田甸与乌拉王告别，率垛子队浩浩荡荡地走出乌拉城。

　　十日后，田甸的人马，在亦吉海的指导下已造好十个大木筏子，摆在松花江岸旁，粮草、器具、用物，都已一一捆好，筏上还特意为亦大师、普兰老爹、云芝、田甸等人做了几个小"暖棚"，用狍皮钉包在木屋上，以保暖，不受江风寒气。

　　这天夜里，江面上突然刮起了大风。

　　那风，"喔喔"地号叫，就像一群老牛在夜间走进了茫茫的老林，四处找家，号叫不止。田甸、亦吉海、普兰老爹，大家一个个都端着烟袋在窝棚外看着江面，大家知道，要开江啦。

　　松花江开江，自古都要刮上一场大风。

　　文开江这还是风小，如果是武开江，大风往往要刮上三天三夜！那风，也常常将一搂粗的大树连根拔起。

　　就在这天夜里快黎明时分，突然，只听"咔嚓"一声巨雷般的炸响，大伙儿赶紧穿鞋往外跑，可是，等人们奔到江边一看时，只见在黎明的曚昽的光亮中，松花江已经开了……

　　江风呼呼吹刮，那巨大的冰排互相碰撞着，发出"吱吱嘎嘎"声，呼啸着顺流而下，冰块挟带起的江风猛烈地向岸上刮来，吹得人站都站不稳，帽子、皮袄，会时时被江风卷起，飘进翻滚着冰块的大江里。

　　次日，"征东巡检步骑军"人马跳上了大木筏，每队人马分兵把守，看管好各自筏上的粮垛、粮草、器具，开始启程。木筏顶着冰排而下的江水，往上游划去，普兰老爹和亦吉海二人站在头一个木筏上，他们指挥划筏手划筏。开江的日子，自古就是一个神圣的日子，一些沿江部落的人每在开江时，也都走到江边来祭江。由于是逆水引筏，加上有冰排流下，木筏前行，十分不易。多亏有普兰老爹，他不但经验丰富，而且还熟知从这儿前往上游的水道，每到一处，普兰老爹都能指出此山、此岭、此沟、此谷、此岔、此湾、此滩、此岗叫什么，或有哪些特点，以便让划筏手注意使多大的劲儿，避开什么样的地形、水势。这样一来，木筏虽然是逆流而上，但还是比在岸上的泥泞地上行走方便多了。

但也有难以想象的事情出现。

因这松花江往上，步步是逆流，由上而下多是高处，落差很大，有许多地方如风门、红石砬子、头道岗、老恶河、阎王殿等处，木筏是怎么也划不了了。于是，就在普兰老爹的指导下，大家停下木筏，把粮草一袋袋扛到上一个落差地，再将木筏子以众人连抬带扛的方法拖到上一个落差地，再将木筏放到水里，再重新装上货物，重新出发。

就这样，在当年的五月之后，田甸的"征东巡检步骑军"终于到达了长白山老林的深处，一个叫沙济乌拉的地方，人马终于在长白山里驻扎下来了。

第五十八章 进山伐木步步难

沙济乌拉（今长白山抚松漫江）简直是一个神奇的地方，人们是在夜间到达的。等天亮大家再一看，都吃惊得睁大了眼睛……

只见这里，古松蔽天，全是一色的大红松，这都是古老的红松，每一棵都是得六七个人才能合抱得住！树上的树皮都有大饼一样厚实，一个压一个地翘起，一层层细密的青苔从树皮子下铺出来，使大树显得毛茸茸的。

古红松下，虎、豹、熊、鹿、狍、野猪、獐子、獾子、狐狸遍山奔跑，有时和人相遇，它们上上下下打量着人，不肯走。

这真是人迹罕至之处。可能是有史以来除了当地少数女真人来过，别人谁也不知道。

亦吉海大师真是惊喜万分。在黑龙江萨哈连下游，都是小兴安岭地带树木混杂林，尽管有松树，还有榆、柞、槐、椴、杨、桦、柳等，可是绝不如长白山的红松如此粗大、密集，这正是造巨型船最需要的红松林，长白山真是红松的故乡啊！

亦吉海乐得直蹦。可是突然间，他沉默下来，盯着大树，发起呆来。

亦田甸问道："吉海大师，你在想什么？"

吉海自言自语地说："田将军，我现在也不知道怎么办好了……"

田甸说："你指的是什么？"

亦吉海说："红松这么粗，这么大，可怎么砍？怎么伐？"

田甸说："啊？！"

田甸也被问住啦！

亦吉海又说："就是砍下来，伐下来，可又得怎么运呢？"

这时，站在一旁的普兰老爹说："这运吗，记得当年我听我阿玛说，他们见过土人以水运木，漂木……"

田甸说："以水？"

273

普兰老爹说："是啊。这长白山上的大江，如这松瓦江（松花江），它从上游至下游，一路都是从高至下，木如放至其中，可以顺流而下，冲到咱们要到的地方。"

"对呀！"普兰老爹这么一提示，田甸说，"我想起来了。吉海大师你记得吗？咱们在燕王府时，他突然踢碎了鱼缸，一缸水顺缺口而下时，他又将几支毛笔扔至水流中，说了一句：'水在高处，带木而走。'原来，他的提示在这儿！"

亦吉海点点头，也说："对呀，燕王是话中有意，意在话中。看来，他的提示是对的。这长白山、松花江与萨哈连、黑龙江的不同，就在于它落差。这条大江落差大，正好可以将这种巨大的红松木漂流下去，简直是鬼斧神工所在呀！"

田甸说："看来，一切尽在天意。天意不可违，我们只好先行试试。"

吴信说："要说试试，只有我来。一是我吴信报号就叫'三江霸'又是个'海混天王'，我不试谁去试？"

亦吉海却说："田将军，要说去，还是我先试一试吧。我去，一是可以试试这水道该怎么走，二是也可以顺便找一个适合的地方，咱们得建船厂啊？"

田甸沉思着，自言自语地说："你们说得都有道理。可你们，我都舍不得呀！你想想，吉海大师要领人造大船、巨船，万一有个三长两短，我们的使命何以实现？吴副指挥使还要领人上山、走水，这些重任，也不轻啊！要说是探水道，还是我出马吧。"

亦大师和吴信听后，刚想要说什么，这时普兰老爹却说话了："也可这样处理。田都指挥使去查看水道，我们跟着。我虽然老朽，但这儿的水陆、山谷、沟岔，我都熟悉，还有孙儿皮库和孙女云芝可以照顾我和田将军，你们尽可放心。"

老人这么一说，大家也觉在理。于是田甸就定夺，说道："我看这样吧。既然老爹陪着我们，就让吉海大师随我同行，以便记下水道处处实情实况，也好在日后走船放排。就让吴信领着步骑军弟兄们在家建伐场，筹备砍树、伐木、穿排、制筏事宜。"

大家都同意，并按田甸的安排，开始准备。亦吉海特意提出自己的主张。他认为一定要先砍下几棵大松树，做上一个"木排"，让其顺流而下，大家跟随，方可探察水道、水情、山涧之深浅和险情。田甸说："也只有这么做了。"于是，他命吴信选出二十个"砍树手"，上山砍树。

因为那时，还没有专用伐树的锯子，用一般锯费工费时，人们嫌慢，所以伐树全靠长把大斧，还多亏田甸和亦吉海在燕王那里带回三千把开山板斧，不然真是抓瞎。

当时在萨哈连黑龙江流域筑船、造筏、砍树、选木、伐木，那树都小，不是很粗大。而长白山的红松，一棵足得六七个人搂抱才能合围，怎么下斧？

还是普兰老爹经得多、见得广。他说，当年他见自己的阿玛和土人一起砍过大树，是为了做龙王庙前的旗杆。那种大树得一圈圈下斧，砍到最后，只剩下"树心"一处，要那浑身是力气的年轻人，一斧下去，立刻就跑才行。

于是大家知道了，大树要一圈圈地去砍。

现在是夏天，也只能是为了扎木排试水道、水情而不得已为之，大量的砍伐，只能等冬季。山上落雪了，才能去砍树。一是冬季树发脆，斧子下碴（木块脆）。二是砍下的大树好运送，可以靠冰雪来以马、牛拖木，到江边穿排。如今，只好先选伐红松吧。

可是，当大家走进沙济乌拉的红松林里一动手，才发现根本不是想象的那么回事。原来，夏季的老林，一片潮湿，没人深的草丛中毒蛇、蚊虫四起，好几个"砍树手"，还没等干活，已被毒蛇咬伤，浑身被长白山里的长腿蚊、花蚊、小咬、瞎蠓叮得皮肤红肿，起大包，不久便淌出黄水，人躺在窝棚里，浑身发烫，不几日便一命呜呼……

普兰老爹说："这就是疔毒。"

田甸说："这可咋办？咱们这不是进了蚊虫地狱了吗？"

普兰老爹说："先把这些人的尸体烧掉！不然，他们的烂处被山蝇叮上，再咬别人，立刻传给别人，到那时，可就不好办了！"

田甸说："有什么防备之法？"

普兰老爹说："快，派人和我上山采白附子！"

田甸说："白附子是什么？"

普兰老爹说："这是一种毒药。采来抹在进山人的皮肤上，瞎蠓、蚊子一嗅，就会躲开。当年渤海人就采白附子，进贡长安，在唐时，是将它抹在箭头上用的，可见血封喉！"

多亏有普兰老爹的指点。于是，田甸安排孙习邈带上一队人马，上山跟着普兰老爹，专门去采这种白附子。回来让皮库、云芝亲手熬制成汤膏状，涂在每一个"砍树手"身上、脸上、手上。

白附子是一种蒿草，有一尺来高，夏秋时药劲儿最佳，秋风一起，它们的籽一落，药劲儿立刻失效，喂马、烧火都可以。采回后，要经过简单的"撸"，去掉草皮上一层薄薄白毛绒，然后用水一焯，立刻上锅开熬。熬白附子，要日夜有人监管。火要三强三弱，三强是，当水开一袋烟工夫，要减为弱火，弱火一袋烟工夫后，再加强火，最后依然弱火住锅。如此循环三次，便可起锅成药。

"砍树手"按照普兰老爹的指点，每人腿上涂上了防毒蛇的苦烟油子，然后扎紧裤脚，上身的皮肤上、手上、脸上，一律涂上一层白附子汤膏，这回便可以进老林了。

可是，只砍了两棵红松，麻烦又来了。

原来，那红松又高又大，一棵红松要十多个壮年汉子砍七八天，才能砍倒一棵，而这时，板斧已砍坏了八十把！

如此下去，到入冬大规模砍树时，从北平燕王府那儿带来的三千把开山斧也用不了几天呀。步骑军从萨哈连开赴进长白山，所带物资有限，这几千把板斧根本不够使。为了冬天开山伐木，田甸立刻写了一封求助信给燕王，求其务必在上冻前从燕王驻地北平再送五千至一万把板斧。并派人连夜出发，以快马传递之方式，通过沿途各卫所、驿站，奔往北平，不得有误。

同时，他又派人去往萨哈连，求包鲁卡霍通老首领柏星阿，在当地招募一些铁匠，尽快赶往长白山的沙济乌拉，尽快把那些砍坏的、砍锛的斧头，重新加火，锤炼，以备冬天开伐。

这里，田甸同亦吉海、普兰老爹，开始琢磨如何穿这种木排了。说实在的，要按以往的手法，亦吉海做一个木排，那是不在话下，他也做过很多木排、木船、筏子等水上工具。可眼下，他要做的不是要运人、运物，而是要运伐下来的树干，是要把这种大木头通过水路，流送到一个地方去，这比从前做的筏子难多了。

再者，那萨哈连一带的水域平坦，只要把船、筏放在水面上，靠江风兜起船帆，船便可顺风而行。现在却是完全两样。这种木排子，是从高高的山岗上的水道上一头扎下去，这种水流有冲击木头的力量，可是往往会失去人对它的控制，它会撞向山崖，石碇子、江岸、大树，人对它没有一点儿办法呀。

可是，人还必须在上面。这就成了一种无法预料的职业——放排！

田甸愁得一夜间脸腮就起了大包。这是"火泡"，心火攻来而至。

普兰老爹也是睡不着觉，吃不下饭。因他长这么大，也只是看见过土人是将一根一根的木头抬到、滚到江里，一根一根漂到指定的地方。可眼下，这征东巡检都指挥使是想把木头穿上排，一批一批地运，这可从来没听说过。

亦吉海把自己关在窝棚里，整天不出来，不知道他在想什么、干什么。

第五十九章　排毁人亡

一连三天，不见亦吉海出来吃饭。

原来，步骑军的弟兄们都在山里，由吴信、田甸、孙习邈等人领着在山窝棚里埋锅做饭，而普兰老爹、皮库、亦吉海等人，都由云芝给做饭，这样也更便于照顾亦吉海。

这天，普兰老爹急了。他对孙女说："云芝呀，你给亦大师送碗山药汤去，里边我放了山参须子。他不能啥也不吃呀！他要是把身板造完了，燕王的宏愿还如何实现？"

孙女云芝答道："爷爷，我这就去。"

为了设计木头如何能从落差大的松阿里乌拉上流放下去，并且一次能放诸多根大木，亦吉海把自己关在窝棚里，冥思苦想，他已经精疲力竭，不思吃喝，云芝进去的时候，他根本不知道。

云芝手端人参山药汤，悄悄地推开门，又悄悄地关上门。窝棚里静悄悄的，再一看吉海由于疲倦至极，他还在沉睡当中。

阳光透过窝棚的小窗，一丝光亮照在土炕上。只见吉海躺在上面，一只手里拿着一样东西，好像一个帘子，是一排小木棍，中间以黄菠萝树皮的皮条子连上，一根一根地排列在上面。这是什么呢？

而盖在他身上的狍皮破袄，已不知什么时候脱落，掉在了炕沿下。

吉海满脸疲惫，胡子也没刮，脸也像好久没有洗过，这使云芝很心疼！

她把人参山药汤小心翼翼地放在亦吉海旁边的炕沿上，又从地上捡起狍皮袄，轻轻地给吉海盖在身上，又拉了拉，想退出去。

谁知她刚一转身，吉海醒了。

看见亦吉海醒来，云芝停下了步子。她说："亦大师，爷爷让我给你送一碗人参山药汤，你快些趁热喝了吧。"

亦吉海不好意思地披了披身上的狍子皮袄，说："哎呀，谢谢云芝，谢谢你爷爷。我这心里有事，一点儿也不饿呀！"

云芝说："不饿是心里有火。你先把这碗汤喝了，干活也就有劲儿了。"

说完，云芝怕他又忘了，于是又走回到炕前，将人参山药汤端起，递给吉海说："快，喝了再去想……哎，大师，看你这扎的物件，倒有点像从前山里人蒸馒头的盖帘儿！"

"盖帘儿？"吉海喝完人参山药汤，听云芝这么一说，就问，"云芝，那盖帘儿是不是用一根根木棍连起来的呀？"

云芝："对呀！是用一根根的秫秸秆串联起来的。就有如这个……"

吉海说："什么？"

云芝从自己头上的辫根处，拔下她经常别在上面的小木梳，递给吉海说："这木梳呗。"

吉海一惊，说："木梳？"

云芝说："对呀。你看，这木梳的齿，不是一根一根小木头样吗？为了使起来方便在一头做成木头把……"

"木头把？"吉海愣了。

云芝说："对呀？"

吉海突然乐了。吉海说："云芝呀，你可帮了我的大忙啦！这木头把，不就是木排子的串联把吗？安上一个木头把，就可以移动，并且可以掌控。对，云芝，你快去招呼爷爷来！"

吉海乐得跟孩子似的。云芝一见吉海高兴，她心里也一块石头落了地。多少日子了，不见这吉海脸上有一点儿笑容，这可真是难得呀。于是，云芝推开吉海窝棚的门，来到爷爷窝棚的门口喊："爷爷！快来。吉海大师招呼你！"

这时，田甸、普兰老爹闻询也都赶到吉海的窝棚里，大家一看，觉得吉海的设想挺有意思，是啊，是这样，将一排木头串在一起，而中间的串联要像木梳一样，要有"木骨"，正是木头的"把"，这不是和船的"舵"一样吗？

有了这个想法，于是按照吉海的设想，田甸和吉海就上了山窝棚。那里，吴信已带领孙习邈他们伐倒了十几根大红松，由于是夏天，往山下滑动很难，大家费了九牛二虎之力才将这些大树干拖到沙济乌拉下的漫江边上。按照亦吉海的指点，人们将大木并排放在水中，又以凿子在大木上凿出两个四棱方眼，以一根根碗口粗的桦木穿进去，终于将大树干连在了一起，做成了一个红松木排。

由于受到云芝木梳的启发，加之吉海过去造船做过"舵棒"。于是，他便在木排的前头安上一个大舵，在漫江的水中一试，还真的灵活自如。不错！这木排就算做成了。为了省木，不使大木方眼掏透，每孔掏到半尺到一尺深，这样大树的中心还是完好无损，而木头和桦树之间以"隼"来对接。木排做好，田甸、吉海大师向吴信、孙习邈等人告别，带领着普兰老爹、皮库、云芝，就跳上了木排。

木排出发那天是五月二十三，祭祀龙王爷的日子。上排前，云芝现给大家包了饺子，烙的合子，这是一种吉顺之饭食。吴信、孙习邈等人都来到漫江边上送行。大家喝罢吉顺酒，木排就出发了。

木排由皮库撑着，亦吉龙在一旁守着。普兰老爹和田甸一前一后察看水道。而云芝、田甸和吉海交给她一个重任，记写官。这记写官，是田甸在燕王府和燕王学的，燕王的身边不是有个参政叫程忠沛吗？程忠伟把他和吉海与燕王所说的话，都一一记下。而如今，这云芝从小和爷爷在一起，不但武功高，而且文笔也不错，正可谓是一个"女参政"。

于是田甸说："云芝呀，你是一个女参政，是咱们'征东巡检步骑军'的书记官哪。"

普兰老爹也说："丫头，这是田大将军封的职，都指挥使看得上咱们。当吧，好好地当。"

云芝笑了，说："爷爷，将来我要当真参政。"

普兰老爹说："好好。这就看你的表现了。"

木排出发，一直天晴日朗。在长白山里，这种老林在雨季没到之前，大树郁郁葱葱，往两岸老林子里一望，黑绿、深绿，什么也看不见。两岸不时传出各种野兽的鸣叫、吼声。岸上的草棵子里，各种蝴蝶、蛾子飞来飞去，已到了百草吐芽、百花盛开的季节了。

由于是顺水，从沙济乌拉的漫江，一直到甸子街的两江口，木排都挺顺当，漂浮行走都很快，加上有多年航行走船经验的吉海大师的指点，有老猎手普兰老爹的引航，这木排子很是灵敏。遇有岩石、碴子、石岸、土岸、树根子，吉海就喊："左扳——右扳——"皮库年轻力壮，只要用胳膊和腰靠住，抱住木排的舵把，一使劲儿，那木排便会顺利地跟随而下。

这次木排，吉海只做了三节。每节是一棵大树那么长，排起来能有几十丈，一排六根大原木，横向也有几丈宽。这样的庞然大物，如果是船，那也是一艘巨船啦。

　　由于长长的木排在上游行走还算顺利，木排到了甸子街，普兰老爹也挺乐呵。下晚，亦吉海把木排拢在甸子街两江口较宽的水窝子上，普兰老爹便领着孙子皮库上岸了。他告诉田甸，说岸上不远处有一个叫"别亮子"的地方，那是唐渤海时期去往长安西京鸭绿府的贡道，那地方出一种鱼，个头不大，在亮子（鱼窝子）下的冷水里，叫"达西塔"（冷水鱼），很好吃，他和皮库去弄点，回来给田将军和亦大师下酒。说完，爷孙二人空手走了，只带一把牛耳尖刀。

　　这普兰老爹真是个大山通，哪儿有什么典故，哪儿有什么来历，他全知道。他们一走，云芝就说："爷爷还有故事呢。"

　　亦海说："云芝，普兰老爹最能讲什么事呀？"

　　云芝说："都是打猎、捕鱼。"

　　"捕鱼？"吉海说，"那你就说说，他怎么捕这'达西塔'？"

　　云芝笑了。云芝说："大师，爷爷去捕鱼，你看他带网了吗？"

　　吉海说："是啊，没见他带工具。"

　　云芝说："你见他带筐了吗？"

　　吉海说："是啊，没见。"

　　云芝说："不带网，不带筐，又能捕鱼，这就是爷爷。"

　　于是，云芝抿嘴笑着，给吉海大师和田甸将军讲起爷爷捕"达西塔"的奇怪技艺。原来，普兰老爹捕这种冷水鱼，一不用网，二不用筐，三不用钩，而他却是用树皮。用树皮怎么能捕鱼？他先用牛耳尖刀把岸上林子里的一种紫柳小树，挑拳头粗细的，折下一段一段半尺长的枝条，然后把树皮割一个口，扒下来，形成一个卷儿——这便成了捕冷水鱼达西塔的工具。

　　这种"工具"到有冷水鱼的水里一放，那树皮里层便会放出一股奇特的气味儿，冷水鱼很愿意啃，于是立刻钻进这树皮卷儿里去啃。可是它们不知道，这种树皮卷儿，一遇水，特别是鱼的身子一挨上它，它便会渐渐地收缩，于是一点点地把鱼给"捆"在了树皮卷儿里，再也出不来了。等鱼感觉到时，已是越捆越紧，动弹不得了。

　　这时，捕鱼人用一个小钩子把这些树皮卷儿捞出来，一个一个的背回去。那种鱼，再加上紫椴树里子的奇特气味儿，香极了。

　　果然不久，普兰老爹和孙子皮库回来了，一人抱了二十多卷"树皮卷儿"，其实里边都是"达西塔"。

田甸、亦吉海大师都说："普兰老爹，方才我们听云芝说了，你可真是名不虚传哪，你是山里的老神仙哪。"

普兰老爹笑了。他说："田将军，老朽没有别的本事，在这山野之中吃吃喝喝的一应事，我全包了。亦大师，你的葫芦里恩都力木克也不多了吧。明早上，我去一趟符吞（今天的甸子街），那儿有土人哥儿俩，从前专门给去往长安的贡道垛子脚夫烧酒。现在他哥儿俩还干，明天我去灌上两篓子来。"

原来，自从走水，吉海大师做下了腰腿疼的病，他就是不下水，每顿也得喝上几口。如果下江、下河，行船走水，就更离不开这酒葫芦了。老爹观察得真细呀。

这时，云芝已从紫椴树皮卷儿里一条条地掰出冷水鱼，上锅煎好，黄乎乎的，香气四溢。几个人围着木墩子，倒上亦吉海大师的恩都力木克，吃喝起来。

夜，渐渐地深了。老林子里一片沉静。在这荒无人迹的山林里，千百年来，还从来没这么热闹过。夜间，木排上来了一群熊，它们坐在上面歇脚儿，云芝起来解手，吓得一喊，老熊才领着小熊崽儿慢慢悠悠地走了。一大早，普兰老爹背起篓子去符吞的老烧锅装上满满的两篓子烧酒，做酒的沈家哥儿俩还送给他两块樟木，让老爹以此来塞篓子，这样酒便再也不会变味了。

吃完早饭他们便继续上路。

但走着走着，水路越来越复杂了，水道上出现一个又一个恶河（险滩），落差也越来越大，终于，"赶脚"恶河在眼前了。

"赶脚"，又叫"甘脚"，干吉恶河，满语意在特别奇怪的河，也叫"妖河"。是说这个地方的水落差太大，远看本来是平平的，可是到了跟前，才发现前边是万丈悬崖时，人和排都已完全无法控制。这时如果一迟疑就更会出事。人一迟疑的工夫，那木排在水流的冲击之下，已经进入了正流的快水道，不但停不下，反而加速向前，如果人试图控制便会排毁人亡，必死无疑。

面对这种落差，亦吉海也没有主意了。

过去在萨哈连、黑龙江一带，江面平坦、开阔，根本没有这种江道。这简直是一种让人意想不到的江水。

还是普兰老爹有个主意。他说："亦大师，依我看，咱们把木排往左或右处打舵，不走在正流上。这样就是进入落差，排落水会比较缓慢，排碎危险就会小一些。"

吉海大师也说:"这样也好!不过为了不出意外,咱们都以树绳、皮条,捆绑在排上,不至于被甩下江去。"

田甸都指挥使说:"我看,我和皮库留在排上,普兰老爹、云芝、亦大师,你们下去。万一有意外,咱们也得把女参政、书记官留下呀!"

云芝说:"我不下去。我下去,还由谁来记载?"

大家争执不下,谁也不肯下去,最后田甸只好采用亦大师的办法,将人以树绳紧紧地捆绑在木排的窝棚柱子上,系牢靠了,就是撑舵杠的皮库无法进里边,普兰老爹只好把皮库固定在舵把旁的一个木桩子上,这样他可以站着,以胳膊去扳舵。

一切都准备好,田甸让每个人都灌了一口老酒。云芝被酒辣得小脸通红。她瞅一眼笑了,说:"可别把参政给灌醉了,醉了我就啥也记不住了。"

大伙儿都笑了。但其实,心中非常紧张、害怕。这是谁也没经历过的事情啊!只听亦大师一声令下:"上流——"

皮库一扳舵木,木排往左边靠去,立刻上了左流,只听"咕咚"一声,大木排从"赶脚"恶河上一头扎了下去,排上的人只觉着忽悠一下子,又觉着天好像塌了下来,水从头而降,将木排和他们吞掉了……

许久,大家觉得浑身发冷,原来此时,木排已经过了"赶脚"恶河,又进入到平缓的水面上了。

大伙儿"啊——啊——"地大叫。互相庆幸。立刻各自掏出牛耳尖刀,割断自己身上的绳子。获救了,都很开心。

云芝参政记录的牛皮,专门要装在一个木桶子里,为了防止水打湿,要塞上皮塞子。她赶紧记下了这个恶河的名字、方位。就这样,木排又继续往前行走,又过了"阎王涧""鬼门关""丢魂汀"好几个恶河。这一回,来到了"沙各搭"恶河。这处恶河以两岸岩石红色而得名,但那儿的水流落差简直比"赶脚"恶河还要大,怎么办呢?于是,他们还是采取在"赶脚"恶河的老办法,把自己捆绑在木排上,又是有惊无险地过了"沙各搭"恶河。

可是,就在第五天的下晌,木排来到了"额顿"恶河。"额顿",满语为"风门"或"风口"之意。是指这里有两座大山夹一个水口,江水挟带着大风从这个口子飞奔而下。这还不算,这里的落差超过了"赶脚"和"沙各搭"。这是最要命的一处地方。

怎么办呢？那时已过了多处恶河了，而最危险的两处恶河"赶脚"恶河和"沙各搭"恶河，都是把木排往一侧扳舵，把人绑在上面，才得以通过，看来，这次也只好这样了。

为了更好地控制木排，皮库对田甸说："这一次，落差太大，别把我的全身都捆住，只要捆住腰。这样，我可以使全身的力气去扳舵！"

普兰老爹说："就这么办吧。"

可亦吉海和田甸都不准。他们说："这样太危险了，咱们心里太没底了。万一……"

皮库说："没事的。前两个要命的恶河咱们都过来了。就这么干吧！"

于是，大家只好按普兰老爹和皮库说的做，将皮库的腰拢住，大家都捆好，就出发奔往边流了。可是流着流着，眼看水流越来越急，皮库拼命扳舵，而那舵，纹丝不动。

这是怎么回事呢？

原来，由于"额顿"恶河的水深、落差又大，水底的吸力就大，而又由于这木排的舵把是"硬吊子"（三段木排，整个头排安一个吊子，要动，整个木排都得能动）。可是"硬吊子"在"硬"上，它不可能灵活，别说是一个皮库，就是十个、百个，也搬不动啊！眼看着木排已不听使唤，不靠水流的边侧而下，普兰老爹急了，大喊："皮库！快撒手——"

亦吉海也喊："皮库，跳水——"

而田甸立刻以牛耳尖刀割断了捆住自己的绳子，想一个箭步蹿过去帮皮库搬舵，却一把让普兰老爹给扯住了。说时迟，那时快，只听"咕咚"一声，又"哗啦啦"一阵闷响，木排从"额顿"恶河上折了下去，整个江水翻起山一样高的浪峰，水浪卷上天空，又"轰"的一声落下，波浪卷着根根散落的红松木滚滚而去……

浪涛翻滚的江水中，见不到一个人影了，那些巨大的红松，就像一把筷子那么渺小，在滚滚的松花江水中上下漂动，渐渐远去，消失在茫茫的江流之中。

第六十章　爱妃教夫

燕王朱棣，这些日子正在府中日夜筹划开发北疆之策。

朱元璋洪武大帝，一直器重朱棣，这才将坐镇北平、守护北土之重任交由他。因为在朱棣的心中，守住北土，开拓海疆，那将是大明的国策，父王和军师刘伯温那句名言，发展北疆"舟楫之利"一直也是他的宏愿。所以，他专门调遣田甸和亦吉海前来，面授机宜，就是要让他们明白，未来北疆和大明的前程在何处。

他对田、亦二位，当面交代了自己的旨意，让他们去开发长白山，寻找那里的大木、大红松，以便选北疆最好的造船基地，建船厂，造大船。

一个国家如果没有船，不走水，就通不了世界，那等于自己把自己给"困"死了。这一点，他是从父亲朱元璋的心思里摸到了底，那是父亲的打算，也是大明的未来。

朱棣翻开当时田甸和亦吉海到北平来，由参政程忠沛记的谈话记录。那些谈话，如今已分门别类，装订成册，朱棣一一翻看，爱不释手。心想：如今自己的这两员北疆干将，究竟干得如何呢？

想到此，他提起笔，打算给田甸写一封信，询问一下如今探寻长白山和选木造船之事，都进展得怎样了？树伐得怎么样了？造船的地址选好了没有？

就在他刚铺上纸，正要提笔蘸墨时，参政程忠沛突然来报："王爷，北疆有驿兵求见。"

燕王说："哪路来报？"

程忠沛说："是吉林，长白山驿卫。"

燕王说："啊呀，一定是田甸。快传上来。"

程忠沛说："是。"

程忠沛退下。少顷，程参政领进一个人来。正是由北疆吉林长白山驿卫日夜兼程赶来送信函之人。来人立刻跪拜，说："在下拜见王爷。"

燕王朱棣竟亲自走了上去，又亲自从来者手上接过小木桶，他急切地打开木塞，一扬手交代程忠沛说："忠沛呀，快领他去休歇、用膳吧！"

程忠沛答曰："是。"

然后一招手，将来者领出了外厅。

燕王朱棣急切地展开了来函。那是田甸向燕王要斧头的函。他读着读着，哈哈大笑起来。然后自言自语地说道："田甸哪田甸，你真是聪明一世，又糊涂一时啊，你向本王要千万把斧头，有什么用？我就是再给你十万把斧头，你不是还得有用完的那一天吗！你呀你呀……"

可是想到这里，他又停住了笑，一想：田甸、亦吉海是为朝廷着想啊，这最后的主意不还得我定吗？

于是，他又让人把自己的爱妃莎拉喊来，他是想让她帮着给出个主意。莎拉本是北土北疆之人，遇事喜欢动脑。记得自己刚刚来到北平，当时官越当越大了，生活上就越来越浮华起来，用什么东西都不知道节俭。而莎拉发现了他这个毛病，并未直接点出来，是给他留面子。

记得有一次，莎拉在燕王府的仓库里发现许多碎羊皮，于是心生一计，便命手下的宫女把那些碎羊皮都搬到后宫，洗刷干净。她亲自动手，和宫女们一起把碎羊皮一针一线地缝合起来，做成地毯，铺在自己的宫殿里。然后，她让宫女去请燕王朱棣。

朱棣来到后宫，根本没发现地上铺的毯子是碎皮子做的。莎拉揭起地毯一角对朱棣说："大王，你刚到了北平，现在百废待兴。你看，我把这些没人要的羊皮洗了洗，缝了缝，碎的反而变成了漂亮的了。假如日后府中都能这么节省，人们就会夸你是一个体恤百姓的燕王啊。"

朱棣听后愣了一下，然后哈哈一笑说："爱妾，你是过苦日子过惯了吧？现在你我是大明朝的燕王和王妃，整个燕京、北疆都是我们的，你就是要金丝银线织成的地毯，本王也能满足你，这些粗活以后不要再做了。"说完，摇了摇头走了。

看着丈夫这样，莎拉叹了口气，看来，想劝动燕王还真不是件容易的事啊！可是莎拉不灰心。这天，莎拉还是在宫里琢磨着怎么辅佐丈夫，劝谏他，突听宫女传旨，让她马上到大厅去一趟。莎拉一看，传旨的宫女满脸喜气，便问为什么这么高兴，宫女说："你还不知道吧，咱们大王又打胜仗了，将士们从南方运来了不少珍宝，大王是想让你先去挑挑……"

莎拉听后，点了点头。接着把自己贴身的丫鬟叫来，嘱咐了几句，这才奔往大厅。

朱棣此时早就等不及了。看莎拉来了，赶紧上前拉了她一把，说："快看看，你喜欢哪样？"

莎拉俯下身子，看了好一会儿，抬起头来说："大王啊，这些翡翠珊瑚，哪一样都称得上是世间难得一见的奇珍，我都喜欢。如果大王同意，我想把这些东西都搬到后宫去。"

朱棣一愣说："都要？"

莎拉说："对。"

朱棣心想：爱妃怎么这样，狮子大开口……

想到这里，他悄悄地拉了拉莎拉的手，小声地说道："爱妃，这可不行，你怎么也得给我留点。再说，我这里有这么多皇亲国戚、文武大臣，你把东西都拿去了，我用什么封赏他们啊？"

莎拉听了，笑了。她摆了摆手，说："大王，我只是开个玩笑而已。可你发现没有，刚才我一说要把珍宝都拿走，大家的眼神都很奇怪。我把本来也属于他们的封赏拿走了，虽然他们嘴上不说，但心里难免会产生怨气。大王这些宝贝用好了，是价值连城的宝贝，用不好，那就成了祸国殃民的根苗。我想，你还是把这些宝物全都封赏给别人吧，我一件也不要。因为我有一件宝贝，足以抵得上这成堆的珍宝。"

莎拉这句话一出，在场的人全愣了。

当时记得朱棣也愣了。莎拉一向勤俭出名，什么时候居然藏了一件天下无双的宝物呢？这时，就见莎拉一摆手，宫女们抬来一个木架子，架子上苫着一块红绸。

朱棣很奇怪，这是什么？他走过去，把那红布一掀，只听"哗啦"一声，大家定睛一看，原来那红绸下是一个粗糙的花盆，盆里栽着一棵半人来高的野草……

朱棣"扑哧"一声笑了出来。说："爱妃呀，我还以为是什么宝物，这种没名字的野草，在咱们大东北不是有的是吗？一年四季，羊吃马踏，刀割火烧，谁会把它当成宝物？"

周围的那些官员也都跟着笑了起来。可是莎拉却一脸庄重。只见她恭恭敬敬地朝它行了个礼，然后转过身来对朱棣说："大王，这株野草可不一般，这正是你说的'马踏火烧'的草，想当年你南征北战，不全是用这种草喂你的马，使你取得了功名。想想当初你建立功业时的艰辛，我们怎么能只顾享乐呢？"

这句话，使朱棣一愣，但他当着众官的面，也对莎拉的话表示赞同。于是那些官员们，也都跟着表态，说莎拉说得对。但莎拉心中明白，朱棣根本没往心里去，只不过是提到他当年创业的艰难才赞同而已。

这天，朱棣来到后府，让莎拉准备一下，跟自己去城郊狩猎，莎拉一听，马上命侍女取来一件小褂，要亲手给朱棣穿上。朱棣一看，皱起眉头来，说："这件小褂颜色又旧，料子又糙又硬，针脚又大又粗，样子像个筐似的。这像个什么小褂呀？"

"这是我亲手纺线，亲手剪裁给你做的衣裳啊！"莎拉回答。

朱棣一听，哈哈大笑起来。

朱棣当时说："莎拉呀，你长在漠北，生活于战乱之中，缝制蒙古袍和战袍的手艺不错，可要学汉人纺线织布、描龙绣凤，你可就差多了。你说你亲手纺线，怎么这看起来像是用荆条纺的呢？你说你亲手剪裁，可为什么剪裁成了这么个怪样子？你让本王怎么穿出去？"

莎拉一听，苦笑了一下，说："大王，我知道这件袄褂我做得不好看，所以，你就更应该穿上。"

朱棣说："为何呢？"

莎拉说："咱们从中原来到北国，就更应重农桑、林木之业，只有这样，大明才能强盛。我在皇宫纺线织布，就是为了给天下百姓做个表率。我织的不仅仅是布，正是大明的天下呀。"

后来，朱棣彻底服了，自己的爱妃莎拉真不是一般的女人。从此他在心里时时记着，特别是一有要事，都想着要与她商量一下，就是想听听她的主意。

莎拉这时走来，朱棣喝退左右，把田甸从遥远的长白山写信求助，需要砍树斧头的事说了一遍，又把信递给她，问："爱妃，你说，该给北疆那些要在长白山上伐树、造船的汉子们多少把斧头呢？"

莎拉听完了丈夫的话，看完了田甸的信，说："要我说，一把也不用给。"

朱棣故意惊讶地说："什么？一把不给？"

莎拉说："对。"

朱棣问："为何？说说？"

莎拉说："那斧子，是消耗品，用一把，少一把，给多少是头？所以，不能给斧子。"

朱棣又故意问:"那给什么?"

莎拉说:"该给将士们造斧的技术。"

朱棣一把将莎拉搂在怀里,说:"莎拉爱妃,你和我想到一块儿去了。我也是这么想的。我打算给长白山的伐木人、造船人选派去一批铁匠。让他们在当地炼铁、造斧。你说说看,派一百人好,还是二百人好?"

莎拉这回可是沉思下来。她想了想说:"大王,奴婢认为,可派二百个铁匠,要选那些爱手艺、爱北疆,肯于在长白山生活下去的人啊!你想想,他们该多苦?"

朱棣说:"何以见得?"

"八十把斧子,才能砍倒几棵大树。树该多粗?活该多累呀?"莎拉说。

朱棣点点头说:"还是爱妃言之有理,就从北平城里选出二百个铁匠,好好安顿他们的家属,让他们安心去往长白山造斧。除此而外呢?还应该给北疆的那些在深山老林子里伐木、炼铁、造船的人,带去点什么呢?"

莎拉想了想说:"大王,我看,还应带去一些人。"

朱棣说:"什么人?"

莎拉说:"女人。"

朱棣说:"女子?"

莎拉说:"大王你想想,如果让那些铁匠单身去往长白山老林,他们一定不太安心炼铁、造斧。谁不想家呀?而且,有家有业的离开京城,他们不会安心干活,家里还有儿女。所以,可动员那些有家口的铁匠,带着家眷去往长白山落户,这样也可以安心伐木、造船。"

"这主意是好,"朱棣说,"可这些人带了女人,其他那些征东的、伐木的、造船的,他们没有家!这样一来,不是又勾起了他们思家念土的心思,又怎能安心伐木、造船?"

莎拉:"所以我想,要再带去一百个女佣……"

朱棣说:"女佣?有何之用?"

莎拉说:"和那些征东步骑兵、伐木手、铁匠、造船人,结成家庭。这不也是安顿北土、开发北疆吗?而且,以我来看,还要选那些江淮秦地的美女,以利我大明之后。"

朱棣说:"好是好。可这些女人,谁带她们北去,去寒冷、荒蛮的长

白大山？"

莎拉仿佛早有准备，说："大王，只有我去。"

朱棣大惊，说："啊？你去……"

第六十一章　发现"船厂"

排毁人亡的消息，是在六月二十三传至沙济乌拉的。

原来那日，当木排冲往"额顿"恶河时，普兰老爹、田甸、亦吉海和云芝，都已发现，那木排的排头由于舵把是"硬吊子"，也叫"死吊子"，只能把头一节木排全都搬来，才能扭转厄运，可是在那一瞬间，就是神人，也已无回天之力了。

人们几乎一齐喊："皮库——小心哪——"

云芝喊："哥哥——小心哪——"

普兰老爹喊："孙儿——"

可是，一切都晚了，只见一股狂风仿佛从地底下卷起，人们只觉着自己被掀上了天空，接着又重重地摔在地上，这以后，就什么也不知道了。

木排、散木、小窝棚，全被摔散，被冲出去十多里地远。

第一个醒来的是云芝。她坐起来，浑身衣裳已经被水浸透，紧紧地裹在身上，风一吹来，冻得她浑身打战。她用双手捧着脸哭喊道："爷爷——"又喊，"哥哥——"

突然她一扭头，看见爷爷就在她身边，不足十步远的地方。她赶紧爬过去，推着爷爷喊："爷爷！爷爷你醒醒！醒醒啊……"

她又一扭头，见在离爷爷不远的地方，还躺着一个人，是吉海大师，她急忙奔过去，又拼命地叫喊，摇晃着他，叫道："吉海大师——吉海大师你快醒醒……"

这时她再一看，在离吉海大师不足五步远的地方坐起一个人来，正是田甸田将军。云芝赶紧扑过去，大叫着："田将军！田将军！"

田甸已站了起来，他四处看去时，普兰老爹也站了起来，再一看，吉海大师也站了起来。几个人好好的，就是缺皮库！

几个人你瞅瞅我，我瞅瞅你，他们于是几乎是异口同声地喊道："皮库——皮库——皮库你在哪里？"可是，只有呼呼的江风和哗哗的江水的声音，就是没有皮库的影子。这时，大家一下子惊愕了，他们一齐发出一声惊叫：呀！木垛？谁把咱们的木头都垛得好好地摆放在岸边离江水十多步远的地方。而且，正是吉海穿排的那些木头，一根也不多，一根也不少，连木头上凿眼穿桦树杠子的方眼也清清楚楚，正是自己的木头，长白山红松大木，齐整整地摆放在岸边……

更加奇特的是，头一节排上的舵把，木排上云芝住的窝棚的木杆，也一件不少地落在木垛一侧。简直就像人堆人码的一样。

"皮库——我的孙儿……"

这时，只听普兰老爹哭了起来，他大步地奔向木垛。原来，普兰老爹发现在木垛那堆木头边上，几块皮肉、烂骨，还有就是皮库平时穿的那件狍皮袄碎片，上面是斑斑的血迹。

云芝一见，也立刻扭头奔过去，一下子跪在这一堆碎骨皮肉前，哭着说："哥哥——哥哥呀……哥哥……"

爷爷和孙女撕心裂肺地哭了起来！田甸和亦吉海也慢慢地走过去，一下子跪在皮库的碎骨前，田甸说："皮库兄弟，我们不会忘记你！咱们整个'征东巡检步骑军'，都不会忘记你呀！"

而亦吉海，他低着头，难过地说："皮库兄弟，都是我害了你。唉，我做这排，怎么在关键时候一下子搬不过来了呢？这是怎么回事呢？如果能搬过来舵，你就不会落难啊！都怨我呀！怪我呀……"

他伤心地抽泣起来。

这时，普兰老爹脱下自己的老皮袄，把孙儿皮库的碎骨、烂肉，连同那件已扯碎了的狍皮皮袄的碎片，一块儿放进去，用一根腰带捆好，放在自己的脚前。

普兰老爹突然说："田大将军、都指挥使，吉海大师，咱们都别哭了，别难过了。咱们应该感到惊喜……"

田甸说："惊喜？"

吉海说："惊喜？"

"对，"普兰老爹说，"多么奇怪呀，你看咱们从水上运来的这木排木头，不仅一根不少，而且还整整齐齐地给码在了这儿。这是谁干的？我想，就是我孙儿皮库干的。是他领我们找到了这个地方，这个他葬身的地方，也是我们到处寻找，终于找到的地方……"

田甸说："什么地方呢？"

吉海说:"什么地方?"

普兰老爹说:"船厂。造船的地方啊!"

田甸、吉海共同说:"船厂?"

普兰老爹说:"对呀。你们好好看看,这儿的四周,一马平川,江水从这儿往下,再没有大的落差了,它流入萨哈连,进入乌苏里江、黑龙江,入鞑靼海。这样的地方,不正是咱们要找的船厂吗? 不正是应该在这儿建船厂造船吗? 而且,木头垛都给咱们垛好了。"

田甸说:"谁垛的?"

其实,是水奔泻的巨大冲力将木头垛起来的。

普兰老爹说:"这是天垛的,是地垛的,是大江垛的,是这个大山,长白山垛的呀⋯⋯"

田甸、亦海有些似懂非懂时,普兰老爹又说:"你们想想,咱们这一路上,过'赶脚'恶河,也很惊险,可是木排过来了,没摔碎,是因为它还要走,没到地方;过'沙各搭'恶河,也是极惊险,咱们没事,也过来了! 木排还是走,因为没到地方,没到造船的地方。可是,一过这个'额顿'恶河,排散了,为啥,到地方了! 排虽然碎了,可木头一根没少,都摆在这儿了。不是吗? 这就是老天,是长白山,是这松阿里乌拉告诉你,就在这儿停下吧,就在这儿造船吧。所以,木头垛在这儿了。这是多少年之前就定的事。今儿个,咱们来了,是我孙儿皮库领过来的。好吧,那就把我孙儿埋在这儿吧⋯⋯这儿,就是收他的'库',是个仓库,也是放木头的'库'。仓库,存着木头,留着造船。这个地方,也正和库儿的出生地贵子沟对面,他上辈子就望见自己的'库'了。阿什(满语仓库之意)——正是一个'库'啊!"

普兰老爹滔滔不绝,但他的话句句在理,田甸、亦吉海也觉得,这个地方太适合往后在此造船了。一是"额顿"恶河一过,这里是一马平川了,好像大自然给人类留下的一个"造船厂"。二是江水从"额顿"飞流而下后,一下子把这里冲成了江面又宽江水又深的江段,正适合筑造大船,造船、泊船、起航、进港都方便。这个地方太宽敞了,江上停几十艘大船简单太容易了,岸上一望无边的平原,是一个天然的船厂。简直是找不到第二个能替代它的地方了。木头堆这是先贮存着,这里就叫"阿什"吧。于是亦吉海说:"老爹呀,你说对了。这个'额顿'恶河的下游,正是一个造船厂。唉,这真是皮库兄弟用生命领咱们到达的地方。"

埋皮库的地方有最显著的标志,就是一个山崖和一个木垛。云芝边埋边哭，大家也都落泪了。白发人送黑发人，普兰老爹几次昏倒，云芝一边哭哥哥一边扶爷爷。六月二十三日这一行人回到了沙济乌拉，大家这才知道了皮库的噩耗，人人都以敬佩的目光看待普兰老爹和云芝妹妹。步骑军的弟兄们又专门给普兰老爹和云芝修改了窝棚，以粗大一些的树干一根根垛起来，在每根木头上刻出槽使其互相咬合上，这是长白山最早的房舍，叫"木刻楞"。

楞，指木凿出槽的平角部位，也指去掉枝杈后的大木，也叫"青楞""方楞"，是山里最好的大树，这样的房子预备着冬天来不被雪刮倒，雪埋上不怕，人可以从"木刻楞"的小窗口爬出去。

从"额顿"恶河回来后，亦吉海大师又是好长时间把自己关在窝棚里，那木排的"硬吊子"不能转动，皮库在最后的时刻奋力去扳舵的情景日夜在他的脑海里闪现，这时，田甸走进了吉海的窝棚。田甸从阿什回来后，也是成天的琢磨这个事，他来找吉海也是想说这个事。这时田甸说："吉海大师，现在，咱们是遇着最大的难处了。你记得吗，咱们在北平时燕王曾说，有什么解不开的事，可以去找他的朋友白山部的赫思痕妈妈去，我看，咱们到时候了！"

吉海也说："对呀，燕王是这么说的。白山部族人世世代代在这里过活，他们或许能帮咱们，应该去见见赫思痕妈妈。"

于是，田甸和吉海去见普兰老爹，打听从沙济乌拉去往白山部乌拉处怎么走。进到普兰老爹的窝棚里，见老爹还在病着，云芝正熬着一壶药，倒出来端给爷爷。

云芝说："爷爷，把药喝了吧！"

这时，田甸和亦吉海走了进来。他们俩挨着普兰老爹坐了下来。看着普兰老爹病成这个样子，亦吉海大师和田甸大将军心里万分过意不去，田甸把到嘴边的话，又咽回去了。

谁知，普兰老爹接过孙女云芝递过来的一碗汤药，一扬脖子，"咕咚咕咚"地喝下去了，然后吩咐说："云芝，给爷爷拿鞋。"

云芝把一双乌拉递给爷爷。

在长白山里，大家春夏秋冬都穿这种乌拉，又叫"雪地乌拉"，女真语为靴子，这种鞋的样式又简单又古拙，都是用牛皮、猪皮、鹿皮所制，在更居北部的萨哈连一带，也有那种以鳇鱼、大马哈鱼皮所制的鱼皮乌拉。这种鞋帮和鞋底是一块皮子，外加一块皮盖缝在上面，称为"鞋脸"，两帮用不足一指宽的独根皮条，穿成八或六个乌拉耳朵，以穿乌拉时使用，后堵另一块宽三寸左右的皮子，叫乌拉尾巴，是穿乌拉时上提的抓手。乌拉后底就是乌拉跟，有两个专用的铁钉，一为防滑，二为耐磨。冬天，要在里边垫乌拉草（长在乌拉一带的小草）。这种草，是关东三宝（人参、貂皮、乌拉草）之一，这种草纤维长而柔软，冬季将其絮在乌拉里特别保暖，夏季穿乌拉就不絮它了。

普兰老爹穿上乌拉，说："走吧。"

田甸、亦吉海愣了，就问："上哪儿？"

普兰老爹说："你们找我，一定是有事，要我带路才行。"

田甸、吉海就说："老爹，可你的病还没好利索，我们这是来看看你，连跟你商量一下去白山乌拉咋走，可你身体不行啊！"

普兰老爹说："走吧。时光不等人哪！眼瞅着秋风一起，下大雪，冬场子该砍树伐木啦，不解决这'硬吊子'事，今后咱们也无法将木排放到阿什，那还叫啥'仓库'了，没木头的'仓库'，不是仓库。"

于是，田甸、亦吉海上前一起把普兰老爹扶了起来。

第六十二章　铁匠入山

在普兰老爹的带领下，田甸、亦吉海一行三人晓行夜宿，直奔白山部。从沙济乌拉奔往白山乌拉竟有五百里之遥，这是横跨长白山从西至东。那时没有道，全靠普兰老爹寻觅从前土人狩猎走的林间小道，再就是走唐和渤海时北人去往西京鸭绿府（临江）奔往长安的朝贡道，好在普兰老爹熟悉这些道。

他们三人骑着马，先奔潭州（今敦化的额穆），再东行奔珲春，五日后来到了白山乌拉。

一听说田甸大将军和亦吉海大师来了，白山部老罕王赫思痕妈妈很是热情："啊呀，这么远来了，快到里间坐！"

老罕王立即吩咐部族人设酒设菜，款待远从长白山以西的沙济乌拉远道而来的客人。这一带，已经是长白山东部，靠近东海，所以上来的宴餐以珍贵的海味为主，也有山中的山珍。这里讲究"进门点心""三道菜食"，还有手碟、手鲜。先上的是四素，洛镇桃仁（山核桃仁）、虾茸葵白、口蘑豆沫、松子香菇。

接下来是上八珍。考炖驼峰、芙蓉燕菜、黄养凫脯、红焖鹿筋、芝麻肉松、松子鱼松、子孙馒馒、千层饼。

老罕王赫思痕妈妈说："燕王的朋友，就是我的贵客。咱们边吃边唠。你们此次拜访，一定是有什么重要之事，需我来相帮吗？别客气，燕王不在这里，我在就等于他在。"

田甸大将军说："老首领赫思痕妈妈，我们此次来，真是有事请教于您……"

老首领赫思痕妈妈说："哦，慢慢说，别急。"

于是，田甸、亦吉海就把他们造出木排，到松花江上去试放，可是过"赶脚""沙各搭""额顿"恶河时遇到的事，一五一十地说了一遍。又加一句："最后那'额顿'恶河，却无论如何搬不过舵来，这是怎么回事呢？"

白山部老罕王赫思痕妈妈听了，点了点头，吩咐下人去请几位常年在海上、江上跑船、放排的老人来，让他们帮着出出主意。

不一会儿，仆人领来三位老人，田甸、亦吉海从他们那晒得黝黑的脸盘上便可以看出这都是一些老船把式，或是一些经常走水、行船的老船工。果然，一提起水上活，三位老者便滔滔不绝地讲起了行船、放排的一些事来。亦吉海便乘机问道："尊敬的老船工，木排在江上顺流放排，舵棒为何扳不动？"

一位老船工瞅瞅其他人说："那是舵硬。"

亦海一愣："舵硬？"

老船工说："舵硬有两个原因，一个是上舵时，舵轴缺油，使的次数少，不润滑；二是是舵板超大，别说人，谁也使不上劲，当那流水浪大，或者落差大时，舵便跟水走了……"

另一老船工说："船又分硬舵、软舵。硬舵靠水打，软舵才靠人扳哪。"

亦吉海一听，又问："老人家，那么软舵和放排的'吊'子有何关联呢？"

两位老者互相看一看，对在一旁一直沉默不语的另一位老船工说："老哥哥，这放排的'吊'子，该你说了。"

那位老船工正从烟笸箩里用烟袋锅往里挖烟，那烟袋杆上，悬挂着一个鹿皮绣花的小烟口袋，一挖，在烟杆上一晃动，再一挖，又在烟杆上一晃动。

老船工慢慢地收回烟杆，点着抽上，烟口袋荷包依然在晃动，摇摆……

他自言自语，也好像跟别人说："木排的舵把，是给人操用的，它叫'棹'（zhào）。也是在'召唤'人，所以这么叫。棹和舵有所不同。舵是在船前，以舵引航，整个船便可以靠舵而行。可是木排不是一节，是多节。所说'扳棹'，是指那棹棒（舵杠）整个固定在头一节排上，这谁能扳得动？所以叫'硬吊子'。如果能改成'软吊子'，就可以扳动了。不过'软吊子'是船舵，排的'软吊子'，咱们没试过。谁心里也没底。"

这时，亦吉海大师一拍脑门说："啊呀，老人家，您的话可对我们启发大了。为啥不把'硬吊子'改成'软吊子'试试？对呀，应该试一试。"

白山乌拉赫思痕妈妈老罕王一听，连忙说："看看，这不就有办法了吗？来，先吃菜，喝酒。过几天，让这几个老船工、老排工跟你们去沙济乌拉，你们做个'软吊子'木排试试，不就得了吗？"

老罕首领的话，让大家有了启发。田甸、普兰老爹、吉海大师，一齐向白山部赫思痕妈妈老罕王和那三位经验丰富的老船工敬酒。这时，那位抽烟的老船工又指指自己烟袋杆上晃动着的烟荷包说："看看，它就好比活吊子，如果固定在上面，不就是死吊子吗？活，就是能自由搬动。别忙，日后我们去看看。"

就这样，田甸、亦吉海、普兰老爹在白山乌拉待了三天。临走，白山部乌拉老首领赫思痕妈妈又派出两位老船工一块儿去往沙济乌拉，是去帮助吉海大师试验一下木排在落差大的水上到底是用'硬吊子'还是'软吊子'之事。

明洪武二十四年深秋。朱棣爱妃莎拉带领二百名铁匠，一百名"秦娘"来到了长白山腹地的沙济乌拉。一见王妃到来，田甸立刻跪倒说："参见王妃大人！"而其实，他从纳哈出义父那里去论，他与莎拉可称兄妹！但如今他和莎拉的身份和地位都是不同的。

莎拉说："将军请起。听我对你交代这二百名铁匠，一百名'秦娘'的分派和安排。"

原来，在接到田甸给燕王朱棣发递去的求助伐木开山板斧信之后，朱棣与爱妃莎拉商议，决定不单要给板斧，还要带去匠人，于是便在北平广集铁匠，经严格挑选，最后选了二百名铁匠。

这些铁匠都是从北平"铁行胡同""烟袋胡同""柴草市""干面胡同""铁业作坊斜街"一带专门寻找，从老字号处挑来的。燕王给他们的优惠条件，每人先期发放二百两纹银，去长白山造斧伐木五年，有家属者可自带，家属给五十两纹银。但他们都不想带亲眷，也都想去往北土长白看上一看，于是踊跃报名。

报名后，就是考打铁，也就是打锤。

那几日，在北平铁行街举办的开赴长白山制斧炼铁打锤大赛可谓千古绝技。铁匠们一字排开，一人一徒站在铁砧子两侧，由朱棣派去的参政程忠沛亲自监考，而莎拉则微服私访，在人群后面审视。

程忠沛一声令下："开锤——"

所有铁匠挥锤开打，只听满街筒子传出"叮当叮当"的打锤声和铁件"叮当当"扔在地上的声音。然后是忠沛捡起一件件查看，选出先干完铁件的前二百名。

验收时，再由朱棣、莎拉一一过目，当场发放盘缠（这些钱铁匠们多数都交给了家人），然后定下日子，由"征东"领军人（其实是莎拉和来送信的征东巡检军信使）带队去往北部长白山。

"秦娘"的选拔，莎拉更费心思。

这些女人之所以称为"秦娘"是因有秦淮淑女之名，她们都是江淮一带名城街巷的红楼秀女，也有大家闺秀，也有贫家之女。但往往不是丧夫，就是丧子，或因婚姻不幸落入烟花，或被歹人所擄卖入烟花柳巷，被大户人家的子弟赎出，但终究是一个个不幸之人。她们每人都有一肚子苦情，但每个人都美貌出众。这真是自古美女多不幸啊！

选这些秦淮之女，莎拉作为一个女人，与每人都一一相谈："到了北疆长白山，那里荒无人迹，你等要细心扶持那些步骑军、伐木人、猎手、放排的排夫、造船的木匠。他们可都是粗人，你们愿意吗？"莎拉要她们每一个人的口供。

许多"秦娘"淮女一听这话，立刻退出走人，而有一些女子，却坚决要去，她们早已恨透了江淮红灯绿酒的街巷生活，真恨不得一步便迈向白山黑水。对这样的女子，莎拉立即发给纹银，每人一百两。

这样大队人马从北平集合，去往漠北长白山也不是小事。莎拉和那些女子只能坐"轿车"，一种两轮，用马拉动的车子，两人或四人一车，由铁匠们赶着，日夜兼程往东，直奔长白山。因朱棣严令，必须在冬月落雪之前赶到。这些铁匠虽然一个个平时是打铁的硬汉，但现在一个个走的脚上都磨出了血泡。

而这些驿车、驿马、木车子一过乌拉，就有四个铁匠和三个"秦娘"跑了！他们一看这漆黑的长白老林子，吓得不敢进，这哪是人要去的地方！

莎拉下令说："对于跑掉的铁匠、'秦女'，一律注销他（她）们的名册，从此不许再在北平、金陵一带过活。一露面，便被擒拿入牢。"这一令，使剩下的铁匠、"秦娘"表面上都安了心。

田甸在莎拉的引领之下，先面见了这批铁匠。他把铁匠分成两组，一组一百人，在沙济乌拉这一伙由孙习邀引领，主要是修理砍树砍锛了、砍坏了的旧斧头，以便重新使用，这伙人的师傅头是刘德隆师徒二人。另一伙铁匠被分在距离沙济乌拉一百多里远的符吞乌拉（今抚松甸子街）一带，主要以大安、石洞一带的唐渤海冶铁旧坑为地，开矿、炼铁、造斧、制其他铁器工具，负责的是北平铁匠邸山师徒。那时，为了领这些人劳作，田甸已让苏雀小五去把济民道长也请来了，一块儿帮他料理符吞乌拉冶铁矿地，监管造斧等众多事项。

"秦娘"住在哪里？莎拉和田甸思来想去，把这不足百人的秦淮之女安住在距离沙济乌拉二十里地处的漫江之地，也属沙济乌拉本地，这一是离沙济乌拉征东巡检营近一些，平时可以为兵勇们浆浆洗洗，俗称"缝穷"。二是也能和这些无家可归的兵勇们接触，而铁匠的两处烘炉作坊也都离"秦娘"们住的漫江不算太远，四处都可以够得着，这里被称为"八垒房"（也是十里八里之意），也有人称这儿为"秦女屋"，这些"秦娘"每三五人为一屋，自己组伴，各住各的窝棚，暂且由云芝引领。安顿好后，在"秦娘"中指定一名管事的"头女"，名字叫阿莲，人称"甜妹"。各处分布完善，莎拉便要返回北平燕王府了。

临走，莎拉在沙济乌拉设宴，其实是田甸摆席，一为送行，二为感谢燕王派莎拉千里迢迢来在长白山中送来铁匠和"秦娘"。这些人在荒凉的山中苦守边陲，伐大树，干些苦累活计，应该有个家和亲人陪伴，这也是人之常情啊，从这一点来说，他心存感激。

莎拉说："田将军、都指挥使，燕王派吾前来，一是送人来，二也是来看看你等。我回去当如实禀报北疆长白之实情。这里荒无人烟，苦楚很多，你领步骑军兵勇要多加保重，那亦大师身子很重要，你要好好保护他，对他多加照顾，我们指望他能造出大船，威震北疆啊！"

田甸说："在下知晓了。"

于是，田甸、普兰老爹、亦吉海、吴信等人共与莎拉依依惜别，田甸派人还是以木车轿子护送莎拉到下游吉林乌拉卫，直到看着她的轿子上了南去驿道，方才回到沙济乌拉。

第六十三章　兵勇与"秦娘"

秋风一扫，霜降一到，长白山就到冬季了。五花山只有几天，然后第一场大雪纷纷扬扬地飘落下来，就到了大山里采木的季节了。

东北长白山伐树采木都在下雪之后进行，自古就这样。因为冬季雪一下，万岭千谷都被大雪盖住，人可以进林中干活了。伐下的大树也可以用牛、马往下拖，或修一条条"雪道""冰槽子"，往下滑，这比夏、春、秋三季都便于干活。所以山里头人都说冬天下大雪是伐木的黄金季节。可有一样，就是太冷，冻得让人受不住！

冬季，长白老林寒冷无比，气温下降到零下四五十度，大树在夜里被冻得"咔咔"响着裂开，可是人，偏偏要在这时候进林子去伐树。

人员按营来编，共编四个木营子，每营二百人，分别进林子里去砍树。为了防止人被冻伤，普兰老爹带领猎手们先进山打野猪，熬出一盆一盆的野猪油，进山的砍树手，每人的脸和手都抹上野猪油以防冻伤。

进林子砍树，没有路，人在没腰深的雪里奔大树"游"（其实是在走。但从远一看，人好像在白茫茫的雪海里游泳）过去，人到跟前，只露上半身。好在这里大个的红松一棵挨一棵，不需要走多远，就得停下开砍。

一棵树，三个人一同去砍，各砍各的那一面，三个人往往得砍上两三天，才能砍倒一棵。砍到最后，那树只剩下一个木心连着时，那树发出"嘎嘎——咔咔——"的声音，这时人要从底下往上看，看树往哪边歪，然后朝相反的方向跑。跑时，心里默默地念叨着："顺着跑！顺着跑！"可是有时，根本不能按着人的意愿，有时眼看它是向另一侧倒下，可当人连滚带爬地往相反的方向跑时，树却反而拧过身来，一下子把人拍倒。那句"顺着跑"就变成了人心底的祝愿，都愿意让树"顺山倒"。

这是长白山伐木人最早的"喊山"的来历。从那时开始，每当一棵大树被砍得将要倒下时，"征东巡检步骑军"的木营手们就会大喊一声："顺——山——倒——"是希望大树顺着山坡倒下去，这样比较安全，这是一种祝愿。

当看到树将要往山的上坡倒，木营手就喊"排——山——倒——"

如树是往两侧倒，那就喊"横——山——倒——"这是告诉自己也提醒别人注意树倒的方向，人能躲开以免被砸。

冬天人在山上吃饭，带去的饭团子冻得像石头蛋子一样硬。没有水，就只好以冰饭团子就雪吃。一冬天也不洗脸，由于不能不烤火，脸像熏的土豆子一样黑，皮袄、棉袄全都开花，人的手和脚常常被冻伤甚至冻掉。

干了一天活，回到窝棚，不能先烤火。得先拿雪搓脸、搓手，把冻皮肤缓缓以适应暖和的环境，不然一烤火，人的手、耳朵、鼻子会患冻疮，慢慢地变黑、溃烂。

砍木手们编出一首歌谣说：

> 呼他妈，唤他娘，
> 是谁留下这一行？
> 冰天雪地把树砍，
> 人咋冻死不知详！

夜里，累了一天，木营的兵勇们回来，还是想起了女人。唠嗑、说笑，更有的仨人一伙儿，俩人一串儿地奔往"八垒房"或"秦女屋"。

自从朱棣派莎拉来后，送来了铁匠和江淮秀女，田甸心中也有些犹豫，如果不许这些兵勇接触女人吧，他们如今不是护卫防务，而是开始伐木、砍树，建船厂，劳累过度，冻死、砸死之事时有发生，有一些人已动摇，有的"失踪"了，"失踪"的也有的跑出这老林子，不久被发现，不是冻死，便是饿死。在这种环境下，对男女之间的事不能管得太严、再说，莎拉送来这些女子不就为了调节生活吗，于是田甸就默许了兵勇与"秦娘"的接触。

开始，他们是自己找"相好的"，有的人是老乡、乡邻，或有的开始给男方洗洗补补，于是二人就有了感情。这样，晚上有的木营砍木手从山上下来就直接奔"八垒房"或"秦女屋"安歇了。

为了与人方便与己方便，在"八垒房"和"秦女屋"的周边，兵勇的木营手们给"秦娘"们盖了一个一个小窝棚，房子不大却是独门独户，里边有一盘小火炕，只能住两个人。俚俗的话"烟囱冒烟就上炕"。

"上炕"，就是指女方同意接纳砍木手了。

"不烧炕"，烟囱不冒烟，就是拒绝，不接纳。有时，小窝棚外已挂上了物件，这说明这小窝棚里的女人已经答应别人了。

那些物件，有斧子、烟袋、烟荷包、狗皮帽子、皮袄、鞋，甚至腰带，明眼人一看，便知是"有主了"，就再不能靠前了。

"征东巡检步骑军"的兵勇们，就这样算是找到了一点儿"安慰"，有了"家"的感觉。

女人也主动找男人。每当傍晚，上山砍木的兵勇归来了，"秦娘"们已在大工棚子门口守望，看着男人们扛着斧子回来，她们冲着自己相中的男人走上去，二人谈妥，就把男人领到自己的小窝棚去了。在这期间，这些苦命的男女，也有互相怜惜、疼爱建立了感情，日后成为夫妻的。

在"秦娘"中，阿莲就看上了吴信。开始，她见吴信总是来查弟兄们，并不时地嘱咐他们，第二天还要上山去砍大树，然后转身就走了。可是阿莲一眼看到吴信的破皮袄已被树枝子刮得稀巴烂。于是她喊一声："吴大哥，啊不，吴副指挥使。"吴信便停住了步子，问："找我有事？"阿莲心里直跳，又说："也没大事。只是，你看你，那皮袄都烂了，我给你连连……"说着，扯住了他。那时，其实阿莲已把自己小窝棚的火炕烧热，是在等他。吴信说："不要缝了，我得走……"他起身就走，可是背后，传来阿莲的哭声。阿莲说，"你们这些男人，也不知道我们女人的心哪。你以为我们是下贱的人吗？"吴信没法子，就站住了。后来经过了解才知道，阿莲老家在扬州乡下，从小给一个大户人家当童养媳，后来丈夫得病死了，婆婆把她卖到了金陵的烟花柳巷。这次燕王派人选"秦娘"来北方，她是主动上册，一下子被莎拉挑选上的。阿莲年轻、温柔，心眼儿好，谁都想让她"烧炕"，可她，偏偏看上了吴信，就想给吴信"烧炕"。

这时，当吴信终于坐下来和她说说话时，她问道："吴大哥，你说说，你为何躲着我？"

吴信说："阿莲哪，我是副指挥使，现在，咱们兵勇兄弟多，女人少，我怎能不让着弟兄们！"

阿莲又说："那你，难道就看不出我对你的情义？你的心是木头圪垯变的？"

吴信说："阿莲妹，我说心里话，一开始我就看出你对我好。可是我现在有重任，田将军委任我为巡检步骑军副都指挥使，万事得以此为重。

现在，咱们务必要在这一冬砍下足够的大树，以备在阿什建船厂。我不能把自己的心都放在女人身上，所以，你别见怪。"

谁知，吴信越这么说，阿莲越是扯住他的破皮袄不放，并一头扑在他的怀里哭了。

北风，在长白山寒冷的冬夜呼呼地吹刮，雪原老林一片风和雪的喧闹。可有时，风又停下来，顿时变得寂静，没有一丁点儿声息，仿佛世上的一切都累了，一切生命都不存在了，这里是一处亘古静默的地方。

长白老林，万籁俱寂，人迹罕至。可是，正是那些红松，粗大的大树，让田甸、亦吉海彻底下了决心，一定要把这些木头砍下来，用来建船厂。

第六十四章　大师砍树

　　设在符吞乌拉的铁匠炉，不但打铁，还要炼矿。他们在邸山师傅的指挥下，由一些人从山洞里开出铁矿石，用筐背上来，在炉子里炼成铁，铸成锭，然后烧红，打制成斧子等工具。那些铁匠们日夜劳作，山场子上砍大树砍坏了的斧子不断被运下来，由兵勇们装在筐里，背到铁匠炉，以旧换新。兵勇们背着废斧子来到铁匠炉，也有些"八垒房"和"秦女屋"的女人们跟着下来。一是生活寂寞，二是也帮着在山上砍树的汉子们干点活，他们之间就有了许多联系。而且，那铁匠炉又是一个热闹去处。就是在严寒的冬天，这些打铁的汉子们一个个竟然甩掉了皮袄，光着膀子，头上歪戴着一顶狗皮帽子，翘起毛耳，肚皮上扎条破麻围裙，一是有烘炉烤着，二是要用力气，因此抡起锤来仍是汗流浃背，打铁的节奏，简直像在唱一首歌。

　　只听掌钳的师傅喊道："操锤！"

　　于是师傅的下手徒弟立刻操起一柄大锤。

　　这时，师傅左手以钳子从炉子间抽出一件烧得通红的"斧头"毛坯，一下子按在了砧子上。然后，师傅右手拿着小锤在毛坯上"点"那要锤打的部位，这时，两三个徒弟抡起大锤轮番打，发出的叮当声，很有节奏：

　　　　　　叮当叮当，叮当叮当；

　　　　　　当叮叮，当叮叮；

　　　　　　叮当当，叮当当；

　　　　　　当叮叮，当叮叮；

　　　　　　当叮当叮，当叮当叮；

　　　　　　叮当叮当，叮当叮当；

　　　　　　当叮当叮，当叮当叮；

　　　　　　……　……

这些南征北战的伐树的汉子们，这些秦淮河岸来的女子们，都很奇怪，说这么打锤，多寂寞呀？于是，铁匠们笑了。铁匠们就说："你们听不出来，这是锤子在说话呢。"

大家就问："它们在说话？"

铁匠们说："是啊。"

大家说："那它说的啥？"

铁匠说："铁锤子是在唱一首歌，

　　你当王八，你当王八，
　　我不当，我不当，
　　不当也得当，不当也得当，
　　我就不当，我就不当，
　　不当不行，不当不行，
　　那当就当吧，当就当吧！"

大伙儿一听，哈哈大笑起来，这使得寒冷的长白山老林子寂寞的冬夜，仿佛增加了一丝生命的乐趣。那些女人们听了，一个个拉住身旁的男人的胳膊，哈哈笑着，钻进了他们的怀里。

因此很多人，都愿意往铁匠炉的院子里、窝棚里和炉子前跑，去感受铁匠生活的浓浓的乐趣。

大树砍倒，就要拖下山来了。拖木，要由专门的赶套把头来干，这是田甸、吉海他们从兵勇中选出的当年在萨哈连旧船厂上干过的人来当，他们熟悉牲口，如连二哥，就是专门来赶套，拖木头的人。一头牛或一匹马，最多只能拖一根大树，或两头牛，两匹马拖一根，因那木头太大、太粗。

拖之前，先要以利斧砍去树干上的枝杈，只要大木的正中，以便穿排。但往爬犁上装木，要以人来拖，这要由四个、六个、八个人不等，以木杠系上掐勾来抬。开始抬，谁也不会，后来，为了动作协调、齐刷，有人就喊："哎呀——不行啦——""哎呀——你慢点吧——""走吧——一起走啊——"

一来二去，抬木的木帮们就发明了一种"歌"，也就是抬木的号子，并出现了一人喊众人随、指挥劳动的喊号形式。

喊的人被称为"号子头"，每当要将一根大木抬到一个地方，号子头便会先"起号"。

"起号"往往是这样：

号子头：哎呀的哈腰

大伙儿：哎呀

号子头：哎呀的撑起

大伙儿：哎呀

号子头：哎呀的往前

大伙儿：哎呀

号子头：哎呀的迈步

大伙儿：哎呀

号子头：哎呀的小心

大伙儿：哎呀

……　……

号子头常常触景生情编号子词，有提醒干活中要注意什么的，有逗乐子的，也有打情骂俏的。

有时，木帮抬木来到了女人窝棚地，她们忍不住走到门口，倚着门框，一边手里做着针线活，一边看热闹。

长白山这亘古无人之地因为大明"征东巡检步骑军"的到来，让老林子一下子沸腾起来了，那抡斧砍大树的声音在山中回响，震耳欲聋，使得千年老林从沉睡中醒来。一晃，来到大明洪武二十五年的大年夜了。

两年冬季采下的大木，山一样堆在漫江边上，还有许多山场子的木头，已经堆在各个山谷、沟底的冰道上，单等早春桃花水下来，再"砍坝"冲木。

过年，这是中国人的大事，不光远在金陵的朱元璋皇帝要过，在北平的燕王要过，如今在这漠北、在寒冷的北土、在长白山的荒野山林中的木帮们、铁匠们、"征东巡检步骑军"的兵勇们、来自江南水乡的秦淮秀女们都得过。可他们过，有自己独特的过法，叫"你说过年就过年，一斧下去连两年……"

为什么叫一斧连两年呢？

因为那时为了过这个长白山伐木人的大年夜，田甸、亦吉海、吴信、普兰老爹、云芝等人，把"八垒房"的女子、"秦女屋"的女子、符吞铁作坊的铁匠、沙济作坊的铁匠、都找来了，大伙儿一块儿包饺子。每十个饺子里，要放上一粒松子仁，或一粒榛子仁，这叫"吃福"，谁吃着这样的饺子，那就会预示着整个一年有福、吉顺、发财。大伙儿乐呵呵地围在一块儿包饺子。大锅里的水已经烧开了，这时，吴信站起来了，他说："谁去送树？"

送树，就是将一棵七八搂粗的大红松从四周砍去，砍到只剩下碗口粗的时候，就不砍了。这时，大伙儿都进窝棚里包饺子。等饺子包完了，水烧开了，饺子要下锅了，半夜子时就要到了，这时大家要选一个木把，那斧头活儿又狠又准的能人，上山去只要一斧子下去砍倒大树，大伙儿欢呼着回屋吃饺子。

就在吴信喊完，立刻有二十几个人都喊："我去！我去！"可是这时，只听在屋子的角落里有一个人说："弟兄们，让我去吧。"声音不大，却惊得大家的心在发抖。因为大伙儿回头一看，说话的人是站在后边的亦吉海大师。

第六十五章　修马尾坝

啊？亦吉海大师要去？

什么？亦吉海大师他要到雪林子里去砍这棵"大年树"？

一时间，人们都愣了。

这两年来，可以说，自从皮库惨死在"额顿"恶河之中，自从他和普兰老爹、云芝、田甸含泪将皮库的尸骨埋葬在那天意所垛的木头垛后边；自从普兰老爹含泪给这个地方起名叫"阿什"，亦吉海的心就一直没平静过，从他和普兰老爹、田甸一块儿去拜访白山乌拉老首领赫思痕妈妈，并领来了他派来帮着琢磨这木排"软吊子"的老船工，亦吉海几乎整日不出门，可他的思绪日夜在翻滚，他再不能让这松花江放木排再出事了。

他躲在窝棚里摆呀、想啊，做了一件又一件木排"软吊子"的模型，可眼前和脑子里却总是出现皮库惨死的场面。他渐渐地瘦了、病了。别人闲下来，都到铁匠炉、炼铁矿场、"八垒房""秦女屋"走一走，他一次没去。有几次，云芝见他病得不轻，在普兰老爹的授意下，给他送药，照顾他，但都被吉海拒绝了。吉海说："云芝呀，告诉爷爷，我没事，我是在想这木排'软吊子'的事，一旦有了着落，我的病就好了。"

云芝只好含泪退出了他的窝棚。有时云芝和大伙儿也生气，也不愿帮他收拾屋子了，他好像一个怪人。

可是今天晚上，在这个大年夜里，他却提出要去"送树"，这着实让人意想不到。因为这棵树如果砍不好，那会预示着这一年山上、水上的活都不顺。

当时就有人提出说："不行！亦大师病着，他怎么能去呢？"

还有人说："亦大师如此瘦弱，万一一斧子下去，砍不倒树心，那咱们这一年都不会得好！"

"是啊，这可不是出风头的时候。"

"不能拿大伙儿的信仰、风俗开玩笑啊！"

一时间，嘀嘀咕咕说啥话的都有。

这时，大伙儿都把目光转到了田甸的身上。大伙儿的意思是再明白不过了：这么大的事，你定夺吧。别人不说，你也得说；你定吧，你定错了，你担着这千古罪名吧，和别人无关。这个事能不能毁在你身上，你掂量着……

大伙都以期待的目光等待着的时候，田甸却说："让吉海大师去吧。我相信他。你们别看吉海大师不和你们经常上山砍树、伐木，可他的手腕子劲儿不是你们能抵得过的。他造了多少大船哪？那些大船上的大桅，哪一个不是吉海大师砍的？别争了，就让吉海大师去。"

田甸大将军、都指挥使的话一出口，大家都不出声了。那就是同意，那就是默许。亦吉海当仁不让，什么话也没说，他操起一把斧子就走了。

就在这时，只听一人说："大师！慢。"

人们一看，说话的是铁匠刘德隆。只见刘德隆顺手从自己身边拎起一把斧子，说："大师，带上我这把斧子去。"

大家这才点点头。

大家知道，刘德隆这把斧子可不一般，那是他祖宗七代人留下的一把斧子，在北平铁行街，他的铁匠炉一挂上这把斧子，那活计一样跟一样，他的这把斧头，一天磨三遍！时时闪着寒光，让人一看，心底发凉。来到长白山，别看他不去上山砍树、伐木，可是他的这把斧子却天天不离他的腰上。那是一种豪气！

亦吉海听了刘德隆的召唤，这才走过来，一把操起来，说了一声："等着我！兄弟！"然后一步迈出了冬夜的大窝棚……

大家眼见亦吉海提着这把斧子举着一根火把，朝山岗走去了，那棵老红松，就长在山岗的尖上，是大伙伐木时专门留下的，就等着这年三十晚上的"送树"时用。眼下，大伙儿都跟着亦吉海奔过去了。

黑暗的雪夜，长白山万籁俱寂，只有窝棚里哗哗开的煮饺子的水声，亦吉海手里的火把噼啪的燃烧声和冬夜阴沉的朔风时而刮起厚雪的喔喔声。大家眼不错神地看着火光渐渐地靠近了那棵古老的红松树，好像一座巍然屹立于山巅的宝塔一样高大的长白山大松树，突然，只听"咔"的一声板斧砍树的脆响，接着，慢慢地传来"轰隆隆"一阵沉闷的巨响，只见从地上而喷起的雪浪，一下子卷上半空，火把的光亮跳了几跳，又终于亮亮地重新燃烧起来……

"啊——送树啦——送树啦——"

大伙欢跳起来，这是长白山千年没有的欢乐和记忆。

三月末，长白山的厚雪渐渐地发苍白，上面已形成硬硬的雪壳。这是一冬天，寒冷的老风日夜吹刮而形成的春雪层，下面存有大量积雪，正好在它上面来修马尾坝。

砍下的木头，单靠雪滑动，人抬，马、牛拖套，也运不到沙济乌拉的漫江边上，这样春天江一开就无法穿排，于是，人们就发明了这种马尾坝。马尾坝就是把砍下的大树一根根堆放在山谷的冰沟里，堆起高高的木垛，木垛的最前头也就是沟口，用大木竖着插起来，形成一个栅栏，拦住木垛。而在竖木栅的底下，用一条绳索系着，单等着春天，春风一起，山里的桃花水就冲破春雪层下来了，形成凶猛的势头。这时，要有人及时地钻进木垛的坝底，一斧头砍断系在木栅上的缰绳，木垛便会在轰然间被水冲出山谷，奔向大江的下游，到达漫江江岸，供人们穿排流放。

可是，那砍马尾坝的人得需钻入谷底去砍呀，这是九死一生的活计。因为下去的人，必须一斧头就砍断木栅上的绳子，然后看水把木头推动了，立刻逃出来。如果没砍好，那木垛没动，就等于白砍，就谁也不敢再下去"补斧"，这叫"砍瞎了"，所以必须砍得稳、准、狠才行。干这个活，生死攸关。在"征东巡检步骑军"中，这被称为砍"绝户"坝的人。

绝户，在北土民间是指人没有"后"，是骂人最狠的一句话，也就是说，砍马尾坝是断子绝孙的活。

选谁去砍这个坝，田甸一直选不定人手。于是他想到了出大价，谁肯干这个砍马尾坝的活，一年给他二百两白银！这在当时的长白山里已成天价！步骑军砍木手，一人一年才二十两！

但就是这个价，也没人干。这是卖命钱。

不过，重赏之下必有勇夫。还是在去年的春天，铁匠刘德隆就包下了这个活计。记得那次，也是在田甸正犯愁无人干这个活时，一天，刘德隆来了，他腰上别着他家祖传的那把斧子，说："田将军、都指挥使，我来砍马尾坝。"

田甸见有人自荐要干这个活，但也得要对方的口供，这叫心甘情愿才行。于是问道："德隆铁匠，谢谢你自告奋勇……"

铁匠说："我大明的造船大业，总得有人去干哪。"

田甸说："可你，知道可能随时成为绝户吗？"

铁匠说："知道。"

田甸说："你从北平来时，家里有后人吗？"

铁匠说："我有两个姑娘，没有儿……夫人已病故。"

田甸说："那你可想好了。"

铁匠刘德隆一口咬定要干这个。他还说家里爹娘都老了，生计苦，也需要钱。于是就同意了。你还别说，去年在黑瞎子沟那次冬场子砍下的木垛，就是刘德隆跳下冰水里的坝下，只一斧子便砍断了栅栏，又顺利逃生，然后他把银子让人捎回北平，留给了爹娘。

这样一来，就让田甸心里有了底，有人干这个啦！

从那之后，刘德隆已不干铁匠活了。他自己盖了一处窝棚住在里边，闲来无事，也到"八垒房""秦女屋"走走，人们知道，他与江淮最漂亮的秀女梅萍简直是天生的一对。梅萍是"秦女屋"阿莲手下的一个姐妹，木营的兵勇们谁都追她，可她，心下只有刘铁匠一个人。她爱他的一是他手艺好，堪称"头号铁匠"，二是他勇于干险活，这不，他竟然去砍马尾坝，让人钦佩。

刘德隆的木窝棚的房上有一根木棍子，上面悬挂着他家祖辈传下来的那把斧头，底下还系着一条红缨，在风中飘着，叫人打眼一看，就知道他是砍马尾坝的。

还是在去岁，亦吉海大师已经将"软吊子"改制出来。所说的"软吊子"，就是将"棹"单独安在头一节排的最前头，形成独立的控制木排的舵，类似船的舵。这样，木排在江上行走，便可以用它来掌握方向，比以前自由多了。去年已放了两趟木排，已在千辛万苦中将原木运抵阿什场地，堆在了那儿的江岸，等待开工造筑大船、巨船。

可是，就是有了"软吊子"，木排在这样落差大、水流湍急的松花江上流放，依然是险难重重。吉海、田甸的心时时放不下，这真是一条充满奇幻的水道，世间少有，人间无二。

但就因长白大山里，这些红松木太粗了、太大了，这是筑造巨船的最优等木材呀。在小兴安岭，在张广才（庶根猜阿林）岭，在萨哈连一带，均没有这种大树，再苦再累，也让田甸和亦吉海他们心里有些许安慰。

今年的马尾坝山场子在沙济乌拉的黑石沟山场子上。这里是一处优等的山场，一面山坡上全是头号的大红松，步骑军的弟兄们砍了整整一冬天，山谷已经垛满了大木，单等桃花水一下来，刘德隆好去砍坝。这一批木头下去，可以在符吞的两江口穿一夏天木排，全都放到阿什，造大船的工程便可以开始了。

这些日子，田甸、吉海大师也总往山场子跑，看吴信、孙习邈他们领着步骑军木营子弟兄们，已在黑石沟口筑起了冲天高的木垛，一切就绪，单等长白山春天的桃花水了。

第六十六章　木帮砍坝

整个春天，山场子静下来了。

这个时候，沙济乌拉"征东巡检步骑军"的木场子活叫"掐套"。掐套，就是山上砍木、伐木、拖木、抬木、归木、整木活计都已完工，大木已垛堆好在沙济乌拉的山口，就等着春季桃花水一下来，人去砍马尾坝，将这些大木冲到符吞的两江口穿排流放了。

这阵子是一年当中木帮们最闲的时候。

劳累一冬啦，那些木帮们、步骑军兵勇、铁匠们，也都有工夫、有闲心往"八垒房""秦女屋"跑了。女人们也趁机和木帮汉子、兵勇们多接触，帮他们浆洗一下衣衫，缝补一下一冬天穿烂了的皮袄。田甸看在眼里，也不去多管。是啊，大伙累了一冬天了，苦了一冬天了。

田甸所担心的，就是吉海大师。

吉海平时就是把自个关在窝棚里，写他的《船经》，再就是制作各种木排、船的模型，等待木头到了"额顿"恶河下的阿什，好开始建船厂，筑造大船、巨船、帆船。燕王朱棣不说要亲自来看吗。

朱棣王爷还说要坐一坐九帆大船，这使得亦吉海十分放在心上。这九帆大船是否能在松花江上造成，想当年亦吉龙在世，在萨哈连一带，也没造出九帆大船！

吉海想：要在自己手上，在这天然的大船厂造出大船来，也不辜负天下人对我亦家的一片期待，也是亦家祖先在天之灵之吉兆啊。

天色渐渐暗下来时，吉海点灯看书，写《船经》，云芝端着热饭走进来："大师，吃饭吧……"云芝把饭给吉海摆放在桌上，然后给他收拾屋子。

让云芝照顾吉海大师，这是普兰老爹的主意，也是田甸的愿望，让男人去照顾他，总是会粗手粗脚，可是让"八垒房""秦女屋"那些女人来，吉海多次摆手，说："不用啦!"看得出，他是不想去接触这些秦淮秀女。于是，普兰老爹就去找田甸商议，想让云芝去照顾吉海大师。田甸听后，非常感激普兰老爹。

田甸大将军、都指挥使对普兰老爹说："老爹，真是太感激你了，吉海大师，是需要要有人去照料他呀。"

普兰老爹也曾问起吉海的身世。田甸的回答是没有中意的，这也使普兰老爹有了心思，他是在想：一是云芝也不小啦，二是这吉海大师也真是一个好人，如果能与云芝结合，岂不是天生一对。但他又不好对云芝直说，只能说田甸将军和他都有那个意思，让她去照料一下吉海大师的起居，云芝也愿意去。

在所有的男人当中，云芝最佩服的就是吉海。你看他，什么"八垒房""秦女屋"他都不去，光是读书啊，写船史呀，叫人又佩服又心疼。而且看得出，吉海大师也挺喜欢云芝。但那种喜欢，是一种兄妹间的感情，这也是吉海心中的尺度。不过时间长了，他和云芝也有说说笑笑的时候。

因头一次探水走排，田甸命云芝担当参政，专门记下沿江的地名、水势、典故、气候等情况，这对于吉海写《船经》十分重要。因此自从他们从阿什归来，云芝也经常被亦吉海大师喊来，共同研究一些水文和江河资料，云芝记下那些文字也真能帮上他的忙。

这时，吉海吃云芝送来的饭，云芝就替他收拾屋子，并时时地询问一些事情。吉海已吃完了饭，云芝也收拾完了，就拿过吉海的一件破了的裓子给他缝补，并挨着吉海坐下来，看他在写《船经》。

在窝棚的灯影下，吉海和云芝二人的影子印在木刻棱墙上，云芝看到，吉海的眉角已出现皱纹了，就忍不住地问道："吉海大师，有一个事，云芝不知该不该问？"

吉海说："云芝，咱们相处这么长时间了，有话你就说吧，问吧。"

云芝说："你咋总也不去'八垒房''秦女屋'？"

吉海乐了，不说话。

云芝说："看看，你不回答我吧。说呀，为何？"

吉海说："我不想去那些地方。"

云芝说："那你……有心上人啦？"

云芝，小脸红红的。她问这话时，脸发烧，一下子扭过头去。等待着对方的回答。

可是许久，吉海只是低头写呀、记呀，再也不出声了。这一下，气得云芝眼泪都出来了。云芝哭了，她抱着吉海的皮袄，趴在吉海的小炕桌上流泪。这时，吉海才明白云芝方才问话的意思。

吉海大师不觉叹了一口气。

云芝一听对方叹气，更是生气，她猛一下抬起头来，轻声地但又是硬气地说道："我哪不好，可是你连句回答我话的勇气都没有，你，你还是个男人吗？"

谁知这一句话，说得吉海愣了一下，他于是上去一把将云芝揽在自己的怀里，抚摸着她的头说："云芝呀，别耍小孩子脾气。我不是嫌弃你，你，你是不知道啊，我不能那么做……"

云芝一下子挣脱开他的怀抱，又问："怎么不能？为何不能娶我？我愿意照料你一辈子。"

吉海说："云芝，不，我不能，不能啊……"于是，吉海对自己心爱的人，痛苦地说出了心底的缘由。他如实地告诉了云芝，自己由于多年造船、下水、走水，把肾冰坏了，下身多年没有什么作用，还怎么敢要娶妻生子，有了女人，还不是害了人家吗？他又加了一句，"所以，云芝妹妹，我不能这样，今后，咱们就兄妹相称吧。"

云芝这才知道吉海的心思，她抹了一把眼泪，好好地打量着眼前的这个人。接着，又一头扑在他的怀里，说："吉海，啥也别说了。我照顾你，我要一辈子照顾你！"吉海推开她说："不，不行。今后，咱们就兄妹相称吧。好不好？"

长白山的桃花水一般是在清明后的第三天准下来，这是老俗，也是天相。可是这一年，天相却发生了奇异的变化，已经是清明后的第六天了，可大山里静悄悄的，依然不见一丝风。

在北土长白山，桃花水下来，必要刮风，只有风一起，山上雪才化，江才开，这是一种很正常的自然规律。可是这一年，也就是大明洪武二十六年春，长白山里的木帮、"征东巡检步骑军"、田甸大将军就遇到了这种反常的天相，清明后的第六天了，依然不见山里起风。

在长白山老林，老天不正常刮风，这证明桃花水不能正常下来，不正常下来，就说不准桃花水会在什么时候突然间冲下来，这会使人无法预料它的冲力有多大。更加要命的是，这样的天相，将决定砍马尾坝的人将无法活着从谷底逃生。

这一下，田甸明白，亦吉海明白，普兰老爹也明白，要出大事！如果砍坝人知道自己必死，他还能去了吗？如果砍坝的人不去，这不是等于一冬天劳作伐下的大树，就发不下去，穿不了排，也放不到阿什船厂！

可是这天，就是不见起风。

突然，一天夜里，也就是清明后的第十天头上，半夜时分，只听"咔嚓"一声巨震，又"轰隆隆"一阵巨响，长白山起风了。沙济乌拉的人们一下子都被惊醒了。

因为千百年来，长白山开江，都是在夜里起风，古人说，那是大风刮开江水，冰排冲起，挤压生灵，杀死无数生命，所以在夜里是因为老天不忍心去看生灵涂炭。而夜里起的大风，让人惊心动魄。谁也睡不着了。人们都从窝棚里走起来，披着衣服，站在门口看，大家心里都明镜似的，看刘德隆还在没在，他能不能跑，他如果一跑，这些造大船的大木，就白砍了，永远烂在山里。

天亮的时候，人们都爬上沙济乌拉后山，去看刘德隆窝棚的烟囱冒没冒烟，也就知道他是否还在。就在去年刘德隆不当铁匠，而当了砍坝人，他已将窝棚盖在离"秦女屋"很近的一个山坡上，很醒目。人们发现，他家的窝棚没冒烟，可是高高地悬挂在屋顶木杆上的那把斧子还在，上面的红缨还在迎风飘荡。

就在这场春风刮到第三天时，亦吉海来到了田甸的窝棚里。

亦吉海说："田将军，你最好去看看刘德隆，也好稳稳他的心。这风，已将砍坝人的下场告知得清清楚楚了。"

田甸说："你不来，我也正想找你去商议。你说，再给他加五十两银子吧。"

亦吉海说："加一百两吧。"

田甸说："一百？"

亦吉海说："你想想，这一次，他是明知去死也要去赴死，没有活路啊。再说，刘德隆如果他一反悔，咱们全局皆空……"

田甸说："好吧，就按你说的去办。"

当天下晌，田甸背着一百两的银子，直奔刘德隆的窝棚而去。进了刘德隆的屋子才发现，他好像没事似的，正在烧炕，并在炉子上烤狍子肉。春天，雪上的雪壳发脆，许多狍子一上去，它们的蹄子一下子插进雪壳，再也拔不出来。于是猎人的猎狗上去一咬，就把狍子拖回来了。所以早春，这长白山被人称为"打冰壳"的季节，人人都吃狍子肉。

窝棚里弥漫着浓浓的木炭火的烟气，还飘荡着狍子肉的香味儿。见田甸进来了，刘德隆拿起一串狍肉说："田将军，来尝尝，新鲜的野狍子肉……"

田甸谢过他。接过一串儿，尝了一口，说："德隆，给你。"

刘德隆说："什么？"

田甸都指挥使说："这是给你新加的一百两俸禄。收下吧。"

刘德隆笑笑，说："我这是无功受禄，寝食不安哪。好吧，放下吧。"他接过装银子的袋，"吧嗒"一声扔在了炕上。

他瞅也没瞅那袋子银钱，依然自顾自地烤着狍子肉。然后，再不去理会田甸。田甸就说："那么你准备一下吧，估计再有五天后晌，山水就下来了……"

刘德隆答道："五天后晌？"

田甸说："对。是后晌。"

刘德隆点点头说："五天后晌，水下来。好吧。知道了。"于是再不说话。

田甸只好告辞，离开刘家窝棚。

第六十七章　长白山桃花水

苏雀小五，"唧唧唧，喳喳喳"地叫，站在吉海的肩头，它好像在逗吉海，"笑一笑，乐一乐，你怎么总是愁眉苦脸的？"这时，济民道长也来了，济民道长还领来了小白。云芝赶紧给济民道长倒茶。自从那次吉海对云芝说了心底的话，云芝更是在心里敬畏他，她反而不忍离去，也征求了爷爷和田甸大将军的意见，就搬来和吉海住在一起，彼此也有个照应，但吉海总撵她，让她去照顾爷爷。于是，云芝便两处窝棚跑，反正吉海、普兰老爹、田甸他们三人的窝棚都离得不远。

这时，见济民道长来了，云芝要给他倒茶，吉海吩嘱："云芝，别动，先把昨夜那壶倒了。我这儿有好茶，重新给道长沏一壶高山芙蓉茶。"

这高山芙蓉，是长在长白山崖壁上的一种草药，又叫"不老草"。济民道长知道，这可是这儿招待客人的最好茶了。

济民道长喝了一口芙蓉茶水，又把小白叫过来，只见小白的嘴上叼着一根绿草。

济民道长说："昨日，我冒雪上山采冬药，小白竟然在厚厚的白雪下采到了冬草……"

吉海大师说："啊呀，这时节就采到冬草啦？"他也很吃惊。吉海大师其实也懂药材。他吃惊的言外之意是这种草一般在开化后才出。

济民道长也看出了吉海大师的心思，于是说："吉海大师，所以我这次来，是给你提个醒，今年这风怪，这天相也怪。那么这桃花水可就会变化无常啊！"

吉海说："多谢道长提醒。田将军已去刘德隆师傅那里啦，但不知德隆是否应诺。"

正说着，门突然被推开，是田甸回来了，身后还跟着普兰老爹，几人见面，互相问候，云芝泡茶。田甸就说："诸位放心，刘德隆挺好的，他没说什么。不过，人心都是肉长的，我已同吉海大师商议，又多给他扔下一百两银钱。"

普兰老爹说:"唉,其实一百两也不多,人家这叫以命赴黄泉,一去无归日。"

大伙都点点头,不再说话。这时,只见小白从济民道长怀里跳下去,蹦到窝棚门口,一下子碰开了窝棚门,人们往外一看,都"哎呀"了一声。

原来,人们发现,外面的风更大了,已经刮黄了天,在那"喔喔"响的风中,好像传来"轰隆隆"的响声。

普兰老爹一愣,说:"田将军,不是好兆头,桃花水下来了!"

老人这么一说,大家忽悠一下子都站起来,从窗口往昏暗的长白山早春的天底下望去。

自古以来,长白山的桃花水是一种奇怪的水,这种水是积蓄一冬的冰雪遇春而发。叫它"桃花",是因水呈五色,那是草、土、雪、石、树所积带的各种杂质混在春水中而涌出。平时人的肉眼难以发现它的色泽,可只要阳光一照,只要风刮起那些细微的水滴,便会显出彩色,所以称"桃花水"。每年一到这个季节,山里人要注意躲开它,称"跑桃花",因为这水夜起昼生,来势凶猛,变化无常。能造成山体滑坡、泥石流,所以人们格外怕这种水。

而且,桃花水冰冷无比,它是和雪、冰融在一起,其凉透体,人受不了。人身一入桃花水,便会作下关节病,不是瘫痪就是挂拐。

木帮砍树、伐木、砍坝、放排、无法躲开这水。没法子啊,人们便从野熊那里学会了防止桃花水带来疾病的办法——吃山蚂蚁。这一招儿,是熊的招儿。

开春,熊在树洞里待了一冬了,体力弱了,蚊虫叮咬得体内有毒素了,它一出树洞,便去舔吃山蚂蚁,一是为了解毒,二也是为了壮力。所以人也学会了。

这一点,济民道长已经料到,他从自己的药袋里抓出一把一把炒好的山蚂蚁,分发给大伙儿,连普兰老爹,大家一齐吃嚼起来。

这时,田甸派人将吴信唤来,说:"你快去黑石沟山场子去,水来了,让弟兄们赶快到位,看这样子,咱们务必得在明个下晌坎坝啦!"

吴信答应一声,带领孙习邈等人匆匆离去,奔往黑石沟木场子,准备明日砍坝一应事项。

第二天,早起,狂风已经刮得天昏地暗了,整个山谷都响起了水流奔涌的"哗哗"声，那是一条条径流向着低洼处奔去。有人看见，大约在快晌午的时候，刘德隆把梯子架在房上，终于上房了。他摘下斧子，进屋开磨斧子。

消息迅速地传开，刘德隆要砍坝了，人们都跑来看，特别是那些"八垒房""秦女屋"的女子们，都跑来看热闹。可是，到处都不见梅娘，她到哪里去了呢？

记得去年砍这马尾坝，刘德隆磨斧子，大伙儿也是跑来看，而那时，梅娘是来撵大伙儿，劝大伙儿："我求求你们，离开这儿吧！别来添乱……"

可是现在，她不知去哪儿了。

刘德隆磨斧，一天要磨三遍，早起开磨，叫"日头冒红斧"。那是趁早上的太阳，又蘸着草叶子上的露水，专磨这种斧，据说露水斧清钢闪铁，能使斧刃锋利。接下来是正当晌午磨"日头当顶斧"，那是让日光从上直射而下，使磨水在斧上打旋，取水磨刃利之光。下晌，约在太阳下山前，叫"骑葫芦头磨斧"，是指此斧刃走得快，快到说落便落，嗖嗖的快！

德隆磨斧，人们愿观，是都喜欢看他磨斧时的样子：他脱去皮袄，只穿着一件罩在肚子上的小皮褂，双手按住斧头，在大磨石上一下一下去磨，让斧头发出"嘶嘶"的声音。这时，他把头发用一根绳子捆在头上，远远看去，就像有一只大鸟展翅落在他的头上，而他的胳膊、胸脯上的健壮的肌肉一起一鼓，汗流浃脊，闪着诱人的光泽！

女人们都爱看、想看。可是，梅娘气极了，她撵那些人，甚至苦苦地劝人们："走吧！别来围观啦。你们难道不想想？什么好看的？他是一个要玩命的人，说不定啥时候，就一去再也回不来……不是啥好看的，好玩的。走吧，啊？"

于是，人们看见，那梅娘眼里掉下了大颗的泪珠，于是这才知趣的一个一个走掉了。

可是今儿个，梅娘不在刘德隆身边！

人们把这里围个水泄不通，因为人人已知晓，这个铁匠，这次一走，可能是永无回头之路了。

下晌午时三刻……

当狂风四处猛刮，山水已"嗷嗷"地叫的时候，来请刘德隆出山的吴信冲窝棚里的刘德隆喊道："德隆兄弟，该——上——路——了——"

刘德隆回道:"来啦!"

只听窝棚木门"咣当"一声,被刘德隆一脚踢开,就见他头上的长发已用几根皮条子捆好,破皮袄完全敞着怀,手握板斧,只一步便跨出窝棚,说:"走!前头引路!"

"慢!站住!"

谁知就在此时,吴信发现,是"秦女屋"的梅娘回来了。是她喊住了刘德隆。只见她,一手抱着一个包袱,一手拎着一个包袱,像从什么地方匆匆赶来,她看也不看吴信,一把拉住刘德隆,一步又迈回窝棚里,随后她用脚"咣"的一声关上了门。

窝棚里什么也看不清,刘德隆只看见梅姑娘脸上流下两行泪。

梅娘说:"德隆,你不能走。"

刘德隆一愣,说:"不行。我就是干这个的。再说你看,我已经把后事都打理好了……"他说着,从一个破皮兜子里拎出两袋子白银,"这都是留给你的。我走后,你后半辈子也花不完!"

"住嘴!"梅娘怒吼道,"我不要这些,我就要你这个人!你给我坐下!"这时,她打开了一个包袱。原来,里边是刘德隆平时最爱吃的牛肉,这是今儿早上梅娘起大早去符吞买来的牛肉,她已给他烧好,浓浓的香气从包袱里飘了出来。

刘德隆乐了,伸手从包里揪出一块烧牛肉,大口嚼起来,说道:"香!真香。"

梅娘说:"脱了皮袄,给我好好吃……"

于是上去一把,将刘德隆的斧子夺下来,扔在炕上,把刘德隆推坐在炕上,递给他牛肉,并顺势依在了他的怀里。

这时,吴信在外等不及了,他一脚踢开窝棚门,看清了里边的一幕,这一下气得吴信骂道:"刘德隆,你还去不去砍坝,在这里头调上了情!啊?快走!你没听这风声、这水声,都像牛似的吼吗?快走!"

"来啦!"刘德隆推开梅娘,操起板斧,向门口走去,可是梅娘一下子跳起来,冲到门口,又"咣当"地一下关上了木门,把刘德隆给拦住了,并说:"姓刘的,你不能走!"

刘德隆这回有点火了,他说:"梅娘,你给我让开,你没看弟兄们都等着呢吗?"

梅娘一晃头说:"这我不管!我不能放你走。"

这时,吴信在窝棚外"咣咣"地踢门,大叫:"走,刘德隆,也没有吃奶的孩子，别婆婆妈妈的！"

刘德隆这时甩开梅娘就要闯出去时，梅娘却一下子缠在了刘德隆的身上，她把小脸紧紧地贴在刘德隆的耳朵边上，说道："德隆，我告诉你！你不是绝户啦！"

刘德隆："什么？这是哪儿的话？我是死了老婆的人，我有两个丫头在北平，这也不能续脉根哪？你这说的是哪儿的虎话？瞎话！"

于是他又一把推开梅娘，说道："别缠着我，我走啦！我何时会不绝户？我这一辈子，就注定要绝户！"因为他自己知道，以他的身份，他不能与梅娘动真格的，他是一个早晚要死的砍坝人哪！

可是，梅娘可能看出了他的心思，于是说道："刘德隆，我告诉你，我有了！这是你的后。是有一回，我灌醉了你这才得的手。而且今天一大早，我到符吞乌拉找老中医看过了，是个小子！这我才敢说，你不是绝户啦……"

"啊？这是真的吗？"刘德隆一下子愣了。

他一把抱住了梅娘，落下了泪来。他说："梅娘，这一切是真的吗？好。我不走了！我不去砍什么坝了，咱们和孩子一块儿过，我再也不走啦！"他们幸福地拥在一起。

第六十八章 梅娘大骂朱元璋

长白山，茫茫老林荒无人烟。可是有了人，那滔滔远去的松花江，却是一年有三百六十个冤魂哪，这里的沟沟岔岔，涧涧谷谷，山水一起，处处都要人的命啊。

人，就是人，人要活、要命、要后代。在梅娘好心亲情的召唤下，刘德隆一心赴死的魂被收住了。他落泪了。是啊，自己被燕王在北平所招，千里迢迢撇家舍业地奔到这寒冷的漠北长白山，丢掉了手艺不说，还干上了这么个绝户的角色。如今，自己有了一个爱自己的女人，还要给自己生下孩子，自己有了根脉，还砍什么坝？不能再去了，真的不能再去了。于是他一把搂住了梅娘，说："梅娘，别说了，快别说了。我不走了！我这辈子也不走。就和你过日子。等这边伐木的活完了，咱们一块儿回北平燕京，咱们带着孩子过日子去！"

梅娘这才含着泪笑了。她说："德隆啊，这就对啦。什么船厂？什么造船下海？这和咱们黎民百姓没啥关联。平头百姓一辈子是平头！"

刘德隆把斧子放在大柜上，他就要去解开系住的发髻，这时，门一下子被踢开了，是早在外头等不及的副都指挥使吴信。他说道："刘德隆，你小子想造反是不？现在天都这样啦！桃花水早都在山谷里憋得嗷嗷叫啦，可你们两个人还在这儿调情？快！给我走！"

梅娘回过身，恶狠狠地对吴信说："吴副指挥使，你如果通点人性，你给我走。我已经有了，是刘德隆的后！他已不绝户了，他从今不再干这个了！你不能再来搅和我们——！快走——！走开——！"

吴信一愣，简直不敢相信自己的耳朵。

他想，这绝不是刘德隆的主意，这小子胆子也太大了，他不要命了？敢对抗燕王朱棣的旨命，答应下的砍坝放排的天大之事，竟敢变卦？他不信是有道理的，昨晚和今天早上，田甸将军等人都还相信他刘德隆。不过，也不可不信，无论如何得听听刘德隆他本人的话！于是，他又往炕前走了走，说道："刘德隆，我想听听你的主意，难道你还想退却、变卦？"

这时，刘德隆一把推开梅娘，他站在窝棚的门口，说道："吴副都指挥使，梅娘说得没错。我不干了！我有后人啦。今后，你们另外请人去砍这个坝吧……"他把吴信推到了窝棚门口外。

说完，他要关门进去，却早被吴信一个箭步蹿上去，一把揪住了他。吴信说："刘德隆，事到如今，你干也得干，不得也得干！走！你给我走！"

他拽住刘德隆不放。

梅娘说："姓吴的，你放手不？你再不松开，我放'黄'咬死你！"

梅娘说的"黄"，其实是刘德隆和梅娘两人养的一条黄狗。此狗凶猛无比。有一年冬天，一头母熊追上了刘德隆，竟然被"黄"给咬掉了眼珠子，跑了。现在，就在吴信、刘德隆、梅娘三人吵吵时，那"黄"已虎视眈眈地盯着吴信，嘴里发出"哼哼"的威胁，牙已龇出嘴巴，正在窝棚门口瞅着……

可是，他不能松手啊，没有了刘德隆，这批大树就下不了山，下不了山，就建不成船厂，造不成船，造成船，就违了燕王朱棣之命，这叫军令啊。

就在这时，只听梅娘大叫道："吴信，你小子，快给我松手，放开我丈夫。你们怕什么朱元璋，我们不怕！什么洪武皇帝！什么燕王朱棣，你们怕他们，我们不怕。什么明朝暗朝的，我们百姓就知道活，知道要我们自个的小命。我们不管你们什么开发、守土、造船、弄舟的，你们把我们从北平、从江淮千里迢迢弄到这荒无人烟的老林子里来，早已丧了良心！如今还让我们甘心当什么绝户，你们才是绝户呢？鬼绝户！猪绝户！你给我松开我男人？松开不？好，不松开是不？"突然，梅娘喊了一声，"'黄'，上啊！给我上！"

只听"嗷"的一声，就见那黄狗箭一般"射"向了吴信，又只听"哎呀"一声，黄狗把吴信撞个大翻个，然后上去咬一口，吴信脸上顿时开了花！

他连滚带爬，起身就跑！

此时，风更狂了，山谷里的桃花水，已经灌满了整条沙济乌拉的黑石沟，一冬天征东军砍下的大木垛开始颤颤巍巍地漂浮了起来，水推木垛，一个劲儿地撞木坝的栅栏。田甸、亦大师、普兰老爹等人领着众弟兄们，正在沟谷的两岸上跑来跑去地忙着，都在等着刘德隆一到，一斧子砍开木坝，放木下水……

突然，吴信满脸是血地跑来了，报告了使人人吃惊的信息："不好了！田都指挥使，刘德隆不干了！他说不砍坝了！"

田甸说："啊？刘德隆，大胆抗旨！"

孙习邈说："像这样敢于造反之人，格杀勿论。"

吴信擦了一把脸上的血说："他还敢咒骂你和燕王，说你们是……"

田甸说："是什么？"

吴信说："是，是一群猪。他还敢骂……"

田甸说："骂谁？"

吴信说："骂洪武皇帝——朱元璋！"

田甸说："啊？这真是反了！"突然，田甸抽出身上的宝剑，说道，"看我去拿下他的首级示众。"

他转身要走，可是，却被普兰老爹喊住了。

普兰老爹说："田将军息怒。还是让吴副都指挥使好好说说，刘德隆怎么能变卦？他前天、昨天，不是都说得好好的吗？"

这一提醒，吴信也才想起了什么似的说道："啊呀，忘说了。都是那个什么梅娘，她，她说什么，说她已经怀了刘德隆的孩子，所以他已经不是绝户了，刘德隆这才变了卦。"

普兰老爹点点头，深思起来。

这时，亦吉海说："田将军，我看此事不可造次。你就是杀了他，谁来砍这个坝？再说，这个活计，确实是人一去不复返的活呀！如今刘德隆已有了后人，又有梅娘恋着他，他不想去砍坝，也属人之常情。莫如……"

田甸说："怎样？"

亦吉海说："莫如咱们一齐前去，再最后一次地求求他。如果他回心转意，咱们就立下文书，他与梅娘的孩子，由咱大明给养大，人家的先人也是为大明而亡啊！如果他不答应……"

田甸说："怎么办？"

亦吉海说："也只好作罢。"

田甸说："什么？作罢？"

普兰老爹说："田将军，眼下时间紧迫，再不能等啦！还是如亦大师所述，先去见见刘德隆再说吧！先求求他，他也是人哪。"

于是，一行人，前呼后拥地来在了"秦女屋"不远处的刘德隆窝棚前，普兰老爹一拍手，大家"扑通扑通"地都跪下了。

此时，屋里的刘德隆，心中却犯起了寻思：唉，这个坎绝户坝之事，开始是自己主动报名，让人家挑选的。再说，自己已和"征东巡检步骑军"文书官那里立有"卖身"之契，一切自己心甘情愿，自己说是去挣这份钱。而且，去年自己钻进水底，一斧子下去，不是也没死，拿上大钱，好吃好喝了一夏一秋吗？现在，当着人的面，不但撵走了吴信，自己说话不算数，自己还算个人吗？人哪，人心都是肉长的，想想田甸、亦吉海、吴信他们也不易呀，他们为了啥，一个个不也都是撇家舍业地来到长白山，自己却做出如此下等之事，刘德隆啊刘德隆，如果你不同意，昨天田甸来给你加银子，你就不该收啊！

刘德隆越想越觉着心中有愧时，忽听门外的泥泞土地上响起"扑通扑通"的响声，仿佛有人从遥远的远方扛来一袋子一袋子沉重的货物，一袋一袋地砸在地上，他急忙站起来，一下子推开窝棚门。

门一开，一股狂风迎面刮来。

他抬眼一看，在昏黄、灰白的苍茫远山下，大风挟带着潮湿的气息飘荡着，四外的群沟谷里，桃花水的奔涌声已震耳欲聋。他再低头一看，眼泪流了出来……

只见在他的窝棚门前那泥泞的土地上，田将军、亦大师、吴副都指挥使，一个个都跪在那里，这些人被树木、石头刮烂的破衣衫，一条条地在空中飘飞。他再往后一看，那已近八十多岁的普兰老爹，竟然也跪在泥水里……

刘德隆大喊一声："普兰老爹——"

他一下子扑过去，也"扑通"一声，冲着普兰老爹跪下了。于是，大家都哭了。人们在寒冷的长白山早春的寒风中哭着。

可是突然间，梅娘疯了一样奔出来，她上去一把拖住刘德隆，喊道："你给我回去！什么大明朝！朱元璋！朱棣！这些和咱们百姓没关系！"她像拖麻袋一样把刘德隆拖进了屋。然后"咣当"一声关上了木门。

这些人就是跪着不动，不起来。这时，只听"咣当"一声，只见窝棚的木板门子一下子被踢飞了，又"吧嗒"一声摔在地上，碎了。屋里此时突然传出黄狗的一声惨叫，然后，一切都静了下来。

许久，只见刘德隆手持板斧一步一步走了出来。此时，他的手上沾满了鲜血。方才是他一拳打死了黄狗，又以狠手掐住梅娘，一点点掐下去，直到梅娘搂住他的双手一点点在他的脖子上松扣，再也没有力气拦住他了。

他已脱去了皮袄，只光着膀子。

他手持板斧，眼睛只盯着前方那昏暗的群山老林，从田甸、亦吉海、吴信、孙习邈、普兰老爹的身边走过，那系在腰上的一条破腰带的一头，已被狂风刮开，就像一条云彩在他的身后飘着飘着……

渐渐的，刘德隆走远了，消失在山谷中。

狂风依然怒号，这是一个昏暗的长白山早春。

当天下晌，刘德隆到达黑石沟山谷的山场子，他一头钻入水底，只一斧子下去，只听地动山摇的一声沉闷的巨响，木坝开了，木垛子立刻倒下来，一棵棵大木头好似烈马一样挤进山谷的水中，争抢着奔向了松花江上游符吞窝稽的江口。

梅娘是在天快黑时醒来的，她一看身边早没了刘德隆，她大喊着："德隆啊——"就疯疯癫癫地往山谷和江边跑去。

她到了那里，山场子上已经一个人也没有了，在泥泞的谷岸上，只有无数根大木头像鱼群一样，上蹿下跳，互相挤搓，发出"吱吱""嘎嘎"的声音，挟带着冷风，向下游流去。

梅娘双腿一软跪在了地上，她紧紧地按住已经微微鼓起的小腹，含着泪，凄苦地唤了一声："德隆啊——你这个冤家——"然后，哭倒在地。

二百多年后，光阴到了清代，一伙儿打鱼的人在沙济乌拉下游六十多里地远的松花江上游打鱼，捞上了一把斧头，斧柄已烂，可那斧头上清清楚楚地刻着"征东军刘"的字样。

就在那年秋天，梅娘生下一个男孩，虎头虎脑的，梅娘给他起名叫"斧娃"。刘德隆走后，田甸没有食言，他给梅娘和斧娃（后来，人们也叫他福娃）开了一个契约，梅娘和儿子，可以一直待在"征东巡检步骑军"的木营子里，直到她和孩子离开，在某处落脚，一切开销由征东军负责。

早春开江之后的二十多天里，谷沟间的各山场子木头都通过这种砍坝之术将其放到了松花上游的符吞两江口，于是木帮们开始站在湿漉漉的大木头上穿排了。

第六十九章　修建望江祠

穿排，就是把一根根原木穿成排，每排为一节，再把各节连缀起来成为一副木排，一副木排由十多节组成，有几十丈长。木排穿好后便开排启程。木排顺江而下，虽然风餐露宿，历尽辛苦，但还算顺利。

可是，到了"沙各搭"这处老恶河，田甸的木排，一下子"起垛"了……

"起垛"，是这帮放排人给起的名。其实，就是木排在湍急的水流中奔下时，排头撞在了石崖上，由于后边冲力很大，把木排冲"散花"了，顿时，横七竖八地"堆"了起来，根根原木互相插着，有几丈高，人们叫它"起垛"。

怎么办？这需要把高高的木垛拆解开，使其散落下来，以便重新穿排。要拆解木垛，就要看准是哪根原木"别劲"，把木垛卡住了，然后把它"挑"开才行。这个活计既要有技巧又十分危险，如被散落的原木砸着，就会粉身碎骨，谁也不敢冒这个险，于是，只好暂且上岸休整一下，再想办法。

这天夜里，亦吉海大师做了一个梦，他梦见江神爷对他说："亦大师呀，你们要找一位当地的能人，把木垛挑开，才能解你们的危难……"

早晨醒来，田甸说他也做了这么个梦。于是大伙都说，等把这垛"起垛"的木排"挑"完了垛，咱们就给江神爷修上一座庙，让他守望着老恶河。

可眼下，得找人"挑垛"呀！

这"挑垛"的事，可不是一般人所能干的，大伙就问普兰老爹，这一带有没有能干这种活计的能人。

普兰老爹说，大概是十多年前，听说离这三十多里远的老虎沟有一个叫"董炮"的老艄公，这人胆大、心细、见多识广，走船、放排的经验多，如果能找到他，兴许能行。但不知他如今在不在了。

329

于是，按照普兰老爹的指点，田甸、亦吉海翻过两道山梁，来到老虎沟，太阳已经下山了。进了屯子，二人就见道边上有个碾坊，只听里边传出推碾子声，他们就轻轻地拉开碾坊门，问："有人吗？"

一个苍老的声音说："你们找谁呀？"

田甸说："找'董炮'老汉。"

那人说："找他干啥？"

田甸说："你知道他住哪儿吗？"

那人又说："找他干啥吧？"

田甸有点不耐烦了，这时，亦吉海说："老爷子，我们找他，是有要事啊！只有当面请教他才行。"

那人还是问："有要事？啥事？你们就跟我说吧！"

田甸说："这么说，你认识他？"

"何止认识，我就是！"

"啊？！""董炮"原来是个老态龙钟的老汉。田甸乐了，忙说，"大爷，可找到你了，我们是大明'征东巡检步骑军'的人，到长白山里伐木、造船。可是放排到这'沙各搭'恶河，木排一下子起了垛，想请你去给挑挑垛……"

老汉却说："咳，怕是不行了。我已老了，眼神、腿脚可能跟不上喽。"

田甸、亦吉海见这老汉头已谢顶，虽然个子挺高却瘦骨嶙峋，估摸有七十岁开外，根本不像民间传的那个神奇的能人"董炮"。心里想：他大概真不行。

按关东山的习俗，外来人到哪个屯子都得留下吃饭，何况太阳卡山正赶上饭时。于是，老汉把他们领到家里，立马吩咐儿子、儿媳烧火做饭。

田甸、亦吉海本来有些心烦，知道找错了人，想赶快随便吃点什么就走。可是老汉不让，说："你们是官府来的贵客，别忙，等我打点野味回来。"说着话，就见老汉从墙上取下火枪，带着大灰狗就走了。也就是两袋烟的工夫，老汉牵着大灰狗，大灰狗叼着一只山鸡回来了。

这一下子，田甸、亦吉海可惊呆了。吃饭时，两人一再央求老汉帮忙"挑垛"。

老汉说："这次，你们在老恶河'起垛'，那可是个大垛。不知能不能挑开。"

田甸、亦吉海立刻说："能！准能。你要是挑不开，这大山里就再也没人能挑开啦。"

第二天，"董炮"老汉随田甸、亦吉海到老恶河去"挑垛"。

老汉手持一根长杆，在木垛上跳来跳去，身轻如燕，终于看准了"别劲"的那根原木，便以长杆作杠杆使足力气一撬，然后飞快地逃离，只见木垛轰然落架。大伙悬着的心也落下了，对"董炮"老汉千谢万谢，给了赏银，送回了家。

散落了的木排，要重新修整，重新穿排，才能继续上江漂运，于是田甸、亦吉海、吴信等人又领着兵勇们按着在沙济乌拉穿排的式样，重新在这里开干，把摔散了的木排又穿在了一起。还有一件事，就是许愿要还愿，要给为他们托梦的江神爷修庙。

田甸、亦吉海命人在老恶河的崖头上，修了一座简易的庙，起名叫"望江祠"，亦吉海大师亲笔题了一副对联：

> 望断恶河水，
> 指破松江石。

田甸还特意让普兰老爹从乌拉王那里找来了两位出家人，专门守着这个"望江祠"，并且留下些银两，以备把庙宇修得更好和为江神爷塑像用，让江神爷保佑过往船只、木排的平安。

松花江上放木排的人们，留下了不少的感叹，那都是一首首辛酸的放排苦歌、悲歌。如：

> 砍大树，搭木排。
> 顺着大江放下来。
> 拐过曲曲八道弯，
> 绕过弯弯十八拐。
> 为求生，不求财，
> 何时都可撞江崖。
> 哪管荒林不是家，
> 随处死了随处埋。

在木排之上，亦大师也记下了不少放排的心得，虽然这些并没有写进他的《船经》里，但是他经常与田甸、吴信、云芝和普兰老爹叨咕起这些体会来。那真是：

> 雨打木排起白烟，
> 看不到后，望不到前，
> 前呼后应声声传哪！
> 头往右啊，
> 尾往左偏，
> 小心顺拐那个撞着山哪！
> 岸上野兽叫，声声惨。
> 鬼哭狼嚎心胆寒哪……

自从那次木排出事后，女人再不许上木排了。于是云芝都是默默地给吉海备好皮袄、装桦树皮的纸筒子，以便他好写《船经》，剩下的就是心中的默契。她的心中，时刻想着这个让她敬佩的人哪。他一出门上江，她就在心底默念：

> 松花江，八百浪，
> 浪浪打在心坎上。
> 逼近符吞口，（抚松两江口）
> 木排抖三抖，
> 把心衔在口，
> 把命攥在手。
> 大师你这一走啊，
> 撕掉我这心头一片肉，
> 不知你何时能回头……

这"能回头"，别人不知，内情只有吉海大师，田甸、普兰老爹明白。那时云芝已下了决心跟吉海过，照顾他、守着他，可吉海死活不干。田甸也曾摸过他的心思。吉海对田甸说："田将军，我知道你们的好意，也收下云芝妹子的一片情意，可是我不能这么做。你想想，像我这样一个人，不是坑了人家的一生了吗？不能那么做。"

第七十章　道长造访

　　光阴荏苒，一晃，几年时间过去了。有一天，吉海大师正在凝神苦研做模型用的鱼膘胶，看看如何能熬得既黏稠又洁净，不留有杂质，以免影响鱼胶的黏着力，突然，有人轻轻地拍了一下他的肩膀。

　　他抬头一看，可让他欣喜若狂。原来是指导他伐木，又悄然消失的人来了。吉海激动地说："我的老天爷，阿布卡恩都力啊，怎么又把你给请来了？大师，你一切可安好？"

　　原来是久别多年，后来曾在奇德力古寺只见过一面的道长济民，虽然已经白发披肩，但满面红光，依然那么健康快乐。

　　道长说："吉海啊，出家人四海为家，因心中有事来见你。雀儿五子几日前到我处传信，说近日你有福祸相依，同期而至，无法躲避。我再三思之，亦难寻得两全之策，故此，我特赶来通告于你……"

　　吉海说："哦，请大师明示无妨。"

　　道长说："现在只有两条路。"

　　吉海说："哪两条。"

　　道长说："一条是与我同游，远走他乡，与雀儿五子永在一起，不再为巨船之事苦费心机。"

　　吉海说："另一条呢？"

　　道长说："另一条，便是祸福同受，静待风云。依然践行你生为造船，死为造船的誓言，为你亦氏船王世家增光，但这可要永生永世为船业而劳顿啊。你究竟如何为好，由你速速定夺，不可迟疑不定。吉海呀，该怎么办，我听你的！"

　　吉海大师听了道长的话，似懂非懂。

　　他不禁想到，这造船之举乃是祖上传袭于自己的，岂可推诿、辞却？万事皆可变，万苦皆可受。唯有这营造巨船之事乃为祖训，就是赴汤蹈火，上刀山下油锅，也得心甘情愿地去为之，不能更改。

于是，吉海直言地说道："道长啊，吉海不怕世上万般苦，只要为了造船，我就情愿受苦了！誓不更改。"

道长听后，点点头，长叹了一声。

道长说："吉海呀，这也是你命中的造化。我不强求了！好自为之吧。"

吉海忙问："道长，究竟要发生什么不祥之事呢，你能不能告诉我？"

道长说："天机不可泄露。"

吉海不解地问："天机？"

道长说："明后日，你便一切知晓了。"

吉海说："明后日？"

道长说："对。我要去黑水部地方走一走，雀儿五子不能随你遭害。我要带它走了。咱们后会有期吧。"

说完，没等吉海起身相送，道长早已飘然而去，吉海再寻找时，已经不知去向。

世上之事，就怕知其祸福，而又不知是何之祸、何之福，如若可知，人便也不是人之凡者，世道也不是那种充满奇幻之世道啦！

大明永乐二年的甲申初夏，吉海大师终于完成了他的又一传世杰作——巨船木质模型。那船格外壮观，虽然是模型，但全船连桅杆、篷帆、舵稍、船身等有十多步长，两步宽，一人多高。船上还木刻的船工劳作的场面，这称为"打样"。只见船上的人在忙碌、在护篷、在扯缠绳索、在放定木，把大舵……能数出的人竟然就有三十多人，他们一个个光着膀子，汗流浃背，个个紧张劳作，栩栩如生，逼真动人。吉海大师这是为完成当今皇帝永乐帝当年对他的要求，也是他爽快答应下来的承诺，说来已经近两年光景。

记得当时，吉海与田甸大将军奉命入燕京面圣，当时尚为燕王的朱棣热情款待，并一再鼓励精诚治北，开发丛林，筑造战舰，使漠北广袤环宇，交通便利，百姓丰衣足食，大力发挥辽东江河之水利，并以大兴舟楫之业来实现黎民福祉。记得当时燕王一再嘱咐吉海说："吉海大师，本王希望再见到你时，能否给本王带来一个漠北巨船模型，本王甚想见一见北方巨船是什么样，以大饱本王之眼福。"

吉海当时就说道："不知燕王要吉海制作什么样的巨船？"

燕王朱棣说："大师傅，希望就拿出你的全部智慧和家传手艺来制此船。"

朱棣说："对。本王就是要亲眼看见，这世上应该有何等式样的江海上的大船、一不怕风，二不怕浪的大巨船，能容千员，能比房子高，能在大海上畅行万里的那种大船、巨船。大师傅，你能实现本王的愿望吗？"

吉海记得，当时自己点头应诺了。

故此，吉海一直牢记在心，并回到北土。

自从他离别了燕王朱棣，并与田甸一块儿回到漠北，便一心冥思苦想筹谋大兴舟楫之利之策，终于开拓出天东长白三江之源那长白山千载林莽，这可是精造巨船最上好的材料出产地，这长白大山里有选之不尽、用之不竭的红松数百里森乡。又经过数载苦搏，那从天而降的飞瀑险道放排漂木之途已经终于打通，并在漠北辽东，找到了最坦阔的丰饶的红松集散地——阿什哈达噶珊。它位于松花江中下游的北岸，是闻名辽东的乌拉部的上游。乌拉，也可写作乌喇、兀喇，本名呼伦，姓纳喇，因世居乌拉河岸，故称乌拉。这里是当时最闻名的海西女真部落之一。这儿兵强马壮，人口众多，连初兴的明朝都不敢小瞧于他，还无力与乌拉部争强。乌拉部当时也没有瞧得上明朝的阿什哈达噶珊部，没引起注意。

从阿什哈达往西北方向，相距仅仅水路千余里，便可南下沈阳、锦州、山海关，并可与燕京交通相接，甚为便利。这其实将会成为漠北的一处重镇，但当时许多人还没有预见这阿什哈达噶珊之地，将会成为后世辽东北方一大重镇。这一带，江开始变得宽阔平缓，沃土无垠，依山傍水，风光秀美，未来前景不可估量。

这里，虽然有山有江，江岸平坦，但其下游还有一条小河，民间满语俗称为"温特毕拉"，即温特亨河，从山中流百里，注入了松花江。后来，居民日多，多为伐木古船工之眷属，屯镇也越来越大，土称"小乌拉"，并且与乌拉部之大乌拉对应起来。这小乌拉再经过百余年的发展壮大，才有了"吉林乌拉"之称，是沿江之意。

尽管吉海大师在开发北疆最忙碌操劳苦干之中，也从未忘记为燕王朱棣献上自己最心爱的一艘高超的巨船模型，这标志着亦家船从元代进入明代之后，完成了最为尽善尽美的北方第一流的江海巨舰。

吉海的造船工艺极为精细认真，纵使是一般的巨舰的模型，这是要代表亦家真实水平的艺术品哪。所以，亦吉海使每一道工序，每一道用材的细节，都力求制作如真，没有半点疏忽，力求让燕王朱棣御览之后，仿佛是在登船瞻仰真实巨船一般。可以这么说，这个巨船模型，恰是亦吉海大师一腔造船技艺才华、智慧的最高结晶，某些关键环节是最新改进与创造的集萃。如果将来燕王朱棣一旦定夺，按此比例放大，将会变成江海中航行的一流的巨船，那么这世上恐怕再没有超越它的先进船舶了。

吉海多少日子寝食难安，日夜披着一件他心爱的皮大衣。那大衣是田甸专门领人进山捕猎，猎得的七只猞猁，并由田甸去找当地一位老皮匠给他裁做的"猞猁达哈"（满语，猞猁）皮大衣，很保暖，也很挡风，披在身上，也真像自己的老友终日陪在自己身边，与自己一块儿研制造船之事啊！想起老友田甸这些年来，他是日夜在想着保护自己。

田甸为了给吉海做一件挡风遮雨的猞猁袄，他拜访过几位皮匠，并从他们那里学会了识别皮子的本领。这件皮袄，从皮张质量到做工是田甸最为满意的。如今，每当吉海穿起这件皮袄，就想起老友对他的精心照顾和兄弟般的情怀。

第七十一章　大开眼界

吉海头添白发，逐渐苍老了。

他的眼角和脸上，皱纹增加了许多。众人都很心疼他，可他自己完全的不在意。他是将全部精力都用在船的部件制作之上，总是在用怀中的一把小铜尺，不断地在量着、记录着新获得的最佳构材之数字。何况，现在吉海万分的兴奋，激动不已啊。

因为此时，已经是大明朝燕王朱棣称帝之时了，现在已经是永乐二年之时。普天之下，莫非王土，率土之滨，莫非王臣，都是燕王朱棣的天下。燕王年轻有为，素有大志，不仅武功盖世，天下无双，而且心怀穹宇，心中装着北疆的劳苦大众。他从未有半点的蔑视之心，他对北疆的任何部落族属之人一视同仁，不分亲疏远近，越是居住在漠北寒域之地的野民，他越是关注。

在燕王时代，朱棣就时常告谕左右的文武臣将："尔等记住，不可因野民远居旷北寒土，遥远难觅，而忘记去恤悯，不可因是野民而讥笑舍弃，这些野民皆是我燕王股肱兄弟。记住，对此北域不可仿学元酋，竟忘掉而不管。要寸土必争，一民不舍。我们要像一只大母鸡，张开温暖的大翅膀，护持好自己的全部小鸡崽儿，安保无虞。"

众臣齐曰："记住燕王教诲。"

正由于燕王朱棣素有护爱北疆之心，他团结众多北疆诸族与之结好，成就了大明最为强大和宏明之时。

但是，朱棣其兄长皇太子朱标于洪武二十五年四月因病而卒，这对朱元璋是最沉重的打击。那时，他考虑再三，为保大明社稷之福，想立四子燕王朱棣承继其兄长之权，即帝位。但朱元璋身边的谋士刘三吾认为不可，如立燕王，其他几位兄弟如何能够平静，应立太子朱标之二子允炆皇孙。戊寅三十一年闰五月，朱元璋崩，皇太孙允炆登皇位，翌明年为建文元年。

朱允炆年轻，主要是依靠户部侍郎卓敬等人来给他出谋献策，他们自作聪明，竭力削弱燕王朱棣之权，企图先封燕王朱棣于南昌，不让他掌握燕京和北方诸地，未准，便排除异己。于是，燕王朱棣首先于七月举兵反，称"靖难军"，攻伐朱允炆。

建文四年六月，棣兵渡江犯京师，朱允炆在大火之中不知所终。于是，燕王朱棣自立为皇帝，杀兵部尚书齐泰，太常卿黄子澄，户部侍郎卓敬，翰林学士方孝孺等人，皆刮灭其族，坐党死者数百人等，从而革去建文年号。时年为永乐元年。

次年二月，以北平为北京，设北京留守，建兵军都督府，统辖北疆一切军政要务。燕王朱棣自登帝位，成为永乐皇帝，这是大明朝第二位君主。他的心中始终挂念北疆，但日理万机，离不开金陵皇宫，还在百忙中于永乐二年甲申四月，与正在病中的皇后徐氏商议，立徐氏亲生的长子高炽为皇太子，封二子高煦为汉王，三子高燧为赵王。徐皇后和朱棣都非常喜欢这三个儿子，这三个儿子个个文武双全，尤其擅长马上功，众将都赞叹不已。

朱元璋在位时，朱元璋非常喜欢三个孙儿，当年马皇后还活着，就让三个孩子从小在自己宫中生活，从小就受文武传授，都不同于一般的孩子。后来，马皇后死了，朱元璋也驾崩了，朱允炆当皇上后，便从宫中赶走了这三个小兄弟，让他们都回到燕王身边去。高炽很稳重，有仁爱的胸怀，高煦也像他的哥哥，聪明能干，小弟弟高燧有火一样的性格，热情得很，武功很高，有朱棣的马上功夫，可率兵征战，布阵有方，也深得朱棣的喜欢。

朱棣当了皇帝，不能常住在北京，就命赵王高燧常驻北京，率兵留守北京，因他很有谋略。北京四周很平稳，多年来很少出现异常之事，让永乐帝朱棣很是放心。

说来，高燧能很安心地守护北京，还因为身边有一位他很尊重的姨娘在一直保护着他，时时帮助他出主意，常有些告诫使高燧能够转危为安、少生麻烦。

这位人士是谁？其实前书已经提到。

这个人，其实就是燕王朱棣的爱妃莎拉。她本是纳哈出之女，又文武双全，胆大心细，心地善良，有智有谋，燕王很早就封她为燕王府的参政了。她多年来协助燕王治理北土，掌控了辽东的军政事务，并与辽东白山黑水之野人诸部皆有交往，朱棣曾派她亲往北疆长白山为田甸、吉海大师的"征东巡检步骑军"送过铁匠等技艺之人，还为了安顿这些辛苦劳作的将士，亲自从江淮挑选了一百名江淮秀女送往漠北，充实边土，与那里的将士共度时光。莎拉是蒙古人，通晓北方诸族的土语、风俗、习惯、性情，了解北疆的许多内情，这成为朱棣掌控北疆的重要耳目和心腹。

因之，朱棣在即位后，立刻办了一件事，下旨封他的爱妃莎拉为靖妃，仍主事燕京参政。又由御前大臣朱谦武奉旨到北京，命靖妃莎拉接旨。

这次同时接旨的，还有赵王高燧等众将。

那旨曰：

> 奉天承运，皇帝诏曰：北疆永固，本朝安绥，钦命靖妃莎拉为钦差大臣，辽东参政。高燧随护辽东，代朕巡视舟船筑造事宜。召筑船师匠吉海北京陛见，有重赝诏告天下。钦此。
>
> 永乐二年甲申夏吉旦

靖妃莎拉与高燧二人率兵千人，当即由北京起程，直奔黑水白山。想到前几年，她曾率那些铁匠、淮女辗转奔往北方，也曾是风尘仆仆，但那时是燕王于北京下令让她率人北上。而今，这是永乐皇帝朱棣了，莎拉是受皇帝之命率人北上，无论从哪一方面来说，使命都与之前次大有不同，她深感重任在肩。

晓行夜宿，一路风尘，不日便抵达松花江上的阿什哈达噶珊了。一听说莎拉大人驾到，阿什哈达所有将官、兵勇放鞭炮并跪地迎拜接旨，迎迓钦差莅临松花江的阿什哈达。

吉海等跪叩接旨，并喜迎皇遣钦差大臣靖妃的到来。

靖妃下轿车后，吉海说："请大人进屋。"

靖妃莎拉说："不进屋。"

吉海一愣说："外面风凉，还请大人进去安歇。"

谁知靖妃却说："我想看看木头垛！"

吉海说："看大木头？"

靖妃说："对呀！"

吉海说："那有何可看的？"

靖妃说："想当年，你们向朝廷要了那么多把斧头，又给你们派了好几百铁匠，这些人炼铁、锻造出的斧头，都砍了什么样的大木头？我能不开开眼界吗？"

靖妃的一句话，把大伙都说笑了。

是啊，其实如莎拉、赵王高燧等京城来的人，他们来到这寒冷的北土、这大片老林子、这滔滔的松花江边，谁都想好好见识一下大自然哪，他们也想开开眼界。

吉海大师说："好。就让你们检阅一下。"

然后，吉海大师和田甸就领着朝廷来的众臣，去看由长白山中通过这北土之江松花江"北流水"的水路漂运过来的粗大红松木。

吉海、田甸、吴信等人遵命，先领他们去西岸的大木棱场，那儿是新辟的一处"毛巴"（棱场）。

大家一看，人人都"啊——啊——"地发出了一阵阵的惊叹。只见那巨大的原木，已堆上了云霄，云彩都在木垛的腰处飘着，真是壮丽极了。上万根四五搂粗的原松木堆在这里，木头的松花浓香，四处飘荡。松花江上，尚有未拆解的一挂挂长长的流筏，再看远山、林莽，渐渐地遮住了人的视线，还有一挂木排，正从远方飘荡过来，江上的鱼鹰不停地翩翩飞舞，声声清脆的鸣叫，放筏人们正在江中归拢聚集散木，别有一番异地风情。

吉海就对大家说："这些巨木，都是顺着这条大江，从上游几百里远的老林子里漂运过来的呀！"

大家都说："太神奇了，从来没见过。"

靖妃十分高兴。她说道："皇上远在金陵，非常挂念吉海大师你们为造船、选料、集料之大事，若皇上见到了此情此景，他必会龙心大悦的……"

这时，突然传来一阵喊号子声：

领：哈腰的挂吧——

合：咳咳哟——

领：撑腰的起吧——

合：咳咳哟——

领：往前的走吧——

合：咳咳哟——

…… ……

靖妃问："这喊的是什么歌？"

吉海说："千岁娘娘，这不是歌，这是号子！"

靖妃说："号子？"

吉海说："对呀。这是一种抬木头时人们喊的号子，也叫"木帮号子"。抬木人，俗称"木帮"，他们在归棱上垛，或从筏上拆下大木抬入场子，都要喊着这种号子走，步子才会齐，又可省些力气。不喊这号子，就抬不动，走不好！领喊号子那人叫'号子头'。"

靖妃点点头，大家也点点头，感到既新鲜又有趣，真是让这一行之人大开眼界。

这时靖妃提出，能否让一个号子头前来，让我们这些从京城来的、北平来的一些朝廷之人，再听听他们是怎么喊这些号子的。吉海本想解释什么，但一看既然靖妃提出要听听这号子，也便不好推辞，他便让吴信去喊一个号子头来。

不一会儿，吴信从江边筏场劳作地上，领来了一位年岁足有六十多岁的老号子头，叫达尔宽。这达尔宽，三绺山羊胡子，在胸前飘动，他肩上扛着一根木杠子，手里拎着一个由绳套系着一对铁钩的东西走上前来，跪倒拜见京师贵人。

靖妃说："老师傅请起。我等就是想听一听你再给我们喊一遍方才你喊的那号子，真好听。"

谁知，那老人却说："对不起，不会。"

这一下，大家全愣了。靖妃也愣了。靖妃又问："方才，不是你喊的吗？"

老人说："是。"

靖妃问道："那为何现在反而不会啦？"

老人笑了，便如实说出原因。原来这种号子，只有当木头压在身上时，才自然会喊、会跟、会合，一旦不抬木，便唱不出。因这种号子其实是木杠压在肩上时，用足力、喘粗气、随脚步节奏发出的声音。

他这么一说，大伙"啊呀"一声，全明白了。

靖妃也说，今天真是大开了眼界，学到了这么多的知识，于是谢过老者，让他回去抬木去了。

第七十二章　船模震人

看着靖妃等人兴致极高，吉海等人也很安慰。

吉海大师说："钦差大臣靖妃千岁，臣等仅仅初创毛巴棱场，未来需办之事尚多。臣绝不辜负圣上的托付，必将江海舟楫之利尽早办成，不让皇上殷切系念。"

靖妃问："大师，还应如何开发毛巴棱场？"

吉海大师虽然胸有成竹，但他听后，沉思一下。

然后，吉海忙回禀道："靖妃娘娘，说到毛巴棱场的开辟建立，这是有史以来在松花江上头次出现，皆为更快、更好地完成圣上一心筑造出可通江达海的巨船之宏愿，这是圣上的系念，创造世上最好、最大的巨船。但要造船，选料、备料最为重要。臣承袭祖训，筑造巨船，俗称需用千料……"

靖妃说："千料？"

吉海说："对。千料，只是一个粗略数，甚者两千料，三千料之多。料数愈多，则造之巨船愈大，设备愈齐备，在江海上航行愈为安适、平稳、迅捷。故此，历代船匠皆力求精美之料，皆赖圣上与娘娘竭力资助人力、铁器和粮饷，方得能开启辽金以来之白山宝藏，千年古松才能由高山之巅，辗转涧谷、崖峡、险滩，冲破多少激流，又有多少亡魂庇护，才送至阿什哈达至毛巴棱场，供臣验收备用。这毛巴棱场，娘娘看到如此空旷庞大，几乎占据了方圆五里的河滩沿岸，然后，再分设各种造船用料之料场，用工之浩大，劳作之繁重，不亚于山中伐木。木筏进入毛巴棱场，先有筏工解筏、拆筏，按料质又分选各个料场。每送一料场，全靠人去抬送。这抬，要由号子头喊着号子，领人去干！那些人的肩上，都有一块死肉……"

靖妃说："死肉？"

吉海说："又叫'血蘑菇。'是那木杠压出来的一块硬肉，在人肩上隆起，永不消去。"

吉海接着说："这木头要挑选、分类堆放，这料场大致有七类之多。"

靖妃说："七类？"

吉海说："对。首先上乘原木，臣与众位兄弟，把其选为上乘实材：笔直，底基一尺长，无疤节，无虫蛀，无劈裂，这为一等船料。次为二等船料，递次分为六等。大有大用，小有小用，山川之宝，各有其用。大则制船的躯体，小则制船中之各部件，其料皆为红松。松质沉实、坚韧，经年不腐，远优于诸木。余柴枝杈末节，可以破成木椊，暖室、热炕、烧水、饮食，没有废材，皆北疆一宝也。娘娘，营造江海巨船，需耗费上千万上乘材料。可以说，巨船宏伟壮观，确是选用上一乘天赐最佳原木的艺术与技术的集萃。这正如古人所言：精木出神船，艺高寓船魂，便是这个道理。"

靖妃听吉海滔滔不绝地讲述，简直听入了迷，佩服得五体投地。

靖妃与吉海两人多次相见，互相已经是很熟悉了，靖妃更多次在永乐皇帝朱棣面前举荐吉海。靖妃每见到吉海，都使她兴奋，很是敬佩吉海的才能和品德，特别是吉海一心营造巨船，把全身心和情感完全投入到造船之上，几乎忘记和丢掉了所有的一切，令人为之肃然起敬。此时，天将晌午，靖妃等人来阿什哈达只顾巡察棱场各地，还没有饮茶用饭呢。

但吉海早已派人备好了午饭。

吉海、田甸大将军还有毛巴棱场总管吴信副都指挥使等，早已遣人弄好了，他们为来自遥远的金陵之都、皇帝身边的娘娘、钦差大臣，备好了一桌松花江鱼宴并递上了菜单。

这鱼宴，一看名字，就让靖妃娘娘乐起来了。

靖妃娘娘说："阿什哈达噶珊真是个好地方。我见了这个鱼宴单，就已经馋得肚子叫唤，真的饿了。"

说起这鱼宴单，也真是有特色：

①火烤百斤大勾辛。（勾辛：满语，狗鱼）

②清蒸海娃。（海娃：满语，鳊花）

③参茸枸杞松江龟。

④蜜汁乳猪羹。

以上鱼宴，均是松花江女真人的乡土菜。吉海大师让人将鱼宴摆到江岸的木克棱的板房之中，可是，靖妃娘娘却执意要把鱼宴端到江上新漂下来的一挂木筏上去，她一定要在木筏子上吃鱼宴。

她说:"吉海呀,别在屋子里吃。"

吉海说:"那在哪里?"

靖妃说:"上木筏子。我要边吃鱼宴,边要欣赏沿江风光,再闻一闻鱼和木头的气味儿!"

她这么一说,可难坏了吉海、吴信、田甸等人,但又不敢不这么做,于是速命所有的筏工,一个个都回避上岸。娘娘来啦,所有的闲杂人都要退下。

这时,靖妃看到了,她忙一摆手说:"不要回避了。他们该干啥活就干啥活。其实,我本是辽东蒙古人,这是回家了,哪能让家里的人回避呢?女真人都是我的贵人,我喜欢女真人。从现在起,一切礼节都免啦。"

席间,靖妃娘娘又问起北疆边寨的东珠,她说:"吉海呀,咱们这里有东珠吗?到哪儿能见识一下东珠呢?"

吴信自打年轻时就在北方的各条江河里采过东珠,他听靖妃问起,便说:"娘娘,东珠到处都能采到……"

靖妃一听,乐了,说:"真的到处都能?"

吴信说:"娘娘,咱们这里,只要有江河,就有辽东东珠。"

吴信的话,引起了靖妃娘娘莫大的兴趣,吉海等人陪靖妃娘娘吃过饭菜,马上去江上寻找有东珠的江水湾子处查看、走动。

东珠在流水湾的地方才有。因为东珠是生长在大型的蚌体之中,松花江中就有很多湾子里有,最多的地方是在河岔子的地方,如上游的温德亨河里就生长很多大蚌,都能采得东珠,珠粒晶莹,洁白如玉,硕大而饱实,十分的珍贵美观。所以当地的女人们都喜欢采集大的珍珠,珠粒形状好看的,都穿戴在手腕、脖子和头上、衣襟上,是美的象征。

吉海大师因有要事,还要向靖妃娘娘莎拉禀报,靖妃听说要到上游七里多地的地方温德亨河子去看采珠子,也就打消了兴致。还是由吴信领几个兵勇,去往温德亨河子为娘娘捉蚌采珠,说好傍晚回来,定让娘娘亲眼见到东珠是如何从蚌中取出的。

于是这里,吉海领靖妃娘娘径直去了他居住的木克棱黄板房。随行的赵王高燧也同去了吉海的居室。

一进入这明亮的居室,就见室内很大,地中央有一个长条木桌,桌子上面摆放着一个很大的木制巨船的模型。只是这船型,足有一丈长,半人高,有九桅九帆,栩栩如生,极为逼真。绳缆帆樯十分清晰,船上有守锚人、护桅手、撑竿推船人，后船舱的老舵公正在紧握大舵，船上的所有人都在全神贯注、全力以赴地忙碌。巨船正扬帆远航，舟帆樯桅杆顶端的红缨风信鱼儿，也正在迎风抖荡。

这巨船模型，令人心潮澎湃，犹如望船顿闻船舷水涛声声，于无声之中胜有声。

吉海大师的巨船大模型，一下子又把靖妃娘娘的兴趣重新激发起来了。她大步流星地走到巨船的模型前，手舞足蹈连声惊呼："萨克达扎呼台！萨克达扎呼台！腾格里啊！腾格里啊！这简直是妙手神功啊！太美啦！太妙啦！太神啦！太奇啦！"

接着，她一手又拉住了赵王高燧。

靖妃娘娘说："小王爷，快！随我围着这大船拜一圈儿，这是船神降世啊！"

靖妃娘娘、赵王高燧等人，围着巨船模型，仔仔细细，一个环节一个环节地观赏，眼睛都不够使了！被吉海大师巧制的巨船彻底地陶醉了、迷住了。

靖妃娘娘说道："吉海大师傅啊，你制作这么漂亮的巨船，是为了谁呀？果真能够按这个式样做出能开走的船吗？能吗？抑或只是让人观瞻，装扮屋舍的摆设而用之吗？"

吉海走过来，郑重地向靖妃娘娘说道："娘娘啊，这么大个模型，我完全是按照千分之一的比例精缩而成，足足用了我七百三十个日日夜夜，共计两年时光做成的。不是为了观瞻，也不是心中的梦幻，它完全可以变成游江河、闯大海，乘风破浪而航行的大船，一条真正的巨船，它是集我亦家船宝卷的最新、最可心的成果，是我们亦家船进入大明朝时代代表作，也是我这些年在松花江、在萨哈连乃至萨哈连出海口，进入海中所有经验的集中体现。这个模型，是我献给永乐皇帝的，是永乐皇帝下旨让我制成模型，皇上要亲自御览，还要在日后驾巨船巡游萨哈连和东海，去看望海边的大明朝子民，抚恤万邦！娘娘啊，臣吉海将此船模型敬献皇上，以诚谢皇恩浩荡，以报皇上的普天恩泽！"

吉海说着，涕泪俱下，立刻伏跪在地上，跪在了娘娘的身前不起，还是靖妃、赵王高燧两人上前将吉海搀扶起来。

靖妃娘娘说："吉海大师，这太好了，皇上必然欣喜万分！吉海大师，本官此次前来北疆巡视，其实是受皇上密旨而来，专程而来。今亲眼所见，亲耳所闻，本宫相信大师对皇帝的一片忠心，未有辜负永乐帝对你的一片厚望，这可能就是前世之缘啊！你们君臣如此心心相印、情投意合，天下难寻！"

这时，靖妃娘娘向四下看了看，发现屋里只剩下吉海，还有她与赵王高燧两个人了，脸便上露出了笑容。

第七十三章　神秘小屋

靖妃扫视过屋中，见没有外人，她的心才定下来。

她想，现在一个密秘，就要成为现实了。

亦吉海听宣，立刻面对娘娘跪倒。

靖妃娘娘展开书信宣旨：

> 亦吉海匠师听旨，朕自上年于燕京面谕，而今已永乐二年甲申吉日，朕为社稷之安危，缔建内宫内监之制，内宫内监皆朕之心腹股肱，尔忠心赤胆，朕甚悦焉，接旨后速入北京，堪当大任，钦此。

吉海接旨之后，站起来。

靖妃娘娘说道："你进北京受领内监大任，阿什哈达噶珊由宾州节度使统领，赵王高燧，有其身边的武将程凯，祖系女真人后裔，通女真语，委任阿什哈达骠骑将军，主掌阿什哈达毛巴棱场，创建阿什哈达水师营，管理阿什哈达等会派和行辕军务诸事，吴信仍为副将，协助程凯统理军务。"

吉海大师谢恩后，问靖妃娘娘："何时动身？"

靖妃说："一应事急，永乐帝昨日已起驾来北京，咱们不可在此滞留，今日诸事完毕之后，便要起程。行前，由赵王召集阿什哈达全部军旅上下官民，宣布朝中新命。现程凯骠骑将军已在赵王军中，同来阿什哈达，他正在听候传令。"

吉海说："好，我立刻去通告众人。"

于是吉海忙去传唤吴信都指挥使，迅速召集全部将勇人等，都集聚到江岸草坪，赵王高燧当众宣布了朝廷命令，讲吉海大师接旨，要去北京受命，新委派骠骑将军程凯为阿什哈达总统领、沿江节度使，吴信作为副将，协助程凯骠骑将军统理阿什哈达毛巴棱场全部军务。

程凯受命后，当即与阿什哈达众部军兵见面，驻孔在了吉海原住的"鹿鸣庄"木克棱黄板木房之中。

这时，程凯宣布朝廷赏令："诸位，本将从北京来时，率兵勇千人，朝廷拨给马匹百匹，驾车五十辆，车上运载来了粮谷百石，铁锭二万斛，苎麻三千束，白布百匹，蓝布百匹，花纹布百匹，供给阿什哈达军旅之日常需用。望众兄弟团结同心，勠力前行，不辜负圣上和朝廷的圣恩。"

众将勇齐呼："谢圣上恩赐。"

副将吴信，特到钦差大臣靖妃娘娘身前叩拜，说："娘娘，臣吴信为娘娘到温德亨河子湍急的石头河湾里，寻得河中金花大蚌数十枚，采得珍珠，大珠十粒，中型珠十二颗，还有一个原蚌，献给娘娘。娘娘若日后喜爱，臣还可再为娘娘采撷。"说着，捧上一个小木匣。

靖妃娘娘轻轻地打开小木匣，只见里边银光溢彩，十分耀眼，大玉珠足足有银豆子大小，小者亦超过黄豆粒大，个个晶莹剔透。靖妃娘娘爱不释手，嘴都笑得合拢不上了，忙说："谢谢，太谢谢你们了。我从小就知道咱们松江黑水是盛产东珠之故乡，一种思乡之情本宫说起来往往不离这东珠啊，你们竟给马上寻来，这么多宝物，足见辽东的富有！不要了！不要了！这些也足够本官回到圣上面前，献给皇上，让皇上也打心眼儿里喜爱咱们的白山黑水，多多系念咱们的美丽富饶的故乡，出资出力，越打扮越漂亮，故乡故土会越加让人流连忘返哪！"

吴信又说："娘娘，你看，还有一蚌，请打开观珠……"

靖妃娘娘从吴信手里接过这只蚌。那蚌壳早已开启，娘娘用手轻轻一掰，蚌壳便一分两半。靖妃娘娘再一细看，只见那一面蚌壳上一连排列着三粒足有银豆子般大小的珠子，都是一半镶在壳上，一半露出壳面，露出的那一半，也是银光闪烁，分外有趣。

靖妃娘娘不禁惊讶地说道："原来这东珠便是这样长成的……"

吴信告诉娘娘，那东珠与蚌依附在一起生长，借助蚌的营养，一点点长大，越是大个的蚌，那里面的珠子才越大。

靖妃娘娘越加喜悦，大家也很欢乐。

吉海大师满以为就要离开自己的"鹿鸣庄"，离开两年多朝夕相处的亲如手足的弟兄，要到北京见永乐皇帝去了。哪知道，接下来发生了一件奇异之事。

第二天清晨，还并没启程，而是新上任的程凯骠骑将军和赵王高燧来到了吉海的住处。

赵王高燧说："吉海大师，咱们走吧。"

吉海以为进京，赶忙收拾东西，赵王却说："先不忙收拾……"

吉海问："那咱们去哪里？"

赵王说："去去便知。"

吉海大师实在有些纳闷，不解地又问道："怎么，昨夜骠骑将军也来到这儿，他在那儿住宿时还说，咱们要急着赶回北京去。今早咱们还没用饭，要到何处？咱们究竟何时起身去往北京啊？"

赵王高燧、程凯便说："大师傅，我们是奉钦差大臣靖妃之命来接你的。咱们是到一处地方先用早膳，钦差大臣与你一同吃！"

吉海说："一同吃？"

赵王高燧说："钦差大臣还有要事宣谕。"

吉海说："要事？"

赵王高燧说："你们要一边吃一边宣讲。你还有大事还没有办完！还没有办利索，咱们怎么能走呢？"

吉海实在有些奇怪，什么要事没有办完，要事自己能不知道吗？吉海此时仍不明白，究竟还有何种要事要办？但又不好再问，于是只好跟着高燧、程凯一同来到阿什哈达东山坡的商铺里。

阿什哈达这个地方，这几年已经人口渐多，村落渐起，东山一带已建起十几泥木草筑构的房舍，卖什么杂货的都有，卖针线的、卖纸张的、卖布帛乌拉的，还有一两个中药堂、中药铺、小饭馆。这许许多多杂货、买卖，其实都是因流筏集散到这一带之后，伐木者甚多，随之而来的一些附属后勤行业，就比如那卖麻的麻绳铺，打绳的"绳匠"，一批批匠人，铁匠、木匠、油匠、粉匠、豆腐手艺人，也都先后在这里买地建房。建坊开业，一些卖生活用品的商铺也开始多了起来，足见阿什哈达噶珊这里，已经不再是肃静的山林、静静奔淌的江流和林莽，江沿上有了人烟和集市。这里真是要啥有啥。

但吉海因终日忙碌，把自己关在屋里写他的《船经》，造他的巨船模型，还真没到这里来过，进入这个新兴的闹市区走上一走。如今来了，他都感到这里很生疏，也真佩服钦差大臣靖妃初来乍到竟能在阿什哈达噶珊，寻找到这么一个地方。

吉海在这里的山坡上先是拜见了靖妃娘娘，靖妃娘娘前面走，又领着众人穿过这片街区，进入了临街的一间小木屋，这儿很像一处旅店、车店样的店铺。那时这一带，旅店业也开始发达起来了，南来北往的大车、爬犁常常住进这些沿江的店里，有的建在山崖边，冬天则建在江边的冰上，称为"水院子"。人、车一进院子，早有"小打"过来帮忙卸车、喂马，主妇准备饭菜，对客人的招待很是周全。

他们进了院子里的一间小木屋，吉海见里边很宽敞，又由木屋主人引着众人进入木屋的上屋，即两屋，有客房、茶几，里间还有个不大的暖阁。这是那种外人不可随便进来的屋子，门帘一放，里面安静肃穆，仿佛与世隔绝。

众人坐下之后，靖妃娘娘对跟进来的木屋主人说："谢谢你的安排。"

木屋主人说："不必客气。"

靖妃说："那么，请你回避吧。"

木屋主人点点头，说："好吧。"

于是，他退出了这间木屋。

靖妃娘娘这才郑重地说道："吉海师傅，有些事情，我还没来得及向你宣布，从今天开始，你已经和以前的差使做了了结啦，阿什哈达毛巴木克棱的事务、杂务已经完全交代给了程凯骠骑将军和吴信副将，你从今以后也不用再牵挂着了。从今日起，你就静静地住在这个暖阁里，这个店铺没人来，没车马来打扰你，这个木屋已经交完了银子，被咱们给租下了。小王爷高燧，你就负责天天护理吉海，程凯大将军，你既要管好毛巴棱场的事，又要看管好、护卫好这里，不许任何人来，特别是那些闲杂人等，少来见吉海大师，也不要让任何人知道吉海大师在这里！"

吉海更愣了。他说："靖妃娘娘，咱们不是进北京吗？再说，我好好的不用这么多人照顾。"

靖妃娘娘笑一笑，说："等一下，你就知道了。"

吉海心想：发生了什么事？到底将我安置在这里，他们要干什么？一种不祥之兆立即涌上了心头。

到底有什么事要发生在这神秘小屋之中？

第七十四章　福兮祸兮

靖妃又说道："现在，程凯……"

程凯答："下将在。"

靖妃说："你先到前面的饭馆，找到饭馆老掌柜的，与他商量妥当，包他的饭菜十天，饭菜每顿做什么，吃什么，由你等根据吉海大师的情况自己点饭菜，由他们按时送来便可，用提盒来送，吃完后，按时取回。人不可进此屋，一切费用统由咱们付银子。做得好，我们有赏。做不好，我们可要重重处罚。好啦，去办吧。"

程凯遵钦差命，立刻退出此屋去办理事宜。

靖妃安排完一切后，让吉海坐下，自己和赵王高燧也坐了下来。现在，屋中只有他们三人。

靖妃说道："吉海呀，本宫受永乐皇帝之旨，专程带皇三子赵王高燧来到辽东阿什哈达噶珊，是向吉海大师面授旨意。永乐帝自登基称帝至今，已经一年多了，为了创建永乐宏图，永乐帝钦定在皇帝身边建立皇家御用亲随宦官，这些亲随宦官都是皇帝的御前宫中侍卫，又远远高于一般的历朝之皇家御前侍卫，可直接听从皇帝、太后和皇后密旨，可在皇帝御用宫中行走，可见皇帝的皇后、嫔妃、奴婢，故称内宫太监。皇帝身边的内宫太监唯有皇帝钦点钦批，由皇帝授旨方为内宫太监，皇帝不看中、选不上的，任何人也休想成为内宫太监！吉海，本宫由衷地祝贺你，你已经被永乐皇帝选中大明永乐帝的内宫太监了，这是千里挑一、万里挑一才使你能成为内宫太监的。从此，咱们完全是一家人了。凡成为内宫太监者，就一心为皇帝和皇家效命，为永乐皇帝而生，为永乐皇帝而死，如有任何不测，誓死不渝，不离不弃。永乐帝心系北疆北土，知你有家传的造船秘籍，为永乐开疆拓土，永乐帝将令授命于你，去涉险破关创业，去开疆护土，耀我大明，义无反顾。日月昭昭，吉海，你敢受此宏恩之命吗？"

至此，吉海一切都明了啦，原来，一切皆在此呀。

于是，吉海立即跪地叩头说："吉海蒙皇上厚恩，吉海万死不辞。死而后已，义无反顾。"

说着，他又转向南方叩头。头碰得咚咚响。那是对大明，对永乐帝的忠心。

靖妃很是高兴。她亲手将吉海拉起，爱惜地抚摸着吉海的手说："头碰疼了吧？很真诚，很感人。我们信任你……不过……"

说到这里，靖妃又停顿了一下。

吉海说道："娘娘，有话你直说无妨。"

靖妃这才点点头，说道："吉海大师呀，这内宫太监有严格规定，也是历朝历代的老规矩。成为内宫太监，天天与宫中各位美貌如天仙般的妃嫔们在一起，这……"

吉海闻听娘娘这么说，便慌忙打断了娘娘的话语，抢着说："娘娘，吉海虽一生未娶，只因长年跑江走水，在江海之中畅游，已身得痼疾，肾肌劳损受害，早已不知夫妻男女之事了……"

靖妃却不管吉海在一旁怎么解释，她还是照样地接着说道："按宫中入宫为太监的礼制规程，你仍要净身方可……"

吉海大吃一惊，说："净身？"

因他知道净身是何意，也从古制中多次见到净身的记载和一应说明，他不禁大吃一惊。

可是靖妃娘娘已经对他点了点头，告诉他必须净身，又说："只有净身，才能成为一个名副其实的太监，这个皇上有旨，而我只是专程来此告之，主要还是传达圣上这个旨意的。你不能抗旨，而我也不能违旨啊！"

靖妃的一席话，还有说话时的态度，说得吉海心跳得很快，急得他眼泪都快要涌出眼眶了。

是啊，对做太监的在身体方面的处理他倒是听说过，可做太监是怎么样去净身啊？身子受伤吗？疼不疼啊？可咋忍受这苦啊？这可怎么办哪？但是眼下，自己已别无选择、别无出路，这是皇上的旨意啊！

这时，吉海忽然记起：当初，济民道长专程从萨哈连赶来告知我，将有厄运，要降临到我的头上，但是什么厄运，又天机不可泄露，恰恰在当时我回绝了道长啊，也从此离开了每日形影不离的小雀儿五子。现在我要离开了人间民众，成了一个宫中太监啦！

唉，这便是吾亦吉海，就是吾亦家造船世家的下场？

吉海几乎是悲痛欲绝……

可是吉海，他从来都是一个顶天立地的硬汉子，是一个真正的男人。男人难道只是生理上的象征和存在吗？有没有精神上的，那种在心底成为一个永恒的男人之心、之胆、之魂、之气？他一时间糊涂了，但心底又十分清晰，为了船业，皇上选我，也是为了给他造船。给他造船，也是为给大明，为这个大族大国，不也是为了我亦家吗？这么下去，亦家船业没丢失，可借大明之势，传我亦家船业之技，保我亦家世代所留下的手艺。既然这都是为了造宝船，再疼、再苦，一咬牙、一闭眼，也就过去了。干脆，在此一搏了，有啥了不起的！别的太监能忍受，难道我就不能忍受了？

想到这里，吉海的心反倒平静下来了。

这时，程凯已经回来了。

程凯带回来的饭菜表面看上去，是一桌丰盛的普通饭菜，并对靖妃说："娘娘，已经办妥。"跟着进来的还有两个年长一些的店铺掌柜模样的人。他们拜见了靖妃娘娘，靖妃娘娘便让他们把提盒拿过来。靖妃看了看，将饭菜和几碟小菜放在桌子上，还专门为每人端来一碗米粥。

靖妃娘娘点了点头。然后，将其中的一碗端给了吉海。

那是一个海碗，粥色发黑，好像是黑米粥，但味道很好，飘荡着米粥的香味儿。

靖妃娘娘说："吉海呀，我特意要了一碗黑米粥给你。有营养，你多喝一些。"

吉海说："谢谢娘娘，吉海愿意喝粥。"

靖妃说："好。咱们大家快吃吧。一定都饿了……"

于是，几个人一齐开吃。

就这样，靖妃、赵王高燧、程凯、吉海四人吃了早饭。吃完饭，吉海很快便安静地睡着了。这时，赵王高燧、程凯立刻把吉海抱入内里的暖阁之中，放在一张木床上，让他躺下睡着，吉海睡得非常安静。

各位阿哥，听我朱伯西说吧。咱们书中暗表，其实这一切，都是靖妃与赵王高燧经过精心策划与安排的，他们从北京来时，就早已计划安排好了的，把别的事都办好后，把吉海单独引到一个与众人隔离之地，专门租用特室为吉海净身，其他一切人等均保证不知道。这样，吉海成为太监之事从不对外宣扬，这不会使外人惊讶，对他本人也是一个维护声誉之举，也没必要让更多人知道今后吉海的真实身份。

靖妃从京城来时，除赵王高燧之外，还带来了三位皇宫中专门从事太监净身技术的高手、快手师傅，他们长年从事此艺，有这个专门的特长。他们让对方吃下他们的药，可以在对方熟睡之中，不知不觉地将男人下体的睾丸迅速摘除，或者，怕只摘除睾丸男人还会有异常之举出现。因为过去有的太监因留下了阳物，还是时常将宫女弄出大事来，所以必须要除去根底。这除去根底，就是在摘除男人的睾丸同时，也要将阳物一并割下或割下大半部。

男子的阳物，有时割下大半部却依然能恢复性欲，造成对方有孕，所以忽视不得。所谓净身，那是彻底除去男子的阳性存在。

这次，靖妃受命从京城带来三位宫中净身高手，这些事，吉海一点儿也不知道，也不知情，他也不可能知晓，也没让他认识这三个净身师傅。靖妃和赵王高燧带来一些宫中人，他也不知道人家是干啥的。

吉海被引入这个陌生的小屋，那三个宫中净身师傅，便遵靖妃娘娘之命，偷偷地去准备了，表面上是去办理饭茶之事，其实他们是去了药店，到那儿配好了专用的麻药、迷魂药，下入了粥中。长白山中，这种麻药、迷魂药的药源特别丰富，四季均有可产，所以京城药师选起来极其容易。但这种麻药是有时辰的，必须在下后也就是吃入肚中，要寻机立刻动手，不然时辰一过，药性即微，人便有了知觉，再动手时，人会疼得醒来，接着大叫、大闹，根本净不了身，一切可就前功尽弃了。

所以，每时每刻，这三位师傅随时跟随。

送粥进屋时，三位净身师傅仿佛并未露面，但其中来的那两位送饭的掌柜，其实就是他们装扮的，吉海是无法记得的。吉海吃了药粥昏睡之时，这三位净身师傅迅速地跟进了里屋的暖阁间。他们是真正的"职业杀手"！

只见他们，迅速扒下昏睡的吉海的裤子，开始实施他们的"拿手好戏"，只一刀下去，便将吉海的睾丸处理完毕，而对于吉海，他们有御旨，还是留下其作为男人的标志吧。

三位师傅手法娴熟，净身手术做得相当顺利。只有一袋烟的工夫，已经净身完毕，将治红伤的几味药，狼毒、胡椒粉、半夏，用白酒和了涂在伤口处，又给吉海冲服了暴马芹、尼陀螺饮汁，并嘱咐说，必须每天让他饮一杯人参汁液，那是长白山里最好的滋补汤，还要加喝三七汤，这才渐渐进入疗养期。

靖妃在外室陪伴、等待。

吉海渐渐地醒来了，见到众人，他还不知道是怎么回事，还感觉很奇怪。究竟发生了什么事？他还有点不好意思。

他说："啊呀！太对不起了。让你们久等了。我睡得太久了。有什么事吗？"

靖妃娘娘和众人都说："没事，没有事。"

福兮？祸兮？一切就这样成为了历史。

第七十五章　　与郑和结识

可是，吉海见众人都在奇怪地看他。

这时，他才觉得下体比任何时候都觉轻松了许多，仿佛少了什么。少了什么呢，他又发觉不出。而且，没有一丝一毫的疼痛之感。

他的手要往下去摸，还是让靖妃娘娘说的一句话给他的意念和行动都挡住了。

靖妃娘娘说："吉海呀，别碰下边。吉海呀，我祝贺你，一切顺利。皇上怕你遭罪，专门从京城派来宫里三位大师，给你净了身了……"

吉海说："净了？"

靖妃娘娘说："净了。他们用的药、使的刀术，比给任何太监净身的手术都做得高、做得好。你已经脱胎换骨了，已经不是一般之人了，已经成了一位真正的内宫太监了……"

吉海说："啊！啊……"

靖妃说："从现在起，你要休养十日，我们始终不离开你的身旁，待十日之后，咱们再一同去面君，尚有许多的要事等待着你去做呐。"

十日后，钦差大臣靖妃娘娘、赵王高燧和随行官员，带着已经完全身体康复的吉海大师，顺利地安返北京。人们在已经修缮一新的原燕王府邸前，下轿下马，永乐皇帝朱棣，依然那么精力充沛，像从前一样，亲自出殿迎接靖妃、皇三子高燧，更是破例地迎接了内宫太监——亦吉海。

此时，亦吉海已经不是原来的船匠身份，而是大明王朝王宫中永乐帝钦点钦批的内宫太监，是皇帝身边的近人了。

历史上，特别是我国明朝的永乐年间，朝廷极为重视内宫太监，称为宦官，甚是厉害，他们的声誉、地位与其他官员不同，并高于皇帝身边的大臣，要远比他们能得到皇帝的多方重用和信任，开历朝先例。自从明一代开始，内宫太监专权，甚至超越皇帝，众臣都不敢得罪内宫太监，竟有宫中一霸之称。这种局面，都是从永乐皇帝开始形成和助长的。

吉海进入北京永乐帝行宫，永乐帝专门举行了一个仪式，先是吉海拜皇帝、拜妃嫔，然后永乐帝赐御宴、饮御浆、穿御赐的内宫太监官服，这样的仪式一一经过，才能成为内宫太监，也才能在各种仪式上昭明自己的身份，从此也才能告之天下，在全国畅行无阻。

其实，永乐帝朱棣在数十年前，也就是他被封为燕王驻守在北平时，就是一个心怀大志的人，从未饱食终日，无所用心，或是夸夸其谈。朱棣是日日省身，处处苛求自身的完美，那是对自己人格上的严厉要求。他求才若渴，只要是人才，他不惜千金万金去求、去拜。凡天下有奇才、奇术、奇艺之人，他都是竭力去拜谒，并结交为挚友，或者是延请至燕王府，美衣、美食、优厚俸禄而养于府中，故此类如同亦吉海相同的能人、才子，家有祖传秘籍之人，他都迎请进入府中，成为自己得力的左膀右臂。

在当时，人们广为传诵的一个人就是马和。

马和，云南人，其父也是那里的人。马和从小就被朱棣所看中，很喜欢他的机灵、聪明、多智多谋。于是，朱棣赐马和"郑"姓，从此名为"郑和"，也是经过严密的净身之后成为内宫太监。

在迎接吉海到来时，朱棣专点郑和也前来，因此当时郑和也在迎接吉海的众太监之中。当然，吉海不知道他们都是谁。

可是郑和，却是常常听到北土船王亦吉海这个名字。

那是因为郑和在朱棣身边，他时常听到朱棣谈及辽东，谈起辽东的造船世家，一代船王——亦吉海大师。论年岁，吉海四十多岁，而郑和三十多岁，吉海对于郑和，那正是一位自己非常敬重、敬佩的大师啊！

在郑和的心中，对于吉海，他是相见恨晚，久仰大名，一直是未曾谋面。今日一见吉海叩见永乐皇帝，永乐帝赐御宴款待吉海大师，靖妃、赵王高燧，前后朝的各位老朝臣，还有大名鼎鼎的朱谦武大人等都来陪同，一见这陪宴的众人，郑和心中便明白了，这吉海绝不是一般的内宫太监，他是朱棣大帝心中的一位重要的人。

宴席间，吉海首先带上了他精心制作的九桅九帆四层客间的巨船模型。这下，可让永乐皇帝和所有陪宴的文武群臣震惊无比。大家如睹至宝，赞誉惊呼。

有人说："哎呀！这是真的大船吗？"

有人说："不知能否下水？载人？"

有人说："太妙啦！这样一来，我大明可以有水上的优势啦……"

有人说："咱们有福乘而一坐吗？"

说什么的都有，总之，就是乐、吃惊、振奋、夸赞。

人们一个个的，都不在酒宴上坐着了，不约而同地离开了座位，围聚在巨船模型前，看不够啊……

那大船的前锚，把锚人在紧张地忙碌，九桅九帆张开，正迎风招展。几位斗桅护卫兵勇，正爬在高桅上，舒展着那被狂风吹折皱了的篷帆，满面红光，动作熟练老道，毫无惧色，个个斗志昂扬，捷如猿猴。而四层船楼中，透过亮窗明儿，可见有几个秀女正在翩翩起舞。楼台上，十几个扯绳的汉子，正在猛扯绳缰，个个汗流浃背。胸、胳膊的健壮肌肉上，流淌着油光的汗珠。船上的数十个摇橹划桨手，正在低头拼力地划着长桨。巨船后尾，一位白发长髯的老艄公，正双手紧握大铁舵，与江流争锋，眼向前望，还在张着口，好像在喊叫着什么。让人望去，仿佛看到一艘巨船正在怒浪恶风中奋力拼搏，迎浪而进。船上的所有人都在一心忙碌，精诚团结，众志成城，不畏狂浪险途，在分秒必争地把一艘巨船推向前方。人们仿佛听到了船上的人走动声、干活声、说话声、欢笑声、叹息声。还有，就是大海上的风啸声、浪的拍击声，更似乎真切地听到了老艄公——全船的最高统帅，主舵老爷爷在喊着："孩子们，加油啊！孩子们，可不能懈劲儿呀！再加把力呀！猫着身子也要顶住大风浪啊！这道鬼门关口，咱们就要闯过去啦！"

那个老艄公，是那么勇猛、慈祥、善良、多智，给人一股子一心跟他走，不怕艰难万险的念头；这让人想到，这个老艄公不正是大明君主，正是那足智多谋的朱棣大帝。

面对着这巨船，从那载满森严豪气之中，仿佛真正令人见到这是搏击怒浪后胜利而归的英武巨舰，显得那么英姿飒爽、气宇轩昂。瞧那船舷两侧的百位缭手，手掐长缰，眼望篷帆，忽紧忽缓。

永乐帝朱棣简直是看呆了。

他由靖妃和赵王高燧等人陪着，竟然围着这艘巨船的模型绕了整整三圈儿，这期间，吉海就在皇帝身边，话语不停顿，一个劲儿绘声绘色地给皇上讲着，朱棣简直是被巨船船模的气派完全给迷住了。他又让吉海描述巨船在浊浪排空中勇往直前的行驶状况。

朱棣说："吉海爱卿，急浪突来，该如何？"

吉海说："圣上，船上人要时刻想着急浪突来。"

朱棣说："一旦没有想到，急浪卷来……"

吉海说："圣上，这时最重要的是，不要慌张，要稳住。大家齐心合力，方能化险为夷。"

朱棣点点头，喜悦涌上了心头。

这时，朱棣竟然弯下腰去，更加细致地观看，他仿佛登上了这艘巨船，也正在与全船的人一同呼吸，一同远行，一同在拼搏奋斗着。

永乐帝朱棣，此时此刻真是激动万分，他手拉着吉海，停住了脚步，大家也立刻停下来。

只听朱棣大声宣道："诸位听着，朕得识吉海这样人才，乃是我大明之幸啊！吉海爱卿，你已成为朕的得意内监，又给朕送来了畅行天下的宝船，这正合朕意，此乃天助我大明也！朕自幼就有凌云之志，素喜天鹏大鸟，展翅能飞万里，更梦求蛟龙，信步可达九州方圆。吉海使朕梦想成真矣！吉海！听封！"

吉海一听，急忙跪倒在地。

只听朱棣皇帝十分郑重地说道："吉海，朕封你为三品参政，执掌全国舟楫之利。"

吉海急忙叩拜："谢主隆恩。"

第七十六章　天坛埋忠骨

朱棣上去一把，将吉海从地上拉起来。

"爱卿，请起……"

朱棣等人又重新归座、入席。

当大家又都坐好，朱棣又郑重地问道："吉海，朕正要问你，此乃巨船模型？"

吉海说："回圣上，是模型。"

朱棣说："但是爱卿，朕务求于用。不可金玉其外，败絮其中。此巨船模爱卿能令其成真否？"

吉海听永乐皇帝这么一问，又忙要跪地禀奏，还是永乐帝朱棣忙给制止了。

"不必啦，"朱棣说，"吉海爱卿，君臣此地相谈，权当家里人闲叙，不必求礼。咱们坐着说也可以，到模型前边走边说也可！"

吉海又给皇上谢恩后，他走下座位，来至那巨船模型前，说道："圣上，臣在这里边走边说吧。"他的样子庄重，很有信心的样子，叫人很是踏实。

吉海大声地说道："皇上啊，臣献上这巨船模型，这乃是臣在数年前奉诏来燕京，是皇上任命臣完成之考卷。当年，皇上你还没登大典，以燕王之尊训谕吉海，速回北疆，凤夜匪懈，为王献呈亦家船之真容。臣受命之后，从未敢怠慢，集祖传之技，又糅入臣数十年精研敏求之能，熔智慧与血泪于一炉，而苦心孤诣凝成此巨船之躯体。此非美人之娇容，只图外艳而无内秀！皇帝，此模型，有标、有本、有血、有肉、有魂、有魄，完全可以造成天下独一无二之巨船，以感谢皇上对臣之信赖和浩荡洪恩！"此时，人们发现，吉海已激动得热泪涟涟。

只见吉海，忙从自己背在身上的一个黄布包囊中取出一个用薄木板铆接成的小长匣，他一下子将盖抽开……

众人齐惊："这是什么……"

此时，永乐帝朱棣和众人才见到，在那长长的小木匣里，在那一块黄绫布上面，恭恭敬敬地陈放着两根白骨！

"啊？白骨！"

"这是何人的白骨！"

众人大吃一惊，都走上来，一齐注视着这两根白骨。

吉海又再次跪地。他手捧木匣说道："皇上，为筑造皇上朝思暮想的通行江海之巨船，臣与辽东白山黑水各族兄弟，艰难地开发萨哈连、长白山、松阿里。最后，终于在长白山、在松阿里上游一带，找到造巨船的最佳的资源地和林场，开辟出这运材之水道。陛下，只要皇上下旨，臣等马上鸣钟造船！"

朱棣说："立可成行？"

吉海说："圣上，立可做到。圣上，只要你下旨，命筑造多少艘就按时筑成多少艘，一定让陛下龙心大悦。为践行陛下的旨意，白山黑水留下多少忠骨……"

朱棣说："啊？那么这忠骨来自何方？"

吉海说："圣上，这忠骨是臣在阿什哈达忠魂墓地上带来的两根白骨。那里的那些白骨，都是在长白山上伐红松砍大木时，冬天冻死，在江上放木排，起垛时砸死，还有春天桃花水下来砍马尾坝人的忠骨啊！他们，如今都长眠在阿什哈达那江岸边，山崖下。臣之所以带来两根白骨，以鉴辽东土民对圣上的忠心！"

永乐帝朱棣，见这白骨，又听吉海如此饱含深情、发自肺腑的禀奏，也是感慨万分，他不由得掉下泪来。

永乐帝朱棣说："吉海爱卿，朕感激你的这份用心。靖妃、高燧和众臣们，咱们同去南郊，立坛拜谒天地，在那里埋葬白山黑水的忠魂白骨，以敬其忠。"

众人齐呼："遵旨。"

于是，靖妃和赵王高燧，加上在场的所有众臣、众太监等，都遵旨，随同永乐帝朱棣从宫门出来，浩浩荡荡直奔北京南郊而去。到了那里，由钦天监看完方位，然后给皇上和众臣们选了一个空旷开阔的平场地。接着立即设坛、摆酒、焚香，然后，大家虔诚地将吉海带来的白骨长匣，埋葬于坛址中央。众侍臣陪着永乐皇帝朱棣，三拜九叩，向天地尊神叩头敬拜，并宰杀乌牛白马，以这祭礼来祭奠为创永乐盛世，在开拓北疆中英勇献身的"征东巡检步骑军"将士的忠灵，在艰难砍伐中被冻死、摔死、压死、挤死、淹死的英魂。大祭，礼毕，大家才一一随同永乐朱棣帝回到北京行宫。

此事成为史迹。正是当年永乐朱棣帝，由他所率文武诸臣，亲往北京南郊，在那里埋葬了吉海从辽东白山黑水奉来之白骨木匣，拜祭而筑的土堆土坛。并于明永乐十八年，在此地兴建起宏伟的宫墙，筑起了白玉长廊，象征天穹的宫宇，这便是后来闻名于世的北京天坛。

天坛，为之天的祭坛，地的祭坛。

最早天坛，共祭天神，地祇，后来才分开，分祭为天，分祭为地，也就是从这时候开始，这里成了历朝帝王祭天的神坛。后来才又分建有日坛、月坛、地坛。这乃是后话。

回来进入了北京城里的行宫，朱棣专门将吉海召至内室。

朱棣与吉海面谕，不仅命靖妃娘娘和赵王高燧在座，这是一个破例，而且更加独特的是，另宣郑和太监前来陪侍。

永乐帝朱棣说道："朱允炆行秽苟且，鼠目寸光，倚重小人，岂有庙堂之德？朕梦寐以求者是为扬洪武浩浩之威，恩育万邦之仁德，喜得吉海、郑和两位爱卿，可抒怀朕愿也！"

听得此话，郑和、吉海立刻跪地、谢恩。

朱棣说："永乐开国之初，朕命郑和筑造远洋巨船，已见五艘，令朕慰焉。而今吉海入京，朕如虎添翼，正是蛟龙遇水，得而吉海，卿可安于北京的宫中，专为朕的参政，协力郑和船务和一应筑建事宜，唯卿代朕监督。以后，郑和太监等筑船人工、材料、检询、梳理、定夺之事，皆由卿代朕昭行。"

吉海立即跪拜、领旨，说："臣谢圣上。"

郑和也答："按圣上所旨而办。"

这时，永乐帝朱棣又向靖妃、赵王高燧，以及郑和、吉海太监说道："朕不可在北京久留，金陵宫中诸事尚需朕与尚书们急需办理，北京这里就由赵王高燧统兵守护，靖妃要多劳北疆诸事。郑和太监，你要勤于向吉海太监学习筑船之技能，攻下一应船航之难技，以备我大明多方接亲四邻。你们要亲如兄弟，精心去切磋船艺，勿令朕远念。"

永乐帝朱棣下旨后，因急于赶回金陵宫中，便于次日返回江南去了。

朱棣帝走后，靖妃召见了吉海与郑和，相商关于永乐帝所旨，让他俩精诚团结，共研巨船制造和下海事宜。

靖妃说："郑和、吉海二臣，日前圣上所旨，要多造巨船、大船，你等作何打算？"

听靖妃如此一说，郑和上前对靖妃施礼，说："靖妃娘娘，此事我已熟记在心。记得那日圣上一再叮咛我要与吉海大师共同商研造船相关事项，能否先由我与吉海大师磋商，以便施办。"

靖妃说："好。就由你们二人私下磋商一下，速速拿出一个方案，不要辜负圣上对你们的一片期望啊！"

吉海、郑和二人施礼答曰："多谢娘娘提携，我等速速商办，以请娘娘最后定夺。"于是二人退出靖妃府厅，回到各自处所。

自从吉海来到北京，朱棣已命赵王高燧和靖妃专门为吉海在王府设一处厅室，那是一独立庭院，在王府的左后院。此处安静，一片由西山移栽而来的果树，在夏日、秋日、春日，不是花香四溢，便是树果飘香，也让吉海得以安心休整，静心去思考他的船业与航海大事。

这一日，郑和到吉海府上来访。

那时，吉海已与内宫太监郑和成为志同道合的朋友，简直有如老友一般。一是二人的技艺与特长基本相似，都是走水、造船。二是又有朱棣皇上在众人面前的宣旨，定为二人要精诚团结，共开大明舟楫之利。

皇上对于吉海的旨意更见明朗，就要将北疆之舟楫之利迅速开启，再加上郑和比吉海年少，由他来拜访吉海，正可谓合情合理。但毕竟郑和从小是朱棣看着长大，又已为大明、为朱棣出过力，建过功勋，吉海对其也格外敬重。

郑和见到吉海，立刻施礼，道："郑和参见吉海大师……"

吉海也立刻上前施礼，回拜道："哎呀，郑大人前来，吉海失礼！快请到厅间一叙。"由于从年岁上讲，吉海要比郑和大十多岁，于是郑和便建议说："吉海大师，你不要客气，你是皇上亲封的三品太监哪！如果看得起我，咱们便以哥弟相称，你为哥，我为弟，如何？"

吉海一听，立刻说："多谢你的抬举。如此说来，你我今后便以哥弟相称！"

郑和说："那我从此便称你吉海哥哥啦！"于是二人哈哈大笑起来。提起靖妃娘娘那日所讲，要尽快商议出下一步如何参制大明巨船之事，郑和有自己的打算。

郑和说："吉海哥哥，大明在北疆辽东的葫芦岛建有船厂，一应事宜，不如我等一同去往那里，你先看一看，之后咱们再拿出一应方案，先向靖妃禀报如何？"

吉海说："就按兄弟所言而办。"

第七十七章　送郑和下西洋

有个故事，我朱伯西不得不给你们讲讲啊。说从前，有一个打柴的小伙叫色力保，住在海边的一个山根底下，家中就他和他的额莫过日子，他每天头晌上山打一担柴，卖了买米吃，下晌打一担柴，留下自家烧。一天，色力保在山上打柴，在栎树（黄菠萝树）下的草棵里捡到一个黄色的小石头蛋，滴溜溜圆，可滑溜了。色力保就把小石头蛋揣回了家，挂在房檐底下的旧乌拉里，他天天打柴回来拿出来看一会儿、玩一会儿，觉得这个小石头蛋可真是太俊了。

一天，从南边来了两个人，一个老的，一个小的，走到了色力保家门口，说啥也不走了。那老的不错眼珠地往院里房檐下那挂乌拉的地方瞅。

色力保他额莫就迎出院门，说："不知哪方来的客人，如果走累了，就到屋里歇一会儿吧。"

老的说："谢谢了，不进屋了。老太太，你这双乌拉卖不卖？"

色力保额莫说："那是俺小子穿旧的乌拉，你买它有什么用？"

老的说："乌拉里不是有一个小石头蛋吗？"

色力保额莫说："有哇。那是俺孩子在草棵里捡的。"

老的说："俺就想买它。"

老太太说："买它干啥？"

老的说："留着玩。"

老太太想：这是有钱没处花了，一个小石头蛋还能漫天要价？但她有点半信半疑，便随口说："那你就给一百两银子吧。"

谁知，那老的当真拿出一百两银子，伸手掏出乌拉里的那个小石头蛋，领着小的走了。

老太太拿一个小石头蛋换了一百两银子，可把老太太乐坏了，这回可有钱买粮米了。

再说，色力保打柴回来，伸手往乌拉里一摸，急忙地问："额莫，石头蛋呢?"老太太说:"叫我卖了。还挺值钱,足足卖了一百两银子,你看……"说着,额莫拿出了钱。色力保看着银子,不高兴地说:"谁叫你卖了,俺还没稀罕够呢!"说完,他拿起银子,撒腿就撵。

色力保一边撵一边想:这小石头蛋,给这么多钱,它一定有来历。他紧赶慢赶地赶上了那两个人,他不出声。只听小的对老的说:"师父,你买它有何用?"老的说:"你可不知道,这可是一件无价宝,这叫'榨海干',只要往海水里一扔,就能把大海榨干。"色力保一听,一步蹿到他们前头,一把抢下了小石头蛋,说:"多少钱俺也不能卖,这是俺的。"说完,把银子还给了他们,把小石头蛋拿回来了。

回到家,他缝了一个小布子袋,把小石头装了进去,袋上有一根绳,对他额莫说:"额莫,粮够你吃三天的,俺出趟门。"他来到海边,将拴绳的小布袋往大海里一投,立刻海水就翻滚起来,眼看就把大海给榨干了,水晶宫都露出尖来了,只见海水里走出一个巡海夜叉,把手一拍说:"老弟呀,快别榨了,龙王请你去做客。记住,他会给你好多东西,宝贝任你挑。可你要信我话,只要宫里摆在龙案头上的那个葫芦,今后你就啥都有了。"于是,色力保就跟着他来到了海底。

果然,龙王很热情,设宴款待,然后问他要什么,色力保记住了带路夜叉的话,说只要案头上那个葫芦,老龙王脸色一沉,十分不情愿地说:"你就不能要点别的……"

色力保说:"好吧,那俺就什么也不要,还是回去玩俺的小布袋吧!"

老龙王一听,连忙说:"好好好。"于是,只好把这个葫芦给了他。色力保回到家,就出了怪事了,娘俩的饭每天都有人给做得好好的、香香的,这是谁干的呢?有一天,色力保非要看个究竟,他就假装说去打柴,其实偷偷地猫在屋后,眼盯盯地看着屋里。

那时,额莫已老了,啥也干不动了。快到晌午时,就见从葫芦里出来一股烟儿,落地就出来一个如花似玉的大姑娘,然后动手做饭。啊呀,色力保明白了,这是龙王的三女儿来和他结缘哪!他想:好吧,今后你别走啦,就做俺的媳妇吧!

这一天,色力保看见姑娘再从葫芦里出来时,他进屋一把抓起了葫芦,往身后一扔,只听"轰隆隆"一阵巨响,那葫芦飘进了大海里,变成了一座岛屿,而姑娘也立刻跪倒说明了自己的来历,她正是龙王的三女儿,为了怕色力保再以小石头蛋榨海,就专门来和他结为夫妻的。他们住的这个地方,就有了一个奇特的名字——葫芦岛。

葫芦岛，不但形状酷似一个葫芦，而且这一带还产葫芦，家家户户种葫芦，连草甸子、海岸边上，也长了一片片的葫芦。由于这里海天连接，水域宽阔，到了明时，朝廷便在这里建了船厂。

其实，就在亦吉海到达北京之前，这个葫芦岛已经是一处挺有名的船厂了，是由郑和所建。但自从吉海做了大明朱棣帝的内宫太监，又被委任三品内官，并与郑和一块儿造船，这使得亦吉海有了重要的使命，要帮郑和造出新的大船，供他漂洋过海，出使西域，联系周边邻国，扩展大明在世界上的地位和名声。而且，靖妃也已下令，让他们快些拿出一应方案，以便具体操作。吉海与郑和也说好，要到葫芦岛亲临验查，方可定出方案。

这一日，郑和、吉海便领靖妃之命，前往葫芦岛船厂，这个故事，便是郑和讲给亦吉海的。讲到这里，郑和还对亦吉海说："哥哥，你有所不知，这葫芦岛之地，真乃是一处宝地。水深、海阔，正适大船下水，扯帆而远航。"

二人就住在郑和监制造船的船埠棚里。这时吉海发现，这个船厂虽然所处地点的海况不错，但附近没有大森林，缺乏上等的木材，船料单一，那些船木也没有长白山红松船料够个，尤其是船上的大桅之木，必得长白红松而为之，郑和也感到这个事项之重要，如要造远航西域之大船，大桅必坚。于是二人联名，向靖妃禀报，定下从阿什哈达料场提木，运往辽西葫芦岛，以补给郑和之远航船队造船之用。

靖妃听了郑和、吉海的提议，立即批允，并派吉海亲自督阵，从阿什哈达运大木送辽西葫芦岛船厂。吉海以快马传驿之令，将"火信"送往阿什哈达料场，交由吴信承办。

那时，正是严冬季节，户外冰天雪地，也正是冬季山里伐木，从山下往各沟谷里运木时，等待着春季的桃花水下来，好冲木砍坝，将木冲至江边穿排。而吴信在冬季，还要率步骑军进沙济乌拉，运木、上垛，整理料场。这时，传驿的人到了。

传驿人跪倒禀报："吴将军，有'火信'来自葫芦岛。"

吴信接过"火信"，展开一看，只见上面写着："吴信副都指挥使，现大明葫芦岛造船厂急需大红松五百根，要速速设法运往该地，不可延误军机。"落款是朝廷三品参政亦吉海。

"啊呀！是吉海大师之令。"吴信很是自豪。

那年，自从吉海大师与靖妃娘娘、赵王高燧离开阿什哈达，吴信和弟兄们一直十分想念，现在看到吉海亲自传书，倍感亲切，当即与程凯商议，如何发木去葫芦岛。

那时，程凯为这里的总管，他对吴信说："还是请吴将军拿个主意，咱们如何将大木运往辽西？"

吴信认为，长白山大木到达辽西，从地理方位上，应从长白山南坡放木，再经由"南流水"鸭绿江放木至丹东，再由那里拖木到达葫芦岛，或中途将木排放至桓仁，再以山道拖木至葫芦岛海岸。但这两条路都十分生疏，不具备如松花江"北流水"这条道的运木经验，毕竟在松花江这一带砍木、伐木、放排、漂木已经多年，"征东巡检步骑军"人马一直驻扎在这里，干起来也轻车熟路，于是便将自己的想法说给了程凯。

程凯总管与吴信副总管将此方案一起写文，以快马传驿送至吉海、郑和手中，二人又回京晋见靖妃和赵王高燧，终于认定，此法可行。于是在那年的冬季，从长白山阿什哈达毛巴棱木克场子运送大木去往大明辽东葫芦岛船厂之工程全面开启。

严冬，北方风雪肆虐，大雪日夜吹刮。

山路的雪足有半人深。为了运木，吴信、程凯命步骑军弟兄们先将大雪以木板压平，然后洒上水，就冻成"冰道"。再以牛、马、驴编成"拉木帮"，每十人，五十头牛、马为一帮，日夜拖木，奔往辽西。

那长白山的红松大木太大，一棵都得六七个人才能合围得来！放在地上，直径一人多高，怎么拖拉？程凯、吴信他们就根据山里砍木、伐木、放木时的方法，把每一根大木前头都固定上一根立木，称为"立吊"，再在"立吊"上拴挂绳索，一根大木头得用五头牛或五匹马，才能拖得动。

你看吧，那个冬天，在长白山阿什哈达通往辽西的冰雪上，一伙一伙的"套子队""拉木帮"，举着火把，大声呼喊着"驾——驾驾——"（往前）"喔——喔喔——"（拐弯）等驾驶牲口的口令，日夜拖木、拉木。

许多"赶套"的兵勇，活活地被冻死了！还有的脚、手、鼻子都冻烂了，冻掉耳朵是常事。所以"征东巡检步骑军"有许多人是"秃耳"，就是那时候冻的。

经过两个冬季的苦干，五百棵巨大的红松木材从北疆的阿什哈达毛巴棱木场子拖运至辽西葫芦岛大明造船厂。那时候，从阿什哈达到达辽东葫芦岛，中途要经过还没有道路的荒原、雪原，是这些"拉木帮"开辟了这条道路，这也是日后明、清两朝从北京通达北土、辽东、长白山，到达吉林乌拉的主要驿道。其实，就是为郑和下西洋造船，由吉海指挥从长白山阿什哈达毛巴楞木场子拖运木头给压出来的。这可真是"驿道"，也是"易"道，是一条"不容易"的道啊，而又是"亦"道，是亦吉海为郑和下西洋制造大船从长白山运木留下的古道。

葫芦岛，从前不过是一个小渔岛，由于大木源源不断地运来，这儿日夜锯木、造船，一下子繁华起来了。这里由郑和、吉海领着选木、备料、造船，他们二人一件件分析船在海上航行，哪一部位可能出现哪些问题，特别那大桅，这一下足够牢固，这让郑和心下有了底。

吉海奉旨诚心传授，郑和诚恳谦虚敏学，两人精诚团结，各展所长。至永乐三年三月海冰融化时，葫芦岛海岸上出现了二十多艘威武的巨船，船形体很长，有可容纳船员一千人的四层巨船，九桅九大风帆的航海船，两舷内双座划桨工各为三十人至四十人，船头挂有上千斤重的巨型铁锚，船尾的大舵也是大铁舵的……这是郑和渡海航行的主要装备，是他下西洋的保证啊。

第七十八章　回辽东

郑和下西洋的大船，在葫芦岛得以完善。

那时造一艘船，要安设有几百人的作业位置……

有船的"划工"（也叫船工），有锚工、桅杆手、缭手、划桨手、望哨手、喊号手、舵手多达二百余名，称之为"宝船"。按规矩，远航的巨船，必要有随航、护航船若干艘。在大海洋中航行，人船远离大陆，食用之物，包括饮用水、蔬菜、修船备用器材、常用药材，还要有郎中等，都得应有尽有才行，更得防海盗偷袭，要有兵勇护航。故此，要另有一艘护航的战船。通讯也是大事。

通讯，得用小型刀船。得有补给船、护卫船、通讯船等五六种船随行。大则用一千料，即一千根原木制成的巨船，小者也有九百料、八百料、六百料不等。各型航船，都要备齐，方可出海。最小为独木舟，即威呼，通讯使用很方便，行动便利，一至三人便可划行。真是各尽其用。

吉海协助郑和整整忙碌了一冬、一秋、一春、一夏，一年双跨两岁，终于将郑和武装起来了。郑和出海的大船，把许多长白山大红松拖在船后，拖往他下西洋的南方船埠，以便修造船体而用。

明永乐三年六月，郑和奉旨，以钦差统兵太监的身份，统军万人，就要由葫芦岛出发，经南京龙江港起程，再经太仓出海，船队赴西洋诸国……

临走的前一天夜里，郑和特意前去拜访亦吉海大师。二人相见，紧紧相拥。

郑和说："吉海哥哥，兄弟要出海了。感谢你兢兢业业地为我出海之巨船精心设计，安装了必要的部件，我行至天涯海角，也不会忘记哥哥的恩德。"

吉海说："郑和兄弟，你我皆大明使臣，是永乐皇帝所器重的内臣，造船选船，乃是我祖传的手艺，哥哥理所当然要付之全部精华。在此，也祝兄弟你出驶西域一帆风顺，早日带着各国的赞誉回归大明本土，那时，哥哥定到海岸上去迎候……"

于是，二人紧紧相拥，洒泪而别。这一次郑和下西洋，从永乐三年六月出海，至永乐五年九月方归；后来，郑和又出国多次，使大明远结欧亚诸国，互通文化，仁爱万邦，郑和名传史册。这是后话。

再说吉海。这吉海太监奉旨送走了下西洋的航海大师郑和，并又为郑和后来的航海航行备用宝船，做了方方面面的准备，他指导众匠、兵勇，制造了郑和下西洋所用的巨船九艘，还培养出一大批造船的能工巧匠"发克西"（满语，备工匠师）。于是，永乐五年春，靖妃送来了永乐帝的谕旨，命吉海可以返回他的辽东故地了。

这一日，靖妃特意从金陵赶来送旨。

靖妃宣："吉海大师接旨！"

吉海跪倒，听宣：

> 三品御前钦差太监，统理辽东参政吉海，朕命你即刻返往辽东，扩建阿什哈达故地船厂，施办北疆江河之舟利大业。勿误。钦此。
>
> 永乐五年春上

吉海接旨。随吉海同去辽东阿什哈达噶珊的，还有鲍海副都指挥使等人。鲍海原籍北疆，鞑靼人，很早在朱棣为燕王时，鞑靼王赐给燕王朱棣的通事官，留在燕王府。朱棣发动靖难之变，推翻了侄儿朱允炆，自己称帝，鲍海参与起兵反叛，杀敌夺城有功，按其鞑靼语言赐姓鲍，取名鲍海，那是寓意他来自鞑靼海。现在，鲍海已是一位将领，册封为辽东都指挥使，随护吉海太监去辽东阿什哈达并受命率兵五千，镇守阿什哈达，统管治理当地治安，设立都司处执掌社会安定，执行明朝之地方政权之责。

吉海太监现在可不是往年那个只制造巨船的家传名师了，而是大名鼎鼎的大明朝天子身边特派至地方的三品御前内宫太监，权柄甚大，甚有威望之人。

前书说过，内宫太监为明朝之宦官，到各地走动皆是官大一阶，没人敢惹，有生杀大权。吉海如今已成熟、老成、深谋远虑。按年龄来算，吉海此时已经是四十七岁了，表面看来，仍然是那么红光满面，白胖白胖的，不像当年黑瘦、苍老之相，他还没有胡须，一点儿也不显得老态。特别是自从到了北京之后，很少受到风雪严寒的折磨。几年来深居在北京永乐帝的行宫皇府之中，饮食皆为帝王之膳肴，比从前更显得年轻富态了。

吉海自领旨后，其实他内心归心似箭。

他对鲍海说："鲍海副都指挥使，咱们要速速办理好一应事务，早早起程。"

鲍海答："遵命。"

鲍海领令后，很快便做好在北京方面的各类交接杂务，统领赴辽东步骑军大军，静候吉海太监发话，便可开跋东行，出山海关，去往阿什哈达噶珊之路。

吉海又前去府上和靖妃娘娘告别。

靖妃本应近日就该返回金陵，所以未走，就因有旨要特别传于吉海，她要等吉海一行出发后，她才能返回金陵，并向永乐皇帝朱棣禀奏此地一应事宜。

现在，吉海跪在靖妃娘娘面前，说："娘娘，臣要北去，回归阿什哈达之地。娘娘还有何吩咐？。"

靖妃把吉海拉起来，一再叮嘱吉海太监，说道："吉海太监，你此番东去，非同一般，绝不是来京受命，办完造船之事，就安安稳稳地回到北方你的故乡，做你的亦家船之事了。你此去阿什哈达，是全权代表永乐皇帝回北疆的。北疆的一切政务都要管好，如都司的建立，各地官员的选配、任用、上奏，与乌拉、辉发、长白、哈达、叶赫诸部的通好与管理，还有与上游的白山、沙济、额穆等一带族民的联系，更有要早早修造一处与葫芦岛一样的船厂，备造宝船、战船、民船，还有刀船、大船、帆船、补养船、接济船等一应船只，要尽快动手而为之。一旦圣旨下来，你要与鲍海等船师东进入海，通好与联络鞑靼外海各野人部，宣示大明仁政，统御海疆等要务，这可是天大的事，都在等你一件件妥善办理，早有成效，早有佳音禀报给皇上，我们都在恭候你的喜报、捷报啊！吉海太监，此行你可是重任在肩，前程豪壮，前途似锦。皇上深信吉海之德、吉海之才、吉海之智、吉海之品，期待你圆满完成此任，勿负皇上圣恩，好自为之，保重，保重，多保重啊！"

靖妃娘娘，口若悬河，语重心长的一番话，使得吉海太监感激万分。他心想：是啊，皇上、娘娘，真是对自己关切有加，把我的种种前程都设想得十分周全，自己还有什么理由不去奋力而为呢？

想到这里，吉海跪地向南给永乐帝的宫阙叩头谢恩，然后又给靖妃娘娘叩头谢恩，这才进入车轿。那是一辆八匹马拉着的大车轿，驭手将小鞭儿一甩，八马扬蹄飞向远林远山，很快就出了北京城。

鲍海骑着一匹黑色铁骊骏马，十个卫士，七个随传在两侧护卫，五千将士也骑着骏马，是一长蛇阵的马队，这些人马踏向大地。旱路上立刻扬起烟尘，两旁不少的乡民乡士跑过来观看。

人们互相传诵着："瞧啊，大哥大兄弟，大姐姐，这可是大明朝的永乐皇帝的步骑军哪，人家个个善战！这是去往哪里？"

"你看，前头有一辆大轿子车，一准是大明朝的大官员！"

"他们往东边奔去，那是出山海关的方向啊！"

"出山海关？啊呀，这是奔辽东？"

"那里一定出大事啦！"

…… ……

百姓之言，说啥的都有。

而且这支队伍，真能引起四周乡民的注意和赞叹，一看便知，这大车轿，长长的明军骑兵军武长队，烟尘滚滚，非同一般。特别醒目的是在骑军马队之后，竟然又是二十多辆四马大轮车，车上面都是以谷草盖着，很是显眼，必是粮草啊！一般军武大队远征远行，才备有粮草，这说明这支军武兵勇要奔向一个地方，要长久驻扎在那里，那该是一处什么样的重要之地？

确实如此。其实吉海太监此次回辽东，他是代表着大明朝廷来的，他来到辽东广袤沃土去行使朝廷大权大策，开疆拓土，耀大明之武威。他是经永乐皇帝的御批圣旨，经靖妃与户部尚书合办，特批四马大铁轮车，二十五辆，装载粮草、布帛、铁锭、锅釜、碗具、日用百货，以及三大铁箱，内中秘密装有当年大明朝通用的洪武通宝九万串！

当年，永乐通宝尚未铸成，各地在通用的依然是洪武通宝和洪武初年铸造的铜币"小放牛大铜钱"，铜钱上那一牧童扬鞭驱牛的形象催人奋进，又彰显大明风和日丽、风调雨顺的场面，深受万民喜爱，人人争存此铜钱，又盛传其可以除魔辟邪。这二十五辆车又有百余马队骑军护卫在左右两侧，戒备森严，这样的场面，多年不见，能不引起黎民百姓的惊叹议论吗？

咱们再说这开路的鲍海都指挥使的步骑战马，那马一直飞奔在前头，在离开这支队伍有三里之遥的这段距离上，随时有探马回返禀报都指挥使将军一应地名、地形、地貌、道路特征等事项。那些兵往往一个跟一个地从马上跳下来，单腿跪地："禀报，前方一切顺利，未见异常……"

或："禀报，前方已进昌黎城。"

"禀报，前方已离山海关一百里。"

"天已阴，要来风雨……"

一应情况，细致、清晰、准确无误。

就这样，吉海率领这支开拓大明北疆的边地之伍，日夜行进，奔往辽东。

第七十九章　彻夜长谈

奔往辽东之路，关卡甚多。

引路官又将车辆与马队的进程随时传报一路关卡。城邑、关卡、驿站，各路官员，一听吉海大师到，必迎接这皇帝派的御前太监，这是朝廷大人的车轿到了，代表皇帝出行。于是，各州、县、城、邑官员都要出城廓沿路迎送，并备茶水等恭候。

不但要迎，还要送。

什么时候，人马从自己的州邑、关卡的最后地界过去了，他们才敢率人返回州衙府第，万万不可轻视、怠慢。

本来，吉海太监不想惊动沿途官吏，虽然是内宫，也不要这样，他曾多次告诉鲍海说："速速通过。车轿之内已经备有茶水等。你们兵勇若饮水等可停歇少许，我们自己赶路。你务要训谕将勇，少烦扰乡民为安。"

鲍海唯唯应诺，但脸上出现难色。

因为如今，吉海大师已是内宫太监、皇帝钦差，来到一处州邑，地方官吏献上热茶，不喝一口，那是看不起他们，但在这里喝上一口，下一个州邑如果不喝，此地便会被看不起，那些官员便会认为自己脸上无光！

这些客套、礼节，真是没办法，别说鲍海，就是吉海内宫太监也是没办法，有时，他只好接过地方官员从车轿窗口递进的热茶，喝上一口，接受叩拜问安，然后以继续赶路为由，赶快上路……

某日，酉时，前骑官最先到达阿什哈达。于是，前骑官立刻传告，说内宫太监钦差大人来到，这可惊动了阿什哈达噶珊众位首领，都出来迎接，出来迎接这朝中大人。

最先走出来的就是"征东巡检步骑军"副将吴信及噶珊众位首领，还有地方官吏周知的诸位大人等，他们都出来迎接这朝中来的内宫太监大人。但由于那时这里也换了许多官吏、新人，也有许多，吉海已不熟悉、不认知。于是，这些人就互相议论纷纷。

有的说："这位内宫太监是何许人？"

有的说："他来过咱们阿什哈达吗？"

有的猜测："这人凶不凶？仁慈不仁慈？"

还有人说："咱们的吉海大师是否也该回来了？"

有人说："听说，他做了大官。"

有人接应："做了大官，就不一定回咱这寒冷故土啦。"

议论纷纷，说什么的都有。

这时，就见八匹马大轿车在驭手的甩鞭之中，"哗啦啦"地奔来，又戛然停在了众人面前。大家都在全神贯注地看着这个披有蓝黄彩穗，轿车上有彩穗窗的雕花轿车，在这山城阿什哈达那真是头一回见到这等样式的豪华轿车！

只见车门帘一打开，先跳下两位穿着宫服，头戴方形黑纱太监侍卫帽的两个人，随着车帘启幔，从轿中低头走出来一位身着红色内宫太监宫服的人，那两个侍者立刻上前，左右一边一个将那人搀扶住，让他慢慢地下了轿车。

这时，这人把头抬起来，双手抱拳、边施礼边大声地说道："众位父老乡亲兄弟，我吉海在这里给众位施礼啦！众位可好啊？我吉海终于回来了。终于又回到了众兄弟身边，太想念众位兄弟了！"

"啊呀！是他，真是他。"

"啊呀！真是吉海大师！"

这时，可把正在惊望、仰望、寻望大轿，看看里边到底是什么人的田甸老将军、吴信副都指挥使等人兴奋得睁大了眼睛，像不认识他似的，边喊着，议论着，大步从人群里走出来，拥了上去，都过去一下子把吉海给搂抱起来。

田甸此时，实在控制不住自己了。

他兴奋得喜泪横流，竟然泣不成声。田甸老将军说道："吉海，我的好兄弟，老哥哥我，真是天天盼星星、盼月亮，终于把你给盼回来了呀！我想，皇上也不能光疼爱你，不放你，可北疆百姓不能一天没有你吉海兄弟啊！我们也想你呀。好兄弟，看来皇帝还是最理解百姓的啊，终于把你给放回来了！你知道吗，老哥哥我，真怕见不到你啊！"

说着，田甸与吉海又抱头痛哭起来。

这时，在一旁的吴信冷静一些，他擦了擦眼上的热泪，说道："田甸老哥，吉海大师刚回来，一路乘车够乏的，咱们有话回去慢慢唠，走，先进屋吧。"

大伙儿也说，先进屋吧。

于是，在吴信的劝说下，又有鲍海在一旁说道："吉海大人，一路劳顿，请先进屋。我们骑军驻地怎么安排的？"

鲍海这么一说，田甸老将军才冷静下来，脸上仍有泪水，抬头说道："对呀，我也老糊涂了，吴信，快，快带骑军将勇和弟兄们去，安排在东山下新打扫好的三排黄房中安歇！这帮孩子太累啦。好好地洗个热水澡，然后吃饭，就睡觉。今晚的夜哨，就由你们步骑兵来承担，让大老远来的将勇弟兄们好好地歇个够！"

这时，吉海也说话了，这一阵相逢，他也很激动。

吉海说道："田甸大将军，我还要向你介绍，他叫鲍海，大明朝参将，担任辽东都指挥使，总理一切辽东军政事务。鲍海参将，请过来拜见田甸老将军，洪武十七年征东都指挥使，老当益壮，至今还在为军务和阿什哈达毛巴棱木克棱的全部事务操劳着呢！这位是吴信副都指挥使。"

鲍海听后，上前一一叩拜田甸老将军和吴信。因有吉海作为中介，互相见面就显得格外亲热，真有如老友故交。

鲍海辞别田甸老将军，在吴信的陪同下，带军去往新的预备驻军地，安顿驻扎和一应事宜。吉海和田甸手拉手，一同去田甸的住宅。

这时，吉海突然想到，程凯骠骑将军怎么没有见到。于是便问："程凯将军现在何处，怎么不见他前来？"

这时，田甸讲述了程凯将军的一些事。

原来，自从吉海离开阿什哈达之后，因这阿什哈达一带堆起了一片片木垛，贮存了这么多的原木、大木，引起周围的女真族众的羡慕。于是一些族长便引诱族人总是想方设法地聚众闹事，偷抢原木，推倒木垛，放火烧木垛，木墙子（因那时这一带木头多起来，人家也多起来，围木墙的都是木头，所以易燃），常常是大火连天，人称"火烧阿什"，甚至双方经常发生武装械斗。那些女真人，三五成群，哨一吹响霎时便可聚集百人、千人，哨再一吹，一霎时，千人尽散，没有一人，真是奇特神速。他们骚扰完就跑，前后全是深山老林，他们钻进就不见了。

田甸说："昨日程将军率军进入青山老林子里，去追剿那些劫木材的女真马队，尚未归来，估计今日半夜午时就能回来。他也是天天在盼着你，念叨着你哪！"

这时，鲍海的部下，几名骁骑使担着三坛子由北京带来的"燕山玉液酒"走了进来，说道："内宫太监大人，我们奉鲍海都指挥使之命，每屋送两坛子皇帝赏赐的'燕山玉液酒'，这种美酒，只有以燕山鹿脯、居庸关熊掌、古北口熏鸡才能酿成。今晚你就跟老将军在一起叙谈吧。我们就与吴信将军在一起饮用、食宿，还请大人不必惦念。你们老哥儿俩相聚，会有千言万语，也有些要事需要商议，我们就不打扰了。"说着，他们帮着田甸老将军放上炕桌子，将这一坛子美酒摆在桌子上，又拿出一包一包也是从北京带来的美物、礼品。

田甸与吉海走过来，接了礼物礼品。

吉海说道："好，好，还是鲍海想得周全。你们就快回去吧！这里一应事有我们老哥儿俩自己安排，一边说话，一边开怀畅饮吧。"

就这样，吉海打发走几位骁骑使，吉海与田甸俩人边说边摆好桌子，放上碗筷和酒碗了。田甸是最喜欢喝酒的，吉海这是在款待田甸哪。

于是，吉海捧起一坛"燕山玉液酒"交给了田甸，田甸接过来，抠开了盖在坛子上的木塞，屋里顿时香气扑鼻，浓浓的酒气在屋子里弥漫开来，这酒真是醇香味浓，曲味儿十足，这是田甸从来都没有闻过的气味，他连叫："好酒！好酒！"

于是吉海说："老哥哥，这'燕山玉液酒'是元大都时代的名酒，谁喝它，得有皇帝的特许。这次，这九坛老酒，便是圣上赐予你们，是专门为了慰劳你们的！田甸老哥啊，田甸将军，你是近七十岁的人啦，俗话说，人到七十古来稀，我该敬称你为老将军了。我看你筋骨依然这么硬朗，红光满面，这是咱们国家之幸，也是我吉海之幸啊。我就盼着这一天呢，这一天真的来啦！那么，就让咱们老哥儿俩、老搭档、老伙伴、还能紧抱在一起，为国家效力。我此番回来，是带着永乐皇帝的旨意来的，就是大明朝正式管理辽东到萨哈连出海口乃至苦兀岛的行政管辖权，完成建立辽东都司衙门，选用同知，使从北京到东海能一顺水都是咱们大明的州府衙门，不像元朝时没人管，政令不通，总是出事！还总是部落间混战，你打我，我打你，窝里斗，没完没了。田甸兄，你是知道的，这辽东是我亦吉海的故乡故土，我是女真人，如今的皇帝胸怀大志，心中装着我们北疆，北疆的每一寸土地，一湾、一江、一河流，他都不忘啊，这是他的胸怀，让大明朝的仁德远布东海！如同人身上的血脉，都通畅，北疆就由咱俩包下了，这是咱们多少年前就翘首以待的。那些年咱们天天忙碌，造船、造船，咱们的船一直到萨哈连与下游的奇德力、莽古塔、"野马儿"、诺霍苏苏、包鲁卡霍通，见到了咱们的野人部好朋友老总首领柏星阿，再往下，就到萨哈连出海口了，可惜船出了故障，这才又接旨去燕王府。现在，咱们就要接着进入出海口，去拜见众野人兄弟，送去大明朝的温暖和粮食之援。"

田甸说："啊？还要去出海口？"

吉海说："对，要去。"

田甸说："去拜见那里的野人部落？"

吉海说："对，去结交那里的野人兄弟……"

第八十章　确立船厂

　　田甸老将军边饮酒，边听吉海说话。

　　吉海说得细致，田甸听得认真，他喝了多少酒，自个儿都忘记了。

　　田甸越听，越觉得此次吉海回来，可非同一般。

　　于是田甸就说："吉海大师啊，我从小在金陵，对洪武皇帝从内心崇敬，我这六七十年的风风雨雨，就是遵照大明朝洪武之愿在辽东开疆、守土、苦奔、苦拼啊！永乐皇帝承袭洪武之声，我万死不辞，我还能与吉海携手共进百年！"

　　吉海说："是啊，携手百年。"

　　田甸说："吉海，你是皇帝身边的人，你带来了皇帝的恩威，带来了永乐大帝的温暖和关怀，你就发话吧，你说怎么干，咱就怎么干。咱这毛巴木克棱的数千根大红松原木，堆成了木垛海，足有五里地长！这都在等你回来派上用场呢。吉海大师呀，我这两年就是在守护着这宝贝圪达原木，没有丢掉一根！这也是我的老命！现在，这些大原木、大树，我可要如数地交给你了！"

　　田甸说着，又猛喝了一碗酒，已是热泪盈眶。

　　吉海说："谢谢你呀，老哥哥！永乐皇帝有旨，命我回来，立即着手筑造巨船。"

　　田甸说："造巨船？"

　　吉海说："对。只要万事俱备，皇上便下旨，咱们乘船顺江东进！一切就看咱们造船的进度啦。目前，造船工艺已经完全成熟，就用长白山红松来筑造巨船二十九艘。"

　　田甸说："啊？这么多……"

　　吉海说："郑和下西洋率船队出航，那二十五艘大船，全部是我参与筑造的。咱们现在就按原图纸、原模型来筑造。"

　　田甸说："吉海，什么时候动手？你发话吧。"

吉海说："咱们明天就动手。咱们组织好力量，做好分工，分兵把口，把毛巴木克棱大木场，变成一个大船厂。"

田甸说："啊？大船厂？"

吉海说："对。干脆就叫阿什哈达船厂。"

田甸说："阿什哈达船厂！哎呀！这名字可太好听啦！"

吉海说："对呀，这简直是天意，天定。"

田甸说："当年，咱们从上游几个恶河险滩放木排下来，到哪儿都出过事，起过垛，可唯一是到这'额顿'恶河，这木头散花儿后，江水自动就给码起来，垛起来，吉海兄弟你说说，这不是天意吗？老天就让咱们把木头放在这儿，在这儿建船厂，筑造大船，不能再变了。"

吉海说道："看来，天算胜过人算，天意不可违。咱们开船业办船业，广招、广收当地与关内人丁，充实这船厂边地，船厂的工匠、手艺人、作坊人、家属住的院、屯、堡会越来越多，将来咱们仅在这阿什哈达山峦一带已经不能满足。我看，老哥哥呀，咱们可以把这船厂的地界再往北推进，进入温德亨子河一带，进入沙河子一带，进入松花江上游，我看，干脆在沿这松花江两岸，多处构筑居民住地，这毛巴木克棱垛区和阿什哈达一带就都成为造船区……"

田甸说："是得这么大的地儿……到那时，那造好的大船一摆，我的天哪！那得多大一片。船厂，那可是真正的船厂。在咱们大明的普天之下，还没有一个这么多大红松，这么多木头，说要多少，进林子就砍、就伐，放江里就漂运，到地方就造船的船厂呢！"

吉海说："这个大船厂建成，永乐帝会高兴万分！眼下，咱们分好工，由鲍海、程凯率兵护场，这大船厂为朝廷重地，从此再不许闲人进入，有碍造船大事那可不行。"

这一句话提醒了田甸。田甸说："对呀，这里人越来越杂，有时，难以分辨出哪些人是'征东巡检步骑军'的家属，哪些是工匠、作坊、江淮秀女带来的家人亲属，哪些是当地乌拉、噶珊的人。是得清一清。"

吉海说："我早已想好，从现在起，凡在阿什哈达居住的人家，全部迁至到温德亨河以上地界，这样，一是避免江水涨水，淹了住户，让住家安全；二是把居民区与船厂区分开，互不干涉，互不影响，便于管理，又便于造船。"

"啊呀，这可太好啦！"田甸一拍大腿。

这一晚，老哥儿俩就在一个桌子上喝，又在一铺炕上躺，又在一个被窝里睡，唠啊，唠啊，整整唠了一个通宵。当黎明时，当东方出现了鱼肚白时，当阿什哈达噶珊人家和贵子沟一带人家的鸡"咯咯"打鸣时，这老哥儿俩才迷迷糊糊地睡去了。

吉海的这个总体布局，非常的得体。后来阿什哈达这一带发展完全是按照亦吉海的这个设想和安排，开拓发展起来。建设船厂，造船大业也随之实施，沿江一带女真语就是吉林——乌拉，而吉林最初发展也正是从温德亨河子往北，沿着松花江建设起来，这才形成吉林江城。这是后话。

咱们还得接着说，吉海、田甸老哥儿俩唠了一宿。第二天天一亮，吉海便把鲍海都指挥使、程凯骠骑将军、吴信副都指挥使等人叫来，详细地研商了计划，接着便开始实施船厂开工计划。

建船厂，先要清理沿江地段。用今天的话说，那是先动迁，就是将一些步骑军家属、亲友的住处，一些作坊，还有一些店铺，车店的院舍、仓库、田园，统统要搬迁，统一往温德亨河子那儿去。

这天，吉海冒着寒风，领着吴信、鲍海他们正在一片噶珊里，突然，在远处的人群之中跳出一个人来，大喊着说："我要见吉海大师！"

几个鲍海的步骑兵勇立刻拦住，问道："你是何人？"

那人道："不见着吉海，我决不说出！"

这还了得，如今吉海已是大明内宫的大太监，不是随便可以提名道姓的，鲍海手下的卫兵们便说："不报名字，绝不可靠前。"

那人也不回应，直奔上来，这些兵勇也不是白给的，立刻举刀相向。谁知兵勇一动手，只见此人突然从腰上抽出一根七节鞭来，那银色的鞭头上，还系着一朵红艳的红缨，说道："谁敢拦我，我鞭下无情！"

一个兵勇叫道："此人敢于动兵器，还不给我拿下！"说着，几个兵勇举刀便扑了上来。可是，只见这人再也不说话，只是挥动银鞭，只见银光在山坡上闪闪烁烁，转眼间，几个兵勇便被打倒在地。

兵勇们从来没见过如此厉害的武功，一个个又操刀围上，因兵勇众多，打倒一批，又一批便围拢上来，一时间，山坡上，杀声震天，刀、枪、戟、鞭的碰撞之声不断传来，围观的人也越来越多。

这械斗之声惊动了正在江边上指挥将大木铺在江岸上的亦吉海，那时，船厂的初步范围已经打开，第一批木匠已经开始动工，船厂开始筑造大船了，突然有人械斗，吉海急忙率人奔了过来。

吉海来到不远处站下。那帮人还在打斗，一个兵勇一见吉海和鲍海都指挥使到来，立刻跑过来禀报。

鲍海都指挥使问："何人聚众闹事？"

来的兵勇说："一人手持凶器，扬言要见吉海大师。我们不让，他便行凶恶斗……"

鲍海说："那还愣着干什么？多上人，把他给我拿下，他如不服，格杀勿论。"

兵勇道："是。"返身要上前去。

吉海感到此事新鲜和蹊跷，便对那兵勇说道："慢！"

兵勇停下。

吉海说："把此人带到我的帐篷里。"

兵勇答应一声，返身走了。

吉海和鲍海回到行帐之中刚刚坐下，几个兵勇已押解着一个人走了进来，只见这个人长得倒也清秀，只是双手被捆着，双眼被罩布蒙着，看不清脸。吉海问："你是何人？为何来找我？"

那人却不回答，又四外瞅瞅鲍海、兵勇等人，虽然眼睛罩着黑布，但是一再表示，周围有人，自己不便说明。于是吉海对众人说："你等退下吧。"兵勇和鲍海等人便将这人身上的七节鞭收下，于是退出去了。

等其他人都退出行帐，屋里只剩下吉海一人时，来人一下子摘下罩在眼上的布带，说道："吉海大师，是我呀。"

吉海定睛一看，大吃一惊，兴奋地说道："云芝，原来是你呀！你怎么来了，普兰老爹呢……"

云芝上前一步给吉海跪倒，哭着叫了一声："吉海大师！"然后就泣不成声了。

吉海上前一把拉起云芝，寻问方才她和那些建船厂的兵勇械斗的原因。云芝说："吉海大师，这也正是我要找你的。本来，我听说你回来了，我一直想去见你，我爷爷也想你呀，可是他……"说到这里，云芝又说不下去了，于是在吉海再三的安慰下，她才讲了她与这些建船厂的兵勇打斗的原因。

原来，自从吉海被靖妃娘娘宣谕入宫之后，云芝一直跟着普兰老爹生活在一起，她也曾向爷爷说起自己与吉海大师的那段真切的兄妹之情，但是，吉海向云芝吐露了实情，使得云芝最后只剩下敬佩。就在吉海毅然离开阿什哈达之后，云芝连照顾吉海的机会也没有了，便彻底冷下心来，一心照顾爷爷。可谁知，那一年爷爷上山砍木，遭遇了不幸。

那一年，长白山寒冷无比，天寒雪大，普兰老爹由于熟悉山场之路，他带领二十个斧头手进了黑瞎子沟去伐木、砍树，可是就在那天夜里，突然长白山刮起了大风，大雪一下子把山窝压塌，普兰老爹和二十多个砍树手都冻昏了，后来一个打猎的人路过这里救起了普兰老爹，给他抹上野猪油，才缓过来，可那二十个斧头手都已冻死！老爹没办法，只好挑拣了他们每一个人冻掉的一双"脚"一共四十只（二十双）背回了阿什哈达！可是老爹回来后，由于他的冻疮变烂，到春天，也不行了。临死前老爹对云芝说："把我和这二十个弟兄，都埋在一块儿吧！"云芝答应了爷爷，这样办了。那些坟就埋在皮库的坟边上。可是如今建船厂，那些兵非要把普兰老爹生前交代的那些冻死的兄弟的"脚"（衣冠冢）给起走，云芝不答应，这才动起手来。

吉海一听，大声地说："走！领我去看看！"

第八十一章　开工动斧

当下，云芝带领吉海大师来到了争端现场。

吉海一看，果真如此！

原来，就在要建船厂的范围内，真有许多的无主坟墓，而有的已经被吉海、田甸、吴信他们统一给迁到阿什哈达东山上那一片石头围着的坟地里去了。可由于普兰老爹是在吉海走后遇难的，那时吉海不在，田甸、吴信等人正领着人在山里砍木、伐木、运木。当时普兰老爹背回那些冻死的弟兄们的脚骨时，普兰老爹找人先给埋在了阿什哈达木垛旁，靠江边不远的地方，这里却正是如今要建船厂的中心。后来，普兰老爹病故，谆嘱云芝，将自己和死难的弟兄们的"脚坟"埋在一块儿，云芝就照办了。老爹还对云芝说："今后我'走'到哪儿，这些弟兄们就'跟'着我到哪儿，我回老家，也不要忘了他们啊！他们是为大明而献身哪！"于是，云芝在爷爷故去后，她便将爷爷埋在了这些"脚坟"中间，一个大坟，是普兰老爹，两侧各十个小坟，是那些冻死的兄弟们的脚骨坟头。

后来，田甸一直说将普兰老爹和那些"脚坟"迁往阿什哈达上边的那片石围坟地，可由于整日忙于砍木、伐木、运木，一直没顾得上。而如今建船厂了，在清地、搬迁、拆迁时，新来的这些鲍海的兵勇们发现了这些坟头，于是，云芝（自从爷爷死后，她一个人天天在山里习武，也便女扮男装、行动方便）上前说明，爷爷是为大明建船厂砍木而死，可偏偏那些兵勇只同意将普兰老爹的尸骨移往阿什哈达主坟地，却不同意将那二十座小坟墓移走，要推平、填平，这一下可惹怒了云芝，于是他们话不投机，双方便动起手来。

吉海在鲍海兵勇和云芝的带领下来到船厂清建工地，果见人们围着一些坟头在议论。云芝指着中间的那座大坟对吉海说："吉海大师，中间那座大的坟头就是爷爷，那两侧的小坟头，是爷爷当年从山里背回来的被冻死的人的脚骨啊！"

吉海此时一拍手说:"停下。这些坟头,都不要拆,一同迁移到上边的石围墓地,留做日后人们瞻仰。你们可知此坟头中人士之威武,之贡献,他们都是为我大明船业,进山伐木,活活冻死的呀!这里埋着的,就有我们敬仰的普兰老爹……"

旁边有些兵勇,特别是那些后来的步骑军兵勇在议论:"普兰老爹是谁?"

有知道情况的人就说:"就是站在内宫太监吉海身边的那个女子的爷爷!"

还有人说:"好高强的武艺呀!咱们六七个人竟然到不了她的跟前,看来山林山野之中,也许就会出豪杰。"

这时,吉海可能看出了别人的目光,这个女人和吉海是什么关系呢?没听说过吉海在辽东有什么亲属啊,她会是吉海的什么人呢?吉海此时又对众人说道:"现在,大家听着,这个女豪杰是我的表妹,我是她的兄长,你们听着,记着,在辽东,在这松花江边的阿什哈达,有我的表妹云芝妹子在这里,今后还望各位多加关照。"

听吉海这么一说,大家都对云芝投去了敬佩和羡慕的目光,敬佩不用说,她的武艺实在高强,羡慕的是,在这里,在这芸芸众生之中,只有她与吉海大师,竟然有这么一种亲属关系,能不让人羡慕吗?

这时吉海问云芝:"云芝妹妹,你看,普兰老爹的尸骨安葬在阿什哈达的那块有功之臣的公共墓地上,中吗?"

云芝想了想却说:"吉海大师,兄长哥哥,我记得爷爷在世时与我说过,如果要迁移,千万要把他安葬回老家贵子沟,还要带着他那些砍树的弟兄们……"

吉海点点头称赞道:"普兰老爹,真是一片豪情,令人钦佩、敬仰。我看,就依老人生前所托。听云芝指点,明天,我们要共同把普兰老爹与他那二十位弟兄,一块儿送归他的老家贵子沟安葬,送我们的英烈荣归故里。"然后,吉海、鲍海、田甸等人,让吴信带人在贮木场的木垛里,挑选出几棵大原木,然后让木匠连夜做出二十一口厚板寿材,一大,二十小,分别将普兰老爹和他那二十个弟兄的尸骨起出,又以黄绫子包好,装入棺材,准备于第二日前往贵子沟安葬。

贵子沟,当地土名为"段吉",是一处正与阿什哈达相对,在其正西面的一座山岗上,从远处望去,山峦起伏,松花江从上游流下,正从眼前流过,船厂全收眼底。送普兰老爹尸骨归乡的队伍浩浩荡荡,兵勇们各由六人一副杠，杠下是一块托板，上面摆放着普兰老爹和那二十位冻死的伐木人棺椁。人们排成一条长队，缓缓地由阿什哈达启程，不仅绕着船厂阿什哈达一周，而且队伍要经过那一个个木垛，这是在告慰普兰老爹等先人，他们所为之献身的船业已经开始了。吉海一直带人走在队伍前面。

为了更隆重地实施建船厂举措，清理船厂人户，搬迁居民另选新址，包括起坟、送骨，要举行仪式，吉海专门请来当地的部落萨满，为每一项仪式观测天文、地相，以求吉祥，为其祈福。萨满叫林宝，是一位老人，他看完船厂的位置对吉海说："吉海大师，此阿什哈达是块好地方，这儿正是城临镜水沧烟上，地接屏山绿树头，大江正绕青龙、白虎、朱雀、玄武而过，是一处旺地，此乃黄道赤道所在，正与二十八宿靠挂一起。这二十八宿是东方苍龙七宿：角、亢、氐、房、心、尾、箕；西方白虎七宿：奎、娄、胃、昴、毕、觜、参；南方朱雀七宿：井、鬼、柳、星、张、翼、轸；北方玄武七宿：斗、牛、女、虚、危、室、壁。围绕阿什哈达，正有青龙龙潭山；温德亨山为白虎；而朱雀山为前；玄天岭却为玄武山在后，此地乃天下奇地也。"

到了贵子沟，也先由萨满林宝观看地势，选定为贵子沟东山，这儿正对着远去的江面，地势开阔，眼亮，适合安葬普兰老爹等人。棺椁下土之后，云芝跪地恸哭，说道："爷爷，如今你可安息了，你与你那些弟兄们一起回到贵子沟了！而今日，吉海大师也特来送你……"

吉海也上前焚香祭拜，就此，普兰老爹遗骨也安送完毕。是夜，吉海设宴款待云芝，在座的有田甸、吴信等开拓阿什哈达老人。宴席上，吉海对众人说："普兰老爹、皮库、云芝等人，为我大明之船厂兴建鞠躬尽瘁，一家三人，已有两人作古，今后吾与云芝兄妹相伴，有何要求，尽可提出。"

此时，云芝心情复杂。想起昨夜，自己再一次见到了心中之人，云芝告诉吉海，爷爷在临去世前还叮嘱于她，一旦见到吉海，就说他委托要吉海照料好云芝，并拿出一枚硕大紫色东珠，让云芝交于吉海。她说今生乌拉女真与吉海永世合好。吉海拜谢老人，收下了东珠。问起云芝今后的打算，云芝说："吉海大师，我早已想好了。你我虽无有夫妻缘分，但我要处处保护你，眼下建船厂、造船，我都插不上手，就让我暂且回到玄天岭那座道观里去吧。一是可以守护贵子沟爷爷的坟墓，二是也可见到阿什哈达船厂开造大船，如有用得着我的地方，今后去找找我，也方便可行。"云芝手捧酒碗，敬过吉海，田甸老将军，吴信副都指挥使等，然后说道，"田甸老将军，吴副都指挥使，你们都有所知，我云芝这辈子，与我敬仰的吉海大师有一段奇缘，我会珍惜，并永留心底。今后，我在玄天岭的道观之中安心习武，也依然是你们最可信赖的云芝！"说完，她将一碗酒"咕咚"一声，一口饮下，又对吉海、田甸、吴信等人低身一拜，说了一声，"云芝告辞！"然后，她推开门走出去，消失在茫茫的青山绿树间。

建船厂的事宜一应完毕，造船工程便依次开始。由吴信、程凯等人负责招募各地木匠、手艺人和力工。告示在辽东之地以快马传驿方式送达各州县府镇，并在集市、乡镇、作坊广为张贴，一时间，南来北往的木匠、手艺人、力工纷纷赶往阿什哈达，投奔这里。

真是竖起建兵旗，便有吃粮人哪！不出二十日，来自辽东一带几百人，手艺人，木匠，纷纷来报，吴信、程凯等人一一按名造册，忙到深夜。那些报名入册的造船工，每二十人住在一间大工棚子里，每人发三张狍子皮，一个木头枕头，其余工具自带。大工棚子里，日夜灯火辉煌，人们摩拳擦掌，单等船厂开工造船。

那一日，吉海又请来老萨满林宝给看好了日子，船厂造船整道工序——开斧。

开斧，就是动刀、锯、斧了，这是开始造船的仪式。所有船工、木匠，站在阿什哈达江岸上，每人腰上系一条红腰带，站在春风中，望着滚滚远去的江水，先施祭江神礼，然后，又祭山神礼、祭树神礼，最后，随着一阵"咚咚"的皮鼓声，由吉海向所有开始造船的人发放"神斧"。所说"神斧"，便是经过萨满超度，附于了神功的利斧，把上系一条红带，这时，要由吉海分发给每一位船工。

大家排成一队，等着。

专有吴信副都指挥使手展"名册"宣号："×××，领斧——！"

于是，此人回答"×××接斧！"此人便走上前来，从吉海手上接过利斧，再由程凯指定，此人被编入哪一队木组，干哪一类木活，人们一一领斧、接斧、编队。

这种阿什哈达船厂开业大型仪式，真让这一带的人们大开了眼界！那一天，大家都来看热闹，前后山坡上，左右江岸上，到处都站满了看热闹的大人和小孩。

人们不停地议论："你看看人家吉海大师，这事干的地道，办事有头有尾，说伐木、造船，人家就干起来了。"还有的说："人家是谁，那叫永乐大帝的红人，那叫钦差大臣（许多人并不知道吉海的太监身份）。"一时间，阿什哈达建了一座船厂之事不胫而走。而且从此时起，在长白山里，在松花江上游的阿什哈达一带，这里日夜火把闪亮，人声鼎沸，斧子、锤子、木板、木棒的碰击声，日夜不绝于耳，北疆的大明船业，从而始之。

第八十二章 挥师北上

在吉海内宫太监、田甸老将军、鲍海都指挥使、程凯骠骑将军、吴信副都指挥使的精诚努力下，永乐八年腊月，人们发现，在松花江上游那漫长的江岸线上，陡然出现了连排七里长的巨船三十艘⋯⋯

这种壮观的场景，亘古未有啊。

你看吧，在这奔淌而来的松花江上，有史以来第一次出现这种庞大船队的辉煌场面，一艘艘巨船，都是新船，粉刷一新，空气中散发着浓浓的油彩气味，几十里，上百里都能闻到。一刮西南风，下游的乌拉、永吉，甚至舒兰一带都可闻到，就是离阿什哈达几里地，甚至十几里远，就能在遥远的地平线和江面上看见了"船山"云影。到了跟前，那更清晰、壮观，只见大船上，高高的桅杆，大篷帆，桅杆顶上都有钢丝缚成的红缨长龙，伸着双须嘴里吐着红珠，在风中晃动，迎风摆尾，长龙下的小铜铃在响，那三十艘巨船桅杆上的小铜铃，来一阵风，它们"叮铃铃"一齐响，响亮，犹如有数百只的神鹰正在松花江江面的云层中翱翔。此声可传出数十里之遥，那么振奋人心，那么壮烈、豪迈，这是吉林阿什哈达船厂发展的步履声。

大明永乐九年，亦吉海奉旨为钦差大臣，率船队远航。因前程坎坷，途程艰辛，永乐帝恤悯田甸大将军年迈，不便主掌兵旅战事，而鲍海与程凯因地方的发展管理，以及平定流寇，防止扈伦四部的兴起，必须有常驻之步骑兵巡守辽东广袤地域，未准与吉海护行。由北京赵王高燧当下又新任一位主将，名叫康旺，任命为都指挥使同知率兵千员，护送吉海内宫太监乘巨船二十五艘，装载粮米和皇上定的各种赐品，浩浩荡荡，由吉林"船厂"出发，经乌拉、扶余、忽林站、黑勒里，在黑龙江萨哈连下游的特林地方，拜谒当地的首领，部落老人，族众，并创建了奴儿干都司衙门。

那一日，这里晴空万里，当地的许多人都到这里来迎接、观看大明朝廷的官员。乞列迷部落的老首领丹特尔领着一帮各族的老人、老首领，亲临江边恭候，等着大明的巨船停靠上岸。

不一刻，亦吉海率领康旺等官员离船上岸。

老首领丹特尔立刻迎了上来。

丹特尔老首领说："啊呀，昨天夜里，我忽得一梦，我梦见从南边飞来一只白色的雄鹰，展翅而翔，翩翩地落在萨哈连江口。这正是你呀亦失哈大人……"

康旺上前纠正，说："老首领，不是亦失哈，是亦吉海，他是我大明内宫太监，老船王。"

丹特尔一听，哈哈大笑起来，说："不，不！我不管他叫亦吉海，我知道他是老船王，可他是我们这里族众日夜所盼的一只白鹰——亦失哈！我们这样叫着，顺口、顺意！是不是呀，萨哈连的族人们？"

大伙儿听了乞列迷部落的老族长，老首领丹特尔的解释，萨哈连当地所来的所有族长，族众都一齐喊："是啊是啊，他是从大明飞来的一只俊美的白鹰——亦失哈！我们心中的亦失哈！"

大伙儿说着，都哈哈大笑起来，康旺也笑了。但一想，当地人解释的也对。这"亦吉海"与"亦失哈"无论从字音、语意，都十分的相近。因亦吉海乃是用汉字标音的女真语。亦吉海，女真语和女真文就是"衣书卡"，白雕之意。又因女真与汉人长期融合，相处，生活中，劳动中，狩猎，捕鱼，农耕也都喜欢习惯用汉字为具标音，便将"衣书卡"写成了"亦吉海"。而如今，这萨哈连、特林、庙街、黑勒里、苦兀岛一带的土著民竟然又叫起了"亦失哈"，是当地人的习惯，意思又对。所以康旺想，也没有必要去纠正。而后来，随着亦吉海的名声不断增大，加之北土、北疆，特别是萨哈连一带的原住民，就叫他"亦失哈"，所以明代一些汉学史官只听其言，就在史籍中将"亦吉海"记成了"亦失哈"，而在民间也就渐渐地传开了，竟将亦吉海，误听成"亦失哈"，时间长了人们便真的把"亦吉海"三个字，渐渐地淡忘了。当然这已是后话。

这次亦吉海北疆之行，在萨哈连这里建立了奴儿干都司衙门，这都是在吉海、康旺的指挥下，由族人齐心合力而建。

那衙府仿造大明各州地县属的老衙门式样而建。有大院套，雄狮把门，门口有上下马石，旗杆，真是气派。而且，衙门前是个大广场，被称为奴儿干都司广场。这儿紧靠江海之岸，船一停靠，搭上大厚木板，人就可以直接上岸，卸货，运货，送货，装物品，很是方便。这个奴儿干都司衙门的建立，从此开始在此行使大明朝的管辖权，并由当地部落之人为奴儿干都司首领。这首领是选出来的，由各部落派出如乞列迷头领丹特尔一样的族众，各族各部落族众坐在一起，大家先议论，选出一位一位各部落的人选，再从这些人中选出出类拔萃的人，如能下海，能捕鱼，能狩猎，能通晓周边四处的野人的风俗，能与人为善，恩德服众等，然后大家当场选出萨哈连奴儿干都司衙门总管，这第一任总管，当时大家一致推选为丹特尔老人。由于吉海是钦差大臣，并由他主持，大家选出了衙门总管，吉海交代他，可以行使大明行政管理权。接下来，吉海将带来的各类物品、用具、货物，与奴儿干都司的衙门总管一起，分发给了当地的各族族众。大都是当地十分缺少的物品，如粮米、铁器、布帛、绸缎、陶瓷、成衣，还有农耕、采伐、渔猎、狩猎用的各种器具，如犁杖、锄头、镰刀、石磨，同时还留下了一些手艺人、工匠。

这次出使奴儿干都司，吉海特意由当地的阿什哈达一带带去了一些铁匠、石匠、粉匠、油匠、纸匠、木匠、车匠、船匠，这一招，是他想起当年他和田甸前往北京拜见当时还是燕王的朱棣的做法。他记得，当时他带走几把砍树大斧，可是后来他再写信向朱棣求斧，朱棣给送来的，已不单单是斧，而是有造斧的工具和匠人了。于是这个办法，他如前照搬。

因为他离开北京之前，靖妃娘娘曾代传朱棣皇帝的旨意，造船去往北疆、北土，就是为了安抚那里的大明子民，别看中原与北疆远隔千山万水，可大明皇帝是系念他们，要让北土之民感受到皇恩浩荡。所以吉海此次出使奴儿干都司，除带大量的货物、工具、用品之外，他就又带来了工匠。

看来，他此次北行，带来些匠人和工具是真对了。那些部落的族长渴求各种手艺人，几个部落的首领都争着要铁匠、木匠、酿酒师，还想要皮匠和纺织娘。吉海说："好好好！下次再来，我给你们带来皮匠，纺织娘，保管让你们能穿上你们喜爱的衣裳！"

还有的部落，想要一位石匠。

他们说："远方飞来的白鹰神哪，能否给我请一位石匠师傅吗？"

吉海问："为啥专要石匠呢？"

那位部落的首领说："我们想把种的粮食碾磨成米面呀。"

吉海答应说："好好。我一定给你派几个石匠来。"

族人一个个都高兴地跳起来。这时，有人看见吉海从怀里掏出一个小瓷瓶，只见吉海从里面倒出一粒小颗粒，一扬头放进嘴里，吃了。众人都好奇怪，便问："亦失哈呀，你吃的这是什么呀？"

亦吉海说："这是镇静丸。是草甸上一种叫'仙人对坐草'的草沫，碾制而成。这是朝廷的太医和郎中所制……"奴儿干都司一带的族人一听，乐了，他们说："亦失哈大人，能否给我们也请几位郎中来，我们这儿遍地都是好药材，可是，没人会制成什么丹、丸、散之类，如果有了这样的人，我们就不愁得病不会治了。"

虽然大家提的要求方方面面、千奇百怪，但这使吉海很受启发。在吉海的心里，他也一下子想起当年朱棣的深思熟虑，是啊，一定要发展"舟楫之利"，不然，这本是大明的族人，他们却因远在千万里之遥，而不能及时到达，无法安抚、亲近、了解他们。一家人，这不是生分了吗？

北土族人知道吉海是造船世家，见了亦吉海，简直就有如见过自家的亲哥哥、亲弟弟，对他一点儿也不见外，又尊重他是朝廷钦差大臣，但一唠起嗑来，一提起要求来，就像在和家里的亲人唠家常。甚至有人还提出："亦失哈大人哪！你能不能就别走了，你就在我们这儿待下吧。这里，永远是你的家……"

北土之人，一席一席的话，让亦吉海很感慨，他一个族地一个族地的走，帮人家指导修船，造船之术，太重要了。由于吉海与当地部落相处得甚为融洽，返回时，不少部落的头领都与吉海结下了深厚的情谊，并争着要上船。

他们说："亦失哈大人，你等一等，我也上去。我跟你去一趟中原吧。中原啥样？"

还有的说："亦失哈大人，我给皇帝带点土产、海产，都是咱奴儿干一带人也舍不得吃的，都是咱们的好东西。让我拿给皇帝尝尝呗。"

"我也去，我去拜谒明朝的皇帝……"

大伙儿的心，都盼着与中原联系。

从吉林阿什哈达到萨哈连黑龙江出海口，水路大约有两千八百多里路，往返航行察访各部落，半年有余，亦吉海才回到辽东的阿什哈达。这次航行，吉海造的巨船，经得起沿途风浪的考验，一路平安，来往之行没有出现半点故障，吉海还在沿途帮助不少沿岸各个地方部落指导制造江船的技艺，这使得这位著名的船师"亦失哈"的名声，内宫太监之名越传越远。

后来在民间传讲"扎呼台玛发"，并不说内宫太监亦吉海，而只叫

"扎呼台玛发——亦失哈"——那是"老船神"之意，或"恩都力发克西玛发"，双层意思是"神匠爷爷"，一点点的，亦吉海的名字就渐渐地被"亦失哈"给取代了，其至他回到了吉林阿什哈达地方，大伙儿也跟着叫起他"亦失哈"回来了。

第八十三章　消失的船王

永乐十年，亦失哈以钦差大臣的身份第二次出使奴儿干都司，巡视奴儿干，在这次巡视中，他率众人，在满泾站左侧附近的山上修建了一座寺庙——永宁寺，同时还建碑一座，上刻"敕修永宁寺记"碑文。碑文详细记载了明朝建制奴儿干都司、兴建永宁寺和巡视该地区的经过。宣德元年，明宣宗朱瞻基即位，亦失哈奉诏同昭勇将军崔源一道代表新天子，向奴儿干都司各族民众抚恤与赏赐。宣德八年，亦失哈又奉命率船队前往奴儿干巡视，重建永宁寺，夏立《重修永宁寺记》。

这次，他们遇到一个奇特的自然天象。

这次出使奴儿干，他们带来了由山东巡抚拨发在北京海运仓大明粮库中的粮谷三千石，亦失哈船队起船时，其他的粮谷，布帛已装满。于是亦失哈就命阿什哈达另派十艘大帆船装上这些由北京海运仓转来的粮谷起航，直奔奴儿干都司。可是，船快行至瑷珲十里宽江面时，突然，地平线上起了一条黑线。亦失哈站在船队头船上，他打个遮阳一看，这是什么？

开始，地平线上好像起了一股黑云，从遥远的天边向这边涌来，可是转眼间，变成黑线一条条竖立起来，一共三条，收拢的黑线一根根连接着天上的浓云，一上一下，一上一下地向江上涌来！并发出"唰唰"的巨响，接着，白亮亮的暴雨随之而来。亦失哈一看，明白了，这是强大的龙卷风！

他大喊："快！落帆啊……"

这时，那些年轻的小伙子们，按亦失哈的指令迅速将船桅上的大布篷帆一张张落下。

可是，由于那三股大龙卷风是旋转着横排过来的，旋涡风力太强大了，旋风一过，挟带的风力更加强大，帆手又要迅速升帆，这才能尽快脱离大风区，"斗"过龙卷风。

此时，亦失哈看准龙卷风行走的一瞬间，他根据自己的判断，又大喊："快！升帆……"

落帆！升帆！

亦失哈站在船头，将自己的腰上的麻绳捆在大舵旁的木桩子上，才不至于被狂雨和龙卷风掀走，可是，亦失哈就这样迎大雨斗龙卷风时，其实也为时已晚，只听"咔嚓！咔嚓！"几声巨响，十艘巨船当中已有五艘巨船早被这龙卷风一口吞下，那大船"轰隆隆"一阵便不见了踪影，接着又听到在十几里远的草甸和江面上，传来"哗啦啦""扑通通"的响声，那刮破的船板，撕碎的粮袋子从天上落下来，上百名水手、兵勇遇难。风灾过后，亦失哈命人将遇难的兵勇水手的尸骸捡拾起来，一齐运往奴儿干，埋在了满泾对面的土山上。那天晚上，他做了一个梦，他梦见那黑旋风在天边刮来，突然，那风头变成一条黑龙，张开巨口直奔他袭来。醒来后他坐起，他想不清，这是一个什么兆头？

龙，在天乃为天之也，在地乃为圣上，难道是皇上要对自己下手？是亦失哈所为有对不住上苍、圣上的地方？一切都不得而知。但途中所斗龙卷风救运粮船之事却四处传开，被人称为"亦氏斗龙法"。在北土一带，去往萨哈连，当船一至瑷珲，江面开阔，四野平荡，在夏秋之季，极易有龙卷风出现，而当地平线上有黑云涌来，那便是龙卷风势头，帆手要立即准备与龙卷风"斗帆"；再就是龙卷风乃雨之兆头，而雨又与龙卷风相依。一旦有暴雨在远方快速刮过来，那龙卷风一定与其一起到来，所以雨声、雨风一起，这一带的黑云都会变成龙卷风。听雨声，来龙卷风，人亦要准备"斗帆"。后来，在这一带流传着一首歌谣：

> 萨哈连，路不平，
> 狂风一刮起恶龙；
> 南边来了斗龙手，
> 大江之船可顺行。

歌谣本是一种民意，描绘了亦失哈出使奴儿干途中遇到龙卷风之难，他如何机智地指挥兵勇、水手起帆、落帆，以避这种自然灾害，并创造了在龙卷风到来时行船的"斗帆"法，可是，他万万想不到，这却成为后来有些人借此来诬陷他的口实。自从明成祖在奴儿干设立军事统治机构都指挥使司，实施了对这个幅员辽阔，美丽如画的奴儿干之地的管理，可见这个地方的重要。由于奴儿干在大明版图之最北，路途遥遥，对于一个刚刚建立的边疆统辖机构，招抚部族首领，安稳地方百姓，是亦失哈出使的首要职责，也是皇上所委之重任。到达奴儿干后，亦失哈将带去的所有物资分发给当地百姓，"赐男妇以衣服，器用，给以谷米，宴以酒食"，授官员以印信，大加封赏，帮助他们召集旧部，重新统一归属。史料记载表明，从公元一四一一年到公元一四三二年的二十多年间，亦失哈十次奉命巡抚奴儿干，没有动用任何武力，便征服了奴儿干及海外苦兀诸民。他的武器不是刀枪，而是粮食、丝绸、器物、工匠、人才和一颗祈求家乡祥和安乐的赤子之心。这也是亦失哈领人所踏出来的一条古老的丝绸之路。

明朝采取赏大于贡的政策，使朝贡的队伍日益不断扩大，于是大批绵帛，丝绸，绢，日用器具等物品，源源不断地沿松花江，黑龙江蜿蜒北上到达北土，那里的人们又沿着前朝留下的水陆城站。在江边和草原、森林、山岗、河谷，踏出了一条更加漫长的古路，这就是东北亚丝绸之路，而无有船，大明北土之路将无法畅行，这使得阿什哈达船厂迅速在历史的岁月中形成并名扬中外。公元一四三二年，朝廷派刘清任都指挥使驻扎阿什哈达，并在这儿刻有"阿什啥达摩崖"，为永世标志。刘清奉命造巨船五十艘，皆由亦失哈指挥所造，每船乘四十人，还要装载大量的货物前往奴儿干。这一年，亦失哈是最后一次巡抚奴儿干，也是明王朝规模最大，最为隆重的一次派使臣亦失哈北上宣抚。这使得亦失哈的人生也达到了巅峰。造船并以此为载体到达北海招抚，成了他后半生的事业，他为此辛劳二十五年，历四朝皇帝，锐气不稍减。到了万历朝，明朝共在奴儿干都司辖区建卫所三百八十四，千户所二十四。所任都督、都指挥，指挥等不可胜数，朝贡者不绝于途。对于亦失哈来说，这样的结果该是他此生最大的安慰和褒奖，正是由于他受皇帝之命，驾驶巨船，乘风破浪，在二十多年间，率船队去往东海各部，运送了大批物资，送去了大明朝对萨哈连出海口，东海至苦兀岛一带各部落民族的关怀、温暖与情意，使得这里进入大明版图。

由于亦失哈风尘仆仆地与北疆各族黎民水乳交融，甚有威望和成就。明朝于宣德十年，在亦失哈已经七十四岁时被任命为辽东镇守太监，与当时在辽东的总兵官一起负责辽东防务，成为辽东最高的军事长官之一。到大明正统十四年，亦失哈年事已高，达八十八岁高龄，当时西部草原蒙古势力崛起，辽东战事甚频，次年，朝廷很关照他的身体，又年事高德望高，命他回京，颐养天年。然亦失哈一生苦恋北疆，思念百姓，还是以苍老之躯又回到北土，仍旧日日巡河，协助百姓修船，选料，造船，并会观测暴雨、龙卷风等灾害天气，只要北土的百姓遇到什么难处，都去找船神爷爷。大伙都说，千难万难，只要有船神爷爷在跟前，再大的风浪，再大的狂涛、恶浪，都能顺利通过。都说亦失哈是萨哈连江上的护江神。

可是后来，这亦失哈突然不见了。他呢？

有人说，有一天，他正在船头上坐着，突然困倦，晃着晃着，一下子就不见了，是掉哪儿去了呢，还是掉进水里去了呢？反正，当人们从船舱里出来，再去找他，就再也找不见了。他在船上坐的凳子还热乎呢！

还有人说，有一天，一只小鸟飞来。

那是一只小苏雀，一下子落在他的头上。那时，他已白发苍苍，风刮起来，他的长发在风中飘荡，小苏雀不停地发出凄凉的叫声"亦——失——哈——！亦——失——哈——！"也有人听成"亦——吉——海——！亦吉海——！"反正就是这个事。

这时，突然一艘快船追来，来者展开一纸旨文宣读，原来是一纸召回令，是朝廷发谕的，宣他已被山东巡抚所告，说他胆大包天，竟敢在北土"斗龙"！来人说他在江上与龙卷风"斗帆"是在"斗龙"，是在谋反，敢于和皇上"龙"在斗，有反心，于是被弹劾，立召回宫。亦失哈明白这是山东巡抚陷害他，坚决不回，可他已被五花大绑，除去顶戴和朝服。人们见他回过头来，瞅着北土奴儿干。风，把他零乱的白发吹起，如云一样刮在他的头后，他还是被押走了，他一步三回头，使劲往北瞅，最后消失在那日刮起的江风冷雾之中，从此人们再也没有见到他。

可是也听有人说，就是那次他被山东巡抚诬告，押往京城路上，路过敦敦河流域，被一伙突来之族人所撞，这伙人把他抢进岸上的老林之中不见了。也有人说，根本不是在敦敦河，而是在"野马儿"站的伊尔库鲁屯，一伙儿蒙面人。还有说那些人都是戴着鬼神面具的人，一下子把亦失哈给抢走了！他们一边抢，一边喊："亦失哈！回家！亦失哈！回家！"这可真是回家了，再也不见了。

但有人确切地说，来抢亦失哈的人是诺霍苏苏部族的人。也有人说是包鲁卡霍通的柏星阿老部族的后人，是他们干的，他们当时赶着狗车来的，是把亦失哈装在狗车的暖棚子里拉走的。

但是更有人确确实实地证言，亦失哈是在从北边押往京城的途中在瑷珲失踪的。因为那天，老天又起了龙卷风，是在船过瑷珲时起的"龙卷风"，人们都亲眼所见，他"斗帆"正是在这一带的江上，根本就不是什么"斗龙"。谋反，这纯粹是陷害。于是那夜，船在瑗珲停靠，夜里，押解吉海的兵丁轮换去城里吃饭，等第二天开跋才发现，绑在舶舱底屋押仓里的"罪犯"根本不是亦吉海，而是一个道人，长得和亦失哈差不多，甚至一模一样，但一说话，一笑，却不是亦失哈，押运他的官员和兵勇无奈，只好把他放了。也有人说，那是官兵丁勇被收买了，或是同情他，敬重他，找个借口，将他给放了。也有人说，他被朝廷的人押着还能跑？他还是被押回京城，最后老死在牢狱之中了。

说什么的都有，还有人说，明明看见是吉林船厂阿什哈达一带来了一伙人，将他扛起来救走，来的人中有一俊俏女子，手使七节银鞭，百十人不得近前……说各种见闻的人都说得有鼻子有眼，但总的一个说法，亦吉海——亦失哈——，他根本就没离开萨哈连，没离开吉林船厂阿什哈达，没离开大明北土船厂葫芦岛，没离开辽东这个地方，没离开长白山老林子，没离开松花江边上。但他具体在哪儿，又谁也说不清，他最终，成了一个不知所终的传说。

传说，民间岁岁传着，讲着，说着，流传着，明代史官在书写史书时，他们不熟悉北疆的方言、土音、土语、字句，因亦吉海是用汉字标写着的女真语，白雕之意，而亦吉海与亦失哈均为"白雕、白鹰"。明代一些汉人史官只听其音再加上民间北土的族人都喊"亦失哈"，所以最终也就把亦吉海记成了亦失哈。再因，史书流传开来，影响大，所以这就在史书记载着亦失哈，在民间流传着亦吉海，而二者均为一只白雕、白鹰的事就这样永久地混合在一起，因那鹰翩翩升起，翱翔于北土蓝天，会永存在人的记忆中。

所以民间有诗为证：

茫茫江海无际涯，
扬风稳舵神魔骇。
踏浪犹如鸥点水，
飞涛更似海风来。
江河俊俏美难收，
巍巍亦氏颂百代。

后　记

　　大约是二〇〇八年《中国地域文化通览》全面启动，有一天，《中国地域文化通览·吉林卷》主编谷老突然提出一个非常重要的问题：吉林卷所要涉及的主要是吉林本土的文化，而吉林古称"船厂"，城市在，地名在，可是关于"船"和"造船"的文化不十分具体和详细，一定要进一步挖掘。谷老的一句话，提醒了我们，于是他派我带队重新进入吉林市（古称"船厂"）进行全方位的考察、调研，但结果与开始我们掌握的情况差不多，只是在《明宣宗实录》《辽东志》等古籍中记载：明永乐十九年正月，刘清率军至此。第一摩崖也只刻有"甲辰，丁卯，葵丑"六字；而《辽东志》卷九，外志："建州东濒松花江，风土稍类开原，江上有河，曰稳秃，深山多产松木。国朝征奴儿干，于此造船，乘流至海西，装载赏赉，浮江而下，直抵其地。"由于岁月久远，至于如何造船，采伐木头，运来，何人所为，技术和工具，手法及手艺诸多事项，均无详细记载，也无人说清。这时主编谷老指示我们能否通过非物质文化遗产这种深深流传在人们生活中和记忆里的文化，通过对非物质文化的挖掘去填补史志的不足，将吉林——"船厂"名字的来历科学完整地再现出来呢？这不由得让我想起富育光先生和吉林省民间文艺家协会（以下简称吉林民协）所做过的工作。

　　二十世纪八十年代初，全国开启了民族民间文化的抢救挖掘，俗称"三套集成"（民间故事、歌谣、谚语）工作。记得那是一九八二年七月二十四日，中国民间文艺家协会在河南郑州召开了全国民族民间文化普查工作会，吉林省当时有五位理事吴景春、李文瑞、富育光、刘丰年、金乃祥代表参加。会前，吴景春、李文瑞商量，谈点什么呢？富育光建议，最好讲一下长白山和松花江文化，于是，五人达成共识。在这个会上富育光以《长白山文化的地域特色》为主题，阐述了他对东北地域文化的认知，一下子引起了与会人员的极大兴趣。回来之后，李文瑞决定，由吉林省民协组成"长白山松花江"文化考察组，对长白山松花江进行民族民间文化的考察，当时富育光是调查组副组长，目标很明确，考察组从"船厂"(吉林)开始，由此向上游，进行踏查。回来后，吉林省民协负责人李文瑞对富育光的调查很满意，说："富育光，搞得好哇！你把成果整理一下。"这次踏查，富育光整理出一篇《老舵公》，很有特色，是讲松花江上一位造船人在江上行船的事。

文化的考察，极大地推动了对地域文化的挖掘，这时我已从吉林大学调到吉林省民协任副秘书长、《民间故事》杂志副主编，李文瑞派我带领考察组于一九八四年进行第二次长白山松花江探查。回来后，我们形成了长白山松花江考察文本民间传说故事集《金银壁》，富老师又整理出一篇叫《火烧船厂》，是讲该地古时木头城墙，易失火，古时船厂等事情，我整理出一篇《水老鸹》，是讲伐木人在江上放木排遇险的事。这时，富育光老师也感到这类选题的重大，于是派当时已抽调到社科院的他的弟子王宏刚找我商量继续这个内容文化的工作。于是吉林省民协又组织了长白山松花江文化的第三次考察。这次，我们依然是从吉林"船厂"出发，经"风门"(丰满)、桦树甸子、红石、白山到达抚松，松江河(额赫纳阴)，重点对长白山松花江流域的伐木、放排、淘金文化进行了全面的普查，又出版了《长白山松花江勘查》文本第三集。回来后，记得富老师和我说："保明，这些调查，使我想起我有一个重要的积累，那就是'老舵公'。"于是，他滔滔不绝地向我讲述了关于"老舵公"亦吉海如何在松花江、黑龙江流域造船的事，而那也是他的老家黑龙江瑷珲大五家子一带的船工生活的积累。当时，由于说部工程还没有开始，虽然也想把其很好地整理出来，但由于没有以非物质文化遗产和满族说部文化遗产的重要思想和观念去认识松花江、黑龙江(萨哈连)"老舵公"的历史意义和文化意义，加之吉林省民协工作繁忙，也就放下了。这次，谷老主持编纂《中国地域文化通览·吉林卷》重提"船厂"来历，一下子如一支火把，点燃了富老师和我心底的累积。富老师觉得，"老舵公"正是一部说部的丰富内容，而他熟知的"老舵公"在松花江、黑龙江一带非常流行，于是我们按照谷老的提醒和指导，经过半年多的回忆整理，调动了我和吉林省民协四次长白山松花江考察的积累，特别是富老师将他老家瑷珲大五家子、吉林市"船厂"、松花江上源、长白山伐木山场子，放排的水场子抚松、濛江(靖宇)、松江河、通化、白山、图们、珲春、安图、二道白河等一带大量的木帮、船工、伐木、造船的文化积累集中起来，终于形成了《萨哈连船王》说部文本。

在生活的岁月中，富育光老师非常擅于生活调查和生活积累，我在整理他的《萨哈连船王》时就深深地感受到了这一点，他的"记忆"，其实都详尽地记在他一本本小本子和一片片碎纸页上，那些发黄的小本，小纸片仿佛是在岁月的时空中闪烁的星辰，把无数逝去的历程栩栩如生地记在了上面。他的这个好习惯，加上他对族人和对生活的热爱，于是，那动人的故事便会如行云流水般飞来奔来，使得他的故事动人无比。富老师还有一个好习惯，就是他时时不肯离开"故事"本土，记忆的本源，生活之核心。记得在整理《萨哈连船王》时，他几次带病回到他的老家，去寻找，体味从前逝去的岁月，感悟时光的流逝。他曾说，如果时光能倒流，能让我再见一见口述人"老船王"，该令人多么感动啊。而许多老人，已经逝去了。传承这个故事，其实传承了富老师真挚的民族情怀和文化情感。

富育光所叙述的亦氏家族造船和开发长白山、松花江和在黑龙江（萨哈连）行船、造船的故事具有重要的民族性，具有重要的地域文化价值和历史意义。富育光一生非常注重挖掘和表述北方民族生存的真切动人情怀，他擅于将人、动物、自然界等一系列生命因素融汇其中。在《萨哈连船王》里，大量有关造船人与动物鸟兽的故事栩栩如生，如小苏雀五子，它与亦吉海有着千丝万缕的联系，动物与人构成了早期北方民族生活的细腻因素和真情实感，就连大自然的山山水水、草草木木都充满了生命的魅力和活力。那是一种神奇、神圣、神秘的文化基因。伐大树的九死一生，冻死的人的脚骨成袋子背回驻地，放木排无数的木排"起垛"，冲毁的木排竟然顺流而下，奇迹般的自己垛成一垛，今天人们难以想象的现象，都在历史上发生了。

整理这个故事，也充分调动了我几十年的长白山、松花江文化积累。于是，经过认真品读富老师原始文本，在精心整理的过程中我们不时地沟通，终于使《萨哈连船王》与社会见面了。它的定型和完成完全是历史使然，是珍贵的人类文化的最终归集。献出它，也最终完善了北方文化的薄弱环节，也算完成了谷老、富老师和我最艰巨的文化使命，但这个愿望的完成前前后后却是经历了三十年的光阴，看来又是一个历史的使然。